# व्यास मिश्र

व्यास मिश्र का जन्म 22 फरवरी, 1955 को बलिया, उत्तर प्रदेश में हुआ। उनकी प्रारम्भिक शिक्षा वहीं से हुई। इलाहाबाद विश्वविद्यालय से बी.एस.सी. तथा एम.बी.ए. की डिग्रियाँ लीं। सन् 1982 में उनका चयन भारतीय प्रशासनिक सेवा के लिए हुआ। छात्र जीवन से ही लेखन तथा साहित्यिक-सांस्कृतिक गतिविधियों में उनकी गहरी रुचि रही। केन्द्र और बिहार सरकार के अन्तर्गत विभिन्न सामाजिक एवं आर्थिक मंत्रालयों में 39 वर्षों तक कई महत्त्वपूर्ण पदों पर आसीन रहे।

उनकी पहली पुस्तक 'गहरे पानी पैठ' बच्चों, खासकर बालिकाओं एवं वंचित वर्गों की शिक्षा के सरोकारों पर केन्द्रित है। तो दूसरी पुस्तक 'अगिन पाथर' बाबरी मस्जिद विध्वंस की पृष्ठभूमि पर लिखी गई एक औपन्यासिक कृति है। 'कौन तार से बीनी चदरिया' उनकी तीसरी पुस्तक है।

सेवानिवृत्ति के बाद अब पूर्णकालिक लेखन तथा सामाजिक क्षेत्र में सक्रिय।

सम्पर्क : mishra.vyas2013@gmail.com

# कौन तार से बीनी चदरिया

व्यास मिश्र

राधाकृष्ण पेपरबैक्स

राधाकृष्ण पेपरबैक्स में
**पहला संस्करण :** 2022



---

**राधाकृष्ण पेपरबैक्स :** उत्कृष्ट साहित्य के जनसुलभ संस्करण

---

राधाकृष्ण प्रकाशन प्रा. लि.
जी-17, जगतपुरी
दिल्ली-110 051
द्वारा प्रकाशित

**शाखाएँ :** अशोक राजपथ, साइंस कॉलेज के सामने, पटना-800 006
पहली मंजिल, दरबारी बिल्डिंग, महात्मा गांधी मार्ग, प्रयागराज-211 001
36 ए, शेक्सपियर सरणी, कोलकाता-700 017

वेबसाइट : www.radhakrishnaprakashan.com
ई-मेल : info@radhakrishnaprakashan.com

बी. के. ऑफसेट
नवीन शाहदरा, दिल्ली-110 032
द्वारा मुद्रित

**मूल्य :** ₹399

KAUN TAAR SE BINI CHADARIYA
*Novel* by Vyas Mishra

ISBN : 978-93-91950-09-5

*न्याय, समता, बन्धुत्व एवं मानवीय गरिमा के*
*प्रखर विचारक-योद्धाओं*
*डॉ. विनयन*
*एवं*
*डॉ. ब्रह्मदेव शर्मा*
*को*

# क्रम

# पहला खंड

# डॉक्टर

कहानी कहाँ से शुरू की जाए? इलाहाबाद, पटना या दिल्ली से? ये तीन शहर कहानी के पात्रों के जीवन और सरोकार से जुड़े खास पन्ने हैं। कहानी कहीं से शुरू हो, ये तीनों शहर काल के प्रवाह में तिरते-उछलते हमें पुकारने लगेंगे।

इन तीनों में बिना कुछ दूसरे शहर-गाँव जोड़े कहानी मुकम्मल नहीं होगी। जैसे 1970 के दशक का जहानाबाद और मध्य बिहार के इलाके। '80 के दशक के भी। उसके बाद के भी।

हमारे पात्रों की अपनी कहानियाँ हैं, पर एक-दूसरे से जुड़ी। जिसे कहते नाभि-नाल सम्बन्ध। लेकिन सबकी कहानी एक साथ कहने के खतरे हैं। आधी-अधूरी रह सकती है हमारी कहानी। इसलिए हम शुरू करते हैं अमिय से। डॉक्टर अमिय से। प्यार और आदर से लोग कहते, डॉक्टर साहब या संन्यासी जी। अमिय सामान्य डॉक्टर नहीं थे। डॉक्टरी की पढ़ाई पूरी कहाँ कर पाए थे? खैर, यह बाद में...

18 अगस्त, 2006 की उस साँझ अवधेश पहुँचा था ले मेरेडियन होटल के कॉन्फ्रेंस हॉल में। दिल्ली का मशहूर पाँच सितारा होटल। सत्ताधारी दल के बड़े नेता की प्रेस कॉन्फ्रेंस थी। शाम 6 बजे। प्रेस कॉन्फ्रेंस के बाद रस-रंजन। फिर रात्रि भोज। अखबार को वरिष्ठ संवाददाता भेजने का अनुरोध आया था। सम्पादक ने अवधेश यादव को चुना। अपने सारगर्भित विश्लेषणों के कारण अवधेश का पत्रकारिता जगत् में अच्छा नाम था। काफी मेहनत से वह अपना काम करता था। गहराई में उतर खबरों को बटोरने और पठनीय बना देने की कला में माहिर था अवधेश। सम्पादक उसकी समसामयिक घटनाओं के विश्लेषण की अद्‌भुत समझ और क्षमता के कायल थे। इलाहाबाद विश्वविद्यालय में अपनी पढ़ाई के दिनों से ही साहित्य लेखन एवं राजनीति में उसकी गहरी रुचि थी। वक्ता ऐसा कि श्रोता मंत्र-मुग्ध हो जाते। बाद के दिनों में वह जवाहरलाल नेहरू विश्वविद्यालय पहुँचा था। छात्र राजनीति में वामपंथी संगठन के अग्रिम पंक्ति के नेता के रूप में अवधेश की पहचान थी, पर स्थितियाँ ऐसी बनीं कि साहित्यकार एवं वामपंथी अवधेश को पत्रकारिता जगत् में आना पड़ा।

सुरमई अँधेरा सेंट्रल विस्टा के विस्तीर्ण आँचल में धीरे-धीरे उतरने लगा था। अगस्त 2006 की साँझ! खुशनुमा मौसम! सलीके से कटी घास के हरे-भरे मैदान एवं झुरमुटों में आनन्द मनाते उल्लसित लोग। किलकते बच्चे। मदमस्त युवा। माँएँ। पिता। दादा-दादियाँ। गहराते अँधेरे में सम्मोहन का जादू बिखरने लगा था। इधर ले मेरेडियन का कॉन्फ्रेंस हॉल बिजली की रौशनी में नहा रहा था। जगमगाती रौशनी। फर्श पर बिछी

शानदार ईरानी कालीनों पर करीने से सजी कुर्सियाँ। सामने छोटा सा मंच। सत्ताधारी दल के बड़े नेता आए और मंच पर सजे सोफे के बीचोबीच विराजमान हो गए। वे मुख्य प्रवक्ता थे। उनके बाएँ, दाएँ, पीछे की जगहें दल के दमकते-गमकते चेहरों ने ले लीं। पत्रकारों ने भी यथा स्थान आसन ग्रहण कर लिया। वर्दीधारी बेयरे क्यू पाकर स्नैक्स की प्लेटें मेहमानों को परोसने लगे। हर तरह के स्नैक्स। सामिष। निरामिष।

"शुरू करें?..." नेताजी सामने बैठे पत्रकारों से मुखातिब थे। फोटोग्राफर्स ने अपने कैमरे सँभाले। फ्लैश चमकने लगे। नेताजी फाइलें उलट-पुलट रहे थे।

"पार्टी ने सरकार से किसानों के लिए विशेष राहत पैकेज लाने का अनुरोध किया है।" नेताजी सम्बोधित करने लगे। वे बीच-बीच में फाइलों में रखे कागज भी निकालकर देखने लग जाते।

"राहत पैकेज में दस हजार करोड़ की ऋण माफी की योजना शामिल है। आत्महत्या करने वाले किसानों के परिवार को अलग से सहायता राशि दी जाएगी।"

"पार्टी ने किसानों की आत्महत्या को काफी गम्भीरता से लिया है।..."

"आप सभी को प्रेसनोट भी मिल जाएगा। राहत पैकेज की मुख्य बातें हैं..."

अवधेश की जेब में रखे मोबाइल फोन की घंटी तभी बज उठी। उधर से सिस्टर एलिसा की आँसुओं में डूबी आवाज आई—

"डॉक्टर अमिय इज नो मोर..."

"कब, कहाँ?" इतना ही कह सका अवधेश।

"आज, अभी। पटना के इन्दिरा गांधी हृदय रोग संस्थान में।" सिस्टर एलिसा बड़ी मुश्किल से बोल पा रही थीं।

अवधेश के लिए प्रेस कॉन्फ्रेंस खत्म हो गई थी...। वह झटके-से उठा। बाहर चला आया। यंत्रवत्।

"पिछले हफ्ते ही मैंने अमिय को दिल्ली से विदा किया था। बीमार थे। बताया था कि डॉक्टरों को टाइफाइड एवं मलेरिया का शक है"...अवधेश के समक्ष अमिय की हालिया दिल्ली यात्रा का पूरा चित्र उभरने लगा।

...योजना आयोग ने कृषि संकट को हल करने का दीर्घकालीन उपाय सुझाने के लिए विशेषज्ञों का समूह गठित किया था। डॉक्टर अमिय मध्य बिहार के क्रान्तिकारी किसान आन्दोलन के अपने काम के कारण उसमें शामिल किए गए थे। उसी की बैठक में भाग लेने वे दिल्ली आए हुए थे।

वे जब भी दिल्ली आते, अवधेश से बिना मिले नहीं जाते। कई बार अवधेश के फ्लैट में ही ठहरते। कहीं अलग तभी रुकते अगर किसी दूसरे साथी ने इसरार किया हो। या किसी ने पूर्व प्रबन्ध कर दिया हो। इस बार योजना आयोग ने इंडिया इंटरनेशनल सेंटर में उनके ठहरने का इन्तजाम किया था।

वह हामिद बख्त था जिसने अवधेश को फोन से बताया था कि अमिय बीमार हैं और रात भर तेज बुखार में तप रहे थे। हामिद बख्त और उसकी पत्नी यास्मीन अमिय और अवधेश, दोनों के दोस्त थे। इस खबर को सुन अवधेश भला कैसे रुकता?

भागा हुआ इंडिया इंटरनेशनल सेंटर पहुँच गया। यास्मीन-हामिद और किरण पहले से ही मौजूद थे। किरण 'टाइम्स ऑफ इंडिया' की बड़ी पत्रकार थी। किरण से भी डॉक्टर अमिय की गहरी दोस्ती थी। अमिय रात भर बेचैन रहे थे। सुबह बुखार थोड़ा कम हुआ था। तय हुआ कि योजना आयोग की बैठक के बाद अवधेश उन्हें अपने फ्लैट में ले जाएगा।

वही हुआ। डॉक्टर को अवधेश अपने फ्लैट में ले आया था। दिन का खाना साथ ही खाया था दोनों ने। अवधेश की सहधर्मिणी उर्मिला ने बड़ा स्वादिष्ट खाना बनाया था, लेकिन बीमारी के कारण अमिय से खाया नहीं जा रहा था। बताया कि उनके परिचित चिकित्सक ने रात उन्हें देखा था। दवाइयाँ दी थीं। उनको टाइफाइड और मलेरिया का शक था। अवधेश अमिय को ऐम्स ले जाने पर अड़ गया था। पर अमिय ने मना कर दिया। कहा, कल सुबह की फ्लाइट है। पटना जाकर पूरा चेकअप करा लूँगा। डोंट वरी। लंच के बाद दवा खाकर वे लेट गए।

"दिल्ली से लौटने पर पटना रुके ही नहीं। सीधे जहानाबाद आ गए। लगातार इस गाँव से उस गाँव मीटिंग के लिए जाते रहे। मना करो, तो बोलते कि दवाइयाँ ले ही रहा हूँ। संगठन का काम छोड़ा नहीं जा सकता...सिस्टर एलिसा थीं।

अवधेश मूक, अवाक् था। उधर सिसकियाँ जारी थीं।

"मुझसे तो वादा किया था कि पटना में चेकअप कराने के बाद ही कहीं और जाऊँगा।" अवधेश का मौन भला उन सिसकियों से मुखर क्योंकर न होता?

"उन्हें जहानाबाद के गरीब-किसान-मजदूरों से किए वादे की चिन्ता ज्यादा थी। कहने लगे, स्वास्थ्य का क्या है? उतार-चढ़ाव होता रहता है। एक-दो दिन लगेंगे। ठीक हो जाऊँगा। कई गाँवों में मीटिंग पहले से तय है। लोग राह देख रहे होंगे। नहीं गया तो निराश हो जाएँगे।" सिसकियों के बीच सिस्टर एलिसा थीं।

"साथियों ने मना क्यों नहीं किया?" जैसे अवधेश नहीं जानता था क्या कि डॉक्टर किस मिट्टी से बना आदमी था? निडर! अडिग! दृढ़ प्रतिज्ञ! अपने लक्ष्यों के प्रति समर्पित!

"वे मानने वाले कहाँ थे? जब निढाल होकर गिर गए, तब उन्हें पटना लाया जा सका। डॉ. चटर्जी ने बताया कि बहुत देर हो गई है।" सिस्टर की सिसकियाँ तेज हो गई थीं। डॉ. चटर्जी संस्थान के वरीय चिकित्सक थे।

अवधेश आगे कुछ पूछने की स्थिति में नहीं रह गया था।

"सिस्टर, अपने को सँभालिए। पार्थिव शरीर को जहानाबाद ले जाना होगा। मैं पटना में दोस्तों को फोन करता हूँ।"

"जहानाबाद से साथी लोग आ रहे हैं। परसों अन्तिम यात्रा तय की गई है।"

"ठीक है सिस्टर, मैं भी पहुँचता हूँ जहानाबाद। किरण, यास्मीम-हामिद, डॉ. शर्मा को सूचित करना होगा। हम लोगों का इन्तजार करिएगा आप लोग। अन्तिम यात्रा में हम सब आएँगे।" अवधेश की आँखें अन्तिम यात्रा शब्द पर गीली होने लगीं। अन्तर्तम में जैसे कुछ दरका हो। जैसे किसी ने कलेजे की गहराइयों में हाथ डालकर मथ दिया

हो। वह लगभग भागते हुए होटल की लॉबी में आया। अगले ही पल वह लॉबी में डले सोफे पर धम्म-से गिरकर फूट-फूट कर रोने लगा।

## 2

1970 का दशक भारत के इतिहास का कभी न भूलने वाला अध्याय है। बसन्त के वज्रनाद में जो लहू बंगाल की सड़कों पर बहा था, वह अभी सूखा नहीं था। कलकत्ता के लाल बाजार थाने में चारु मजूमदार की मौत की सरगोशियाँ हवा में तारी थीं। मार्च 1971 के लोकसभा चुनाव में 'गरीबी हटाओ' के नारे पर सवार इन्दिरा गांधी को देश ने अपार समर्थन दे शक्तिशाली नेता बना दिया था। अतुलित बल धामा। समाज शास्त्री कहते, करिश्माई नेतृत्व! उनके कद को विशाल बनाने में भारत-पाकिस्तान की लड़ाई ने अमूल्य योगदान दे दिया। 1971 के दिसम्बर में हुए इस युद्ध का अन्तिम परिणाम रहा, दुनिया के नक्शे से पूर्वी पाकिस्तान का मिट जाना। नया देश उदित हुआ, बंगला देश। बड़ी परिघटना रही, पाकिस्तान के लाखों सैनिकों का भारतीय फौज के समक्ष आत्मसमर्पण। जब पाकिस्तानी जनरल नियाजी ने सिर झुका अपनी पिस्तौल जनरल जगजीत सिंह अरोड़ा को सौंपी, करोड़ों भारतीय बल्लियों उछल पड़े। इन्दिरा को 'दुर्गा' की पदवी से नवाजा गया, सिंह वाहिनी महिषासुर मर्दिनी दुर्गा। वे लौह महिला बन गईं।

...मगर यह ज्वार देर तक नहीं टिका। देश में भ्रष्टाचार का दानव नर रक्त पी रहा था। उसके अट्टहास की अनुगूँज से दसों दिशाएँ काँपने लगी थीं। उसका पहला सामना हुआ, सिर पर कफन बाँधे गुजराती नौजवानों से। पानी जब सिर से ऊपर चढ़ गया, गुजरात के नौजवान नव निर्माण का सपना आँखों में आँज सड़कों पर निकल आए। उनके युवा जोश की लहरों के सामने कब तक टिकती राज सत्ता? गुजरात की वह लहर सन् 1974 आते-आते बिहार पहुँची और 72 साल के बूढ़े जयप्रकाश नारायण उसे देशव्यापी लहर बनाने में जुट गए। देशभर के युवकों का उन्होंने आह्वान किया। उनकी आवाज गूँजती : सम्पूर्ण क्रान्ति से कम कुछ भी स्वीकार नहीं। बिहार में इस आह्वान का सबसे अधिक असर हुआ।

...पटना क्रान्ति की उत्ताल तरंगों पर चढ़ नए समाज की रचना का केन्द्र बन गया है। युवकों में नया जोश, नया खून हिलोरें ले रहा है। जयप्रकाश नारायण के 'सम्पूर्ण क्रान्ति अब नारा है, भावी इतिहास तुम्हारा है' के जादू से पटना, राँची, हजारीबाग, मुजफ्फरपुर, पूर्णियाँ, भागलपुर, गया, छपरा जैसे शहरों में आन्दोलनकारी सड़कों पर हैं। दूसरे शहरों का भी वही हाल है। छात्रों ने पढ़ाई छोड़ दी है। गृहिणियाँ आन्दोलनकारी बन गई हैं। किसने सोचा था कि 72 साल के बूढ़े की आवाज पर सारी राजनैतिक पार्टियाँ अपने मतभेद भुलाकर भ्रष्टाचार के संघर्ष में प्राणपण से उतर आएँगी? गाँव-गाँव में जन संघर्ष समितियाँ आन्दोलन को नेतृत्व दे रही हैं। छात्र-युवा संघर्ष वाहिनी के जुझारू नौजवान सिर पर कफन बाँधे दिन-रात एक किए हुए हैं।

ऐसी ही खबरें पटना के अखबारों में छपती थीं। सरकार समर्थक अखबारों की पाठक संख्या घटने लगी थी।

जयप्रकाश नारायण, जिन्हें आदर से 'जेपी' कहा जाता था, के कदमकुआँ आवास के बाहर उन दिनों तिल धरने की जगह नहीं बचती थी। छात्र-युवा जेपी से दिशा-निर्देश लेने के लिए जमे रहते। कोई किसी जिले में आन्दोलन के विस्तार की खबर सीधे जेपी को देना चाहता, कोई गूढ़-गम्भीर मंत्रणा करना चाहता। लेकिन बूढ़े जेपी के स्वास्थ्य की भी सीमा थी। इतने बड़े आन्दोलन को चलाने के लिए अकेला आदमी काफी नहीं होता। संचालन समिति बनी थी, पर जोशीले युवाओं को कौन समझा सकता है भला? युवक-युवतियाँ संचालन समिति से बात कर वापस लौटने को तैयार नहीं होते थे। कुछ नहीं, बस जेपी की एक झलक ही मिल जाए। वही एकमात्र स्रोत थे, उनकी ऊर्जा के।

सितम्बर, 74 के पहले सप्ताह की एक सुबह कोई युवा संन्यासी जेपी से मिलने उनके आवास पर पहुँचा। गौर वर्ण। गम्भीर, भेदती-सी आँखें। उन पर चढ़ा हुआ साधारण चश्मा। सुन्दर दाढ़ी। मझोला कद। पचीस-छब्बीस साल की वय। सफेद बंडी। लुंगी की तरह पहनी गई सफेद धोती। पाँवों में चप्पल। कन्धे से लटकता झोला। चेहरे से झाँकता दृढ़ संकल्प। कोई दस बजे होंगे। जेपी आवास का बरामदा युवाओं से भरा था।

"जेपी से मिलना है। कब मिलेंगे?" उसने सहज भाव से सामने खड़े युवक से पूछा। उसकी सधी एवं गूँजती आवाज ने वहाँ खड़े-बतियाते कइयों का ध्यान उसकी ओर खींचा। कौन? कहाँ से?

सामने खड़ा युवक खुद ही जेपी से मिलने की प्रतीक्षा में लम्बे समय से वहाँ था। उसने प्रश्नकर्ता को सिर से पाँव तक देखा। पहले सोचा, टरका दे। पर उस युवा संन्यासी का व्यक्तित्व ऐसा प्रभावी था कि टरकाने का विचार उसके मन से तिरोहित हो गया।

"अभी वे अन्दर हैं। बड़े नेताओं से कुछ महत्त्वपूर्ण चर्चा हो रही है।" उसने कहा।

"ठीक है। प्रतीक्षा करता हूँ।"

युवा संन्यासी इत्मीनान से खाली जगह देख जमीन पर पालथी मार बैठ गया। धूल की परतों से बिलकुल बेपरवाह। कन्धे से उतारकर झोले को उसने अपनी गोद में ले लिया। झोले में रोज की जरूरत के सामानों के साथ ही कुछ किताबें भी थीं। उसने झोले में से कोई किताब निकाली। उसके पन्ने पलटे और पढ़ने में व्यस्त हो गया।

वह युवक अपनी जगह पर खड़ा उसे कनखियों से देखता रहा। उसे संन्यासी का बेलौसपना आम संन्यासियों से अलग-सा लगा। सामान्यतया आन्दोलनकारी भी बिना बिछावन जमीन पर बैठने से परहेज करते थे। सोचा, संन्यासी लोग ऐसे ही होते होंगे। सुविधा-असुविधा से निरपेक्ष। वह किताब कौन-सी पढ़ रहा है? उत्सुकता हुई। किताब का मुखपृष्ठ उसकी ओर था। अंग्रेजी की कोई किताब लगी। नजरें गड़ाकर देखा। वह चे ग्वेवारा की 'मोटरसाइकिल डायरीज' थी।

...संन्यासी लोग भी चे गेवारा को पढ़ते हैं? उसके होंठों पर अनायास ही हल्की मुस्कान छा गई। उसने चे गेवारा का नाम सुन रखा था परन्तु उनकी उस किताब में क्या है, उसे नहीं मालूम था। उसने वह किताब नहीं पढ़ी थी। सच तो यह है कि उसने चे

गेवारा या उन पर लिखी कोई भी किताब नहीं पढ़ी थी। चे गेवारा की जिन्दगी से भी वह अनजान था। वे कम्यूनिस्ट गुरिल्ला थे, इतना भर जानता था। हाँ, उसने लोहिया और जेपी को काम भर पढ़ा था। जेपी के हजारीबाग जेल तोड़कर भाग निकलने और 1942 के 'भारत छोड़ो आन्दोलन' में उनकी भूमिका से वह गहरे प्रभावित था।

...संन्यासी और कम्यूनिस्ट साहित्य? उसके लिए यह पहेली थी।

इधर युवा संन्यासी किताब पढ़ने में तल्लीन था, जैसे उसके पास जेपी से मिलने की प्रतीक्षा के लिए समय का अभाव न हो! वह आसपास खड़े, बैठे, बतियाते, शोर मचाते युवकों की उपस्थिति से अनजान किताब पढ़ने में लगा रहा। ध्यान-मग्न। परिवेश से अछूता-सा।

दिन चढ़ रहा था। कई युवा पास की दुकानों पर चाय पीने चले गए। पेड़ों की फुनगियों पर पक्षियों के झुंड कलरव कर रहे थे। मुख्य सड़क पर भारी पुलिस बल तैनात था। पुलिस की तैनाती हर रोज हुआ करती थी। पुलिस के जवान हाथ की लाठी सड़क पर यूँ ही ठक-ठक करते, उबासियाँ लेते घूमते रहते थे। वैसे जेपी जब भी कहीं बाहर जाते, उनकी सुरक्षा के लिए पुलिस का ट्रक साथ लगा रहता। वे कहते, मेरी सुरक्षा जनता करेगी। परन्तु पुलिस के आला हाकिम भला उनकी बात कैसे मानते? कहते, ऊपर से आदेश है। ऊपर से? कौन था ऊपर? इंस्पेक्टर जनरल? खुफिया पुलिस चीफ? गृह सचिव? मुख्य सचिव या खुद मुख्यमंत्री? जेपी की सुरक्षा की जा रही थी या उनकी गतिविधियों पर नजर रखी जा रही थी, कौन जाने?

कुछ समय और गुजरा। सहसा चहल-पहल बढ़ गई। बरामदे से सटे कमरे का परदा हटा। अपनी छड़ी टेकते धीमे कदमों से जेपी बाहर आए। पीछे से बड़े नेता निकले। सलाम-दुआ के बाद नेतागण ने विदा ली। किसी सहायक ने अन्दर से आरामकुर्सी लाकर रख दी। वे छड़ी के सहारे उस पर बैठे। थके-से थे, पर चश्मे के भीतर से झाँकती उनकी आँखों में गजब की ऊर्जा थी। प्रतीक्षारत युवा उनके पास जमा हो गए। चाय की चुस्की लेने गए युवा कप-प्लेट छोड़ भागे-भागे चले आए। कहा जाता, युवाओं के बीच जेपी का चेहरा खिल जाया करता था। जेपी वास्तव में प्रसन्नचित्त तरोताजा दिखने लगे।

"हाँ भाई। तो कहाँ से आए हो? तुम्हारे यहाँ आन्दोलन का क्या हाल है?" जेपी ने अपने सामने खड़े युवक से पूछा। वैसे ही जैसे घर का बड़ा-बूढ़ा अपने नाती-पोतों से पूछता हो—आज क्या पढ़ा स्कूल में? या कि, फुटबाल के मैच में क्या हुआ?

उस युवक ने उनके पाँव छुए। प्रश्न का उत्तर देने को उद्यत हुआ कि एक तेज सधी आवाज आई—

"जेपी, मैं दिल्ली से आपके आन्दोलन से जुड़कर बिहार में काम करने आया हूँ। मुझे थोड़ा समय मिलेगा?" पुकारने वाले के स्वर का चुम्बकीय प्रभाव था या कुछ और, जेपी ने हाथ से संकेत किया। युवक स्वतः हट गए। जेपी ने देखा, जमीन पर पालथी मारे एक युवा संन्यासी बैठा था। आवाज उसी युवा संन्यासी की थी। उसने हाथ की किताब झोले में डाली और उनके पास चला आया।

जेपी गहरी गम्भीर नजरों से उस संन्यासी युवक को कुछ पल निहारते रहे मानो

उसे पहचानने की कोशिश कर रहे हों। सहसा चश्मे के भीतर उनकी आँखों में चमक-सी फैल गई।

"ओह, आप हैं डॉक्टर अमिय?"

जेपी उसे पहचान गए। अपनी पिछली दिल्ली यात्रा में उन्होंने तरुणों की बैठक की थी। आह्वान किया था कि तरुण सम्पूर्ण क्रान्ति के आन्दोलन में सक्रिय हों। बिहार आवें। गाँवों में जाएँ। वहाँ रहकर कुछ दिनों काम करें। उसी बैठक में स्वामी इन्द्रवेश तथा अग्निवेश के साथ वह युवा संन्यासी भी उपस्थित हुआ था। स्वामी अग्निवेश ने परिचय दिया था।

अमिय की पारिवारिक पृष्ठभूमि आर्यसमाजी रही थी। मोतीलाल नेहरू मेडिकल कॉलेज, इलाहाबाद में डॉक्टरी की पढ़ाई अधूरी छोड़कर आध्यात्मिक सत्य की तलाश में हिमालय की ओर चला गया था। संन्यासी बन गिरि-कन्दराओं में भटकता रहा। संत-महात्माओं के साथ रहा। वैदिक ग्रंथों का गहन अध्ययन किया। सत्य के दर्शन तो न हुए, दुनियाभर के धर्म-दर्शन को समझने की इच्छा प्रबल होती गई। गीता, कुरान, बाइबिल और बौद्ध धर्म के अध्ययन से उसे नई सीखें मिलीं। वापस लौट इन्द्रवेश और अग्निवेश के साथ हरियाणा में 'राजार्य सभा' के नाम से राजनैतिक दल बना सामाजिक परिवर्तन के काम से जुड़ गया था। जेपी के आह्वान को अमिय ने उत्साह से ग्रहण किया था उस बैठक में।

"जी, आधा डॉक्टर तो हूँ ही। वैसे भी, रोग के विषाणु समाज में परिव्याप्त हैं। शरीर के पहले सामाजिक विकृतियों का इलाज किया जाना चाहिए। आपके आह्वान पर उन्हीं विकृतियों के इलाज के लिए बिहार चला आया हूँ।" युवा संन्यासी दोनों हाथ जोड़ जेपी को प्रणाम करते हुए मुस्कराया। जेपी गम्भीर हो गए।

युवा संन्यासी के बैठने के लिए किसी ने स्टूल लाकर रख दिया। वह इत्मीनान से बैठ गया।

"पटना आने में तकलीफ तो नहीं हुई?" जेपी ने कुशल-क्षेम पूछा।

"जी नहीं। आपसे मिलने की इच्छा इतनी बलवती थी कि उसने किसी तकलीफ का अनुभव तक नहीं होने दिया।"

जेपी मुस्कराए।

"बिहार में अपना काम शुरू करने के पहले सम्पूर्ण क्रान्ति के आन्दोलन में सामाजिक विकृतियों के विश्लेषण एवं उनके निदान का क्या कार्यक्रम है, इसे समझना चाहता हूँ, खासकर मेहनतकश किसान-मजदूरों की जिन्दगी बेहतर बनाने की ठोस योजनाओं के सम्बन्ध में जानना चाहता हूँ।"

प्रश्न बड़ा सीधा और सरल था, पर उसका उत्तर उतना सीधा और सरल नहीं था। आन्दोलन में हालाँकि भारी संख्या में छात्र-युवा सामाजिक परिवर्तन के प्रति समर्पण की उदात्त भावना से शामिल हुए थे, पर सामाजिक परिवर्तन क्या है या कैसे होगा, के सम्बन्ध में उनकी सोच पुख्ता नहीं थी। जो राजनैतिक दल आन्दोलन में शामिल थे, उनका उद्देश्य था—वर्तमान सरकार का तख्ता पलट और खुद सत्ता हासिल करना। ऐसे भी

कुछ युवा आन्दोलन में शामिल थे जिनकी महत्त्वाकांक्षा राजनैतिक दलों से भिन्न न थी।

जेपी जैसे महामानव के लिए आन्दोलन में पल रहे अन्तर्विरोधों को समझना-जानना कोई कठिन काम नहीं था। वे इन अन्तर्विरोधों को हल करने के काम में जुटे भी थे। वही थे, आन्दोलन के नेतृत्वकर्ता एवं सिद्धान्तवेत्ता। वे गुरु-गम्भीर आवाज में डॉक्टर अमिय के साथ वहाँ उपस्थित समस्त युवाओं को समझाने लगे—

"हम व्यवस्था-परिवर्तन का आन्दोलन चला रहे हैं। मात्र व्यक्ति परिवर्तन से बदलाव नहीं आएगा। यदि व्यवस्था न बदलेगी, दूसरा व्यक्ति भी वही करेगा जो पहला कर रहा था। भ्रष्टाचार फैल रहा है, सत्ता के केन्द्रीकरण से। सत्ता की निरंकुशता से। यह आन्दोलन सत्ता के विकेन्द्रीकरण के लिए है। यह आन्दोलन सत्ता पर जनता के अंकुश के लिए है। विकेन्द्रीकरण और अंकुश से सत्ता में पारदर्शिता एवं जवाबदेही बढ़ेगी। अभी जनता महज चुनाव तक ही महत्त्वपूर्ण रहती है। चुनाव के बाद चुने गए नेता हावी हो जाते हैं। उन पर जनता का कोई नियंत्रण नहीं रह जाता। वे दलीय नियंत्रण में रहते हैं। आन्दोलन इस स्थिति में बदलाव लाने के लिए है। हम पहले भ्रष्टाचार के दानव से लड़ेंगे। किन्तु हमारी लड़ाई व्यवस्था में आमूलचूल परिवर्तन तक जारी रहेगी।"

जैसे विश्वविद्यालय या कॉलेज का प्रोफेसर विद्यार्थियों को अपनी कक्षा में विषय को समझाकर पढ़ाता है, जेपी छात्र-युवाओं को पढ़ा रहे थे।

"यह आन्दोलन चुनाव सुधारों के लिए भी है। धन-बल और बाहुबल के ऊपर जन-बल को प्रतिष्ठित करना होगा। दलों की जगह जनता टिकट दे अपने बीच काम करने वाले जन सेवकों को जो जीतने के बाद भी उन्हीं के बीच उन्हीं की तरह रहें। उन्हीं के लिए काम करें। अपना घर न भरें।"

जेपी पूरी लय में थे।

"किसान-मजदूर को उसकी मेहनत का मोल मिले, ऐसी व्यवस्था हो। जात-पात का भेदभाव मिटे, ऐसी व्यवस्था हो। यह क्या बात हुई कि जनेऊधारी द्विज कहलावे और बिना जनेऊ वाला शूद्र? अस्पृश्य? छोटी जाति का? तरुणों ने जनेऊ तोड़ने का अभियान चलाया है। जनेऊ से जातीय श्रेष्ठता एवं भेदभाव पनपता है। इस अभियान से सामाजिक गैर-बराबरी को मिटाने में आसानी होगी। नर-नारी समानता वाली व्यवस्था होनी चाहिए। अभी की व्यवस्था में नारी कुंठित, अपमानित, प्रताड़ित की जाती है। दहेज-दानव हर वर्ग, हर जाति में अपनी जीभ लपलपाता है। सम्पूर्ण क्रान्ति आन्दोलन न्याय, समता, बन्धुत्व एवं मानवीय गरिमा पर आधारित समाज-निर्माण के संघर्ष का नाम है।"

सामाजिक परिवर्तन की नई इबारत लिखने की सदिच्छा पर जेपी उँगली रख रहे थे।

"हमें गाँव-गाँव, मुहल्ले-मुहल्ले जनता को संगठित कर एवं समानधर्मा बना व्यवस्था से दो-दो हाथ करना होगा। मेरी सोच है कि हम जनता सरकारों का गठन हर गाँव-मुहल्ले में करें। इससे सत्ता पर जनता का अंकुश लगेगा। विकेन्द्रीकरण होगा।"

डॉक्टर अमिय को जेपी के शब्द-शब्द से रोमांच-जैसा हो आया। किसान-मजदूर को अपनी मेहनत का सही मोल मिले। जातीय गैर-बराबरी पर प्रहार हो। नर-नारी समानता स्थापित हो। ऐसा ही सपना देखता रहा था वह अपने चेतन जीवन में। नया संकल्प

आकार ले रहा था उसके अन्तर्मन में। वह अपनी सम्पूर्ण ऊर्जा इस आन्दोलन में खपा देगा। वह जिस आध्यात्मिक सत्य के अन्वेषण में हिमालय में भटका था, वह सत्य उसे बिहार में मिलेगा, ऐसा आभास उसे जेपी करा रहे थे।

जेपी मानो डॉक्टर अमिय के मन-मस्तिष्क में उभर रहे इन सूक्ष्म भावों को पढ़ रहे थे। बोले—

"मध्य बिहार का गया-जहानाबाद का क्षेत्र आपके काम के लिए उपयुक्त रहेगा। जाइए, वहाँ सम्पूर्ण क्रान्ति आन्दोलन आपकी प्रतीक्षा कर रहा है। अगर वहाँ के गाँवों में आप जनता सरकारों के गठन का काम हाथ में लेंगे, मुझे आन्तरिक प्रसन्नता होगी।"

थोड़ा विराम लेकर उन्होंने जोड़ा—

"लेकिन याद रखिएगा, व्यवस्था-परिवर्तन के लिए भारी संघर्ष करना होगा। संघर्ष पथ कुश-काँटों से भरा है। लाठी, गोली, जेलखाना से मुकाबला कर ही व्यवस्था-परिवर्तन का सपना आकार ले सकता है। व्यवस्था सत्ता के सहारे टिकी है। वह इतनी आसानी से हार नहीं मानने वाली।"

डॉक्टर अमिय के गोरे चेहरे पर मुस्कराहट की हल्की रेखा खिंच गई। उसने मन-ही-मन कहा, "मैं भी कहाँ हार मानने वाला हूँ?" वह जेपी को प्रणाम कर अपने गन्तव्य की ओर प्रयाण करने को उद्यत हुआ—

"आज्ञा दिया जाए।"

"ठीक है। मिलते रहिएगा। आपके काम को जानने की उत्सुकता रहेगी।" जेपी ने आत्मीयता से कहा।

उसने अपना झोला समेटा और नए पाए उत्साह के आवेग से चल पड़ा अपने गन्तव्य की दिशा में। जेपी स्नेह से उस युवा संन्यासी को अनजानी डगर पर जाते हुए तब तक देखते रहे जब तक वह उनकी आँखों से ओझल नहीं हो गया।

वह खुली सड़क पर आ गया था। पुलिस के जवान अपनी ड्यूटी पर तैनात थे। उनमें से कुछ मूँगफलियाँ टूँग रहे थे, कुछ चाय की दुकानों पर बैठे अखबार पलट रहे थे, कुछ इधर-उधर चहलकदमी-सी कर रहे थे। बिना काम के क्या करते? सड़क पर रिक्शे-ठेलों की आवाजाही जारी थी। खोमचे वालों ने आपनी दुकानें सजा रखी थीं।

उसने पहले जहानाबाद जाने का निश्चय किया, पर वह जहानाबाद से परिचित न था। सच तो यह कि वह बिहार के भूगोल से ही परिचित नहीं था। ऐसे में जहानाबाद कहाँ, किधर और कितनी दूर है, वहाँ किस तरह की सवारी से जाया जा सकता है, ऐसे प्रश्न स्वाभाविक रूप से उसके समक्ष खड़े थे। पर वह इन प्रश्नों से परेशान नहीं हुआ। अगर जहानाबाद का अस्तित्व है, तो वहाँ पहुँचने का मार्ग मिल ही जाएगा। संन्यासी स्वभाव से ही यायावर होते हैं। हिमालय में घूमते-घामते अनजाने-अनदेखे गाँवों-कस्बों तक पहुँच जाने का उसे अनुभव था। दूसरे, जेपी से मिलने के बाद आन्दोलन में काम करने का उसका उत्साह दुगुना हो गया था। इस उत्साह के समक्ष निराशा भला कैसे फटकती? उसने निश्चय किया कि किसी से पूछा जाए। तभी लगा, किसी ने उसे पीछे से आवाज दी है। मुड़कर देखा। सचमुच ही एक युवक उसे आवाज दे रहा था। वह

युवक दूसरा कोई नहीं, वही था जिससे डॉक्टर अमिय से जेपी आवास पर मिला था।

"डॉक्टर साहब, मैं हूँ रामनाथ त्यागी। मुझे आप 'त्यागी' कह सकते हैं।" त्यागी ने आत्मीयता से अपना हाथ उसकी ओर बढ़ाया। अमिय मुस्करा उठा। 'डॉक्टर साहब' सम्बोधन उसे अच्छा लगा। स्पष्टत: त्यागी उसके और जेपी के बीच हुए संवाद का साक्षी था।

"त्यागी जी, वैसे तो मैं डॉक्टर नहीं लिखता अपने नाम के सामने, पर आपने मुझे डॉक्टर कहा तो अच्छा लगा।" उसकी मुस्कान गहरा गई।

"जब जेपी ने आपके नाम के साथ 'डॉक्टर' शब्द लगा दिया है, तब आप मेरे लिए डॉक्टर ही हैं।" त्यागी के चेहरे पर भी मुस्कराहट छा गई।

उसने सोचा, त्यागी जी से ही जहानाबाद का रास्ता पूछ लेता हूँ।

"आप बताएँगे कि जहानाबाद कैसे पहुँचा जा सकता है? कितना समय लगेगा पहुँचने में? जेपी ने गया-जहानाबाद में काम करने को कहा है। पहले जहानाबाद देखने की इच्छा है मेरी।"

त्यागी जैसे इस प्रश्न के लिए पहले से ही तैयार था।

"डॉक्टर साहब, समझिए कि आप जहानाबाद पहुँच गए। मैं वहीं का हूँ और जन संघर्ष समिति का सदस्य हूँ।"

जहानाबाद जाने की समस्या का तुरत-फुरत हल निकल आया। त्यागी के रूप में उसे बिन माँगे ही हमराह मिल गया। बातचीत में त्यागी ने उसे अपने गाँव चलने और वहाँ कुछ दिन तक ठहरने का भी आग्रह कर दिया। संन्यासी को न केवल राह मिली, उसे रुकने का ठौर-ठिकाना भी मिल गया।

रेलवे स्टेशन ज्यादा दूर नहीं था। त्यागी ने रिक्शा वाले को आवाज दी।

"त्यागी जी, रेलवे स्टेशन जब करीब ही है तो रिक्शे पर क्यों बैठना? वैसे भी एक आदमी रिक्शा खींचे और दूसरा उस पर सवारी गाँठे, मैं सही नहीं मानता।"

उसने पैदल चलने का इसरार किया। त्यागी भौचक रह गया। उसे डॉक्टर की बातें दिलचस्प लगीं।

"कुछ भी हो, आदमी थोड़ा अलग किस्म का है।" त्यागी ने सोचा। दोनों बातें करते पैदल ही स्टेशन की राह लग गए।

थोड़ी दूर जाने पर त्यागी को सहसा जैसे कुछ याद आया।

"आप भूखे होंगे डॉक्टर साहब। आइए, कुछ खा-पी लें। गाड़ी खुलने में दो घंटे बाकी हैं। हम आधे घंटे में पहुँच जाएँगे।"

"हाँ, भूख तो लग गई है। आइए, कुछ खा लेते हैं।"

सामने ठेले पर फल बिक रहे थे। संन्यासी ने जेब से पैसे निकाले और आधा दर्जन केले खरीद लिए। त्यागी ने पैसे देने चाहे तो उसने शालीनता से मना कर दिए।

"आपके घर चल ही रहा हूँ। वहाँ खूब भरपेट खाऊँगा।" अमिय तीन केले त्यागी की ओर बढ़ाते हुए मुस्कराया।

त्यागी प्रभावित हुआ। 'अतिथि देवो भव' के संस्कारों में पले-बढ़े त्यागी ने संन्यासी को भोजन का न्योता दिया था। त्यागी के लिए यह सोच असामान्य थी कि कोई संन्यासी

गृहस्थ को भोजन पेश करे। उसके मस्तिष्क में कुछ धुआँ-धुआँ सा खयाल उठा। मैं इस शख्स को डॉक्टर कहूँ या संन्यासी? वह मुस्कराया, देखा जाएगा।

## 3

पटना रेलवे स्टेशन यात्रियों से पटा पड़ा था। त्यागी ने अपने और अमिय के लिए जहानाबाद की दो टिकटें खरीदीं, सामान्य श्रेणी की।

"ट्रेन में बड़ी भीड़ होगी। पता नहीं, बैठने की सीट मिलेगी या नहीं?" स्टेशन पर पसरी भीड़ को देख त्यागी ने कहा।

"कोई बात नहीं। फर्श पर बैठ लेंगे। न होगा, तो खड़े-खड़े चले चलेंगे।" अमिय को भीड़ से कोई परेशानी न थी।

गाड़ी पटना से ही खुलती थी। उसके प्लेटफॉर्म पर लगने में अभी देर थी। त्यागी बुक स्टॉल पर मैगजीनें देखने में व्यस्त हो गया।

मजदूरों का एक छोटा-सा झुंड प्लेटफॉर्म पर एक जगह गमछा बिछाकर बैठा था। समय काटने को मजदूर मूँगफली टूँग रहे थे। चहलकदमी करता अमिय उनके पास चला गया। युवा संन्यासी को अपने पास आया देख मजदूर आदर से खड़े हो गए। शायद प्रणाम-पाती करना चाहते थे। अमिय ने अपने दोनों हाथ जोड़ दिए।

"क्या मैं आप लोगों के साथ बैठ सकता हूँ?" आत्मीयता से उसने पूछा।

मजदूर अचकचाकर इधर 'जी-जी' कहते रहे, और उधर वह वहाँ फैले मूँगफली के छिलकों को हटा जगह बना बैठ गया। मजदूर उस श्वेत-वसना युवा संन्यासी को अपने बीच पाकर खुश थे।

"कहाँ से आ रहे हैं, महाराज जी?" उनमें से किसी ने जिज्ञासावश पूछा।

वे मजदूर गंगा पार छपरा जिले के थे। गाँव में धान की रोपनी-सोहनी का काम खत्म हो गया था। वे मजदूरी की तलाश में राँची जा रहे थे।

"कितना दूर होगा राँची आपके घर से?" अमिय बिहार के भूगोल से अपरिचित जो था।

"जी, हम लोग गंगा जी के उत्तर के ठहरे। समझा जाए कि राँची यहाँ से एकदम दखिन में पड़ेगा। होगा यही कोई चार-पाँच सौ किलोमीटर दूर।" किसी नौजवान ने बताया। सबने सिर हिलाकर सहमति जताई।

"इतनी दूर काम की तलाश में?"

"अब दूरी की बात क्या कहें, महाराज जी। पेट में आग लगी हो तो क्या छपरा, क्या राँची? सब बराबर हैं हमारे लिए।" किसी अधेड़ मजदूर ने कहा।

"काका ठीके कहते हैं। वैसे छपरा में क्या रखा है? राँची में कल-कारखाने हैं। अगल-बगल हजारीबाग-बेरमों में कोलियरियाँ हैं।" सभी ने एक बार फिर सिर हिलाया।

...और बातों का सिलसिला चल निकला। धान की रोपनी खत्म हो जाने पर गाँवों में खेतिहर मजदूरों को काम नहीं मिलता। छपरा जैसे शहर में मोटिया मजदूरी के काम

में कितने मजदूर खप सकते हैं? पहले से मोटिया भाई लोग बहुत हैं। खेतिहर मजदूरों की संख्या हजारों में होगी। अधिकांश हरिजन हैं। पिछड़ी जातियों के भी हैं। अपना कहने को एक धूर जमीन नहीं। मालिकों की कृपा से गाँव में झोंपड़ी या मिट्टी के घरों में माँ-बाप, बीबी-बच्चे सबकी गुजर होती। सेर-भर चावल या मकई मजदूरी में मिलती दिन भर खटने पर एक आदमी को। पति-पत्नी-बच्चे सब काम करते तो घर में एक दिन में चार-पाँच सेर आ जाता। कई बार बूढ़े माँ-बाप भी खटते। जितना मिला, उसी में खाना-पीना, दवा-दारू, कपड़ा लत्ता—सब चलाना होता। ज्यादा मजदूरी माँगने पर गालियाँ खानी पड़तीं—साले, चरबी चढ़ गई है?

"हमारी बहन-बेटी की मरजादा भी इन्हीं मालिकों की किरपा पर है, महाराज जी।" काका शब्द से सम्बोधित मजदूर ने कहा।

सभी मजदूरों की आँखें नीचे गड़ गईं। सबकी अपनी-अपनी व्यथा-कथा थी। बेटी-बहन की मर्यादा का तार-तार होना उन्हें अन्दर तक छेद गया था। उस छेद से महज टीस नहीं उठती थी, गहरी पीड़ा की अनुभूति होती थी। भूखे रहने की आदत थी, पर मर्यादा का हनन? वे असहाय थे। अन्दर मवाद भर गया था, जिसके बाहर निकलने की राह उन्हें नहीं सूझती थी।

मजदूर खामोश हो गए थे।

"आप लोग प्रतिरोध क्यों नहीं करते? लड़ते क्यों नहीं?" अमिय को अचरज हुआ।

मजदूर बहुत पढ़े-लिखे नहीं थे। 'प्रतिरोध' जैसा शब्द सम्भवतया वे पहली बार सुन रहे थे। उसका अर्थ वे नहीं जानते थे, पर लड़ाई की बात उनकी समझ में आ गई। काका ने बात का सिरा पकड़ा।

"महाराज जी, गोली बन्दूक है उनके पास। लठैत हैं। पहलवान हैं। भला हम उनसे कैसे लड़ पाएँगे?"

"ठीक है। खुद लड़ नहीं सकते तो थाना-पुलिस में अपनी शिकायत लेकर जाना चाहिए।" अमिय ने राह सुझाई।

मजदूरों की नीचे गड़ी आँखें सहसा ऊपर उठीं। वे आँखें अब उसके चेहरे पर गड़ गईं। क्या था उन आँखों में? यथार्थ के प्रति घृणा? अविश्वास या और कुछ? वह आँखों की इस भाषा को पढ़ नहीं पा रहा था, परन्तु इतना जरूर समझ रहा था कि थाना-पुलिस की सलाह से वे उत्साहित नहीं हुए थे। काका ने विषैली मुस्कान के साथ कहा—

"महाराज जी, आप पवित्र आत्मा ठहरे। दुनिया में आप जैसे लोग बहुत कम बसते हैं। थाना-पुलिस मालिकों की जेब में रहती है। उन्हीं लोगों के यहाँ दावतें उड़ाती है। मालिक लोग थाना-पुलिस की दलाली भी करते हैं। हमारी क्यों सुनवाई होगी?"

"शिकायत लेकर कभी थाने पर आप लोग जाते ही नहीं?" वह जिज्ञासु होने लगा था।

"जाते हैं, महाराज जी।" काका बोला, "जाने पर हमारी ही फजीहत की जाती है। विचित्र-सी हँसी हँसकर कहते हैं, अपनी बेटी-बहन को क्यों नहीं सँभालते? हथिनी पालोगे तो पीलवान उस पर चढ़ेगा ही। फिर गाली-गुप्ता देकर दुरदुरा दिया जाता है।"

सामाजिक यथार्थ की कड़वी सच्चाई अमिय की समझ में आने लगी। मेडिकल कॉलेज के दिनों में इस यथार्थ से उसका साबका नहीं पड़ा था। हिमालय के दिनों में उसका समय धार्मिक पुस्तकों के अध्ययन, भ्रमण तथा ध्यान-योग-उपवास आदि में बीतता था। 'राजार्य सभा' में अपनी राजनैतिक यात्रा के दौरान समाज के यथार्थ को जानने-समझने का थोड़ा-बहुत अवसर उसे जरूर उपलब्ध हुआ था, किन्तु छपरा के उन गरीब-दलित मजदूरों से बातचीत में जिस सच्चाई से अब उसका सामना हुआ था, उससे वह अब तक अनजान रहा था।

मजदूरों से हुई बातचीत ने सामाजिक यथार्थ को जानने-समझने की उसकी जिज्ञासा को बढ़ा दिया था। अमिय उनसे काफी बातें करना चाहता था, परन्तु गाड़ी प्लेटफॉर्म पर आ चुकी थी और त्यागी उसे पुकारने लगा था।

## 4

प्लेटफॉर्म पर चहल-पहल तेज हो गई थी, जैसे टिड्डी दल ने हमला कर दिया हो। लोग रेलगाड़ी के डिब्बों में प्रवेश पाने को टूट पड़े थे। डिब्बों के दरवाजों पर रेलमपेल मची ही थी, लोग खुली खिड़कियों से येन-केन-प्रकारेण अन्दर जाने की जद्दोजहद में लगे थे। अन्दर गए नहीं कि गमछा बिछाकर सीट छेंक लेते। कमजोर शरीर वालों के लिए डिब्बे में प्रवेश बहुत कठिन था। बेचारे 'दीन-हीन तनु जानिके सुमिरों पवन कुमार' की मुद्रा में तब तक प्रतीक्षा करने को अभिशप्त थे, जब तक कि अन्तिम बलिष्ठ भुजाशाली नरश्रेष्ठ डिब्बे में प्रवेश न कर ले।

संन्यासी वेशभूषा धारियों की स्थिति थोड़ी भिन्न थी। धर्म भीरु लोग उन्हें देख डिब्बे में जाने का रास्ता छोड़ देते थे। अमिय के साथ भी ऐसा ही हुआ।

"जाइए महात्मा जी। आप पहले चढ़िए डिब्बे में।"

"अरे! छोड़ो रास्ता महाराज जी के लिए। जाइए संन्यासी जी।" अमिय मुस्कराया। ऐसा अनुभव नया नहीं था उसके लिए। अक्सर ऐसा होता रहता था। वह डिब्बे में चढ़ने को उद्यत हुआ कि उसकी नजर भीड़ में दबी एक वृद्धा पर पड़ी जो प्रतीक्षा कर रही थी कि कब टिड्डी दल डिब्बे में चढ़ जाएँ और उसकी बारी आए।

"माताजी! पहले आप चढ़िए डिब्बे में।" वह वृद्धा को सहारा देकर चढ़ने में मदद करने लगा। त्यागी ने भी अपने हाथ बढ़ाए।

वृद्धा का रोम-रोम उसे और त्यागी को आशीष देने लगा। वृद्धा के बाद वह और त्यागी डिब्बे में चढ़े। उन्हें अन्दर सीट मिल गई। उसने पहले वृद्धा को आदरपूर्वक बैठाया। तब जाकर वह और त्यागी बैठे।

थोड़ी देर बाद रेलगाड़ी ने सीटी दी और छुक-छुक करती अपने गन्तव्य की ओर चल पड़ी। डिब्बा आदमी और औरतों से ठसाठस भर गया था। कई जांबाज युवा रेलगाड़ी की छत पर बैठ गए थे। छत पर बैठकर यात्रा करना इस इलाके के लिए सामान्य बात थी। वैसे भी आवागमन के पर्याप्त साधन न होने पर आमजनों के समक्ष विकल्प ही क्या था?

पटना जंक्शन से छुक-छुक करती ट्रेन शहर पार कर देहाती क्षेत्र में प्रवेश करने लगी थी। दोनों ओर धान के हरे-भरे खेत लहरा रहे थे। दूर-दूर तलक हरीतिमा की चादर बिछा दी गई हो जैसे। वह इस नयनाभिराम दृश्य में खो-सा गया। बिहार के किसान बड़े मेहनती हैं, उसके मन-मस्तिष्क में विचार उभरा। वह कवि होता तो प्रकृति के इस मोहक रूप को देख कोई कविता रच देता।

"त्यागी जी, धान की फसल काफी बढ़िया दीख रही है।" वह यथार्थ में लौटने लगा था।

"जी, इस साल वर्षा-बूनी ठीक हुई है।" त्यागी ने ताईद की।

"मतलब?"

"सिंचाई का इन्तजाम इस इलाके में कुछ खास नहीं है। पानी ठीक से बरसने पर धान की अच्छी फसल हो जाती है।" त्यागी ने इलाके की हकीकत से परदा उठाया।

"और वर्षा-बूनी नहीं हुई तो खेत परती।" कोई नौजवान शख्स उन दोनों की बातचीत में कूद पड़ा।

"संन्यासी जी, पटना-गया का देहाती क्षेत्र सुखाड़ का क्षेत्र है। कई बार धान बोते समय पानी की कमी नहीं होती, परन्तु जब धान में गोफा फूटने का समय आता, किसान इन्द्र देवता की ओर हाथ जोड़ टकटकी लगाए रहते। किरपा नहीं हो उनकी तो खेत सूख जाएँ।" वही नौजवान था।

"क्या नहरें इधर नहीं हैं?" उसे हरियाणा के गाँव याद आ गए।

अब इस सवाल का जवाब कौन देता भला?

"नहरें कहाँ? जमींदारों के जमाने में सिंचाई के लिए जो आहर-पईन बने थे, अगर उसी की समय-समय पर सफैया होती रहे तो पानी की कोई कमी न रहेगी।" वही नौजवान था।

डिब्बे में खेती-किसानी पर बहस होने लगी। डिब्बे में मौजूद हर शख्स अपनी-अपनी बात कहने को उतावला था। कई बार बहस शोर में तब्दील हो जाती। एक साथ कई लोग बोलने लग जाते। सरकार को कोसने का कोई मौका लोग नहीं छोड़ रहे थे। धीरे-धीरे बहस खेती-किसानी से हटकर भ्रष्टाचार पर होने लगी। सरकारी दफ्तरों में फैले भ्रष्टाचार से हर शख्स दुखी था। भ्रष्टाचार के किस्से डिब्बे की दीवारों, फर्श और छत से टकराकर खास तरह की अनुगूँज पैदा करने लगे। त्यागी ने मौका देखकर जेपी आन्दोलन की चर्चा छेड़ दी।

"भाइयो, जयप्रकाश जी ने सम्पूर्ण क्रान्ति का आन्दोलन पूरे देश से भ्रष्टाचार मिटाने के लिए छेड़ा है। आप जहाँ के भी रहने वाले हों, इस आन्दोलन को आगे बढ़ाइए। यह आन्दोलन भ्रष्टाचार के दानव को स्वाहा कर देगा।"

यह हस्तक्षेप बहस को दिशा देने में कामयाब रहा। बहस जेपी आन्दोलन की समझ और प्रभाव पर केन्द्रित हो गई।

बीच में कई स्टेशन आए और गए, पर बहस चलती रही। लोग उतरते रहे और चढ़ते रहे। बहस में बोलने वाला कोई एक उतरता, वैसे ही दो जने चढ़ जाते। कहाँ

आन्दोलन तेज है, कहाँ कमजोर, इसकी मीमांसा होती रही। सरकार पक्षी अखबारों की छीछालेदर होती रही। भ्रष्ट राजनेताओं और अफसरों की जन्मपत्री खँगाली जाती रही।

"गाँवों में इस आन्दोलन की चर्चा कम है। शहरों-कस्बों में चर्चा ज्यादा दीखती है।" किसी की टिप्पणी आई।

इसी बीच जहानाबाद रेलवे स्टेशन आ गया। दोनों ने सभी से विदा ली और उतर गए।

## वह तोड़ती पत्थर इलाहाबाद की सड़क पर

इलाहाबाद में संगम से सटा मुहल्ला है : दारागंज। दारागंज बादशाह शाहजहाँ के विद्वान बेटे दारा शिकोह का बसाया बताया जाता है। उसी दारागंज की गलियों में कभी विचरते थे, महाकवि निराला। इलाहाबाद महाकवि निराला का शहर है। और इस महाकवि की संवेदनशील गहरी दृष्टि ने अमर बना दिया इस बेहतरीन शहर की सड़क पर पत्थर तोड़ती अनाम मजदूर कन्या को। 'वह तोड़ती पत्थर/देखा मैंने उसे इलाहाबाद के पथ पर...' महाकवि निराला ही अपनी कविता में मेहनतकश के स्वेद सिक्त व्यथा-कथा को ढाल सकते थे।

हम जिस कालखंड की कहानी कह रहे हैं, इस शहर का नाम प्रयागराज नहीं था। वह खालिस इलाहाबाद था। वह अभी भी वहाँ पले-बढ़े-पढ़े-जिए लोगों की रगों में बजता है, इलाहाबाद बनकर। हम 1970 के दशक की बात कर रहे हैं।

...और उसी इलाहाबाद की एक सड़क पर पहली बार अमिय और अवधेश मिले थे। वह दोनों की जिन्दगी का अविस्मरणीय क्षण था।

अवधेश यादव इलाहाबाद विश्वविद्यालय में हिन्दी साहित्य का छात्र था। डायमंड जुबली हॉस्टल का अधिवासी। इलाहाबाद यूँ तो हिन्दी साहित्य का प्रमुख गढ़ माना जाता था, पर उर्दू साहित्य की हस्तियों की कोई कमी नहीं थी। फिराक गोरखपुरी तब जिन्दा थे। जिन्दा क्या थे, उनके प्रशंसक कहते, कुल जमा अस्सी पार हो जाने के बावजूद जिन्दादिल थे। विश्वविद्यालय के अंग्रेजी विभाग में प्रोफेसर के पद से रिटायर हो गए थे। बैंक रोड में प्रोफेसर्स क्वार्टर में रहा करते थे। उनसे मिलने आने वालों में केवल उर्दू साहित्य के कद्रदान या लेखक-शायर शुमार न थे, हिन्दी के लेखक-कवि एवं छात्रों की संख्या भी बहुत होती थी। उनके ड्राइंग रूम का दरवाजा उन कद्रदानों के लिए हमेशा खुला रहता। फिराक साहब को सुनना अपने आप में अनूठा अनुभव होता था। बहुधा अपनी शायरी सुनाते-सुनाते वे निराला जी की कविताओं में प्रयोग की गई भाषागत बुनावट की बखिया अत्यन्त भोले अन्दाज में उधेड़ने लगते। तब उनकी आँखें किसी ऐसे बच्चे-सी शरारती चमक बिखेरती प्रतीत होतीं जो भरे बाजार किसी बुजुर्ग की धोती खींच भाग रहा हो। ऐसे क्षण उनके और हिन्दी के विद्यार्थियों-कवियों के बीच तीखी बहस छिड़ जाती। वह बहस घर के अन्दर से चाय भरी प्यालियों

के आने के बाद ही खत्म होती। फिराक साहब मजे से उस बहस में अपने विरोधी पक्ष का मुकाबला करते। चाहे बहस कितनी भी तीखी हो, वे विरोधी पक्ष को चाय पिलवाना न भूलते।

अवधेश उस बहस में फिराक साहब के विरोधी पक्ष के साथ होता। फिराक साहब खासतौर पर निराला की कविता में प्रयोग में लाई गई हिन्दी का अपने अन्दाज में मजाक उड़ाया करते। कहते, "यह 'वल्लरी' क्या बला है?" अरे 'डाल' कहते, 'डार' कहते, 'शाख' कहते। वल्लरी। हूँ। जैसे बल्ले की बहन वल्लरी? और बेलौस हँसी हँसते।

बस, अवधेश और उसके साथी फिराक साहब के साथ भिड़ जाते। उनकी मंशा भिड़ने की नहीं, फिराक साहब को सुनने की रहती। वे 'वल्लरी' के पक्ष में तर्क पेश करते। कहते, उर्दू में ऐसा कोई शब्द कहाँ है जो जूही की पतली डाल की इतनी सटीक अभिव्यक्ति कर सके? 'डाल' या 'डार' या 'शाख' का प्रयोग जूही जैसे फूल के सन्दर्भ में भला कैसे किया जा सकता है? लगेगा, जैसे बरगद के पेड़ पर कविता लिखी है महाकवि ने। 'वल्लरी' से तन्वंगी डाल का जैसा सौन्दर्य उभरा है निराला जी की कविता में, वैसा उर्दू वाले सात जनम में भी नहीं उभार सकते। फिराक साहब यह सुनते ही भड़क जाते। फिर शुरू हो जाता उस महान शायर का एकालाप। उर्दू के एक-से-एक नायब मोती फिराक साहब झमकाने लगते।

ऐसी ही बहसें फिराक साहब के साथ हर मुलाकात में होतीं जिसका कोई नतीजा नहीं निकलता, पर फिराक साहब की शख्सियत ऐसी कि अगली मुलाकात में पिछली मुलाकात की तल्ख बहस का कोई मलाल उनमें नहीं दीखता। छात्रों के मन में मलाल का सवाल ही नहीं पैदा होता था। वे उनसे बराबर कुछ-न-कुछ सीखकर ही जाते। निराला जिन्दा नहीं थे, पर इलाहाबाद में फिराक साहब का होना कम गौरव की बात नहीं थी।

हिन्दी साहित्य के छात्र या कवि इतने पर ही गर्व करते थे कि भले उन्होंने निराला को नहीं देखा था, फिराक साहब के घर की चाय तो पी थी? फिराक साहब खूब सिगरेट फूँका करते थे, पर क्या मजाल कि कोई छात्र उनके सामने सिगरेट पी ले! तब छात्र शिक्षकों एवं अपने बड़ों के सामने सिगरेट पीने से परहेज करते थे। फिराक साहब जैसे विराट् व्यक्तित्व की बात ही निराली थी।

इलाहाबाद में सर्दियाँ शुरू हो चुकी थीं। उस दिन रविवार था। डायमंड जुबली हॉस्टल के लॉन में अधिवासी सुबह की धूप का आनन्द ले रहे थे। कुछ अपने गीले कपड़े सुखा रहे थे। हॉस्टल के मेस में नाश्ते का प्रबन्ध नहीं होने के कारण कमरों से हीटर पर ब्रेड के सिंकने से उठने वाली धीमी-धीमी खमीरी खुशबू बरामदों की ठहरी हवा में झूल रही थी। घर से लाए शुद्ध घी को सिंके ब्रेड पर फैलाकर नाश्ते के रूप में खाने का प्रचलन उन दिनों था यानी ब्रेड-घी का नाश्ता। मेसों में हर दिन केवल दो बार खाना बना करता था। छात्र क्लास जाने के पहले दिन का खाना खा लिया करते थे। शाम को घर से लाया चना-चबेना या फिर वही सिंका ब्रेड और घी। रविवार को दोपहर का खाना बढ़िया होता था—स्पेशल खाना। मतलब, कचौरी-पूरी,दो-तीन तरह की सब्जियाँ, दाल, सलाद, पुलाव या मीठा चावल, रायता, पापड़, अचार आदि। स्पेशल

खाने का खूब आनन्द लिया जाता। शाम को मेस बन्द रहता। बगल के कर्नलगंज बाजार में बन-मक्खन से छात्र काम चला लेते।

स्थानीय बोली-बानी का इलाहाबाद में अपना ही आनन्द था। किसी से ताव में बात करना हो तो नक्शेबाजी में कहते—'कस में'। यानी क्या बे? प्रेम से कहना हो तो—'कस गुरू'। यानी क्या गुरू? अगला समझ जाता कि मेरा हालचाल पूछा जा रहा है। कोई परिचित दीख जाए और उसका नाम याद न आ रहा हो तो 'कहिए महाराज' या 'कस गुरू' से काम चल जाता। या फिर सार्वकालिक सम्बोधन—'भइया' या 'भाईजी'। किसी को धमकाना हो तो कहते—'यहाँ का लोकल हूँ'। अगला समझ जाता, सामने वाला असामाजिक किस्म का तत्त्व है।

बाहर से पढ़ने आए छात्र स्थानीय बोली के इन शब्दों को अपने शब्दकोश में बड़ा सम्मान देते थे। यहाँ तक कि 'कस में' का इस्तेमाल जहाँ करने से बचना चाहिए, वहाँ भी कर दिया करते थे। एक बार बलिया के कुछ इलाहाबादी छात्र जोगबनी एक्सप्रेस से छुट्टियों में घर जा रहे थे। ट्रेन बनारस कैंट स्टेशन पर खड़ी हुई। 'चाय गरम-चाय गरम' की आवाज लगाते चाय वाले केतली लिये डिब्बों के सामने से आ-जा रहे थे। छात्रों को चाय पीने की तलब लगी। चाय वाले को आवाज दी गई। उसने कुल्हड़ में चाय पेश की। पैसे माँगे। छात्रों को लगा कि पैसा कुछ ज्यादा माँगा जा रहा है। बस, उनके अन्दर का इलाहाबादी जाग गया। एक छात्र शुरू हुआ—'कस में', इतना पैसा? इधर 'कस में' सुनना था कि चाय वाले के अन्दर का बनारसी भी जाग उठा। उसने चाय की केतली तड़-से प्लेटफॉर्म पर रखी और भिड़ गया, "ये 'कस में' 'कस में' क्या बोला बे? कमजोर समझ रखा है क्या। दूँगा दो हाथ तो सारा 'कस में' बाहर आ जाएगा।" किसी तरह मामला सँभल गया वरना गदर मच जाता। बनारसी 'कस में' को तुम तड़ाक वाला शब्द समझते। वहाँ इसका प्रचलन नहीं। वे तो प्यार से कहते—भइया।

## 2

रविवार के उस दिन अवधेश मेस का स्पेशल खाना खाकर कमरे में लौटा। पढ़ने का मन नहीं था। कचौरियाँ पेट में कुलाँचें मार रही थीं। पान की तलब लग गई। अवधेश हॉस्टल से निकल बाहर सड़क पर आ गया। कदम कर्नलगंज तिराहे की ओर मुड़ गए।

स्वराज भवन के सामने सड़क पार निहालुद्दीन की पान की दुकान थी। वे बड़े चाव से पान बनाकर ग्राहकों को पेश करते थे। ग्राहकों में अधिकांशतः यूनिवर्सिटी के छात्र हुआ करते थे। छात्र प्यार से निहालुद्दीन को कहते, चचा। निहालुद्दीन अधेड़ उम्र के थे। रहे होंगे कोई 50-55 साल के। बाल पकने शुरू हो गए थे। पुश्तैनी दुकान थी। दुकान में पहले उनके अब्बा मरहूम इकबाल बैठा करते थे। निहालुद्दीन जब जवान हुए, मुलाजमत के लिए इधर-उधर काफी हाथ-पाँव मारा। कहीं जुगत नहीं लगी। अब्बा हुजूर ने कहा, "मियाँ कहाँ मटरगश्ती करते रहोगे? अपनी दुकान है। जमा-जमाया धन्धा है। अल्ला मियाँ के फजल से इतना मिल ही जाता है कि फाके की नौबत नहीं आए।

चलाओ इसे।" बस, तभी से निहालुद्दीन दुकान पर बैठ गए। और बैठे तो बस ऐसे बैठे कि सुबह दुकान खोलते तो रात 9-10 बजे तक जमे रहते। छात्रों से अपनापन-सा हो गया था। कइयों का उधार खाता चलाकरता। चुकाने में देर हो जाए, फिर भी वे तगादा नहीं करते थे। कहते, "कोई बात नहीं मियाँ। जब अगला मनीऑर्डर आए चुका देना।" ऐसे ही नहीं कहते थे छात्र उन्हें चचा!

अवधेश जब पान की दुकान पर पहुँचा, दो-चार साथी-दोस्त मिल गए। चचा पान बनाने लगे। अवधेश दोस्तों से बातचीत में मशगूल हो गया। तभी वह अविस्मरणीय क्षण आ पहुँचा!

दुकान से थोड़ी दूरी पर एक रिक्शा आकर रुका। रिक्शे से एक रोबीला शख्स उतरा। देखने से पढ़ा-लिखा नौकरी-पेशा जान पड़ता था। रिक्शा चालक दुबला-पतला नौजवान था। लुंगी के ऊपर गाढ़े का कुर्ता। सिर पर गमछा बँधा हुआ। पसीना पोंछते हुए वह किराया मिलने की प्रतीक्षा करने लगा।

न जाने क्या हुआ कि वह रोबीला शख्स रिक्शा चालक पर बरसने लगा, "कस में, साले, लूटते हो। बाहरी समझ रखा है? कर्नलगंज का लोकल हूँ।"

"भइया, रामबाग स्टेशन से इतनी दूर लाया हूँ। रास्ते में आप जगह-जगह रुकते, काम निबटाते चले आ रहे हैं। इतनी देर में मैं दो खेप सवारी उठा सकता था। उस पर आप बस एक रुपया दे रहे हैं। दो रुपया बनता है।" रिक्शा चालक गिड़गिड़ा रहा था।

उनके बीच तकरार बढ़ गई। उस शख्स ने रिक्शे वाले पर हाथ चला दिया। हाथ तगड़ा पड़ा था। रिक्शा वाला बुक्का फाड़ रोने लगा।

"गरीब समझकर मार रहे हो भइया? हम जानवर नहीं, आदमी हैं। अपने काम की मजदूरी माँग रहे हैं। कोई गुनाह नहीं कर रहे हैं।"

अवधेश का ध्यान रिक्शा वाले की ओर गया। इसी बीच एक नौजवान साइकिल सवार वहाँ आ पहुँचा था। उसने सफेद एप्रेन पहन रखी थी जिसे आम तौर से डॉक्टर या मेडिकल छात्र पहनते हैं। वह नौजवान झपटकर रिक्शा वाले के साथ खड़ा हो गया।

"भइया, हमारी कोई गलती नहीं थी,"—रिक्शे वाला जार-बेजार रोते हुए उस नौजवान को अपनी राम कहानी बताने लगा। नौजवान ने रिक्शा वाले के आँसू अपनी जेब से रूमाल निकालकर पोंछे और उसे ढाढ़स बँधाया। फिर उसने मुलायमियत से उस रोबीले शख्स से कहा—

"भाई साहब, आप इस गरीब को नाहक क्यों पीट रहे हैं?"

"गरीब?" उस शख्स ने मुँह बिचकाया और हिकारत से कहा, "ये साले पीटे जाने के ही लायक हैं।" जैसे कह रहा हो, नाली के कीड़े हैं ये लोग। कुचल देना चाहिए इन्हें।

"गरीब मजदूर अगर अपनी मेहनत का मोल माँगे, तो वह पीटे जाने के लायक है। और जो उसकी हकमारी करे, उसके साथ क्या बर्ताव होना चाहिए?" नौजवान ने हरेक शब्द पर जोर देते हुए कहा।

"सुनो, मैं लोकल हूँ यहाँ का। मेरे साथ ढंग से बात करो।" वह शख्स उस नौजवान पर ताव खा गया। लगा कि उससे भिड़ जाएगा।

अवधेश दोनों के बीच चल रहा वार्तालाप सुन रहा था। नहीं रहा गया। वह भी मोर्चे पर आ डटा। आस्तीनें चढ़ाकर डपटा, "गुरू, यह भभकी क्यों दे रहे हो? अभी रिक्शे वाले साथी को पूरी मजदूरी दो। नहीं तो समझ लो।"

चचा की दुकान पर खड़े दूसरे छात्र भी अवधेश के समर्थन में आ गए।

"पैसा दो, इस गरीब का। चढ़ते हो रिक्शे पर तो वाजिब मजदूरी देनी ही पड़ेगी।" कई छात्र एक साथ उस शख्स पर बमक गए।

चचा दुकान पर बैठे-बैठे दहाड़े, "भइया, काहे सताते हो उस गरीब को? कबीर दास जी को नहीं पढ़ा क्या?"

वे कबीर का दोहा सुनाने लगे—

*दुर्बल को न सताइए जाकी मोटी हाय।*
*मरी खाल की साँस से लौह भसम हो जाय॥*

रिक्शा चालक इस बदले घटनाक्रम से प्रसन्न, किन्तु हतप्रभ था। क्या गरीब मेहनतकश की आवाज उठाने वाले भी हैं? भगवान जरूर इनका भला करेंगे—उसके मन के किसी कोने से सद्भावना उठी। उसका अनुभव इसके विपरीत रहा था।

छात्रों के रिक्शे वाले के समर्थन से उत्साहित उस नौजवान ने उस शख्स को समझाने के अन्दाज में कहा, "भाई, आप खुद विचार करें। लोकल होने का मतलब किसी इनसान पर जुल्म ढाना नहीं होता। और वह भी तब, जबकि वह इनसान न्याय की बात कर रहा हो। अपना हक माँग रहा हो।"

उस रोबीले शख्स के अन्दर का ईमान जगा या उसकी दबंगई दुबक गई, उसने जेब से बाकी पैसे निकाल रिक्शे वाले को चुकता किया और चुपचाप वहाँ से खिसक गया।

वाजिब मजदूरी मिल जाने से सन्तुष्ट रिक्शे वाले ने मददगारों को सलाम किया और अगली सवारी की खोज में निकल गया। अवधेश उस नौजवान से मुखातिब हुआ।

## 3

कुछ ऐसे क्षण होते हैं, जो कई बार हमारे जीवन की महत्त्वपूर्ण परिघटना बन जाते हैं। इलाहाबाद की सड़क पर रिक्शा चालक की पक्षधरता का वह क्षण अवधेश के जीवन की महत्त्वपूर्ण परिघटना बन गया। उस क्षण ने अवधेश को अमिय से मिला दिया। दोनों ऐसे मिले कि गहरे दोस्त बन गए। दरअसल, सफेद ऐप्रन वाला वह नौजवान हमारी कहानी का नायक अमिय था। मोतीलाल नेहरू मेडिकल कॉलेज, इलाहाबाद के तीसरे साल का छात्र।

अमिय वैसे था तो शरीर और औषधिशास्त्र का विद्यार्थी, परन्तु उसका झुकाव आध्यामिकता की ओर अधिक था। उसके सहपाठी कॉलेज एवं अस्पताल की थका देने वाली दिनचर्या के बाद जहाँ संगीत एवं खेलों में रिलैक्स होने का साधन ढूँढ़ते, अमिय हाथ-पाँव धो कमरा बन्द कर मेडिटेशन में निमग्न हो जाता। छुट्टियों के दिनों में बहुधा

वह संगम तट चला जाता। वहाँ किसी साफ-सुथरी जगह बैठ विचार-मग्न हो लहरों को घंटों निहारता। देखने वालों को लगता कि वह अन्तर्मुखी यानी इंट्रोवर्ट है, पर ऐसा था नहीं। वह यारों का यार था। अजनबियों को भी अपनी बातों से चिर-परिचित-सा बना लेता, परन्तु उसे एकान्त बहुत पसन्द था। और संगम तट? उसके क्या कहने! किले की प्राचीरों के पास बैठ वह कल-कल बहती यमुना के नीले जल को दारागंज रेलवे पुल के नीचे से बहती आती गंगा के मटमैले जल में मिलकर एकाकार होते देखता, तो जैसे उसके चिन्तन को गहरे अर्थ मिलने लगते।

*जल में कुम्भ, कुम्भ में जल है*
*बाहर भीतर पानी।*

जीवन के पहले क्या था? जीवन के बाद क्या है? जगत् की हर रचना—मनुष्य, पशु-पक्षी, वनस्पतियाँ, नदियाँ, पर्वत क्या किसी सर्वव्यापी सत्ता के अस्तित्व की ओर इंगित करती है? उस सत्ता का क्या रूप है? उस सत्ता को क्या नाम दें? ईश्वर? प्रकृति? ईश्वरीय सत्ता क्या है? ईश्वर क्या है?

ऐसे प्रश्न उसके दिलो-दिमाग में संगम की लहरों की तरह मचलते-उमड़ते रहते। बचपन से ही वह जिज्ञासु प्रवृत्ति का था। उसका अध्यात्म इन प्रश्नों के उत्तरों की खोज की प्रक्रिया था। वह सत्य का अन्वेषण करना चाहता था। जीव और जगत् के रहस्यों की अँधेरी गुफा में प्रवेश कर उनकी पड़ताल करना चाहता था। पिता हरिद्वार में गुरुकुल काँगड़ी महाविद्यालय के प्रधानाचार्य रहे थे। उनसे 'वेद', 'उपनिषद्', 'गीता' की बातें वह बचपन से सुनता रहा था। बड़े भाई मार्क्सवादी थे। वे दुनिया को न्यायपूर्ण बनाने की बात करते थे। अमिय उनसे खूब बातें करता। कई बार बहस भी होती। मेडिकल कॉलेज में आने के बाद उसने बुद्ध को पढ़ा। महावीर को पढ़ा। नानक को पढ़ा। उसकी निजी लाइब्रेरी में एनाटॉमी, फिजियोलॉजी आदि विषयों के साथ 'गीता', 'कुरान', 'बाइबिल', 'गुरुग्रंथ साहब' भी थे। दरअसल,वह किसी लिखे-कहे को बिना अपनी बुद्धि और तर्क की कसौटी पर परखे स्वीकार कर लेने वालों में न था। वह आँख मूँदकर भक्ति करने की बजाय तर्क एवं विज्ञान की कसौटी पर इन प्रश्नों के उत्तर जानने-समझने का अभिलाषी था।

अमिय सादगी पसन्द था। खाने-पीने, कपड़े-लत्ते का कोई खास आग्रह नहीं। साधारण-से-साधारण आदमी उसके प्रिय थे। सभी के साथ उसका व्यवहार विनम्रता का होता। मेस के रसोइए से लेकर कॉलेज-हॉस्टल के सफाईकर्मियों तक से वह विनम्रता से पेश आता। वे कहते, "भइया के विचार दूसरे भइया लोगों से कितने अलग हैं? घमंड इन्हें छू तक नहीं गया है।" हॉस्टल के बाहर निकलता तो रेहड़ी वालों, ठेले वालों, रिक्शा वालों से आत्मीयता से घुल-मिल कर बातें करता। वे भी उससे मिलकर खुश हो जाते। मनुष्यत्व से प्रेम उसके अध्यात्म का अंश था।

उसका अध्यात्म किसी धर्मविशेष की सीमारेखा में बँधा नहीं था। वह धार्मिक रूढ़ियों, कर्मकांडों, अन्धविश्वासों, मनुष्य-विरोधी परम्पराओं और संकीर्णताओं पर

सवाल उठाता। मन्दिरों, मजारों, गिरजाघरों, गुरुद्वारों में समान आदर सहित जाता, बैठता। किसी धर्म स्थान के प्रति न विशेष आग्रह न द्वेष। वह चिरन्तन सत्य की खोज में था। स्थूल शरीर के आधि-व्याधि का इलाज सीखने मेडिकल कॉलेज में आया था जरूर, पर उसका पाथेय मात्र मानव शरीर न था।

इधर अवधेश को हिन्दी साहित्य से विशेष प्रेम था। वह बी.ए. प्रथम वर्ष में था। उन दिनों इलाहाबाद विश्वविद्यालय में ग्रेजुएशन दो साल का हुआ करता था। तीन विषय लेने पड़ते थे। उसने हिन्दी के साथ राजनीति विज्ञान और प्राचीन इतिहास लिये थे। राजनीति विज्ञान और प्राचीन इतिहास तब प्राय: वे ही छात्र पढ़ा करते थे, जिनकी महत्त्वाकांक्षा आई.ए.एस. या पी.सी.एस. अफसर बनने की होती थी। इलाहाबाद विश्वविद्यालय की प्रसिद्धि उन दिनों अपने ऐसे ही छात्रों के कारण अधिक थी, परन्तु अवधेश ने ऐसी महत्त्वाकांक्षा नहीं पाल रखी थी। उसकी चेतना का छोर अन्यत्र था। रामचन्द्र शुक्ल, हजारीप्रसाद द्विवेदी, नामवर सिंह जैसे अग्रणी समालोचकों के कृतित्व से वह प्रभावित था। भक्तिकाल के महान कवि कबीरदास की रचनाओं का वह गहन अध्येता था। कहता, “कबीर ने समाज और अध्यात्म को समझने की सर्वथा नई दृष्टि दी है।” कैम्पस में चलने वाली साप्ताहिक स्टडी सर्किल की बहसों में उसकी भागीदारी ताजगी ला देती थी। भारतीय समाज की आन्तरिक बुनावट एवं अन्तर्विरोधों की उसमें गहरी समझ थी। यह समझ मात्र किताबी अध्ययन से नहीं आई थी। इसमें उसकी पारिवारिक एवं गँवई पृष्ठभूमि का भी अच्छा-खासा योगदान रहा था। साहित्य के अध्ययन ने उसे मानवता के प्रति संवेदनशील बनाया था। संवेदनशीलता ने उसे गरीब, शोषित, पीड़ित वर्गों एवं जातियों की पीड़ा को महसूस करने की क्षमता प्रदान की थी और यही समझ और क्षमता उसे वामपंथी राजनैतिक धारा में खींच ले गई थी।

अवधेश गाजीपुर जिले के एक सामान्य किसान परिवार से आता था। पिता सुखदेव सिंह यादव छोटे किसान थे। खेतों में हल चला, फसलें उगा अपने दोनों बेटों और परिवार का पालन-पोषण करते। आमदनी का एकमात्र साधन खेती से होने वाली आय ही थी। मेहनत से लगाई फसल के मौसम की बेरुखी और मार से बर्बाद हो जाने पर फाके की नौबत आ जाती। अगली फसल के इन्तजार में जीवन की जरूरतें रुक नहीं सकती थीं। सो, महाजन से महँगे सूद पर कर्ज लेकर परिवार का पालन करना पड़ता। उनकी कई सन्तानें हुईं, परन्तु बीमारी ने दो बेटों, केशव और अवधेश को छोड़ शेष को असमय ही लील लिया था। अवधेश अपने बड़े भाई केशव से 15 साल छोटा था। पिता खुद ज्यादा पढ़े-लिखे नहीं थे। गाँव के स्कूल में किसी तरह ठेल-ठाल कर दर्जा पाँच पास कर पाए थे, पर बच्चों को पढ़ाने का बहुत शौक था। खुद न पढ़ पाने के बावजूद माँ को दोनों बेटों को पढ़ा-लिखा कर हाकिम बनाने के लिए पेट काटकर भी पैसा बचाने में गुरेज न था। अपनी जिन्दगी जैसे-तैसे बीत ही रही थी, बेटों को चमकता-दमकता भविष्य देने के सुनहले सपने को वे आँखों से ओझल होने देना नहीं चाहती थीं।

अपनी जिन्दगी की गाड़ी किसी तरह खींच-खाँच कर चलाने वाले अवधेश के पिता दूसरों के दर्द-पीड़ा में भी शामिल रहते थे। पड़ोसियों की हारी-बीमारी, मरनी-जीवनी,

दुख-सुख की सुधि लेते। जितना बन पड़े, मदद का हाथ बढ़ाते। उनमें मानवीय गुण कूट-कूट कर भरे थे। वे जातीय या धार्मिक भेदभाव एवं उत्पीड़न के सख्त खिलाफ रहते थे। आदमी-आदमी के बीच जाति-धर्म के नाम पर फर्क करने को वे गलत मानते थे। उन्हें कोई दो बात कह दे, सह लेते। पर यदि कोई अपने बड़का होने के गरूर में किसी यादव, कोइरी, कुर्मी, बढ़ई, कुँजड़ा, कुम्हार, तेली, नाई, तमोली या हरिजन को छोटा समझ अपमानित करने लगे, वे बर्दाश्त नहीं कर सकते थे। वे पीड़ित के पक्ष में खड़े हो जाते।

अवधेश के बड़े भाई स्थानीय कॉलेज से बी.एड. कर अध्यापक बन गए थे। उनकी बड़ी इच्छा रही थी कि वे इलाहाबाद यूनिवर्सिटी में पढ़ते। उनकी इच्छा पूरी न हो सकी थी, पर उन्होंने अवधेश को इलाहाबाद भेजकर ही दम लिया। माँ-पिता ने सुना तो तबीयत हरी हो गई। तपस्या सफल हो गई थी उनकी।

यूनिवर्सिटी आकर जब अवधेश ने कबीर को पढ़ा, उसके समक्ष नए गवाक्ष खुलने लगे। उसने मार्क्स, एंगेल्स और लेनिन की रचनाओं को भी पढ़ना शुरू कर दिया। जब उसकी मुलाकात इलाहाबाद की सड़क पर पहली बार अमिय से हुई, अवधेश इलाहाबाद यूनिवर्सिटी के स्टूडेंट फेडरेशन का अग्रणी सदस्य था।

अमिय से हुई उस पहली मुलाकात ने उन दोनों के बीच गहरी दोस्ती की नींव रख दी। छुट्टियों में उनका एक-दूसरे के हॉस्टलों में आने-जाने का सिलसिला चल निकला। साइकिलें उठाईं और चल दिए। वह दोनों जब मिलते, लगता दो जिज्ञासु मिल रहे हैं। अमिय अध्यात्म एवं दर्शन की अपनी चिन्ताएँ शेयर करता, अवधेश मार्क्सवाद के प्रश्नों पर अपनी समझ। अवधेश अपनी कविताएँ-लेख भी सुनाता। उन दिनों इलाहाबाद विश्वविद्यालय में वामपंथी छात्र संगठन स्टडी सर्किल चलाते थे। सीनेट हॉल से सटे मैदान में विशाल बरगद के पेड़ की छाँव में हरी मखमली दूब पर बैठकर मार्क्स-लेनिन-एंगेल्स की रचनाओं पर चर्चा हुआ करती थी, लगभग हर दूसरे रविवार को। अवधेश के साथ अमिय भी कभी-कभी स्टडी सर्किल में भाग लेता। वह बड़े ध्यान से वक्ताओं को सुनता। ऐसे प्रश्न उठा देता कि वक्ता को अपने ज्ञान एवं तार्किक क्षमता की अल्पता का भान होने लगता। उपहास वह कभी नहीं करता था। बस, उन किताबों के नाम पूछकर लिख लेता था जिन्हें वक्ता द्वारा उद्धृत किया जा रहा हो।

धीरे-धीरे अमिय की निजी लाइब्रेरी में मार्क्सवादी साहित्य भी जुड़ने लगा। अवधेश और अमिय की दोस्ती की भीत जनपक्षी विचारों की नींव पर तामीर हो रही थी। वह सामान्य छात्रों के बीच की दोस्ती नहीं थी। हालाँकि वह दो जवान हो रहे लड़कों की दोस्ती थी, परन्तु उसमें उच्छृंखलता नहीं, गम्भीरता का पुट था। वे अपनी उम्र के अन्य लड़कों की तरह अपना समय उम्रगत अभिलाषाओं और मामूली गतिविधियों में नहीं खपाते थे। वे भारतीय समाज को बेहतर बनाने के सपनों के साथ युवा हो रहे थे।

जीवन और जगत् के सम्बन्ध में अमिय के जो अपने प्रश्न थे, उनसे अवधेश के लिए भी बचना सम्भव न रह गया था। वे दोनों जब जगत् की उत्पत्ति पर चर्चा करते तो विभिन्न धर्मों का प्रसंग सहसा उपस्थित होता जाता। जब मनुष्य की उत्पत्ति की चर्चा

करते, आदम-हव्वा तथा मनु-सतरूपा के साथ डार्विन पर भी बातें होतीं। क्या किसी ईश्वरीय सत्ता ने संसार को रचा, अथवा सूर्य से छिटके अंशों से सौरमंडल बना? ये ऐसे प्रश्न थे, जिनके ठीक-ठीक उत्तर उनके पास नहीं थे। जब वे समाज की बुनावट पर चर्चा करते, अवधेश को अपने गाँव के दबंग एवं शोषित-पीड़ित पात्र याद आने लगते। क्या असमानता, गरीबी, अमीरी, शोषण, पीड़ा आदि किसी ईश्वरीय सत्ता ने रचे हैं? तर्क की कसौटी पर इसका उत्तर 'हाँ' में नहीं मिलता उन्हें। वे रूसी और चीनी क्रान्तियों की चर्चा करते, तो दुनिया को बेहतर बनाने में मनुष्य की ताकत पर उनका भरोसा और विश्वास बढ़ता जाता।

वे कितनी दूरी तक सत्य का साक्षात्कार कर पा रहे थे, यह भविष्य के गर्भ में छुपा था।

## 4

सत्य का साक्षात्कार आसान नहीं होता। धार्मिक अध्यात्म की किताबों में लिखे अक्षर जिनके हैं, कहना कठिन है कि उन्होंने कभी अपने लिखे सत्य से साक्षात्कार किया होगा। बहुधा हम अपनी आस्था को ही सत्य समझ लेते हैं, उस पर सवाल नहीं उठाते। कोई सवाल उठा दे, चिढ़ जाते हैं। बचपन में जिस परिवेश में हमारा लालन-पालन होता है, उस परिवेश के अनुभवों और पारिवारिक-सामाजिक रूढ़ियों-मान्यताओं से हमारी आस्था का निर्माण होता है। वह आस्था समय के साथ दृढ़ होती चली जाती है, किन्तु ज्ञान एवं अनुभवों की रौशनी से मुकाबिल होने पर बदलती भी जाती है। अमिय ने बचपन में अपने घर के आर्यसमाजी परिवेश में जो ज्ञान और संस्कार पाए थे, उनसे ईश्वरीय सत्ता में उसकी आस्था का निर्माण हुआ था। इस आस्था ने आध्यात्मिक एवं धार्मिक विषयों में उसकी रुचि जगा दी थी। जीव और जगत् के प्रश्नों पर विचार करने के पीछे उसकी इसी रुचि की प्रेरणा थी।

किन्तु अवधेश की दोस्ती से उस दर्शन को समझने की नई दृष्टि उसे मिली। व्यष्टि आधारित उसकी सोच ने समष्टि आधारित सोच का स्पन्दन अनुभव किया। जीव और जगत् की उत्पत्ति ईश्वर ने की हो अथवा प्रकृति के नियमों से हुई हो, यह साफ था कि समाज का ताना-बाना मनुष्य ने ही खड़ा किया है और उसे न्यायपूर्ण बनाने की प्रक्रिया निरन्तर चल रही है। समाज के अन्तर्विरोध मनुष्य के ही खड़े किए हुए हैं जिन्हें अन्ततः मनुष्य को ही हल करना होगा। हल करने का बेहतर तरीका क्या हो? स्टडी सर्किल में जब भी वह जाता, यह सवाल बार-बार उसके मन-मस्तिष्क में उभरता। क्या मार्क्स का ही तरीका उपयुक्त होगा? कोई दूसरा तरीका नहीं हो सकता? आदिम समाज के अन्तर्विरोध किन तरीकों से हल हुए थे? स्टडी सर्किल में उसे जवाब भी मिलता। ऐतिहासिक भौतिकवाद और द्वंद्वात्मक भौतिकवाद की थ्योरी पर बहस होती। समाज के विकास प्रक्रिया पर चर्चा होती। इसी क्रम में साम्राज्यवाद की चर्चा होती। उसकी ताकत और चुनौतियों पर चर्चा होती। आजादी की लड़ाई की चर्चा होती। गांधी की चर्चा होती। भगत सिंह और उनके साथियों के सपनों की चर्चा होती।

अमिय को भगत सिंह पसन्द आने लगे। अमिय को मार्क्स पसन्द आने लगे। अमिय को गांधी भी पसन्द आने लगे। उनका अध्यात्म पसन्द आने लगा। सत्य को समझने के उनके प्रयोग पसन्द आने लगे। समाज के हाशिए पर पड़े शोषित-पीड़ितों के प्रति उनकी संवेदना अमिय को अपने मन की आवाज लगती। गांधी का ईश्वर अमिय को अपने ईश्वर की अवधारणा के करीब लगता। वह ईश्वर 'रघुपति राघव राजाराम' और 'अल्लाह', दोनों नामों से पुकारा जाने वाला ईश्वर था। वह ईश्वर सबके हृदय में वास करने वाला ईश्वर था। वह घट-घट वासी था। कुरान, गीता, बाइबिल और गुरुग्रंथ साहिब में जिस ईश्वर की संकल्पना थी, गांधी का ईश्वर वही था। दुनिया के सभी प्रचलित धर्मों में विभिन्न नामों से पुकारे जाने के बावजूद वह एक ही ईश्वर था।

भगत सिंह और कार्ल मार्क्स का दर्शन अनीश्वरवादी था। गांधी ईश्वरवादी थे। अमिय तीनों से सीख रहा था।

गांधी के प्रति उसका आकर्षण बढ़ता चला गया। उनकी जीवनी पढ़ते हुए वह आश्चर्य में पड़ जाता। हाड़-मांस के उस पुतले में तीव्र जिजीविषा, सत्य के लिए आग्रह और नैतिक बल का उत्स कहाँ पर था? ऐसी दृढ़ता, निडरता, समर्पण, सत्यनिष्ठा विरले इनसानों में ही पाई जाती है। कैसे बना गांधी जैसा विरला इनसान?

और एक दिन उसने दिल्ली की ट्रेन पकड़ ली। राजघाट पर गांधी जी की समाधि के पास बैठ वह उनका सामीप्य अनुभव करना चाहता था। अवधेश ने हामिद बख्त को चिट्ठी लिख दी थी—"खयाल रखना कॉमरेड इस प्यारे दोस्त का। तुमसे मिलने को कह दिया है।"

अवधेश और हामिद के बीच खतो-किताबत में एक बार मेडिकल कॉलेज में पढ़ रहे जहीन किन्तु संवेदनशील-रोमांटिक और आध्यात्मिक खयालों वाले छात्र अमिय का भी जिक्र आया था। जिक्र आया तो बस आता ही चला गया और हामिद में दिली ख्वाहिश जगने लगी कि इस लड़के से मिला जाए। सामाजिक सरोकार रखने वाले छात्रों में मेडिकल के छात्र बस इक्के-दुक्के ही हुआ करते थे। हामिद उन दिनों दिल्ली के जवाहरलाल नेहरू विश्वविद्यालय में एम.फिल. का छात्र था और गंगा हॉस्टल में रहता था। स्टूडेंट्स फेडरेशन का सक्रिय सदस्य होने के नाते हामिद और अवधेश में दोस्ताना सम्बन्ध थे। दोस्ती की भीत पर खड़े हामिद को जब अमिय की खबर लगी, उसने उसे एक-दो चिट्ठियाँ लिख मारीं। चिट्ठियों का जवाब नहीं मिला, परन्तु मिलने की ख्वाहिशें बनी रहीं।

नाथूराम गोडसे की गोली ने गांधी के प्राण हर लिए थे। उनका बेजान शरीर बिरला मन्दिर की सीढ़ियों पर लुढ़क गया था। देश में शोक की लहर दौड़ गई थी। बच्चे-बूढ़े-जवान मूक हो गए थे। नम आँखों से विदाई देकर उनके शरीर को यमुना किनारे समाधिस्थ कर दिया गया था। समाधि स्थल का 'राजघाट' नाम सरकार ने दिया था। साबरमती के संत दिल्ली के राजघाट पर चिर समाधि में लीन थे, परन्तु क्या वहाँ माथा टेक, शान्त बैठ, चिन्तन कर खोजी मन को कोई राह मिल सकती थी? तार्किक मनुष्य शायद ही मानें। मृत्यु परम सत्य है। वह जीवन का अन्त है। क्या

है उसके आगे, कहना कठिन है। गांधी समाधि पर 2 अक्टूबर को हर वर्ष कीर्तन होता—ईश्वर अल्ला तेरो नाम, सबको सन्मति दे भगवान। संत कवि नरसी मेहता के गीत गूँजते—वैष्णव जन तो तेने कहिए जो परीर पराई जाने रे। भारत की राजकीय यात्रा पर आने वाले मित्र देशों के राष्ट्राध्यक्ष उस समाधि पर पुष्पांजलि अर्पित करते। सम्मान प्रकट करते। पर शायद ही उस कीर्तन, गीत, पुष्पांजलि को चिर निद्रालीन गांधी सुन पाते हों। उपस्थित जन को आशीष दे पाते हों। ऐसे में अपने अन्तस में तूफान-से उमड़ते-घुमड़ते विचारों के द्वंद्व को सुलझाने के लिए राजघाट की उस बहुश्रुत समाधि के दर्शन के लिए इतनी दूरी तय कर आना डॉक्टर अमिय के रूमानी खयालों के अलावा आखिर क्या समझा जाएगा?

डॉक्टर अमिय शरीर विज्ञान पढ़ रहा था। रोगों के इलाज के पहले शरीर को समझना पड़ता है। पर शरीर शास्त्र का वह छात्र अपनी आध्यात्मिक चिन्ताओं-शंकाओं के निदान के लिए भटक रहा था। उसके लिए गांधी समाधि महज भौतिक स्थल नहीं था। वह सघन कल्पवृक्ष सदृश था जहाँ आकर थके, क्लान्त, खोजी मन को अपना अभीष्ट मिल सकता था। ज्ञान मिल सकता था। अँधेरे से उजाले की ओर प्रस्थान का मार्ग मिल सकता था। अमिय इसे रूमानी खयाल मानने को कतई तैयार न था।

...इलाहाबाद स्टेशन से शाम को खुली ट्रेन अगले दिन सुबह पुरानी दिल्ली स्टेशन पहुँची। वह प्लेटफॉर्म पर उतरा। कन्धे से झोला लटक रहा था। झोले में तौलिया, दो कुरते पाजामे, ब्रश-टूथपेस्ट, साबुन की टिकिया और किताबें थीं। प्लेटफॉर्म पर बने जन-सुविधाओं का उपयोग कर वह फटाफट तैयार हो गया। दिल्ली की उसकी यह पहली यात्रा थी। उसने पता कर लिया था कि राजघाट पुरानी दिल्ली स्टेशन के पास ही कहीं है। जे.एन.यू., दूसरी दिशा में है। उसने तय किया कि पहले राजघाट चला जाए। नाश्ता? प्लेटफॉर्म पर फल बिक रहे थे। उसने आधे दर्जन केले खरीदे। तीन खा लिए, शेष झोले में रख लिए। स्टेशन के बाहर रिक्शे खड़े थे। उसने एक रिक्शे वाले से बातें की। रिक्शा राजघाट चलने को तैयार हो गया। रिक्शे वाला कोई अठारह-बीस साल का किशोर था। मसें भीग रही थीं।

टुनटुनाता हुआ रिक्शा भीड़-भाड़ वाली सड़क पर आगे बढ़ चला। तब वसन्त दस्तक दे रहा था। सुबह की ताजी हवा का असर था या वासन्ती मादकता का, रिक्शे वाले ने कोई पुरबिया तान छेड़ी।

"कहाँ के हो भाई?" अमिय को तान परिचित-सी लगी।

"जी भइया, पूर्वांचल के।" रिक्शे वाला खुश था।

"पूर्वांचल में कहाँ के?"

"जी, जिला जौनपुर के।"

"कितने साल से हो दिल्ली में?"

"चार साल पहले आए, भइया जी।"

"क्या जौनपुर में काम नहीं मिला? नाम क्या है तुम्हारा भाई?"

रिक्शा लाल किले के सामने से गुजर रहा था। रिक्शे वाले को अपना नाम पूछे

जाने पर अचरज हुआ। सवारियाँ नाम नहीं पूछा करती थीं। कई तो तुम-तड़ाक में ही निपटा देते थे।

"जी भइया, रामजी नाम है मेरा। जौनपुर में जगह-जमीन है नहीं। क्या करते? चले आए गाँव के दो-तीन जने की देखा-देखी।"

"कितनी कमाई दिन भर में हो जाती है?"

"कमाई का क्या है, भइया जी। बस, भरपेट खा लेते हैं। परब-त्योहार में घर वालों को कुछ कपड़ा-लत्ता, पचास-सौ रुपए भेज देते हैं।" रामजी को शायद घर की याद आ गई थी। उसकी प्रसन्नता पर अर्द्धविराम-सा लग गया।

"रहते कहाँ हो, रामजी?"

अर्द्धविराम तिरोहित हो गया। रामजी को नाम से बुलाया जाना अच्छा लगा। चहककर बोला, "भाईजी, रहने का क्या है? हम जौनपुर के पाँच लोग हैं। चाँदनी चौक की गली में एक टपरा किराए पर ले लिया है। रातें वहीं कटती हैं।"

रामजी मूड में आ गया था। उसने फिर से पुरबिया तान छेड़ी—

"कइसे होई गेहूँ के कटनियाँ हो रामा, सैयाँ पलटनियाँ।"

अमिय ने रामजी को अपनी धुन में मगन रहने दिया। थोड़ी देर में रिक्शा राजघाट के गेट पर था। सड़क से गांधी समाधि दीख रही थी। अमिय अनजानी श्रद्धा और आदर से भरा रिक्शे से उतरा। रामजी को रिक्शे का किराया दिया और निःशब्द गेट पार कर मखमली दूब से आच्छादित परिसर में दबे कदमों से प्रवेश कर गया। वह नहीं चाहता था कि उसके कदमों की आहट से चिरनिद्रा लीन उस महान संत के विश्राम में कोई खलल पड़े।

सुबह की चटख धूप में राजघाट का परिसर नहा उठा था। मखमली दूब और फूलों के पौधे हौले-हौले झूम रहे थे। पेड़ों की हरी-हरी पत्तियाँ झूम रही थीं, परन्तु उस प्राकृतिक सुषमा का आनन्द लेने का विश्राम कहाँ था अमिय को? उसका पोर-पोर आध्यात्मिक उल्लास से भरा था। गांधी के प्रति उसकी श्रद्धा और आदर ने सांसारिकता के लिए उसके अन्तस में कोई स्थान रिक्त नहीं छोड़ा था। जैसे समाधिस्थ महात्मा उसे अपनी तर्जनी के इशारे से बुला रहे हों, वह खिंचा-सा गांधी-समाधि के पास चलता चला गया। घुटनों के बल बैठ उसने समाधि पर अपना माथा टेक दिया। भावनाओं के अतिरेक से उसकी आँखों से आँसुओं की धार बह चली। आँसुओं के उस पवित्र जल से समाधि का वक्षस्थल ही नहीं भीगा, चिर निद्रालीन उस संत का भी अन्तस शायद भीग गया होगा। कितने-कितने फूल हर दिन, हर माह, हर बरस उस समाधि पर चढ़ाए जाते थे। दुनिया के महाबली देशों के न जाने कितने प्रभुत्वशाली अधिपति वहाँ अपने श्रद्धा सुमन अर्पित करते थे। देशभर से हजारों लोग—राजनेता से लेकर सामान्य जन तक—उस समाधि पर माथा टेकते थे, पर अविरल आँसुओं से उस समाधि का जलाभिषेक शायद ही कभी हुआ हो।

भला कब तक बहते रहते आँसू? आँखों के कोटरों में भरे आँसुओं की अन्तिम बूँद तक बह गई, पर अमिय उसी मुद्रा में घुटनों के बल माथा टेके बैठा रहा। क्या वह गांधी

से एकालाप कर रहा था? क्या उनसे कुछ निवेदन कर रहा था? क्या वे उसके सवालों के जवाब दे रहे थे? कौन जाने? आध्यात्मिक उल्लास की चरमावस्था में वाणी मूक हो जाती है। गूँगे को गुड़ खाने की जैसी अनुभूति होती है, वह शब्दों में नहीं, गूँगे और गुड़ के बीच के अन्तर्नाद में अभिव्यक्त होती है। किसी अन्य के लिए उस अन्तर्नाद को सुनना कैसे सम्भव होता?

थोड़ी देर बाद उसकी तन्द्रा टूटी। दक्षिण भारत के किसी राज्य से यात्रियों का एक छोटा-सा दल अपने ढोल-मजीरे लिये गांधी-समाधि तक आ पहुँचा था। उस दल ने समवेत स्वर में गांधी जी के प्रिय भजनों की टेर छेड़ दी थी—

*रघुपति राघव राजा राम, पतित पावन सीताराम,*
*ईश्वर अल्ला तेरो नाम, सबको सन्मति दे भगवान।*

अमिय जब चैतन्य हुआ, समाधि से थोड़ी दूरी पर पेड़ों की शीतल छाँव में पालथी मारकर बैठ गया। उसकी एकटक दृष्टि समाधि पर लगी थी। "ईश्वर अल्ला तेरो नाम..." मंत्र की तरह उसकी साँसों में घुल रहा था। वह ऐसे ही एकाग्र भाव से बैठा रहा। यात्री भजन गाकर चले गए, पर वह बैठा रहा। धीरे-धीरे उसकी आँखें मुँदने लगीं। वह ध्यानस्थ हो बैठा रहा, जैसे दिक् काल सन्दर्भहीन हो गए हों।

उधर घंटाघर की घड़ी ने बारह का गजर बजाया। सूरज सिर पर चढ़ आया था। धूप का तीखापन बढ़ने लगा था। पेड़ों की शीतल छाँव नई-नवेली बहू-सी शरमाकर छुपने लगी थी। अमिय का ध्यान धीरे-धीरे टूटा। शायद शरीर ने भी अपने धर्म की याद उसके मन को दिलाई हो। वह कोई संन्यासी तो था नहीं। पेट में गए तीन केले कब तक साथ देते? भूख-सी महसूस होने लगी थी उसे।

वह उठा। अपने झोले को सँभालता समाधि तक गया। माथा टेका मानो जाने के पहले अनुमति माँग रहा हो और सधे कदमों से गेट से बाहर निकल आया। उसने झोले में से बचे हुए केले निकाले। खाए और छिलकों को फेंकने की माकूल जगह नहीं देख उन्हें झोले में रख लिया।

उस दिन दोपहर बाद गंगा हॉस्टल के अपने कमरे में बैठा हामिद बख्त जूलियस फ्यूचिक की किताब पढ़ रहा था 'फाँसी के तख्ते से'। अपने विचारों के लिए फाँसी पर चढ़ जाने वाले विरले लोगों में थे जूनियस फ्यूचिक। निर्भीक पत्रकार। चेक कम्यूनिस्ट पार्टी के शीर्ष नेता और प्रखर सम्पादक। हिटलर के हमले के बाद चेकोस्लाविया में नाजियों के कब्जे के खिलाफ भूमिगत प्रतिरोध आन्दोलन के अग्रणी इस योद्धा को गेस्टापो ने अनकथ यातनाएँ दीं, किन्तु इनके आत्मबल को तोड़ नहीं पाई वह क्रूर खुफिया पुलिस। वे कागज के टुकड़ों पर लिखे अपने नोट्स जेल के लौह कपाटों और गेस्टापो की गिद्ध दृष्टि से बचाकर बाहर भेजने में कामयाब होते रहे। उन नोट्स में जेल के बाहर के साथियों के लिए सन्देश और जेल की यातनाओं की तफसीलें रहतीं। फाँसी की सजा पाए उस योद्धा की अन्त-अन्त तक यही इच्छा रही कि नाजी हमलावरों के खिलाफ प्रतिरोध जारी रहे। बाद में फ्यूचिक के वे नोट्स चेक भाषा में किताब की

शक्ल में छपे। उस हृदयस्पर्शी और प्रेरणादायक किताब का अनुवाद दुनिया की विभिन्न भाषाओं में हुआ एवं उसे दमन के विरुद्ध मानवीय जिजीविषा की चरम अभिव्यक्ति के रूप में सराहा गया। हिन्दी में उसका अनुवाद 'फाँसी के तख्ते से' के नाम से हुआ है।

किताब पढ़ते हुए हामिद अमिय का इन्तजार कर रहा था। दोपहर ढलने को आई थी, पर अमिय तब तक नहीं पहुँचा था। हामिद के कान दरवाजे पर लगे हुए थे। अचानक दरवाजे पर हल्की दस्तक हुई। हामिद ने दरवाजा खोला। सामने अमिय खड़ा था। पहले से देखा-देखी नहीं थी, पर आन्तरिक चेतना इतनी प्रबल थी कि परिचय पूछने की जरूरत नहीं थी। दोनों ने एक-दूसरे को कसकर गले लगा लिया। जैसे बरसों के बिछुड़े मिले हों।

## 5

हामिद बख्त मथुरा जिले का रहने वाला था। उसके दादा इकबाल बख्त जमींदार थे। नेक और रहमदिल इनसान के रूप में मथुरा भर में जाने जाते थे। रहम दिल इतने कि यदि कोई रिआया लगान भरने की हालत में न हो तो उसका लगान अपनी जेब से भर दिया करते। बीमारी-हेमारी में गरीबों का इलाज करा दिया करते। बेगारी प्रथा के तो सख्त खिलाफ थे। न खुद किसी मजदूर को बेगार खटाते, न किसी अफसर के यहाँ भेजते। अंग्रेज अफसरों को खुश करने के लिए इलाके के दूसरे जमींदार बेगारों की फौज खड़ी कर दिया करते थे, परन्तु क्या मजाल कि इकबाल बख्त से कोई अफसर ऐसी फरमाइश कर दे? वे साफ इनकार कर दिया करते थे। इकबाल बख्त कभी हाकिमों के प्रिय पात्र नहीं बन पाए थे, परन्तु उनकी रिआया उन्हें सिर-आँखों पर बैठाए रखती थी। उनकी जमींदारी का लगान समय पर खजाने में जमा हो जाता था। इसलिए अफसरान चाहकर भी उनका अहित नहीं कर पाते थे। जब आजादी के बिगुल की आवाज उनके इलाके में पहुँची, उन्होंने उसकी अनसुनी नहीं की। उनकी ड्योढ़ी पर जो भी सत्याग्रही वालंटियर आता, उसके खाने-पीने का पूरा इन्तजाम कराते। मथुरा कांग्रेस के बड़े नेताओं का उनसे मेल-जोल था। जितनी कुव्वत थी, उससे बढ़कर चन्दा देते पार्टी फंड में।

इकबाल बख्त रोजे-नमाज के पाबन्द थे। फज्र की नमाज से उनका दिन शुरू होता। बिला नागा जोहर, अस्र और मगरिब की नमाज अता करते। इशा की नमाज के बाद ही रात का खाना उनके गले से नीचे उतरता। रमजान के महीनों में रोजे रखते। ईद के दिन अपनी देखरेख में बड़ी-बड़ी देगों में सेंवइयाँ बनवाते। सभी छोटे-बड़े एक सफ में बैठ जीमते। क्या हिन्दू, क्या मुसलमान। क्या धुनिया, क्या पठान। क्या जाट, क्या जाटव। वे सबकी एक समान आवभगत करते। उनके घर कृष्ण-जन्माष्टमी, दशहरे और होली की भी धूम रहती। भगवान कृष्ण की नगरी में शहर से गाँवों तक कृष्ण जन्मोत्सव मनाया जाता। कीर्तन-कथा होती। उनकी जमींदारी के गाँव इसके अपवाद न थे। इकबाल बख्त पूरी श्रद्धा के साथ उत्सवों एवं कीर्तन-कथा में भाग लेते। दशहरे में रावण वध का इन्तजाम वही करवाते। होली के दिन घर पर खास पकवान बनते। रंग-अबीर उड़ता।

फाग गाया जाता। गवैये इनाम-इकराम पाकर खुश होते। इकबाल बख्त अपनी जमींदारी में हरदिल अजीज थे।

इकबाल बख्त खुद उर्दू मिडिल से आगे न पढ़ पाए थे, पर उनकी चाहत थी कि बेटा मेहँदी बख्त पढ़ाई-लिखाई में अव्वल रहे। बेटे के अलावा खुदा के फजल से दो छोटी बेटियाँ भी आँगन में खेल रही थीं—रजिया और शबाना। इकबाल बख्त ने कभी बेटे-बेटी की परवरिश में फर्क नहीं होने दिया।

1942 का 'भारत छोड़ो आन्दोलन' आते-आते मेहँदी बख्त ने मथुरा से बी.ए. कर लिया था। पिता से कहकर उन्होंने गाँव में लाइब्रेरी खुलवा दी थी। लाइब्रेरी में हिन्दी, उर्दू और अंग्रेजी की किताबें आ गई थीं। अखबार-पत्रिकाएँ मँगवाई जाने लगीं। नौजवान लाइब्रेरी में आते, बैठते। अखबार, मैगजीनें तथा किताबें पढ़ते। धीरे-धीरे किताबों की संख्या बढ़ने लगी। उनमें प्रेमचन्द, गोर्की, टालस्टॉय के उपन्यासों के साथ गालिब, मोमिन और अमीर खुसरो के दीवान जुड़ते गए। एक दिन एक बिलकुल अलहदा किस्म की किताब लाइब्रेरी में आई अंग्रेजी और हिन्दी, दोनों भाषाओं में। किसी नौजवान ने उसका नाम जोर से पढ़ा—केम्यूनिस्ट मेनिफेस्टो। दूसरे के हाथ उसका हिन्दी अनुवाद लगा था। उसने पढ़ा—कम्यूनिस्ट घोषणा-पत्र। फिर फुसफुसाहटें गूँजीं। कम्यूनिस्ट पार्टी उस समय प्रतिबन्धित थी। मेहँदी बख्त कम्यूनिस्ट बन चुके थे। यह बड़ी भिन्नता थी जो उन्हें अपने पिता से अलग खड़ा करती थी।

मेहँदी बख्त अपने पिता से एक-दूसरे मायने में भी अलग थे। वे न नमाज पढ़ते थे, न रोजा रखते थे। पर ईद की सेंवइयाँ उन्हें बहुत पसन्द थीं। मुहर्रम के जुलूसों और जन्माष्टमी, होली, दशहरा के उत्सवों में वे पिता का साथ जरूर देते थे। उन्हें मस्जिद जाने से परहेज था। कहते, "मजहब इनसानों के निजी पसन्द-नापसन्द की चीज है। वैसे इनसानियत से बड़ा कोई मजहब नहीं होता।" वे मुस्लिम लीग की सख्त मुखालफत करते थे। कहते, "मजहब के नाम पर अलग मुल्क की वकालत नहीं की जानी चाहिए। भारत हिन्दू-मुसलमान, पंडित-मौलवी, ठाकुर-बाभन-बनिया-हरिजन—सबका है। असल सवाल है, सबको मेहनत की रोटी और इज्जत की जिन्दगी देने वाले समाज की तामीर करना।" चन्द दोस्तों के साथ वे 'भारत छोड़ो आन्दोलन' में कूद पड़े। पिता ने सुना तो मना नहीं किया। अम्मी चिन्तित हो गईं। कहीं बेटा किसी आफत में न फँस जाए। इकबाल बख्त ने समझाया, "बेगम साहिबा, गुड्डू अब बच्चे नहीं हैं। अपना भला-बुरा सोच सकते हैं। वैसे, हजारों नौजवान कूद गए हैं इस आन्दोलन में। उनके माँ-बाप भी अगर आपकी तरह सोचकर उन्हें मना कर दें तो मुल्क को कभी आजादी नसीब न हो पाएगी।" माँ का हृदय था। इन बातों से कैसे बहल जाता? गुड्डू अम्मी के लिए बच्चे ही तो थे। औलादें भले ही बूढ़ी हो जाएँ, माँ-बाप के लिए वे हमेशा बच्चा रहती हैं। अम्मी की चिन्ता वाजिब थी।

आन्दोलन तेजी पकड़ने लगा था। मेहँदी बख्त ने पढ़ाई छोड़ दी। अपना सारा समय आन्दोलन को देने लगे। न खाने की चिन्ता, न सोने की। रात-रात भर घर से गायब रहने लगे। अम्मी पूछतीं तो प्यार से कहते, "नाहक चिन्ता करती हैं मेरी। मैं ऐसा कुछ नहीं कर रहा हूँ जिससे खानदान की बदनामी हो।" और एक दिन उनकी तलाश में घर पर

पुलिस ने दस्तक दे दी। वे गिरफ्तार कर जेल भेज दिए गए।

सन् 1945 में दूसरा विश्वयुद्ध खत्म होने के बाद अन्य आन्दोलनकारियों के साथ मेहँदी बख्त भी रिहा कर दिए गए। रिहाई के समय जेल के फाटक पर उनके साथी अच्छी-खासी तादाद में फूल-मालाओं के साथ पहुँचे थे। जब वे निकले, साथियों ने दाहिने हाथ की मुट्ठी हवा में लहराते हुए उनका इस्तकबाल किया—

"इनकलाब जिन्दाबाद—जिन्दाबाद-जिन्दाबाद"

नारा लगाने वालों में लड़के और लड़कियाँ, दोनों थे। इकबाल बख्त भी बेटे को घर लिवा जाने के लिए आए थे। इतनी तादाद में मेहँदी बख्त के लिए नारा लगाते नौजवान लड़के-लड़कियों को देखकर वे अचम्भित थे। रास्ते में उन्होंने पूछ ही लिया, "क्यों साहबजादे, अच्छी-खासी तादाद में आपने दोस्त बना लिए हैं।"

"जी अब्बा, दोस्त बनाए नहीं, आपसे आप बन गए हैं।"

इकबाल बख्त गौर से बेटे का चेहरा देखने लगे। उन्हें उसके चेहरे पर एक मजबूत, आत्मविश्वासी और दृढ़ निश्चयी इनसान की झलक मिल रही थी। बात आगे बढ़ाते हुए कहा—

"और बिना परदे की जनानियाँ?"

"अब्बा, 1942 के आन्दोलन ने हमारे समाज में गजब का जज्बा पैदा किया है। क्या हिन्दू, क्या मुसलमान, क्या राजपूत, क्या जाटव, क्या मर्द, क्या औरतें—सभी ने अंग्रेजों को देश से भगाने के आन्दोलन के साथ अपने अन्दर बैठे दकियानूसी खयालों को भी भगाने का काम शुरू किया है। परदा भी टूट रहा है।"

इकबाल बख्त ने दुनिया देखी थी। बोले, "तो क्या परिवार वाले अपनी बेटियों-बहनों पर रोका-टोकी नहीं करते?"

"रोका-टोकी तो बहुत है, अब्बा जान। गुलामी की जंजीरें इतनी आसानी से नहीं टूटतीं, परन्तु तालीम की ताकत रोका-टोकी पर कई जगह भारी पड़ जा रही है।"

इकबाल बख्त ने आगे जिरह नहीं की। वे लड़कियों के बिना परदे जेल के फाटक तक चले आने और 'इनकलाब जिन्दाबाद' का नारा लगाने के जज्बे को मन-ही-मन सलाम करने लगे थे।

जेल से निकलने के बाद मेहँदी बख्त ने अपनी आगे की पढ़ाई पूरी की। बी.एड. के बाद उन्हें मथुरा के स्थानीय कॉलेज में लेक्चरर की नौकरी मिल गई। आन्दोलन में अपनी सक्रियता के दौरान उनकी मुलाकात तबस्सुम से हुई थी। दोनों हमखयाल थे। आन्दोलन में साथ-साथ तकरीरें करते थे। तकरीरें करते-करते दोस्त बन गए। दोस्ती धीरे-धीरे प्यार में बदली और वे पति-पत्नी बन गए। तबस्सुम बेगम कभी परदे में नहीं रहीं। वे भी मथुरा गर्ल्स कॉलेज में लेक्चरर बन गईं।

साल 1950 में हामिद बख्त का जन्म हुआ। जब हामिद बख्त घुटनों के बल चलना सीख रहे थे, माँ-बाप ने अपनी राजनीतिक यात्रा की राह चुन ली थी। उन्होंने कम्यूनिस्ट पार्टी की विधिवत् सदस्यता ले ली थी। वे दोनों पार्टी के शिक्षक संगठन में काम करने लग गए थे।

इकबाल बख्त तब मथुरा जिला कांग्रेस कमिटी के नायब सदर थे। बेटा-बहू कम्यूनिस्ट और बाप कांग्रेसी। बहसें और कभी-कभार नोक-झोंक भी चलती रहती, परन्तु नोक-झोंक के बाद फिर वही बाप-बेटा, ससुर-बहू के सम्बन्धों की मधुरता।

गाँव की लाइब्रेरी में किताबों की संख्या बढ़ गई थी। गांधी जी की हत्या के बाद उसमें गांधी-साहित्य जुड़ गया था। अंग्रेजी और हिन्दी, दोनों ही भाषाओं में गांधी जी की जीवनी—'माई एक्सपेरिमेंट्स विथ ट्रुथ' उपलब्ध थी। बाप-बेटे की समझ थी कि राष्ट्रपिता की हत्या में संलिप्त धार्मिक उन्मादियों को सही जवाब होगा, युवकों का गांधी जी जैसे महान व्यक्तित्व को जानना। उनके विचारों और सपनों को समझना। उनकी हत्या से देश में जबरदस्त शोक और आक्रोश था। कई लोग उन्हें हाड़-मांस का शरीर मानने को तैयार नहीं थे। उनके लिए वे अवतार थे। पैगम्बर थे, परन्तु यह भी सच था कि उन्हें गांधी विचार और व्यक्तित्व की पूरी जानकारी न थी। भक्ति अपनी जगह थी, पर ज्ञान के बिना भक्ति का क्या मोल? इसलिए पिता-पुत्र ने 'गांधी वाङ्मय' लाइब्रेरी में रखवा दिया ताकि उस प्रकाश पुँज का तेज पाठकों को ऊर्जान्वित कर सके।

'गांधी वाङ्मय' के साथ क्रान्तिकारी और मार्क्सवादी साहित्य भी विस्तार पा गया था। भगत सिंह, चन्द्रशेखर आजाद, अशफाक उल्ला खाँ, बिस्मिल, बाघा जतीन जैसे क्रान्तिकारियों के सम्बन्ध में लिखी गईं किताबों सहित मार्क्स, एंगेल्स, लेनिन की रचनाओं का हिन्दी और अंग्रेजी अनुवाद लाइब्रेरी में मँगा लिया था। रवीन्द्रनाथ टैगोर और नजरुल साहित्य भी जुड़ गया था।

इकबाल बख्त ने हामिद बख्त के जन्म के साल से दो नए काम शुरू किए। वह लाइब्रेरी की जानिब साल में एक बार मुशायरा कराने लगे। मुशायरे में उर्दू और हिन्दी, दोनों के शायर-कवि बुलाए जाते। दूसरा काम यह हुआ कि वे गरीब परिवार की बच्चियों की शादियाँ करवाने लगे। सामूहिक विवाह। जाति-धर्म का कोई फर्क उन्होंने इसमें नहीं रखा। मथुरा जिले की हर तहसील से जरूरतमन्दों में से जो कोई भी चाहता, उसकी मदद हो जाती। शादी का पूरा खर्च इकबाल बख्त उठाते।

मुशायरे और शादियों के जलसों में हामिद बख्त को खूब मजा आता। इस बीच उसकी छोटी बहन मेहरुन्निसा भी दुनिया में आ गई थी। दोनों भाई-बहन नए-नए कपड़े पहन इन जलसों में दादाजी के बगल में बैठते थे। नई मिली आजादी की सुबह थी। शायर और कवि प्राय: देश प्रेम की कविताएँ लिख रहे थे। तरक्कीपसन्द जमात के शायर और कवि गैर-बराबरी मिटाने और शोषणविहीन समाज की रचना को नया स्वर दे रहे थे। बच्चा हामिद उन शब्दों में गूँथी चेतना को भला क्या समझता? परन्तु उसे वैसी कविताएँ पसन्द आने लगी थीं। मेहरुन्निसा इन सबके लिए अभी बहुत छोटी थी।

हामिद की प्रारम्भिक शिक्षा गाँव के स्कूल में हुई। उस दौरान वह लाइब्रेरी में काफी समय बिताने लगा था। बाप की तरह पढ़ने में वह भी जहीन था। धीरे-धीरे उसकी चेतना विस्तार पाने लगी थी।

मिडिल तक की शिक्षा के बाद उसका नाम मथुरा हाईस्कूल में लिखा दिया गया। उसने हाईस्कूल और इंटरमीडिएट अच्छे नम्बरों से पास कर लिया। माता-पिता दोनों के

कारण घर पर कम्यूनिस्ट पार्टी के नेताओं का आना-जाना लगा रहता था। बचपन की परवरिश, अध्ययन और माँ-बाप के प्रभाव से वामपंथी विचारों का पौधा उसके अन्तस में लहलहाने लगा था। हामिद बख्त जब बी.ए. में पहुँचा, माँ तबस्सुम बेगम शिक्षक चुनावी हलके से यू.पी. की लेजिस्लेटिव कौंसिल की मेम्बर चुन ली गई थीं। मेहँदी बख्त शिक्षक संगठन और ट्रेड यूनियन में सक्रिय थे।

माँ-बाप की शिक्षक राजनीति में सक्रियता के कारण हामिद बख्त भी गाहे-बगाहे सरकार के खिलाफ होने वाले धरना-प्रदर्शनों में शामिल होने लगा। उसकी तकरीरें बड़ी जोशीली होतीं।

जोशीली तकरीरों के कारण उसकी पहचान बनने लगी। इस पहचान का असर यह हुआ कि छात्र आन्दोलन से लेकर सामाजिक मुद्दों पर मथुरा में होने वाले आन्दोलनों में उसे बुलाया जाने लगा। आन्दोलन केवल तकरीरों के आधार पर नहीं चलते, कानून भी टूटते हैं। उसका परिणाम भी आन्दोलन के नेतृत्व को भुगतना पड़ता है।

शराबबन्दी के एक आन्दोलन में हुई कुछ घटनाओं का जवाबदेह हामिद बख्त को ठहराकर पुलिस ने उसे जेल भेज दिया। पुलिस और शराब-माफिया के बीच साँठ-गाँठ थी। उस पर बलवे की धाराओं के साथ ताजिराते हिन्द की धारा 395 यानी डकैती की धारा लगाई गई। लोअर हाईकोर्ट से जमानत नहीं मिली। पिता मेहँदी बख्त को इलाहाबाद हाईकोर्ट से उसकी जमानत करवानी पड़ी। लगभग छह माह जेल में रहने के बाद हामिद बख्त जमानत पर छूटा। वह बी. ए. की परीक्षा नहीं दे सका। उसका साल बर्बाद हो गया। अगले दो साल उसने पढ़ाई और मार्क्सवादी साहित्य के अध्ययन में बिताए। पढ़ाई के मोर्चें पर उसने प्रगति की और आगरा विश्वविद्यालय से बी. ए. की परीक्षा पास कर अन्ततः वह जे.एन.यू. आ गया। जे.एन.यू. ने उसे वैचारिक दृढ़ता दी और उसने स्टूडेंट्स फेडरेशन की सदस्यता ले ली।

## 6

हामिद अमिय से भले ही उस दिन पहली बार मिला था, किन्तु उसे लगा था गोया बरसों का याराना हो। अमिय का भी यही हाल था। अवधेश के कारण दोनों एक-दूसरे की पृष्ठभूमि और विचारों से अच्छे-खासे परिचित थे। दोनों एक-दूसरे से खूब बतियाना चाहते थे। अमिय ने बेलौस भाव से फरमाइश की, "यार, पहले कुछ खिलवाओ। खूब भूख लग गई है।" सुबह के खाए केले कितना साथ देते? भूख लगनी लाजिमी थी। वे गंगा ढाबे पर चले आए। पराँठे, अचार और चाय पर बातचीत शुरू हो गई। गांधी पर बात करते हुए मामला ईश्वर और धर्म पर आ गया। हामिद कह रहा था—

"गांधी के राम भी दीनों के नाथ हैं। दीनानाथ हैं। ऐसे राम को हम भी मानते हैं जो पीड़ितों-शोषितों की पीड़ा हरें। अब वे ईश्वर के रूप में पूजे जाएँ या क्रान्तिकारी के रूप में उन्हें सलाम किया जाए, क्या फर्क पड़ता है इससे?"

अमिय सुनता रहा।

"वैसे शोषित-पीड़ितों को अपनी पीड़ा हरने के लिए राम की प्रतीक्षा करनी पड़े, ऐसा हम नहीं मानते। उन्हें उठ खड़ा होना होगा उन परिस्थितियों को बदलने के लिए जो उनके लिए पीड़ादायक हैं। भगवान और भाग्य के भरोसे रहने से इनसान कमजोर हो जाता है। मार्क्स हमें मजबूत बन अपने कथित भाग्य को बदलने की सीख देते हैं।"

उसने आगे जोड़ा—

"और ऐसे समाज-निर्माण का स्वप्न देखने की प्रेरणा देते हैं, जिसमें भगत सिंह के शब्दों में, सबको इज्जत की जिन्दगी और मेहनत की रोटी नसीब हो सके। हम भारत में वही समाज बनाने का काम करें। लड़ना पड़े, लड़ें। लड़ेंगे तो जीत हमारी ही होगी।"

ये शब्द अमिय के लिए नए नहीं थे। इलाहाबाद यूनिवर्सिटी के स्टडी सर्किल में इन शब्दों से उसकी बराबर ही मुठभेड़ होती थी। उसे इन पर विश्वास भी था जैसे कि उसे गांधी पर विश्वास था।

"लेकिन क्या ऐसे समाज-निर्माण के लिए अनीश्वरवादी होना जरूरी है?" अमिय सहसा बोल पड़ा।

हामिद बख्त मुस्कराया, "तुम्हारे लिए ईश्वर के मायने क्या हैं, अमिय?"

बारी अमिय के मुस्कराने की थी। बोला—

"मेरे लिए ईश्वर के मायने हैं वह सर्वशक्तिमान सत्ता, जिसने इस दुनिया की रचना की है। उस सत्ता को चाहे जो नाम दो। उस सत्ता का मेरी दृष्टि में किसी पूजा पद्धति से कोई सम्बन्ध नहीं है। उसे राम कहो, रहमान कहो, कृष्ण कहो, खुदा कहो, गॉड कहो, ब्रह्म कहो। मन्दिर में पूजा करो या नमाज पढ़ने मस्जिद में जाओ। चर्च में जाओ या गुरुद्वारे में जाओ। वह सत्ता बस एक ही है।"

हामिद बख्त गम्भीर हो गया। उसने तो ढंग से कुरआन भी नहीं पढ़ी थी। जरूरत ही नहीं समझी थी पढ़ने की। इसलिए इस विषय पर लम्बी बातचीत की बजाय उसने शॉर्टकट रास्ता चुना।

"देखो, यदि ईश्वर की सत्ता मानने का यह मतलब हो कि सब कुछ उसी सत्ता के भरोसे छोड़ दो तो मैं अनीश्वरवादी हूँ। मेरी समझ है कि जब मनुष्य प्रकृति के अबूझ रहस्यों को जानने की कोशिश कर रहा होगा, तब जिन्हें वह अपनी सामान्य बुद्धि से नहीं समझ पाता होगा, उन्हें उसने ईश्वर की लीला मान लिया होगा। ईश्वर की उत्पत्ति वहीं से हुई होगी। दुनिया की अलग-अलग नस्लों ने उस सत्ता के लिए अलग-अलग नाम ईजाद कर लिए गए होंगे। जब नाम ईजाद हो गए, पूजा-पद्धतियाँ भी अलग-अलग सोची गई होंगी। इन्हीं से धर्म बना। उसकी शाखाएँ-उप शाखाएँ बनीं। बाद में वही धर्म शासक वर्गों द्वारा शोषण के हथियार के रूप में मेहनतकश अवाम के खिलाफ इस्तेमाल किया जाने लगा, यह कड़वी सच्चाई है।"

हामिद बख्त पलभर के लिए रुका। मानो अपनी बातों का असर देखना चाहता हो। अमिय उसे ध्यान से सुन रहा था। हामिद बख्त ने आगे कहा—

"भारत में धर्म का इस्तेमाल कट्टरपंथियों द्वारा हिन्दू-मुसलमानों के बीच नफरत फैलाने के लिए किया जाता रहा है। वैसे ईश्वर के सम्बन्ध में गांधी जी की कुछ धारणाओं

से मेरी सहमति है। तुमने जो कहा, उससे भी है। यदि ईश्वर का अस्तित्व वास्तव में है, ईश्वर को जिस नाम से पुकारा जाए, वह एक ही हो सकता है। 'ईश्वर अल्ला तेरो नाम', बिलकुल सही लगता है, लेकिन हम ईश्वर के भरोसे बैठे नहीं रह सकते। हमें समता आधारित शोषणविहीन समाज गढ़ना है। जिनको ईश्वर में आस्था है, वे रखें आस्था। हम उनकी व्यक्तिगत आस्था का सम्मान करेंगे, परन्तु हम अपना काम करेंगे।"

ईश्वर पर बातचीत वहीं पर खत्म हो गई।

अमिय दो दिनों तक हामिद के साथ रुका। इस बीच उसका परिचय हामिद अपने संगठन के साथियों से कराता रहा। उसकी मुलाकात किरण से हुई। किरण जे.एन.यू. स्टूडेंट्स फेडरेशन की सचिव थी। हामिद ने उसका परिचय अपनी साथिन यास्मीन से भी कराया, जिससे वह शादी करने वाला था। किरण और यास्मीन पूरी गर्मजोशी से मिलीं। इलाहाबाद के मुकाबले जे.एन.यू. में काफी खुलेपन का माहौल था। मेस और ढाबे में देर रात गए तक लड़के-लड़कियों के बीच राष्ट्रीय-अन्तरराष्ट्रीय सवालों पर गम्भीर बहसें हुआ करती थीं। अमिय को बहुत कुछ सोचने और समझने का मौका उन दो दिनों में मिला।

अमिय की हामिद, किरण और यास्मीन से अच्छी दोस्ती कायम हो गई। रेलवे स्टेशन पर तीनों उसे छोड़ने आए। दोबारा मिलने के वादे के साथ उसने विदा ली और इलाहाबाद वापस लौट आया।

## समर क्षेत्र में

वह सितम्बर 1974 की दसवीं तारीख थी। जंगी सिंह की नींद तड़के ही खुल गई थी। उन्हें नींद भी कहाँ ठीक से आई थी? नींद ठीक से नहीं आने का सिलसिला नया नहीं था। उन्हें जिस क्षेत्र की जिम्मेदारी मिली थी, उसके निर्वहन के लिए पाँव-पैदल, साइकिल या फिर किसी की मोटरसाइकिल से वे गाँव-गाँव घूम रहे थे। केवल मिट्टी की पगडंडियों पर चलना कोई आसान काम था? पाँव 'न' कहने लगते। देर रात वे अपने घर सूरजपुर वापिस लौटते। उनके लौटने तक माँ और बच्चे सो चुके होते। श्रीमती जी उनकी राह तकते-तकते नींद के झोंकों से परेशान झपकी ले रही होतीं। उलाहना देने से जंगी सिंह अपना काम छोड़ने वाले थे नहीं। सो, वे उनके देर से आने पर बस इतना भर कह देतीं—

"इतनी-इतनी रात को आप गाँव लौटते हैं। रास्ता ठीक नहीं है। आए दिन छिनैती होती है। अँधेरा होने के पहले लौट आना चाहिए।"

वे जानती थीं कि उत्तर मिलने वाला नहीं है। पर पत्नी का धरम वे नहीं भूलती थीं। मन का डर उनसे न कहें तो किससे कहें? जंगी सिंह बस मुस्करा देते। वह मुस्कराहट अगर मुखर होती तो शायद उनके मुँह से यही शब्द निकलते—

"सम्पूर्ण क्रान्ति के सिपाही को चोर-उचक्कों का डर नहीं सताता।"

जंगी सिंह जहानाबाद प्रखंड के प्रमुख होने के साथ जेपी आन्दोलन के सेनानी भी थे। 'जहानाबाद अनुमंडल जन संघर्ष समिति' के संयोजक। अपने प्रखंड के हर गाँव में जन संघर्ष समितियाँ गठित करने के सिलसिले में उन्हें गाँव-गाँव का भ्रमण करना पड़ रहा था। जब से जहानाबाद में जेपी की सभा की तारीख पक्की हो गई थी, उनका काम बढ़ गया था। सभा 12 सितम्बर को होनी थी। उन दिनों पक्की सड़कें बहुत कम थीं। बिजली-बत्ती के क्या कहने! शाम हुई नहीं कि खेत-पगडंडियाँ अँधेरों में डूब जातीं। गाँव-मुहल्लों में मिट्टी तेल की ढिबरियाँ, लालटेन या लैम्प से काम चलता। तब जहानाबाद अनुमंडल होता था गया जिले का।

जंगी सिंह 'संसोपा' से जुड़े रहे थे। 'संसोपा' यानी संयुक्त सोशलिस्ट पार्टी। डॉक्टर लोहिया की पार्टी। नारा लगाते—'हर जोर-जुल्म के टक्कर में संघर्ष हमारा नारा है।' इस पार्टी से एक बार असेम्बली का चुनाव भी लड़ चुके थे। यों कहा जाए कि लड़कर हार चुके थे। कुल दस हजार वोट उनकी झोली में आए थे। जो सज्जन जीते थे, उन्हें तीस हजार वोट मिले थे। वैसे जंगी सिंह को दस हजार वोट मिल जाना कम महत्त्व की बात नहीं थी। वे ईमानदार छवि के कर्मठ व्यक्ति थे। उसी ईमानदारी की बदौलत वे सूरजपुर ग्राम पंचायत के मुखिया और जहानाबाद प्रखंड के प्रमुख चुने गए थे। उनके बारे में मशहूर था—यह आदमी व्यक्तिगत लालच से काम नहीं करता। प्रखंड के अफसर और कर्मी इनकी ईमानदारी से डरते थे। चाहकर भी रिश्वत नहीं ले पाते थे। चाय-पानी किसी ने पिला दिया, वह अलग बात थी। कमीशन? ना बाबा ना। कान पर हाथ धर लेते। जंगी सिंह तक बात पहुँच गई तो सरेआम बेइज्जत कर दिए जाने का खतरा था, लेकिन असेम्बली के चुनाव में उनकी ईमानदारी केवल दस हजार वोट ही जुटा सकी थी। उन्हें छिनैती करने वाले चोरों-बटमारों से डर नहीं लगता था क्योंकि ईमानदारी ने उन्हें अन्दर से निडर बनाया था। उन्हें जानने-पहचानने वालों की उस क्षेत्र में कमी नहीं थी। चोर-बटमार भी जानते-पहचानते होंगे, इसी विश्वास के कारण वे श्रीमती जी की बातों पर बस मुस्करा देते।

वैसे राजनीति उनका पेशा कभी नहीं रहा। वे सूरजपुर के मझोले किसान थे। दादा पढ़े-लिखे नहीं थे। तब गाँव में स्कूल नहीं था। पिता जब पैदा हुए, मिडिल स्कूल खुल गया था, परन्तु पिता को पढ़ाई का शौक कभी नहीं रहा। दादा ने पढ़ने का दबाव नहीं दिया। जमीन ठीक-ठाक थी। पिता को खेती और पहलवानी का शौक था। दरवाजे पर गाय-भैंसें बँधी रहतीं। शरीर को अच्छी खुराक मिल जाती। शरीर सुघड़ और बलिष्ठ था। दस गाँवों के अच्छे पहलवानों में गिनती होती। इलाके के स्वजातीय अवधिया कुर्मी समाज में अच्छी इज्जत थी। नाते-रिश्ते में आदर से बुलाथा जाता। जंगी सिंह तक आते-आते परिवार में खेती-किसानी बनी रही, पहलवानी छूट गई। गाँव का स्कूल हाईस्कूल में अपग्रेड हो गया था। पहले हाईस्कूल में पढ़ने के लिए पाँच कोस दूर जहानाबाद शहर जाना पड़ता था। पैदल या साइकिल एकमात्र विकल्प था। गाँव में हाईस्कूल हो जाने से बड़ी सुविधा हो गई। किसान अपने बेटों को हाईस्कूल तक पढ़ लेने के लिए दबाव देने लगे थे। लड़कियों को स्कूल भेजने पर किसी का ध्यान न था।

सूरजपुर में किसानों के अलावा बटाईदारों एवं खेतिहर मजदूरों की अच्छी-खासी तादाद थी। खेतिहर मजदूर प्राय: मोची-माँझी-दुसाध जातियों के थे। इन जातियों के बहुतेरे नौजवान जहानाबाद-मसौढ़ी-पटना में रिक्शा चलाते थे। उनका गाँव में आना-जाना कम होता था। कुछ लोग ईंट-भट्ठों पर मजदूरी भी करते थे। अधिया-बटाईदारी या नकदी पर खेती-किसानी का काम करने वालों में यादव, कोइरी, कहार, तमोली जैसी जातियों के लोग ज्यादा थे। हालाँकि यादव और कोइरी जातियों में कुछ बड़े भू-स्वामी भी थे। वैसे अवधिया कुर्मी, राजपूत, बाभन जैसी जातियों में बड़े भू-स्वामियों की संख्या अधिक थी। कुछ परिवारों के नौनिहाल झरिया-रानीगंज के कोयला खदानों में काम पा गए थे और कुछ सरकारी नौकरियों में भी थे।

जंगी सिंह ने हाईस्कूल के बाद आगे पढ़ने की इच्छा अपने पिता से जताई थी। पिता आगे पढ़ाने के पक्ष में नहीं थे, पर माँ ने जिद किया, "पढ़ने दीजिए बेटे को। उसका मन है। घर में क्या कमी है जो बेटा नहीं पढ़ पावेगा।" पिता ना-नुकर के बाद अन्तत: मान गए। जंगी सिंह ने जहानाबाद के एस.एस. कॉलेज से इंटर फिर बी.ए. पास कर लिया। इसी दौरान उनका सम्पर्क 'संसोपा' के नेताओं से हो गया और वे 'समाजवादी युवजनसभा' के सदस्य बन गए। सदस्य क्या बने कि मन सामाजिक-राजनीतिक कामों में रमने लगा और आगे पढ़ने का विचार नहीं बना। एम.ए. पढ़ने पटना जाना पड़ता। वे गाँव में रहकर किसानी और राजनीति, दोनों में लग गए। समाजवादी विचारों के प्रभाव ने उन्हें गाँव के गरीब किसानों और खेतिहर मजदूरों के करीब ला दिया। वे अपने मजदूरों को वाजिब मजदूरी देते ही थे, गाँव के दूसरे किसानों को भी ऐसा करने को प्रेरित करते थे। उनके पिता कभी-कभी शिकायत करते, "जंगी, परोपकार में अपना घर-बार लुटवा दोगे?" जंगी सिंह पिता को समझाते, "बाबूजी, उनका भी घर-बार है, बाल-बच्चे हैं। अगर ठीक-ठाक मजदूरी मिलेगी, वे मन से काम करेंगे।" पिता जानते थे, नए जमाने का नया खून है। नहीं मानेगा। चुप लगा जाते। जब पिता दुनिया से कूच कर गए, जंगी सिंह अपनी खेती-किसानी के खुद-मुख्तार बन गए। माँ जिन्दा थीं, पर उनका ज्यादा समय पूजा-भजन में ही बीतता। दो बेटे थे। बड़ा एस.एस. कॉलेज जहानाबाद में इंटर का छात्र था। छोटा हाईस्कूल में दर्जा नौ में पढ़ रहा था। छोटी गृहस्थी थी।

उस दिन उनकी नींद तड़के खुलने का कारण यह था कि 'जहानाबाद जन संघर्ष समिति' की बैठक होनी थी। बैठक का सारा इन्तजाम उन्हीं के जिम्मे था। दरी-माइक से लेकर सदस्यों के खाने-पीने तक का प्रबन्ध करना था। बैठक में अनुमंडल के सभी प्रखंडों से आन्दोलन के साथियों को पहुँचना था। अब तक के कामों की समीक्षा तथा परसों की सभा की तैयारी को अन्तिम रूप देना था। इसलिए उन्हें जल्दी जहानाबाद निकलना था। आन्दोलन में सक्रिय गाँव के चार नौजवानों को भी इनके साथ जाना था। ये नौजवान थे—जमुना मोची, इन्द्रदेव सिंह, सत्या सोनार और अरविन्द सिंह। इन्द्रदेव सिंह को छोड़कर शेष तीनों जंगी सिंह से उमर में छोटे थे।

घंटे-डेढ़ घंटे बाद जब गाँव अपने रोजमर्रे के कामों में लगने की तैयारी कर रहा था, जंगी सिंह इन नौजवानों के साथ पगडंडियों के रास्ते जहानाबाद के लिए निकल

पड़े। सूरज की किरणें धीरे-धीरे धरती पर उतर रही थीं। दूर तक धान के खेत ही खेत फैले थे। सुबह की बयार धान के हरे-हरे पौधों को हौले-हौले सहला रही थी। प्रकृति की सुषमा किसका न मन मोह ले! पर उन मनवालों को प्रकृति के नजारों का रसास्वादन करने की न फुर्सत थी, न इच्छा। वे सम्पूर्ण क्रान्ति के सिपाही थे। भ्रष्टाचारी व्यवस्था को उखाड़ फेंकने को संकल्पित। पाँच कोस जमीन तय कर वे जल्दी-से-जल्दी अपने गन्तव्य पर पहुँच जाना चाहते थे। वे तेज कदमों से चलते रहे।

## 2

जन संघर्ष समिति की बैठक नगरपालिका हॉल में हो रही थी। समिति अध्यक्ष ठाकुर बजरंगी सिंह दरअसल नगरपालिका के भी अध्यक्ष थे। उन्हीं की कृपा से वह बड़ा हॉल बैठक के लिए मिल गया था। लम्बी कद-काठी, भरा-पूरा शरीर और इलाके के धनी-मानी किसान—कुल मिलाकर ठाकुर साहब के व्यक्तित्व को इन तीन विशेषणों से परिभाषित किया जाता था। हालाँकि वे स्वयं खेती करते नहीं थे, परन्तु उन्हें खुद को किसान कहलवाना पसन्द था। वे 'भारतीय लोक दल' के बड़े नेता थे। लगभग पाँच सौ बीघे जमीन थी उनके पास। दस बीघे में कलमी आम का बगीचा था। दरवाजे पर ट्रैक्टर खड़े रहते। बैलों की जोड़ियाँ अलग से। गाय-भैंसें बथान की शोभा बढ़ातीं। दसियों कमिया रोज खटते। खेती की देखभाल बराहिल के ऊपर था। सौ बीघे पर अपनी खेती होती, शेष अधिया-बटाई या नकदी-लगान पर। सिंचाई के लिए बोरिंग-पम्प सेट था। आहर भी खुदवा रखा था। सारा हिसाब-किताब बराहिल के जिम्मे रहता। गाहे-बगाहे हिसाब-किताब की जाँच कर लेते।

गाँव में रहना नहीं के बराबर था। जहानाबाद शहर में बड़ी कोठी थी, बाप-दादों के जमाने से। बाप-दादा जमींदार थे। आजादी के बाद जमींदारी चली गई, लेकिन खानदानी रईसी नहीं गई। पिता ने चाहा था कि पढ़-लिखकर बेटा हाईकोर्ट में वकालत करे, लेकिन ठाकुर साहब का मन किताबों में नहीं रमा। इंटर के बाद पढ़ाई छोड़ दी। कांग्रेस बुलंदियों पर थी। थाम लिया उसका झंडा। पहन ली गांधी टोपी। सफेद बुर्राक खादी टोपी! जिले की कमान थामना चाहते थे, पर उनसे बड़े खानदानी रईस भी तो थे उस पार्टी में। दाल नहीं गली। उधर जब कांग्रेस से अलग होकर 1967 में 'भारतीय क्रान्ति दल बनी', ठाकुर साहब को जिलाध्यक्ष की कमान थमा दी गई। मुँहमाँगा इनाम मिल गया। कांग्रेस का झंडा छूट गया, पर वह गांधी टोपी सिर से न हटी। बनी रही। बाद में नगरपालिका अध्यक्ष की कुर्सी भी मिल गई। जब छोटे-मोटे दलों के साथ विलय के बाद उनका दल 'भारतीय लोक दल' कहलाने लगा था, ठाकुर साहब ही उसके जिला अध्यक्ष बने। 'जहानाबाद जन संघर्ष समिति' के अध्यक्ष की कुर्सी सँभालने के साथ वे 'राज्य जन संघर्ष समिति' के भी सदस्य थे।

जंगी सिंह ने बैठक की पूरी व्यवस्था सँभाल ली थी। वरिष्ठ सदस्यों के लिए कुर्सियाँ लगी थीं। नौजवानों के लिए दरी बिछी थी। धीरे-धीरे पूरा हॉल आन्दोलन के नेताओं

एवं योद्धाओं से खचाखच भर गया। अध्यक्ष जी ने अपना आसन ग्रहण कर लिया था। बैठक शुरू करने की नियत से अध्यक्ष जी ने गला खखारा ही था कि त्यागी के साथ एक युवा संन्यासी ने प्रवेश किया। उसका आकर्षण कुछ ऐसा था कि हरेक व्यक्ति की दृष्टि उसकी ओर घूम गई। कौन? कहाँ से? क्यों? आपस में खुसुरफुसुर शुरू हो गई।

वह युवा संन्यासी डॉक्टर अमिय था। पटना से आने के बाद त्यागी उसे अपने गाँव सलेमानपुर ले गया था। सलेमानपुर, जहानाबाद शहर से लगभग पाँच कोस की दूरी पर काको ब्लॉक में पड़ता था। त्यागी मध्यवर्गीय किसान परिवार का युवक था। गाँव-गँवई में उन दिनों जिस तरह सभी रहा करते थे, वैसी ही जिन्दगी वह और उसका परिवार जीता था। न बिजली-बत्ती, न गुसलखाना-शौचालय। रात में अँधेरों के विरुद्ध संघर्षरत लैम्प-लालटेन-ढिबरी की पीली रौशनी और सुबह-शाम लोटा लेकर दिशा-मैदान के लिए खेतों का रुख। खुले में शौच, खुले में स्नान। अपने गाँव की जीवनशैली और असुविधाओं के बारे में जब उसने अमिय को बताया, अमिय ने मुस्कराकर कहा था—

"भाई, मैं हिमालय की कन्दराओं और घाटियों में रहा हूँ। इस सूबे में मैं सुख की लालसा से नहीं, आप लोगों के संघर्ष में साथ देने आया हूँ। आप जैसा जीवन जीते हैं, उसे जीने में मुझे कोई दिक्कत न होगी।"

सलेमानपुर पहुँचने के दो दिनों में ही त्यागी के बाबूजी और माँ को अमिय अपने बेटे की तरह प्यारा लगने लगा था। वहाँ के मजदूर-किसानों से हिल-मिल घंटों बतियाता। उन्हें ध्यान से सुनता। पल भर का आराम नहीं, जैसे उसके अन्तस्थल में अजस्र ऊर्जा का कोई स्रोत छिपा हो। खाना बहुत कम। चार-पाँच घंटे की नींद पर्याप्त होती। गाँवों की आत्मा में प्रवेश कर उनके कलुष-काँटों को समझने के लिए जैसे बेचैन हो रहा हो!

सलेमानपुर त्यागी के कारण आन्दोलन से परिचित था, परन्तु सक्रिय साथी न के बराबर थे। धनी किसान परिवारों के अधिकांश युवक पढ़ाई करने पटना-दिल्ली चले गए थे। बचे हुओं को ताश खेलने और मटरगश्ती करने से फुरसत नहीं थी। गरीब किसान-मजदूर अपनी दुनिया में रमे थे। उनका जीवन-संघर्ष बहुत था, उन्हें व्यस्त रखने के लिए। बाबूजी और माँ को उससे बहुत आशाएँ थीं। बेटा पढ़ाई में कुछ नहीं कर पाया, शायद राजनीति में कुछ करे—वे सोचते। भगवान की दया से पुरखों की छोड़ी जमीन काफी थी। उनकी लालसा थी कि पोते का मुँह देख लें। त्यागी का विवाह अभी नहीं हुआ था। देखनहार आते थे। बात चल रही थी।

नगरपालिका हॉल में पहुँचने पर हो रही खुसुरफुसुर से त्यागी ने भाँप लिया कि साथी डॉक्टर अमिय को जानने के उत्सुक हो रहे हैं। ठाकुर बजरंगी सिंह ने जिज्ञासा की—

"त्यागी, अपने साथ आए संन्यासी जी से परिचय तो करवाओ।"

"जी, ये डॉक्टर अमिय हैं। आन्दोलन में शामिल होने के जेपी के आह्वान से खिंचे चले आए हैं। कदमकुआँ में जेपी आवास पर संयोगवश मुलाकात हो गई। जेपी ने इन्हें जहानाबाद और मध्य बिहार में काम करने भेजा है। फिलहाल मेरे मेहमान हैं। सोचा, 'जन संघर्ष समिति' की बैठक में आन्दोलन के दूसरे साथियों से इनकी मुलाकात करा दूँ।" त्यागी ने अमिय का परिचय दिया।

अमिय ने हाथ जोड़कर सबका अभिवादन किया। कई जोड़ी हाथ प्रति अभिवादन में जुड़ गए। उनमें जंगी सिंह भी शामिल थे। कितनी सादगी है इस डॉक्टर में—जंगी सिंह के अन्तर्मन में जैसे चुपके-से कोई कह गया।

लेकिन एक डॉक्टर ने संन्यासी का बाना क्यों धारण किया हुआ है? यह सवाल अनुत्तरित हवा में तैरता रहा। अमिय को इसे समझने में देर नहीं लगी।

"जी, न मैं पूरा डॉक्टर हूँ, न संन्यासी। डॉक्टरी की पढ़ाई से मन विरक्त-सा हो गया था। आत्मा बेचैन रहती थी। सत्य की तलाश में पढ़ाई अधूरी छोड़ हिमालय चला गया था। संन्यास की दीक्षा ले ली। वहाँ के गिरि-कन्दराओं और साधु-संतों के बीच मेरा डेढ़-दो सालों का प्रवास रहा। प्रवास से सीख मिली कि हिमालय में भटकने से आत्मा की बेचैनी दूर नहीं होने वाली। सत्य से साक्षात्कार नहीं होने वाला। चलना चाहिए लोगों के संघर्ष में भाग लेने। कुछ दिन आर्यसमाज के स्वामी अग्निवेश और इन्द्रवेश के साथ हरियाणा में काम किया। जेपी के आह्वान पर आपके बीच आ गया हूँ। हिमालय ने संन्यासी का बाना पहना दिया," अमिय ने सवाल का जवाव दे दिया।

जंगी सिंह अध्यक्ष के बगल वाली कुर्सी पर बैठे थे। मन अमिय के प्रति आदर से भर गया। जहानाबाद के आर.एम.पी. और कम्पाउंडर भी अपने को डॉक्टर कहते हैं। जरा-सा आदर मिल जाने से सामान्य साधु अपने को सिद्ध पुरुष मानने लगता है। डॉक्टरी की पढ़ाई छोड़ हिमालय के रूखे-कठोर पर्वतमालाओं के बीच सत्य की तलाश में भटकना कोई हँसी-ठट्ठा थोड़े है?

ठाकुर बजरंगी सिंह को स्वामी सहजानन्द सरस्वती याद आ गए। जमींदारी अन्याय के विरुद्ध अलख जगाते स्वामी जी को उन्होंने बचपन में देखा था। जमींदार उनके दुश्मन बने रहते, जबकि गरीब किसान उन्हें अपना देवता मानते। बजरंगी सिंह के मन में कुछ कुलबुलाया—क्या खास है मध्य बिहार की माटी में कि बाहर से लोग खिंचे चले आते हैं? वर्षों पहले स्वामी जी और अब यह युवा संन्यासी। स्वामी जी बिहार आए तो यहीं के होकर रह गए। लेकिन क्या मालूम, इधर आन्दोलन ठंडा पड़े और संन्यासी जी वापस निकल लें? उनके चेहरे पर मुस्कान की हल्की रेखाएँ खिंच गईं। प्रत्यक्ष में बोले—"साथियो, संन्यासी जी या यों कहें, डॉक्टर साहब से हम लोगों का परिचय हो गया। स्वागत है डॉक्टर साहब आपका।"

जंगी सिंह ने अमिय से कुर्सी पर बैठने का आग्रह किया। उसने विनम्रतापूर्वक मना कर दिया और त्यागी के साथ दरी पर जम गया। बैठक की कार्रवाई प्रारम्भ हुई। अमिय ने अपने झोले से छोटी-सी नोटबुक और कलम निकाल ली थी ताकि महत्त्वपूर्ण बिन्दुओं को नोट करता जाए।

"साथियो, माननीय अध्यक्ष जी की अनुमति से सभा की कार्रवाई शुरू होती है। आग्रह होगा कि पिछली बैठक की कार्रवाई की सम्पुष्टि की जाए। कार्रवाई आप सबको डाक से भेज दी गई थी। जिन्हें नहीं मिली हो, उनको उसकी प्रति अभी दे दी जाएगी।" जंगी सिंह ने बाहैसियत संयोजक कार्रवाई आगे बढ़ाई।

सम्पुष्टि के उपरान्त अनुपालन पर चर्चा प्रारम्भ हुई। पाया गया कि गत बैठक के

आधे से अधिक निर्णयों पर कोई काम नहीं हो सका था।

ठाकुर बजरंगी सिंह पूर्ण अनुपालन न होने की सूचना से चिन्तित हो गए। बोले—"साथियो, हम लोगों ने निर्णय लिया था कि हर गाँव, नहीं तो कम-से-कम हर पंचायत में जन संघर्ष समितियों का गठन जरूर पूरा कर लेंगे। जहानाबाद को छोड़ शेष प्रखंडों की आठ आने पंचायतों में भी यह काम पूरा नहीं हुआ है। हम सभी को इस पर गम्भीर होना चाहिए।"

जंगी सिंह जैसा जीवट किसी में न था, परन्तु स्वीकार कैसे करते? घोसी प्रखंड अध्यक्ष जीवेश शर्मा ने कठिनाई गिनाई—

"अध्यक्ष जी, अब क्या कहें? हमारे प्रखंड के गरीब छोटे किसानों और खेतिहर मजदूरों का कहना है कि आन्दोलन से हमें क्या फायदा? गरीब किसानों को खेती के लिए जमीनें चाहिए और मजदूरों को वाजिब मजदूरी। आन्दोलन के एजेंडे में यह मुद्दे हैं ही नहीं। केवल नाम के लिए हर पंचायत में 'जन संघर्ष समिति' गठित करना मुझे अनैतिक लगता है। बिना वास्तविक 'जन' के संघर्ष समितियाँ बेजान लगेंगी।"

पूरे हॉल में सन्नाटा खिंच गया। डॉक्टर अमिय ने इस बिन्दु को नोट किया। अध्यक्ष जी ने रास्ता सुझाया—

"आप किसानों और मजदूरों को अभी छोड़िए न। नौजवानों पर फोकस कीजिए। अपने प्रखंड की सोती तरुणाई को जगाइए। जयप्रकाश का बिगुल बजा है जाग उठी तरुणाई है, नहीं सुना है क्या?

जीवेश शर्मा ने सिर हिलाया। मतलब, वह समझ गया था। परन्तु जंगी सिंह के साथ आए अरविन्द सिंह ने जैसे इस सूत्र को पकड़ लिया—

"साथियो, हमारे जिले में गरीब किसानों और भूमिहीन खेतिहर मजदूरों की तादाद काफी ज्यादा है। कोई भी जन आन्दोलन बिना मजदूर वर्ग को साथ लिये सफल नहीं हो सकता। उनके ऊपर दोहरी मार पड़ रही है। न तो उन्हें सरकार पूरी मजदूरी देती, न ही भू-स्वामी। बड़े भू-स्वामी अपने कमिया और खेतिहर मजदूरों को अपना गुलाम समझते हैं। गैर-मजरुआ जमीनों पर बड़े-मझोले भू-स्वामी गैर कानूनी ढंग से काबिज हैं। समरथ को नहिं दोष गुसाईं? गरीब किसान बेचारे क्या करें? हमें गैर-मजरुआ जमीनों और मजदूरी के मुद्दों को उठाना चाहिए। फिर देखिए, जेपी आन्दोलन कितना सफल हो जाता है?"

ठाकुर बजरंगी सिंह इस अप्रिय प्रसंग को टालना चाहते थे। उन्हें इस सवाल पर संघर्ष समिति में फूट पड़ जाने का अंदेशा था। संघर्ष समिति क्या थी, चूँचूँ का मुरब्बा थी। उसके सदस्यों में से अधिकांश अपने राजनैतिक दलों की निष्ठा और कार्यक्रमों से बँधे थे। यही नहीं, वे मुख्यतः सुखी-सम्पन्न किसान परिवारों से आते थे। जो सवाल अरविन्द ने उठाए थे, वह सवाल कम्यूनिस्ट पार्टी वाले हमेशा उठाते रहते थे। संसोपा वाले भी कभी-कभार यह सवाल उठाते थे, पर उनकी राजनीति 'संसोपा ने बाँधी गाँठ पिछड़े पावें सौ में साठ' पर ज्यादा केन्द्रित थी। संघर्ष समिति में शामिल संगठन कांग्रेस और जनसंघ के अपने-अपने जनाधार एवं नीतियाँ थीं। संगठन कांग्रेस की जहानाबाद के धनी किसानों में पैठ थी। जनसंघ शहरी व्यवसायियों के बीच अधिक सक्रिय थी। उसे

'ब्राह्मण-बनिया पार्टी' भी कहा जाता था। इन दोनों के एजेंडे में ऐसे सवालों के लिए जगह ही नहीं थी। हालाँकि 'भारतीय लोक दल' खुद को किसानों का रहनुमा मानता था, किन्तु ऐसे सवालों से बचता रहता था। बड़े किसानों के छिटक जाने का खतरा था।

ठाकुर बजरंगी सिंह राजनीति के चतुर खिलाड़ी थे। कब, कहाँ, क्या कहने से बात बनेगी या बिगड़ेगी, वे खूब जानते थे। किससे कब निपटना है, इसमें वे माहिर थे। किससे, कब, कैसे, बोलना है, उन्हें खूब आता था। चीनी घुली आवाज में बोले–

"अरविन्द जी, आपके सुझाव में दम है परन्तु यह 'राज्य जन संघर्ष समिति' और हमारे अगुआ जयप्रकाश जी के अधिकार क्षेत्र में है कि आन्दोलन का एजेंडा क्या होगा? मैं समिति की अगली बैठक में आपका सुझाव पुरजोर तरीके से रखूँगा।"

अरविन्द आगे क्या कहता? चुप रहा। अपने कहे का मनोनुकूल असर देख ठाकुर साहब ने अगले और सबसे महत्त्वपूर्ण विषय को सामने रख दिया।

"हाँ, जेपी की परसों की सभा की तैयारी और व्यवस्था के सम्बन्ध में चर्चा शुरू कराई जाए जंगी सिंह।"

जेपी की यह पहली सभा थी जहानाबाद में। संघर्ष समिति के सदस्य जी-जान से सभा को सफल बनाने में जुटे थे। सभास्थल गांधी मैदान था।

अमिय मुस्कराया। ठाकुर बजरंगी सिंह ने विषय को कितनी खूबसूरती से मोड़ा है, उसे भाँपने में देर न लगी। पटना रेलवे स्टेशन पर काम की तलाश में परदेस जाने वाले मजदूरों से हुई बातचीत उसे याद आने लगी। सलेमानपुर के किसान-मजदूरों की चिन्ता भी जमीन और मजदूरी को लेकर थी। जेपी से इस आन्दोलन में किसान-मजदूरों के जीवन को बेहतर बनाने के कार्यक्रमों के बारे में उसने सीधे-सीधे पूछ लिया था। जेपी ने तो इस आन्दोलन के माध्यम से व्यवस्था-परिवर्तन का सपना सँजोया है, पर लगता है यह सपना पटना से अभी तक जहानाबाद की 'जन संघर्ष समिति', तक नहीं पहुँच पाया है या शायद वह सपना ठाकुर बजरंगी सिंह के कुर्ते की जेब में ही रह गया हो। उसकी मुस्कराहट थोड़ी चौड़ी हो गई।

इधर जंगी सिंह ने अपने-अपने इलाके से सभा में आने वाली जनता का आकलन प्रस्तुत करने का साथियों से अनुरोध किया। सबसे पहले उन्होंने अपने इलाके का आकलन बताया।

"हम सभी साथी"—वे रुके और उन्होंने अपने साथियों की ओर इशारा करते हुए आगे कहा, "कई दिनों से प्रखंड के गाँवों का भ्रमण कर आम जनता को आन्दोलन के बारे में समझाते एवं जेपी की सभा में आने का आग्रह करते रहे हैं। हमें आशा है कि हमारे क्षेत्र से आठ-दस हजार लोग सभा में जरूर आएँगे।"

सभी एक-दूसरे की ओर देखने लगे—भाई, जंगी सिंह का कोई सानी नहीं है। अलबत्ता मेहनती आदमी हैं।

"जी, हमारे यहाँ से पाँच हजार गिन लीजिए।" त्यागी था।

"घोसी से लगभग सात हजार।" जीवेश शर्मा था।

"मखदूमपुर से पाँच हजार।"

"कुर्था से भी पाँच हजार।"

"करपी से तीन हजार।"

"मेरे इलाके से पाँच हजार बशर्ते कि प्रशासन हमारी बसों को चलने दे।" अलावलपुर से अली मियाँ थे।

ठाकुर बजरंगी सिंह ने मोर्चा सँभाला, "मैं आज ही एस.डी.ओ. साहब से मिलकर आग्रह करूँगा कि हमारी बसें न रोकी जाएँ।"

"साथियो, जनता की चट्टानी एकता के सामने प्रशासन का कोई भी हथकंडा काम नहीं आ सकता। अगर बसें रोकी जाती हैं, जनता वहीं सड़क पर धरना देकर बैठ जाए। जनता की ताकत प्रशासन की ताकत से बड़ी होती है।" अरविन्द सहसा बोल पड़ा। बैठक में हलचल होने लगी।

डॉक्टर अमिय ने नोट किया—उत्साही नौजवान है। इससे बात करनी चाहिए।

"ऐसी नौबत नहीं आनी चाहिए। सभा में देश-विदेश के बड़े पत्रकार होंगे। हमाऱे नेता कर्पूरी जी उपस्थित रहेंगे। मैं एस.डी.ओ. से बात करूँगा। जरूरत पड़ी तो डी.एम.-कमिश्नर से बात करूँगा। आप सब चिन्ता न करिए। लोगों को सभा में लाने का प्रबन्ध करिए।" ठाकुर बजरंगी सिंह ने हलचल को शान्त किया।

"इसका मतलब हुआ कि हमारी तैयारी तीस से चालीस हजार लोगों को सभा में लाने की है। अगर इसमें जहानाबाद शहर को जोड़ दें तो किसी भी हालत में पचास हजार से कम भीड़ सभा में नहीं होगी।" जंगी सिंह ने अन्तिम अनुमान व्यक्त किया। सभी उत्साहित हो गए।

सभा की मंच-व्यवस्था एवं प्रचार के सम्बन्ध में चर्चा के उपरान्त बैठक अपने समापन की ओर बढ़ी। माइक से लगातार प्रचार चल रहा था। निर्णय हुआ कि प्रचार हेतु रिक्शों की संख्या बढ़ा दी जाए। रिक्शों पर बैनर बाँधकर माइक से प्रचार का तरीका उस समय आम था। सस्ता एवं सुलभ, दोनों ही दृष्टियों से। बैठक का अन्तिम एजेंडा 'अन्यान्य' बचा था। उसके बाद भोजन। और फिर सभी को अपने-अपने इलाकों में निकल जाना था।

"तो साथियो, हर विषय पर चर्चा हो गई। बस 'अन्यान्य' बचा है। यदि कोई कुछ कहना चाहे तो स्वागत है।" जंगी सिंह ने बात आगे बढ़ाई।

सब साथी चुप रहे। कुछ कहने को शेष न बचा था।

तभी एक हाथ ऊपर उठा, जैसे इजाजत माँग रहा हो।

"हाँ-हाँ कहिए।" जंगी सिंह ने आदर से कहा।

हाथ डॉक्टर अमिय ने उठाया था। उसने बैठक में उपस्थित सभी लोगों पर विहंगम दृष्टि डाली। सभी उत्सुकता से उसके बोलने की प्रतीक्षा करने लगे। शान्ति छा गई। उसने सधी आवाज में कहना शुरू किया, "माननीय अध्यक्ष जी, संचालक महोदय एवं साथियो"—

ठाकुर बजरंगी सिंह को संन्यासी से 'माननीय' शब्द सुनना सुखकर लगा। उन्होंने उत्सुकता से कुर्सी पर पहलू बदला।

"यहाँ आने के पहले मैं आदरणीय जेपी से मिला था। उनकी दो-तीन बातों की चर्चा करना जरूरी समझता हूँ। उन्होंने मुझे यह मूल मंत्र दिया कि यह आन्दोलन सत्ता नहीं, व्यवस्था-परिवर्तन का आन्दोलन है। यह आन्दोलन सामाजिक एवं आर्थिक गैर-बराबरी मिटाने का आन्दोलन है। नर-नारी समानता वाली व्यवस्था लाने का आन्दोलन है। किसान-मजदूरों को उनकी मेहनत का मोल दिलाने का आन्दोलन है। सम्पूर्ण क्रान्ति से एक सूत भी कम आन्दोलन को मंजूर नहीं हो सकता।"

ठाकुर बजरंगी सिंह के चेहरे के भाव बदलने लगे। बैठक में उपस्थित दलीय नेता भी पहलू बदलने लगे, पर नौजवान ध्यानपूर्वक सुनने लगे।

"उन्होंने बताया कि हम पहले भ्रष्टाचार के दानव से लड़ेंगे, परन्तु हमारी लड़ाई व्यवस्था में आमूलचूल परिवर्तन तक जारी रहेगी।" उसने बात आगे बढ़ाई।

"इसलिए मेरी समझ बनी है कि व्यवस्था-परिवर्तन की वाहक शक्तियों को आन्दोलन में अधिक-से-अधिक शामिल करना होगा। बिना आधी आबादी की आन्दोलन में हिस्सेदारी के नर-नारी समानता की लड़ाई अधूरी रह जाएगी। इससे हमें हर स्तर पर, हर कदम पर बहनों-बेटियों को जोड़ना होगा। समाज के सबसे दबे-कुचले समाज से आने वाले लोगों को जोड़ना होगा। छोटे किसानों, बटाईदारों और खेतिहर मजदूरों को जोड़ना होगा। छोटे दुकानदारों को जोड़ना होगा। व्यवस्था-परिवर्तन की ये महत्त्वपूर्ण वाहक शक्तियाँ हैं। जेपी ने गाँव-गाँव में जनता सरकारों के गठन का निदेश दिया है। जनता सरकारें तभी कारगर होंगी जब उनकी कमान व्यवस्था-परिवर्तन की वाहक शक्तियों के हाथों में रहेगी।"

इतना कहकर अमिय रुका। ठाकुर बजरंगी सिंह के चेहरे पर बल पड़ गए—ये तो स्वामी सहजानन्द सरस्वती की भाषा बोल रहे हैं, पर जेपी के मूल मंत्र की बात सुनकर उन्होंने तत्काल कुछ कहना मुनासिब नहीं समझा।

दलीय नेताओं के मन में ठीक उसी तरह के भाव उठ रहे थे, पर वे भी चुप रहे।

अरविन्द सिंह, सत्या सोनार, इन्द्रदेव सिंह, जंगी सिंह, जीवेश शर्मा, रामनाथ त्यागी और अली मियाँ जैसे नौजवानों का खेमा उल्लास से भर गया। अब मजा आएगा आन्दोलन में—सभी मन-ही-मन कह रहे थे।

"और, मैं आन्दोलन में इन वाहक शक्तियों को जोड़ने और व्यवस्था-परिवर्तन के कामों में आप सबका भरपूर साथ दूँगा।"

अपनी बात खत्म कर वह बैठ गया। नौजवानों ने जोरदार ताली बजाई। बैठक की समाप्ति की घोषणा हो गई। सभी लोग भोजन की दिशा में बढ़ चले।

## 3

जेपी की सभा में मानो जन-ज्वार उमड़ पड़ा था। औरत-मर्द, जवान-बूढ़े पाँव-पैदल, साइकिल या जो भी सवारी मिल सकी थी, उससे चले आ रहे थे। जेपी का आकर्षण उनके थके कदमों को मंजिल की ओर खींचे चला जा रहा था। ग्रामीण स्त्रियाँ साफ-

सुथरी छापे वाली साधारण सूती साड़ियों में गीत गातीं चलती जा रही थीं, जैसे वे मेले में जा रही हों। उन्होंने अपने तेल चुपड़े बालों में कंघी कर चोटी बाँध रखी थी। उनका मुखमंडल पसीने की आभा से दमक रहा था। आँखों में काजल और पाँवों में आलता। कई नंगे पाँव थीं। पैरों की फटी बिवाइयाँ उनके दैन्य की कहानी बयाँ कर रही थीं। पुरुष साधारण वेशभूषा में थे—धोती, कुर्ता और कन्धे पर गमछा। सम्भ्रान्त घरों के पुरुषों के कन्धों पर सिल्क की चादर या दुशाला था।

प्रशासन की अपनी तैयारी भी जोरदार थी। पूरा शहर पुलिस छावनी बना दिया गया था। मुख्य रास्तों पर लोहे का टोपा पहने लाठी और बन्दूकधारी पुलिस बल। बस स्टेशन, रेलवे स्टेशन, बिजली ऑफिस और टेलीफोन ऑफिस के सामने पुलिस-ही-पुलिस दीखती थी। प्रशासन को तोड़-फोड़ का अंदेशा था। सादे कपड़ों में खुफिया पुलिस के जवान और अफसर भीड़ में घुल-मिलकर उपद्रवियों की टोह में लगे थे। पुलिस के गश्ती दल लगातार पेट्रोलिंग कर रहे थे।

परन्तु जनता में उत्साह और जोश का आलम यह था कि वह सारा पुलिस बन्दोबस्त उनके लिए कौतुक से अधिक कुछ न था। वे सम्पूर्ण क्रान्ति के दीवाने लोग थे। वे जेपी के इस मंत्र पर यकीन करने वाले लोग थे कि "हमला चाहे जैसा होगा, हाथ हमारा नहीं उठेगा।" वे जेपी के उस आह्वान पर आए थे कि "सिंहासन खाली करो कि जनता आती है।" हंगामा नहीं, सूरत बदलने का सपना उनकी आँखों में मचल रहा था।

त्यागी ने भी अपने वादे के मुताबिक रैली के लिए स्त्री-पुरुषों को गोलबन्द किया था। जब अन्तिम जत्था रवाना हो गया, त्यागी और अमिय गाँव से निकले। वे काफी दूर पैदल चले। रास्ते में टमटम मिल गया। जब उनका टमटम जहानाबाद स्टेशन मोड़ पर पहुँचा, सड़कों पर उमड़े अभूतपूर्व दृश्य ने उन्हें अभिभूत कर दिया। अब तक अमिय ने जो राजनीतिक रैलियाँ देखी थीं, यह दृश्य उनसे सर्वथा अलग था। उन रैलियों में पैसा अथवा अन्य प्रलोभनों से भीड़ जुटाई जाती थी। पर उसके सामने आमजन का स्वत:स्फूर्त विस्फोट जैसा नजारा था। अमिय और त्यागी टमटम से उतर गए। त्यागी के इलाके के कई जत्थे तब तक पहुँच चुके थे। उसने उन जत्थों को एक जगह इकट्ठा होने का आग्रह किया। जब अच्छी-खासी संख्या इकट्ठी हो गई, उसकी अगुवाई में सब लोग नारा लगाते गांधी मैदान की ओर बढ़ चले। अमिय उस जन-सैलाब की बुनावट को गम्भीर अध्ययनकर्ता की दृष्टि से देखने लगा था। वह त्यागी से मुखातिब हुआ—

"जेपी को लेकर साधारण तबके के लोगों में जबरदस्त उत्साह मुझे दीख रहा है, खासकर गरीब एवं सामान्य परिवारों की बेटियों-बहनों की भारी भागीदारी। मेरा मन कह रहा है, मध्य बिहार में सामाजिक बदलाव की सम्भावना बहुत प्रबल है।"

"सही कह रहे हैं, पर क्या आन्दोलन का यही स्थायी भाव बना रहेगा?" त्यागी को सन्देह था।

डॉक्टर अमिय ने उस सन्देह को अपने ऊपर हावी नहीं होने दिया। गम्भीरता से बोला, "निर्भर करता है कि आन्दोलन का स्थानीय नेतृत्व कितने सूझ-बूझ से आगे काम करता है? जेपी की सभा से उत्पन्न होने वाली लहर को टिकाऊ बनाए रखने की

चुनौती नेतृत्व से नि:स्वार्थ सेवा और मेहनत की माँग करेगी।"

जब वे सभा-स्थल पहुँचे, गांधी मैदान खचाखच भर गया था। जिन्हें मैदान में जगह नहीं मिल पाई थी, वे सामने की सड़क पर जमे थे। गांधी मैदान के गिर्द स्थित घरों की छतों पर भी लोग जमा थे। मंच से घोषणा हो रही थी। जेपी, कर्पूरी ठाकुर और राज्य स्तर के दूसरे बड़े नेता जहानाबाद पहुँच गए थे।

जंगी सिंह मंच पर थे। वे जनसमूह का निरीक्षण कर रहे थे। नियत समय से पहले ही सभास्थल का खचाखच भर जाना उनके उत्साह को बढ़ा रहा था। उन्होंने अपने साथी सत्या सोनार को इशारा किया—ठाकुर बजरंगी सिंह के यहाँ जाकर संवाद दे दो कि जेपी एवं अन्य नेता सभा में पधारें। सत्या बिजली की फुर्ती से ठाकुर साहब के घर की ओर भागा। जेपी और नेताओं के आवभगत की व्यवस्था उन्हीं की कोठी पर की गई थी।

जेपी जब मंच पर पहुँचे, तुमुल ध्वनि से उनका स्वागत हुआ। देर तक अनन्त हाथों से बजी तालियों का नाद जहानाबाद की फिजाँ में गूँजता रहा। जब तालियों की गूँज मद्धम पड़ीं, 'सम्पूर्ण क्रान्ति जिन्दाबाद' के गगनभेदी नारों से पूरा वातावरण एक अद्‌भुत उत्तेजना से भर गया। फिर तो दूसरे नारे भी लगने लगे—'सम्पूर्ण क्रान्ति अब नारा है, भावी इतिहास हमारा है', 'जेपी तुम संघर्ष करो, हम तुम्हारे साथ हैं', 'सिंहासन खाली करो कि जनता आती है।' और इन नारों का मानो समापन हुआ—'जयप्रकाश है नाम देश की जाग उठी तरुणाई का।' तालियों की गड़गड़ाहट और नारों की ललकार से पेड़ों पर बैठे पंछी पंख फड़फड़ाते उड़ चले। उनके पक्षी-जीवन ने अब तक वैसा दृश्य नहीं देखा था। वैसी ध्वनि नहीं सुनी थी। गिलहरियाँ निस्पन्द-सी डरकर कोटरों में छुपी बैठी थीं।

ठाकुर बजरंगी सिंह के स्वागत भाषण से सभा की कार्रवाई शुरू हुई। जंगी सिंह ने संचालन की जिम्मेदारी सँभाली थी। मंच पर उपस्थित अतिथियों को मालाएँ पहनाई गईं। जेपी ने हाथ जोड़कर सबका अभिवादन किया। अभिवादन करते समय चश्मे के भीतर से झाँकती उनकी आँखें शायद किसी को ढूँढ़ रही थीं। जब उनकी दृष्टि उस व्यक्ति पर पड़ी, उनके शान्त मुखमंडल पर प्रसन्नता की रेखा खिंच गई। वह व्यक्ति और कोई नहीं, डॉक्टर अमिय था जो मंच के ठीक सामने जमीन पर पालथी मारे त्यागी के साथ बैठा था। जेपी ने उसे मंच पर बुलवा लिया। जंगी सिंह की आँखें डॉक्टर अमिय से मिलीं। उनका मन किसी अनजाने उल्लास से खिल उठा।

डॉक्टर अमिय ने मंच पर पहुँच जेपी को हाथ जोड़कर प्रणाम किया। जेपी के भी दोनों हाथ जुड़ गए। इधर कर्पूरी ठाकुर को भाषण देने के लिए आमंत्रित किया गया। जेपी ने डॉक्टर अमिय का कुशल-क्षेम पूछा, "कोई तकलीफ तो नहीं आपको?"

"जी, तकलीफ कैसी? लोग अतिथि वत्सल हैं।"

"आन्दोलन में लगे साथियों से मुलाकातें हुई होंगी?"

"जी, 'जन संघर्ष समिति' के साथियों से मिलना हुआ है। आगे के बारे में क्या और कैसे करना है, उसका कार्यक्रम बना रहा हूँ। आपको सुनने की बहुत उत्सुकता थी।"

जेपी को संन्यासी का दृढ़ निश्चयी स्वभाव अच्छा लगा। वे देशभर में आन्दोलन की अलख जगाते घूम रहे थे। न जाने कितने दृढ़ संकल्पित नौजवानों से उनका मिलना होता रहता था। न जाने राजनीति के कितने चतुर खिलाड़ी उनसे मिलने को आतुर रहा करते थे। न जाने कितने पर्यटकीय आन्दोलनकारियों से उनका साबका पड़ता रहा था। उनकी अनुभवी आँखें मिलने वाले के अन्तर्तम की परख में निपुण थीं। राजनीति का मैदान छोड़े उन्हें बीस साल से अधिक हो गए थे, परन्तु राजनीति के महारथियों की स्वार्थ-लिप्सा से वे भलीभाँति परिचित थे। डॉक्टर अमिय में उन्हें सम्भावनाओं का बिरवा पहली ही मुलाकात में नजर आ गया था। ईश्वर इस संन्यासी को शक्ति दे—मन-ही-मन आशीर्वाद दे वे कर्पूरी जी को सुनने लगे।

कर्पूरी जी बहुत अच्छे वक्ता थे। उनकी वाणी में मेघ गर्जन का पुट था। असरदार शब्दों का खूब चयन करना वे जानते थे। वे बिहार की समाजवादी राजनीति के देदीप्यमान नक्षत्र थे। देश में जो स्थान राममनोहर लोहिया का था, बिहार में वैसा ही मान उनका था। उन्हें 'पिछड़ों का मसीहा' कहा जाता था।

"यह आन्दोलन हम लोगों के परम आदरणीय नेता जयप्रकाश जी ने बिहार से भ्रष्टाचार और कुशिक्षा की गन्दगी साफ करने के लिए छेड़ा है। देश से भ्रष्टाचार की गन्दगी हटाने के लिए छेड़ा है। हमारे जैसे आप लोगों के सेवक आदरणीय जेपी के दिशा-निर्देश में आपकी सेवा में लगे हैं। यह आन्दोलन आपके हक-हकूक के लिए है। मान-सम्मान के लिए है। सामाजिक न्याय की स्थापना के लिए है..." उनका धारा प्रवाह भाषण चल रहा था।

गांधी मैदान में नीरव शान्ति व्याप्त हो गई थी। उनकी वक्तृता का जादू बिखरता रहा। लोग मंत्र-मुग्ध हो सुनते रहे। जब भाषण खत्म हुआ, गांधी मैदान करतल ध्वनि से एक बार पुनः गूँज उठा। आसपास के पेड़ों पर जो पक्षी इस बीच वापस आकर बैठ गए थे, वे फिर उड़ चले। गिलहरियाँ कोटरों में पुनः छिप गईं।

अब जेपी से उनके सम्बोधन का आग्रह हुआ। वे धीरे-धीरे खड़े हुए। माइक तक पहुँचे। और फिर शुरू की तरह ही तालियों से स्वागत एवं जोरदार नारों की अनुगूँज से दिग्दिगंत भर गया।

जेपी ने गुरुगम्भीर वाणी में अपना सम्बोधन शुरू किया।

"नौजवानों ने इस बूढ़े के कमजोर कन्धों पर बड़ा बोझ डाल दिया है। लेकिन देश की हालत देखते हुए कह रहा हूँ कि यह बोझ बहुत हल्का है। देश बेरोजगारी, महँगाई, कुशिक्षा और भ्रष्टाचार के भारी बोझ से कराह रहा है। उस भारी बोझ के सामने मेरे कन्धे पर डाला गया बोझ बहुत हल्का है। मैं सरकार से कहना चाहता हूँ कि तुम हमें लाठी मारो या गोली, पूरा देश तूफान की तरह उठ खड़ा हुआ है। अब यह रुकेगा नहीं।"

उनकी सीधी-सच्ची आवाज लोगों के दिलों में गहरा असर डालने लगी थी।

"देश के हर गाँव, हर मुहल्ले, हर शहर में लाखों-करोड़ों हाथ अपनी मुट्ठियाँ बाँध तन गए हैं तुम्हारे इस भ्रष्ट निजाम को पलटने के लिए..."

"जयप्रकाश है नाम देश की जाग उठी तरुणाई का।" नौजवानों का उत्साह चरम

पर था। गांधी मैदान की नसों में लहू तेज वेग से दौड़ने लगा था। जेपी कह रहे थे, "जो भ्रष्टाचार जहानाबाद के सरकारी दफ्तरों में दीखता है, वह पटना से शुरू होता है। जो पटना में दीखता है, वह दिल्ली से शुरू होता है। जब गंगोत्री ही मैली रहेगी, गंगा कैसे साफ होगी? यह लड़ाई गंगोत्री को साफ करने की है। यह संघर्ष भ्रष्टाचारियों से राज सिंहासन छीनकर उस पर जनता को बैठाने का है। यह लड़ाई सही मायनों में जनता की जनता के लिए, जनता द्वारा चुनी सरकार की पुनर्स्थापना के लिए है..."

उनका धारा प्रवाह सम्बोधन लोगों की शिराओं में लहू की रफ्तार को बढ़ाता जा रहा था।

"वे पुलिस-फौज के हमारे ही बेटे और भाइयों को हम पर लाठी-गोली चलाने भेजते रहे हैं। आगे भी भेजेंगे। वे हमें जेलों में ठूँस देंगे। लेकिन उनसे कहना चाहता हूँ, तुम दमन में जो ताकत खर्च कर रहे हो और करोगे, अगर वह ताकत तुम देश से भ्रष्टाचार खत्म करने के लिए करते, भूख मिटाने के लिए करते, रोजगार बढ़ाने के लिए करते, शिक्षा-व्यवस्था दुरुस्त करने के लिए करते, तो देश की तरक्की आसमान चूम रही होती।"

यही वह पाठ था जो वे सरकार को पढ़ाना चाहते थे। इस प्रक्रिया में वे जनता के मर्म को स्पर्श कर रहे थे।

"लेकिन वे अपनी ताकत इन अच्छे कामों में नहीं लगाएँगे। उन्हें देश की तरक्की की चिन्ता नहीं है। वे तो देश को लूटने वाले लोग हैं। इसलिए यह आन्दोलन लुटेरी और बौराई सत्ता को चेतावनी है कि सिंहासन खाली करो। जनता उस सिंहासन की असली मालिक है। तुम जनता के सेवक हो। बिहार हो या गुजरात या दिल्ली, यह आन्दोलन राज्यों से लेकर दिल्ली तक के सिंहासन पर उसके असली मालिक को बैठाने का आन्दोलन है।..."

वे अच्छे शिक्षक की भाँति न केवल गांधी मैदान में गाँव-गाँव से जुटे मतवालों को समझा रहे थे अपितु देश के कोने-कोने में उनकी ओर आशा और विश्वास भरी नजरों से निहार रहे आमजन को आन्दोलन की आन्तरिक सदिच्छा और मकसद से परिचित करा रहे थे। वे समझा रहे थे कि संघर्ष की राह पथरीली और कुश-काँटों से भरी हुई है। वे आह्वान कर रहे थे कि इन्हीं राहों पर चलकर हम गंगोत्री को स्वच्छ कर सकते हैं। वह टेलीविजन का युग नहीं था। वह सूचना क्रान्ति का युग नहीं था। वे स्टूडियो में बैठकर आमजन तक नहीं पहुँच सकते थे। वे जनता की प्रयोगशाला में थे। वह अखबारों का युग था। कलमकार पत्रकारों का युग था। इसलिए वे सच लिखने वाली कलमों और उन्हें थामे हाथों से भी मुखातिब थे। उन्हें भरोसा था कि वे हाथ और उनमें थमी कलमें बिहार के इस छोटे कस्बे में उमड़े जन-सैलाब को सम्बोधित उनकी आवाज को दूर-दूर तक फैलाएँगी।

आवाजें उनके अन्तर्तम से आ रही थीं। वह शब्दाडम्बर नहीं था। उनका विश्वास सोए दिल-दिमागों पर दस्तक दे रहा था, जागो, जागो। तुम जागोगे तभी सवेरा होगा। निविड़ अन्धकार स्वत: नहीं भागेगा। सूरज की किरणें फूटने की प्रतीक्षा मत करो।

अपनी अंजुलि में प्रकाश भर-भर लाने का दम-खम तुम्हारे ही अन्दर है। उसी प्रकाश से अन्धकार छँटेगा। उजाला होगा। मनोरम छटा लिए सूरज भासमान होगा। कलियाँ मुस्कराएँगी। पुष्प अपनी सुगन्ध बिखेरेंगे। पहचानो, अपने अन्तर्तम की ताकत को। तुम्हीं हो सत्ता का स्रोत। तुम्हीं से है सत्ता। तुम्हारी बेहतरी के लिए है सत्ता। भुखमरी, बेराजगारी, भ्रष्टाचार का स्रोत है पटना-दिल्ली की गंगोत्री। जागो, उठो, चलो। वह गंगोत्री स्वच्छ करो। तुम्हारे अलावा उसे स्वच्छ करने की शक्ति किसी में नहीं है।"

डॉक्टर अमिय मंत्रमुग्ध-सा उन्हें सुन रहा था। हिमालय की कन्दराओं में भ्रमण करते हुए उसे सत्य के दर्शन नहीं हुए थे। 'तत् त्वं असि' के तत् को जानने की अपनी यात्रा में वह जितने धर्मग्रंथ पढ़ता-सुनता, उतने ही सवाल फन काढ़े उसके समक्ष फुफकारने लगते। गुरुजी कहते, सवालों से मत जूझो। उस सर्वशक्तिमान सर्वव्यापी तत् के प्रति समर्पित रहो—'सर्व धर्मान परित्यज्याय मामेकं शरणं व्रज।' वही 'तत्' सवाल है, उत्तर उसी में है। इस्लाम ने उसे बताया—ला इलाह इल्लिल्लाह। धर्म गुरु उपदेश देते—ईश्वर सन्देह से परे है। सर्वव्यापी। अगोचर। पर जो उसे गिरि-कन्दराओं और धर्म-ग्रंथों से नहीं मिला, वह उसे उस महामानव के उद्‌गारों में मिल रहा था। मनुष्य ही सम्पूर्ण शक्ति का स्रोत है। 'तत्' उसी में निहित है। अहं ब्रह्मास्मि। ब्रह्म मनुष्य के अन्तर्तम में विद्यमान है। उसे पहचानो। कबीर ने उस ब्रह्म को पहचान लिया था—'कस्तूरी कुंडल बसे, मृग ढूँढ़े वन माँहि।' मंसूर ने सूली के खतरे उठाते हुए भी समझा दिया था—'अनल हक'। जेपी वही कह रहे थे—'हम भारत के लोग' अगर अपनी शक्ति पहचानकर ठान लें, अन्याय-अनाचार-विषमता-भ्रष्टाचार-शोषण मुक्त न्यायपूर्ण समाज का निर्माण सम्भव है। उत्तिष्ठत जाग्रत प्राप्य वरान्निबोधत! संविधान में 'हम भारत के लोगों' का खुद से यही तो वादा है!

जब जेपी का सम्बोधन खत्म हुआ, डॉक्टर अमिय ने स्वयं में नई ऊर्जा का संचार होता हुआ पाया। सभा समाप्त हुई। जेपी, कर्पूरी ठाकुर और दूसरे नेता पटना लौटने को तत्पर हुए। अमिय ने जेपी को विदा दी और उसी ऊर्जा से संचालित होते हुए त्यागी के साथ सलेमानपुर की राह पकड़ ली। गांधी मैदान में उमड़ा जन-सैलाब वापस रेलवे स्टेशन, बस स्टेशन और अपने घरों की दिशा में लौट चला। जैसे समंदर में ज्वार आने के बाद तटों की ओर तीव्र गति से आई लहरें वापस समंदर की ओर लौटती हैं, ठीक उसी तरह। हालाँकि लौटती लहरों में आवेग अपेक्षाकृत कम हो जाता है, परन्तु इस जन-सैलाब की त्वरा दूसरी ही कहानी लिख रही थी। गगनभेदी नारे सड़कों पर गूँज रहे थे। विधि-व्यवस्था संधारण में संलग्न पुलिस के लाठीधारी जवान कौतूहल से लौटते लोगों को निहार रहे थे। नए रंगरूट कभी-कभी अपने किसी सीनियर से पूछने लगते, "सर, क्या कभी बिना लाठी पटके आपने ऐसी सभा को कंट्रोल किया है? इतनी बड़ी भीड़ में कोई चूँ-चपड़ तक नहीं।" सीनियर क्या कहता? रंगरूट की ओर मुस्कराकर उसका हौसला बढ़ा देता। वह जानता था कि आगे की राह प्रशासन के लिए कठिन होने वाली है। जो कुछ भी उस दिन गांधी मैदान और सड़कों पर दीख रहा था, वह आने वाले तूफान के पहले की शान्ति का पूर्वाभास था।

## 4

कोड़ौना से सूरजपुर जाने वाली पगडंडी के दोनों तरफ धान की फसल लहलहा रही थी, मानो हरी चादर बिछी हो। केवाल मिट्टी बहुत पानी सोखती है। इसलिए खेत गीले थे। पगडंडी गीली नहीं तो बहुत सूखी हुई भी नहीं थी। मानसून के दिनों में कब पानी बरस जाए, पता ही नहीं चलता। पूरब से बादल आए, आसमान पर छा गए, ठंडी बयार बही और देखते-देखते बूँदें पड़नी शुरू। कभी अँगोछे-भर, कभी झमाझम। इधर बारिश तेज होती, उधर खेतों में निकौनी करती मजदूर स्त्रियाँ भागकर छिपने की जगह ढूँढ़तीं। या गाँव नजदीक रहा तो किसी परछत्ती के नीचे जा पानी से सिर बचातीं। बारिश कम हुई कि फिर से वापस काम पर लग जातीं। निकौनी के साथ वे गीतों की मधुर संगीत-लहरी बिखेरती जातीं—"मोर पिया गैलेन कलकतवा, रतिया कैसे कटबै हो रामा।" रोपनी, निकौनी, कटनी के समय गाए गीत उनकी किसी-न-किसी मनोदशा को प्रतिबिम्बित करते—"आगि लागे पिया तोर सुरतिया, दुखवा में बीतल रतिया।" गीतों में रतिप्रिया कभी संयोग के मधुर क्षणों की याद करती, कभी वियोग का दारुण दुख करुण-रस में टीसने लगता, लेकिन चाहे शृंगार रस हो या वियोग रस, वे एक-दूसरे के साथ चुहल और छेड़छाड़ का कोई मौका न चूकतीं। युवा स्त्री मन का खिलंदड़ापन ढलती वय की बाल-बच्चेदार प्रौढ़ा को भी युवा बना देता। कभी कजरी-सोहर की ऐसी तान छिड़ती, कि गुजरने वालों के पाँव थम जाते। उस दिन भी निकौनी करती मजदूर स्त्रियाँ अपनी रौ में थीं। सुबह हुए अँगोछा-भर बरसात से पगडंडियाँ थोड़ी गीली थीं। यदि सँभलकर पाँव न धरा जाए तो फिसलकर गिरने का खतरा था। डॉक्टर अमिय मुख्य सड़क छोड़ जब उस पगडंडी पर उतरा, थोड़ी दूर चलते ही फिसलकर गिरने वाला था। उसके पीछे चल रहे जंगी सिंह ने पकड़ लिया वरना वह पानी भरे खेत में गिर गया होता।

जहानाबाद में जेपी की सभा के दो-तीन दिनों बाद जंगी सिंह अरविन्द और सत्या को साथ ले सलेमानपुर पहुँच गए थे। अमिय और त्यागी बगल के गाँव में आन्दोलन के काम से निकले हुए थे। त्यागी के पिताजी घर पर थे। जंगी सिंह को वे अच्छी तरह जानते-पहचानते थे। उन्होंने आगन्तुकों के आवभगत की व्यवस्था कर उनके आगमन की सूचना त्यागी को देने पड़ोस के एक लड़के को दौड़ा दिया। थोड़ी देर बाद त्यागी और अमिय दोनों आ गए।

प्रणाम-पाती के बाद जंगी सिंह ने अपने आने का मकसद बताया।

"संन्यासी जी से हम सभी बड़े प्रभावित हैं। हम लोगों की दिली इच्छा है कि वे कुछ दिन हमारे गाँव चलते।" जंगी सिंह ने सकुचाते हए मनुहार-भरे स्वर में त्यागी से कहा।

त्यागी असमंजस में पड़ गया। इसके कई कारण थे। पहला कारण तो यही था कि अपने अतिथि को किसी अन्य के यहाँ जाने को कहना अशिष्टता है। और अमिय कोई साधारण अतिथि नहीं था, जेपी ने उसे खुद जहानाबाद भेजा था। पिछले एक हफ्ते में त्यागी अमिय के स्वभाव एवं विचारों से काफी हद तक प्रभावित महसूस कर रहा था।

युवा संन्यासी उसके घर का लाड़ला बेटा-सा बन गया था। माँ-बाबूजी उसे स्नेह करने लगे थे। वह था भी वैसा। पानी में घुल जाने वाली मिश्री की डली-सा। कभी लगा ही नहीं कि अतिथि है। जैसी सरल वेशभूषा, वैसी ही सरल वृत्ति। कभी माँ के हाथों से जूठे बरतन ले फटाफट धो डालता, कभी रसोई में बिना कुछ सुने उनकी मदद करने लगता। बरजतीं तो रूठने के अन्दाज में कहने लगता, "तुम मेरी अम्मा नहीं हो क्या?" वे क्या कहतीं? बस मुस्कराकर चुप हो जातीं और उस पर आशीषों की वर्षा करती जातीं। अमिय की देखा-देखी त्यागी भी माँ के घरेलू कामों में हाथ बँटाने लगा था। त्यागी में हुआ यह बदलाव केवल और केवल अमिय के कारण ही सम्भव हुआ था वरना पुरुषों के लिए स्त्री के घरेलू कामों में हाथ बँटाना बहुत आसान नहीं होता।

पहले त्यागी के साथ उसके बाबूजी का व्यवहार रूखा होता था। अन्दर से जैसे भी हों, बाहर से नारियल की तरह सख्त दीखा करते थे, पर अमिय ने उनके रूखेपन को मुलायम कर दिया था। खाने बैठते तो लोटे में पानी भर रख देता। रसोई से उनके लिए थाली लेकर चला आता। पेड़ पर चढ़ दतुअन तोड़ लाता। वे बरजते रह जाते। कहते, "संन्यासी जी, मुझ पर पाप चढ़ाने पर क्यों तुले हुए हैं, भाई?" अमिय मुस्करा देता, "मैं कुछ अलग किस्म का संन्यासी जो ठहरा, बाबूजी।" अमिय की देखा-देखी त्यागी भी यह सब करने लगा था। बस, नारियल से सख्त पिता का कठोर आवरण धीरे-धीरे पिघलने लगा था। पिता में आया स्वभावगत परिवर्तन काफी सुकून भरा था।

और आन्दोलन का काम? इतने थोड़े ही दिनों में अमिय ने सुप्त पड़े युवाओं में अपनी वाक् कला और ज्ञान से जान फूँक दी थी, खासकर गरीब किसानों और मजदूरों के साथ बातचीत का उसका अन्दाज गाँवों में परिव्याप्त सामन्ती सोच और ढंग से बिलकुल अलग था। वह उनसे घुल-मिलकर उनकी समस्याएँ समझने की कोशिश करता। समझने के बाद हल करने के तरीके बताता। उन्हें घर-गाँव की सीमा से पार देश-विदेश की हलचलों के बारे में बताता।

"आप अपने को जिस दयनीय हालत में पाते हैं, उसमें आप अकेले नहीं हैं। आसपास सैकड़ों-हजारों ऐसे लोग मिलेंगे जो शायद आपसे भी बुरी दशा में होंगे। लेकिन हालात को बदलने की इच्छाशक्ति और मजबूत संगठन बनाकर इन हालात को बदला जा सकता है।" वह आगे कहता, "अपने देश में जयप्रकाश जी जो आन्दोलन चला रहे हैं, उसका मकसद है—बेरोजगारी, कुशिक्षा, भुखमरी और भ्रष्टाचार से देश को मुक्त कराना। गुलामी के समय गांधी जी और भगत सिंह अंग्रेजों को भारत से खदेड़ने के लिए लड़े। अब जयप्रकाश जी लड़ रहे हैं ताकि सबको भरपेट रोटी, तन पर कपड़ा, अच्छी शिक्षा, अच्छा इलाज और इज्जत की जिन्दगी मिले। लेकिन यह सब होगा कैसे? यह तभी होगा जब आप जैसे किसान-मजदूर इस आन्दोलन में जयप्रकाश जी का साथ दें।" सुनने वालों में ऊर्जा का संचार हो जाता।

सलेमानपुर के मोची-माँझी टोले में उसकी बातचीत का ढंग बेहद निराला होता। जमीन पर बिछी चटाई पर पालथी मार बैठ जाता। उसकी देखा-देखी त्यागी को भी अपनी झिझक छोड़ चटाई पर बैठना पड़ता। लोग दौड़कर खटिया लाने लगते, तो उन्हें

टोकता, "अरे मँगरू चाचा, काहे परेशान हो रहे हैं? इतनी अच्छी चटाई से क्यों उठाना चाहते हैं?"

मँगरू झेंपकर कहता, "साधु-संन्यासी को अपने बराबर बैठाने से पाप लगेगा। आप लोग ऊँचे हैं, ऊँची जगह बैठें।"

मँगरू टोले का मुखिया था। सब उसकी बात मानते। वह त्यागी परिवार का पुश्तैनी हलवाहा था। उसके पिता, दादा त्यागी के दादा-परदादा के हलवाहे रहे थे। मँगरू को धुकधुकी लगी रहती कि छोटे मालिक चटाई पर बैठें, बड़े मालिक को क्या जवाब देंगे? 'बड़े मालिक' वह त्यागी के पिता को कहता। वे बड़े मालिक, उनका बेटा छोटा मालिक। सलेमानपुर के बाभन यानी भूमिहार जाति के लोग मोची-माँझियों के लिए मालिक थे। सभी किसी-न-किसी मालिक के हलवाहे-चरवाहे थे। मँगरू ने अनुमान लगा लिया था कि बाभन के घर में टिके संन्यासी जी ऊँची जाति के ही हो सकते थे।

"मँगरू चाचा, न कोई जन्म से ऊँचा होता है, न कोई नीचा। बस, अपने कर्मों से ही ऊँचा-नीचा हुआ जा सकता है," अमिय का ऐसा कहना वहाँ उपस्थित सभी को अचरज से भर देता। फॉरवर्ड कास्ट का कोई मानुष, भले ही उसने संन्यासी का बाना क्यों न पहना हो, नीची जाति के व्यक्ति को चाचा कह सकता है? किसी ने ऐसा न कभी देखा, न सुना था। त्यागी भी अमिय के समर्थन में सिर हिला देता। मोची-माँझी टोला अमिय का मुरीद बन गया था।

अमिय को काफी घरेलू नुस्खे मालूम थे। किसी बच्चे का पेट गड़बड़ हो, उसे काले नमक के साथ अजवाइन खिलाने की सलाह देता। डायरिया होने पर नमक-गुड़ का घोल पिलाते रहने और पानी उबालकर पीने को कहता। खाने के पहले और शौच के बाद साबुन से मल-मलकर हाथ धोने के लिए प्रेरित करता। स्त्रियों को समझाता—

"देखो अम्मा, हमारा हाथ बहुत काम का है, लेकिन यदि उसे ठीक से साफ न किया जाए तो वही हजारों बीमारियों का घर बन जाता है। हम जब हाथ से काम करते हैं या उससे कुछ भी छूते हैं, हमारे हाथ में न दीखने वाले बहुत से बीमारी फैलाने वाले कीटाणु घर बना लेते हैं। बिना हाथ धोए खाते समय वही कीटाणु हाथ के रास्ते हमारे मुँह और वहाँ से पेट में चले जाते हैं। शौच करने के बाद मिट्टी से हाथ धोने से वे कीटाणु नहीं धुलते। साबुन से हाथ धोना चाहिए। यदि साबुन न हो, ताजी राख भी ठीक है।"

स्त्रियाँ सिर हिलातीं। साधु जी पते की बात कह रहे हैं। जब अमिय पहली बार उस टोले में आया था, एक बात उनके पल्ले नहीं पड़ी थी। कलवतिया की माय ने साड़ी के पल्लू से मुँह ढक अन्य स्त्रियों से पूछ ही दिया था।

"माय गे, हम इ बात ना समझे कि एतना कम उमिर में ई साधु-संन्यासी काहे बन गइलथिन?"

बड़ी चतुर बुढ़िया थी समरू की माय। चालीस-पैंतालीस साल में ही सत्तर-अस्सी बरस की लगती। औरतें कहतीं, दूर की कौड़ी लाती है समरू की माय। कितना कुछ तो जानती है? हर सवाल का जवाब रहता उसके पास। भगतिन थी। देह पर काली माई सवार हो जाती थीं। समरू के बाप के साथ जवानी में कलकत्ता हो आई थी। टीशन पर

छुक-छुक करती रेलगाड़ी में बैठकर गई थी कलकत्ता। कहते हैं, उसके बाद से ही देवी आने लगीं उस पर। जब वह बाल बिखरा आँखें गोल-गोल नचा सिर को वृत्ताकार घुमाने लगती, उसका सारा शरीर चक्कर खा-खाकर जमीन पर गिरता। मुँह से निकलता—जय काली कलकत्ते वाली, तेरा वचन न जाए खाली। बच्चे कौतूहल में ताली बजा-बजा कर नाचने लगते। पर बड़े डाँटते—चुप रहो, सराप दे देंगी काली माई। बच्चे सहमकर चुप हो जाते। वे सराप से बहुत डरा करते थे।

कलवतिया की माय के अज्ञान पर भला वह चुप कैसे रहती? आकाश की ओर सिर घुमाकर बोली—

"न जनतिहूँ तू लोग। अरे छोटे उमिर में ही कुछ लोग के वैराग जाग जाए हथिन। हिनको भी वैराग जाग गइल होगा।"

कलवतिया गाँव के प्राइमरी स्कूल में पढ़ने जाती थी। दर्जा चार की छात्रा थी। कैसे न बोलती? स्कूल में उसने गांधी जी की तस्वीर देखी थी। बोली, "पूरे गांधी महात्मा दीखते हैं। वैसी ही सफेद धोती और आँख पर चश्मा।"

स्त्रियों ने गांधी जी का नाम सुन रखा था। चुनाव में जब कोई नेता वोट माँगने पधारता, बच्चों से नारा लगवाता, "महात्मा गांधी की, जय।" लेकिन गांधी महात्मा कौन थे, इस विषय में स्त्रियों की जानकारी अधूरी थी।

कलवतिया की माय खुश। कितना तो जानती है मेरी बेटी। भगतिन से भी ज्यादा। पल्लू से मुँह ढके-ढके ही आश्चर्य से बोली, "माय गे, नेतवन वाला गन्हीं महात्मा इहे हलथिन?"

जब अमिय खून की कमी दूर करने के लिए स्त्रियों को हरा और लाल साग खाने की सलाह देता, वे तुरन्त समझ जातीं। वहाँ की औरतों में खून की कमी आम बीमारी थी। आँखों के नीचे कालापन और पूरे चेहरे पर झाँइयाँ। भरपेट खाने को न मिले और माहवारी झेलना पड़े, ऐसे में खून की कमी होगी ही। रोपनी-निकौनी करने के बाद शरीर थकान से निढाल हो जाता। ऊपर से हजारों काम। और रात को मर्द की नोच-खसोट अलग-से। कभी डॉक्टर के यहाँ ले जाने कहो, मर्द लोग मालिक के काम में हर्ज होने का बहाना बना नहीं ले जाते।

खेत की मेड़ों पर बथुआ का हरा साग बहुतायत में होता। चौराई का लाल साग मालिक के खेतों में होता। रबी के मौसम में चना और खेसारी का साग मिल जाता। साग खोंटने की मनाही नहीं थी। उन दिनों स्त्रियाँ भात-रोटी कम होने पर ज्यादा साग पका लेती थीं ताकि पेट भर जाए, किन्तु साग खाने से खून की कमी दूर होती है, यह बात उन्हें अमिय ने ही बताई। यह बात उन्हें अच्छी लगी थी।

"संन्यासी जी बातें बहुत अच्छी करते हैं," स्त्रियों की यह आम राय थी।

त्यागी के मन में यह बात जमने लगी थी कि यदि अमिय कुछ दिन उसके साथ रुक जाए, तो उसका इलाका जेपी आन्दोलन का मजबूत गढ़ बन जाएगा।

अब जंगी सिंह को क्या कहे त्यागी? अमिय को सूरजपुर ले जाने का प्रस्ताव अप्रत्याशित था।

"आप सोच रहे होंगे रामनाथ भाई कि हम लोग अचानक न्योता लेकर कैसे चले आए? आप जानते हैं कि 'संघर्ष समिति' की बैठक में जो विषय संन्यासी जी ने उठाया था, वह पूरे अनुमंडल और जिले की समस्या है। सामाजिक एवं आर्थिक गैर-बराबरी, नर-नारी समानता, मजदूरों को उनकी मेहनत का मोल दिलवाना जैसे सवालों पर हम लोग इनके साथ कन्धे-से-कन्धे मिलाकर काम करना चाहते हैं। संन्यासी जी अगर गाँवों में इन सवालों को उठाते हैं तो आन्दोलन पूरे जिले में मजबूत होगा। सलेमानपुर में ये हफ्ते भर से हैं। हफ्ता-दस दिन के लिए सूरजपुर को इन्हें उधार दे दीजिए। सूद सहित लौटा देंगे," अरविन्द ने त्यागी को असमंजस में पड़े देख मुस्कराकर कहा।

अमिय ने अरविन्द को गौर से देखा। उसी का हमवय था। 'जन संघर्ष समिति' की बैठक में अरविन्द का हस्तक्षेप जोरदार रहा था। ठाकुर बजरंगी सिंह उसे सुन चकरा गए थे। उसने अमिय को अपने मित्रों, अवधेश और हामिद की याद दिला दी। हिमालय की ओर अमिय बिना अवधेश और हामिद को बताए ही निकल गया था। उसे लगा था कि दोनों उसके आत्म-संघर्ष को शायद समझ नहीं पाएँगे। वे उसे अपने मार्क्सिस्ट तर्कों से रोकने की कोशिश जरूर करेंगे। ऐसे में अमिय के समक्ष चुपके से निकल आने के सिवाय कोई विकल्प कहाँ था? उसने अपने बड़े भाई और माँ को भी अपना निर्णय नहीं बताया था। बात का बतंगड़ बन जाता। मित्रों की याद ने उसके कोमल तन्तुओं को जैसे स्पर्श कर लिया हो। अमिय के होंठों पर हल्की मुस्कराहट छा गई। वह उनके साथ बिताए पलों में डूब गया...

अरविन्द पटना के बी.एन. कॉलेज में बी.ए. तक पढ़ा था। घर का इकलौता बेटा था। पुरखों की कमाई खेती-बाड़ी को देखने वाला उसके अलावा घर पर कोई दूसरा न था। पिता बूढ़े हो चले थे। बहनें शादी के बाद ससुराल चली गई थीं। पिता और खेती की देखभाल अरविन्द को ही करनी थी। इसलिए आगे पढ़ाई या नौकरी की तलाश में अरविन्द ने समय गँवाना उचित नहीं समझा। चला आया गाँव। कॉलेज में वामपंथी छात्र संगठनों से उसका सम्पर्क हो गया था। किसानों-मजदूरों की दशा और संघर्षों को जानना-समझना-पढ़ना उसे अच्छा लगता था। वह अपने रेडिकल विचार-व्यवहारों के साथ गाँव लौटा था। समान सोच के संगी-साथी की खोज में जंगी सिंह मिल गए। सत्या सोनार मिल गया। इन्द्रदेव सिंह मिल गए। दुनिया की विद्रूपताओं को नजदीक से देखने-भोगने वाले जमुना मोची मिल गए। जंगी सिंह उम्र में अरविन्द से पाँच-सात साल और इन्द्रदेव सिंह दस साल बड़े थे। सत्या सोनार दो-तीन साल छोटा था। जमुना मोची को अपनी पैदाइश की साल का पता न था। इन सबने मिलकर 'सूरजपुर ग्राम विकास समिति' गठित कर उन्नत खेती, सामाजिक सुधार और ग्रामीण विकास के कई काम शुरू किए थे। अरविन्द अपने साथ क्रान्तिकारी साहित्य लेकर गाँव आया था। उनसे गाँव में लाइब्रेरी की शुरुआत कर दी गई। अखबार और पत्रिकाएँ मँगवाई जाने लगीं। युवकों को श्रमदान के लिए प्रेरित कर सप्ताह में एक दिन गाँव की गलियों-नालियों की सफाई के काम किए जाने लगे। छुआछूत मिटाने और स्त्री-शिक्षा सम्बन्धी जागरूकता

अभियान चलाए गए। तभी जेपी का आह्वान हुआ और जंगी सिंह की अगुआई में ये सभी लोग सम्पूर्ण क्रान्ति के सिपाही बन गए।

अमिय के होंठों पर मुस्कराहट देख वह थोड़ा चकरा गया। अरे, हम लोग संन्यासी जी की मर्जी पूछ ही नहीं रहे और इतना बड़ा फैसला खुद ही करने लगे? बोला, "वैसे, अगर संन्यासी जी हमारा न्योता न स्वीकारें, तो अलग बात है।"

अमिय यादों के जंगल से बाहर लौटा, "मुझे कोई आपत्ति नहीं है। आपके न्योते से खुशी मिल रही है।"

सत्या सोनार ने बतकही में अब तक हिस्सा नहीं लिया था। वह अपने को सिपाही मानता था। उसके कमांडर थे जंगी सिंह। स्वर्णकार परिवार से आता था परन्तु सोने की कौन कहे, घर में चाँदी का भी काम नहीं होता था। पिता परचून की दुकान चलाते थे। मसाले, बिस्कुट, नमक, गुड़, लेमन चूस, चाय की पत्ती, आलू-प्याज—सब रहता था दुकान में। सत्या भी दुकान में बैठता। पिता ने एक बार देख लिया कि मोची टोले के बच्चों को मुफ्त का लेमनचूस बाँट रहा है। उखड़ गए, "सत्या, घर लुटवा दोगे क्या?" सत्या का दिल कोमल था। क्या करता? बच्चे जब दुकान से गुजरते, ललचाई नजरों से बिस्कुट-लेमनचूस को निहारते खड़े हो जाते। उनके घरों पर दो जून रोटी के भी लाले थे। नंग-धड़ंग घूमते रहते। उनके चेहरों से भूख टपकती। सत्या को उन पर दया आती। बचपन में बाभन-राजपूत और अवधिया परिवारों के बच्चे उससे तने रहते। मोची-माँझी-दुसाध परिवार के बच्चों के साथ उसका खेलना-कूदना होता। गाँव के बगीचे में साथ-साथ आम-लीची तोड़ते-खाते या रबी के मौसम में नमक-मिर्च कागज की पुड़िया में बाँध चने का साग खाने निकल जाते। बरसात में आहर-पईन में मछली पकड़ते। खूब मजा आता। जब सत्या स्कूल जाने लगा, उसके दोस्त वहाँ नहीं दीखते थे। पूछने पर कहते, "हमारे नसीब में पढ़ना-लिखना नहीं लिखा है। कॉपी-किताब कहाँ से आएगा, भइया? माँ-बाप मजदूरी करते हैं। भात-नमक जुटाना मुश्किल होता है। मछली-घोंघा न रहें, तो भूखे सोना पड़े।" हाईस्कूल पास कर सत्या पिता के व्यवसाय में हाथ बँटाने लगा था और उनकी कड़ी नजर बचा गाँव के ऐसे अभागे बच्चों की कभी-कभी मदद कर दिया करता था। जंगी सिंह ने उसकी संवेदनशीलता पहचानी थी। अरविन्द उसे तराश रहा था। जब जेपी आन्दोलन का ज्वार सूरजपुर पहुँचा, जंगी सिंह की सदारत में सत्या भी आन्दोलन में शामिल हो गया। उसकी उम्र बीस-बाईस साल की रही होगी।

जब उसने अमिय को सूरजपुर चलने के न्योते से खुशी मिलने की बात कहते सुना, चहक उठा।

"संन्यासी जी, मैं, सत्या सोनार चेला बनकर आपकी सेवा करता रहूँगा।"

अमिय ने सत्या को स्नेह भाव से देखा। मुस्कराकर बोला, "भाई, मैं सेवा करवाने नहीं आया हूँ। मैं जन-सेवा की इच्छा से खिंचा चला आया हूँ।"

त्यागी का असमंजस जाता रहा। जब अतिथि जाने को उत्सुक थे, भला वह क्या कर सकता था? गला खखारकर बोला, "जंगी भाई, संन्यासी जी आन्दोलन की अमानत

हैं। जहाँ भी रहें, काम आन्दोलन का ही आगे बढ़ेगा। इनका स्वभाव इतना अच्छा है कि बड़ी आसानी से अनजान व्यक्ति का दिल पल-भर में जीत लेते हैं। मेरे और माँ-बाबूजी के साथ लगता है कि इनका जन्म-जन्मान्तर का कोई सम्बन्ध हो।"

त्यागी भावुक हो गया था। अमिय ने माहौल हल्का किया—

"अरे भाई त्यागी, मेरी इतनी तारीफ मत कर दो। तुम और माँ-बाबूजी खुद इतने अच्छे हो कि मेरे जैसा यायावर मोह-पाश में बँध गया है। वरना अपना पाँव कहीं टिकता नहीं, भाई।" इतना कह वह ठठाकर हँसा।

आखिर में तय हुआ कि अगले दो दिनों तक अमिय यहाँ के गाँवों में आन्दोलन के बचे काम निपटाकर तीसरे दिन सूरजपुर प्रस्थान करेगा।

तीसरे दिन जंगी सिंह दिन चढ़े अरविन्द और सत्या के साथ सलेमानपुर पहुँच गए। अमिय अपनी लुंगी-बंडी पहन कन्धे पर झोला टाँगे तैयार बैठा था। त्यागी के माँ-बाबूजी का मन उसे विदा करने का नहीं हो रहा था।

"आप दोनों का इतना स्नेह मिला है कि मैं भूल ही नहीं सकता। अम्मा की रोटियों की सुगन्ध मुझे यहाँ खींच लाया करेगी।" उसने दोनों के पाँव छूकर विदा ली।

जिस शख्स को अपनी माँ, भाई और पिता का प्यार न बाँध पाया, भला उसे वे कैसे बाँध पाते? दोनों ने आशीष दे भरे मन से उसे विदा किया।

त्यागी उन्हें गाँव के बाहर पक्की सड़क तक छोड़ने आया। बगल के गाँव का टमटम खड़ा था। सभी त्यागी से विदा ले टमटम पर बैठ गन्तव्य की ओर चल पड़े।

टमटम में जुती घोड़ी मरियल-सी थी। परन्तु जब कोचवान ने टिटकारी मारकर अपनी चाबुक हवा में लहराई, वह वेग से भागी। कोचवान "चल बाबू, चल भैया" कहकर उसे दौड़ाने लगा। कभी ललकारता—"चल रानी।" वह चन्द्रधर शर्मा गुलेरी की कालजयी कहानी—'उसने कहा था' का ताँगा तो था नहीं। न सड़क लाहौर वाली थी। वह देहात का टमटम था और गड्ढों वाली सड़क पर बरसात के मौसम में दौड़ रहा था। सड़क के गड्ढों और दोनों तरफ खाई में पानी भरा था। तेज भागती घोड़ी के पाँव जब गड्ढों में पड़ते वह लड़खड़ा-सी जाती और टमटम का पहिया हिचकोले खा उछल-उछल जाता। ऐसे में सवारियाँ गिरने-गिरने को हो आतीं। अमिय ने टमटम की सीट कसकर पकड़ ली थी। सड़क के चतुर्दिक धान के हरे-भरे खेतों की सुषमा बिखरी थी। निकौनी करती मजदूर स्त्रियों के गाए गीतों की स्वर लहरियाँ हवा में घुल-मिलकर समाँ बाँध रही थीं। आकाश बादलों से ढका था। मन्द-मन्द पुरवा चल रही थी। चहुँओर मनोरम वातावरण का तिलिस्म व्याप्त था। टमटम पर हिचकोले खाता अमिय प्रकृति की उस सुरम्यता में खो गया था। मानव के श्रम को प्रकृति का स्नेह मिल जाए, तो खूबसरती कितनी मनमोहक हो जाती है!

जंगी सिंह इस बात से चिन्तित हो रहे थे कि कहीं कोचवान के जोश के चक्कर में टमटम पानी में न पलट जाए। वे, अरविन्द और सत्या ऐसी यात्राओं के आदी थे, परन्तु संन्यासी जी? कितने सुकुमार और कोमल लगते हैं। कहीं टमटम पलटा तो? उन्होंने कोचवान को डपटा—

"अरे, तुम टमटमवा पलटाओगे क्या? कोई गाड़ी छूट रही है जो घोड़ी को इतनी तेज भगाए जा रहे हो?"

अरविन्द और सत्या मुस्कराए, "लगता है जंगी भइया डर गए हैं।" कोचवान पर उनके डपटने का असर नहीं हुआ था।

"प्रमुख जी, इस सड़क पर हम रोज टमटम दौड़ाते हैं। पहले अब्बू चलाते थे। उनसे ही सीखा था। अब वे बूढ़े हो गए हैं। टमटम नहीं चला पाते। इस सड़क के इंच-इंच से मेरी वाकिफियत है। मेरी घोड़ी देखने में थोड़ी कमजोर जरूर लगती है, पर है एकदम हीरा। घबराइए नहीं। आराम से बैठे रहिए।" वह जंगी सिंह को पहचानता था। और घोड़ी को पुचकारते हुए बोला, "चल रानी। काको की शान। शाबास मेरी बच्ची।"

जंगी सिंह क्या कहते? मुलायम हो गए। बोले, "अरे भाई, हमारे साथ संन्यासी जी भी न हैं। आराम-आराम से चलो।"

कोचवान इशारा समझ गया। प्रमुख जी को संन्यासी जी का ध्यान है। उसने घोड़ी की बाग थोड़ी खींची। उसकी चाल धीमी हो गई। टमटम आगे बढ़ता रहा।

टमटम से उतरने के बाद अमिय को कोड़ौना से सूरजपुर ले जाने के लिए जंगी सिंह ने पालकी की व्यवस्था कर रखी थी। कहार पटना-जहानाबाद पक्की सड़क पर कोड़ौना में प्रतीक्षा कर रहे थे। चारों कहार युवा थे। प्रतीक्षारत कहारों ने जब जहानाबाद की दिशा से अपनी ओर टमटम आते देखा, उनकी बाँछें खिल गईं। आपस में कहने लगे, "बुझा रहा है, प्रमुख जी संन्यासी जी को लेकर आ गए।"

टमटम रुका। सवारियाँ उतरीं। जंगी सिंह ने कोचवान को भाड़े के पैसे दिए। कोचवान पैसे लेने में संकोच करने लगा—प्रमुख जी से भाड़ा कैसे ले? वह भी जंगी सिंह जैसे प्रमुख से? जंगी सिंह ने स्नेह से उसकी पीठ थपथपाई, "रख लो। तुम्हारी और घोड़ी की मेहनत का मोल हमें हर हाल में देना चाहिए।" सकुचाते हुए उसने पैसे अपनी जेब के हवाले किया और सलाम कर वापस लौट गया।

कहारों की दृष्टि जैसे ही धवल बंडी और लुंगीधारी अमिय पर पड़ी, वे उसके समक्ष दंडवत् लेट गए। अमिय अपरिचितों को इस मुद्रा में देखने की आशा नहीं कर रहा था। वह अटपटाकर दो कदम पीछे हट गया। ये कौन हैं? ऐसा क्यों कर रहे हैं? उसने प्रश्नवाचक निगाहों और इशारे से जंगी सिंह से जानना चाहा। जंगी सिंह भी अचकचा गए थे। बोले, "आपका संन्यासी स्वरूप देख इनके मन में श्रद्धा उमड़ आई लगती है। यहाँ से हमें दो-तीन कोस पैदल चलना पड़ेगा। आपको पैदल चलने में दिक्कतें होंगी, इसलिए हमने आपके लिए पालकी का इन्तजाम किया है। ये चारों पालकी के कहार हैं।" जंगी सिंह ने वहाँ रखी पालकी की ओर इशारा करते हुए कहा।

कहार दंडवत् कर पालकी के पास जा खड़े हुए। वे पुलकित गात संन्यासी जी के पालकी में बैठने की प्रतीक्षा करने लगे।

अपने स्वागत के अकल्पनीय दृश्य के अटपटेपन से अमिय उबरा नहीं था। इस नई सूचना से वह चौंक गया। पालकी? उसके लिए? हिमालय में भ्रमण के दौरान

कंकरीली-पथरीली घाटियों-पहाड़ों को पार करने के अभ्यस्त उसके शरीर को मैदानी पगडंडी पर चलने में कैसा कष्ट? वह कोई बूढ़ा, अशक्त अथवा लाचार व्यक्ति नहीं था। ऐसे में पालकी में बैठ यात्रा करना उसकी सोच के परे था। उसे मनुष्य द्वारा मनुष्य को ढोया जाना कहीं से न्यायपूर्ण नहीं लगता था। और वह भी गरीब, अधनंगे, अधखाए मनुष्य द्वारा खाए-अघाए स्वस्थ मनुष्य को ढोया जाना? यह मानवीय गरिमा का घोर अपमान था।

चार कन्धों पर मृत मनुष्य की अर्थी उठाई जाती है। जीवित स्वस्थ मनुष्य मानवीय गरिमा को तिरस्कृत क्यों करे? उसने विनम्रतापूर्वक पालकी पर बैठने से मना कर दिया। कुछ अन्यथा कहना उन शुभेच्छुओं का अपमान होता, यह सोच उसने मात्र इतना ही कहा, "धन्यवाद कि आप लोगों ने मेरे लिए ऐसी व्यवस्था की। मैं पहाड़ों के दुर्गम रास्तों में पैदल ही चलता रहा हूँ। मैं आप सभी के साथ आराम से सूरजपुर तक की राह नाप लूँगा। आप मुझे अपनी तरह का ही समझें।"

कहार निराश हो गए। पुण्य कमाने का मौका उनके हाथ से फिसल गया था।

"और वैसे भी मैं जवान हूँ। शरीर भी ठीक-ठाक ही है।" वह ठठाकर हँसा। कहारों को छोड़ सभी ने इस खाली हँसी में उसका साथ दिया। वे सभी पगडंडी पर उतर गए।

अपनी पहली फिसलन के बाद अमिय पाँव जमा-जमाकर रख रहा था। आगे भी दो-चार बार फिसला। लड़खड़ाया। लेकिन खुद ही सँभल गया। कहार खाली पालकी कन्धे पर उठाए पीछे-पीछे चल रहे थे। अन्ततः वे सूरजपुर में दाखिल हो गए।

## संघर्ष की लहरों में

सूरजपुर में खबर फैल गई थी कि हिमालय से एक संन्यासी गाँव में पधार रहे हैं। जितने मुँह उतनी बातें। उनकी घोर तपस्या से प्रसन्न होकर शिवजी प्रकट हो गए थे। हाथ में त्रिशूल। साँपों की माला। डमरू बजाकर बोले, "माँग, क्या माँगता है?" संन्यासी का कंठ अवरुद्ध हो गया था। औघड़दानी घट-घट वासी ठहरे। आशीर्वाद देकर अन्तर्धान हो गए, "जाओ, तुम्हारी सभी मनोकामनाएँ पूर्ण होंगी। तुम्हें मैं अपनी सिद्धियाँ दे जाता हूँ।"

इस खबर का जबरदस्त असर हुआ था। अमिय की अगवानी में सूरजपुर के सीवाने पर भारी संख्या में नर-नारी मौजूद थे। बैंड-बाजा बज रहा था। उसके पहुँचते ही उस पर फूलों की वर्षा होने लगी। इन्द्रदेव सिंह ने आगे बढ़ उसके गले में गुलाब के फूलों की माला डाल दी। दूसरे लोग भी मालाएँ लिये खड़े थे। गेंदा, बेला और अड़हुल की माला। अमिय को फूल-मालाओं से लाद दिया गया।

अमिय के लिए यह सर्वथा अप्रत्याशित अनुभव था। उसने पहले की तरह ही प्रश्नवाचक मुद्रा में इशारे से जंगी सिंह से पूछा—यह क्या? जंगी सिंह क्या कहते? पालकी छोड़ फिसलते-लड़खड़ाते कदमों से पगडंडी पर चलते अमिय की सरलता

वे देखते आ रहे थे। बोले, "इस इलाके की यह परम्परा है। अतिथियों का हम भरपूर स्वागत करते हैं।"

अमिय ने चुपचाप हाथ जोड़ सबका स्वागत स्वीकार किया। उसके ठहरने की व्यवस्था जंगी सिंह ने अपने घर पर की थी। उनके घर पहुँच उनकी माँ से आदरपूर्वक मिला। वे 'नहीं-नहीं' कह अपने पाँव खींचती रहीं, पर उसने उनका चरण-स्पर्श कर आशीर्वाद माँगा। वह धर्मपरायण बूढ़ी महिला पसोपेश में पड़ गईं।

"आप संन्यासी हैं। भला आप मुझे आशीर्वाद देंगे कि मैं आपको आशीर्वाद देकर पाप की भागी बनूँगी?"

"चाची जी, आप जंगी सिंह की माँ हैं। मेरी भी माँ हुईं। आपके आशीर्वाद पर मेरा पूरा हक है।" भोलेपन से कहे गए इस वाक्य से उस बूढ़ी माँ की आँखें सजल हो गईं। वे भरे कंठ से अमिय को आशीषती रहीं।

जंगी सिंह की श्रीमती जी को उसने अपनी बहन बना लिया। बेलौस बोला, "दीदी, बहुत भूख लग गई है। कुछ खिलाओ।"

बरामदे में उसके लिए चौकी पर गद्दा, तकिया, बेडशीट करीने से बिछा दिया गया था। अभी भी पचासों श्रद्धालु नर-नारी उसके दर्शन के लिए बरामदे तथा बाहर खुले में प्रतीक्षारत थे।

अमिय जब भोजन कर बरामदे में आया, उपस्थित जन-समुदाय में हलचल-सी मच गई। 'संन्यासी जी आ गए, संन्यासी जी आसन पर बैठ गए' जैसी फुसफुसाहटें हवा में तैरने लगीं। वह गम्भीर हो गया। क्या ये लोग मुझसे प्रवचन या गंडे-तावीज की आशा में आए हैं? यह विचार उसे परेशान करने लगा। सलेमानपुर में ऐसी स्थिति नहीं आई थी। सम्भवतया उसके त्यागी के साथ अचानक पहुँच जाने तथा उसकी पृष्ठभूमि पहले से ज्ञात न होने के कारण ऐसा सम्भव हुआ हो। सूरजपुर में मामला उलटा था।

अमिय ने मन को समझाया। उसे बहुत सँभलकर इस नई परिस्थिति का सामना करना पड़ेगा वरना लोगों में उसके प्रति निराशा और उसे निमंत्रित करने वाले उत्साही युवकों के प्रति घोर अविश्वास पनपेगा। उसने अपने दोनों हाथों को ऊपर उठाकर सभी को शान्त होने का संकेत किया। शान्ति व्याप्त हो गई। उसने गायत्री मंत्र पढ़ा—

*ऊँ भूर्भुवः स्वः तत्सवितुर्वरेण्यं भर्गो देवस्य धीमहि*
*धियो यो नः प्रचोदयात्। ऊँ शान्तिः शान्तिः शान्तिः*

मंत्र पढ़ते समय उसकी आँखें मुँदी हुई थीं। आँखें खोल वह सबसे मुखातिब हुआ—

"माताओ, बहनो और भाइयो!" यह सम्बोधन आम संन्यासी के सम्बोधन से भिन्न था। आम संन्यासी प्रायः कहते हैं, "भक्त जनो!" यह तो माता, बहन, भाई कह रहे हैं? है न अचरज की बात? फुसफुसाहटें गूँजीं। फिर शान्ति छा गई।

"आप में से कई लोग दूर-दूर से चलकर मेरा स्वागत करने यहाँ पधारे हैं, ऐसा मुझे बताया गया है। मैं आप सभी को हार्दिक धन्यवाद ज्ञापित करता हूँ।"

उसकी विनम्र मीठी वाणी सुन श्रद्धालु विभोर होने लगे थे।

"मैं जब बिहार के लिए चला था, मैं नहीं जानता था कि इतने भले, इतने प्रेम-आदर से भरे सरल, सीधे लोग बिहार में वास करते हैं। मैं यहाँ पहले कभी नहीं आया था। सच पूछिए तो मुझे इतने प्रेम, सत्कार, आदर की न तो आशा थी, न ही अभिलाषा। यहाँ आकर लगा कि आप सबने मुझे जीत लिया है। मुझे जिन्दगी भर का ऋणी बना दिया है। यहाँ की केवाल मिट्टी ने मुझे बाँध लिया है।" जन-समुदाय रोमांचित होने लगा था।

"जब मैं पटना में जयप्रकाश जी से मिला और उनके आन्दोलन में काम करने की आज्ञा माँगी, उन्होंने मुझे गया-जहानाबाद जाकर काम करने का आदेश दिया। मैं लगभग हफ्ता-दस दिन से आपके क्षेत्र में हूँ। माँ-बहनों और भाइयों से मिलकर उनकी समस्याओं और सुख-दुख समझने की कोशिश कर रहा हूँ। मैं जंगी सिंह और दूसरे साथियों के संग आप सभी तक पहुँचूँगा। कुछ आपकी सुनूँगा, कुछ अपनी सुनाऊँगा। शायद मैं आपके कुछ काम आ सकूँ।" संन्यासी जी उनके घरों-टोलों में पहुँचेंगे—श्रद्धालु यह सुनकर खुशी से भर उठे। कितना सरल स्वभाव है? हिया जुड़ा गया।

"हाँ, एक आखिरी बात मैं कहना भूल गया था। मैं डॉक्टरी की पढ़ाई बीच में छोड़कर हिमालय चला गया था। हालाँकि मैं पूरा डॉक्टर नहीं हूँ, परन्तु हमें पढ़ाई के दिनों से ही 'डॉक्टर' कहकर पुकारा जाता था। यदि आप मुझे 'डॉक्टर' कहेंगे तो अच्छा लगेगा," यह कहते हुए उसके चेहरे पर एक बाल सुलभ मुस्कान खेल गई। जंगी सिंह समझ गए। अरविन्द, सत्या सोनार और इन्द्रदेव सिंह भी समझ गए।

"अब डॉक्टर साहब को आराम करने दिया जाए। और हाँ, 'ग्राम विकास समिति' की ओर से आपके लिए चाय-नाश्ते का प्रबन्ध इन्द्रदेव सिंह के दरवाजे पर किया गया है। कृपया वहाँ पधारा जाए।" जंगी सिंह ने सबसे आग्रह किया।

जन-समुदाय इन्द्रदेव सिंह के साथ चला गया। अरविन्द और सत्या भी उनके साथ हो लिये।

जंगी सिंह ने उस दिन कसम-सी खा ली कि वह अमिय को 'संन्यासी' नहीं केवल और केवल 'डॉक्टर साहब' कहकर ही सम्बोधित करेंगे।

## 2

सलेमानपुर में किसान-मजदूरों से अपनी बातचीत में अमिय ने पहचान लिया था कि जेपी आन्दोलन उनके जीवन-संघर्षों एवं चेतना का हिस्सा नहीं बन पाया था। उसकी समझ थी कि खेतिहर प्रधान समाज में केवल शहरी निम्न-मध्यवर्गीय तबकों एवं युवकों तक सीमित आन्दोलन से सम्पूर्ण क्रान्ति सम्भव नहीं हो सकती। सम्पूर्ण क्रान्ति यानी व्यवस्था-परिवर्तन। और व्यवस्था-परिवर्तन के लिए खेतिहरों का आन्दोलन से जुड़ना जरूरी था, परन्तु कैसे जुड़ेंगे खेतिहर? उत्तर उसे सलेमानपुर के किसान-मजदूरों से ही मिला था : आन्दोलन का सामाजिक आयाम बढ़ाया जाए। जमीन, मजदूरी, मानवीय गरिमा और नारी सशक्तीकरण के सवालों को आन्दोलन का सवाल बनाकर आगे बढ़ा जाए। एकान्त मिलने के बाद अमिय गहरे चिन्तन में डूब गया। आगे क्या हो?

चिन्तन के उन क्षणों में उसे पालकी लिये कहारों की याद आ गई। सूरजपुर के कहार टोले में कई परिवारों की आजीविका पालकी ढोने से चलती थी। अमिय के अन्तस में यह इच्छा कुलबुलाई कि क्यों नहीं कहारों से बात कर मानवीय गरिमा पर चोट पहुँचाने वाली इस प्रथा के विभिन्न पक्षों को समझा जाए। शायद वह जान सके कि जिसे वह मानवीय गरिमा का अपमान समझता है, समाज में उसकी स्वीकृति क्यों मिली हुई है?

उसने सत्या को बुलवाया। सत्या जैसे अपनी बुलाहट की प्रतीक्षा में ही था। पिता पूछते रह गए—अब कहाँ? पर सत्या तूफान की रफ्तार से भागता हुआ पहुँच गया। सत्या को लेकर अमिय कहार टोले की ओर बढ़ चला।

अमिय को देखकर कहार टोले में खुशी की लहर दौड़ गईं। दंडवत् प्रणाम होने लगा। कोई दौड़कर खाट उठा लाया। किसी के घर से धुली चादर ला खाट पर बिछा दी गई। लोटे में शीतल जल भरकर उसके पाँव पखारने की रस्म होने लगी। किसी घर से कटोरी में ताल मिश्री के टुकड़े और पीतल के गिलास में जल लाकर उसके सामने रख दिया गया।

"संन्यासी जी, पानी पिया जाए," कोई बूढ़ा हाथ जोड़े अभ्यर्थना में खड़ा था।

वे सदियों से चली आ रही परम्पराओं में बँधे सामान्य मेहनतकश लोग थे। उन्हें बचपन से साधु-संन्यासियों-अतिथियों का स्वागत करना सिखाया गया था। वे अकिंचन थे, परन्तु उनका हृदय विशाल था। ताल मिश्री और बताशे उनके लिए नायाब मिष्ठान थे जिनसे वे अपने अतिथियों का स्वागत करते थे। साधु-संन्यासी के आगमन को वे अपना अहो भाग्य समझते थे। भले ही भाग्यवाद में विश्वास ने उन्हें जीवन-संग्राम में घायल-पराजित छोड़ दिया हो, वे अपने-आप में सन्तुष्ट रहते थे। वे अपनी प्रार्थनाओं में कहते—

*साईं इतना दीजिए, जामे कुटुम समाय।*
*मैं भी भूखा ना रहूँ साधु न भूखा जाय।*

जिस साईं को वे पूजते थे, उसने कभी उनकी प्रार्थनाएँ सुनीं या निरन्तर अनसुनी करता रहा, इससे उनकी आस्था पर कोई असर नहीं पड़ना था। मिला तो भरपेट खाया, न मिला तो भूखे पेट सो लिये, परन्तु प्रार्थनाओं में कभी कोताही न की। अपने साईं से कोई गिला-शिकवा नहीं।

अमिय का दंडवत् में लेटे युवा कहारों से जब कोड़ौना में साक्षात्कार हुआ था, वह चौंक गया था। उसे उनकी मुद्रा अटपटी लगी थी, परन्तु सूरजपुर पहुँचने के बाद से वह परम्परा की ताकत को समझने लगा था। इसलिए उसने अपना पाँव उन्हें पखार लेने दिया। कोई प्रतिवाद नहीं किया।

"चाचा, संन्यासी जी आप लोगों से कुछ बातचीत करना चाहते हैं।" सत्या ने अभ्यर्थना में खड़े सुक्खू से कहा। सत्या के मुँह से न चाहते हुए भी 'संन्यासी' शब्द निकल ही गया था। पर अमिय ने टोका नहीं। बस, हौले-से मुस्करा दिया।

अमिय ने पालकी-प्रथा के बारे में अपनी जिज्ञासा रखी। कब से और क्यों कहार

लोग पालकी का काम करते हैं? उन्हें इस काम से साल में कितनी आमदनी हो जाती है?

सभी एक-दूसरे का मुँह देखने लगे। अरे, संन्यासी जी खोद-खोद कर यह सब क्यों पूछ रहे हैं? बूढ़ों ने फुसफुसाहटों में शंका व्यक्त की—कहीं सुक्खू और दल्लू के जो लड़के उन्हें पालकी से लाने गए थे, उन्होंने कोई बदमाशी तो नहीं कर दी? हे भगवान, साधु-महात्मा से नादानी? रक्षा करो भगवान! कोई आफत न आ जाए। शिव-शिव। हे माई दुर्गा, काली! उसे लाने गए युवा कहार किसी अपशकुन के डर से पीले पड़ गए थे।

स्त्रियों के तो दिल धड़कने लगे थे। उन्हें अमंगल की आशंका सताने लगी। दल्लू की घरवाली ने अपने मुँह पर आँचल रख जवान बेटे से फुसफुसाकर पूछा, "का बेटा, कुछ उलटा-सीधा कइलू हल का रे?" सुक्खू का बुरा हाल था। कपूत यह दिन दिखलाएँगे? बेटे क्या जवाब देते? संन्यासी जी उनकी पालकी पर बइठे तक नहीं थे। फिर उलटा-सीधा करने का सवाल कहाँ था? कहार टोले में चुप्पी पसर गई।

सत्या कहार टोली की चिन्ता और डर भाँप गया।

"कौंची सोच रहे हैं, चचा?" सत्या ने सुक्खू से कहा, "अरे, डॉक्टर साहब ने पहली बार पालकी देखी है। इसलिए वे आप लोगों से इसके बारे में जानना चाहते हैं।" उसने बात को थोड़ा चढ़ा-बढ़ाकर बताया।

अमिय चौंका। पहली बार पालकी देखी है? यह कह क्या रहा है? परन्तु युवा कहारों के पीले पड़े चेहरों और सर्वत्र व्याप्त चुप्पी से उसने अपने प्रश्न से पैदा हुई अप्रिय स्थिति का अनुमान लगा लिया। "ओहो, बात निकलवाने का अच्छा तरीका निकाला इस लड़के ने।" अमिय ने मन-ही-मन सत्या की इस कला की सराहना की।

कहार टोले की जान में जान आई।

"पालकी और डोली उठाने का काम हम लोग पुरखों के जमाने से करते आ रहे हैं, संन्यासी जी। जमींदार लोग, जब मोटरें नहीं आई थीं, पालकी पर चढ़कर ही कहीं बाहर जाते थे। उनके घरों की बेटी-बहुएँ डोली में बैठ अपने मायके-ससुराल जाया-आया करती थीं। अब वह जमाना रहा नहीं। जमींदारी खत्म हो गई। मोटरें आ गईं। लेकिन जहाँ रास्ता कच्चा है, वहाँ के पुराने जमींदार और बड़े काश्तकार पालकी-डोली के लिए बुलावा भेजते रहते हैं—"सुक्खू अमिय की जिज्ञासा शान्त करने लगा।" आगे बोला—

"लगन के दिनों में पालकी और डोली का खूब चलन है। दूल्हे की परछावन पालकी में बैठाकर ही की जाती है। पालकी में चढ़ वह दुलहन के घर जाता है। दूल्हे के बाप और बड़े भाई अलग-अलग पालकियों में सवार रहते हैं। ब्याह-गौने के बाद कन्या की विदाई और रोकसदी डोली में होती है। घर छूटने के वियोग में रोती कन्या ससुराल के लिए डोली में बैठकर विदा होती है।" अन्तिम वाक्य कहते-कहते सुक्खू का गला रुँध गया। उसे विदा होती अपनी कन्याओं का रुदन याद आ गया था। कुछ स्त्रियाँ भी अपनी आँखें पोंछने लगी थीं।

सुक्खू ने गला साफ किया। आगे बोला—

"हारी-बीमारी में पालकी-डोली ही काम आती है। जहाँ पक्की सड़क नहीं हैं, वहाँ खेतों के बीच की आल या पगडंडी से होकर पैदल आना-जाना होता है। बहुत से लोग

बीमार आदमी-औरत को खाट पर ले जाते हैं। बरसात में बड़ी कठिनाई हो जाती है।"

ग्रामीण जीवन की इस कटु नियति से अमिय का तीखा साक्षात्कार हो रहा था। गम्भीर मरीज यातायात की इस कमी के कारण अस्पताल पहुँचने के पहले ही दुनिया छोड़कर चला जा सकता है। और प्रसव वेदना की तीक्ष्णता सहती महिलाओं की क्या गति होती होगी, इसकी कल्पना मात्र से वह सिहर उठा। आन्दोलन को जनता के दैनिक जीवन की कठिनाइयों का समाधान पेश करना चाहिए। सड़कें, अस्पताल जैसी मूलभूत जरूरतों पर आन्दोलन में चर्चा होनी चाहिए। जनता को सिंहासन पर बैठाने के मंत्र के सही मायने तो यही हैं कि आन्दोलन के गर्भ से निकली सरकार जनता की मूलभूत समस्याओं के निराकरण के लिए काम करे। आन्दोलन को वर्तमान सरकार पर भी इन सुविधाओं की उपलब्धता सुनिश्चित करने के लिए दबाव बनाना चाहिए। हमें अमूर्त के साथ जनता से जुड़े मूर्त सवालों को आन्दोलन के एजेंडे में गूँथना चाहिए। तभी आमजन का व्यापक समर्थन आन्दोलन को प्राप्त होगा और सही अर्थों में आन्दोलन जनता का आन्दोलन बनेगा।

उसने अपने झोले से नोटबुक निकाली और इसे नोट करने लगा।

नोट करने के बाद वह सुक्खू की ओर मुखातिब हुआ, "पालकी-डोली से कितनी सालाना आमदनी हो जाती होगी एक परिवार को?"

सुक्खू को सहसा जवाब नहीं सूझा। वह रोज कमाने-खाने वालों का टोला था। खेतों में मजदूरी कर अधिकांश परिवारों का पेट पलता था। कुछ ईंट-भट्ठों में काम करते थे। कई नौजवान हरियाणा, पंजाब या पटना कमाने निकल जाते थे। रेजा-मिस्त्री का काम भी कुछ लोग कर लेते थे। जिनके पास खेती की थोड़ी जमीन थी, वे उसमें चना-खेसारी उगा लेते थे। पटवन की व्यवस्था नहीं होने के कारण नकदी फसल नहीं हो पाती थी। पालकी-डोली से कितना मिलेगा? थोड़े विचार के बाद बोला—

"कोई हिसाब तो नहीं है? लेकिन बाप-दादों के समय से चले आए इस चलन का निरबाह हो रहा है। शादी-ब्याह में धोती-कुर्ता मिल जाता है। खाना मिल जाता है। बाकी अपना-अपना भाग्य। बड़ा घर हुआ तो नेग-जोग में रुपया-दो रुपया। छोटा घर हुआ तो अठन्नी-चवन्नी से भी सन्तोष कर लेना पड़ता है।"

और शादी-ब्याह के अलावा बाकी समय क्या मिलता है?"

सुक्खू फिर सोच में पड़ गया। भाड़ा तय कर कहार पालकी ले नहीं जाते थे। परम्परा से जो चलन था, उसी के अनुसार कुछ-न-कुछ मिल जाता था।

"अब क्या मिला उसका हिसाब क्या? कटनी के समय काश्तकारों के खेत से एक-दो बोझा फसल मिल जाती है। सबके अपने-अपने काश्तकार बँधे हुए हैं। उसके एवज में जब उन्हें पालकी-डोली की दरकार होती है, हम लोग खुशी-खुशी चले जाते हैं। संन्यासी जी, आदमी ही तो आदमी के काम आएगा।"—अन्तिम वाक्य प्रश्न नहीं था। वह मेहनतकश वर्ग के हृदय की विशालता थी जो अपनी दैन्यता के बावजूद पुरखों क़े समय से चली आ रही प्रथा को दो-चार सेर अनाज के एवज में निभा रही थी। अमिय का मन उन मेहनतकश अकिंचन लोगों के प्रति अगाध सम्मान और आदर से भर गया।

यह चलन देहातों में सदियों से प्रचलित प्रजा-पवनी प्रथा का अंग था। गाँव की धोबी, मोची, माँझी, नाई, कहार,कर्मकार, कुम्भकार, लोहार, बढ़ई,तमोली जैसी कमेरी जातियाँ सालभर काश्तकारों को पारम्परिक सेवाएँ प्रदान करती थीं। उसके एवज में फसल कटनी के समय उन्हें कुछ अनाज मिल जाया करता। मरनी, बच्चों के जन्म, मुंडन, उपनयन, शादी-विवाह, यज्ञ, मृत्यु आदि संस्कारों में जो जातियाँ सेवा देतीं, उन्हें नेग-जोग मिलता। कमेरी जातियाँ 'परजा-पवनी' कही जाती थीं। हालाँकि यह चलन अब कमजोर पड़ता जा रहा है, परन्तु जिस कालखंड की हम कथा कह रहे हैं, उस समय इस चलन की जड़ें गहरी थीं। वैसे, गाँवों में कुछ बड़े काश्तकार या पुराने जमींदार अभी भी मिल जाएँगे, जिनके पुरखों ने 'पवनी' कही जाने वाली जातियों के पुरनियों को अपनी जमीनें देकर बसाया था। उन जमीनों को 'बासगीत' या 'डीह बासगीत' कहा जाता है। आजादी के बाद बिहार सरकार ने बासगीत जमीनों का परचा उस पर बसे परिवारों को देने के लिए कानून पास किया था।

पवनी प्रथा की जानकारी अमिय को नहीं थी, लेकिन सुक्खू से पालकी-डोली प्रथा के बारे में सुनते हुए उसे स्पष्ट हो गया कि वह प्रथा गैर-बराबरी और जातीय श्रेष्ठता की भीत पर खड़ी थी। कई अर्थों में वह अमानवीय थी। मेहनतकशों की उदारता थी कि वे अपनी मानवीयता को इस प्रथा की अमानवीयता के ऊपर अधिरोपित कर रहे थे।

जब सुक्खू अपनी कह चुका, अमिय ने कहार टोले से कुछ कहने की इजाजत माँगी।

"हाँ, हाँ, कहा जाए संन्यासी जी।"—कहार टोले को जैसे इसी क्षण की प्रतीक्षा थी। संन्यासी जी का प्रवचन सुनने की व्यग्रता तभी से मूर्त थी जबसे उन्होंने उसके सूरजपुर आगमन का समाचार सुना था। अमिय ने गुरु-गम्भीर स्वर में बात शुरू की।

"वेदों का नाम आप लोगों ने सुना होगा।" कुछ सिर स्वीकृति में हिले। कई जोड़ी हाथ जुड़ गए।

"वेद चार होते हैं। चार वेदों में एक 'यजुर्वेद' है। 'यजुर्वेद' में 40 अध्याय हैं। 40 वें अध्याय में 18 मंत्र हैं जिसमें एक मंत्र इस प्रकार है—

*हिरण्मयेन पात्रेण सत्यस्यापिहितं मुखम्।*
*तत् त्वं पूषन्नपावृणु सत्यधर्माय दृष्टये॥*

मंत्र-वाचन के प्रभाव में शेष बचे हाथ भी जुड़ गए। वे लोग संस्कृत नहीं जानते थे। वैसे भी वेदों की क्लिष्ट संस्कृत को समझना इस भाषा के सामान्य विद्यार्थी के लिए भी मुश्किल होता है। मगही भाषी वे सामान्य जन क्या समझते इस मंत्र का अर्थ? परन्तु वे धर्मभीरु लोग थे। विभिन्न धार्मिक अवसरों पर उन्होंने पंडितों को इसी प्रकार के अबूझ मंत्र पढ़ते सुना था। उन्हें बताया गया था और उनका विश्वास था कि मंत्रों में बड़ी शक्ति होती है। इसलिए उन्होंने श्रद्धा से अपने दोनों हाथ जोड़ लिए थे।

अमिय ने उन्हें इस मंत्र का अर्थ समझाते हुए अपनी बात का क्रम आगे बढ़ाया—

"इस मंत्र का अर्थ है कि सत्य का मुँह सोने के बरतन ने ढक रखा है। हे प्रभु, मैं सत्य जानना-देखना चाहता हूँ। इसलिए आप उस सोने के बरतन को सत्य के मुँह से

हटा दीजिए अर्थात् अगर हमें सत्य को जानना-समझना हो तो उस पर पड़े अज्ञान के परदे को खींचकर हटा देना होगा वरना हमसे वह सत्य छिपा रहेगा और हम उसे कभी देख-समझ नहीं पाएँगे।"

"कितने ज्ञान की बात कह रहे हैं संन्यासी जी?" फुसफुसाहटें गूँजीं।

"अब मैं पालकी-डोली प्रथा पर पड़े परदे को हटाकर आपको सत्य दिखाता हूँ। बीमार आदमी-औरत पालकी-डोली से अस्पताल जाएँ, यह ठीक लगता है। जैसा कि सुक्खू चाचा ने कहा, आदमी ही आदमी के काम आता है।" सुक्खू के साथ कहार टोला खुश हो गया। इतने बड़े ज्ञानी-ध्यानी संन्यासी जी सुक्खू को 'चाचा' कह रहे हैं? धन्य भाग हैं सुक्खू के!

"विदाई के समय कन्या डोली में बैठकर ससुराल जाए, यह बात भी ठीक है, लेकिन हट्टा-कट्टा आदमी किसी के कन्धे पर सवार हो,यह ठीक बात नहीं है। आप पालकी अपने कन्धों पर ढोते हैं। आप इनसान हैं। बैलगाड़ी में बैल जोता जाता है। टमटम को घोड़े खींचते हैं। बैल और घोड़े पशु हैं। परमात्मा ने उन्हें यही काम सौंपा है, लेकिन इनसान के साथ पशु जैसा व्यवहार क्यों? इनसान पशु की तरह अपने कन्धे पर पालकी क्यों उठाए जबकि उसमें बैठा आदमी अपने पैरों पर चल-फिर सकता है? क्या इसलिए कि समाज में कुछ लोग गरीब आदमी को आदमी नहीं मानते? क्या इसलिए कि समाज में धनी और दबंग लोग खुद को बड़ा और मेहनतकश को छोटा मानते हैं? कड़वी सच्चाई यह है कि पालकी-प्रथा गैर-बराबरी और आदमी द्वारा आदमी के शोषण पर आधारित है, मनुष्य की गरिमा को घटाती है। अमानवीय है। यही वह सत्य है जिस पर परम्परा और चलन का काला परदा डाल दिया गया है। यह सत्य दिन के उजाले की तरह मुझे साफ-साफ दीख रहा है। आपको यही सत्य इस पर पड़े काले परदे को हटाकर मैं दिखाना चाहता हूँ।"

कहार टोले में सन्नाटा-सा खिंच गया। वेद-मंत्रों का इस प्रकार का अर्थ सुनने की कल्पना तक नहीं की थी उस टोले के किसी मनुष्य ने। उनकी कौन कहे, सत्या ने भी इस गहरी सच्चाई के कभी दर्शन नहीं किए थे।

"समर्थवान व्यक्ति को बैठाकर पालकी ढोने वाले मजदूर का कन्धा ही नहीं दुखता, उसकी इज्जत, मान-मर्यादा और सम्मान भी टूटता है। अगर पेट भूखा है, अनाज से उसे भरा जा सकता है, लेकिन इज्जत और मर्यादा टूट जाए तो उसे जोड़ना आसान नहीं होता। इसलिए मैं कहने आया हूँ कि आप लोग इस पर सोचिए। विचार कीजिए। अगर मेरी बात में आपको दम लगे तो कम-से-कम जो लोग हाथ-पाँव से ठीक हों और बीमार न हों, उन्हें पालकी में बैठाकर मत ढोइए। अपनी इज्जत मान-मर्यादा और सम्मान की रक्षा कीजिए।"

कहार टोले का सन्नाटा गहराने लगा था। लोग इधर-उधर देखने लगे थे। किसी को कुछ सूझ नहीं रहा था। इस सन्नाटे को दल्लू ने तोड़ा। दल्लू और सुक्खू हमउम्र थे। बूढ़े हो गए थे। दुनिया देखी थी।

"संन्यासी जी सूरजपुर और आसपास के दस गाँवों के कोइरी, अवधिया, यादव,

पंडित, बाभन और राजपूत समाज में हमारे यहाँ से पालकी जाती है। बड़े लोग हैं। पानी में रहकर हम मगरमच्छ से बैर कैसे कर सकते हैं?"

कई लोगों ने दल्लू का समर्थन किया। ठीक कह रहे हैं दल्लू चा। मालिक लोग जबरिया पालकी उठवाएँगे। अरे, पिछले ही साल की तो बात है। बिशुन चन्द का छौंड़ा बीमार था। बड़े मालिक ठाकुर रमापति सिंह का सन्देशा लेकर उनका पहलवान आया था। मालिक को लारी गाँव जाना था। बिशुन चन्द के छौंड़ा को दूसरे तीन कहारों के साथ पालकी से लारी ले जाना था। बीमारी में कैसे जाता? बोला, "मेरी जगह किसी दूसरे को ले जाइए।" फिर क्या था? पहलवान ने पहले तो उसे दो-चार लात-घूँसे मारे। फिर गला दबाने लगा। बिशुन चन्द क्या करते? बूढ़े हो जाने के बावजूद खुद पालकी उठा चल दिए। तब जाकर बीमार छौंड़े की जान बची।

एक के बाद जितने मुँह उतनी कहानियाँ शुरू हो गईं। अमिय ने न रोका, न टोका। वह सुनता रहा। गैर बराबरी और शोषण पर आधारित समाज में केवल सत्य का साक्षात्कार हो जाने से मानवीय नियति नहीं बदल जाती, इस सच्चाई से उसका परिचय था, लेकिन उसका मकसद जेपी आन्दोलन को ऐसा कारक बनाना था, जो ठहरे पानी में भी आलोड़न उत्पन्न कर दे एवं लहरें कगारों को ध्वस्त करने को मचल उठें। उसका मानना था कि आजादी की इस दूसरी लड़ाई में प्रयोगों की काफी गुंजाइश थी और यह भी कि यदि वस्तुगत स्थितियों को परिवर्तन कामी चेतना का साथ मिल जाए, तो प्रयोगों का सफल होना अवश्यम्भावी था। उसने उन्हें आश्वस्त किया—

"मैं आप सबके अन्दर बैठे डर को समझ सकता हूँ, लेकिन यह भी जानता हूँ कि यदि आप पालकी-प्रथा को अपनी इज्जत और मान-मर्यादा से खेलने का मौका नहीं देने की ठान लें, तो वह डर धीरे-धीरे निकल जाएगा। मैं खुद आपके अन्दर बैठे इस डर को बाहर निकालने में अपनी पूरी ताकत लगा दूँगा। मैं सभी समाज के भाइयों को समझाऊँगा। मैं जानता हूँ कि यह तुरन्त और एक दिन में सम्भव नहीं होगा, लेकिन यह भी जानता हूँ कि यह असम्भव भी नहीं है।"

संन्यासी का आश्वस्ति भरा यह वक्तव्य कितना प्रभावी रहा, यह कह पाना कठिन था, पर निराशा के काले बादलों में आशा की बिजली जरूर कौंध गई।

"मैं भी डॉक्टर साहब के साथ कन्धे से कन्धा मिलाकर इस प्रथा के खिलाफ लड़ूँगा।" सत्या बोल उठा। उसकी आवाज में दृढ़ता थी। युवा जोश था। चिनगारी थी।

"शरम करिए आप लोग। आपकी इज्जत और मान-सम्मान के लिए संन्यासी जी इतनी अच्छी बातें बता रहे हैं और आप सब मालिकों के डर से सुन्न हुए जा रहे हैं। मैं सीना ठोंक के कहता हूँ, शादी-ब्याह में किसी दूल्हे के लिए मैं पालकी नहीं उठाऊँगा न ही किसी मालिक की ताबेदारी सहूँगा।" किसी युवक ने गर्जना-सी की।

इस गर्जना का असर हुआ। कई दूसरे नौजवान उसके समर्थन में आ खड़े हुए। टोले में नया जोश भर गया।

अमिय ने वहाँ ठहरने की जरूरत अब नहीं समझी। 'फिर मिलेंगे' कहकर उसने सबसे विदा ली।

## 3

अमिय की पालकी-डोली प्रथा को बन्द कराने सम्बन्धी कहार टोले में हुई बातचीत सूरजपुर के गली-टोलों में बिजली की गति से फैल गई। जितने मुँह उतनी बातें।

अवधिया कुर्मी समाज के कुछ दबंग जंगी सिंह से खफा हो गए।

"लगता है, अपनी नेतागीरी चमकाने के लिए जंगी भइया संन्यासी जी को सलेमानपुर से ले आए हैं। संन्यासी जी को सिखा-पढ़ा कर कहारों को उलटा-सीधा समझाने भेज दिया होगा। जयप्रकाश जी की सभा में मंच पर जगह क्या मिल गई, खुद को तोप समझने लगे।" राम प्रवेश सिंह ने बिगड़कर कहा।

राम प्रवेश सिंह और जंगी सिंह गोतिया थे। इन दोनों के परदादा अवध सिंह के दो बेटे थे, राम बचन और शिव बचन। जंगी सिंह के पिता राम बचन के बेटे थे। राम प्रवेश सिंह शिव बचन के खूँट का था। खेतों का बँटवारा अवध सिंह ने अपने जीते-जी दोनों बेटों के बीच कर दिया था। चूल्हे भी बँट गए। पुश्तैनी मकान कच्चा था। उसे तोड़कर दोनों ने अपने परिवारों के लिए अलग-अलग पक्का मकान बनवा लिया। बावजूद दोनों परिवारों के बीच प्रेमभाव बना रहा, पर राम बचन और शिव बचन के मरने के बाद दोनों परिवारों के बीच के सम्बन्धों में खटास पैदा होने लगी। बात कुछ नहीं थी, बस ईर्ष्या, डाह ने रंग में भंग डाल दिया था। राम प्रवेश तक आते-आते ईर्ष्या और डाह जलन तथा प्रच्छन्न दुश्मनी में बदल गई। जंगी सिंह के मन में राम प्रवेश के लिए कोई मैल नहीं था, परन्तु राम प्रवेश के मन में जंगी सिंह के प्रति जलन की भावना रहने लगी थी। राम प्रवेश पढ़ने में फिसड्डी था। किसी तरह खींच-खाँच कर दर्जा 8 तक पढ़ पाया था। उम्र बढ़ी तो खेती के साथ-साथ छोटी-मोटी ठेकेदारी भी करने लगा। जब जंगी सिंह प्रमुख बने, रक्त सम्बन्ध के नाम पर उनसे ठेकेदारी दिलवाने की जिद करने लगा। जंगी सिंह को अपनी बदनामी का डर था। उन्होंने साफ मना कर दिया। बस, राम प्रवेश की जलन में दुश्मनी का छौंक पड़ गया। रिश्तेदारों से शिकायत किया करता, "मुखिया-प्रमुख बन जाने से कोई बड़ा थोड़े हो जाता है? दिल बड़ा होना चाहिए।"

"देखते हैं, कहारों की हिम्मत कैसे होती है पालकी नहीं उठाने की। हमारे परदादा ने सुखुआ के दादा को बसाया था। सुखुआ और उसके छौंड़े पर जवानी चढ़ गई है? सालों पर बुलडोजर चलवा दूँगा।" राम प्रवेश सिंह बिफर रहा था। अन्य दबंगों की प्रतिक्रिया भी कमोबेश उसी जैसी थी।

राजपूत टोले में भी कुछ इसी तरह की प्रतिक्रिया हो रही थी।

"अरे, संन्यासी हैं, पूजा-पाठ करें। धरम-करम का उपदेश दें। अब यह क्या बात हुई कि गाँव में आते ही कहारों को भड़काना शुरू।" ठाकुर रमापति सिंह थे। बड़े मालिक। पुराने जमींदार। बड़े भू-स्वामी। खुद को राजपूत समाज का अगुआ मानते थे। उनकी डेवढ़ी पर देर शाम तक बिरादरी के रसूखदारों की महफिल जमी रहती। उस दिन भी महफिल जमी हुई थी। "हमारे पुरखे क्या संन्यासी जी से कम समझदार थे? वे लोग युद्ध में हाथी-घोड़ों और रथों की सवारी करते थे। शान्तिकाल में पालकी उनकी सवारी होती

थी। अब कौन-सा आसमान टूट पड़ा है कि पुरखों के समय से चली आ रही परम्परा चुभने लगी है? कहार पालकी क्यों नहीं उठाएँगे?" ठाकुर जनक सिंह ने उनकी 'हाँ' में 'हाँ' मिलाई। डेवढ़ी में उपस्थित अन्य सज्जनों की प्रतिक्रिया भी बड़ी तीखी थी।

परन्तु मोची, बढ़ई, लुहार, धोबी, नाई, तमोली टोला के लोग प्रसन्न थे, "कोई तो है, जो हमारे मान-सम्मान और मरजादा की चिन्ता कर रहा है। जंगी सिंह ने बड़ा भारी काम किया संन्यासी जी को सूरजपुर की भूमि पर लेकर आए। क्या तेज फूटता है संन्यासी जी के चेहरे से? हिमालय में तपस्या से उनको सिद्धि प्राप्त है।"

कहार टोला आशा और निराशा में डूब-उतरा रहा था। युवा कहार उमंग में थे। बूढ़ों पर चिन्ता हावी थी कि क्या बड़े लोग इतनी आसानी से मान जाएँगे?

"हमारा घरवा ठाकुर रमापति सिंह के पुरखों की जमीन पर बसा है। हम उन्हें कैसे मना कर देंगे पालकी उठाने से?"

ऐसे लोगों की संख्या ज्यादा थी जो किसी ठाकुर साहब या अवधिया लोगों के पवनी थे और उनका घर उनकी ही जमीनों पर पुश्तों से खड़ा था। दुश्चिन्ताएँ अकारण न थीं। कानून के बावजूद बासगीत का परचा उनमें से किसी को नहीं मिला था। उन्हें ही क्या, सूरजपुर और आसपास के गाँवों के किसी भी पवनी के पास परचा नहीं था। जंगी सिंह अंचल अधिकारी को लगातार आग्रह करते रहते थे, परन्तु सरकारी मशीनरी की कच्छप गति को दोष दें या भू-स्वामियों के दबाव को, अंचल अधिकारी आज-कल कह परचे के प्रसंग को टालता जाता था।

कहार टोले से लौटने के बाद से अमिय को भी चैन कहाँ था? उसने अमानवीय पालकी-प्रथा को सूरजपुर से खत्म करने की चुनौती स्वीकार कर ली थी। उसे भरोसा था कि सूरजपुर से पालकी-प्रथा के खिलाफ उठी आवाज की अनुगूँज वहीं तक सीमित न रहेगी, वह आसपास के इलाकों में भी जरूर सुनाई देगी। यह अनुगूँज जेपी आन्दोलन का सामाजिक आयाम विकसित करने की दिशा में मील का पत्थर साबित होगी। उसके सामने यक्ष प्रश्न था : आगे क्या और कैसे हो? उसने उसी रात अपने साथियों के साथ आन्दोलन का सामाजिक आयाम विकसित करने के बिन्दुओं पर चर्चा की।

"हमने कभी पालकी-प्रथा को मानवीय गरिमा, मान-मर्यादा और आत्मसम्मान से जोड़कर देखा ही नहीं। परन्तु आपने जिस तरह समझाया है, उससे हमारी चेतना विकसित हुई है।" जंगी सिंह उत्साहित थे।

"ठीक बात है। बीमार, अपंग और अशक्त व्यक्ति पालकी में मजबूरीवश बैठते हैं। बेटियाँ सामाजिक मर्यादा के कारण डोली में विदा होती हैं, लेकिन शारीरिक रूप से सक्षम लोग पालकी पर क्यों चलेंगे? खुद को बड़ा आदमी साबित करने के लिए? दूसरों से स्वयं को श्रेष्ठ गिनाने के लिए? ऐसा नहीं होना चाहिए।" अरविन्द था।

"झूठ नहीं कहेंगे, हम अपनी शादी में पालकी पर गए थे। तेज धूप में बीच रास्ते कहार पसीने-पसीने हो जाते थे। कई जगह पालकी रख देते थे। तब हम नहीं समझ पाए थे। अब समझ रहे हैं वे थक जाते होंगे। बोझ से उनके कन्धे दुख जाते होंगे।" इन्द्रदेव सिंह ने कहा।

"अरे भइया, हम भी तो पालकी से ही गए थे अपने ब्याह में।" जंगी सिंह और अरविन्द, दोनों एक साथ बोल उठे। सत्या तब तक कुँआरा था। उसे अभी तक पालकी पर बैठना नसीब नहीं हुआ था।

तय हुआ कि सामाजिक आयाम विकसित कर आम जनता एवं किसान-मजदूरों-स्त्रियों को आन्दोलन से जोड़ने के लिए बृहत् पैमाने पर जन-जागरण का कार्यक्रम शुरू किया जाए। जन-जागरण में हमें जनता को सीधे-सीधे प्रभावित करने वाली मूर्त समस्याओं को भी समझना होगा ताकि जमीनी स्तर पर काम किया जा सके।

अगले दिन से ही जन-जागरण का कार्यक्रम प्रारम्भ हो गया। उनका पहला पड़ाव था—मोची-माँझी टोला। आसमान साफ था। स्त्रियाँ मालिकों के खेतों में निकौनी के लिए निकल रही थीं। श्रद्धा से सिर नवा खड़ी हो गईं—संन्यासी जी के सुबह-सुबह दर्शन हो गए। गलियों में छोटे लड़के गोटियाँ खेल रहे थे। अमिय उनके बीच चला गया।

"नमस्ते। मुझे भी यह खेल सिखाएँगे आप लोग?"...बच्चे ही-ही हँसने लगे—अरे, संन्यासी जी को पिट्टो खेलना नहीं आता? अमिय ने भोला-सा मुँह बनाया, "कैसे आएगा? किसी ने सिखाया ही नहीं।" स्त्रियाँ साड़ियों के पल्लू से मुँह ढक मुस्कराने लगीं। संन्यासी जी को पिट्टो सीखते देखने का उनका बहुत मन था, किन्तु देर होने पर मालिकों की डाँट-फटकार खानी पड़ जाती। बिचारियाँ मन मसोसकर चली गईं।

"इसमें क्या है? आसान है। सीख जाइएगा।" किसी बच्चे ने किलकते हुए कहा। और वह अमिय को सिखाने में जुट गया।

"देखिए, गोटियों को एक के ऊपर एक रखते जाइए। रख दिया। अब हम गेंद से मारकर गोटियों को गिराएँगे। बाकी सभी गिर गई गोटियों को उठा-उठाकर वैसे ही रखते जाएँगे। रखने में जितना समय लगेगा, उतने समय तक वे हमारी गेंद से अपनी पीठ पर मार खाते रहेंगे।"

अमिय बच्चों के साथ बच्चा बन गया था। गिरा दी गई गोटियों को उठाकर एक-दूसरे पर रखने के दौरान दो-एक गेंदें उसे भी पड़ीं। बच्चे अपनी सफलता पर खिलखिलाने लगे। बच्चों से उसकी दोस्ती हो गई। मोची-माँझी टोले के लिए यह नया अनुभव था कि उनके बच्चों के साथ संन्यासी जी जैसा कोई बड़ा आदमी इतनी आत्मीयता से पेश आ रहा हो। दृश्य अत्यन्त मनोरम था। उसे देखने टोलावासियों का एक समूह जुट गया। जमुना मोची भी आ गए थे।

"अपना नाम, माता-पिता का नाम और किस कक्षा में पढ़ते हो, बारी-बारी से बताओ।" खेल खत्म कर अमिय ने बच्चों से संवाद शुरू किया। बच्चे इस बीच अमिय से घुलमिल गए थे।

जब सभी बता चुके, अमिय ने बच्चों जैसी सरलता से कहा, "अपनी माताजी का नाम आप में से किसी ने बताया ही नहीं। ठीक है, अब आप लोग घर जाइए। स्कूल जाने का समय हो रहा है।" बच्चे खुश-खुश अपने घरों को चले गए।

"डॉक्टर साहब, अपना नाम उनकी माताएँ भी भूल गई होंगी। किसी की पत्नी या किसी की माँ या भौजी के अलावा उनके नाम से उन्हें कोई नहीं बुलाता।" जंगी सिंह ने कड़वी सच्चाई बयान की।

अमिय मुस्कराया, "यह सोच बदलनी होगी हमें।"

थोड़ी दूरी पर छोटी बच्चियों का एक समूह सिमटा-सकुचाता खड़ा था। "अरे, आप लोग घर नहीं गईं? स्कूल जाने में देर हो जाएगी। आप लोग भी जाओ," अमिय ने स्नेहिल स्वर में कहा। वे सभी सिर झुकाए खड़ी रहीं। क्या कहतीं? जमुना मोची उनका संकोच समझते थे। धीरे से बोले—

"लड़कियाँ हैं, संन्यासी जी। शरमा रही हैं। ये स्कूल नहीं जातीं।"

अमिय अचम्भित हो गया।

"क्या? गाँव में स्कूल है। फिर बच्चियाँ क्यों नहीं जातीं?"

"यह माँझी या मोची टोले की ही बात नहीं है। इस पूरे इलाके में, कुछ अपवादों को छोड़कर, लड़कियों को स्कूल नहीं भेजा जाता," जंगी सिंह थे।

अमिय चकरा गया, "क्यों?"

जंगी सिंह इस सवाल का जवाब देने से सकुचा रहे थे। अरविन्द ने मोर्चा सँभाला। "असलियत यह है कि अधिकांश लोग लड़कियों को बोझ समझते हैं। उनके पैदा होने पर घर-परिवार में शोक छा जाता है। लड़का पैदा हो तो थाली बजाई जाती है, सोहर गाया जाता है। लड़की पैदा हुई तो सूप भी नहीं बजता। अब जिसे बोझ समझा जाता है, उसे पढ़ाने से क्या फायदा? ऐसी समझ है समाज की।" अरविन्द ने कड़वी सच्चाई बयान कर दी।

"ग्राम विकास समिति ने लोगों की चेतना इस बिन्दु पर जाग्रत करने की लगातार कोशिशें की कि लड़का-लड़की में कोई अन्तर नहीं। दोनों का शिक्षा पर बराबर का अधिकार है, लेकिन हमारी बात नक्कारखाने में तूती की आवाज बनकर रह गई।" इन्द्रदेव सिंह थे।

"ग्राम विकास समिति की बात लोगों के गले कैसे उतरे? लड़की की शादी के लिए दर-दर भटकना पड़ता है। अगर उमर 18-20 के पार हो जाए तो शादी होना भी मुश्किल। शादी के खर्चे अलग। दहेज के पैसों के लिए घर-बार बेचना तक पड़ जाता है या फिर कर्ज में डूब जाइए।" जमुना मोची थे।

अरविन्द और जमुना जो कुछ कह रहे थे, वह समाज में गहरे धँसी धारणाएँ थीं। ये धारणाएँ एक दिन में पैदा नहीं हुई थीं। इनके पीछे सदियों का लम्बा अन्धकार था। और यह अन्धकार केवल भारत में ही नहीं रहा था। विकसित कहे जाने वाले अमेरिकी और यूरोपीय समाज में भी औरतों को पुरुषों से नीचा समझने का लम्बा इतिहास रहा है। परन्तु औरतों ने अपनी विकसित चेतना और यथा स्थिति बदलने के लम्बे आन्दोलनों से इस अन्धकार को दूर भगाया। उनकी चेतना के विकास में शिक्षा की निर्णायक भूमिका रही। अमिय को जन-जागरण का नया विषय मिल गया—नारी शिक्षा एवं नर-नारी समानता। उसने सभी से कुछ कहने की अनुमति माँगी।

"जी-जी। कहा जाए।" समवेत स्वर गूँजे।

"हमें यह समझने का प्रयास जरूर करना चाहिए कि ईश्वर ने किस मंशा से दुनिया बनाई होगी? अनुमान लगाया जा सकता है कि उनकी मंशा रही होगी कि मानव, पशु-पक्षी, वनस्पतियाँ यानी सभी सजीव वस्तुएँ फलें-फूलें। उनमें वृद्धि हो। इसीलिए ईश्वर ने नर और मादा, दोनों बनाए। यदि केवल नर ही नर बनाए होते तो कुछ समय बाद नरों की मृत्यु हो जाती और दुनिया में केवल निर्जीव वस्तुएँ, जैसे, पहाड़, मिट्टी, पत्थर आदि ही बचे होते। न पक्षियों का कलरव होता, न पेड़-पौधे, फल-फूलों की खुशबू और रंग रहते। उसी तरह यदि केवल मादा ही मादा बनाई होती तो वही हाल होना था। न हम होते, न गाँव होते, न शहर बसते। चन्द्रमा की तरह चट्टानों और बदरंग कड़ी मिट्टी-पत्थर के सिवाय धरती पर कुछ न रहता। इसलिए मित्रो, ईश्वर ने नर-मादा दोनों इस मंशा से बनाए कि धरती चाँद न बन जाए। जीवन का अस्तित्व न मिट जाए। अब जब ईश्वर ने नर-मादा दोनों बनाए और दोनों के कारण ही जीवन का अस्तित्व है, तो हम कौन होते हैं ईश्वर के बनाए लड़का-लड़की, मर्द-औरत में भेदभाव करने वाले? हम कौन होते हैं लड़कियों को बोझ समझकर पढ़ाई से दूर रखने वाले?" अमिय ने सवालों की झड़ी-सी लगा दी।

किसी के पास इन सवालों के जवाब नहीं थे। सभी बगलें झाँकने लगे। जमुना-मोची सोचने लगे, "कितने ज्ञान की बातें कह रहे हैं संन्यासी जी?" जमुना मोची को जेपी आन्दोलन की बैठकों में ऐसी बातें कभी सुनने को नहीं मिली थीं। जंगी सिंह और आन्दोलन के दूसरे साथियों का जमुना वाला ही हाल था।

कौन उत्तर देता? चुप्पी छा गई।

"हम मनुष्य अन्य जीवों से इस मामले में श्रेष्ठ होते हैं क्योंकि ईश्वर ने केवल हमें ही बुद्धि दी है। यदि बुद्धि होने के बावजूद हम नर-नारी में भेद करते हैं, यह गम्भीर बीमारी है। हमारा दिमाग बीमार है। हमारे दिमाग में अँधेरा है। दिमाग में अँधेरा रहने का मतलब है, सही-गलत की पहचान लुप्त हो जाना। यह अँधेरा है अविद्या का।" वह क्षण भर के लिए रुका।

"शास्त्रों में लिखा है कि धन की देवी लक्ष्मी हैं और विद्या की देवी सरस्वती। यही देवी सरस्वती अँधेरे को दूर कर हमारे अन्दर विद्या का प्रकाश भरती है। विद्या का प्रकाश सम्पूर्ण मानव-जाति के लिए जरूरी है। जो मनुष्य, समाज और देश विद्या के प्रकाश से वंचित रहा, वह पिछड़ गया। जिसने यह प्रकाश पाया, वह आगे बढ़ गया। शास्त्र कहते हैं—तमसो मा ज्योतिर्गमय, मृत्योर्मामृतं गमय। यानी हम अँधेरे से उजाले की ओर बढ़ें। हम मृत्यु से अमरता की ओर चलें। इसलिए मैं कहना चाहूँगा कि हमारा घर, समाज और देश सही तरीके से तभी चलेगा जब पुरुष हो या स्त्री, लड़का हो या लड़की, सभी विद्या का प्रकाश पावें और अविद्या के अन्धकार को दूर भगावें। मेरी विनती है कि यदि माँ-पिता विद्या के प्रकाश से वंचित रह गए हों, तो कृपया अपनी भावी पीढ़ी को इससे वंचित न करें।"

उपस्थित जन-समुदाय को उसका कहा कितना समझ आया, यह कहना कठिन था,

परन्तु इतना जाहिर था कि उनमें से कोई इन विचारों से असहमत नहीं दीखा।

जंगी सिंह सोचने लगे—डॉक्टर साहब की बातें जादू जैसी असरदार हैं। अरविन्द और इन्द्रदेव सिंह के मन में भी यही विचार उग रहा था। सत्या अमिय का भक्त बना हुआ था। जमुना मोची अभिभूत थे। बेचारे खुद कभी स्कूल नहीं जा पाए थे। लड़कियाँ ही क्या, मोची-माँझी टोले के तीन-चौथाई लड़कों ने भी स्कूल का मुँह नहीं देखा था। जमुना मोची बोले—

"संन्यासी जी, हम आज से ही कोशिश करेंगे कि हमारे टोले के सभी बच्चे और बच्चियाँ स्कूल जाना शुरू करें। चार अक्षर पढ़ना उनके भले के लिए होगा।"

अमिय को जमुना मोची का यह संकल्प देख आन्तरिक प्रसन्नता हुई। बासगीत और मजदूरी के मुद्दों पर भी चर्चा चली। किसी के पास बासगीत परचा न था। मजदूरी इतनी मिल जाती थी कि पेट भर जाए। आन्दोलन से ये दोनों मुद्दे नदारद थे।

थोड़ी देर बाद वह टीम अवधिया कुर्मी टोले में पहुँच गई। राम प्रवेश सिंह सामने पड़ गया। वह भैंसों को चारा-पानी दे रहा था। उसके बरामदे में दो-चार अन्य लोग भी बैठे थे। जंगी सिंह उन लोगों से दुआ-सलाम कर आगे बढ़ना चाहते थे। राम प्रवेश शायद मौके की ताक में था। व्यंग्य से बोला—

"जंगी भइया, परनाम। सुनते हैं, आप सलेमानपुर से किन्हीं संन्यासी जी को उठा लाए हैं? यही हैं क्या? परनाम संन्यासी जी। सुना है, आपकी किरपा से हमारे गाँव में कहार लोग पालकी उठाना बन्द कर रहे हैं?"

अमिय जंगी सिंह की ओर प्रश्नवाचक मुद्रा में देखने लगा। कौन? जंगी सिंह उसके मुँह नहीं लगना चाह रहे थे। चुप रहे।

"राम प्रवेश भइया, जिनका गोड़-हाथ ठीक-ठाक हो, उन्हें पालकी पर चढ़ने की जरूरत क्या है? एक आदमी दूसरे पर सवारी गाँठे, यह कहाँ का न्याय है?" सत्या से चुप नहीं रहा गया।

"अरे हाँ, सत्या। हम यह बात भूल ही गए थे कि जंगी भइया और अरविन्द भइया का जूता ढोते-ढोते तुम भी नेता बन गए हो।" वह जहरीली हँसी हँसा। बरामदे में बैठे लोगों का भी जोरदार ठहाका गूँजा, "ठीक कह रहे हो राम प्रवेश। गाँव में नेताओं की बाढ़ आ गई है।" सत्या जवाब देने को उद्यत हुआ। जंगी सिंह ने इशारे से उसे रोक दिया। सत्या कटकर रह गया।

"जंगी भइया, समझा दीजिए अपने संन्यासी जी को। संन्यासी हैं, पूजा-पाठ करें-कराएँ। शिवजी का मन्दिर है ही गाँव में। बेल पत्तर और धतूरा बहुतायत में मिल जाएगा। हमारे पुरखों की परम्परा से छेड़छाड़ न करें। कहार टोला अवधियों और राजपूतों ने बसाया है। वे हमारे पवनी हैं। हमसे बैर करने का नतीजा उन्हें पता है।" राम प्रवेश शेखी बघार रहा था या बन्दर घुड़की दे रहा था, यह भविष्य के गर्भ में था। इन्द्रदेव सिंह ने मोर्चा सँभाला। बोले—

"ऐ राम प्रवेश, अब पूरे सूरजपुर में केवल तुम्हीं समझदार बचे हो? संन्यासी जी को जयप्रकाश जी ने जहानाबाद भेजा है आन्दोलन के काम से। वे आन्दोलन को

मजबूत बनाने का काम करेंगे या पूजा-पाठ करेंगे, यह इन्हीं पर छोड़ दो। अपना सिर मत खपाओ। तुम तीसमार खाँ न बनो।"

उत्तर की प्रतीक्षा किए बिना वे लोग आगे बढ़ गए।

"देखते हैं कि साले पालकी कैसे नहीं उठाते, गाँव से उजाड़ देंगे।" राम प्रवेश बड़बड़ाता रहा। बरामदे में बैठे लोग उसकी 'हाँ' में 'हाँ' मिलाते रहे।

"किस तरह का आदमी है यह?" अमिय ने जानना चाहा।

"थोड़ा मनबढ़ू है। जंगी भइया का गोतिया है।" अरविन्द ने बताया।

"गोतिया यानी?" अमिय के लिए यह नया शब्द था।

"हम दोनों के परदादा एक ही थे। गोतिया मतलब एक ही खानदान के लोग।"

जंगी सिंह ने खुलासा किया।

"भइया, आपका मुँह देखकर हम चुप लगा गए वरना जवाब तो हम कस के दिए होते।" सत्या अपने अपमान से उबरा नहीं था।

"कभी-कभी चुप रह जाना पड़ता है, सत्या। हम लोग गांधी, लोहिया, जयप्रकाश के लोग हैं।" जंगी सिंह ने स्नेह से सत्या के सिर को सहलाते हुए उसके मन की खदबदाहट को शान्त करना चाहा।

'ग्राम विकास समिति' के दफ्तर में अवधिया कुर्मी टोले के दसेक गण्यमान्य जमा थे। वे सभी खेती-किसानी करते थे। सलाम-दुआ के बाद अमिय ने जानना चाहा कि किसानों को जेपी आन्दोलन से क्या अपेक्षाएँ हैं? एक सज्जन कुछ कहने को उत्साहित हुए। वे राम विनोद सिंह थे।

"संन्यासी जी, हमारे गाँव ही नहीं पूरे प्रखंड में तीन तरह के किसान हैं। सैकड़े में दस के करीब सौ बीघे से ऊपर के किसान हैं। सैकड़े में पन्द्रह-बीस के करीब पचास-साठ बीघे वाले हैं। लेकिन अधिकांश लोग पाँच-दस बीघे वाले हैं। सौ बीघे और पचास-साठ बीघे वालों को आन्दोलन से मतलब नहीं है। वे मजूर रखकर खेती कराते हैं। उनमें से कई थानों की दलाली करते हैं। इसको मुकदमे में फँसाना, उसको बचाना। इससे उनकी ऊपरी कमाई भी हो जाती है। ये लोग और भी कई तरह के कुकर्म करते रहते हैं।"

अमिय को ग्रामतंत्र की बहुमूल्य ऑन द स्पॉट जानकारी मिल रही थी। उसे पटना जंक्शन पर छपरा जिले के मजदूरों से हुई बातचीत याद आ गई : "हमारी बहन-बेटी की मरजादा भी इन्हीं मालिकों की किरपा पर है साहब...मालिक लोग थाना-पुलिस की दलाली भी करते हैं...।" राम प्रवेश सिंह की धमकी अभी तक उसके कानों में गूँज रही थी, "हमसे बैर करने का नतीजा उन्हें पता है।"

"मुसीबत में पाँच-दस-बीस वाले किसान रहते हैं। सालभर का अनाज अगर उपज गया, तो मौज। नहीं उपजा तो कर्ज की मार। इन्हीं को जयप्रकाश जी के आन्दोलन से कुछ अपेक्षाएँ हैं।"

अमिय ने प्रश्नवाचक मुद्रा में पूछा, "क्या?"

"इस इलाके में सिंचाई की माकूल व्यवस्था नहीं है। बरसा यहाँ कम होती है। बिजली का प्रबन्ध सरकार ने किया नहीं। वैसे कहीं-कहीं खम्भे गड़े हैं, तो तार नहीं खींचे गए।

जहाँ तार खींचे गए, वहाँ चोरों ने तार काट लिए। जिनके पास डीजल पम्प और बोरिंग है, वे किसी तरह फसल बचा लेते हैं। जिनके पास नहीं, उन्हें पानी खरीदकर पटवन करनी पड़ती है। चोर कई बार से डीजल पम्प उठा ले जाते हैं। हाँ, अगर ठीक-ठाक पानी पड़ गया तो केवाल मिट्टी सोना उगलती है। अच्छा धान हो जाता है। धान काटने के बाद गीली जमीन पर मसूर-खेसारी छींट दिया जाता है। बम्पर फसल होती है। अगर सिंचाई की व्यवस्था हो जाए, तो किसानों की किस्मत चमक जाती।"

अमिय समझ गया।

"किसानों की अपेक्षा है कि सिंचाई और बिजली की व्यवस्था की जाए।"

"जी। और खाद समय पर तथा सस्ती कीमत पर मिले। खाद की काला बाजारी हो जाती है। बिना खाद के अच्छी फसल कैसे होगी?" राम विनोद सिंह ने बात खत्म की।

"और चोरों को सरकार कंट्रोल करे। पिछले ही साल मेरा पम्पिंग सेट चोर ले गए। थाना-पुलिस में रपट भी लिखवाई। कोई सुनवाई नहीं।" किसी सज्जन ने जोड़ा।

वहाँ उपस्थित हर व्यक्ति कुछ-न-कुछ जोड़ता रहा। उन्हें आन्दोलन से कोई आशा रही हो या न रही हो, परन्तु अमिय के समक्ष वह अपनी सारी समस्याएँ इस अपेक्षा के साथ रख रहे थे कि संन्यासी जी उनकी बात जयप्रकाश जी तक जरूर पहुँचा देंगे। उन्हें जयप्रकाश जी पर बड़ी आस्था थी, भरोसा था। उन्हें अपने इलाके के विकास की दरकार थी। उन्हें विश्वास था कि अगर जयप्रकाश जी चाह लेंगे तो सरकार जरूर इलाके के विकास पर ध्यान देगी। सम्पूर्ण क्रान्ति का मतलब उनके लिए इससे अधिक कुछ नहीं था।

खेती-किसानी की बात जब खत्म हो गई। अमिय ने लड़कियों की पढ़ाई की बात उठाई।

"आपके टोले में लड़कियों को स्कूल भेजने की स्थिति क्या है?"

इन्द्रदेव सिंह ने जवाब दिया—

"हमारे टोले में पढ़े-लिखे परिवार लड़कियों की पढ़ाई को लेकर सजग हैं। लेकिन जो खुद ही नहीं पढ़ पाए, उनकी सोच भिन्न है। दुर्भाग्यवश, पढ़े-लिखे लोगों की संख्या उँगलियों पर ही गिनी जा सकती है।"

उपस्थित किसानों ने इन्द्रदेव सिंह से सहमति व्यक्त की।

"लड़की की पढ़ाई में खर्चा करने की क्या जरूरत है? ब्याह के बाद उसे दूसरे के घर चले जाना है।" राम विनोद सिंह थे।

"चाचा, जमाना बदल रहा है। हमें बदलते जमाने के साथ चलना चाहिए वरना पिछड़ते चले जाएँगे। दुनिया चाँद पर चली गई और हम ऐसी दकियानूसी सोच के साथ जिएँ, यह ठीक नहीं है।" जंगी सिंह ने विनम्र किन्तु दृढ़ स्वर में प्रतिवाद किया।

राम विनोद सिंह क्या जवाब देते? चुप रह गए। जंगी सिंह पढ़े-लिखे और प्रखंड प्रमुख थे। उनकी बातों में सच्चाई थी।

"देखिए, मैं इतना भर कहूँगा कि पढ़े-लिखे या अनपढ़ हों, लक्ष्मी और दुर्गा की पूजा सभी श्रद्धा के साथ करते हैं। बेटी-बहन भी लक्ष्मी और दुर्गा स्वरूपा होती हैं। विद्या से

वंचित होकर वे अपने और परिवार के जीवन को सुखमय नहीं बना पाएँगी। इस जमाने में पढ़ाई-लिखाई का महत्त्व बढ़ता जा रहा है। लड़का-लड़की दोनों के लिए पढ़ना जरूरी है। हमें अपनी सोच बदलनी चाहिए। सोच बदलेगा तो समाज बदलेगा। समाज बदलेगा, तो देश आगे बढ़ेगा।" अमिय ने जंगी सिंह से सहमति जाहिर करते हुए कहा।

उपस्थित किसानों पर अमिय की बातों का गहरा असर दीखा।

"जी, ठीक कह रहे हैं।" उन्होंने समवेत स्वर में कहा। बैठक खत्म हो गई।

## 4

अगले दिन टीम राजपूत टोले में पहुँच गई। ठाकुर रमापति सिंह की डेवढ़ी पर महफिल जमी थी। डेवढ़ी का बैठका लम्बा-चौड़ा था। जमींदारी के समय इसकी तामीर कराई गई थी। ठाकुर साहब के पास नौकर-चाकरों की कमी नहीं थी। गाय-गोरू भी अच्छी संख्या में थे। पाँच सौ बीघे से ज्यादा जमीन थी। बाग-बगीचे, ताल-तलैया, आहर-पईन अलग से थे। दस हलों की खेती खुद काश्त में होती थी बाकी बटाई-नकदी पर। हिसाब-किताब लिखने के लिए मुंशी बहाल थे। सुरक्षा के लिए पहलवान-गुमाश्ते।

बैठके में सागौन की कुर्सियों पर राजपूत टोले के बीसेक रसूखदार विराजमान थे। ठाकुर साहब आरामकुर्सी पर पसरे हुए हुक्का गुड़गुड़ा रहे थे। तिपाइयों पर चाय-पानी के कप-गिलास रखे थे। नौकर-चाकर आवभगत में लगे थे।

"चाचा, प्रणाम।" जंगी सिंह ने बैठके में पहुँचते ही ठाकुर साहब सहित सभी महानुभावों का अभिवादन किया। इन्द्रदेव सिंह, अरविन्द और सत्या ने भी हाथ जोड़े।

"अरे-अरे, जंगी बाबू। प्रणाम-प्रणाम। वाह, अरविन्द और इन्द्रदेव भी हैं? आइए पधारिए।" ठाकुर साहब ने आरामकुर्सी से खड़े होते हुए विनम्रता से उन लोगों का स्वागत किया। सत्या पर उन्होंने ध्यान ही नहीं दिया। अन्य लोग भी अपनी कुर्सियों से खड़े हो गए। उन्होंने नौकरों को आवाज दी, "ऐ नन्हकुआ, जल्दी से आप लोगों के लिए कुर्सियाँ लाकर रख।"

अमिय ठाकुर साहब की शालीनता एवं विनम्रता से प्रभावित हुए बिना न रह सका। उसने भी हाथ जोड़कर ठाकुर साहब एवं अन्य महानुभावों का अभिवादन किया।

"आप सभी को मेरा नमस्ते। मैं डॉक्टर अमिय हूँ। कल ही आपके गाँव आने का सुअवसर मुझे मिला है।"

"अरे-अरे, संन्यासी जी, हमें आपको प्रणाम करना चाहिए। हमें नमस्ते कहकर पाप का भागी मत बनाइए।" ठाकुर साहब के स्वर में मिश्री घुली थी। उन्होंने जंगी सिंह की ओर मुखातिब होकर पूछा, "सलेमानपुर वाले संन्यासी जी यही हैं जिन्हें आप लोग लाने गए थे?"

"जी।" जंगी सिंह ने सिर हिलाया।

"धन्य भाग हम सबके और सूरजपुर के जो आप पधारे।" ठाकुर साहब विभोर हो रहे थे।

नन्हकू ने कुर्सियाँ लाकर सामने रख दीं। सबने आसन ग्रहण किया।

"अरे नन्हकुआ, जनाने में जाकर ठकुराइन जी से बोलो गाँव में हिमालय से जो संन्यासी जी पधारे हैं, उन्होंने हमारे दरवाजे को पवित्र किया है। चाँदी की तश्तरी में मिठाइयाँ भेजें।"

नन्हकुआ जनानखाने की ओर भागा।

"महाराज जी, कब तक हमारे गाँव में आसन रहेगा?" ठाकुर साहब ने उसी मिश्री घुले स्वर में अमिय से पूछा। उत्तर की प्रतीक्षा नहीं कर आगे बोले, "आपने तो आते ही धूम मचा दी है? क्यों भाइयो?" उपस्थित सभी महानुभावों ने उनकी 'हाँ' में 'हाँ' मिलाई।

जंगी सिंह ठाकुर साहब के स्वभाव से परिचित थे। अनुमान लगाते देर न लगी कि ठाकुर साहब को अमिय के कहार और मोची-माँझी टोलों में की गई बातचीत की पूरी रिपोर्ट मिल गई है। ठाकुर साहब बाहर से जितने महीन दिखते थे, अन्दर से उतने ही बड़े घाघ थे। बरामदे में बैठे अन्य सज्जन भी ठाकुर साहब के मन-मिजाज के लोग थे। सभी बड़े भू-स्वामी थे।

गाँवों में आदमी और आदमी के बीच का सम्बन्ध आदमी और जमीन के सम्बन्धों से निर्धारित होता है। जंगी सिंह और उनके साथ आए इन्द्रदेव सिंह तथा अरविन्द सिंह अच्छी-खासी जमीन के मालिक थे। इसलिए उनकी स्थिति भिन्न थी। वरना गाँव के छोटे किसानों को राजपूत टोले में कुर्सी पर बैठना नसीब नहीं होता था।

"डॉक्टर साहब को जयप्रकाश जी ने आन्दोलन में काम करने के लिए जहानाबाद भेजा है। हम लोग आग्रह कर इन्हें अपने गाँव लाए हैं। हमारी तो दिली ख्वाहिश है कि इनका हेड क्वार्टर यहीं रहे।" जंगी सिंह ने उनके प्रश्न का उत्तर देते हुए कहा।

ठाकुर साहब और वहाँ उपस्थित अन्य महानुभावों के माथे पर हल्के बल पड़ गए, परन्तु ठाकुर साहब को समझ पाना सबके वश की बात नहीं थी। उन्होंने पूर्व की भाँति मिश्री घुले स्वर में कहा, "अरे क्यों नहीं? सूरजपुर में किस बात की कमी है? कभी हमारे यहाँ भी जूठन गिराइएगा, महाराज।"

इधर नन्हकू ठाकुराइन की भेजी हुई मिठाइयों की तश्तरी के साथ हाजिर हो गया था। ठाकुर साहब ने आग्रह किया, "ग्रहण कर हमें कृतार्थ करें, महाराज! आप लोग भी लें, जंगी बाबू।"

आग्रह ऐसे किया गया था कि उसे ठुकराना अपमानित करने जैसा माना जाता। उसने तश्तरी में से एक टुकड़ा उठाया। जंगी सिंह और दूसरे साथियों ने भी एक-एक टुकड़ा उठा लिया। फिर बातें होने लगीं। जंगी सिंह ने आन्दोलन में ठाकुर साहब और राजपूत टोले की भागीदारी और सहयोग की प्रार्थना की।

"जंगी बाबू, जब ठाकुर बजरंगी सिंह आपके आन्दोलन के प्रधान बने हैं तो हम लोग उनसे अलग थोड़े ही हैं?"

वैसे बात बड़ी साधारण-सी थी, पर उतनी भी साधारण नहीं थी। इसका निहितार्थ अमिय को बहुत बाद में समझ में आया। आन्दोलन में कई धाराएँ-उपधाराएँ थीं। राजनैतिक दलों की प्रतिबद्धताओं की धाराओं के साथ जातीय उपधाराएँ साथ-साथ बह रही थीं।

बातें खत्म हो जाने के बाद अमिय और साथियों ने ठाकुर साहब और सबसे विदा ली।

"हाँ, अन्तिम बात, यह पालकी-वालकी ढोना बन्द कराने का मामला आन्दोलन से अलग रखिए वरना बहुत-से लोग भड़क जाएँगे।" ठाकुर साहब ने चौका-सा जड़ दिया। अंग्रेजी में कहते पार्टिंग शॉट, "यह पुरखों के समय से चल रहा है। इससे छेड़छाड़ नहीं होनी चाहिए।"

जंगी सिंह मुस्कराए। उन्होंने कोई उत्तर नहीं दिया। अमिय गम्भीर हो गया। अरविन्द, इन्द्रदेव सिंह और सत्या ने भी ठाकुर साहब के 'आपने तो आते ही धूम मचा दी है' के वास्तविक मायने समझ लिए। धमकी या सलाह? वे लोग रुके नहीं, आगे बढ़ गए।

अमिय इस तथ्य से परिचित था कि सदियों से चली आ रही बद्धमूल धारणाएँ एवं विश्वास पलों में नहीं टूटा करते। नए विचारों को अपने उदय के लिए उचित समय की प्रतीक्षा करनी पड़ती है। चाहे पालकी-प्रथा हो अथवा लड़कियों की पढ़ाई, इनके अमानवीय पक्ष को उघाड़कर सबको दिखलाना होगा। जब तक सामान्य लोगों का मन-मस्तिष्क सन्तुष्ट नहीं होता, उन्हें समझाते रहना होगा। परन्तु समाज की वर्चस्व एवं संकीर्णतावादी मानसिकता से मुकाबले की अलग रणनीतियाँ गढ़नी होंगी।

उसके कदम तेज थे। जंगी सिंह और दूसरे साथी लगभग दौड़ते हुए उस तक पहुँच पा रहे थे।

"कैसे आदमी हैं ठाकुर रमापति सिंह? पालकी-प्रथा पर कहार टोले में हुई बातचीत लगता है इन तक पहुँच गई है। मानवीय गरिमा के कोई मायने नहीं हैं इनके लिए? शुरू में तो मिश्री घुली आवाज में बात कर रहे थे। चलते समय धमकी देने का अन्दाज था। क्या महफिल सजा रखी थी हुजूर ने?" अमिय ने हाँफते-दौड़ते साथियों से अपने मन में उमड़-घुमड़ रहे भावों को व्यक्त किया।

"आदमी क्या हैं, महीन लोग हैं। बाहर से कुछ अन्दर से कुछ। ऐसे ही लोगों की महफिल भी जमती है उनके यहाँ। अपनी जाति के लीडर हैं।" इन्द्रदेव सिंह थे।

"अरे भाई, महीनी क्या है ऐसे लोगों में? पूरे सामन्त कहिए। देखा नहीं नन्हकू को 'नन्हकुआ' कहकर बुला रहे थे।" अरविन्द से रहा नहीं गया।

"जमींदारी चली गई, लेकिन सोच वही है। जमुना चचा बता रहे थे, मजदूरों को डरा-धमका कर खेतों और घर में काम करवाते हैं। पूरी मजदूरी भी नहीं देते। इनकी देखा-देखी बाकी लोग भी अपने को तोप ही समझते हैं। इनके पहलवान-गुमाश्ते पूरे गुंडे हैं। गरीबों की बहू-बेटियों पर गन्दी नजर डालते रहते हैं।" सत्या काफी देर से कुलबुला रहा था।

"हूँ।" अमिय इतना भर कह चुप रहा।

वे लोग यादव टोला पहुँच गए। 'ग्राम संघर्ष समिति' के सदस्य प्रयाग यादव ने अपने घर पर टोले के गण्यमान्य नागरिकों की बैठक बुला रखी थी। सभी संन्यासी जी से मिलने को उत्सुक थे। अच्छी-खासी भीड़ जुट गई थी। प्रयाग के पिता अलगू यादव टोले के प्रधान थे। बथान पर जर्सी गायें और मुर्रा भैंसों को सानी-पानी दिया जा रहा था। बछड़े-बछड़िया और पाड़े-पाड़ियाँ हरी-हरी घास का आनन्द उठा रहे थे। ओसारे में

भूसा, खली, चोकर, नमक का भंडार बता रहा था कि दूध के बड़े कारोबारी हैं अलगू। थे भी बड़े कारोबारी। रोज चार सौ लीटर दूध गाय-भैसों से निकलता। परिवार के लिए दस लीटर रख शेष दूध बड़े-बड़े हंडों में जहानाबाद-मसौढ़ी चला जाता। थोड़ी-बहुत खेती भी थी। संयुक्त परिवार था। बाल-बुतरू मिलाकर पचीस लोगों का खाना बनता था। अलगू को लोग प्यार से 'पहलवान जी' भी कहते। जवानी के दिनों में दस गाँवों में कुश्ती लड़ने जाते थे। उनके लड़के पहलवानी नहीं करते। बड़ा बेटा ओवरसियर था। छोटा बेटा प्रयाग इंटर पास कर चुका था।

आगन्तुकों को देख अलगू अदब से खड़े हो गए। प्रणाम-पाती के बाद आगन्तुक खाटों पर बैठे। परिचय के बाद आन्दोलन में टोले की भागीदारी और सहयोग पर जंगी सिंह ने बातचीत शुरू की।

यादव टोला प्रयाग के कारण आन्दोलन से अनजान न था। सरकारी अफसरों के भ्रष्टाचार से उन्हें रोज दो-चार होना पड़ता था। जहानाबाद में दूध लेकर जाते तो कुछ दूध पुलिस वाले मुफ्त में ले लेते। ना-नुकर करना आसान न था। महँगाई की मार से सभी संत्रस्त थे।

"इस इलाके में चिलिंग प्लांट की बड़ी जरूरत है। आन्दोलन में यह माँग शामिल करनी चाहिए।" प्रयाग यादव ने सुझाव रखा।

यादव टोले में पालकी-प्रथा को लेकर दो तरह के विचार सामने आए।

"शादी-ब्याह में दूल्हा-दुलहन-समधी-भैंसुर के लिए पालकी जरूरी है।" किसी ने अपनी राय दी।

"अगर बारात सूरजपुर से मखदूमपुर जानी हो, तो वहाँ तक पालकी पर चढ़ के कोई क्यों जाए भाई? भाड़े पर बस मिल जाएगी। कोड़ौना तक बाराती दूल्हा, सभी पैदल चलेंगे। कोड़ौना से बस पकड़ लेंगे। दुलहन भी बस से कोड़ौना तक चली आएगी और वहाँ से पालकी पर सूरजपुर। बीस मील पालकी ढोकर बेचारे कहार बीमार नहीं पड़ जाएँगे?" दूसरे ने राय दी।

लड़कियों की शिक्षा पर भी लोग बँटे हुए नजर आए।

"अरे, अगर लड़की पढ़ जाएगी तो गोबर छुएगी? शादी के बाद ससुराल जाने पर बाप-भाई की बदनामी होगी, सो अलग।"

प्रयाग ने समझाया, "चाचा, लड़का-लड़की दोनों बराबर हैं। लड़की पढ़ेगी तो पूरी पीढ़ी पढ़ लेगी। जमाना किताब का है, गोबर का नहीं।"

"सुनो, ए परयाग। तुम कुँआरे हो। न समझोगे अभी यह बात। वैसे जब तुम्हारी अपनी बेटी होगी, जरूर पढ़ाना बेटा। हो सकता है, तब तक दुनिया बदल गई हो। हम लोग इसी कुएँ के मेढक ठहरे। इसी कुएँ में हमारा निबाह होगा।" किसी ने व्यंग्य किया। हँसी गूँजने लगी, "अलबत्त बात बोले हैं धरीक्षन भइया।" प्रयाग चुप हो गया।

अमिय को हस्तक्षेप करना जरूरी लगा।

"माफ कीजिएगा, लड़की क्या गोबर पाथने के लिए ही दुनिया में जनम लेती है? यह मत भूलिए कि देश की प्रधानमंत्री महिला हैं। अगर उनके पिता पंडित नेहरू ने उन्हें

पढ़ाया नहीं होता तो क्या वे इस पद तक पहुँच पाई होतीं? कितनी ही महिलाएँ अपनी पढ़ाई-लिखाई के कारण मंत्री से लेकर जज, कलेक्टर, एस.पी. जैसे पदों पर काम कर रही हैं। हमारे पड़ोसी देश श्रीलंका की प्रधानमंत्री भी महिला हैं—सिरिमाओ भंडार नायके। हमसे थोड़ी दूरी पर एक दूसरा देश है—इजराइल। अभी इसी अप्रैल माह तक वहाँ की प्रधानमंत्री गोल्डा मायर महिला थीं। उन्हें 'लौह महिला' यानी लोहे की तरह की इच्छाशक्ति वाली महिला कहा जाता था। ये दोनों महिलाएँ बहुत पढ़ी-लिखी हैं।"

यादव टोले के चौधरियों के समक्ष जैसे एक गवाक्ष खुलता जा रहा था। कितना कुछ जानते हैं संन्यासी जी? दुनिया-जहान का ज्ञान इनको है।

..."और दुनिया चाँद पर पहुँच गई है। आप भी अपने बनाए कुएँ से खुद को निकालिए। अब अज्ञान के कुएँ से निकलकर ज्ञान की जमीन पर बैठने का समय आ गया है। शास्त्रों में कहा गया है : असतो मा सद्गमय, तमसो मा ज्योतिर्गमय, मृत्योर्मामृतं गमय।" उसने मोची-माँझी टोले में कही अपनी बातें दुहराईं।

शास्त्रों की बातें सुन चौधरियों की उत्सुकता बढ़ी। क्या कहा गया है शास्त्रों में? उन्होंने अपने हाथ जोड़ लिए। शास्त्र की बात कर रहे हैं संन्यासी जी।

"इसका अर्थ हुआ—असत्य से सत्य की ओर चलो, अन्धकार से प्रकाश की ओर चलो, मृत्यु से अमरता की ओर चलो। और यह तभी होगा जब हमारे मन का अँधेरा ज्ञान के प्रकाश से भागेगा। ज्ञान कहाँ से आएगा? शिक्षा से।" सभी ध्यानपूर्वक सुनते रहे।

"शिक्षा हमें अपने कामों से नहीं रोकती। अगर हम गाय-भैंस पालते हैं, शिक्षा हमें उनके सही रख-रखाव के बारे में ज्यादा जागरूक करती है। माटी-गोबर उठाने में कैसी लाज? मेहनत से कैसी लाज? कौन जानता है, माटी-गोबर उठाने वाली बेटियाँ कल मास्टरनी बनें। डॉक्टर बनें। इंजीनियर बनें। ओवरसियर बनें। नर्स बनें। डिप्टी कलेक्टर बनें। दारोगा बनें। उससे आगे भी जा सकती हैं।"

यादव टोले ने लड़कियों की पढ़ाई को इस नजरिये से कभी देखा नहीं था। लड़के ही कहाँ पढ़ने में ध्यान देते थे? उनमें से अधिकांश दिनभर आवारागर्दी करते रहते थे। हाँ, गाय-भैंस चराने में उनका मन खूब लगता था। प्रयाग इस तथ्य से परिचित था। बोला, "सर, लड़का हो या लड़की, उसकी पढ़ाई पर गार्जियन को ध्यान देना होगा। कॉपी, किताब, कलम, पेंसिल समय पर मिलनी चाहिए। यह नहीं कि पढ़ने बैठे तो उसे गाय-भैंस के काम में लगा दिया जाए। उनकी आवारागर्दी पर गार्जियन को अंकुश लगाना चाहिए।"

"ठीक कह रहा है प्रयाग। केवल स्कूल में नाम लिखवाने से बच्चे नहीं पढ़ लेंगे। माँ-बाप को थोड़ा कष्ट उठाकर उनकी पढ़ाई पर ध्यान देना होता है। पढ़ने की जगह मटरगश्ती करने लगें तो कान भी उमेठना पड़ेगा।" अमिय ने मुस्कराते हुए कहा।

अलगू यादव चुपचाप सबकी बातें सुन रहे थे। अमिय ने इतने कम समय में उन पर गहरा असर डाला था। मन में सोच रहे थे, "धन्य हैं वे माँ-बाप, जिन्होंने ऐसे तेजस्वी पुत्र को जनम दिया। अपना सब कुछ छोड़-छाड़ हम जैसे जड़-मूर्ख लोगों को समझाने के लिए संन्यासी जी गाँव-गाँव की खाक छान रहे हैं। और हम लोग हैं कि इनकी बातों

को नहीं समझने की भूल कर रहे हैं।" उन्होंने हाथ जोड़ श्रद्धा से कहा।

"संन्यासी जी! मैं आपकी पूरी बात समझ गया। मैं ही क्या, यहाँ बैठी पूरी बिरादरी आपकी बात समझ गई। हम लोग अपने टोले में बैठकर बात-विचार करेंगे। मेरा छोटका बेटा प्रयाग जंगी सिंह के कामों में लगा ही है। हमारे टोले की लड़कियाँ स्कूल जाएँगी। जरूर जाएँगी। हम लोग आपके फैसले से अलग नहीं होंगे। क्यों भाइयों?"

सभी ने अलगू यादव का समर्थन किया, "हाँ-हाँ, हम लोग अलगू भाई के साथ हैं।"

उसके आगे कुछ कहना-सुनना शेष नहीं रहा। सभी लोग आगे बढ़ गए।

## 5

सूरजपुर के अलग-अलग टोलों में जन-जागरण यात्राओं से अमिय और उसके साथियों को स्पष्ट हो गया कि आन्दोलन के सामाजिक आयाम का विकास आमजन की मूर्त समस्याओं से जुड़कर ही हो सकता है। उन्होंने पालकी-प्रथा को बन्द कराने और लड़कियों की शिक्षा के मुद्दों को सबसे पहले उठाने का निर्णय लिया।

प्रजा-पवनी कही जाने वाली जातियाँ सहमत थीं कि पालकी-प्रथा मानवीय गरिमा के प्रतिकूल है, किन्तु धनी किसानों का बड़ा हिस्सा इस प्रथा के पक्ष में था। ठाकुर रमापति सिंह और राम प्रवेश की तीखी प्रतिक्रियाएँ इंगित कर रही थीं कि ऐसे किसान आसानी से इस प्रथा को खत्म नहीं होने दे सकते थे। लड़कियों की शिक्षा की राह में स्त्री को पुरुष से कमतर आँकने की भ्रान्त धारणाएँ सबसे बड़ी बाधा थीं। इन चुनौतियों से रातोरात पार नहीं पाया जा सकता था। जरूरत सही रणनीति की थी।

रणनीति तय करने में ज्यादा वक्त नहीं लगा। सूरजपुर में अचानक एक ऐसी घटना घट गई जिसने रणनीति की दिशा तय कर दी।

ठाकुर रमापति सिंह को रिश्तेदारी में मकसूदपुर इस्टेट जाना था। अंग्रेजों के समय मकसूदपुर छोटी-मोटी रियासत हुआ करती थी। आजादी के बाद रियासत खत्म हो गई, परन्तु बोलचाल में उसे पूर्व नाम—मकसूदपुर इस्टेट—से ही पुकारा जाता था। समय बदला और रियासत की जमीनें वारिसों में बँटती चली गईं। वारिसों में से कई पटना-दिल्ली जाकर बस गए। कुछ वारिस अभी मकसूदपुर में थे। उन्हीं में से एक रिपुदमन सिंह के यहाँ ठाकुर रमापति सिंह की बेटी का ब्याह हुआ था। ठाकुर साहब ने मकसूदपुर जाने के लिए कहार टोले से पालकी मँगवाने अपने गुमाश्तों को भेजा। पालकी-प्रथा को खत्म करने की सुगबुगाहट वहाँ जोरों पर थी। नौजवानों ने पालकी ले जाने से इनकार कर दिया। मकसूदपुर वहाँ से बीस मील से भी ज्यादा दूर था। अहले सुबह चलते तो भी शाम के पहले वहाँ नहीं पहुँचा जा सकता था। इतनी दूर पालकी ढोना बूढ़े कहारों के वश में न था। परन्तु नौजवान थे कि टस-से-मस नहीं हो रहे थे। गुमाश्ते भला यह अपमान कैसे बर्दाश्त करते? हाथों में तेल पिलाई लाठी थी। ऊपर से ठाकुर साहब को इज्जत का गरूर। नाफरमानों को उन्होंने पहले माँ-बहन की चुनिन्दा गालियाँ देनी शुरू

कीं। जब गालियों से काम न चला, वे लाठियाँ भाँजने लगे। गुमाश्ते कद-काठी में कहार टोले के नौजवानों से बीस पड़ते थे। कहार नौजवान लाठियों की चोट से धरती सूँघने लगे। कइयों के सिर फट गए। कोहराम मच गया।

कोहराम की खबर अमिय तक पहुँची। अमिय ने खबर सुनते ही घोषणा कर दी, "मैं अनिश्चित कालीन उपवास पर बैठूँगा। यह उपवास पालकी-प्रथा को समाप्त कराने के लिए होगा जो पाशविक प्रथा है और जिसके कारण गुमाश्तों ने निरपराध नौजवानों पर अत्याचार किया है। मेरा उपवास लड़कियों को शिक्षा का उनका जन्मजात अधिकार दिलवाने के लिए भी होगा। मेरा उपवास तभी खत्म होगा जब सूरजपुर मेरी दोनों माँगें स्वीकार कर लेगा अन्यथा मैं प्राण त्याग दूँगा।"

अमिय ने उपवास के लिए सूरजपुर के बगीचे को चुना। वह उपवास पर बैठ गया। उसके उपवास पर बैठने की खबर आग की तेजी-से सूरजपुर के सभी टोलों में फैल गई।

गाँव के इतिहास में यह पहला अवसर था जब कोई कमजोरों और स्त्रियों के पक्ष में उपवास पर बैठा हो। इस उपवास से अमिय के प्रति कमजोर वर्गों में कृतज्ञता का ऐसा भाव उमड़ा कि देखते-देखते कोइरी टोला, यादव टोला, मोची टोला, माँझी टोला, कहार टोला और छिटपुट बसे धोबी, तमोली, कुम्हरार, लोहार, बढ़ई परिवारों के स्त्री-पुरुष बगीचे में उमड़ पड़े। उसके प्रति अगाध आदर और श्रद्धा मूक न रही। जितने मुँह, उतनी बातें होने लगीं।

"कैसा दप-दप चमक रहा है संन्यासी जी का मुखमंडल?

"तेज है उनके अन्दर। हिमालय की गुफा में तपस्या से यह तेज निकला है।"

"भइया, आज तक न सुना, न देखा। इस गाँव से संन्यासी जी का न नाता न रिश्ता, लेकिन अन्याय बर्दाश्त नहीं कर सके। धन्य है वह माँ, जिसकी कोख से ऐसे इनसान परस्त बेटे ने जन्म लिया।"

उधर जंगी सिंह चिन्ताकुल थे। उन्हें अनुमान तो था कि एक-न-एक दिन आन्दोलन का स्वरूप सभा, जुलूस और नारों तक सीमित न रहकर नया आकार ग्रहण करेगा, परन्तु सामन्ती ताकतों से सीधी लड़ाई की नौबत आ जाएगी, इतनी दूर तक वे अनुमान नहीं लगा सके थे। वे देख रहे थे कि यह उपवास सूरजपुर में वर्ग-संघर्ष की शुरुआत करेगा क्योंकि बड़ी और मझोली जातियों के बड़े भू-स्वामी इसे अपने खिलाफ मानेंगे।

जंगी सिंह की यह चिन्ता बेबुनियाद नहीं थी। ठाकुर रमापति सिंह की डेवढ़ी पर बड़े भू-स्वामियों की उसी समय बैठक हो रही थी। राम प्रवेश सिंह भी अपने समर्थकों के साथ वहाँ मौजूद था। सभी बेहद रोष में थे।

"बताइए, इन साले कहारों को हमारे पुरखों ने बसाया था। आज इनकी हिम्मत इतनी बढ़ गई कि झगड़ा करने पर उतारू हो गए। हफ्ता-दस दिन भी आए नहीं हुए इस संन्यासी को। इसने आते ही छोटी जात को आसमान पर चढ़ा दिया?"

"सब जंगी सिंह का किया-धरा है। 'लोहिया-लोहिया' करते फिरते थे। फिर भी कुछ उखड़ नहीं रहा था। बस, धर लाए इस अनजान संन्यासी को। पहले टोला-टोला

घूमकर लोगों को पालकी के नाम पर भड़काते रहे। अब कहार लौंडों की बदमाशी पर उन्हें डाँटने-फटकारने की बजाय संन्यासी को अनशन पर बैठा दिया।" राम प्रवेश सिंह जंगी सिंह को नीचा दिखाने का यह नायाब मौका कैसे चूकता?

"ठीक कहते हैं राम परवेश भाई। जंगी सिंह चाहते हैं कि हमारी मूँछें नीची हो जाएँ। अगर हम लोग संन्यासी के अनशन के आगे झुक गए तो परजा-पवनी का मन बढ़ जाएगा। वह सब आग में मूतने लगेगा।"

ठाकुर रमापति सिंह ने दुनिया देखी थी। उनके देखते-देखते जमींदारी हाथ से निकल गई थी। जमींदार से किसान बन गए थे। अपने गुमाश्तों पर क्रोध आ रहा था। ससुरों को लाठी चलाने की क्या जरूरत थी? उन्हें चिन्ता सताने लगी कि कहीं कहारों का सिर-विर फट गया होगा तो थाना-पुलिस तक बात पहुँचेगी। बेमतलब उन्हें चढ़ावा चढ़ाना पड़ सकता है। बोले, "अरे, कोई जाके यह पता करो कि संन्यासी जी चाहते क्या हैं? कहार टोले में मारपीट की खबर थाने तक न पहुँच गई हो!"

एक नौजवान बगीचे में दौड़ गया खबर लाने। इधर थाने की बात सुन गुमाश्तों के चेहरे लटक गए। हुमच-हुमच कर उन्होंने लाठियाँ भाँजी थीं। पता नहीं कितनों की हड्डियाँ टूटीं या सिर फटे। जब कोहराम मचा, कहार टोले के बीसियों नौजवान लाठी-डंडे लिये निकल पड़े थे। गुमाश्ते वहाँ से अपनी जान बचा उलटे पाँव भाग लिए थे। उन्हें देखने की फुर्सत कहाँ थी कि उनकी वीरता-प्रदर्शन का हश्र क्या हुआ था?

जब खबरची नौजवान बगीचे से लौटा, ठाकुर रमापति सिंह का मन थोड़ा हल्का हुआ।

"संन्यासी जी कह रहे हैं कि उनका उपवास तब तक जारी रहेगा जब तक कि सूरजपुर के हर घर से उन्हें लिखित वचन नहीं मिल जाता कि गाँव में अशक्त बूढ़ों और स्त्रियों के अलावा कोई पालकी पर न चढ़ेगा तथा स्कूल जाने की उमर की सभी लड़कियाँ पढ़ने जाएँगी।"

"और कहार क्या कह रहे हैं?" ठाकुर साहब की चिन्ता का समाधान उस खबर से नहीं हुआ था।

"कहार टोले का बच्चा-बच्चा संन्यासी जी के साथ है। यही नहीं, मोची, माँझी, कोइरी, कुम्हार, यादव, तमोली, धोबी, लोहार-बढ़ई—सभी उनके साथ हैं। जिन कहारों को चोट लगी है, वे संन्यासी जी की बात मानकर थाने में रपट लिखवाने नहीं गए।" खबरची की इस सूचना ने ठाकुर साहब की एक चिन्ता को कम किया, किन्तु दूसरी चिन्ता बढ़ा दी।

"बासगीत की जमीन हम लोगों के पुरखों ने दी और नए आए संन्यासी जी सबके लीडर बन गए?" उन्होंने व्यंग्य बाण छोड़ा।

राम प्रवेश सिंह अभी तक तैश में था। बोला, "चाचाजी, यह लीडरई तो हम पल भर में उतारकर रख देंगे। कहारों की क्या बिसात? ये जितने माँझी, मोची, धोबी, कुम्हार, लोहार, बढ़ई, तमोली हैं, सबका कल से बाहर हगना-मूतना बन्द हो जाएगा। आप इशारा तो कीजिए। जंगी सिंह को भी देख लिया जाएगा।"

कई नौजवान भी राम प्रवेश की भाषा बोलने लगे, "सालों के घर की जमीन तक अपनी है नहीं, बाहर निकलने का रास्ता हमीं लोगों की जमीनों से होकर जाता है। गाय-गोरू-बकरी सबका घास चरना बन्द हो जाएगा। क्या समझ लिया है इन लोगों ने? संन्यासी जी आखिर कब तक रहेंगे इनका साथ देने?"

ठाकुर साहब मौके की नजाकत भाँपने में माहिर थे। फैसलाकुन स्वर में बोले, "ऐ राम प्रवेश, तुम लोग नौजवान हो। नया खून, नया जोश है तुम सभी में। लेकिन जोश में होश नहीं खोया जाता। आगे क्या करना है, थोड़ा सोचना होगा।"

नौजवानों के गले उनकी बात कितनी उतरी, कहना कठिन था। लेकिन सभी उनका लिहाज करते थे। धीरे-धीरे डेवढ़ी से भीड़ छँटने लगी।

इस बीच बगीचे में उपवास के लिए जरूरी प्रबन्ध होने लगे थे। अमिय के बैठने के लिए चौकी लाकर उस पर दरी-चादर बिछा दी गई थी। उमड़ रही भीड़ को देखते हुए लोगों के बैठने की व्यवस्था भी की जा रही थी। दरियाँ और चटाइयाँ जमीन पर बिछ रही थीं। जंगी सिंह ने तय किया कि रात में अमिय को अकेले नहीं छोड़ा जा सकता। अरविन्द, सत्या और प्रयाग यादव उसके साथ रहने को तैयार हो गए। बरसात से बचने के लिए छप्पर और मचान का निर्माण चल रहा था। रौशनी के लिए पेट्रोमेक्स और नहाने-धोने के लिए बाल्टी-लोटा-डोर की व्यवस्था हो गई थी। बगीचे में कुआँ था जिस कारण पानी की दिक्कत नहीं थी।

इधर कुछ नौजवानों को नारे लिखी तख्तियाँ तैयार करने के काम पर लगा दिया गया था। तख्तियों पर लिखे जा रहे नारे कुछ इस प्रकार थे : 'पालकी-प्रथा अमानवीय है', 'बेटी माँगे शिक्षा दान', 'जनम दिया तो शिक्षा दो', 'आदमी ढोए आदमी को, नहीं चलेगा नहीं चलेगा', 'गैर-बराबरी दूर करो' आदि। अमिय की इच्छा थी कि ये तख्तियाँ बगीचे में जगह-जगह लगा दी जाएँ ताकि उपवास के लक्ष्य सबको साफ-साफ मालूम रहें।

दिन ढलता गया और रात की कालिमा के बीच पेट्रोमैक्स की रौशनी बगीचे में चमकने लगी। इधर झींगुरों का संगीत बजने लगा था। बगीचे के उत्तरी छोर पर गड्ढों में जमे बरसाती पानी से मेढकों का टर्र-टर्र झींगुर-संगीत से ताल मिलाने लगा था। टिटिहरी ने भी तान छेड़ दी थी—टिट-टिट-टिट्टि-ट्। भीड़ अपने घरों को लौट गई थी। अरविन्द, सत्या और प्रयाग अमिय के साथ मोर्चे पर डटे हुए थे।

उपवास की पहली रात मच्छरों के लिए जश्न की रात थी। मच्छर सेना पूरी ताकत से हमलावर थी। बहुत दिनों बाद मच्छरों को भरपेट भोजन नसीब हुआ था। अमिय मच्छरों के हमले से निश्चिन्त चादर तान सोता रहा। अरविन्द, सत्या और प्रयाग ने 'राम-राम' कह किसी तरह रात काटी। अमिय सूर्योदय से कोई घंटे भर पहले जग गया। नित्य क्रियाओं से निवृत्त होने के बाद उसने योगासन से उपवास के दूसरे दिन की शुरुआत की। प्रात: समीर की ताजगी और पत्तों के बीच से झाँकती आसमानी ललौंछ की आभा में अमिय स्वाध्याय में लीन हो गया। उसके सामने 'गीता' का दूसरा अध्याय खुला था। कृष्ण अर्जुन से कह रहे थे—

*सुख दुखे समे कृत्वा लाभालाभौ जयाजयौ।*
*ततो युद्धाय युज्यस्व नैवं पापमवाप्स्यसि॥*

हे अर्जुन! सुख-दुख, लाभ-हानि, जय-पराजय को समभाव से मानते हुए तुम युद्ध के लिए तत्पर हो जाओ। इस प्रकार किए जाने वाले युद्ध से तुम किसी भी पाप के भागी नहीं बनोगे।

अमिय का चिन्तन शान्त नदी की धारा की तरह बहने लगा। हमारे अन्दर निरन्तर एक युद्ध चलता रहता है। शुभ-अशुभ, कर्मण्यता-अकर्मण्यता, आशा-निराशा, उत्साह-अनुत्साह, ज्ञान-अज्ञान, बुद्धि-दुर्बुद्धि आदि के बीच। अन्दर के इस युद्ध में हम जीत की आकांक्षा रखते हैं, परन्तु हार भी हो सकती है। 'गीता' सिखलाती है कि लड़ो, चुप न बैठो। हार-जीत, लाभ-हानि, सुख-दुख—सभी से निरपेक्ष बने रहकर युद्ध करो। हमारे समाज में भी द्वंद्व चलता रहता है। सत्य-असत्य, न्याय-अन्याय, परम्परा-आधुनिकता के बीच का द्वंद्व। आदमी द्वारा आदमी का ढोया जाना पाशविक, मानव-गरिमा के विरुद्ध एवं आत्मसम्मान को चोट पहुँचाने वाली प्रथा है। अन्याय है। इसे खत्म करना न्याय है। लड़कियों की शिक्षा उनका जन्मजात अधिकार है। इसे रोकना अन्याय है। अधिकार दिलवाना न्याय है। मैं न्याय के पक्ष में हूँ। मेरा उपवास न्याय के लिए है। न्याय और अन्याय की इस लड़ाई में मुझे जितनी भी तकलीफ हो, जितना भी नुकसान उठाना पड़े, सम्भव है जीत हासिल न हो, फिर भी मैं पूरी निष्ठा और ताकत से लड़ूँगा। साथियों को भी मैं लड़ते रहने की प्रेरणा दूँगा। 'गीता' के उपदेश का यही निहितार्थ मेरे लिए है।

उसने आगे के पन्ने पलटे। कृष्ण अर्जुन को कर्मयोग समझा रहे थे।

*कर्मण्येवाधिकारस्ते मा फलेषु कदाचन।*
*मा कर्मफलहेतुर्भूर्मा ते संगोऽस्त्वकर्मणि।*

हे अर्जुन! तुम्हारा अधिकार कर्म करने का है। परिणाम की चिन्ता न करो। अनासक्त भाव से केवल अपना कर्म करते रहो। कर्म, कर्म और कर्म। निष्क्रिय न रहो। निष्क्रियता से आसक्ति नहीं। कर्म से आसक्ति, किन्तु परिणाम से अनासक्ति। कर्म करो, कर्म करो, कर्म करो...।

उपवास अमिय का कर्म था। परिणाम अनिश्चित था, किन्तु परिणाम की अनिश्चितता उसके कर्म में बाधा न बन सकी। उपवास चलता रहा। 'गीता' उसका पथ-प्रदर्शन करती रही। लोगों के उपवास स्थल पर आने का सिलसिला दिन भर चलता। रात का क्षण झींगुरों, मेढकों, टिटिहरी और मच्छरों के सान्निध्य में बीतता। जब लोग आते, अमिय उनसे विभिन्न विषयों पर संवाद करता। धर्म, अध्यात्म, राजनीति, अर्थ नीति, खेती, शिक्षा, संविधान जैसे विषय संवाद के केन्द्र में रहते। अरविन्द, सत्या और प्रयाग यादव भरसक अपना सारा समय उसी के साथ गुजारते। अमिय सभी साथियों से गाँवों में जनता सरकारों के गठन पर चर्चा करता। जेपी द्वारा दी गई जवाबदेही वह भूला न था। उसका मानना था कि जनता सरकारें आन्दोलन का सामाजिक आयाम बढ़ाने एवं विस्तार का वाहक बनेंगी।

"हमें सूरजपुर में जनता सरकार का मॉडल विकसित करना चाहिए। वही मॉडल अन्य गाँवों के लिए नमूना बन सकता है।" अमिय ने सुझाव दिया। शर्त थी कि जनता सरकार वास्तव में जनता की सरकार हो। उसमें पचास प्रतिशत महिलाएँ हों तथा गरीब किसानों और मजदूरों की संख्या भी पर्याप्त रहे। जनता सरकार ग्राम स्वराज की अवधारणा और जनवादी सिद्धान्तों के अनुसार काम करे। इन्द्रदेव सिंह, अरविन्द, सत्या, प्रयाग यादव और जमुना मोची की टीम ने जनता सरकार की संरचना और एजेंडे का प्रारूप तैयार करने की जवाबदेही ली।

उपवास की खबर जहानाबाद थाने तक भी पहुँच गई। ठाकुर रमापति सिंह का सन्देशा लेकर राम प्रवेश सिंह थानेदार राम बदन सिंह से मिला।

"संन्यासी जैसे कपड़े पहने एक नौजवान न जाने कहाँ से सूरजपुर में आकर नीची जात को हम किसानों के खिलाफ भड़का रहा है। पालकी-प्रथा को बन्द करने के बहाने से अभी अनशन पर बैठा है। गाँव अशान्त हो गया है। कभी भी कोई अनहोनी घट सकती है। ठाकुर साहब ने हमें इत्तिला देने भेजा है।" राम प्रवेश ने दारोगा को सन्देश सुनाया। साथ में एक मोटा लिफाफा भी था, नोटों से भरा। राम बदन सिंह बहुत कड़क दारोगा माने जाते थे। चेहरे-मोहरे एवं कद-काठी से काफी रोबदार लगते। खाकी वर्दी उन पर बहुत फबती। पहले औरंगाबाद में थे। घनी मूँछों पर हाथ फेरते हुए कहते, "मेरी जहाँ भी पोस्टिंग होती है, चोर-बदमाश थाना छोड़ देते हैं।" कहते, "मूँछें क्षत्रिय की शान होती हैं।"

लेकिन जब से जेपी आन्दोलन ने जोर पकड़ा था, उनके रोबदार चेहरे का पानी कम हो गया था। रोज निकलने वाले जुलूस-प्रदर्शन और धरनों से परेशान थे। इधर नौजवान स्कूल-कॉलेजों में पढ़ने की बजाय भ्रष्टाचार को मुद्दा बनाए आग उगलते घूम रहे थे। चलिए, सरकारी काम में कभी कुछ, कभी कुछ होता ही रहता है, परन्तु भ्रष्टाचार के मुद्दा बन जाने के कारण उनकी ऊपरी आमदनी आधी रह गई थी। मालदार थाना समझ उन्होंने अपनी पोस्टिंग में जितना पैसा खर्च किया था, उतना भी अभी तक कमा नहीं पाए थे। बड़े लोग अपना काम निकलवा लेते थे, पर देने के नाम पर चवन्नी मिल जाए तो गनीमत थी। इसलिए रोब की जगह झल्लाहट उनके चेहरे का स्थायी भाव बनती जा रही थी। लिफाफे की मोटाई देख बहुत दिनों बाद झल्लाहट भरे चेहरे पर हल्की मुस्कराहट की किरणें चमकीं।

"ठाकुर साहब को कहना, हम कल ही सूरजपुर पहुँच रहे हैं। सब ठीक कर देंगे," राम बदन सिंह ने राम प्रवेश को आश्वस्त कर वापस भेज दिया। अनुभवी अफसर थे। सूरजपुर जाने के पहले मामले को थोड़ा समझना जरूरी था। सूरजपुर के दफादार को हाजिर करने का आदेश दे, वे अपने क्वार्टर चले गए। शाम को दफादार हाजिर हो गया।

"हुजूर, संन्यासी जी में गरीबों के लिए बहुत दर्द है। सुना है, जयप्रकाश जी ने उन्हें खासतौर पर जहानाबाद भेजा है। गांधी मैदान की सभा में हुजूर ने देखा होगा कि एक संन्यासी मंच पर आकर जेपी से मिला था। वही हैं संन्यासी जी। प्रमुख जी के नेवते पर

आजकल उनका आसन्न सूरजपुर में है।" दफादार जितना कुछ जानता था उसने दारोगा जी को बता दिया। आगे बोला—

"हुजूर, संन्यासी जी का प्रभाव कहिए कि ठाकुर साहब के गुमाश्तों की मार से चोटिल कहार थाने पर फरियाद लेकर नहीं पहुँचे। सुनते हैं, संन्यासी जी ने उनको थाने आने से रोक दिया। बोले—गाँव का झगड़ा गाँव में ही सुलझा लेंगे।"

दारोगा जी लिफाफे का मर्म समझ गए, लेकिन करते भी क्या? जितना मिला था, उतने से सन्तोष करने की मजबूरी थी। कहारों ने प्राथमिकी दर्ज करा दी होती तो हजारों रुपए जेब में आ जाते। उन्हें संन्यासी पर गुस्सा आया—संन्यासी ने उनके पेट पर लात मार दी थी। संन्यासी पर नजर रखनी पड़ेगी, उन्होंने सोचा और अगले दिन राइफलधारी जवानों के साथ वे सूरजपुर धमक गए।

वह उपवास का सातवाँ दिन था। दोपहर हो रही थी। बगीचे में अमिय चौकी पर पालथी मारे बैठा था। सामने दरी पर सैकड़ों की तादाद में बैठे स्त्री-पुरुष उसे सुन रहे थे। वातावरण में सात्त्विक शान्ति व्याप्त थी। चारपाइयों पर कुछ अन्य श्रोता विराजमान थे। दारोगा जी ने उनमें से जंगी सिंह को तड़-से पहचान लिया। वे भीड़ में रास्ता बनाते आगे बढ़े। जंगी सिंह भी दारोगा जी को पहचानते थे। दारोगा जी को आदरपूर्वक चारपाई पर जगह दी गई। राइफलधारी जवान चौकन्ने भाव से उनके पीछे खड़े हो गए। जंगी सिंह ने अमिय से उनका परिचय कराया।

"साथियो, हमारे बीच जहानाबाद थाने से बड़े दारोगा जी पधारे हैं। मेरा अनुरोध होगा कि हम उनका और उनके साथ आए पुलिस के जवानों का स्वागत तालियों से करें।" अमिय ने उपस्थित जन-समुदाय से निवेदन किया।

तालियों की समवेत गड़गड़ाहट से दारोगा जी का चेहरा खिल उठा। उन्हें अपने स्वागत की उम्मीद नहीं थी।

"दारोगा जी, आपका हमारे बीच आना कैसे हुआ, हम नहीं जानते। जानना भी नहीं चाहते। आम तौर से पुलिस का किसी भी मौके पर आना अनेकों सन्देहों को जन्म देता है, किन्तु हम आपके आगमन का स्वागत करते हैं। हम इसे शुभ संकेत मानते हैं। आप बगीचे में जगह-जगह टँगी इन तख्तियों से अनुमान लगा सकते हैं कि हम लोग इस निर्जन में क्यों बैठे हैं? मैं इस गाँव का नागरिक नहीं हूँ, लेकिन इस गाँव के भाई-बहनों को अपना मानता हूँ। मैं इनसे दो संकल्प लेने का आग्रह अपने उपवास के माध्यम से कर रहा हूँ। पहला, कि पढ़ने की उम्र की सभी बालिकाएँ स्कूल जाएँ। यह कोई गैर-वाजिब आग्रह नहीं है। समाज बिना शिक्षा के आगे नहीं बढ़ सकता। लड़का-लड़की दोनों को स्कूल जाना चाहिए।"

"बिलकुल सही बात" समवेत स्वर गूँज उठा। स्त्रियों का स्वर पुरुषों से ऊँचा था।

"दूसरा, अमानवीय पाशविक पालकी-प्रथा को बन्द किया जाए। मनुष्य द्वारा मनुष्य को ढोया जाना न केवल पाशविक है अपितु यह मानव-गरिमा एवं आत्मसम्मान को चोट पहुँचाने वाला कृत्य है। इसलिए बीमारों, बूढ़ों एवं शादी के समय बेटियों की विदाई को छोड़कर पालकी का इस्तेमाल आदमी को ढोने के काम में नहीं होना चाहिए।

गाँव के तीन-चौथाई परिवारों ने दोनों संकल्प ले लिए हैं। जब तक सभी परिवार सहमत नहीं हो जाते, मेरा उपवास चलेगा। मेरा आग्रह है कि आप भी इन नेक कामों में हमारा साथ दें।" अमिय ने दृढ़ता से कहा।

दारोगा राम बदन सिंह क्या कहते? किसानों को भड़काने या शान्ति भंग करने की शिकायत निर्मूल साबित हो रही थी। संन्यासी समाज-सुधार की बातें कर रहा था। दफादार से जितना भी सुना था, वह कम था। "ज्ञानी पुरुष हैं संन्यासी।" दारोगा ने मौन प्रशंसा की। "कौन अपना घर-बार छोड़ समाज के बारे में इतना सोचता और करता है, वह भी आज के जमाने में?" संन्यासी ने उन्हें उलझन में डाल दिया था। उनका सहयोग माँगा जा रहा था। सबको सुनाकर बोले—

"हम गश्ती में निकले थे। आप सबों को बगीचे में देखे तो चले आए। संन्यासी जी सूरजपुर के बारे में अच्छा सोच रहे हैं। मेरा यह निवेदन होगा कि सब कुछ शान्ति और प्यार-मुहब्बत से होना चाहिए।"

फिर जंगी सिंह के कान में उन्होंने धीरे-से कहा—

"अनशन लम्बा नहीं खिंचे, इसे आप देखिएगा। लम्बा खिंचने पर धारा 309 और 306 का मामला भी बन सकता है।"

आत्महत्या के प्रयास और आत्महत्या के लिए उकसाने का केस दर्ज करने की सीधी-सीधी धमकी दे रहा था राम बदन सिंह। उसकी कुटिलता जंगी सिंह के लिए नई बात नहीं थी। मुस्कराकर धीरे-से बोले, "नौबत नहीं आने दी जाएगी। निश्चिन्त रहिए दरोगा जी।"

दारोगा राम बदन सिंह बैरंग वापस लौट गए।

जंगी सिंह भले ही दारोगा को निश्चिन्त रहने का आश्वासन दे रहे थे, वे स्वयं निश्चिन्त न थे। उन्हें अमिय के स्वास्थ्य की गहरी चिन्ता थी। भले ही अमिय के चेहरे पर कोई शिकन न आई हो, जंगी सिंह का चेहरा बुझ गया था। ठाकुर साहब और राम प्रवेश बड़े भू-स्वामियों को संकल्प के खिलाफ भड़काने में कोई कसर बाकी नहीं छोड़ रहे थे। जंगी सिंह ने अमिय को समझाया था कि वह फिलहाल अपना उपवास स्थगित कर दें। तीन-चौथाई परिवार माँगें मान ही गए हैं। यदि उपवास लम्बा खिंचा तो उसके स्वास्थ्य पर बुरा असर पड़ेगा। परन्तु वह टस-से-मस नहीं हुआ था। कहने लगा—

"अगर इस गाँव के चन्द लोग अपनी जिद में यह समझते हैं कि यदि वे संकल्प-पत्र पर अपनी सहमति न देंगे और मेरा उपवास टूट जाएगा, यह उनकी भूल है। मैं भी महा जिद्दी हूँ। मेरे दोनों आग्रहों को जब तक नहीं माना जाएगा, मेरा उपवास जारी रहेगा। मुझे गौमुख में 40 दिनों के उपवास का अनुभव है। मुझे मृत्यु का भय नहीं है। यदि मेरे प्राण बीच में ही मेरा साथ छोड़ दें, तो कृपया मुझे इसी बगीचे में दफना दिया जाए।"

जंगी सिंह ने घबराकर ठाकुर बजरंगी सिंह को सूरजपुर आने का अनुरोध कर दिया था। ठाकुर रमापति सिंह से उनके अच्छे सम्बन्ध थे। जंगी सिंह चाहते थे कि वे रमापति सिंह को मनावें वरना यदि डॉक्टर अमिय के साथ कुछ अघट घट गया, जहानाबाद के माथे

पर सदा-सर्वदा के लिए कलंक का टीका लग जाएगा। जेपी को भी गहरा सदमा लगेगा।

उपवास के नवें दिन दोपहर को ठाकुर बजरंगी सिंह त्यागी और जीवेश शर्मा के साथ सूरजपुर पहुँच गए। अमिय उस समय बगीचे में जुटे स्त्री-पुरुषों से संवाद में मग्न था। उसके मुखमंडल पर थकान और कमजोरी का कोई चिह्न न था।

"हमें सपने देखना कभी बन्द नहीं करना चाहिए। सोते समय सभी सपना देखते हैं। मैं उस सपने की बात नहीं कर रहा। मैं जाग्रत अवस्था में सपने देखने की बात कह रहा हूँ। वह सपना है, अपने वर्तमान और भविष्य को सुन्दर बनाने का। अपने जीवन की बेहतरी का सपना। ऐसे सपनों से कर्म करने का संकल्प हमारे अन्दर जन्म लेता है। हम कर्म करने के लिए तत्पर होते हैं। 'गीता' में भगवान कृष्ण अर्जुन को कर्म करते रहने की शिक्षा देते हैं। कर्म कर हम कठिनाइयों को हरा सकते हैं—'गीता' का कृष्ण हमारे अन्दर है। वह हमें सपना देखने की प्रेरणा देता है। हमारे अन्दर संकल्प रोपता है। हमें राहें दिखाता है।"

ठाकुर बजरंगी सिंह शान्त भाव से अमिय का प्रवचन सुनने लगे। त्यागी और जीवेश शर्मा भी जंगी सिंह के साथ चुपचाप बैठ गए। त्यागी अमिय का संन्यासी स्वरूप देख मुग्ध होता रहा। अमिय का संवाद जारी था।

"अगर हम ध्यान से अपने अन्दर झाँकें, ईश्वर को वहीं पाएँगे। कृष्ण हमारे भीतर हैं। राम हमारे भीतर हैं। अल्लाह हमारे भीतर हैं। ईश्वर को चाहे जिस नाम से पुकारिए, वह आपके भीतर है। सूफी साधक इसे 'अनल हक' कहते हैं, हिन्दू शास्त्रों में 'अहं ब्रह्मास्मि' कहा गया है। यानी, मैं ही 'ब्रह्म' हूँ। कबीर कहते हैं—कस्तूरी कुंडल बसे, मृग ढूँढ़े बन माँहि। अरे कहाँ ढूँढ़ रहे हो भगवान को? वह तुम्हारे अन्दर हैं। टटोलो अपने अन्दर। वहीं किसी कोने-अँतरे में वह मिलेंगे, किन्तु अज्ञानी भगवान को मन्दिर-मस्जिद-चर्च-गुरुद्वारे में खोजता फिरता है। मैं हिमालय की कन्दराओं में ढूँढ़ रहा था भगवान को। अब जाकर समझ में आया कि वह मजदूर के पसीने में हैं। किसान के हल में हैं। हम सभी के हृदय में हैं। न कोई बड़ा है, न कोई छोटा। सभी मनुष्य बराबर हैं।" अमिय ने अपनी वाणी को विराम दिया। श्रोताओं का मन नहीं भरा था। वे आगे सुनना चाहते थे, पर आगन्तुकों को देख चुप रहे।

अमिय ने ठाकुर साहब, त्यागी और जीवेश का अभिवादन किया। त्यागी से माँ-बाबूजी का कुशल-क्षेम पूछा।

"आपको कमजोरी लग रही होगी?" त्यागी ने उसके स्वास्थ्य में गिरावट पर चिन्ता जाहिर की। अमिय हँसा, "सलेमानपुर में माँ के हाथों का सुस्वादु और पौष्टिक भोजन मैंने इतना ज्यादा खाया है कि महीने भर के उपवास से भी कमजोरी नहीं आ सकती, दोस्त।"

ठाकुर बजरंगी सिंह उपवास को शीघ्र समाप्त कराने के पक्ष में थे क्योंकि उपवास के लम्बा खिंच जाने से आन्दोलन के आगामी कार्यक्रमों को सुचारु रूप से चलाने में कठिनाई हो सकती थी।

"'राज्य जन संघर्ष समिति' ने आगामी 3-5 अक्टूबर को तीन दिनों का बिहार

बन्द का कॉल दिया है। बिना आपकी सक्रिय भागीदारी के हमारी संघर्ष समिति बन्द कैसे सफल बना पाएगी?" ठाकुर बजरंगी सिंह ने उपवास खत्म करने के लिए अमिय से मनुहार किया।

"मेरे दोनों आग्रहों के सूरजपुर के प्रत्येक परिवार द्वारा मान लेने तक मेरा उपवास चलेगा। लड़कियों की शिक्षा से किसी को क्यों विरोध होना चाहिए? पालकी-प्रथा पाशविक है, इसे बन्द होना ही चाहिए। आदमी द्वारा आदमी को ढोये जाने का समर्थन करने के पीछे का तर्क मेरी समझ से परे है। यदि कोई बीमार हो या बूढ़ा—अशक्त हो तथा अस्पताल जाने का कोई साधन न हो, तो बात दीगर है। मैं जानता हूँ कि ये दोनों प्रथाएँ सदियों से यहाँ चली आ रही हैं। इसलिए इन्हें खत्म करने के मेरे आग्रह से शायद कुछ लोग असहज महसूस कर रहे हों, पर इस कारण मैं उन्हें विरोधी नहीं मानता। वे मेरे अपने लोग हैं। मेरा उपवास अपने लोगों को अँधेरे से उजाले में ले जाने की कोशिश है। इस कोशिश में यदि मेरे प्राण भी चले जाएँ, मैं उपवास से पीछे नहीं हटूँगा। उपवास अपनों से लड़ने का मेरा अस्त्र है।" अमिय ने अपना निश्चय दुहराया।

उसकी दृढ़ता से आगन्तुक दंग रह गए। यह संन्यासी कोई साधारण युवक नहीं है, ठाकुर बजरंगी सिंह के अन्तस में जैसे कोई स्वर उभरा। जीवेश शर्मा उससे अच्छा-खासा प्रभावित हो गया—काश कि सत्य के प्रति मेरे अन्दर भी ऐसा ही समर्पण होता!

"ठीक है। हम लोग अपने तरीके से उन लोगों को समझाएँगे जो इन प्रथाओं को खत्म करने में असहज महसूस कर रहे हैं।" ठाकुर बजरंगी सिंह को विश्वास था कि रमापति सिंह उनके समझाने से मान जाएँगे। उनके मान जाने का अर्थ था, बची एक-चौथाई आबादी का मान जाना।

ठाकुर बजरंगी सिंह की मेहनत आखिर रंग ले ही आई। शाम होते-होते ठाकुर रमापति सिंह अपने समर्थकों को साथ लेकर उपवास स्थल पर पहुँच गए। राम प्रवेश सिंह भी साथ में था।

उस दिन सूरजपुर ने मिलकर इतिहास रच डाला। गाँव का बगीचा उस क्षण का गवाह बन गया जब सबने एकजुट होकर संकल्प लिया कि लड़कियाँ स्कूल जाएँगी और बीमार तथा बूढ़े-अशक्त व्यक्तियों को छोड़कर पालकी पर कोई नहीं बैठेगा। जब इस आशय के संकल्प-पत्र पर बचे परिवारों के मुखिया तथा बतौर गवाह ठाकुर बजरंगी सिंह, राम नाथ त्यागी, जीवेश शर्मा, इन्द्रदेव सिंह और जंगी सिंह के हस्ताक्षर हो गए, ठाकुर रमापति सिंह अमिय के सामने हाथ जोड़े झुक गए। भरे कंठ से उनके मुँह से जो बोल फूटा, वह अकल्पनीय था—

"संन्यासी जी, छल और बल से राज्य और देश जीतने की बात इतिहास में दर्ज है, लेकिन आदमीयत से विरोधियों का दिल कैसे जीता जाता है, यह आपने हमें सिखा दिया। हम अपनी गलतियों के लिए आपसे क्षमा माँगते हैं।"

अमिय ने भी अपने हाथ जोड़ लिए। ठाकुर बजरंगी सिंह के हाथों नीबू का शरबत पी अमिय का उपवास खत्म हुआ।

## 6

उपवास और उसके परिणाम की चर्चा सूरजपुर तक सीमित न रही। उसकी प्रतिध्वनि दूर-देहातों में गूँजने लगी। जितने मुँह, उतनी बातें। कोई कहता, संन्यासी जी ने उपवास से छोटे-बड़े सभी का मन बदल दिया। परजा-पवनी समझी जाने वाले जाति-समुदाय को विश्वास होने लगा कि संन्यासी कोई मसीहा हैं। वरना कौन गरीबों के मान-सम्मान के लिए अपने प्राणों को खतरे में डालता है? परन्तु ऐसा भी नहीं था कि केवल सकारात्मक असर ही हुआ हो। मन बढ़ जाएगा कहार-कमकर मोची-माँझी सबका—ऐसा मानने वाले कम न थे। परम्परागत रूप से प्रचलित प्रथाओं को ग्राम्य जीवन का सहज संगीत समझने वालों का ऐसा सोचना स्वाभाविक था।

उपवास का तात्कालिक लाभ जेपी आन्दोलन को भी मिला। लोगों में यह विश्वास उगने लगा कि जेपी आन्दोलन में संन्यासी जैसा नेता आ गया है जो उनकी बात करता है। उनके सम्मान के लिए लड़ता है। लोग आन्दोलन के साथ जुड़ने लगे। इस जुड़ाव की पहली परीक्षा की घड़ी बिहार बन्द के रूप में सामने खड़ी थी।

बन्द के समर्थन में सूरजपुर तथा उसके आसपास के गाँवों में मशाल जुलूस निकले। मशाल जुलूस उस क्षेत्र के लिए अनूठा प्रयोग था। ऐसा जुलूस जिसमें गाँव की गरीब औरतें एवं मर्द, जिन्हें अपने जीवन-संघर्ष से फुरसत न मिलती थी, उत्साह से लबरेज नारा लगाते भाग ले रहे हों, गाँवों ने पहले कभी नहीं देखा था। 'जहानाबाद जन संघर्ष समिति' ने तय किया था कि बन्द के तीनों दिन एक भी रेलगाड़ी जहानाबाद स्टेशन से आगे नहीं जाने दी जाएगी। समिति ने अमिय और जंगी सिंह को रेल रोको की जिम्मेदारी लेने का आग्रह किया। वे सहर्ष तैयार हो गए। अमिय के आह्वान पर सैकड़ों स्त्री-पुरुष रेल रोको जत्थे में शामिल हो गए।

प्रशासन ने जहानाबाद में बन्द से निपटने की मुकम्मल तैयारियाँ कर रखी थीं। पुलिस बलों की टुकड़ियाँ शहर के चौक-चौराहों और दोनों रेलवे स्टेशनों पर तैनात कर दी गई थीं। धारा 144 को लागू कर दिया गया था। आर.पी.एफ. की टुकड़ियाँ भी रेलवे स्टेशनों पर तैनात थीं। जेपी की जहानाबाद में हुई ऐतिहासिक जनसभा में उमड़ी भीड़ के मद्देनजर प्रशासन को बन्द में जनता की व्यापक भागीदारी की प्रबल आशंका थी। इस सम्भावना के मद्देनजर शहर में प्रवेश के सभी मुख्य रास्ते अवरोधक लगाकर बन्द कर दिए गए थे एवं वहाँ भारी पुलिस बल तैनात कर दिया गया था।

"जहानाबाद शहर में परिन्दा भी पर नहीं मार सकता हुजूर। मैंने सभी सड़कों की नाकेबन्दी कर दी है।" दारोगा राम बदन सिंह ने पुलिस कप्तान को भरोसा दिलाया था। वह शहर में घूम-घूम कर मुनादी करवा रहा था कि बन्द फ्लॉप रहेगा, दुकानदार रोज की तरह अपनी दुकानें खुली रखें तथा वाहन मालिक अपने वाहन सड़कों पर उतारें। पुलिस ने सुरक्षा के सारे एहतियाती उपाय कर लिए हैं।

परन्तु प्रशासन की सारी तैयारी धरी की धरी रह गई। बन्द के तीनों दिन न तो कोई दुकान खुली, न ही वाहन चले। अमिय की अगुआई में रेल पटरियों पर जगह-जगह रेल

रोको जत्थे में शामिल स्त्री-पुरुष धरने पर बैठ गए। पुलिस बन्दोबस्त फेल हो गया। धरने पर बैठे लोगों का उत्साह देखने लायक था। उनमें गजब का जोश और संकल्प दीख रहा था। धरने के कारण तीनों दिन पटना-गया रूट पर कोई ट्रेन न चल पाई।

जंगी सिंह ने बन्द के सम्बन्ध में 'जन संघर्ष समिति' में जो रिपोर्ट पेश की, उसमें लिखा, "डॉक्टर साहब में गजब की नेतृत्व क्षमता देखने को मिली। जहानाबाद उत्तरी के दस गाँवों के सीधे-सरल गरीबों में उन्होंने ऐसा गजब का जज्बा पैदा कर दिया कि लोग घर से साग-सत्तू, रोटी-प्याज-नमक बाँध रेल पटरी पर धरने के लिए स्वेच्छा से इतनी दूर मुँह अँधेरे पैदल चलने के लिए तैयार हो गए। जो लोग आए, उसमें औरतों की भी अच्छी भागीदारी रही। सभी जानते थे कि पुलिस के डंडे भी खाने पड़ सकते हैं, किन्तु वे निडर थे। उनके चेहरों पर कुछ बड़ा करने का उत्साह था।" ठाकुर बजरंगी सिंह अचम्भे में थे। इतने कम दिनों में संन्यासी जी का इतना प्रभाव?

बन्द के दौरान 'रेल रोको' जत्थे की कामयाबी ने अमिय और जंगी सिंह को उत्साहित किया कि बिना समय गँवाए सूरजपुर में जनता सरकार का मॉडल विकसित करने पर ध्यान केन्द्रित किया जाए। इन्द्रदेव सिंह, अरविन्द, प्रयाग यादव एवं जमुना मोची वाली टीम ने जनता सरकारों की संरचना का प्रारूप तैयार कर लिया था। एजेंडे को लेकर थोड़े-बहुत मतभेद थे। प्रारूप को 'सूरजपुर ग्राम संघर्ष समिति' की बैठक में विचार के लिए रखा गया। एजेंडे को लेकर समिति में गम्भीर मतभेद उभरे। अमिय ने नोट किया कि 'संघर्ष समिति' में खेतिहर मजदूरों एवं छोटे किसानों के प्रतिनिधि नहीं के बराबर थे। स्त्रियाँ सिरे से ही गायब थीं। ऐसे में मतभेद होना स्वाभाविक था। सबसे बड़ा मतभेद भूमि सुधार और न्यूनतम मजदूरी कानूनों के क्रियान्वयन को लेकर उभरा। प्रयाग यादव इनके पक्ष में न था। इन्द्रदेव सिंह और अरविन्द को छोड़कर राजपूत-बाभन और अवधिया परिवारों से आए सदस्य भी पक्ष में न थे। जमुना मोची और सत्या पक्ष में थे। जमुना मोची ने भूमि-सुधार और न्यूनतम मजदूरी को एजेंडे में शामिल करने के पक्ष में जोरदार आवाज उठाई।

"जनता सरकार अगर गरीब-मेहनतकश को उसका कानूनी हक दिलवाने का काम न करेगी, तो वह कागजी सरकार बनकर रह जाएगी। बिहार सरकार ने आजादी के बाद गैर-मजरुआ जमीनों को भूमिहीनों के बीच बाँटने और न्यूनतम मजदूरी का कानून बनाया है। सरकार उसे लागू नहीं कर रही है। ऐसे में हम खेतिहर मजदूर और भूमिहीन कहाँ फरियाद करें?" जमुना मोची ने दो टूक बात रखी। अरविन्द ने उनका समर्थन किया।

"लेकिन आन्दोलन भूमि-सुधार और मजदूरी के मुद्दे पर नहीं हो रहा। यदि हम ऐसे सवाल उठाएँगे, गाँव में फूट पड़ जाएगी।" प्रयाग यादव ने इसके खतरे के प्रति आगाह किया।

"सुनो परयाग, अगर आन्दोलन में छोटे-मझोले किसानों और खेतिहर मजदूरों के मुद्दे ही नहीं रहे तो वे क्यों जुड़ेंगे आन्दोलन से? 'रेल रोको' जत्थे में अगर इन तबकों के साथी शामिल न हुए होते, तो क्या इतनी सफलता मिली होती?" अरविन्द ने प्रयाग

यादव को समझाना चाहा। प्रयाग पलटकर जवाब देने ही वाला था कि जंगी सिंह ने हस्तक्षेप किया—

"देखिए, बेरोजगारी, महँगाई, भ्रष्टाचार एवं कुशिक्षा जैसे मुद्दे केन्द्रीय रूप से तय किए गए हैं। जेपी जब जनता सरकार गाँवों में बनाने की बात कहते हैं, तो इसके मायने हैं कि जनता अपने स्तर पर स्थानीय मुद्दे भी तय कर सकती है। अब अगर भूमि-सुधार और मजदूरी का कानून बना है, तो उसका सीधा सम्बन्ध गरीबों-मजदूरों और छोटे-मझोले किसानों से है। क्या हम लोगों से छिपा है सूरजपुर में किन-किन लोगों ने गैर-मजरुआ जमीनों पर नाजायज कब्जा कर रखा है? यह कहाँ का न्याय है कि दबंग कानून की धज्जियाँ उड़ाते रहें और हम उधर से अपनी आँखें मूँद लें? अरविन्द ने सही कहा, 'रेल रोको' की सफलता के पीछे किसकी शक्ति लगी थी? इलाके के गरीब-किसानों और खेतिहर मजदूरों की। वे ग्रामीण अर्थव्यवस्था की रीढ़ हैं। यदि वे कमजोर रहेंगे, यह अर्थव्यवस्था चरमराकर ढह जाएगी। यदि वे आन्दोलन से दूर रहेंगे, सम्पूर्ण क्रान्ति और व्यवस्था-परिवर्तन का नारा कोरा नारा बनकर रह जाएगा।"

अमिय ने प्रशंसात्मक नजरों से जंगी सिंह को देखा। इन्द्रदेव सिंह, अरविन्द और सत्या ने उनका जोरदार समर्थन किया। प्रयाग निरुत्तर था। उससे सहमति रखने वाले सदस्यों को भी कुछ नहीं सूझ रहा था। सभी इस बिन्दु पर अमिय की राय सुनना चाहते थे।

"साथियो, जेपी ने गम्भीर चिन्तन प्रक्रिया से गुजरकर सम्पूर्ण क्रान्ति का नारा दिया है। वे जानते हैं कि किसी आन्दोलन का स्वरूप नारों से नहीं, बल्कि उसकी अन्तर्वस्तु से तय होता है। इसलिए वे गाँवों में जनता सरकार गठित करने को कहते आ रहे हैं। हमारे देश की तीन-चौथाई से अधिक आबादी गाँवों में बसती है। बिना उस आबादी की सहभागिता के आन्दोलन की सफलता संदिग्ध है। अभी ग्रामीण आबादी के बहुत बड़े तबके की सहभागिता आन्दोलन में सुनिश्चित न हो पाई है। ग्रामीण आबादी में सबसे बड़ा हिस्सा किसका है? उत्तर साफ है—ग्रामीण आबादी में सबसे बड़ा हिस्सा छोटे-मझोले किसानों और खेतिहर मजदूरों का है। इन्हें कैसे जोड़ा जाए आन्दोलन में? इस सवाल का उत्तर जनता सरकार की अवधारणा में ही निहित है। महँगाई, भ्रष्टाचार, बेरोजगारी और कुशिक्षा के मुद्दों पर केन्द्रित आन्दोलन सम्पूर्ण क्रान्ति की मंजिल तक कैसे पहुँचेगा?"

अमिय पल भर को रुका। सभी ध्यान से सुन रहे थे। उसने आगे कहा—

"मेरे विचार से ये चारों मुद्दे मौजूदा व्यवस्था की उपज हैं। बिना व्यवस्था में मूलभूत बदलाव लाए इनसे पिंड नहीं छूट सकता। और कैसे होगा व्यवस्था में यह मूलभूत बदलाव या बुनियादी परिवर्तन? वर्ग-आधारित समाज में वर्ग संघर्ष के बगैर उत्पादन सम्बन्धों में बदलाव लाए बिना बुनियादी परिवर्तन सम्भव नहीं हो सकता। इसलिए आन्दोलन में ऐसे मुद्दे, जो मौजूदा उत्पादन सम्बन्धों में बदलाव की जरूरत रेखांकित कर समाज को उस दिशा में प्रेरित करें, शामिल करना बेहद जरूरी है। भूमि-सुधार, गैर-मजरुआ भूमि का भूमिहीनों में वितरण और वाजिब मजदूरी की माँग ऐसे ही मुद्दे हैं जिन पर काम करते हुए बुनियादी परिवर्तन की दिशा में बढ़ा जा सकता है। यही मुद्दे बहुसंख्यक ग्रामीण आबादी के भी मुद्दे हैं और जनता सरकारों के एजेंडे में इन्हें

जरूर शामिल होना चाहिए। इन मुद्दों के अलावा मेरे विचार से मानवीय गरिमा और नारी सशक्तीकरण के मुद्दे भी जनता सरकारों के एजेंडे में होने चाहिए।"

अमिय की इस सारगर्भित टिप्पणी के बाद संघर्ष समिति में कौन था जो आगे कुछ कहता? अमिय द्वारा सुझाए गए मुद्दों को जनता सरकारों के एजेंडे में शामिल कर लिया गया।

जनता सरकारों का एजेंडा तय हो जाने के बाद उनकी संरचना के निर्धारण पर चर्चा होने लगी। प्रारूप में दस सदस्यों की कार्यकारिणी सुझाई गई थी। प्रश्न था, वे दस सदस्य कैसे चुने जाएँगे? 'ग्राम संघर्ष समिति' के गठन के समय यह प्रश्न उपस्थित न हुआ था। जिन नौजवानों ने आगे बढ़कर आन्दोलन में काम करने की इच्छा जताई थी, वे शामिल हो गए थे। अमिय ने चर्चा में हस्तक्षेप किया—

"जनता सरकारें कैसे काम करेंगी, इसका कोई ब्लू-प्रिंट आन्दोलन के पास नहीं है। यह सर्वथा नया प्रयोग होगा। जनता सरकारों को सर्वानुमति से काम करने का प्रयास करना होगा, किन्तु यदि सर्वानुमति न बन पाई तो? यह यक्ष प्रश्न कभी-न-कभी हमारे समक्ष उपस्थित जरूर होगा। ऐसे में मेरे विचार से, सीमित सांगठनिक ढाँचे की बजाय प्राचीन यूनान के शहरों में प्रचलित शासन-व्यवस्था की संरचना की तर्ज पर हमें वैविध्यपूर्ण संरचना अपनानी चाहिए, जिसमें गाँव के सभी जनों की भागीदारी की गुंजाइश बनी रहे तथा वे मिल-बैठकर निर्णय ले सकें। सामूहिक निर्णय से जनतांत्रिक चेतना मजबूत होती है। मेरा सुझाव है कि जनता सरकार के केन्द्र में खेतिहर मजदूर, छोटे-मझोले किसान और महिलाएँ रहें तथा सारे निर्णय ग्राम सभा में लिए जाएँ। यदि सर्वानुमति न बने, निर्णय जनतांत्रिक तरीके से बहुमत के आधार पर हो। ग्राम सभा को निर्णयों के कार्यान्वयन की जिम्मेदारी दी जाए। न कोई छोटा, न बड़ा। न कोई जबर, न कमजोर। सबकी राय का सम्मान जनता सरकार में हो। जिन मसलों का समाधान ग्राम-स्तर पर होना सम्भव न हो, उनके समापन में प्रशासन और सरकार की मदद ली जाए।"

जनता सरकार की अवधारणा नई थी। प्रयोग नया था। सोच नई थी। इस नई सोच का सबने स्वागत किया। जनता सरकार का एजेंडे और संगठनात्मक ढाँचा फाइनल कर उसे कलमबद्ध कर लिया गया। जमुना मोची को सूरजपुर जनता सरकार का संयोजक नामित कर दिय गया।

"एक अन्तिम बात जोड़ना चाहूँगा। जनता सरकारें अपने अनुभवों से सीखती हुईं आगे बढ़ें, इसके लिए हम लोगों को उनके मित्र और पथ-प्रदर्शक की भूमिका का निर्वहन करना होगा। हम लोग इस नए प्रयोग को सूरजपुर से शुरू कर अनुभव से सीखते हुए अन्य गाँवों में विस्तारित करेंगे।"

सूरजपुर में मॉडल जनता सरकार गठित करने का काम अगले दिन से शुरू हो गया।

## 7

इधर सूरजपुर और आसपास के गाँवों में जेपी आन्दोलन जनता सरकारों के गठन के

साथ नए कलेवर में उभर रहा था, उधर राजधानी में विधान सभा के घेराव का निर्णय लिया गया था। तारीख थी, 4 नवम्बर। घेराव का नेतृत्व जयप्रकाश जी स्वयं करने वाले थे, इस खबर ने अमिय और उसके साथियों को रोमांचित कर दिया। उन्होंने तय किया कि घेराव में भाग लेने वे राजधानी जाएँगे।

ठाकुर बजरंगी सिंह ने जंगी सिंह को सन्देशा भेजा—आपके इलाके से 500 लोग राजधानी जरूर पहुँचें। जहानाबाद बन्द की सफलता के बाद जंगी सिंह से उनकी अपेक्षाएँ बढ़ गई थीं। जंगी सिंह ने साथियों को यह सन्देशा कह सुनाया।

"ठीक है, ट्रेन-बस जो भी मिल जाए, हम 500 लोग 4 नवम्बर की सुबह राजधानी में होंगे। संख्या बढ़ भी सकती है, कम न होगी।" इन्द्रदेव सिंह ने उत्साह से कहा। अरविन्द, सत्या, प्रयाग यादव, जमुना मोची भी कम उत्साहित न थे। राजधानी जाने के लिए कई ट्रेनें थीं। बसें भी कम न थीं। राजधानी सूरजपुर से 40-45 किलोमीटर दूर थी।

अमिय कुछ दूर की सोच रहा था, "मेरे विचार से हमें पदयात्रा करते हुए राजधानी पहुँचना चाहिए।" सभी चौंक गए। इतनी दूर पैदल? लोग थक नहीं जाएँगे? रात में रुकने के लिए आसरा ढूँढ़ना पड़ेगा। कैसे होगा? और इन सवालों से भी बड़ा सवाल था—क्या 500 लोग पटना पैदल चलने के लिए तैयार हो जाएँगे? अमिय इन सवालों के लिए मानो तैयार बैठा था।

"देखिए, अगर कोई 40-45 किलोमीटर पैदल चलकर पाँवों में थकान और छाले लिये राजधानी पहुँचता है, तो वह हर हालत में, यहाँ तक कि पुलिस का घेरा तोड़कर भी, घेराव में शामिल होगा। अगर बिना विशेष यत्न के लोग वहाँ पहुँचेंगे अथवा पहुँचा दिए जाएँगे, तो घेराव का उनके लिए कोई खास महत्त्व नहीं होगा। पदयात्रा को मैं घेराव में भाग लेने की लागत के रूप में देख रहा हूँ। इसलिए महत्त्व महज विधान सभा घेराव में भाग ले लेने का नहीं है, महत्त्व है कि जिनके बीच हमारा काम है, उनकी सहभागिता बड़ी लागत लगने पर आन्दोलन के साथ कितनी है? बिना लागत के सहभागिता का क्या मतलब? दूसरे, यह हमारी भी परीक्षा होगी कि लोगों को खुशी-खुशी पदयात्रा के लिए हम राजी कर पाते हैं या नहीं? यदि हमारा काम अब तक ऊपर-ऊपर ही रहा है, हम असफल होंगे। यदि हमने लोगों को जहनी तौर से आन्दोलन से जोड़ा है, हमें सफलता जरूर मिलेगी।" अमिय ने साथियों के समक्ष चुनौती पेश कर डाली। "हाँ, पदयात्रा में बूढ़े और कमजोर नहीं चलेंगे।" उसने आगे कहा।

चुनौती छोटी न थी, परन्तु यदि क्षेत्र में वास्तविक रूप से काम हुआ था तो सफलता असंदिग्ध थी। हालाँकि अमिय और जंगी सिंह जैसी पहचान सभी को नहीं मिल पाई थी, किन्तु अपनी सीमाओं में ही सही, मेहनत सबने की थी। इसलिए सफल होने की सदिच्छा के साथ चुनौती स्वीकार कर ली गई। पदयात्री जुटाने के लिए सभी ने अलग-अलग गाँवों का रुख किया। महज दो-तीन दिनों में ही 500 से अधिक किसान-मजदूर-नौजवान मर्द-औरतें पदयात्रा के लिए तैयार हो गए। उनके लिए इतना काफी था कि पदयात्रा का आह्वान संन्यासी जी ने किया था।

3 नवम्बर की सुबह सूरजपुर से वह अनोखी पदयात्रा पगडंडियों-खेतों-खलिहानों

के रास्ते राजधानी के लिए रवाना हुई। पदयात्रियों ने अपने सिर-काँधे पर जरूरी सामानों की गठरियाँ और चना-चबेना-साग-सत्तू-रोटी-अचार-प्याज की पोटलियाँ रख ली थीं तथा हाथों में नारे लिखी तख्तियाँ-बैनर थाम रखे थे। कई स्त्रियों की गोद में नन्हे शिशु भी थे जो रास्ते के नजारों को मुलमुलाती आँखों से देख खुशी से किलकारियाँ भरने लगते। अब तक देखी दुनिया से अलग एक दूसरा स्वप्न-लोक उनके सामने पसरा था। कई अबोध शिशु उस स्वप्न-लोक में विचरण करते-करते अपनी माँओं की नर्म गोद में सो जाते। पदयात्रियों में संकल्प की लौ-सी जल रही थी। सभी बेहद उत्साहित थे। अधिकांश अपनी जिन्दगी में पहली बार राजधानी जा रहे थे, वह भी उन रास्तों से जो उनके लिए अनदेखे-अनजाने थे। अमिय और जंगी सिंह आगे-आगे चल रहे थे। अरविन्द और इन्द्रदेव सिंह बीच में थे। सत्या, प्रयाग और जमुना मोची सबसे पीछे थे। वे सुनिश्चित करते आ रहे थे कि कोई राह में छूट न जाए। पदयात्रा जब किसी गाँव से गुजरती, पदयात्री आन्दोलन के नारे लगाने लगते। नारा लगाते समय उनका उत्साह बढ़ता जाता और उनके चेहरों से संकल्प की किरणें फूटने लगतीं। गाँव अपना काम भूल उनकी ओर खिंचा चला आता। ऐसी पदयात्रा न देखी, न सुनी।

तरेगना में यात्री सुस्ताने और कलेवा के लिए रुके। वहाँ का बाजार गुलजार था। सबने अपनी पोटलियाँ खोलीं। पोटलियों में दो दिनों का खाना बँधा था। सबने साग-सत्तू, चना-चबेना, रोटी-अचार-प्याज आपस में बाँट-बूँट कर खाया। अमिय, जंगी सिंह, इन्द्रदेव सिंह, अरविन्द, प्रयाग, सत्या और जमुना मोची ने भी सबके साथ बैठ जो भी मिला, उस पंचमेल का आनन्द उठाया। स्त्रियाँ शिशुओं को स्तन-पान कराने में व्यस्त हो गईं।

थक जाने पर रास्ते में रुकते-सुस्ताते देर रात गए पदयात्री पटना के गांधी संग्रहालय पहुँच गए। वहाँ के निदेशक के सहयोग से सभी के रात्रि विश्राम की व्यवस्था संग्रहालय परिसर में हो गई।

अगले दिन का सूरज नई चुनौतियों के साथ उगा था। पटना शहर पुलिस छावनी में तब्दील था। चप्पे-चप्पे पर पुलिस का पहरा था। गांधी मैदान, जहाँ घेराव के पहले जेपी की सभा होनी थी, को सील कर वहाँ सी.आर.पी. की कई कम्पनियाँ झोंक दी गई थीं। संग्रहालय को पुलिस ने घेर रखा था और गेट पर मोटा ताला लगा दिया गया था। बाहर सड़क पर धारा 144 की मुनादी हो रही थी।

सूरज जब आसमान में धीरे-धीरे चढ़ने लगा, गली-कूचों से निकल-निकल कर नौजवानों के जत्थे गांधी मैदान की दिशा में बढ़ने लगे। जत्थे चारों दिशाओं से चले आ रहे थे। सम्भवतया रणनीति के तहत ऐसी प्लानिंग की गई थी। नौजवानों को गांधी मैदान की ओर बढ़ते देख सी.आर.पी. के जवान लाठियाँ चटकाने लगे। नौजवान लाठियों के हरेक वार का उत्तर गगनभेदी नारों से दे रहे थे। नारों की गूँज ऐसी कि दिग्दिगंत थर्रा जाए : 'दम है कितना दमन में तेरे, देखा है और देखेंगे।' नारों की गूँज संग्रहालय की दीवारों, दरवाजों और खिड़कियों से भी टकराने लगी थी। कहीं से शोर उभरा कि जेपी पर पुलिस ने लाठीचार्ज कर दिया है। अमिय और उसके साथियों के लिए यह फैसले की घड़ी थी। या तो संग्रहालय के परिसर से नारे लगाकर आन्दोलनकारियों का साथ

दिया जाए अथवा पुलिस की घेराबन्दी तोड़कर बाहर निकला जाए। समर क्षेत्र से आती पुकार उनके दिलो-दिमाग पर दस्तक देने लगी थी। इस पुकार ने पिछले दिन की थकान को तिरोहित कर दिया था। उन्होंने साहसिक निर्णय ले लिया—संग्रहालय की चहारदीवारी फाँद बाहर निकला जाए और आन्दोलन में कूद पड़ा जाए।

जैसे सभी इसी कदम की प्रतीक्षा में थे। एक-दूसरे की पीठ पर चढ़ वे मतवाले चहारदीवारी फाँदने लगे। अमिय ने नेतृत्व की जिम्मेदारी सँभाली। कौन कहाँ से फाँदेगा, वह दौड़-दौड़कर सभी को समझाता रहा। स्त्रियों को चहारदीवारी फाँदने में कठिनाई थी। इसलिए वह उन्हें लेकर गेट पर पहुँच गया। जो हाथ मालिकों के खेतों में धान रोपते और निकौनी किया करते थे, वे हाथ लोहे से ज्यादा मजबूत थे। स्त्रियों ने पूरी ताकत से अपने इरादों और लौह हाथों से गेट को धराशायी कर दिया और संग्रहालय परिसर से बाहर निकल आईं। संग्रहालय को घेरे पुलिस के जवान हतप्रभ रह गए। उन्हें सपने में भी आशा नहीं थी कि वे मजदूर और कमजोर औरतें शेरनी की तरह लोहे का गेट तोड़ बाहर निकलने में कामयाब हो जाएँगी। उन स्त्रियों को भी शायद अपने अन्दर भरी इस अजस्र ऊर्जा का पता नहीं रहा होगा। बीज के अन्तस में कोंपलों, शाखों, टहकती-दमकती कलियों-पुष्पों और विशाल वृक्ष की सम्भावनाएँ छिपी होती हैं, परन्तु बीज इस सत्य से अनजान अपनी लघुता में सिमटा-सिकुड़ा रह जाता है। यह माली की लगन, सूझ-बूझ, मेहनत और सुघड़ हाथों का कमाल है कि बीज पल्लवित-पुष्पित हो पौधे और वृक्ष में कायान्तरित हो जाता है। न केवल उन स्त्रियों अपितु उनके सहचरों, सीधे-साधे ग्राम-पुत्रों का कायान्तरण भी माली की तरह अमिय के चिन्तन, लगन और मेहनत का नतीजा था।

सभी लोग संग्रहालय से निकल गांधी मैदान की ओर बढ़े। सड़क पर भारी संख्या में बसें लगा दी गई थीं। शायद नौजवानों को गिरफ्तार कर उन बसों से जेल ले जाने की तैयारी थी। अमिय अपने साथियों के साथ बमुश्किल दस कदम बढ़ा होगा कि हतप्रभ रह गए पुलिस के जवान लाठियाँ चटकाते रास्ता रोक खड़े हो गए। दारोगा स्तर का कोई अफसर उन्हें कमांड कर रहा था। पहले तो उसने अमिय को सिर से पाँव तक घूरा, फिर जहर-बुझी आवाज में डपटा, "कपड़े-लत्ते से संन्यासी लगते हो। पूजा-पाठ की जगह यह क्या धन्धा कर रहे हो? नेतागीरी का शौक चर्रा रहा हो तो जवानों के हाथों में यह दुख-भंजक महाराज सारा शौक तुम्हारे पिछवाड़े डाल देंगे।"

अमिय का ऐसे बदमिजाज पुलिस अफसर से पहली बार सामना हुआ था। उसका सिर भिन्ना गया। फिर भी उसने शिष्टता न छोड़ी। कहा, "दारोगा जी, देश महँगाई, बेरोजगारी, भ्रष्टाचार, कुशिक्षा और लालफीताशाही के पहाड़ के नीचे दबा हुआ कराह रहा है। इस पहाड़ को हटाने के लिए बूढ़े जेपी जब आन्दोलन में अपनी आहुति दे रहे हों, मैं नहीं समझता किसी संन्यासी को ऐसे समय मन्दिर में बैठ करताल बजाते रहना चाहिए। असली पूजा-पाठ यही है जो मैं कर रहा हूँ।"

दारोगा को इस तरह के जवाब की अपेक्षा न थी। एक तो वर्दी की गर्मी, ऊपर से आन्दोलन को सँभालने का तनाव, दारोगा ने अपना आपा खो दिया। उसके आदेश से

पुलिस के जवानों ने अमिय को घसीटते हुए एक बस में पटक दिया। दारोगा ने उसे भद्दी गाली भी दे डाली, "साले संन्यासी होकर नेतागीरी चर्राई है?" अमिय के साथ हुए दुर्व्यवहार से उसके साथ चल रहे स्त्री-पुरुषों में उत्तेजना फैल गई। नारे लगने लगे। 500 की उस भीड़ से घबराकर पुलिस वाले पीछे हटने लगे। दारोगा की सिट्टी-पिट्टी गुम हो गई, किन्तु वह भीड़ जेपी आन्दोलन से जुड़े मतवालों की भीड़ थी। यदि अमिय संकेत कर देता तो पुलिस वालों की सारी मर्दानगी निकल गई होती। परन्तु उसने बस में से चिल्लाकर कहा, "साथियो, हमें हिंसा नहीं करनी है। हम अन्याय का मुकाबला अपनी नैतिक शक्ति से करेंगे।" इसी बीच सी.आर.पी. की भारी टुकड़ी वहाँ पहुँच गई। इस टुकड़ी ने बर्बर तरीके से स्त्री-पुरुषों को पीटते-घसीटते बसों में पटकना शुरू कर दिया। कायदे से महिलाओं को हिरासत में लेने के लिए महिला पुलिस की मौजूदगी जरूरी होती है, परन्तु वे वर्दीधारी मर्दानगी दिखाने का ऐसा बेहतरीन मौका कैसे चूकते? परन्तु यदि पुलिस जवान यह समझ रहे थे कि सीधे-सीधे ग्रामीण राजसत्ता के खौफ से डर गए थे, उनका भ्रम झटके में टूट गया। बसों में पटक दिए गए उन अपमानित लोगों के कंठों से गगनभेदी नारे गूँजने लगे—

जुल्मी जब-जब जुल्म करेगा सत्ता के हथियारों से,
चप्पा-चप्पा गूँज उठेगा, इनकलाब के नारों से।
इनकलाब जिन्दाबाद, जिन्दाबाद जिन्दाबाद।

दारोगा झल्ला गया। उसने संकेत किया और पुलिस के पहरे में बसें आगे बढ़ गईं। अपमान और पिटाई से ग्रामीणों का मनोबल नहीं टूटा था। उनका संकल्प खंडित नहीं हुआ था। वे पूरे जोशो-खरोश के साथ चलती बस में नारे लगाते रहे। आधे घंटे बाद बसें चिड़ियाखाना के अन्दर पहुँचीं। उन सभी को वहीं बन्द कर दिया गया। धीरे-धीरे अन्य आन्दोलनकारियों को भी वहीं लाकर बन्द किया जाता रहा। चिड़ियाखाने का नाम वही रहा, किन्तु सत्ता ने उसे जेलखाना बना दिया। बाड़ों में जानवर और बाहर कैद किए गए मनुष्य। चिड़ियाखाने का गेट बन्द कर राइफलधारी पुलिस का पहरा बैठा दिया गया। बिना दाना-पानी का जेलखाना—किसी ने चुहल किया। ठहाके गूँजने लगे। जेलखाना रंगमंच बन गया। सरकार के चिथड़े उड़ाए जाने लगे। व्यंग्य कसे जाने लगे। किसी ने प्रस्ताव रखा, "चलिए चिड़ियाघर की सैर की जाए।" मौका अच्छा था। अधिकांश वहाँ पहली बार आए थे। सभी घूम-घूम कर बाघ-चीता-शेर-भालू देखने में घंटों रमे रहे। कैदी होने के रंजोगम का नामोनिशान शेष नहीं रहा।

अमिय अन्य आन्दोलनकारियों से बातचीत करने लगा।

"गांधी मैदान ही नहीं, पूरे पटना शहर में सी.आर.पी. का नंगा नाच चल रहा है। गिरफ्तार नौजवानों को पटना से दूर फतुहा, धनरुआ और बिहटा में ले जाकर बिना कुछ बताए सड़क पर पटक दिया जा रहा है। यह जनतांत्रिक मूल्यों का अवमूल्यन है। दमन है।" नौजवान उत्तेजित थे।

सूरज सिर पर था। नौजवान भूखे थे। बेचारे केवल चाय पीकर गांधी मैदान चले आए

थे। पेट में चूहे धमा-चौकड़ी मचाए हुए थे। अमिय के साथी इस मायने में सौभाग्यशाली थे कि उनके पास कुछ चूड़ा-सत्तू-भूजा बचा था। खाने-पीने का जो भी सामान बचा था, उसे एक जगह इकट्ठा कर लिया गया। अमिय ने भूखे नौजवानों से आग्रह किया, "साथियो, आइए जितना कुछ है, उसी से काम चलाते हैं।"

"वाह, हमारी पिकनिक हो गई। जंगल में मंगल।" नौजवान खुश हो गए।

यदि सरकार की सोच थी कि पिटाई और गिरफ्तारी से आन्दोलन दब जाएगा, तो सरकार की इस सोच की भद्द पिट गई थी। नौजवानों के जोश और संकल्प में कोई कमी नहीं आई थी। थोड़ी देर पूर्व तक एक-दूसरे से कभी नहीं मिले लोग, बन्धुता की डोर से बँध रहे थे। ऐसा होना कोई अजूबा भी नहीं कहा जा सकता था क्योंकि वे सभी सामाजिक बदलाव के सिपाही थे। वे अपने निजी स्वार्थों के लिए कष्ट नहीं झेल रहे थे, अपितु एक सपने के लिए मर-मिटने को तैयार थे। जेपी ने जो सपना उन्हें दिखलाया था, उस पर उन्हें दृढ़ विश्वास था। सरकार ने उनके सपने तोड़ दिए थे। इसलिए वे सरकार से नाउम्मीद थे। और उनका जोश और संकल्प दिन ढलने के साथ बढ़ता चला गया। चिड़ियाखाने के जानवरों की तरह उन्हें बन्द रखने का सन्तोष वे राज सत्ता को देने के लिए तैयार नहीं थे। जिसको जिधर से सुविधा हुई वह दीवार फाँद उस कैद से आजाद हो गया। सूरजपुर से आए उन सीधे-साधे ग्रामीणों ने सुबह ही दीवार फाँदी थी, इस बार स्त्रियों को भी दीवार फाँदने में दिक्कत पेश नहीं आई। सामूहिक प्रयास के समक्ष दीवार की ऊँचाई बौनी पड़ गई।

सभी लोग पुलिस की नजरों से बचते-बचाते रेलवे स्टेशन पहुँच गए। गया रूट की जो भी ट्रेन मिली, उसमें बैठ देर रात सूरजपुर वापस लौट आए।

## इम्तिहान

पटना से लौटे पदयात्रियों के हौसले बुलंद थे। वे अपनी आन्तरिक शक्ति पहचानने लगे थे। इसके परिणामस्वरूप जनता सरकारों के गठन के काम में तेजी आ गई। जिन गाँवों में जनता सरकारें गठित हो गई थीं, वहाँ की माँझी, मोची, कहार तथा नीची कही जाने वाली अन्य जातियों में मजदूरी, स्त्रियों की इज्जत तथा मानवीय गरिमा के सवाल चर्चा और चिन्ता के केन्द्र में आने लगे। बूढ़े बेचू माँझी सेवनन गाँव के अपने दरवाजे पर खाट पर बैठे थे। उधर से कोई दबंग जाति का व्यक्ति गुजरा। बेचू खाट से नहीं उठे। बिफर उठा, "अरे साला, तुम चारपाई पर बैठेगा? साला रांड रियान खोपड़िया पर मूतने की हिम्मत करेगा?" आत्मा को छील देने वाले इन शब्दों से उत्तेजित कई नौजवान लाठी लेकर दौड़ पड़े। दबंग ने भागकर अपनी जान बचाई। ऐसा पहली बार हुआ था। कई गाँवों में जनता सरकारों ने मजदूरी की दरें तय कर दीं। मजदूर उससे कम पर काम करने को राजी न होते थे। सदियों से जड़ जमाए बैठीं अमानवीय परम्पराएँ टूट रही थीं

या उन्हें चुनौती मिलने लगी थी। परन्तु इसी बीच अमिय के समक्ष इम्तिहान की एक अनपेक्षित घड़ी आ गई।

प्रयाग यादव की शादी तय हो गई थी। मुहूर्त जनवरी का निकला था। पिता अलगू यादव ने प्रयाग से बड़े अपने ओवरसियर बेटे की शादी धूमधाम से की थी। भरपूर दान-दहेज मिला था, परन्तु जेपी आन्दोलन के सिपाही प्रयाग ने तिलक-दहेज लेने से साफ मना कर दिया। पिता ने बहुत जोर भी नहीं दिया। कहते, "अच्छे रिश्तेदार और सुघड़ बहू मिल रही है। यही काफी है।" ओवरसियर बेटे की कमाई और दूध के कारोबार से घर में लक्ष्मी की विशेष कृपा बरस रही थी।

ओवरसियर साहब की पत्नी यानी प्रयाग की भाभी बड़ी सुन्दर थी। ऐसी कि पूरनमासी का चाँद शरमा जाए। कमाऊ पति के कारण उसका दबदबा भी पूरे घर पर था। कोई उसका कहा नहीं टाल पाता था। उसकी बड़ी इच्छा थी कि घर में सुघड़ देवरानी आए जो उसे 'दीदी' कहकर पुकारे। प्रयाग की शादी तय हो जाने की सबसे अधिक खुशी उसी को हुई। उसने प्रयाग के ओवरसियर भाई से साफ-साफ कह दिया, "सुनिए जी, मेरे देवर की शादी खूब धूमधाम से होनी चाहिए। देवर जी पालकी पर बैठ शादी के लिए जाएँगे। पालकी पर ही परछावन होगी। हाथी-घोड़ों का भी इन्तजाम करिए।" चाँद-सी खूबसूरत पत्नी को 'न' कहना ओवरसियर साहब के बस की बात नहीं थी।

जब प्रयाग ने भाभी का पालकी वाला फैसला सुना, सिर पकड़कर बैठ गया। भाभी को अपने फैसले में कोई विघ्न पसन्द नहीं था। कौन-सी आफत आ जाएगी अगर देवर जी पालकी पर बैठ जाएँगे?

"देखिए प्रयाग बबुआ आप संन्यासी जी के साथ पालकी को लेकर क्या तय-तपाड़ा करवाए हैं, उससे हमें कोई मतलब नहीं है। अरे, मेरी देवरानी क्या सोचेगी? जीवन भर मुझे ताना देगी कि दीदी, आपने मेरे दूल्हे को पालकी तक पर नहीं भेजा। बिना पालकी के भला शादी होती है?" भाभी ने प्रयाग को न जाने और क्या-क्या सुना दिया?

बात केवल देवर-भाभी तक सीमित न रही। घर की बड़ी-छोटी सभी स्त्रियाँ बहू के समर्थन में खड़ी हो गईं। ठीक तो कह रही है बहू। बिना पालकी के कैसी शादी? घर की इज्जत मिट्टी में मिल जाएगी। थू-थू हो जाएगी समधियाने में। प्रयाग ने पिता, चाचा, भाई सबको समझाना चाहा, "यह आन्दोलन से विश्वासघात होगा। सबसे बड़ी बात कि ऐसा करना संन्यासी जी के साथ विश्वासघात होगा। इसी पालकी-प्रथा को लेकर वे दस दिनों तक भूखे-प्यासे बगीचे में पड़े रहे। बाबूजी, आपने समझौते पर अपना अँगूठा लगाया है। कैसे आप उस समझौते का मान नहीं रखेंगे?"

"देखो, तुमने उस समय जिद पकड़ी कि संन्यासी जी की बात मान लीजिए, मान लिया। वे हमारे दरवाजे पर भी पधारे थे, लेकिन बहू की बात में दम है। अरे, शादी-ब्याह बिना पालकी के शोभा देती है?" अलगू यादव ने बहू के फैसले में हस्तक्षेप करने से साफ मना कर दिया। वैसे भी वे बहू के जिद्दी स्वभाव से भलीभाँति वाकिफ थे। उसने जो ठान लिया, उससे टस-से-मस न होने वाली थी।

भाई बेचारा पत्नी को नाराज कैसे करता? बोला—

"सुनो प्रयाग, यह तुम्हारे और तुम्हारी भाभी के बीच का मामला है। तुम सलटो। मुझे अपनी ड्यूटी से ही फुरसत नहीं है। वैसे यदि बेचारी की इच्छा है कि धूमधाम से शादी हो, तो इसमें गलत क्या है? सोचो, पालकी न जाएगी तो तुम्हारी ससुराल में हम लोगों की क्या इज्जत रह जाएगी?"

जब बाप और भाई ही कन्नी काट गए, तो चाचा लोग क्या कर पाते? बेचारे न तीन में थे, न तेरह में। प्रयाग ने माँ को पकड़ा। कमासुत बेटे की पत्नी की जिद थी। माँ लाचार थीं। बोलीं, "बबुआ, हर शादी-ब्याह में ऐसा ही होता है। बिना पालकी कैसे निकलेगी बारात?"

पालकी प्रतिष्ठा का प्रश्न बन गई। उसकी चर्चा अलगू यादव के घर से निकल टोले के दूसरे-तीसरे घरों तक फैली। वहाँ से गलियों-गलियों और खपरैलों-छतों होते-होते पूरे गाँव में फैल गई। जब ठाकुर रमापति सिंह और राम प्रवेश सिंह तक चर्चा पहुँची, उनकी बाँछें खिल गईं। अमिय को नीचा दिखाने का इससे बढ़िया मौका दूसरा न हो सकता था।

अमिय से उनकी नाराजगी का कारण केवल उसका उपवास नहीं था। जब से उसने जनता सरकार का हल्ला कर जेपी आन्दोलन के एजेंडे में मानवीय गरिमा, भूमि-सुधार और मजदूरी जैसे मुद्दे जोड़ दिए थे, उनकी नाराजगी बढ़ गई थी। ऊपर से बेचू माँझी वाली ताजी घटना ने सुलगती आग को हवा दे दी थी। अगर आन्दोलन बेरोजगारी, महँगाई, भ्रष्टाचार आदि तक सीमित रहता, उन्हें कोई दिक्कत नहीं होती। जनता सरकार के कारण उनके समक्ष कई चुनौतियाँ खड़ी होने लगी थीं। मसलन, जो माँझी, मोची, कहार उनके सामने सिर नहीं उठा पाते थे, अब वे सीना तानकर मजदूरी की माँग करने लगे थे। जिन गैर-मजरुआ जमीनों पर पुरखों के जमाने से उनका कब्जा था, कल उससे उनकी बेदखली भी सम्भव थी। वे क्रोधित थे कि माँझी, मोची, कहार, तमोली, बढ़ई, लोहार, धोबी जैसे प्रजा-पवनी उनके सामने चारपाई पर बैठेंगे? यही हाल गाँव के दूसरे बड़े भू-स्वामियों का भी था। राम प्रवेश तो जंगी सिंह से खार खाए बैठा ही था।

उनकी चिन्ताएँ अवास्तविक नहीं थीं। सदियों के दबाए-सताए लोग जब जागते हैं, दमनकारी व्यवस्थाएँ भूचाल जैसे झटके से टूट जाया करती हैं। इतिहास का यही सच उन्हें परेशान कर रहा था। पालकी उठाने वाले कहारों की मानवीय गरिमा का महत्त्व उनके समक्ष दो कौड़ी का भी न था। ठाकुर बजरंगी सिंह और उनकी टीम के दबाव में उन्होंने पालकी-प्रथा बन्द करने की रजामन्दी दी थी। मन से वे रजामन्द नहीं थे। इसलिए प्रयाग की शादी के बहाने वे अमिय को नीचा दिखाने की जुगत में लग गए। उन्होंने राम प्रवेश से अलगू यादव को अपनी डेवढ़ी पर बुलवाया। उस समय दूसरे रसूखदार भी विराजमान थे।

अलगू का भरपूर आदर-सत्कार करने के बाद उन्होंने अपनी मिश्री घुली आवाज में कहा, "सूरजपुर की इज्जत आपके हाथों में है। आप लोग भगवान कृष्ण के वंशज ठहरे। अगर दूल्हा और समधी पालकी में न जाएँगे तो आपके कुल की मर्यादा के साथ ही समधियाने में हमारे गाँव की पगड़ी भी उतर जाएगी।" अलगू यादव फूलकर कुप्पा हो गए। ऐलान कर दिया कि चाहे सूरज-चाँद इधर से उधर हो जाएँ, दूल्हा ही नहीं,

वे भी पालकी में बैठ समधियाने जाएँगे। शादी पूरे रीति-रिवाज से उनकी प्रतिष्ठा के अनुरूप धूमधाम से होगी।

अमिय तक जब यह खबर पहुँची, उसे भाँपते देर न लगी कि मामला प्रयाग की भाभी के हठ तक सीमित नहीं था। उसने जंगी सिंह, इन्द्रदेव सिंह, अरविन्द सिंह, जमुना मोची और सत्या के संग इस समस्या के समाधान पर विचार किया। सबकी राय बनी कि प्रयाग स्वयं पालकी पर बैठने से इनकार कर दे। यदि दूल्हा पालकी पर न जाएगा, तब समधी को खुद ही पीछे हटना पड़ेगा।

"मैं अपने घर के खिलाफ नहीं जा सकता। भाभी जिद पर अड़ी हुई हैं और पिता-भाई ने कुल-खानदान की इज्जत का सवाल बना लिया है।" जेपी आन्दोलन के उस सिपाही ने अपने हथियार डाल दिए।

जंगी सिंह ने प्रयाग को कई तरह से समझाया। पालकी-प्रथा को बन्द कराने पर जिले भर से मिली सकारात्मक प्रतिक्रियाओं और आन्दोलन से गरीब किसान-मजदूरों के जुड़ते जाने की उसे याद दिलाई, पर प्रयाग सिर झुकाए खड़ा रहा। अरविन्द सिंह, इन्द्रदेव सिंह, जमुना मोची और सत्या ने भी उसे समझाना चाहा, परन्तु वह टस-से-मस नहीं हुआ।

प्रयाग से आगे कुछ कहना बेकार था। वे लोग उसके घर चले गए। उन्होंने अलगू यादव और प्रयाग के बड़े भाई को समझाने की कोशिश की।

"सोचिए, कितनी बदनामी होगी सूरजपुर की। पूरे गाँव ने शादी-ब्याह में पालकी नहीं ले जाने के समझौता पत्र पर अपने दस्तखत किए हैं। आपने भी किया है। यह तो सरासर वादाखिलाफी होगी। संन्यासी जी का दिल दुखेगा।"

वे दोनों कुछ सुनने को तैयार न थे। प्रयाग की भाभी ने सुना तो घर के दालान से उन लोगों को सुनाकर कहने लगी, "खर्चा हमारा होगा पालकी करने में। किसी दूसरे के पेट में दर्द क्यों हो रहा है? किस बात की कमी है हमारे घर में? हम एक नहीं दो पालकी भेजेंगे।"

वे लोग सिर झुकाकर वापस चले आए।

अमिय ने सुना तो उसने भी जिद ठान ली। मैं फिर सत्याग्रह करूँगा। गाँव भर ने समझौता-पत्र पर अपनी सहमति दी है। गाँव को चाहिए कि उस समझौते का सम्मान करे। आखिर एक परिवार उस समझौते से कैसे पीछे हट सकता है? गाँव इस समझौते का पालन अलगू यादव के परिवार से कराने में अपने को असमर्थ क्यों पा रहा है?

अमिय के इस जिद की खबर भी गाँव में फैल गई। घर-घर में चर्चा होने लगी। भले लोग एक-दूसरे से पूछते, क्या संन्यासी जी दुबारा अनशन पर बैठेंगे? उनकी जिद अकारण नहीं है। अरे भाई, समझौता किए हो, उसे मानो। लिखित राजीनामे का क्या कोई मोल नहीं? सुना था कि झूठा आदमी अपनी कही बात से मुकर जाता है, लेकिन यह कही नहीं, लिखी बात है। बहुत तनकर निकलते हैं अलगू यादव। अब किस मुँह से अपने को बड़का मानेंगे यादव टोले में?

"अगर पालकी उठेगी तो मैं पालकी के रास्ते में लेट जाऊँगा। कहारों को पालकी

लेकर मेरी देह के ऊपर से गुजरना पड़ेगा।" अमिय ने ऐलान कर दिया।

अरविन्द ने भी साफ-साफ कह दिया, "आप अकेले नहीं लेटेंगे, डॉक्टर साहब। हम जितने लोग हैं, सभी आपके साथ लेटेंगे।"

अमिय की चिन्ता बढ़ गई। अकेले उसकी देह पर से कोई गुजरे, उसे उज्र न था, किन्तु दूसरों की देह से गुजरने पर हिंसा की गुंजाइश थी। अरविन्द वैसे भी थोड़ा गरम स्वभाव का है। कहीं झगड़ा न हो जाए।

अमिय झगड़े के पक्ष में नहीं था। वह उपवास को अपनों की विमूढ़ता और हठधर्मिता से लड़ने का अस्त्र मानता था। अपनों से, गैरों से नहीं। अपनों से झगड़ा नहीं किया जाता, कई तरीकों से समझाया जाता है। पालकी के रास्ते में लेट जाना समझाने का तरीका था। उपवास की तरह का सत्याग्रह था। उसने अपनी चिन्ता जाहिर की—

"अरविन्द, मेरे साथ पालकी के रास्ते में जो भी लेटना चाहेगा, उसे एक वचन देना होगा। चाहे जैसी भी परिस्थिति आए, भले ही हम पर हमला हो जाए, हम किसी भी हालत में हिंसा का सहारा नहीं लेंगे। अगर मंजूर हो तभी मेरे साथ लेटने के लिए लोग आ सकते हैं।"

शर्त कड़ी थी। अरविन्द की भृकुटियाँ तन गईं, "डॉक्टर साहब, अगर आपको किसी ने आँख भी उठाकर देखा, तो हम लोग उसकी आँख निकाल लेंगे। मजाक है क्या?"

"तब हो गया फैसला। मैं अकेला ही जाऊँगा। मेरे साथ कोई नहीं जाएगा।" अमिय अपनी शर्त से टस-से-मस होने के लिए तैयार नहीं था। जंगी सिंह को बीच-बचाव में उतरना पड़ा।

"अरविन्द, पालकी-प्रथा को रोकना सामाजिक सुधार का मामला है। ऐसे मामलों में लड़ाई-झगड़े का क्या काम? हम लोग इस प्रथा को मानवीय गरिमा के खिलाफ मानते हैं। अलगू चाचा इसे अपनी शान समझते हैं, किन्तु अलगू चाचा हमारे अपने हैं। हमें उनका दिल जीतना है। इसलिए जो डॉक्टर साहब की शर्त मानेंगे, वही उनके साथ लेटेंगे। मुझे शर्त मंजूर है।"

अरविन्द क्या कहता? उसने भी शर्त मान ली। इन्द्रदेव सिंह,जमुना मोची और सत्या अमिय से सहमत थे।

उधर, शादी की तैयारियाँ जोरों पर थीं। नाते-रिश्तेदार पधार चुके थे। अलगू यादव का आँगन मंगल गीतों से गुंजायमान हो रहा था। खूब चहल-पहल थी। सूरजपुर के कहार टोले ने पालकी ले जाने से साफ मना कर दिया, परन्तु ओवरसियर ने अच्छी रकम खर्च कर पटना के किसी गाँव से पालकी और कहार बुलवा लिए थे। कहने लगा, "लक्ष्मी बड़े-बड़ों को झुका देती है।"

अलगू यादव के घर से गाँव की मुख्य सड़क तक जाने के लिए एक पतली गली थी। शादी के दिन सुबह हल्की-सी बारिश के कारण गली में कीचड़ भरा था। जब परछन के लिए दूल्हा पालकी में बैठा और स्त्रियों ने मंगल गीत छेड़ा, अचानक ही अमिय के साथ सत्तर-अस्सी नौजवान उस गली के कीचड़ में एक सिरे से दूसरे सिरे तक लेट गए। सबसे आगे अमिय, जंगी सिंह, इन्द्रदेव सिंह, अरविन्द, जमुना मोची

और सत्या थे। सत्याग्रह शुरू हो गया था। अमिय ने कहारों से कह दिया, "पालकी ले जानी हो, जरूर ले जाओ। लेकिन इसके लिए हमारी छाती पर पाँव रखकर गुजरना होगा।" गली इतनी सँकरी थी कि बिना उनकी देह पर पाँव धरे उसे पार करना सम्भव न था। कहारों को काठ मार गया। उन्होंने पालकी नहीं उठाई। वे पैसों की लालच में जरूर चले आए थे, किन्तु संन्यासी जी और नौजवानों की छाती पर पाँव रख कुचलते हुए गुजरना उनकी आत्मा को मंजूर न था। सूरजपुर के कहारों ने पहले ही उन्हें धिक्कार दिया था।

प्रयाग की भाभी ने इस दृश्य की कल्पना तक नहीं की थी। मंगल गीत गाती स्त्रियाँ अचकचा गईं "माय गे, इ का भएल?" मंगल गीत बन्द हो गया। अलगू यादव, उनका ओवरसियर बेटा और नाते-रिश्तेदार दौड़े-दौड़े आए। इस मंजर को देख उनके हाथ-पाँव फूल गए। एक-दो आदमी होते तो निबट भी लेते, गाँव के सत्तर-अस्सी लोगों का मामला था। सत्तर-अस्सी लोग यानी सत्तर-अस्सी परिवार। ऐसे शुभ दिन इतने लोगों के साथ फौजदारी? न बाबा न। अलगू यह अनोखा विरोध देख सकते में आ गए। आरजू-मिन्नतें करने लगे। सत्याग्रहियों ने अपने इरादे जताने के बाद चुप्पी साध ली थी। आरजू-मिन्नतें बेअसर रह गईं। प्रयाग पालकी से उतर मुँह छिपाता घर के अन्दर चला गया। उसकी भाभी घायल शेरनी बन गई थी। उसका गोरा चेहरा क्रोध में लाल टमाटर बन गया था। उसकी आँखों में अंगारे धधक रहे थे। उसका ओवरसियर पति उन अंगारों का ताब नहीं सह पाया। भागकर घर के अन्दर चला गया। नाते-रिश्तेदार अवाक् थे। आए थे हरि भजन को, ओटन लगे कपास। ओवरसियर के ससुर जी गरजे, "इतनी हिम्मत कि हमारे समधी की इज्जत उतारो? लठिया देंगे। लाओ रे लाठी!" सत्याग्रही शान्त लेटे रहे। कौन लाठी लाता? अलगू खून के घूँट पीकर भी चुप थे।

मर्दों को असफल होते देख प्रयाग की भाभी ने मोर्चा सँभाला। उसने कहारों को डपटा, "उठाते काहे नहीं हो पालकी? चलो मैं चलती हूँ आगे-आगे। देखती हूँ कौन रोकता है?"

कहारों ने इनकार कर दिया। साफ कह दिया कि सामने लेटे लोगों की छाती पर अपना पाँव रखकर जाने का अपराध वे नहीं कर सकते। पैसे के लोभ में पड़ जरूर गए थे, किन्तु उन्हें पता चल गया है कि संन्यासी जी और सत्तर-अस्सी नौजवान कहारों के भले के लिए ही कीचड़ में लेटे हैं।

अपना यह अस्त्र बेकार होता देख प्रयाग की भाभी और उसके साथ परछन करने आईं स्त्रियों ने अपना अन्तिम अस्त्र चलाया। वे सत्याग्रहियों को चुनिन्दा गालियों से नवाजने लगीं—

"अरे मुँह झौंसों। माटी में मिले तुम्हारी जवानी। कोढ़ फूटे।"

"काली माई की बलि चढ़ाऊँगी तुम लोगों को।

"तुम्हारी बेटी-बहन रंडी के कोठे पर बैठेंगी।"

"मौत आए तुम लोगों को। कीड़े पड़ें।"

"जैसे तुमने हमारी खुशी में आग लगाई, वैसे तुम्हारी खुशी भी जल जाए।"

"तुम्हारी बहनें छिनाल हैं, माटीमिलो।"

गालियों का यह सिलसिला तब तक चला जब तक कि स्त्रियाँ थककर निढाल न हो गईं। सत्याग्रहियों ने इतनी गालियाँ कभी नहीं सुनी थीं, जितनी उस दिन सुनीं। अमिय के जीवन का यह बिलकुल नया तजुर्बा था। उसे गालियों से तकलीफ नहीं हुई वरन् वह गाली देती स्त्रियों की अतिरंजित और उर्वर कल्पनाशीलता से चमत्कृत था। जिस ऊर्जा का विस्फोट भाँति-भाँति की गालियाँ निकालने में स्त्रियाँ कर रही थीं, यदि उस ऊर्जा को सही दिशा दी जाए, तो उससे नारी सशक्तीकरण की नई राहें फूट सकती थीं, उसने सोचा और मुस्कराने लगा।

अन्ततः अलगू यादव ने हाथ जोड़कर अपनी गलती मान ली। उन्होंने वचन दिया कि पालकी नहीं जाएगी। वे समझौता-पत्र पर कायम हैं। स्त्रियों की गालियों के लिए भी उन्होंने माफी माँगी। यह उनका हृदय-परिवर्तन था या मजबूरी थी, कौन जाने? सत्याग्रहियों ने गली खाली कर दी। उनका पूरा शरीर कीचड़ से लथपथ था। कहार भी खाली पालकी लेकर अपने घरों को लौट गए।

परछन हुई। बारात निकली। बस, पालकी पर दूल्हा और समधी नहीं बैठ पाए। जिन लोगों ने यह आग भड़काई थी वे बुझी हुई राख में चिनगारी ढूँढ़ते रह गए। कोई चिनगारी न मिली। उनकी आँखों के सामने अँधेरा-सा छा गया। वार खाली चला गया था। अमिय उस इम्तिहान में सम्मान सहित उत्तीर्ण हो गया था।

## 2

सत्याग्रह की इस अनूठी घटना से सूरजपुर के हर दरो-दीवार ने पालकी-प्रथा बन्द करने के समझौते की ताकत पहचान ली। सत्याग्रह में शामिल सत्तर-अस्सी नौजवान अकेले न थे, उनके पीछे उनका परिवार खड़ा था। यह शुभ संकेत था कि नई पीढ़ी लकीर का फकीर बनकर नहीं रहना चाहती। सत्याग्रह की प्रतिध्वनि आसपास के बीसियों गाँवों में गूँजने लगी। जिसने भी सुना, दाँतों तले उँगली दबा ली। सूरजपुर जेपी आन्दोलन और जनता सरकारों की पाठशाला बनने लगा।

जेपी आन्दोलन से जुड़े नौजवान सीखने की आकांक्षा लिये वहाँ खिंचे चले आने लगे। अमिय उस पाठशाला का शिक्षक था। एक दिन जीवेश शर्मा और अली मियाँ भी सूरजपुर आए।

"मेरी दिली इच्छा है कि संन्यासी जी और भाई जंगी सिंह मेरे इलाके में भी थोड़ा समय दें। यही आग्रह लेकर इस बार मैं आया हूँ।" जीवेश ने अमिय के उपवास के समय अपने सूरजपुर आगमन की याद दिलाते हुए कहा।

"मैं संन्यासी जी को पहली बार इतने करीब से देख रहा हूँ, लेकिन दिल कहता है कि न जाने आपसे हमारा कितना गहरा रिश्ता है। मैं भी यही आरजू लेकर हाजिर हुआ हूँ कि आप और जंगी सिंह अलावलपुर में भी तशरीफ लावें। हमारी टीम को सीखने का मौका नसीब फरमावें।" अली मियाँ ने भी अपने उद्‌गार व्यक्त किए।

संन्यासी शब्द पर अमिय की आपत्ति की उन्हें जानकारी नहीं थी। जंगी सिंह ने हस्तक्षेप किया—

"आन्दोलन के हम सभी साथी इन्हें 'डॉक्टर साहब' कहते हैं। आप लोग भी इन्हें 'डॉक्टर साहब' ही कहिए। 'संन्यासी जी' शब्द आम जनता के लिए छोड़ दीजिए।"

दोनों मुस्कराए। ठीक है। अमिय ने उनसे जनता सरकारों के गठन के सूरजपुर और आसपास के गाँवों में किए जा रहे प्रयोगों पर चर्चा शुरू की।

"हम लोगों को अनुभव से यह सीख मिली है कि जब तक आन्दोलन का सामाजिक आयाम नहीं बढ़ता, आन्दोलन का फैलाव ग्रामीण क्षेत्र की बहुसंख्यक आबादी तक होना कठिन है। इसलिए हम लोग आन्दोलन का सामाजिक आयाम बढ़ाने पर ध्यान दे रहे हैं। जनता सरकारों का गठन, पालकी-प्रथा का विरोध, भूमि-सुधार तथा न्यूनतम मजदूरी कानूनों का कार्यान्वयन और लड़कियों की शिक्षा उसी दिशा में उठाया गया कदम है।" अमिय ने प्रयोगों को साझा करते हुए कहा।

जीवेश शर्मा और अली मियाँ के चेहरे पर कई प्रश्न उग आए।

"देखिए, अगर मैं शहर में रहकर आन्दोलन से जुड़ा रहता, जो मैं कह रहा हूँ उसे समझने में मुझे भी कठिनाई होती। आन्दोलन महँगाई, भ्रष्टाचार, बेरोजगारी, लालफीताशाही और कुशिक्षा के खिलाफ शुरू हुआ। जेपी ने नाम दिया सम्पूर्ण क्रान्ति आन्दोलन। हम सभी इसके आकर्षण से खिंचे इसमें शामिल हुए यानी हमारा लक्ष्य है : सम्पूर्ण क्रान्ति। पटना-दिल्ली में महज सरकारों को बदल देने से सम्पूर्ण क्रान्ति नहीं हो सकती। सम्पूर्ण क्रान्ति या बुनियादी परिवर्तन नीचे से शुरू होकर ऊपर तक जाएगा। इसीलिए जेपी ने गाँवों-मुहल्लों में जनता सरकारें गठित करने का सूत्र हमें दिया। हम लोगों ने जनता सरकारों की अवधारणा पर ठोस विचार-विमर्श किया है।" अमिय ने शिक्षक की भाँति समझाना शुरू किया।

"महँगाई, भ्रष्टाचार, बेरोजगारी, लालफीताशाही, कुशिक्षा के मुद्दे महत्त्वपूर्ण हैं, परन्तु हमें समझना होगा कि ये मुद्दे व्यवस्थाजन्य मुद्दे हैं। हमारा समाज वर्गीय समाज है। इसके अपने अन्तर्द्वंद्व हैं। पूँजीपति और मजदूरों के बीच अन्तर्विरोध हैं। बड़े भूमि मालिकों एवं खेतिहर मजदूरों के बीच भी। दूसरी तरह के भी अन्तर्विरोध हैं। इन अन्तर्विरोधों को हल करने का तरीका है, उत्पादन सम्बन्धों में बदलाव लाना। यदि हम वास्तव में सम्पूर्ण क्रान्ति के सिपाही हैं, तो हम इस सच्चाई से आँख नहीं चुरा सकते कि उत्पादन सम्बन्धों में बदलाव लाए बिना बुनियादी परिवर्तन सम्भव नहीं है!" अमिय ने साफ-साफ कहा।

जीवेश शर्मा और अली मियाँ के चेहरे पर उगे प्रश्न गहरे होने लगे थे।

"गाँवों में उत्पादन सम्बन्धों को बदलने का महत्त्वपूर्ण कार्यभार है—भूमि-सुधार, भूमि वितरण तथा न्यूनतम मजदूरी के मसलों को हल करना। हम लोग जनता सरकारों को इसी समझ से लैस कर रहे हैं। इन मसलों में हम लोगों ने मानवीय गरिमा और नारी शिक्षा और सशक्तीकरण को भी जोड़ा है। गाँव स्तर पर इन्हें हल करने में सामूहिक भागीदारी और जनवादी तौर-तरीकों की बहुत बड़ी भूमिका है। हमारा प्रयास इसी दिशा

में चल रहा है।" अमिय ने इन मूल सवालों को उनके सामने रखा।

जीवेश शर्मा अपने को रोक न सका। बोल पड़ा—

"जिन मुद्दों पर समाज में आम सहमति नहीं हो, उन्हें उठाने से आन्दोलन को नुकसान भी हो सकता है। हालाँकि मैं सौ प्रतिशत सहमत हूँ कि भूमि-सुधार और मजदूरी के मुद्दों पर बिना काम किए गरीब किसानों और खेतिहर मजदूरों को आन्दोलन से जोड़ना कठिन साबित हो रहा है। मैंने 'जिला जन संघर्ष समिति' की बैठक में, भाई जंगी सिंह आपको याद होगा, यह मामला खुद उठाया था। अरविन्द ने भी इसे पुरजोर ढंग से उठाया था। और संन्यासी जी, सॉरी डॉक्टर साहब ने तो अन्त में इस पर अच्छी चर्चा की थी। परन्तु मेरी चिन्ता है कि बड़े भू-स्वामी भड़क सकते हैं। गाँवों में अशान्ति फैल सकती है।"

अमिय ने गौर से जीवेश को देखा। जीवेश ने जो कहा, वह अकारण नहीं था। अमिय हालिया घटनाओं से इस तथ्य से परिचित हो गया था।

"देखो भाई, माओत्सेतुंग की एक प्रसिद्ध उक्ति है : क्रान्ति झींगा मछली पर शराब की दावत नहीं है। वह चित्र बनाने या कविता लिखने जैसी आनन्ददायक प्रक्रिया भी नहीं है। सरकार ने भूमि-सुधार और न्यूनतम मजदूरी के कानून बनाए हैं, परन्तु उसकी मंशा उन्हें लागू करने की कभी न रही। हम लोग इन कानूनों को लागू कर सामाजिक बदलाव की दिशा में काम कर रहे हैं। समाज विज्ञानी मानते हैं कि हर बदलाव को विरोध की प्रक्रिया से गुजरना होता है। ऐसे में जटिल सामाजिक संरचना में बदलाव लाने की कोशिशों का विरोध न हो, यह कैसे सम्भव है? गांधी जी हृदय-परिवर्तन के रास्ते सामाजिक बदलाव लाने को कहते हैं। मार्क्स दूसरी राह बताते हैं। भारत की ठोस परिस्थितियों को देखते हुए राह के प्रयोग तो करने ही होंगे। यदि हम क्रान्ति, और वह भी सम्पूर्ण क्रान्ति, का सपना लेकर चल रहे हैं तो यथास्थिति को तोड़ना ही होगा। जो काम सरकार को करना चाहिए, वही हम लोग करना चाहते हैं। अब अगर इससे भू-स्वामी भड़कते हैं, तो क्या किया जा सकता है?" अमिय ने दृढ़ता से कहा।

जीवेश शर्मा सोच में पड़ गया। अली मियाँ ने सहमति में सिर हिलाते हुए कहा—
"वाजिब फरमाया आपने। सरकारें पूँजीपतियों और जमींदारों के हक में काम करती हैं। हम अगर गरीब किसानों और खेतिहर-मजदूरों के हक में बने कानूनों को लागू कराना चाहेंगे, तब कहीं-न-कहीं टकराव होगा ही। हाँ, हमारी कोशिश टकराव को रोकने की होनी चाहिए, लेकिन हमें टकराव के मुकाबले के लिए भी तैयार रहना चाहिए।"

"और जब जनता सरकारें मानवीय गरिमा, आत्मसम्मान और नारी सशक्तीकरण जैसे मसले उठाएँगी, जातीय श्रेष्ठता तथा पुरुषवादी सोच पर भी चोट पड़ेगी। जातीय और नारी उत्पीड़न को समरस सामाजिक व्यवस्था का अटूट अंग मानने वालों का विरोध भी झेलना पड़ेगा। जीवेश, अगर हम परस्पर विरोधी सामाजिक-आर्थिक शक्तियों के बीच आम सहमति बनाने में कामयाब हो गए तो बहुत अच्छा। नहीं हुए तो भी हमें हर हालत में बुनियादी परिवर्तन के इन मुद्दों के साथ दृढ़ता से खड़ा रहना होगा। अशान्ति हो तो हो, भू-स्वामी भड़कें तो भड़कें।" अमिय ने दो टूक कहा, "कबिरा

खड़ा बाजार में लिये लुकाठी हाथ, जो घर जारे आपना चले हमारे साथ।"

जीवेश आदर्शवादी नौजवान था। इसी कारण वह आन्दोलन से जुड़ा था। परन्तु उसने सम्पूर्ण क्रान्ति और जनता सरकार की अवधारणा पर इतनी गहराई से कभी विचार नहीं किया था। पहली बार कोई उसे इस तरह समझा रहा था। उसका सन्देह दूर होने लगा। उसके अन्तर्तम में सन्देह और प्रश्नों की जगह एक दृढ़ संकल्प उदित होने लगा। उसके मुँह से बरबस निकल पड़ा, "आपको सुनकर मुझे मुक्तिबोध की 'अँधेरे में' कविता का यह अंश याद आने लगा है—

*अब अभिव्यक्ति के सारे खतरे*
*उठाने ही होंगे।*
*तोड़ने होंगे ही मठ और गढ़ सब।*
*पहुँचना होगा दुर्गम पहाड़ों के उस पार*
*तब कहीं देखने को मिलेंगी छाँहें*
*जिसमें कि प्रतिपल काँपता रहता*
*अरुण कमल एक*
*ले जाने उसको धँसना ही होगा*
*झील के हिम-शीत सुनील जल में।"*

अमिय को अच्छा लगा जीवेश से मुक्तिबोध को सुनकर। जितना वह कह नहीं पाया था, मुक्तिबोध का वह कवितांश उससे अधिक अभिव्यक्त कर गया।

"मुक्तिबोध को पढ़ते हो, ऐसा लगता है।"

"थोड़ा-बहुत। आप जो कह रहे हैं, 'अँधेरे में' कविता वही तो बताती है।"

"तो आगे की कुछ पंक्तियाँ सुन लो—

*आश्चर्य। अद्‌भुत।*
*लोगों की मुट्‌ठियाँ बँधी हैं।*
*उँगली-सन्धि से फूट रहीं किरनें*
*लाल-लाल*
*यह क्या।*
*मेरे ही विक्षोभ-मणियों को लिए वे,*
*मेरे ही विवेक-रत्नों को लेकर*
*बढ़ रहे लोग अँधेरे में सोत्साह।*
*किन्तु मैं अकेला।*
*बौद्धिक जुगाली में अपने से दुकेला।"*

जीवेश खुलकर हँसा, जैसे उसके अन्तर्तम में उदित हो रहे दृढ़-संकल्प से प्रकाश-पुंज प्रस्फुटित होने लगा हो। केवल नारों से सम्पूर्ण क्रान्ति न होगी। बौद्धिक जुगाली करते रहने से क्रान्ति नहीं होती। वह भी सम्पूर्ण क्रान्ति।

मुक्तिबोध की कविता सुन अली मियाँ उत्साहित हो रहे थे। जंगी सिंह, अरविन्द, सत्या और इन्द्रदेव सिंह को मजा तो आ रहा था, किन्तु मुक्तिबोध की जटिल कविता का भावार्थ वे पूरा नहीं समझ पाए थे।

"गर हुक्म हो तो इसी मुद्दे पर मैं 'फैज' की नज्म पढ़ूँ?" अली मियाँ ने आरजू-सी की।

"हाँ-हाँ। जरूर।" सभी लोग 'फैज' को सुनने को उत्सुक थे।

अली मियाँ जोशीली आवाज में सुनाने लगे—

*ऐ खाक नशीनो उठ बैठो, वो वक्त करीब आ पहुँचा है*
*जब तख्त गिराए जाएँगे, जब ताज उछाले जाएँगे।*
*अब टूट गिरेंगी जंजीरें, अब जिन्दानों की खैर नहीं*
*जो दरया झूम के उट्ठे हैं, तिनकों से न टाले जाएँगे।*
*कटते भी चलो, बढ़ते भी चलो, बाजू भी बहुत हैं सिर भी बहुत*
*चलते भी चलो के अब डेरे मंजिल पे ही डाले जाएँगे।*
*ऐ जुल्म के मारो लब खोलो, चुप रहने वालों चुप कब तक*
*कुछ हश्र तो इनसे उट्ठेगा, कुछ दूर तो नाले जाएँगे।*

'फैज' की इस जोरदार नज्म ने वहाँ उपस्थित सभी की राह के स्याह अँधेरे जैसे मिटा दिए। मुक्तिबोध की जटिल कविता के भावार्थ को जो पूरी तरह नहीं समझ पाए थे, 'फैज' की कविता से निकली हुंकार ने उनके रहे-सहे संशय को झाड़-पोंछ कर साफ कर दिया।

इस बीच खाना तैयार हो गया था। सब लोग खाने पर बैठे। अन्ततः तय हुआ कि अमिय और जंगी सिंह देवा गाँव से घोसी में जन-जागरण की शुरुआत करेंगे। उसके बाद अलावलपुर का कार्यक्रम लिया जाएगा।

## 3

तय कार्यक्रम के अनुसार अमिय और जंगी सिंह जीवेश के साथ देवा गाँव पहुँच गए। देवा गाँव वहाँ के मठ के कारण पूरे घोसी में मशहूर था। जीवेश रास्ते भर मठ के इतिहास और वर्तमान की जानकारी देता रहा। जमींदारों ने मठ को हजारों बीघा जमीनें दान में दी थीं। जमींदारी खत्म हो गई, जमींदारों का राज चला गया और देवा मठ इलाके का सबसे बड़ा भू-स्वामी बन गया। महन्त ने चालाकी से जमीनें मठ की सैकड़ों मूर्तियों के नाम कर दी थीं।

एक समय था, जब मठ की जमीनों से होने वाली आय का बड़ा हिस्सा साधु-संतों की आवभगत, धार्मिक अनुष्ठानों, भंडारों और मूर्तियों के राग-भोग में खर्च किया जाता। कभी साधु-संन्यासियों की जमात महीनों पड़ी रहती थी मठ में। प्रवचन होते। भंडारा होने पर हजारों की भीड़ जुटती। आरती-कीर्तन आदि से देवालय जगमग करते रहते। मठ को

धार्मिक-सांस्कृतिक केन्द्र माना जाता, परन्तु सब दिन होत न एक समाना। धीरे-धीरे ये कार्यकलाप कम होते चले गए। महन्तों की नियुक्ति में राजनीति हावी होने लगी। जिसका महन्त, उसकी चाँदी। बटाई या नकदी के नाम पर मठ की जमीनों का बड़ा हिस्सा महन्त अपने हस्बखाहों के सुपुर्द करने लगे। हस्बखाह गया, पटना या दिल्ली वासी होते थे। वे भरपूर नजराना वसूल उन जमीनों को गरीब किसानों को बन्दोबस्त कर देते। मठ के हाथ मूँगफली लगती। सारा माल वे हस्बखाह हड़प लेते।

परन्तु महन्त लोग बड़े काँइयाँ थे। वे शेष जमीनों पर बटाई या नकदी पर खुद खेती करवाते। सारी आमदनी उनके निजी खाते में आ जाती। मठ वीरान होने लगा था। अगर भूले-भटके कोई साधु-संत मठ में पहुँच गए, तो गुमाश्तों के रूखे व्यवहार से क्षुब्ध अब कभी वहाँ न आने की सौगन्ध खा अगली सुबह ही आगे की राह नाप लेते। भंडारा साल में कभी हो गया तो इलाके के चन्द सम्भ्रान्त लोग बग्घी, पालकी और मोटरों में बैठकर पधारते, जैसे पिकनिक पर आए हों। मूर्तियों का राग-भोग बीते जमाने की बात हो गया था। कल का धार्मिक-सांस्कृतिक केन्द्र महन्त की निजी सम्पत्ति बन गया था।

"मठ की मूर्तियाँ भुखमरी की कगार पर हैं। कभी बताशे चढ़ गए या कभी अगरबत्ती जल गई तो गनीमत है। पहले घी में डूबा हलुआ मठ में चढ़ता था। फूल, अक्षत, धूप-दीप की सुगन्ध पसरी रहती थी। हलवे का प्रसाद बचपन में मैंने भी चखा है।" जीवेश ने मठ की वर्तमान स्थिति पर टिप्पणी की।

"इसका मतलब मठ की जमीनों की सारी आमदनी महन्त और उसके लगुए-भगुए गटक जाते हैं?" अमिय पूरी बात समझ गया था।

"हाँ, ऐसा ही है। अभी जो महन्त हैं वे हमारे बाभन समाज से आते हैं। जिले से लेकर पटना तक उनका रसूख है। स्थानीय विधायक से उनकी गहरी छनती है। इसलिए मठ का सीलिंग केस लटका पड़ा है। कम्यूनिस्ट पार्टी मठ की फाजिल जमीनों को भूमिहीनों के बीच बाँटने के सवाल पर कभी-कभी ब्लॉक लेवल पर धरना-प्रदर्शन करती रहती है।" जीवेश ने भूमि-सुधार कानूनों की जमीनी हकीकत पर उँगली रख दी।

अमिय को यह सुन ताज्जुब न हुआ।

"मठ की जमीनें कई गाँवों में फैली हुई हैं, लेकिन सबसे अधिक जमीनें इसी गाँव में हैं।" जीवेश ने जानकारी दी।

देवा गाँव की संघर्ष समिति के नौजवान उनकी प्रतीक्षा कर रहे थे। उन्होंने बैठक की व्यवस्था मठ में की थी। महन्त जी का विशेष आग्रह था। वे हिमालय से आए युवा संन्यासी से मिलने को इच्छुक थे।

अमिय ने बैठक का स्थान गाँव के उस टोले में रखने का सुझाव दिया, जिस टोले के अधिकांश लोग मठ की जमीनों पर बटाई-लगान पर खेती करते हों। संघर्ष समिति के संयोजक भवेश ने बैठक मोची टोले में रख दिया, लेकिन कुछ सदस्यों की चिन्ता बढ़ गई—महन्त जी क्या सोचेंगे?

मोची टोले की आबादी अच्छी-खासी थी। लगभग सभी लोग मठ की जमीनों पर

बटाई-लगान पर खेती करते थे। बगल में पासवान टोला था। वहाँ के भी अधिकांश लोग मठ के असामी थे। कुछ ही देर में ऐसे कई किसान इकट्ठा हो गए। बैठक शुरू हुई।

"आप में से कितने किसान मठ की जमीनें बटाई या लगान पर जोतते हैं?" अमिय ने जानना चाहा।

लगभग बीस-पचीस हाथ उठ गए।

"राज्य में अंग्रेजों के समय से ही एक कानून चला आ रहा है। इस कानून के अनुसार बटाईदारों को बटाईदारी परचा अनुमंडल पदाधिकारी के स्तर से दिया जा सकता है। अगर परचाधारी बटाई के शर्तों का पालन करते रहें तो उन्हें उस खेत में बटाई के काम से भू-स्वामी अपनी मर्जी से नहीं हटा सकता।" अमिय ने उन्हें बिहार टेनेंसी कानून की बारीकियाँ समझाते हुए अपनी बात शुरू की।

उन्होंने किसी ऐसे कानून के बारे में नहीं सुना था। उनकी उत्सुकता बढ़ी।

"बटाईदारी पर्चे का दूसरा लाभ यह है कि जब सीलिंग कानून के तहत मठ की फाजिल जमीन सरकार भूमिहीनों में बाँटने लगेगी, तब बटाई वाली जमीन पर बटाईदारों का पहला हक होगा।" किसानों के चेहरे खिलने लगे थे।

"संन्यासी जी बहुत मार्के की बात बता रहे हैं, धरीक्षन भाई।" खुसरफुसुर शुरू हो गई।

"कानून यह भी कहता है कि बटाई वाले खेत में उपज का केवल एक-तिहाई भाग जमीन के मालिक का होगा और दो-तिहाई बटाईदार का। भूसे या पुआल में मालिक का कोई हिस्सा नहीं होगा।" अमिय ने आगे बताया।

"अगर आप बारह साल तक किसी खेत में बटाईदार रहे हों, तो सरकार द्वारा राशि जमा कर आप उस जमीन के मालिक भी बन सकते हैं।" अमिय ने कानून को सरल तरीके से समझाया।

वे बाप-दादों के जमाने से मठ की जमीनों पर खेती करते आ रहे थे। महन्त तो महन्त, उनके गुमाश्तों और कारिन्दों से अपमानित होकर भी उन्हें चुप रह जाना पड़ता था। पीठ पर मार सहना आसान था,बस पेट पर आफत न आए।

हिम्मत कर धरीक्षन ने पूछा—

"संन्यासी जी, हम मनई सालों से मठ की जमीन जोत-कोड़ कर रहे हैं। आज तक एक धूर जमीन को सीलिंग में बँटते नहीं देखा। कानून जो कहता हो, अपने बूते हम लोग कुछ कर नहीं पाएँगे। मठ से दुश्मनी मोल लेने की हिम्मत हममें नहीं है।"

धरीक्षन ने पते की बात कही थी। केवल कानून की जानकारी हो जाने से उन्हें उसका फायदा मिलने वाला न था। मठ से दुश्मनी का डर वास्तविक डर था। अमिय ने जीवेश को धरीक्षन द्वारा उठाए सवाल पर कुछ कहने का इशारा किया।

जीवेश शर्मा को वे लोग पहचानते थे।

"आपके गाँव में जयप्रकाश जी के आन्दोलन को आगे बढ़ाने के लिए 'संघर्ष समिति' बनी है। आपके गाँव के भवेश जी उसके संयोजक हैं। दूसरे नौजवान—सुमीत, अनीश, प्रकाश, सन्तोष वगैरह, जो आपके बीच बैठे हैं, सदस्य हैं। सभी पढ़े-लिखे

हैं। ये आप लोगों की मदद करेंगे। मठ की जमीनों पर आपको कानूनी हक दिलवाने के लिए जहानाबाद-गया से लेकर पटना तक हम लोग कुछ उठा नहीं रखेंगे।" जीवेश ने विश्वास दिलाया।

उधर मठ में हलचल-सी मच गई। महन्त जी पैर पटक रहे थे। कैसा संन्यासी है जो ऐसा पवित्र स्थान छोड़कर मोचियों और पासवानों के गन्दे टोले में चला गया? भवेश खुद हाथ जोड़कर बैठक के लिए जगह माँगने आया था। जीवेश जब भी देवा आता था, मठ में ही उसका आसन लगता था। आज हम दुश्मन हो गए?

उनके इस अव्यवस्थित चित्त का कारण वह खबर थी जो मठ के गुमाश्ते परमा पासवान ने उन्हें सुनाई थी। वह यही खबर सुनाने पासवान टोले से भागकर आया था।

"सरकार, संन्यासी जी मठ की जमीनों पर कब्जा करने के लिए मोचियों और पासवानों को भड़का रहे हैं। न जाने किस कानून की बात कर अल्ल-बल्ल बक रहे हैं? हम अपने कानों से सुने हैं।"

"क्या?" महन्त जी के नेत्र विस्फारित हो गए थे, "क्या? फिर से कहो।"

परमा पासवान ने वही खबर दुहराई।

महन्त जी का मुखमंडल क्रोध से विकृत हो गया था। वे सपने में भी नहीं सोच सकते थे कि कोई संन्यासी मठ के खिलाफ जहर उगल सकता है। पैर पटकते हुए बड़बड़ाए, "भवेश कहता था कि संन्यासी जेपी आन्दोलन के बारे में बैठक करेगा, लेकिन वह नया गुल खिला रहा है।"

उन्होंने जैसे कुछ निश्चय कर लिया—समस्या को जड़-मूल से उखाड़ दूँगा।

"तुम लोग अब खड़े-खड़े मेरा मुँह मत देखो। जाओ और उस संन्यासी और उसके साथ जो भी हों, उन्हें देवा गाँव की सीमा से बाहर खदेड़ दो।" उन्होंने अपने गुमाश्तों को हुक्म दिया।

"अगर मठ की जमीन की ओर किसी की गिद्ध-दृष्टि गड़ी तो खून की नदियाँ बह जाएँगी।" बौखलाहट में वे अपने विश्राम कक्ष की ओर बढ़े। उनका सारा शरीर तनावग्रस्त हो गया था।

मठ की हलचल से अनजान उधर बैठक जारी थी। भवेश किसानों से मुखातिब था। "हम लोग अपने गाँव देवा में जनता सरकार बनाएँगे। हम चाहेंगे कि उसमें सभी टोलों के लोग शामिल हों। मोची टोला, पासवान टोला और माँझी टोले से जितने मर्द-औरत आना चाहेंगे, उनका स्वागत होगा।"

भवेश जनता सरकार के एजेंडे और कार्य प्रणाली पर चर्चा करने लगा, किन्तु वहाँ मौजूद लोग अचानक बेचैन हो उठे जैसे, हिरणों के झुंड ने शेर को अपनी ओर आते देख लिया हो। इसके पहले कि कोई कुछ समझ पाता, दस लठैतों ने बैठक स्थल घेर लिया था। अमिय और जंगी सिंह लठैतों को न जानते थे, न पहचानते थे। सोचा, किसान-मजदूर हैं। भीड़-भाड़ देखकर चले आए। जंगी सिंह ने उन्हें भी बैठने का आग्रह किया।

"आप लोग भी बैठकर सुनिए। भवेश जी बहुत अच्छी बातें बता रहे हैं।"

"हम बैठने नहीं आए हैं। महन्त जी की आज्ञा है कि सभी बाहरी लोग अपना आसन फौरन यहाँ से ले जाएँ।" परमा पासवान तैश में था। उसके साथी अपनी लाठियाँ जमीन पर ठक-ठक करने लगे।

अमिय और जंगी सिंह चौंक गए। महन्त जी तक हमारी बात पहुँच गई? हमें डराने को उन्होंने लठैत भेज दिए? जीवेश को महन्त से ऐसे व्यवहार की आशा नहीं थी। भवेश ने फुर्ती से मोर्चा सँभाल लिया। उसके साथी उसका इशारा समझ गए। उन्होंने जीवेश, अमिय और जंगी सिंह के इर्द-गिर्द सुरक्षा घेरा बना लिया।

"अगर बाहर से आए लोग नहीं गए तो?" भवेश ने लठैतों को ललकारते हुए कहा। सभी लठैत उसको पहचानते थे। वे सभी नौजवानों को भी जानते थे।

परमा नरमी से बोला—

"भवेश बाबू, आप बाभन-राजपूत लोग काहे इस मामले में पड़ रहे हैं? महन्त जी ने बाहरी लोगों को निकल जाने को कहा है। मठ की जमीनों पर कब्जा करने के लिए चमार-दुसाध को भड़काएँगे तो महन्त जी इसे बर्दाश्त करेंगे?"

इस वार्तालाप ने अमिय का इस सच से सामना करा दिया कि गाँवों में बाभन-राजपूत जैसी जातियों से उलझने की हिम्मत जुटाना आसान नहीं होता।

"अबे परमा, हम लोग बाभन-राजपूत बाद में हैं, पहले जेपी के सिपाही हैं। जीवेश शर्मा जी हमारे कमांडर हैं। हम लोगों ने नेवता देकर संन्यासी जी और जंगी सिंह जी को सूरजपुर से बुलाया है। जंगी सिंह जी जहानाबाद ब्लॉक के प्रमुख और हमारे बड़े नेता हैं। इसलिए कुछ भी उलटा-पुलटा कहने के पहले तुम लोग अपनी सोच लो।"

परमा और उसके साथ आए लठैतों को अपनी लाठियों का बोझ भारी लगने लगा। बेवकूफी हो गई जो महन्त जी को यहाँ की खबर दे दी। अब जंगी सिंह को हस्तक्षेप करना जरूरी लगने लगा। बोले—

"यह सभी लोग तुम्हारे ही भाई-बन्धु, गोतिया-परिवार हैं। टूटी झोंपड़ी में रहते हैं। कड़ी मेहनत के बावजूद दोनों जून का भात मुश्किल से जुटा पाते हैं, इसलिए क्योंकि इनकी मेहनत की कमाई का बड़ा हिस्सा तुम्हारे महन्त जी और उनके लगुए-भगुए हड़प लेते हैं। तुम लोगों को शरम आनी चाहिए कि अपने भाई-बन्धुओं के खिलाफ ऐसे महन्त के भाड़े के लठैत बने हुए हो।"

बात तलवार की धार की तरह चीर देने वाली थी। सामान्य व्यक्ति सुनकर शरम से गड़ जाता, लेकिन वे बुद्धि से मन्द शरीर से तगड़े लोग थे। उन पर जंगी सिंह के शब्दों का कम, ब्लॉक प्रमुख होने का ज्यादा असर पड़ा। महन्त जी के यहाँ घोसी ब्लॉक के प्रमुख परशुराम शर्मा का आना-जाना था। गुमाश्ते उनकी ठसक और धमक से वाकिफ थे। गुमाश्तों ने मान लिया कि जंगी सिंह जहानाबाद ब्लॉक के परशुराम शर्मा होंगे। अब क्या खाकर वे जंगी सिंह का सामना करते? भवेश और उसके साथियों से मुकाबला करना उनके बूते के बाहर था। गुमाश्तों ने वहाँ से खिसकने में ही भलाई समझी।

वे खिसक गए, किन्तु महन्त का आतंक उन गरीबों पर छाया रहा। जिनकी जीविका महन्त के खेतों में खून-पसीना बहाकर चलती थी, उनमें महन्त के विरोध का साहस कैसे

हो सकता था? कानून के सफों में चाहे जो लिखा हो, मठ की जमीनों को बटाई-लगान पर जोतने वाले हरिजनों के लिए महन्त का कहा ही कानून था। कहने को मठ पर सीलिंग का मुकदमा चल रहा था, लेकिन उसका फैसला कब होगा या क्या होगा, कोई नहीं कह सकता था। दबी जबान चर्चा थी कि हाकिम और जज महन्त जी की जेब में रहते हैं, इसलिए मठ की जमीन कभी नहीं बँट सकती। गुमाश्ते महन्त के लिए हाथी के दाँत की तरह थे। इलाके के खूँखार अपराधी महन्त के इशारे पर आफत बरपाने को हरदम तैयार रहते। उन अपराधियों के लिए हरिजनों की बस्ती फूँक देना, उनके हाथ-पाँव तोड़ देना या उनका खून तक कर देना कोई मुश्किल काम न था। मठ की यह सच्चाई पटना या दिल्ली में सरकारों के बदलने से कभी नहीं बदली।

महन्त के आतंक ने अपना असर दिखाना शुरू कर दिया। कुछ लोग लघुशंका करने उठे, तो बाहर ही रह गए। धीरे-धीरे लघुशंकितों की संख्या बढ़ती चली गई। इसके पूर्व कि पूरी बैठक लघु शंका की शिकार हो जाती, अमिय ने उन गरीबों में हिम्मत डालने की कोशिश की—

"मैं आप सभी को 'गीता' से कुछ बताना चाहता हूँ।"

'गीता' के प्रति आस्था ने बाहर जाने को उठे पाँव रोक दिए। अमिय ने कहना शुरू किया, 'गीता' के तीसरे अध्याय में भगवान श्रीकृष्ण अर्जुन से कहते हैं—

*सदृशं चेष्टते स्वस्याः प्रकृतेर्ज्ञानवानपि।*
*प्रकृतिं यान्ति भूतानि निग्रहः किं करिष्यति॥*

अर्थात् चाहे ज्ञानी हो अथवा अज्ञानी, हर मनुष्य अपनी प्रकृति के अनुसार ही काम करता है। प्रकृति तीन तरह की होती है : तमोगुण, रजोगुण, सतोगुण। महन्त की प्रकृति तमोगुणी है। ऐसा व्यक्ति न्याय, सत्य, मानवता से कोई मतलब नहीं रखता। वह बस 'मैं-मैं' में लीन रहता है, किन्तु वह अन्दर से बलशाली नहीं होता। अंग्रेजों की प्रकृति भी ऐसी ही थी। हमारे देश पर लम्बे समय तक शासन जरूर करते रहे, लेकिन उन्हें अन्ततः अपना बोरिया-बिस्तर बाँधकर भागना पड़ा। ऐसा क्यों हुआ? क्योंकि उनके तमोगुण का मुकाबला गांधी जी के सतोगुण से हुआ। सतोगुण वाला व्यक्ति सत्य, न्याय और मानवता के साथ हमेशा खड़ा रहता है। गांधी जी ने अपने सतोगुण से देश की सोई जनता को जगा दिया। जाग उठा इनसान जुल्म, अन्याय, असत्य नहीं सहा करता। इसलिए लोग लड़े और अंग्रेज भाग गए। मैं आपसे यह कहना चाहता हूँ कि आप अपनी शक्ति पहचानें। आपकी प्रकृति सतोगुण वाली है क्योंकि आप महन्त की हकमारी नहीं करते। वह आपकी हकमारी करता है।"

बैठक में नीरव शान्ति छा गई थी। लघुशंका के बहाने बैठक से चले गए लोग भी लौटने लगे।

"इतिहास जानना इसीलिए जरूरी है ताकि हम उससे वर्तमान और भविष्य को बेहतर बनाने की सीख ले सकें।" अमिय ने गांधी से जो सीखा था, उसे वह उन मेहनतकशों के बीच बाँट रहा था। उनमें ऊर्जा भरने की कोशिश कर रहा था। 'गीता' का वह श्लोक उनमें

ऊर्जा भरने का माध्यम था। सभी लोग ध्यानपूर्वक उसके प्रत्येक शब्द को सुन रहे थे।

"अभी जयप्रकाश जी सम्पूर्ण क्रान्ति का आन्दोलन चला रहे हैं। सम्पूर्ण क्रान्ति यानी ऐसा समाज बनाने की क्रान्ति जिसमें सत्य, न्याय और मानवता का बोलबाला हो। जिसमें हरेक व्यक्ति को मेहनत की रोटी और इज्जत की जिन्दगी मिले। जिसमें मेहनतकश को मेहनत का सही मोल मिले, हक मिले। हम सभी उसी आन्दोलन के सिपाही हैं।" अमिय ने आगे कहा।

"जयप्रकाश जी गांधी जी के 1942 में 'करो या मरो' के आह्वान पर हजारीबाग जेल की दीवार तोड़कर बाहर निकल अंग्रेजों से लड़ने वाले नेताओं में सबसे सम्मानित नेता रहे हैं। उनके अन्दर गांधी जी का वही सतोगुण मौजूद है। जेपी ने हम लोगों को सत्य, न्याय और मानवता के लिए काम करने की प्रेरणा दिया है। आप खून-पसीना बहाकर रोजी-रोटी कमाने वाले लोग हैं। आप लोगों में भी वही गुण है। आपके अन्दर सत्य, न्याय और मानवता के पक्ष में खड़ा होने की शक्ति है। विश्वास रखिए, यदि आप निडरता से अपने हक के लिए लड़ने का मन बना लें, तो महन्त का धनबल और जनबल धरा का धरा रह जाएगा। उसकी उँगलियाँ आपकी शक्ति के समक्ष काँपने लगेंगी। आप अकेले-अकेले रहेंगे, कमजोर बने रहेंगे। इसलिए आपस में एकता तथा संगठन बनाना होगा। याद रखिए, एकता में शक्ति होती है। संगठन में ताकत होती है। भवेश जी और उनके साथी आपको सब कुछ बताएँगे। समझाएँगे। हम सभी आप लोगों की एकता और संगठन बनाने में मदद करने आए हैं।" अमिय ने अपनी बात समाप्त की।

अमिय के सम्भाषण में ऐसा आकर्षण था कि उन मेहनतकश परिवारों की स्त्रियाँ भी अपनी झोंपड़ियों से धीरे-धीरे निकलकर बैठक में खिंची चली आई थीं। उन्हें अमिय के शब्द भले ही पूरी तरह समझ में नहीं आए हों, लेकिन अभिव्यक्त भावनाओं से वे स्पन्दित थीं।

अमिय के चुप हो जाने के बाद उन स्त्रियों में से एक बुढ़िया अपनी लाठी के सहारे उठ खड़ी हुई। वह धरीक्षन की माँ थी। वह मझोले कद और चमकती आँखों वाली गेहुँए रंग की स्त्री थी। वह अपनी जवानी के दिनों में सुन्दर रही होगी। उसके होंठों पर हल्की जुम्बिश हुई और उसने कहना शुरू किया—

"बउआ, एही उम्मर में तू साधु-सानेयासी बन एतना निम्मन बात हम्मर सभनी के बच्चा-बुतरू के समझा रहल हो। मठ के जमीन पर हम्मर लोग के पसीना से सभे किछु उपजत हे। इ निआव नहीं हे कि महन्त जी मौज करें अऊर हम मनई भुखल सुतें। धरीक्षन के बाप-दादा एही मट्टी में अप्पन पसीना बहा-बहा के मर गइलन। धरीक्षन भी ओही मट्टी में पसीना बहा-बहा के मरिहन। हम मुदा हुनका पहिल हीं ऊपर चलि जाएब। बाकि जउन रास्ता बउआ तू बताय रहे हो, अगर सभै लोग ओही रास्ता पर चलिहें त उ दिन दूर ना रही कि आवे वला दिन में इहाँ के बच्चा-बुतरू के दिन सुभीता से कटी। सभै लोग समझ लो, मठ की मट्टी हम्मर सभन के हे। हम्मर सभन के उ मिले के चाही। इहे निआव हे। निआव खातिर लड़े में कौन डर-लाज हे?"

बुढ़िया के स्वर में बरछी की धार थी। महन्त के आतंक को छिन्न-भिन्न कर देने

वाली ललकार थी। उसकी आवाज में उम्र की थरथराहट नहीं, पत्थर जैसी धमक थी। वह धमक निष्फल नहीं गई। कई स्त्री-स्वर गूँजने लगे—

"ठीके त कहलथिन हल धरीक्षन के माय।"
"तोहरा सब काहे डर गइल हूँ परमावा से?"
"निआव केल त महाभारत भईल हन।"

धरीक्षन की माँ की तरह ही वे भी गरीबी और अभाव में पली-बढ़ी स्त्रियाँ थीं। उनका वर्तमान उनके भूत से अलग नहीं था और भविष्य वर्तमान की छाया होने को अभिशप्त था, परन्तु वर्तमान तथा भविष्य को बेहतर बनाने की आशा उनके मन में चमक रही थी। धरीक्षन की माँ और उन स्त्रियों ने वहाँ उपस्थित सभी का इस सत्य से साक्षात्कार करा दिया कि राख में भी चिनगारी छिपी हो सकती है। बस, ढूँढ़ने की देर है।

"जिस गाँव में ऐसी वीर माँ और वीरांगनाएँ हों, उस गाँव में अन्याय और अनाचार नहीं फटक सकते। मैं आप सभी को सलाम करता हूँ।" अमिय भावनाओं के उद्रेक को रोक नहीं सका।

"हम सभी की भी यही भावना है।" जीवेश ने दुहराया। किसी ने आगे कुछ कहने की आवश्यकता नहीं समझी। जनता सरकार के गठन के लिए बैठक की तारीख तय करने का फैसला भवेश पर छोड़ बैठक समाप्त हो गई। देवा गाँव में नए सूरज ने दस्तक दे दी थी। अँधेरा सिमटने को था।

## 4

घोसी इलाके में जेपी आन्दोलन के तेवर और त्वरा में देवा ने नए आयाम जोड़ दिए। उस इलाके में भूमि के मामले में देवा मठ के बाद गन्धराइन मठ की गिनती होती थी। उस मठ की भी सैकड़ों बीघे जमीनें हरिजन, यादव, कोइरी जातियों के गरीब किसान बटाई-लगान पर जोत-कोड़ करते थे। उनमें भी सुगबुगाहट होने लगी। मसाढ़ और अरहिट जैसे गाँवों के बटाईदारों में भी आशा जगने लगी।

अमिय और जंगी सिंह ने जीवेश के साथ जब इन गाँवों में बैठकों का दौर चलाया, तब किसान-मजदूर खुलकर भूमिपतियों के शोषण की कहानियाँ सुनाने लगे।

"हम लोग पूर्व जमींदार के बकाश्त जमीनों की जोत-कोड़ बाप-दादा के जमाने से करते आए हैं। हल-बैल, बीज-खाद, मेहनत-मजदूरी—सभी हमारी लगती है, मालिक लोग आधा हिस्सा जबरन ले लेते हैं। जब कानूनन उन्हें तिहाई मिलना चाहिए, हम आधा हिस्सा क्यों दें उन्हें?" मसाढ़ में शिवन पासवान ने बैठक में यह सवाल उठाया। शिवन 'ग्राम संघर्ष समिति' के सदस्य होने के साथ-साथ बटाई पर खेती करने वाले नौजवान किसान थे।

"बटाईदार एक बार आधा की जगह तिहाई देना शुरू तो करें। मालिकों को बताएँ कि कानून यही कहता है। मालिक आप लोगों के सीधेपन का फायदा उठा रहे हैं, लेकिन

आपको अपनी एकता मजबूत करनी होगी।" अमिय और जंगी सिंह ने उन्हें समझाया।

"शिवन जी, हमें मसाढ़ में किसानों-मजदूरों, छात्रों-नौजवानों, महिलाओं को जोड़कर जनता सरकार का गठन करना है। जनता सरकार के एजेंडे में जेपी आन्दोलन के मुद्दों के अलावा हम भूमि-सुधार, न्यूनतम मजदूरी, मानव गरिमा और स्त्री सशक्तीकरण के सवाल शामिल करेंगे। जनता सरकार की नुमाइंदगी मेहनतकशों के हाथ में होगी।" जीवेश ने एकता मजबूत करने का खाका बैठक में रखा, "बटाईदारी कानून के अनुसार उपज का एक-तिहाई मालिकों को देने का निर्णय जनता सरकारें अपनी बैठक में करेंगी और उसे अमली जामा पहनाएँगी।"

हालाँकि देवा के बाद उन्हें कहीं भी गुमाश्तों या लठैतों का सामना नहीं करना पड़ा, किन्तु ऐसा नहीं था कि महन्त और दूसरे भू-स्वामी शान्त बैठे थे। उनमें खलबली मची हुई थी। वैसे उस इलाके में भूमि-सुधारों की माँग पहली बार नहीं उठी थी। आजादी मिलने के पहले स्वामी सहजानन्द सरस्वती ने गाँव-गाँव घूमकर जमींदारों के खिलाफ किसानों को संगठित किया था। आजादी मिलने के बाद जमींदारी चली गई, परन्तु बड़े भू-स्वामियों ने येन-केन-प्रकारेण अपनी काफी जमीनें बचा लीं। मठों को कोई फर्क ही नहीं पड़ा। जितनी मूर्तियाँ, उतने नामों से जमीनों का खाता खुल गया। ऐसा केवल मध्य बिहार ही नहीं, पूरे राज्य में हुआ। बड़े भू-स्वामियों ने भूमि-सुधार कानून को किताब से बाहर निकलने ही नहीं दिया। कभी सुगबुगाहट हुई तो मन-माफिक संशोधन करवा लिया। विधायिका और कार्यपालिका के बड़े ओहदेदार भी उनके ही जमात के भाई-बन्धु थे। कानून में ऐसी-ऐसी पेचीदगियाँ डाल दीं कि वह कागजी शेर बन गया।

अमिय के कारण उत्पन्न इस ताजा खतरे से निपटने के लिए देवा मठ महन्त ने इलाके के बड़े भू-स्वामियों की बैठक बुलाई। जेपी आन्दोलन की प्रमुख माँगों में भूमि-सुधार शामिल नहीं था, महन्त और बड़े भू-स्वामी इसे जानते थे। फिर यह खटराग क्यों?

"अरे भाई, भ्रष्टाचार, महँगाई, बेरोजगारी, लालफीताशाही और कुशिक्षा के मुद्दे पर चल रहे आन्दोलन में भूमि-सुधार और बटाईदारी कानून लागू करने की माँग जहानाबाद में ही क्यों उठाई जा रही है?" बैठक में यह सवाल जोर-शोर से उठा।

"कुछ नहीं, यह यूपी से आए संन्यासी का दिमागी फितूर है। करेला और नीम चढ़ा। जंगी सिंह भी साथ में वही राग आलाप रहे हैं। जिसके मन में जो आ जाएगा, जेपी आन्दोलन के नाम पर वही करने लगेगा क्या? हम लोग जेपी से अलग थोड़े हैं?"

गन्धराइन मठ के महन्त जी थे।

"मैं पटना जाकर जेपी से इस मामले पर बात-विचार करने की सोच रहा हूँ। सर्वोदय के भाइयों से भी संन्यासी की करतूत बताऊँगा।" देवा मठ के महन्त जी थे।

"महन्त जी, संन्यासी जेपी आन्दोलन के नाम पर हिंसा फैलाना चाहता है। मुझे इसका सम्बन्ध बंगाल के नक्सलियों से लगता है।" भुआल शर्मा विफरे। वे बड़े भू-स्वामी थे। सैकड़ों बीघा गैर-मजरुआ जमीनें भी उनके कब्जे में थीं।

अमिय इन हलचलों से अनजान घोसी के गाँवों में बैठकें करता जा रहा था। काम खत्म हो जाने पर उसने जीवेश से विदा ली। उसे और जंगी सिंह को अलावलपुर भी

जाना था। वहाँ अली मियाँ के साथ एक अलग इम्तिहान उनकी प्रतीक्षा कर रहा था।

हलचलों की खबरें नमक-मिर्च के साथ जिले के बड़े भू-स्वामियों तक पहुँचने लगी थीं। पहले सूरजपुर, और अब घोसी? और इन खबरों के साथ जिस व्यक्ति की सर्वाधिक चर्चा हो रही थी, वह था अमिय। बड़े भू-स्वामी चिमगोइयाँ करते, "कौन है भाई यह संन्यासी? इसका मकसद क्या है? इसे हम लोगों से इतनी चिढ़ क्यों है? नक्सली है क्या?" खबरें अलावलपुर भी पहुँचीं।

अलावलपुर में गठित संघर्ष समिति में बड़े भू-स्वामियों के कुछ नौनिहाल भी सदस्य थे। इनमें से अधिकांश पटना के कॉलेजों में पढ़ते थे। नया खून, नया जोश, नई उमेंगे—सभा-जुलूसों में आगे रहते।

घर में 'पुतुआ' कहे जाते थे, सभा-जुलूसों में 'पुत्तू नेताजी' कहे जाने लगे। ऐसे कई पुतुआ, चुनुआ, छुनुआ, मुनुआ आदि जेपी आन्दोलन के नेता बन गए थे। जब ऐसे नौनिहालों के परिवार में खबरें पहुँचीं, वहाँ भी हलचल मच गई। माँ-पिता-चाचा-ताऊ-दादा ने इन्हें आन्दोलन में शामिल होने की इजाजत दी थी क्योंकि उन्हें लगता था कि इससे खानदान का नाम होगा। उन्हें रत्ती भर भी इल्म न था कि आन्दोलन से कभी उनका नुकसान हो जाएगा।

"सुना है कि सूरजपुर में कहारों को पालकी उठाने से संन्यासी ने मना कर रखा है। उसके असर से इधर के कहार भी मनबढ़ू हो चले हैं। छोटी जात वाले हमारे सामने खाट पर बैठने लगे हैं। खेतिहर मजदूर अधिक मजदूरी माँगने लगे हैं। अब भूमि-सुधार कानून और बटाईदारी कानून का नया शिगूफा? हमारी जमीनों पर कुदृष्टि?" किसी ने भड़ास निकाली।

"सुना है कि संन्यासी को अली मियाँ ने मीटिंग करने अलावलपुर बुलाया है। जहानाबाद के प्रमुख जंगी सिंह भी आ रहे हैं।" किसी जानकार ने यह सूचना साझा किया।

पुतुआ, चुनुआ, छुनुआ, मुनुआ आदि अपने-अपने परिवारों की अदालत में तलब किए गए। जिरह होने लगी।

"बाबूजी, हम भीख माँगने आन्दोलन में नहीं आए हैं। थोड़ी तफरीह ली जा रही है। पूरे ब्लॉक में जहाँ जाओ, लोग पहचानते हैं। अच्छा लगता है। फ्यूचर ब्राइट है।" पुतुआ ने नेतागीरी के पीछे का दर्शन बयान किया। यही बयान चुनुआ, छुनुआ, मुनुआ आदि का भी था।

"अगर यह बात है तो संन्यासी और जंगी सिंह जब मीटिंग में सीलिंग, बटाईदारी या गैर-मजरुआ जमीन बाँटने की बात करें, घुमाके देना।" अदालत ने फैसला सुनाया।

पुतुआ, चुनुआ, छुनुआ, मुनुआ आदि के सीनों में भक्-से चिनगारियाँ छिटकने लगीं। ले लोट्टा, सड़क जाम कर देना या नारे लगाना एक बात है। अब कोई चाहे कि हम लोग अपने बाप-दादा की जमीनें लुटवा दें, मुँह तोड़ देंगे।

'प्रखंड संघर्ष समिति' की बैठक में आखिर ये चिनगारियाँ भड़क ही उठीं। बैठक गांधी पुस्तकालय में रखी गई थी। परिचय के बाद अमिय को सम्बोधन के लिए आमंत्रित किया गया। अमिय ने बातचीत शुरू की—

"साथियो, आप सम्पूर्ण क्रान्ति से क्या समझते हैं?"

पुत्तू नेताजी खड़े हुए।

"जी हाँ, भ्रष्टाचार, महँगाई, बेरोजगारी दूर करना और शिक्षा व्यवस्था में सुधार के मायने हैं सम्पूर्ण क्रान्ति।" जैसे बी.एन. कॉलेज में प्रोफेसर पोद्दार के किसी प्रश्न का उत्तर दिया जा रहा हो, अन्दाज बिलकुल वही था।

"कोई और?"

"ठीक बोले हैं पुत्तू भइया। इसमें लालफीताशाही जोड़ दीजिए। हो गई सम्पूर्ण क्रान्ति।" चुनुआ, छुनुआ, मुनुआ आदि का समवेत स्वर गूँजा। पुत्तू नेताजी की बाँछें खिल गईं। बुड़बक समझे हैं का संन्यासी जी? बी.एन. कॉलेज के विद्यार्थी हैं हम लोग। इतना भी नहीं समझेंगे?

"इन समस्याओं को दूर करने का क्या उपाय है?"

"धरना-प्रदर्शन, दुकानें बन्द करवाना, सड़क जाम, और क्या?" चुनुआ बोल पड़ा। वह अपने को पुत्तू से कम नहीं समझता था।

"अभिये न अक्टूबर में अलावलपुर बन्द करवाए थे हम लोग।" मुनुआ था।

"देखिए, महँगाई, भ्रष्टाचार, बेरोजगारी, लालफीताशाही या कुशिक्षा, ये सभी मौजूदा व्यवस्था की उपज हैं। व्यवस्था में मूलभूत बदलाव लाए बिना इनसे पिंड नहीं छुड़ाया जा सकता। कोई भी व्यवस्था इस आधार पर संचालित होती है कि उसके उत्पादन सम्बन्ध किस प्रकार के हैं? संसाधनों पर किस वर्ग का कब्जा है?अगर संसाधनों पर मुट्‌ठी भर लोगों का कब्जा होगा तथा उत्पादन के साधन इन्हीं वर्गों के पास होंगे, तो व्यवस्था को ये लोग अपने मनमाफिक चलाएँगे।"

पुतुआ को अर्थशास्त्र की क्लास याद आने लगी। प्रोफेसर पोद्दार जी इसी तरह पढ़ाते थे। कुछ समझ में नहीं आता था। रट्‌टा मार लिया और इम्तिहान में सब कुछ उगल दिया कॉपी पर। कई बार रटी-रटाई बात याद नहीं रहती थीं। उस समय इनविजीलेटर की नजर बचाकर श्याम बुक डिपो के गेस पेपर से काम चल जाता था। इनविजीलेटर भी कुछ न कहते थे। वे अपना जमाना कैसे भूल जाते? चालीस प्रतिशत मार्क्स कहीं नहीं गया था।

फिर वही उत्पादन सम्बन्ध? अली मियाँ संन्यासी जी को अर्थशास्त्र पढ़ाने लाए हैं क्या?

"जब जेपी सम्पूर्ण क्रान्ति की बात कहते हैं, उनका संकेत व्यवस्था में आमूलचूल परिवर्तन का होता है। हालाँकि परिवर्तन इतना आसान नहीं है। यह एक-दो दिनों या सालों में नहीं हो जाएगा। जो विद्रूपता सदियों से व्याप्त है, उसे बदलने के लिए समय, शक्ति और संकल्प की जरूरत होगी। लेकिन शुरुआत अभी से करनी होगी। कर्म करना होगा। कर्म करना हमारे अधिकार क्षेत्र में है, फल मिलना भविष्य के गर्भ में। 'गीता' में कृष्ण का वचन याद किजिए : कर्मण्येवाधिकारस्ते, मा फलेषु कदाचन। कुरान शरीफ में कहा गया है : मैंने हर युग में नबी भेजकर अपना सन्देश तुम तक पहुँचाया, लेकिन तुमने उन सन्देशों पर अमल नहीं किया।"

कितना कर्म करें भाई? नारा लगाया, जुलूस निकाला, बाजार बन्द करवाया, एन.एच.

जाम किया। आगे भी करेंगे। पुतुआ का दिमाग गरमा रहा था। चुनुआ, छुनुआ, मुनुआ आदि की दशा कोई भिन्न नहीं थी।

"परिवर्तन की शुरुआत हमें गाँवों से करनी होगी। गाँवों में उत्पादन सम्बन्धों में बदलाव लाने के काम को हमें हाथ में लेना होगा। जेपी का निदेश गाँवों में जनता सरकारें गठित करने का है। हमें जनता सरकारें गठित करनी होंगीं जिसमें गरीब किसानों-मजदूरों, हरिजनों-स्त्रियों और छात्रों-नौजवानों की भागीदारी होगी। जनता सरकारें गाँव की छोटी-मोटी समस्या के समाधान से लेकर सार्वजनिक संसाधनों तक का न्यायपूर्ण प्रबन्धन करेंगी। जहाँ भूमि-सुधार एवं मजदूरी के कानून ठीक से लागू नहीं हो सके हों, वहाँ वे उन कानूनों को लागू करवाने के प्रयत्न करेंगी। वे मानवीय गरिमा और नारी सशक्तीकरण के सवालों पर काम करेंगी। संघर्ष समितियों को उनका मार्गदर्शन..."

भूमि-सुधार कानून शब्द कान में पड़ते ही पुतुआ, चुनुआ, मुनुआ, छुनुआ वगैरह के अन्दर दबी चिनगारी भड़क उठी। वे फट पड़े। अमिय को अपना वाक्य बीच में ही रोक देना पड़ा।

"कान खोलकर सुन लीजिए, संन्यासी जी। जेपी आन्दोलन में भूमि-सुधार या मजदूरी कानून लागू करवाने की बात कभी नहीं आई है। हम लोग उनके सच्चे सिपाही हैं। उनकी बात को तोड़-मरोड़ कर पेश करिएगा तो यहीं संग्राम हो जाएगा।" वे सभी कर्कश स्वर में चिल्लाने लगे।

"हमारी जमीनों पर कोई आँखें उठाएगा तो साले की आँखें निकाल लेंगे।" वे गाली-गलौज पर उतर आए। संघर्ष समिति के दूसरे सदस्य भयाक्रान्त मुद्रा में चुप बैठे रहे।

अली मियाँ अवाक् थे। उन्हें ऐसी प्रतिक्रिया की आशा नहीं थी। उन्होंने इन नौजवानों की ऊर्जा देखी थी। इनकी सामाजिक पृष्ठभूमि पर कभी ध्यान नहीं दिया था। जंगी सिंह के लिए यह नया नहीं, किन्तु अनपेक्षित अनुभव था। वे जानते थे कि आन्दोलन के शीर्ष नेतृत्व में भिन्न-भिन्न विचारों और मतों के लोग हैं। सबके अपने स्वार्थ एवं मकसद हैं, किन्तु निचली पाँतों में ऐसे उच्छृंखल युवक प्रवेश कर गए हैं, वे नहीं जानते थे।

अमिय शान्त था। जिस दिन उसने 'जहानाबाद जिला जन संघर्ष समिति' की बैठक में भाग लिया था, उसे समझते देर नहीं लगी थी कि आन्दोलन के एजेंडे में मूलभूत बदलाव था ही नहीं। सभी बस सम्पूर्ण क्रान्ति की रट लगा रहे थे। वह आन्दोलन को बुनियादी मुद्दों की ओर मोड़ने की कोशिश में लगा था ताकि सम्पूर्ण क्रान्ति का सपना साकार हो सके। अर्द्धसामन्ती अर्द्धपूँजीवादी व्यवस्था में भूमि-सुधार, भूमि आवंटन, मजदूरी, मानवीय गरिमा तथा नारी सशक्तीकरण जैसे मुद्दे उसकी दृष्टि में बेहद जरूरी बुनियादी मुद्दे थे। इन बुनियादी मुद्दों पर काम करने से उथल-पुथल मचनी ही थी।

"आन्दोलन के नाम पर नान्ह सब बड़का के सिर पर मूतेगा? हमारे टुकड़ों पर पलने वाले चमार-दुसाध, कोइरी-कहार हमारी जमीनें ले लेंगे और हम लोग देखते रह जाएँगे? काट देंगे सालों को भुजरी-भुजरी।" पुतुआ दहाड़ने लगा था। पारिवारिक अदालत का निर्देश उसके सिर चढ़ बोल रहा था। चुनुआ, छुनुआ, मुनुआ वगैरह भी क्रोध में फिचकुर फेंकने लगे थे।

गाली-गलौज, चिल्ल-पों और दहाड़ें कब तक चलतीं, कहना कठिन था। तभी भयाक्रान्त मुद्रा में चुप बैठे सदस्यों में से दो-तीन दुबले-पतले नौजवान न जाने किस आन्तरिक प्रेरणा से अपने स्थान से उछलकर उनके सामने आ खड़े हुए। उनकी आँखों में अंगारे दहक रहे थे। मुट्ठियाँ तनी हुई थीं।

"जब गरीब किसान और मजदूर अपना हक माँगने उठ खड़े होंगे, तुम लोग तिनके की तरह उड़ जाओगे। बड़का होने का घमंड न दिखलाओ।" उनमें से एक नौजवान उनकी आँखों में आँखें डालकर ललकारने लगा।

"अगर हम नान्ह जाति के लोग तुम्हारे जैसे घमंडी किसानों के खेतों में हल न चलावें, निकौनी न करें, कटनी न करें तो तुम्हारी यह लंठई पानी माँगने लगेगी।" दूसरा नौजवान था।

भयाक्रान्त बैठे अन्य नौजवान भी इन दुबले-पतलों के समर्थन में उठ खड़े हुए। उनका भय कपूर की तरह उड़ गया था।

बदले घटनाक्रम से पुतुआ की दहाड़ उसके कंठ में अटक गई। उसके साथियों के मुँह का फिचकुर मुँह में ही रह गया। दोनों पक्षों ने एक-दूसरे की ताकत को आँखों-ही-आँखों में तौला। पुतुआ, छुनुआ, चुनुआ, मुनुआ वगैरह अल्पमत में थे। उनकी मुखमुद्रा बदल गई। उन्होंने खिसक जाने में ही भलाई समझी। नेतागीरी का नशा काफूर हो गया था। चुपचाप बैठक से निकल लिए। गांधी पुस्तकालय में शान्ति छा गई। उनसे मुकाबिल हुए नौजवान भी अपनी जगह पर वापस बैठ गए।

अली मियाँ, जो अवाक् होकर घटना-प्रवाह देख रहे थे, थोड़े चैतन्य हुए। उनकी आँखों से दर्द छलक रहा था। गला रुँधा हुआ था। जैसे कुछ अटक गया हो। बोले—

"हम गांधी, फुले, मौलाना आजाद, अम्बेडकर, विनोबा, जयप्रकाश और लोहिया के लोग हैं। इस आन्दोलन में हम अपनी खातिर नहीं, समाज और देश की सेवा के लिए आए हैं। हमारा रास्ता वही है, जो गांधी ने सिखलाया है—सत्य और अहिंसा का रास्ता। इसी रास्ते से हम समाज को बदलना चाहते हैं। हमारा मकसद ऐसा समाज बनाना है जहाँ न्याय हो। हरेक को इज्जत की जिन्दगी और मेहनत की रोटी मिले। न कोई ज्यादा गरीब हो न बेहिसाब अमीर। जातीय उत्पीड़न मिटे। औरतों को मर्दों के साथ बराबरी का हक मिले। सेकुलर मूल्यों की सुरक्षा हो। लेकिन जब हमारे अन्दर इतनी नफरत भरी है, इतनी मवाद है, इतना अँधेरा है, मकसद के प्रति सही समझ नहीं है, तो तय है कि हम कुछ नहीं कर पाएँगे। सम्पूर्ण क्रान्ति आन्दोलन को हम तमाशा बनाकर रख देंगे।" उनके हृदय की समस्त पीड़ा शब्दों में रिसकर बाहर आने लगी थी।

"डॉक्टर अमिय, संन्यासी जी का यही नाम है, गाँव-गाँव घूमकर किसानों-मजदूरों-महिलाओं-नौजवानों को आन्दोलन के साथ जोड़ रहे हैं। उनकी जिन्दगी को बेहतर बनाने की कोशिश में खुद को खपा रहे हैं। अगर उनकी बातों से हममें से किसी की नाइत्तेफाकी है, हम उनसे बहस कर सकते हैं, लेकिन गाली-गलौज और हिंसा पर उतर आना? हमें यह किसने सिखलाया? हमारी जुबान कैसे इतनी गन्दी हो गई? फिर बड़ी

जात और छोटी जात का सवाल उठाना?" वे अपनी उमड़ती भावनाओं पर काबू पाने की कोशिश कर रहे थे।

"आप में से भूमि-सुधार कानूनों को लागू करवाने के मुद्दे पर जिनको एतराज है, क्या वे बहस के लिए तैयार हैं?" उन्होंने शेष बचे नौजवानों की आँखों में आँखें डालकर पूछा।

उन नौजवानों में से अधिकांश अँधेरों में पले-बढ़े थे। अँजुरी भर प्रकाश की आशा उन्हें आन्दोलन में खींच लाई थी। आजादी के बाद भी उनके जीवन स्तर और सामाजिक हैसियत में कोई सुधार नहीं हुआ था। गाँव की झोंपड़ियों से अलावलपुर इंटर कॉलेज तक का सफर थोड़े-से वजीफों के दम से तय जरूर कर लिया था, किन्तु तालीमें उन्हें अपने पैरों पर खड़ा होने लायक नहीं बना पाई थीं। उनमें से कइयों ने हल की मूठें पकड़ना तथा फावड़ा चलाना खूब अच्छी तरह सीख लिया था। किन्तु हल और फावड़ा चलाने के लिए उनके पास अपनी जमीनें नहीं थीं। दादा-पिता से सुनते आ रहे थे कि उनकी झोंपड़ी भी बड़का मालिकों की जमीन पर खड़ी है।

जब उनके कानों ने भूमि-सुधार, मजदूरी, मानवीय गरिमा जैसे शब्द डॉक्टर अमिय से सुने, उनके मुरझाए चेहरे लहलहा उठे। लगा, सदियों से जिस चिर-प्रतीक्षित क्षण की आस में उनके पुरखे मर-खप गए थे, उसे हाथ बढ़ाकर स्पर्श किया जा सकता था। किन्तु पुतुआ और उसके साथियों ने उस क्षण को झटके-से उनसे बहुत दूर कर दिया था। जब उन्हें 'टुकड़ों पर पलने वाली छोटी जाति' कहकर गाली दी गई, वे सह नहीं सके। सदियों का ज्वालामुखी अचानक धधक गया और उसका गर्म-गर्म लावा उनके रुधिर में बहने लगा। उनके अन्दर ऐसी प्रचंड शक्ति भर गई थी जो हर विद्रूपता को उलट-पलट दे। उसी शक्ति ने झटके में उन्हें बड़का मालिकों के खौफ से आजाद कर दिया था। पुत्तू और उसके दूसरे साथियों के मुकाबिल बना दिया था।

अली मियाँ की चुनौती स्वीकारने कोई हाथ न उठा, कोई खड़ा न हुआ। किसी ने सवाल न पूछा। अली मियाँ पर पूरा भरोसा था। जंगी सिंह ने अली मियाँ की पीठ थपथपाकर उनकी हिम्मत बढ़ाई। बोले—

"जब कारवाँ चलता है, बहुत से सौदागर साथ हो लेते हैं। कुछ राह में रुक जाते हैं, कुछ राह बदल लेते हैं। मंजिल पर वही पहुँचते हैं जो झंझावातों से लड़ पाते हैं।"

अली मियाँ चुप हो गए। मामूली परिवार से थे। गाँव में थोड़ी खेतीबाड़ी थी। अब्बा पॉवरलूम की छोटी फैक्टरी चलाते थे। गाँव से पटना कॉलेज तक का सफर तय करने में कोई खास दिक्कत नहीं हुई थी। कॉलेज में हमखयाल साथियों संग स्टडी सर्किलों में भाग लेने लगे। कोर्स की किताबों के साथ दूसरी किताबें पढ़ने की रुचि जाग गई। खुदा बख्श लाइब्रेरी के मेम्बर बन गए। गांधी, फुले, अम्बेडकर, विनोबा, जयप्रकाश, लोहिया को पढ़ा। भगत सिंह, बिस्मिल, मौलाना आजाद, अशफाक उल्ला खाँ की जीवनियाँ पढ़ीं। प्रेमचन्द, गोर्की, नाजिम हिकमत, लुशुन, मजाज, फैज, जोश मलीहाबादी को पढ़ा। बेहतर समाज बनाने का जज्बा दिल के किसी कोने में कब उगा, पता ही नहीं चला। छात्र आन्दोलन से जुड़ाव हो गया। पढ़ाई खत्म करने के बाद जीवन की राहें

तलाशने वापस अलावलपुर लौट आए। निकाह हो गया। नौकरी करने की जरूरत नहीं समझी। अब्बा ने कहा—अपनी फैक्टरी चलाओ, मियाँ। पटना में जो जज्बा उगा था, उसमें नए बेल-बूटे निकलने लगे। समाजसेवा का काम चुना। सबकी मदद को हाजिर रहते। जब जेपी आन्दोलन शुरू हुआ, मय बेल-बूटे कूद पड़े। तकरीरें अच्छी करते थे। अलावलपुर में आन्दोलन की कमान उनके हाथों में थमा दी गई।

कमान हाथ में आने पर खूब मेहनत की। गाँव-गाँव घूमे। हर जाति, हर मजहब के लोगों से प्यार-मोहब्बत से मिले। समझाया। संगठन खड़ा किया। नौजवानों को उससे जोड़ा। हर आदमी में अच्छाई देखते थे। पुत्तू से उसी दौरान मुलाकात हुई। गजब की ऊर्जा थी उस नौजवान में। निडर, बेखौफ। नारों में जान डाल देता। सभा-जुलूसों में धुआँधार भाषण देता। उसके साथ उसी की तरह के थे। अली मियाँ उन सभी पर भरपूर भरोसा करते थे।

उस दिन उनका भरोसा टूटा था। हर आदमी में केवल अच्छाई देखने का विश्वास दरका था। वे आहत थे। अमिय अली मियाँ की हालत समझ रहा था। बोला, "आप दिल के बहुत साफ लोगों में से हैं। दुनिया में सभी आप जैसे ही अच्छे होते तो क्या बात थी! किन्तु ऐसा होना सम्भव है क्या? आन्दोलन में कई उतार-चढ़ाव आते हैं। अगर हम उतार आने पर घबरा जाएँगे तो चढ़ाव कैसे आएगा? और यदि चढ़ाव पर इतराते रहेंगे तो उतार आने पर हमारे हाथ-पाँव फूल जाएँगे। इसलिए, चलिए हम लोग इन नौजवानों के साथ आन्दोलन को आगे बढ़ाएँ।"

अली मियाँ पर जंगी सिंह और अमिय के समझाने का अच्छा असर हुआ। उत्साहित होकर बोले, "बिलकुल! हमारे साथियों का जज्बा हमेशा से काबिले तारीफ रहा है।" फिर वे नौजवानों की ओर मुखातिब हुए और मुट्ठियाँ बाँधकर हवा में लहराते हुए नारा लगाया—"हम लड़ेंगे साथी।"

नौजवानों ने उनके स्वर में स्वर मिलाया—

"हम जीतेंगे साथी।"

गांधी पुस्तकालय में देर तक वह नारा गूँजता रहा।

अमिय ने दुबारा बातचीत शुरू की, "मैं आप लोगों को स्वामी विवेकानन्द का एक प्रेरक वचन सुनाता हूँ जिसे उन्होंने 'कठोपनिषद्' से लिया था। कठोपनिषद् में कहानी है कि ऋषि वज्रश्रवा ने अपने पुत्र नचिकेता के सवाल पूछने की आदत से आजिज आकर उसे यम के यहाँ भेज दिया। नचिकेता उम्र में बच्चा था, किन्तु वह ज्ञान पिपासु था। यम ने उसे समझाया—

*उत्तिष्ठत जाग्रत प्राप्य वरान्निबोधत*
*क्षुरासन्न धारा निशिता दुरत्यदुर्गम पथः*
*तत् कवयो वदन्ति।*

अर्थात् उठो, जागो और जानकार श्रेष्ठ पुरुषों के सान्निध्य में ज्ञान प्राप्त करो। मनीषी जनों का कहना है कि ज्ञान प्राप्ति का मार्ग तलवार की पैनी धार पर चलने के

समान ही दुर्गम है। स्वामी विवेकानन्द ने इसी प्रसंग को भारत के युवाओं से इस प्रकार कहा था—Arise, Awake and stop not till the goal is reached—अर्थात् उठो, जागो और लक्ष्य प्राप्त कर लेने तक मत रुको।

इसलिए मित्रो, हमें भी तब तक नहीं रुकना है जब तक कि हम सम्पूर्ण क्रान्ति का लक्ष्य प्राप्त नहीं कर लेते।" नौजवानों के चेहरे उत्साह और उमंग से खिल गए। दुबारा नारा गूँजने लगा—'हम लड़ेंगे साथी, हम जीतेंगे साथी।'

अगले कई दिनों तक अमिय और जंगी सिंह अली मियाँ के साथ गाँवों में जन-जागरण सभाएँ करते रहे। अबगिला, भदासी, परासी, रामपुर चौरम, कलेर, कामता, बाथे में किसान-मजदूर महिलाओं-नौजवानों की भारी भीड़ जुटी। अमिय धर्मग्रंथों और ऐतिहासिक उदाहरणों से स्त्री शिक्षा, मानवीय गरिमा, स्त्री-पुरुष समानता और गैर-बराबरी कम करने के उपायों पर जन-साधारण को समझाता। खेतिहर मजदूरों और छोटे-मझोले किसानों के साथ बातचीत में न्यूनतम मजदूरी, बटाईदारी और भूमि-सुधार कानूनों को लागू करवाने में जमीनी स्तर पर आन्दोलन एवं जिम्मेदार सरकारी अफसरों पर दबाव बनाने की रणनीतियों पर चर्चा करता। जंगी सिंह जनता सरकारों को गठित एवं सक्रिय करने पर जोर देते। अलावलपुर में नई बयार की आहट सुनाई देने लगी थी।

## 5

सूरजपुर, देवा और अलावलपुर से बही नई बयार धीरे-धीरे तेज होने लगी थी। गरीब किसान और खेतिहार मजदूर जनता सरकारों की छतरी के नीचे इकट्ठा होकर अपने हक की माँग करने लगे थे। उनकी त्वरा से प्रशासन की नींद हराम हो रही थी और बड़े भू-स्वामी सकते में थे। अमिय, जंगी सिंह, अरविन्द सिंह, अली मियाँ जनता सरकारों के मित्र, दार्शनिक और पथ प्रदर्शक की भूमिका में काफी सक्रिय थे। सत्या अरविन्द सिंह के साथ साये की तरह लगा रहता। इन्द्रदेव सिंह ने सूरजपुर और आसपास के गाँवों का मोर्चा सँभाल रखा था। जमुना मोची सूरजपुर जनता सरकार के काम में व्यस्त हो गए थे। इन हलचलों के बीच एक इम्तिहान जहानाबाद से लगभग साठ किलोमीटर दूर बोधा बिगहा में अमिय की प्रतीक्षा कर रहा था।

बोधा बिगहा में गया जिले का सबसे बड़ा मठ—बोधा मठ—अवस्थित था। हजारों बीघे जमीन का मालिक था बोधा मठ। जमीनें सैकड़ों गाँवों में फैली हुई थीं। मजेदार बात थी कि जमीनें कागज में मठ में स्थापित मूर्तियों-पिंडियों के नाम थीं। यहाँ तक कि पांडवों की मूर्तियाँ भी महन्त जी ने मठ में स्थापित करा दी थीं। मठ के आलोचक कहते—सीलिंग केस से बचने के लिए महन्त ने यह तिकड़म किया है। महन्त जी दूरदर्शी थे। आलोचकों का तोड़ उन्होंने निकाल लिया। जब विनोबा जी गया पधारे, महन्त जी ने दो हजार बीघे जमीनें भूदान में दे दीं। विनोबा जी ने दिल खोलकर उनकी दरियादिली की तारीफ की। अब जिस सज्जन की प्रशंसा विनोबा जी जैसा महामानव करने लगे, उनके आलोचक कहाँ टिकते? महन्त जी के प्रशंसकों की जमात बढ़ने लगी। भूदान

कार्यालय और सर्वोदय के भाई जी लोग उनके मुरीद बन गए। गया प्रशासन में भी महन्त जी को आदर मिलने लगा। मंत्री-एम.एल.ए.-एम.पी. महन्त जी के हस्बखाह बन गए।

भूदान में दो हजार बीघे जमीन देने के बावजूद भी मठ के पास बीस हजार बीघे से अधिक की भूमि शेष बची थी। इन जमीनों के प्रबन्ध के लिए मठ की अपनी कचहरियाँ थीं। बराहिल-गुमाश्ते और मुंशी थे। नकदी-लगान-बटाई पर जमीनों की जोत-कोड़ करने वाले किसानों से लाखों रुपए सालाना की आमदनी थी। अब मठ की मूर्तियों का कोप-भाजन बनने का डर था अथवा अगले जन्म के लिए पुण्य-संचय की कामना, गरीब किसान अपना पेट काटकर भी बिला नागा लगान भर दिया करते थे। अगर गलती से चूक गए तो गुमाश्तों की लाठियाँ लगान जमा कराने का अपना फर्ज अदा करना न भूलती थीं।

सारी आमदनी बतौर सेवाइत महन्त जी की तिजोरी में जमा होती। महन्त जी अपने प्रशंसकों, मुरीदों और हस्बखाहों का विशेष ध्यान रखते। दिल खोलकर उनकी मदद करते। किसानों-बटाईदारों को भाग्य और भगवान का डर दिखलाकर उनकी धर्मभीरुता को पुष्ट करते रहते। प्रवचन देते, "तुम्हारी आज की हालत पूर्व जन्मों के पाप कर्म के कारण है। तुम्हें भगवान की सेवा का जो अवसर मिला है, उसका लाभ उठा पुण्य संचय कर लो। अगला जन्म सुधर जाएगा।" अगले जन्म में सुख की आशा में किसान भूखे रहते, किन्तु महन्त जी की तिजोरी पर आँच न आने देते।

अमिय की तरह ही पद्मनाभन और उनकी पत्नी विष्णु प्रिया जेपी आन्दोलन में शामिल होने केरल से बिहार पहुँचे थे। अधेड़ दम्पती सर्वोदय के समर्पित कार्यकर्ता थे। जब बिहार में सम्पूर्ण क्रान्ति का बिगुल बजा, उन्होंने पटना की ट्रेन पकड़ ली। जेपी ने उन्हें मध्य बिहार में काम करने की सलाह दी। बस, वे गया आ गए। गया के भूदान कार्यालय में रहने की व्यवस्था हो गई। वहाँ भूदान किसान अपनी समस्याएँ लेकर आया करते थे। दम्पती कोशिश करते कि उन किसानों की समस्या का शीघ्र समाधान हो जाए। इसी क्रम में उन्हें बोधा मठ महन्त द्वारा दान में दी गई जमीनों की असलियत की जानकारी हो गई। दरअसल, विनोबा जी को जिस दो हजार बीघे भूमि का दान महन्त जी ने किया था, वह पूरी-की-पूरी बंजर और पथरीली थी। भूदान कार्यालय और सर्वोदय के भाई जी लोगों को असलियत की जानकारी उसी समय हो गई थी, परन्तु उन सभी ने चुप्पी साध ली थी। दम्पती निश्छल मन वाले थे। सच्चाई जानकर उनकी पवित्र आत्मा को ठेस पहुँची। यह तो विनोबा जी जैसे संत को ठगना हुआ? उन्होंने अपना झोला-झंटा उठाया और बोधा बिगहा आ गए। गाँवों में घूमने के बाद उन्हें लगा कि जेपी आन्दोलन की अमूर्त माँगों के लिए धरना-प्रदर्शन करने से बेहतर होगा कि मठ की जमीनों की जोत-कोड़ करने वाले गरीब किसानों-बटाईदारों को उनका कानूनी हक दिलवाया जाए। वे लग गए इस काम में। धीरे-धीरे जेपी आन्दोलन से जुड़े उस इलाके के कई आदर्शवादी नौजवान उनके साथ आते गए और मठ की फाजिल जमीनों के भूमिहीनों में बँटवारे की माँग जोर पकड़ने लगी। उन नौजवानों में प्रमोद और अभय काफी उत्साही थे। वे दोनों बोधा बिगहा से सटे माली बिगहा गाँव के रहने वाले थे।

दम्पती माली बिगहा में ही शिफ्ट हो गए। मठ की जमीनों के बँटवारे के आन्दोलन को नाम मिला—बोधा मठ भूमि आन्दोलन।

दम्पती ने बहुत कोशिश की। मगर इस काम में न तो गया जिला 'जन संघर्ष समिति', न ही सर्वोदय के भाई जी लोगों का सहयोग मिल सका। चूँकि उन्हें हृदय-परिवर्तन की अवधारणा में अटूट विश्वास था, उन्होंने महन्त जी से आग्रह करने का निर्णय लिया कि मठ में स्थापित मूर्तियों-पिडिंयों के रागभोग और मठ के जरूरी खर्चों के लिए आवश्यक भूमि छोड़कर फाजिल भूमि का दान भूमिहीनों में कर दें। महन्त जी ने उनके आग्रह को ध्यानपूर्वक सुना और विचार करने के लिए हफ्ते भर का समय माँगा। हफ्ते भर बाद महन्त जी ने विनम्रतापूर्वक अपनी असमर्थता जताई। बोले, "दरअसल मठ के नाम से कोई भूमि है ही नहीं। जो भी भूमि मठ को मिली थी, उसे मेरे गुरु ने देवताओं को दान कर दिया था। सारा कागज देव मूर्तियों और पिंडियों के नाम से है। महन्त बस सेवक है। यह सेवक देव भूमि का दान कर रौरव नरक का भागी नहीं बनेगा। मुझे क्षमा किया जाए।" दम्पती थोड़े परेशान जरूर हुए, परन्तु उन्होंने हार न मानी। वे नौजवानों के साथ गया के कलेक्टर से मिले। कलेक्टर ने उनसे आवेदन ले लिए। "जाँच करवाता हूँ," कह किसी जरूरी मीटिंग के लिए निकल गए। वे लोग लगातार कलेक्टर से मिलते रहे, परन्तु जाँच कराने के आश्वासनों के आगे मामला न बढ़ा। कलेक्टर के सामने धरना-अनशन पर भी दम्पती और नौजवान बैठे, पर वही ढाक के तीन पात।

बात कुछ बन नहीं रही थी। भूमि आन्दोलन अन्धे मोड़ पर पहुँचने लगा था। पद्मनाभन और विष्णु प्रिया जेपी आन्दोलन में समाज परिवर्तन की आकांक्षा से आए थे, परन्तु वह आन्दोलन सम्पूर्ण क्रान्ति की बजाय बिहार विधान सभा भंग करने की माँग पर केन्द्रित होने लगा था। अन्ततः दम्पती का धैर्य जवाब दे गया। वे वापस केरल लौट गए।

परन्तु प्रमोद ने हार न मानी। वह अपने साथियों संग तमाम झंझावातों को झेलते हुए भी भूमि आन्दोलन को खींचता रहा। वह गरीब किसानों-बटाईदारों की सभाएँ कर उन्हें अपना हक माँगने को प्रेरित करता, परन्तु नौजवानों को इस काम में बहुधा महन्त जी का कोप-भाजन होना पड़ जाता था। मठ के गुमाश्ते इनके साथ मारपीट करने से भी बाज नहीं आते थे। परन्तु महन्त के उपकारों से दबी थाना-पुलिस मारपीट का कोई संज्ञान न लेती थी। बेचारे गरीब किसान-बटाईदार तो वैसे ही धर्मभीरु थे, गुमाश्तों की तेल पिलाई लाठियों की चमक से उनकी थरथरी छूट जाती। वे इस या उस बहाने सभा से खिसकने लगते। कई सभा में जाने से ही मना कर देते। ऐसे ही दारुण समय में प्रमोद ने जहानाबाद में अमिय के कामों की उत्साहवर्द्धक खबरें सुनीं। अपने सम्पर्कों और साथियों से उसने अमिय की पूरी जानकारी इकट्ठा की। बस, नेवता लेकर वह और अभय सीधे सूरजपुर पहुँच गए, पद्मनाभन दम्पती के चले जाने से पैदा हुए शून्य को भरने की उससे प्रार्थना करने।

जब अमिय को बोधा मठ भूमि आन्दोलन में शामिल होने का न्योता मिला, उसे हार्दिक खुशी हुई। भूमि आन्दोलन के प्रति प्रमोद और उसके साथियों के जज्बे ने उसे बहुत प्रभावित किया। जंगी सिंह और दूसरे साथियों के ऊपर जहानाबाद का काम छोड़

वह नए समर क्षेत्र की ओर कूच कर गया। प्रमोद ने अमिय के आवासन की व्यवस्था अपने गाँव माली बिगहा में कर दी।

माली बिगहा आने के अगले ही दिन से अमिय ने मठ की भूमि पर खेती करने वाले किसानों-बटाईदारों की आर्थिक स्थिति एवं मठ के साथ उनके अन्तर्सम्बन्धों पर गहन बातचीत का दौर शुरू किया। किसान बुरी हालत में थे। दो जून की रोटी भी मुश्किल से जुटा पा रहे थे, परन्तु भगवान और भाग्य के डर से मठ का हर हुक्म उनके लिए ईश्वरीय आदेश था। पर सबसे खतरनाक था, गुमाश्तों की लाठियों और गन्दी गालियों का डर। लगान या उपज कचहरी में पहुँचाने में देर हो जाए, गुमाश्ते धमक जाते थे। उनकी लाठियों और गालियों के सामने किसान-बटाईदार मूक हो जाते। बचने की कोई राह न मिलती। थाना-पुलिस महन्त की जेब में थे।

किसानों-बटाईदारों की ऐसी हालत मठ की जमीनें जोत-कोड़ करने वाले लगभग सभी गाँवों में थी। जरूरी था कि उनके अन्दर गहरे पैठे डर को पहले निकाला जाए। यदि वे डरे रहेंगे तो आन्दोलन का कोई मतलब न रहेगा—अमिय ने प्रमोद से कहा। भूमि आन्दोलन से जुड़े नौजवानों की बैठक बुलाई गई।

"डॉक्टर साहब, हम लोग गांधी-विनोबा-लोहिया के लोग हैं। हमारी सबसे बड़ी ताकत है, अहिंसा और सत्याग्रह। हम इसी ताकत से किसानों के अन्दर के इस डर को दूर कर लेंगे।" प्रमोद ने बैठक में अपनी रणनीति रखी। अन्य नौजवानों ने प्रमोद की ताईद की।

"महन्त और गुमाश्ते भी हमारी अहिंसा और सत्याग्रह की नीति से अन्ततः रास्ते पर आ जाएँगे।" प्रमोद अहिंसा और सत्याग्रह की शक्ति पर मुग्ध था।

अमिय का जी चाहा कि अपना सिर पकड़ ले। कितने स्वच्छ, सरल एवं पवित्र हृदय के नौजवान थे, किन्तु कितने अपरिपक्व? इनकी सोच थी कि अहिंसा की शक्ति से पराभूत होकर—महन्त फाजिल जमीनें भूमिहीनों में बाँटकर हिमालय पर्वत पर तपस्या करने चला जाएगा? गुमाश्तों की लाठियाँ फूल बन जाएँगी? वे माँ-बहन-बेटी की गालियाँ देना बन्द कर देंगे? गुमाश्ते महन्त के खिलौने मात्र थे। उनकी अपनी स्वतंत्र चेतना न थी।

अमिय ने न जाने कितने ढोंगियों एवं परले दर्जे के स्वार्थियों को गेरुआ वस्त्र पहने हिमालय की उपत्यकाओं, घाटियों और आश्रमों में मौज-मस्ती करते देखा था। मठों-मन्दिरों में उसे न जाने कितने ऐसे नर-पुंगव मिले थे जो पूजा-अर्चना के लिए आती स्त्रियों पर डोरे डालने से नहीं चूकते थे। प्रवचन में पवित्र विचारों की सरिता बहाने वाली कई विभूतियाँ घोर वासनाओं के दल-दल में आकंठ डूबी हुई उसे मिली थीं। महन्त और उसके गुमाश्ते क्या किसी खास धातु से निर्मित थे? अहिंसा और सत्याग्रह से उनकी वृत्ति कैसे बदल सकती थी? सवाल सिर्फ शारीरिक हिंसा का ही नहीं, धर्म के नाम पर मानसिक हिंसा का भी था।

"डॉक्टर साहब, आप हमें नेतृत्व प्रदान करें। समय लगेगा, किन्तु सफलता जरूर मिलेगी।" अभय ने हस्तक्षेप किया। अमिय ने सूरजपुर के कहार टोले में उद्धृत श्लोक से अपनी बात शुरू किया।

"साथियो, 'ईशावास्योपनिषद्' में एक मंत्र है :

*हिरण्मयेनपात्रेन सत्यस्थापिहित मुखम्।*
*ततत्वं पूषन्न पावृणु सत्यधर्माय दृष्टये॥*

अर्थात्, सोने के पात्र ने सत्य का मुँह ढक रखा है। हे प्रभु, मुझ सत्यधर्म के दृष्टा के लिए, उसे अनावृत्त करें। इसका अर्थ यह होता कि यदि हमें सत्य का साक्षात्कार करना है, तब उसे घेरे हुए असत्य के आवरण को चीरकर फेंक देना होगा यानी यथार्थ को समझने के लिए अवैज्ञानिक चिन्तन और पूर्वग्रहों से मुक्त होना होगा और अर्थहीन मूल्यों को छोड़ना होगा। चाहे हम वर्तमान व्यवस्था में विश्वास रखते हों या उसे बदलना चाहते हों, हमें अपने सिद्धान्त, रणनीति एवं कार्यनीतियाँ यथार्थ के आधार पर गढ़नी होंगी। इसलिए हमें भूमि आन्दोलन के सन्दर्भ में हिंसा-अहिंसा के प्रश्न को समझना होगा। भूमि आन्दोलन सीमित अर्थों में फाजिल भूमि के वितरण का लक्ष्य लेकर चल रहा है, किन्तु व्यापक अर्थों में यह व्यवस्था-परिवर्तन की मुहिम का हिस्सा है।"

सभी नौजवान मंत्रमुग्ध हो अमिय को सुनने लगे।

"जब बुद्ध ने यज्ञ में होने वाली पशुबलि का विरोध किया था, वैदिक पुरोहितों का उत्तर था 'वैदिकी हिंसा, हिंसा न भवति' यानी, वेद मंत्रों के उच्चारण के बाद पशुओं की निर्मम हत्या हिंसा नहीं रहती, धार्मिक अनुष्ठान बन जाती है। वैदिक काल में ब्राह्मण अवध्य थे। शारीरिक दंड से परे थे। उनके प्रति की गई हिंसा जघन्य पाप थी, किन्तु मेहनतकश शूद्रों का अंग-भंग, यहाँ तक कि उनकी हत्या कर देना साधारण बात थी। अछूतों को मनुष्य ही नहीं समझा जाता था, वे वर्ण-व्यवस्था से ही बहिष्कृत थे। शूद्रों और अछूतों के विरुद्ध की जाने वाली हिंसा, हिंसा नहीं थी या फिर थी, तो सहज स्वीकार्य थी। यह दोहरा मापदंड, यह ढोंग आजाद भारत में स्वीकार्य नहीं हो सकता। मनुष्य की चेतना आज अन्धविश्वास की अन्धी सुरंगों से बाहर निकल आई है। विज्ञान, तर्क, विवेक, समता, लोकतंत्र और धर्मनिरपेक्षता हमारे संविधान और आज के बुनियादी मूल्य हैं। आखिरकार हिन्दू धर्म के सभी देवी-देवता कोई-न-कोई शस्त्र धारण किए हुए क्यों चित्रित किए जाते हैं? इस्लाम के प्रवर्तक मोहम्मद साहब को भी शस्त्र धारण करना पड़ा था। 'रामायण'-'महाभारत' जैसे प्रचलित महाकाव्य युद्ध गाथाएँ ही हैं।"

नौजवानों ने कभी इस नजरिये से यथार्थ को देखा ही नहीं था। वे तो बस गांधी जी के अहिंसा के सिद्धान्त को आँख मूँदकर दोहराए जा रहे थे। प्रमोद ने 'अहिंसा' शब्द को इस तरह कस, सिद्धान्त कर पकड़ रखा था जैसे वह उसका कवच-कुंडल हो। अमिय को सुनते हुए उनके समक्ष ज्ञान की नई खिड़की खुलती जा रही थी। उसने आगे कहा—

"आमतौर पर हम आर्थिक-सामाजिक असमानता पर टिकी व्यवस्था में अन्तनिर्हित हिंसा की चर्चा कम ही करते हैं। इस प्रश्न पर हमें पूरी गहराई और ईमानदारी से विचार करना होगा कि बेरोजगारी, गरीबी, कुपोषण और भूख से त्रस्त छटपटाते करोड़ों लोगों को भयानक रोगों एवं असमय मृत्यु के मुँह में धकेल देने वाली शोषण पर टिकी व्यवस्था का आधार हिंसा है या नहीं? करोड़ों बाल श्रमिकों, सूत्रियों और असंगठित

क्षेत्र के मजदूरों का शोषण हिंसा है या नहीं? गरीब किसानों, बटाईदारों और उनकी स्त्रियों-बच्चों के कृषकाय शरीरों, गड्ढे में धँसे गाल और निस्तेज आँखों को गौर से देखिएगा। आपको इनके मन और आत्मा पर गहरे घाव दिख जाएँगे। तब आप जरूर कहेंगे कि यह व्यवस्थाजन्य हिंसा है। मैं जोर देकर कहना चाहता हूँ कि इस हिंसा से मुक्ति का प्रयास उनका मानवीय अधिकार है और मानवीय कर्तव्य भी। मनुष्य प्रकृति और परम्परा द्वारा थोपी गई सीमाओं को तोड़ता है। वह सदियों से अपने हालात बदलने के लिए भाग्य और भगवान को चुनौती देता आया है। वह बुद्धि-विवेक, संकल्प, साहस, संगठन, संघर्ष तथा त्याग और बलिदान से अपनी मुक्ति की गौरव गाथा लिखता आया है। शोषण मुक्ति के इस संघर्ष में यदि उसके विरुद्ध व्यवस्थाजन्य प्रत्यक्ष या परोक्ष हिंसा होती है, तो उस हिंसा के विरुद्ध हाथ और हथियार उठाना जायज है।"

अमिय के सारगर्भित वक्तव्य ने नवयुवकों को आत्म-चिन्तन के लिए प्रेरित कर दिया। उन्हें स्पष्ट होने लगा था कि महन्त द्वारा भाग्य एवं भगवान का हवाला देकर किसानों को गरीबी के कुचक्र में फँसाए रखना एक तरह की मानसिक हिंसा थी जो गुमाश्तों की शाब्दिक और शारीरिक हिंसा से कम भयानक न थी। पुलिस प्रशासन, जिला प्रशासन, राज्य प्रशासन और न्यायिक व्यवस्था पर महन्त की पकड़ से वे अनजान नहीं थे। कलेक्टर की मठ की जमीनों के सन्दर्भ में दिखाई गई निष्क्रियता वे भूले नहीं थे। ठीक कहा अमिय ने, मनुष्य प्रकृति और परम्परा द्वारा थोपी गई सीमाओं को तोड़ता आया है। कहीं अहिंसा में उनकी खुद की आस्था किसानों-बटाईदारों को उन सीमाओं को तोड़ने से, अनजाने में, रोक तो नहीं रही है? बाधा तो नहीं बन रही है? नौजवान गहरी सोच में पड़ गए थे।

अमिय ने अपना वक्तव्य आगे बढ़ाया—

"इसलिए मैं विनम्रता से, किन्तु दृढ़तापूर्वक कहना चाहता हूँ कि व्यवस्था-परिवर्तन के सन्दर्भ में हिंसा की भूमिका का सवाल एक सैद्धान्तिक नहीं, वरन् रणनीति और कार्यनीति का सवाल है। भूमि आन्दोलन के विरुद्ध महन्त और उसके गुमाश्तों की हिंसा हमें अभी दीख रही है, किन्तु वह दिन दूर नहीं जब महन्त के समर्थन में पूरी राजसत्ता आ खड़ी होगी और हमें उसकी हिंसा का सामना करना पड़ेगा। अतः व्यवस्था-परिवर्तन के आन्दोलन, और जैसा कि हम सभी समझते हैं बोधा मठ भूमि आन्दोलन व्यवस्था-परिवर्तन के आन्दोलन का हिस्सा है, कभी पूर्णतया अहिंसक नहीं हो सकते।"

अमिय रुका। उसने अपने कहे पर उन्हें प्रतिक्रिया व्यक्त करने का अनुरोध किया। वे आदर्शवादी नौजवान थे। उनका आदर्शवाद कॉलेज में जिए क्षणों और कतिपय शिक्षकों के प्रेरणास्पद व्याख्यानों से उपजा था। वही आदर्शवाद उन्हें जेपी आन्दोलन और भूमि आन्दोलन में खींच लाया था। अपने गाँव और इलाके के किसानों-बटाईदारों की दुर्दशा से उनका मन आहत होता था। हालाँकि उनमें से कुछ के पिता बोध गया महन्त के रिआया थे, किन्तु सभी के साथ ऐसी बात नहीं थी। प्रमोद के पिता सामान्य किसान थे और अपनी भूमि पर खेती करते थे। उसके बड़े भाई कलकत्ता में अच्छी नौकरी करते थे। अभय का परिवार सीमेंट का रिटेल व्यवसाय करता था। बाकी लोग खाते-पीते

परिवारों से आते थे। इनमें से केवल प्रमोद 'सर्वोदय' और 'समाजवादी युवजनसभा' में सक्रिय रहा था, शेष पढ़ाई-लिखाई में ही ज्यादा समय देते आए थे।

सभी प्रतिक्रिया की आशा में प्रमोद की ओर देखने लगे। प्रमोद दुविधा में था। व्यवस्थाजन्य हिंसा का मुकाबला करना आसान नहीं होता। उसने अपनी दुविधा व्यक्त की, "गांधी जी कहते थे, अहिंसा कमजोरों का नहीं आत्मिक बल वाले लोगों का अस्त्र है। मैं देख रहा हूँ कि महन्त और उसके साथ खड़ा प्रशासन हिंसा कर रहा है। परन्तु यदि हम भी उन्हीं की तरह हिंसा का सहारा लेंगे तो आत्मिक रूप से खुद को कमजोर करते नहीं चले जाएँगे? दूसरे, राजसत्ता की इतनी बड़ी ताकत के सामने हम मुट्ठी भर लोग हिंसा का सहारा लेकर आत्मघात कर लेंगे।"

उसकी प्रतिक्रिया अत्यन्त महत्त्वपूर्ण एवं उपयुक्त थी। दूसरे नौजवानों ने भी उसका समर्थन किया। सबके मन में दुविधा थी। कौन-सा रास्ता सही है?

अमिय जैसे इसी तरह की प्रतिक्रिया की आशा कर रहा था। मुस्कराया। फिर उसकी गम्भीर वाणी गूँजने लगी—

"गांधी जी बिलकुल सही कहते थे। उनके अहिंसा के दर्शन पर मैं कोई प्रश्न नहीं उठा रहा हूँ। मैं बस इतना कह रहा हूँ कि व्यवस्था-परिवर्तन के सन्दर्भ में हिंसा की भूमिका का सवाल एक सैद्धान्तिक नहीं, अपितु रणनीति एवं कार्यनीति का सवाल है। हमारा भूमि आन्दोलन सरकार द्वारा बनाए गए भूमि-सुधार कानूनों को लागू करवाने के लिए है। जो काम नियमत: सरकार को करना चाहिए, उसे सरकार नहीं करना चाहती। बिहार में कितने भू-स्वामियों ने भूमि-सुधार कानूनों का मखौल बनाया है, यह आपसे छिपा है क्या? राजनैतिक नेतृत्व और नौकरशाही, यहाँ तक कि न्यायपालिका इस मखौल की जिम्मेदार हैं। बावजूद इसके, इन कानूनों से खेतिहरों में चेतना पैदा हुई है। आप सबने पद्मनाभन और विष्णु प्रिया जी के साथ जो आन्दोलन शुरू किया है, वह इसी चेतना के कारण सम्भव हुआ है। यह बस शुरुआत है। यदि हम गाँव-गाँव इस चेतना को फैलाने में सफल हो गए तो किसानों-बटाईदारों और मजदूरों में जागरूकता बढ़ेगी। वे अपना हक, अपनी मेहनत का वाजिब मोल माँगने की दिशा में अग्रसर होंगे। महन्त, उसके गुमाश्ते तथा राजसत्ता यदि हक माँगने वाले किसानों-बटाईदारों के विरुद्ध हिंसा करें, तो स्थिति-विशेष के अनुकूल हमें अपनी रणनीति और कार्यनीति बनानी होगी। हम रणनीति या कार्यनीति बनाते समय हिंसा-अहिंसा की शर्त नहीं रखेंगे।"

प्रमोद की दुविधा थोड़ी कम हुई। शेष नौजवानों की भी दुविधा कम होने लगी। अमिय ने हिंसा-अहिंसा के बिन्दु को थोड़ा और स्पष्ट किया—

"देखिए, हम अपनी ओर से हिंसा नहीं करेंगे। किन्तु गुमाश्तों या महन्त की न हिंसा सहेंगे, न किसानों-बटाईदारों को हिंसा का जवाब देने से रुक जाने को कहेंगे। उकसाएँगे भी नहीं। जैसा समय और परिस्थिति होगी, हमारा रुख उसी के अनुसार निर्धारित होगा। हम महन्त द्वारा धर्म के नाम से किसानों में पैदा किए गए डर का मुकाबला वैज्ञानिक तथ्यों और तर्कों के आधार पर करेंगे।"

"और थाना-पुलिस की हिंसा?" प्रमोद ने अपनी चिन्ता जताई।

"थाना-पुलिस-प्रशासन का मुकाबला हम संविधान और कानून सम्मत तरीकों से करेंगे। धरना, प्रदर्शन, भूख हड़ताल और जुल्म का विरोध हमारे नागरिक अधिकार हैं। हमें लाठी खाने, जेल जाने का भय अपने अन्दर से निकाल देना होगा। मैं राजसत्ता का मुकाबला करने को तैयार हूँ। प्रमोद जी, आप तैयार हैं?" अमिय ने सहसा प्रति-प्रश्न कर दिया।

प्रमोद ने क्षण-भर सोचा।

"हाँ, मैं तैयार हूँ।" प्रमोद ने निश्चयात्मक स्वर से कहा।

अभय ने ऊँचे स्वर में प्रमोद का साथ दिया, "हाँ। मैं भी तैयार हूँ।" शेष नौजवानों में कुछ चुप रहे, कुछ ने मन्द स्वर में 'हाँ' कहा।

हिंसा-अहिंसा का सवाल फिलहाल के लिए तय हो चुका था। अब किसानों-बटाईदारों के अन्दर गहरे पैठे डर को जड़-मूल से उखाड़कर भूमि आन्दोलन को आगे बढ़ाने की चुनौती थी।

## 6

अमिय ने प्रमोद, अभय और पूरी टीम के साथ गाँवों में जन-जागरण का सघन कार्यक्रम प्रारम्भ कर दिया। शुरुआत माली बिगहा से की गई। काफी प्रयासों के बाद लगभग पचास-साठ किसान-बटाईदार जुट तो गए थे, किन्तु उनके अन्दर मठ का भय कुंडली मारे बैठा था। अमिय उनमें से कुछ से पहले मिल चुका था। प्रमोद ने अमिय के परिचय से सभा की शुरुआत की—

"भाइयो, हमें बताते हुए खुशी हो रही है कि भूमि आन्दोलन में भाग लेने के लिए हमारे बीच डॉक्टर अमिय पधारे हैं। जहानाबाद में आपको आम लोग 'संन्यासी जी' कहते हैं। आपको वहाँ पधारे बहुत दिन नहीं हुए, किन्तु कम दिनों में ही आपने अनुमंडल भर में किसानों-खेतिहर मजदूरों और नौजवानों को अपने हक-हकूक हासिल करने के लिए जगा दिया है। आप हम लोगों के आग्रह पर बोधा मठ भूमि आन्दोलन का पथ-प्रदर्शन करने आए हैं।..."

प्रमोद की बात पूरी न हुई थी कि एक अप्रत्याशित घटना घट गई। मठ की कचहरी सभास्थल के करीब थी। वहाँ तैनात गुमाश्तों ने जब प्रमोद की आवाज सुनी, उनके कान खड़े हो गए। उन्होंने अपनी तेल पिलाई लाठियाँ उठाईं और चले सभास्थल की ओर। देखा, प्रमोद बोल रहा था और उसके साथियों के बीच मंच पर एक गोरा चश्माधारी, संन्यासी बैठा हुआ था। समझ गए, यही नया रंगरूट जहानाबाद से लाया गया है। अगर पहले ही दिन उत्पात मचा दिया जाए, तो यह संन्यासी भागकर सीधे हिमालय में ही साँस लेगा। उन्होंने लाठियाँ चटकाईं और दहाड़े, "भागो सभी लोग यहाँ से, नहीं तो हड्डी-गुड्डी तोड़कर रख देंगे। यह बित्ता भर का संन्यासी दूसरों को क्या, अपने को भी बचा न पावेगा।"

गुमाश्तों की दहाड़ से वहाँ जुटे गरीब किसानों के पसीने छूटने लगे—बड़ी गलती

कर दी यहाँ आकर। वे सभा छोड़ जाने को खड़े ही हुए थे कि अमिय ने मोर्चा सँभाल लिया, "अबे टुकड़खोरो, क्या हमारे हाथों में मेहँदी लगी है?" जैसे बिजली कड़की।

उसका इतना भर कहना था कि अभय और दर्जनभर दूसरे नौजवान मंच से कूदकर गुमाश्तों के सामने डट गए।

"हरामियो, माली बिगहा से अपने बीवी-बच्चों तक सही हालत में वापस नहीं जा पाओगे।" अभय की मुट्ठियाँ तन गई थीं। नौजवान भी अपनी आस्तीनें चढ़ाने लगे थे।

बस, पासा पलट गया। दहाड़ने वाले गुमाश्ते भीगी बिल्ली बन गए। उन्होंने वहाँ से निकल भागने में ही भलाई समझी। लाठियाँ बगल में दबा सीधे मठ की राह लगे। उन पर किसी ने हाथ नहीं उठाया था, बस तनकर खड़े हो गए थे। हमला न करेंगे, न सहेंगे। अमिय और नौजवानों की ललकार से सभा छोड़ जाते हुओं के पाँव थम गए।

जब नौजवान तनकर खड़े हो गए थे, तब क्या सोचने लगे होंगे हमलावर? हतप्रभ हुए होंगे कि कल तक चुप रह जाने वाले अचानक शेर कैसे बन गए या उनका पशुबल मुकाबले में जवाब दे गया होगा या युवकों द्वारा की जा सकने वाली सम्भावित हिंसा से डर गए होंगे?

जो भी स्थितियाँ उभरीं, उनकी व्याख्या कई तरह से की जा सकती थी। पर इतना तय था कि स्थिति-विशेष के अनुकूल स्वत:स्फूर्त कार्रवाई से गुमाश्तों द्वारा की जाने वाली हिंसा को प्रत्युत्तर मिल गया था।

गुमाश्तों के दुम दबाकर निकल जाने के बाद अमिय किसानों से मुखातिब हुआ, "मठों की जमीनें हों या दूसरे भूमिपतियों की, सभी कानून के दायरे में आती हैं। कानून कहता है कि भूमिधारी निर्धारित सीमा से अधिक जमीन नहीं रख सकते। सीमा से फाजिल जमीनों को जब्त कर सरकार भूमिहीनों में बाँटेगी। इसलिए आज नहीं तो कल, मठ की फाजिल जमीनों पर आपको मालिकाना हक मिलकर रहेगा।"

किसानों-बटाईदारों के चेहरे खिल गए। सुनहरे भविष्य के सपनों ने वर्तमान के पैबन्द लगे काले दिनों को क्षण भर के लिए ढक दिया। अपना खेत। अपनी मेहनत। अपनी फसल। अपना अनाज। न भूख, न अभाव। क्या कभी ऐसी कोई सुबह आएगी? सपनों ने आशाएँ जगाईं। आशाएँ जगीं, किन्तु अनुभव-जन्य आशंकाओं ने उन्हें ग्रस लिया। देवताओं का भय गुमाश्तों की लाठियों से अधिक भयावह था। चेहरे खुश्क होने लगे।

उधर अमिय का बोलना जारी था, "लेकिन मालिकाना हक लेने के लिए संगठन बनाना होगा। बिना संगठन के कुछ नहीं हो सकता। कहते हैं, अकेला चना भाड़ नहीं फोड़ सकता। जयप्रकाश जी ने नारा दिया है, जनता सरकार। केवल पटना और दिल्ली में ही नहीं गाँव-गाँव में जनता..." वाक्य बीच में कट गया। उपस्थित लोगों में से कोई खड़ा होकर कुछ कहने लगा था। उसके दोनों हाथ सम्मान में जुड़ गए थे।

"हुजूर, महन्त जी कहते हैं जमीन देवताओं की है। उनसे बैर मत लो। रौरव नरक के भागी बनोगे। जमीन के पीछे हम अपना परलोक कैसे खराब करें?"

उसके चेहरे से दैन्यता रिस रही थी। फटी-पुरानी बनियान। चिकटी-मैली धोती सिकुड़े कन्धे से टँगा गमछा। कृशकाय शरीर। आँखें जैसे दर्द का समंदर हों। उसे देख

अमिय घोर करुणा से भर गया। वह मंच से उतर धीरे-धीरे उस व्यक्ति के पास चला गया। अपनी सफेद बंडी को उतारकर उसे पहना दिया। वह व्यक्ति 'नहीं-नहीं' करता रहा, पर अमिय नहीं माना।

"पहन लीजिए, राम प्रसाद भाई। डॉक्टर साहब इतने प्रेम से दे रहे हैं।" प्रमोद ने उसके संकोच को कम करने का प्रयास किया।

राम प्रसाद की आँखें भर आईं। उसने गहरी कृतज्ञता से अमिय को सिर झुकाकर प्रणाम किया। अमिय उससे गले मिल वापस लौट आया।

"महन्त जी इसके अलावा भी कुछ कहते हैं?" अमिय सबसे मुखातिब हुआ। राम प्रसाद की तरह ही दीखने वाला दूसरा किसान खड़ा हुआ।

"हुजूर, महन्त जी कोई गलत बात नहीं बोलते। वही कहते हैं जो शास्त्रों में लिखा है। हम लोग अपने पूर्वजन्म के कर्मों का फल भोग रहे हैं। इस जन्म में देव सेवा कर लेंगे तो अगला जनम सफल हो जाएगा।" उसके चेहरे पर सन्तोष का भाव था। श्रद्धा का भाव था। शायद महन्त उसके लिए ऊँचे आसन पर बैठा धर्मगुरु था जिसकी वाणी से सनातन सत्य की अमृत-धारा बहती थी। अमिय के चेहरे पर विस्मय, विक्षोभ, करुणा, स्नेह के कई रंग आए-गए। सोचा, धर्म-भीरु सीधी-सरल जनता पर महन्त के कुटिल वार की काट शास्त्रों से ही ढूँढ़नी होगी। उसने गम्भीर स्वर में कहना प्रारम्भ किया।

"भाइयो, सनातन धर्म में वेद और उपनिषद् बड़े पवित्र ग्रंथ माने जाते हैं। चार वेद और 108 उपनिषद् हैं। उपनिषदों को वेदों का अंग कहा जाता है—वेदांग। उपनिषदों में दस उपनिषद् मुख्य माने गए हैं। इनमें 'वृहदारण्यक उपनिषद्' सबसे बड़ा है। इस उपनिषद् में एक मंत्र है—

*असतो मा सद्गमय*
*तमसो मा ज्योतिर्गमय*
*मृत्योर्मामृतं गमय*

इस मंत्र का अर्थ है कि हे प्रभु, हमें असत्य से सत्य की ओर ले चलो। हमें अन्धकार से प्रकाश की ओर ले चलो। हमें मृत्यु से अमरता की ओर ले चलो।" सभी लोग ध्यानपूर्वक सुन रहे थे। उसने कहना जारी रखा।

"सत्य क्या है? सत्य वह स्थिति है जिसका अनुभव हम अपनी ज्ञानेन्द्रियों से कर पाते हैं या जिसे बुद्धि-विवेक एवं तर्क से प्रमाणित किया जा सकता है। असत्य ठीक इसके उलटी स्थिति है। प्रकाश क्या है? ज्ञान, सत्कर्म और मनुष्यता जैसे गुण प्रकाश हैं। अन्धकार ठीक उसके उलटी स्थिति है। मृत्यु क्या है? महज शरीर का क्षय हो जाना ही मृत्यु नहीं है, अपने हक के लिए न लड़ना भी मृत्यु है। यह मंत्र हमें शिक्षा देता है कि हम सत्य, प्रकाश और अमरता की ओर चलें। महन्त जी का यह कहना कि जमीन देवताओं की है, असत्य है। यदि जमीन देवताओं की होती तो आपसे वसूला गया लगान या फसल का हिस्सा महन्त की तिजोरी में जमा होता?

"आप मेहनतकश लोग अपना हाड़-मांस गलाकर फसल उपजाते हैं, किन्तु भूख और अभाव में जीते हैं। पिछले जनम में आपने क्या किया या अगले जनम में आपको कैसा जीवन मिलेगा, महन्त जी को किस ज्ञान-चक्षु से पता चल गया है? महन्त जी जानते हैं कि आप लोग सीधे-सरल इनसान हैं। इसलिए वे शास्त्रों की झूठी व्याख्या कर आपको अपना हक माँगने से रोकने के लिए यह आडम्बर रचते हैं। आप अपना हक लेने की दिशा में बढ़िए ताकि आपकी भूख और अभाव का निदान हो सके।

"मैं स्वयं हिमालय की कन्दराओं में 40 दिनों तक उपवास पर रहा, परन्तु शरीर गलाने के बावजूद कोई देवता मुझे नहीं दिखे। छोड़िए मेरी बात। मठ की जमीनें देवताओं की कैसे हो गईं, महन्त जी बतावें। और महन्त जी के इस झूठ पर विश्वास कर भी लें तो देवताओं ने उन्हें किस फरमान से अपनी जमीनों का मालिक बना दिया? पूछिएगा उनसे कि वे किस पोस्ट ऑफिस से आप लोगों से वसूला गया अनाज और रुपया-पैसा देवताओं को भेजते हैं? उसकी रसीद जरूर माँगिएगा।"

किसानों का ठहाका गूँजने लगा। अलबत्त बात बोले हैं संन्यासी जी! प्रमोद, अभय और उसके साथी भी खुलकर हँसे। क्या खूब कहा डॉक्टर साहब ने!

"शास्त्रों की मान्यता है कि देवता अच्छे मनुष्यों का कल्याण करते हैं। मेहनतकश से अच्छा मनुष्य भला दूसरा कौन हो सकता है? इसलिए देवतागण आप लोगों का दुख दूर करने की ही सोचेंगे, दुख देने की नहीं। यह तो महन्त है जो देवताओं का नाम लेकर आप लोगों की हकमारी कर रहा है। रौरव नरक यदि भोगना होगा तो वैसे झूठे आदमी को भोगना होगा, आप लोगों जैसे मेहनतकशों को नहीं। उसने कानून को धोखा देने के लिए मूर्तियों-पिंडियों के नाम से जमीनों के कागजात बनवा लिए हैं।" अमिय महन्त के झूठ-ढोंग-फरेब का पर्दाफाश पूरी निर्ममता से कर रहा था।

"सत्य यह है कि मठ की जमीनों को आप जोत-कोड़ कर उसमें सोना उपजाते हैं। अगर उन जमीनों को परती छोड़ दिया जाए, तो उसमें कुश-काँटों के सिवाय कुछ न उगेगा। और परम सत्य यही है कि आपकी मेहनत का मोल न देकर महन्त झूठ, फरेब और लाठियों के बल से उपज का बड़ा भाग अनाज अथवा लगान के रूप में आप से हड़प लेता है। अपनी तिजोरी भरता है। ऐश की जिन्दगी जीता है।" अमिय ने सत्य को घेरे असत्य का आवरण चीरकर हटा दिया।

"अन्तिम बात। मठ की फाजिल जमीनें, जैसा कि मैंने पहले भी कहा, कानूनन आप लोगों में बँटनी हैं। परन्तु फाजिल जमीनों के बँटवारे में काफी देर हो सकती है। सरकार महन्त से मिली हुई है। अगर आप अपने हक के लिए लड़ने का मन बना लेंगे तो महन्त, उसके गुमाश्तों और थाना-पुलिस का भय जाता रहेगा। इसके लिए मजबूत संगठन बनाना होगा। अपने गाँव में अपनी सरकार यानी जनता सरकार बनानी होगी। मैं स्वामी विवेकानन्द के शब्दों में कहना चाहूँगा कि आपको अपने सुन्दर भविष्य के लिए उठना होगा, जागना होगा और बिना थके, बिना रुके, संघर्ष करना होगा।"

माली बिगहा के उन गरीब, कृशकाय, अभावग्रस्त किसानों-बटाईदारों में आशा और उत्साह की ज्योति-सी कौंधी। उनके मुरझाए चेहरे खिल गए।

## 7

माली बिगहा ने दूसरे गाँवों में जन-जागरण अभियान की राह आसान कर दी थी। गुमाश्ते पस्त हिम्मत थे। गरीब किसान-बटाईदार भूमि आन्दोलनकारियों द्वारा बुलाई बैठकों में बिना डर-भय के भाग लेने लगे थे। बैठकों में महन्त के पाखंड और मठ की जमीनों को लेकर किसानों में गहरे पैठे अन्धविश्वासों पर अमिय के प्रहार तीखे होते जाते थे—

"रौरव नरक में महापापी जाते हैं। दूसरों को पीड़ा पहुँचाने को पुराणों में पाप कहा गया है—

*अष्टादश पुराणेसु व्यासस्य वचनद्वयम्।*
*परोपकारः पुण्याय पापाय परपीडनम्॥*

अर्थात् अठारह पुराणों में महर्षि व्यास के दो ही वचन हैं : परोपकार सबसे बड़ा पुण्य है और दूसरे को दुख पहुँचाना पाप है। आप मेहनतकश जाँगर-तोड़ मेहनत कर मठ की जमीनों पर फसल उपजाते हैं। बावजूद इसके, आपके बाल-बच्चे भूखे रहते हैं। महन्त आपकी मेहनत का हिस्सा हजम करने का पाप करता है और इस पाप में देवताओं का नाम घसीटकर महापाप करता है। इसलिए रौरव नरक में वही जाएगा, आप नहीं। कर्म उसके बुरे हैं, आपके नहीं। विचार कीजिए, खुद महापाप करने वाला महन्त आप जैसे सीधे-सरल मेहनतकशों को धर्म के नाम पर धमकी क्यों देता है? क्योंकि वह जानता है कि आप सवाल नहीं करेंगे। चुपचाप उसका प्रवचन सुन लेंगे। उससे सवाल कीजिए। उससे पूछिए कि कानूनन जितनी जमीन मठ के पास रहनी चाहिए, उससे कई गुनी अधिक जमीन रखना किस शास्त्र में लिखा है? मुल्क का कानून गरीब-अमीर, संत, राजा-रंक—सब पर समान रूप से लागू होता है। कानून से छिपाकर या कानून को कूड़ेदान में फेंककर या अफसरों-नेताओं को रिश्वत देकर गलत काम करना बुरा कर्म है अथवा अच्छा कर्म, पूछिएगा जरूर उससे।"

अमिय के तर्कों का उत्तर महन्त जी या उनके परम भक्तों के पास नहीं होता था। वेद-उपनिषद् या पुराण न महन्त जी ने पढ़े थे, न भक्तों ने। वे प्रचलित धार्मिक विश्वासों को लुभावने शब्दों के छद्‌म आवरण में परोसकर किसानों और आमजन को भरमाने में सफल होते आ रहे थे। अमिय का अध्ययन एवं ज्ञान गहरा था। किसान-बटाईदार अमिय को ध्यान से सुनते थे, सवाल करते थे। अमिय धैर्यपूर्वक उनके एक-एक सवाल का उत्तर देता था। महन्त की रौरव नरक और अगले जन्म का भय दिखाने की रणनीति दम तोड़ने लगती थी। कई गाँवों में मठ को बकाया लगान या फसल में हिस्सा मिलने में कठिनाई होने लगी।

अमिय ने मठ की फाजिल जमीनों के भूमिहीनों में वितरण के लिए सरकार पर दबाव बढ़ाने के मुद्दे पर साथियों से विमर्श किया। उसने पहले की तरह कलेक्टर को पिटीशन देने की बजाय कलेक्ट्रेट पर जोरदार प्रदर्शन करने का प्रस्ताव रखा। इससे जन-जागरण अभियान की सफलता का भी आकलन हो सकता था। प्रदर्शन के प्रस्ताव

का समर्थन मिलने के बाद गाँव-गाँव में तैयारी बैठकों का दौर चला। किसान बड़े उत्साहित थे। हजारों की संख्या में किसानों ने कलेक्ट्रेट को घेर लिया। कलेक्टर को अपने चेम्बर से बाहर निकलकर मठ की जमीनों पर सीलिंग ऐक्ट के तहत मुकदमा चलाने की घोषणा करनी पड़ी।

महन्त जी ने अमिय का तोड़ निकालने में देर नहीं की। वे अपने प्रवचनों और गुमाश्तों की लाठियों की सीमा पहचान गए थे। किसानों की नाफरमानी से निपटने के लिए उन्होंने छँटे गुंडों-बदमाशों की सेवाएँ लेनी शुरू कर दीं। जहाँ-जहाँ किसान नाफरमान हो गए थे, गुंडे तांडव मचाने लगे थे। किसान-बटाईदार त्राहि-त्राहि करने लगे, लेकिन थाना-पुलिस कान में तेल डाले पड़ी रही।

आन्दोलनकारी कैसे चुप रहते? अमिय उन गाँवों में दुबारा-तिबारा बैठकें करता। लोगों में जोश भरने के लिए साफ-साफ कहता, "गुंडे और महन्त सुन लें। हमारे हाथों में मेहँदी नहीं लगी है गुंडों का मुकाबला करना हमें भी आता है। और हम करेंगे उनका मुकाबला। जमकर करेंगे। दिखा देंगे उनकी औकात।" अमिय यह भी कहता, "अगली बैठक में आप लोग लाठियाँ लेकर आइएगा। यदि गुंडे डराएँ, संगठित होकर खिलाफत करिएगा। जनता की लाठियाँ गुंडों के बम-पिस्तौल पर भारी पड़ेंगी। जनता की संगठित ताकत के समक्ष अन्यायी और अत्याचारी पानी भरने लगते हैं। इतिहास हमें यही सिखाता है।"

गरीब किसान-बटाईदार अगली बैठकों में लाठियों और घरेलू हथियारों के साथ आते। किसी के हाथ में दरांती होती, किसी के हाथ में टाँगी। यही नहीं, अपने गाँवों में गुंडों को देखते ही किसान-बटाईदार और मजदूर लाठी तथा घरेलू हथियार लेकर मुकाबले में डट जाते। कहावत है, भेंड़ें जब अपनी नुकीली सींगों से हमलावर कुत्तों से मुकाबले का मन बना लें, वे शेरनियाँ बन जाया करती हैं। गुंडे जनता की संगठित ताकत देख पस्त हौसले के साथ दुम दबाकर निकल लेते।

महन्त जी का यह वार दम तोड़ गया, पर महन्त जी ने हार नहीं मानी। मँजे हुए खिलाड़ी की तरह दूसरी चाल चल दी। मठ में महायज्ञ तथा बड़े भंडारे की तैयारी होने लगी। राज्य भर के साधु-संतों और महन्तों को नेवता भेजा गया। कलेक्टर-एस.पी., राजनेताओं, मंत्रियों तथा अन्य हाकिम-हुक्काम को महन्त जी ने स्वयं जाकर निमंत्रित किया। काशी से वैदिक पंडित बुलवाए गए। महायज्ञ के लिए अन्न, वस्त्र, दूध, दही, घी, नैवेद्य, मिष्टान्न आदि के लिए गुमाश्ते गाँव-गाँव दौड़ाए गए। गरीब किसान-मजदूरों ने जितना बन पड़ा, श्रद्धापूर्वक समर्पित किया। धर्म-भीरु लोग थे, न कैसे कहते? उन्हें भंडारे का प्रसाद पाने का निमंत्रण भी मिला।

महायज्ञ तीन दिनों तक अहर्निश चला। वेद मंत्रों की ध्वनि बोधा गाँव के गलियों-चौबारों में गूँजती रही। पूर्णाहुति के दिन हजारों लोग उमड़ पड़े थे। आमंत्रित साधु-संत-महन्त हाकिम-हुक्काम, कई मंत्री पधारे थे। कलेक्टर-एस.पी. सभी मौजूद थे। पुलिस का भारी इन्तजाम था। यज्ञ मंडप से सटे विशाल पंडाल लगा था। पंडाल के एक किनारे बड़ा मंच बना था ताकि वी.आई.पी. और साधु-संत-महन्त उस पर विराजमान होकर

महायज्ञ तथा भंडारे की कार्रवाई देख सकें। मंच पर उच्च क्षमता के लाउडस्पीकर की व्यवस्था की गई थी। जब सभी साधु-संत, हाकिम-हुक्काम, मंत्री गण जब मंच पर विराजमान हो गए, महन्त जी ने अपने पत्ते खोले। उन्होंने प्रवचन की मुद्रा में अपना सम्बोधन शुरू किया।

"धर्म प्राण देवियो और सज्जनो, हमारा धर्म गहरे संकट में है। अपने को संन्यासी कहने वाला एक बहुरुपिया मठ के सेवक किसानों के बीच घूम-घूमकर उन्हें सनातन धर्म के विरुद्ध भड़का रहा है। कहता है—देव भाग मत दो। इस जन्म में किए अच्छे कर्मों का फल अगले जन्म में नहीं मिलता। वह मन्दिरों-मठों के विरुद्ध घृणा फैलाता हमारे इलाके में बेखटक विचरण कर रहा है। क्या यज्ञ और भंडारा कराना धर्म नहीं है? देव मूर्तियों का राग-भोग पाखंड है? पुनर्जन्म तथा कर्म-फल का सिद्धान्त मिथ्या है? मनुजी महाराज कहते हैं—'धर्म एव हतो हन्ति धर्मो रक्षति रक्षितः, तस्माद्धर्मो न हन्तव्यो मा नो धर्मो हतोऽवधीत्।' अर्थात् धर्म का लोप कर देने से वह लोप करने वालों का नाश कर देता है और रक्षित किया हुआ धर्म रक्षक की रक्षा करता है। इसलिए धर्म का हनन कभी नहीं करना चाहिए जिससे नष्ट धर्म कभी हमारा नाश न कर दे। आप विद्वज्जनों एवं मंत्री-हाकिमों से करबद्ध विनती है कि ऐसे अधर्मी से धर्म को बचा लीजिए।"

महन्त जी की वाणी थरथरा रही थी। उनके अन्तस में क्रोध का बड़वानल कौंधने लगा था। इसके पूर्व कि वे कुछ आगे कहते, सम्पूर्ण शरीर पर भस्म धारण किए जटा-जूट धारी एक अर्द्धनग्न साधु अपना चिमटा उठाए फट पड़े, "कौन है वह दुष्ट जो हमारे धरम को ठेंगा दिखाने का दुस्साहस करता घूम रहा है? मैं इसी चिमटे से उसकी जीभ खींच भूनकर भक्षण कर जाऊँगा। ले आओ मेरे सामने उस अधर्मी को।"

गाँजा पीने के कारण लाल हुए उनके नेत्रों से चिनगारियाँ फूट रही थीं। वे चिमटा बजा-बजा मंच पर भयानक नृत्य करने लगे। उनकी देखा-देखी अन्य संत एवं साधु भी रौद्र रूप में आ गए। सनातन धर्म का ऐसा अपमान? संत एवं साधु समाज के लिए यह असह्य था। मंच पर बैठे हाकिम-हुक्काम एवं मंत्री गणों में चिमगोइयाँ होने लगीं—कौन? कहाँ से? क्या? मंचासीन देवा और गन्धराइन मठ के महन्तों की बाँछें खिल गई थीं, "बोधामठ के महन्त जी ने हमारी भी समस्या आसान कर दी।" वे जानते थे कि वह संन्यासी कौन था! उधर महायज्ञ की समाप्ति पर यज्ञ मंडप में पंडितों का स्वर गूँजने लगा था, "धर्म की जय हो, अधर्म का नाश हो। प्राणियों में एकता हो, विश्व का कल्याण हो। हर-हर महादेव।"

अन्धा क्या चाहे, दो आँखें! महन्त जी का मनोरथ इस महायज्ञ एवं भंडारे से पूर्ण हो रहा था। उनके अन्दर कौंध रहा बड़वानल ठंडा हो गया। उन्होंने दोनों हाथ उठाकर शान्ति-प्रार्थना की—ऊँ शान्तिः, शान्तिः, शान्तिः। फिर साधु और संत समाज से अभ्यर्थना-सी की—"शान्त हों आर्य।" फिर वे पंडाल में बैठे किसानों से मुखातिब हुए, "मैं अपने किसान भाइयों से विनती करूँगा कि उस अधर्मी का साथ छोड़ मठ की शरण में आएँ। भगवान श्रीकृष्ण 'गीता' के अन्तिम अध्याय में श्रीमुख से कहते हैं,

"सर्वधर्मान् परित्यज्याय मामेकं शरणं व्रज। आप भक्तगण मठ की सेवा पूर्ववत् करें। आपका इहलोक और परलोक, दोनों सफल होगा।"

प्रसन्नचित्त महन्त जी ने अपने वी.आई.पी. अतिथियों को सुस्वादु व्यंजनों से तृप्त कर आशीर्वाद स्वरूप वस्त्र-मिष्टान्न आदि प्रचुर मात्रा में भेंट की। अतिथि गद्‌गद थे। विदा होते समय मंत्रियों ने कलेक्टर को आदेश दिया, "आपके जिले में यह क्या गंडो-गोल हो रहा है कलेक्टर साहब? हालात सँभालिए।" कलेक्टर ने एस.पी. और एस.डी.ओ. को अधर्मी संन्यासी की गतिविधियों की जाँच कराने का आदेश मंत्रीगणों और महन्त जी के सामने दिया, "मुझे जिले में धार्मिक या विधि-व्यवस्था का संकट नहीं चाहिए।" संत समाज भी प्रचुर धन-धान्य के साथ विदा हुआ। चिमटाधारी साधु विदा होते समय अधर्मी संन्यासी की जीभ खींच निकाल बाहर करने और भूनकर खा जाने का अपना वादा दुहराना न भूले। महन्त जी ने उन्हें तथा अन्य साधुओं को महीनों के लिए गाँजे की भेंट देकर सादर विदा किया।

अतिथियों के विदा हो जाने के बाद किसानों को भात, पनियल दाल, आलू-पटर की बेस्वाद सब्जी परोसी गई। बेचारे पसोपेश में थे, "संन्यासी जी हमारे भले की कहते हैं। वह अधर्म कैसे हो गया?" लाल-लाल आँखों वाले साधु का भयावह नृत्य देख बेचारे घबरा गए थे। जीभ खींच भूनकर भक्षण कर जाऊँगा—बाप रे बाप! उसकी लाल-भभूका आँखों में अंगारे दहक रहे थे। हे देवा, तुम संन्यासी जी की रक्षा करना। भले मानुष हैं। किसी तरह खा-खू कर गरीब किसान अपने गाँवों को रवाना हुए।

महन्त जी अपनी कुटिल चाल की सफलता से मुदित थे। भंडारे ने साधु-संत समाज में उनकी धाक जमा दी थी। वे धर्म-रक्षक बन उभरे थे। कलेक्टर-एस.पी. तथा हाकिम-हुक्काम से उनके अच्छे सम्बन्ध पहले से बने हुए थे। उन्हें पूरा विश्वास था कि हाकिम-हुक्काम अमिय को जिलाबदर जरूर कर देंगे, पर मन में कहीं-न-कहीं खटका था।

भले ही उन्होंने 'मनुस्मृति' से एक श्लोक पढ़कर अमिय को अधर्मी ठहरा दिया हो, वे उसकी विद्वत्ता से भलीभाँति परिचित हो गए थे। उन्हें डर था कि उनका यह वार खाली न चला जाए। उन्होंने एक नया अस्त्र ढूँढ़ निकाला। वह नहीं तो यह सही। महन्त जी सर्वोदय के भाई जी लोगों की मदद पूरी उदारता से करते रहते थे। मठ से कोई खाली हाथ नहीं लौटता था। जिला सर्वोदय आश्रम के लिए जरूरी सरंजाम की व्यवस्था भी उनकी कृपा से हो जाती थी। सर्वोदय आश्रम से मठ का जो मधुर सम्बन्ध विनोबा जी के बिहार आगमन के समय बना था, वह कालक्रम में प्रगाढ़ होता चला गया था। महायज्ञ के सप्ताह भर भी न बीते थे कि वे सर्वोदय आश्रम पहुँच गए। प्रभारी तपेसर भाई ने गर्मजोशी से उनका स्वागत किया। मौका देख उन्होंने तपेसर भाई को अमिय और प्रमोद के सम्बन्ध में अतिरंजित कहानियाँ सुनानी शुरू कीं—

"सुना है, सर्वोदय के कुछ भाई लोग जेपी आन्दोलन में बढ़-चढ़ कर हिस्सा ले रहे हैं? अच्छी बात है। भ्रष्टाचार, महँगाई, बेरोजगारी, लालफीताशाही, कुशिक्षा आदि पर जितनी जल्दी लगाम लगे, लोगों के हित में होगा। हम भी यही चाहते हैं। जेपी और विनोबा जी ने हमें शान्ति-अहिंसा की शिक्षा दी है। आन्दोलन को भी शान्ति-अहिंसा के

रास्ते पर चलना चाहिए। लेकिन बोधा बिगहा में स्थिति उलटी क्यों है? वहाँ आन्दोलन पर नक्सलवादियों ने कब्जा कर रखा है। खुलेआम बम-पिस्तौल चल रहे हैं। मठ के असामियों को मठ के खिलाफ हिंसा करने को भड़काया जा रहा है। गुमाश्तों पर हमले हो रहे हैं। मठ की जमीनों पर कब्जे की साजिशें हो रही हैं। आप गवाह रहे हैं तपेसर भाई, मठ ने अपनी हजारों एकड़ भूमि एक झटके में विनोबा जी को दान कर दी थी। अब नक्सलवादी हमारे जैसे भूदानी को रोज अपमानित करते घूम रहे हैं। और यह सब हो रहा है जेपी के नाम पर?" महन्त जी का गला भर आया था।

तपेसर भाई पवित्र हृदय के व्यक्ति थे। मानव की शुचिता में उनका अटल विश्वास था। 1960 में विनोबा जी ने जब चम्बल में डाकुओं का आत्मसमर्पण करवाया था, तपेसर भाई बीहड़ों में शान्ति, सत्य, अहिंसा, प्रेम और करुणा का सन्देश पहुँचाने वाली टीम के सदस्य थे। युवा तपेसर भाई के समर्पण और निष्ठा ने उन्हें विनोबा जी का प्रिय पात्र बना दिया था। डाकू माधो सिंह और मोहर सिंह के आत्मसमर्पण के समय वे जयप्रकाश जी के साथ दोबारा उन्हीं बीहड़ों में पाँव-पैदल घूमे थे। जेपी ने मुजफ्फरपुर के मुशहरी ब्लॉक में नक्सल आन्दोलन को शान्त करने के लिए बने मुशहरी प्लान के अन्तर्गत तपेसर भाई को ही गरीब किसानों को रोजी-रोजगार के लिए बैंक से कर्जा बँटवाने की जवाबदेही सौंपी थी।

महन्त जी की कहानी सुन तपेसर भाई अचरज में पड़ गए। बोधा बिगहा में जेपी आन्दोलन पर नक्सलवादियों का कब्जा? हिंसा? "कभी सुना नहीं।" उनके मुँह से अविश्वास भरी आवाज निकली।

महन्त जी तपेसर भाई के पवित्र हृदय से परिचित थे। पासा फेंका, "पद्मनाभन जी और विष्णु प्रिया जी के समय की स्थिति अब नहीं रही। उनके चले जाने के बाद प्रमोद जहानाबाद से किसी संन्यासी को लिवा लाया है। वह संन्यासी अपने को डॉक्टर कहता है। हाल तक जहानाबाद के गाँवों में किसानों-मजदूरों को भड़काता घूम रहा था। देवा मठ और गन्धराइन मठ के क्षेत्र में हिंसक कार्रवाइयों में लिप्त था। दाल नहीं गली। अलावलपुर में उसने ऐसी ही कोशिश की। वहाँ से भगा दिया गया। अब बोधा बिगहा में प्रमोद के कारण उसे जगह मिल गई है। किसानों-मजदूरों को मठ के खिलाफ पोल-पट्टी पढ़ाकर हिंसक और नक्सलवादी बना रहा है।"

पासे का वार कामयाब रहा। तपेसर भाई ने गहरी साँस ली, "हे राम! रास्ता दिखलाओ प्रभु इन भूले-भटकों को।" महन्त जी अपने साथ संन्यासी की हरकतों का मोटा पुलिन्दा लेकर गए थे। किस गाँव में उसने क्या-क्या कहा, क्या-क्या किया? दसेक कथित किसानों के बयान भी कलमबद्ध थे जिनका दावा था कि उन्हें नक्सल पार्टी में शामिल होने का प्रलोभन दिया जा रहा है। इनकार करने पर उनके बीवी-बच्चों को उठवा लेने की धमकियाँ दी जा रही हैं। महन्त जी ने वह मोटा-पुलिन्दा तपेसर भाई को थमा दिया।

"जेपी आन्दोलन से इस मायावी संन्यासी, प्रमोद और उसके साथियों को निकलवाइए, तपेसर भाई। मेरे क्षेत्र में हिंसा की आग को फैलने से रोकिए।"

"अध्यक्ष जी शाम को कार्यालय आने वाले हैं। उन्हें आपसे हुई सारी बातें बताऊँगा।

ये कागज भी उनके सामने रखूँगा। जेपी आन्दोलन में हिंसा नहीं होनी चाहिए।" तपेसर भाई व्यथित हो गए थे। अपनी कामयाबी से खुश महन्त जी चमचमाती कार में बैठ वापस लौट गए।

जेपी आन्दोलन को लेकर सर्वोदय मंडल बँटा हुआ था। गया सर्वोदय मंडल के अध्यक्ष रामजी भाई विनोबा जी के साथ थे। विनोबा जी जेपी आन्दोलन और उसके तौर-तरीकों से असहमत थे। दूसरा गुट गीता बाबू का था। गीता बाबू जेपी आन्दोलन में काफी सक्रिय थे। तपेसर भाई तटस्थ थे। मशहूर था कि असहमति के बावजूद विनोबा जी के सहयोगी आन्दोलन पर पैनी नजर रखे हुए थे—आन्दोलन में किसी सूरत में हिंसा नहीं होनी चाहिए।

शाम को रामजी भाई जब आश्रम में पधारे, तपेसर भाई ने महन्त जी से सुना पूरा किस्सा बयान कर दिया। साथ में उनका दिया पुलिन्दा अध्यक्ष जी के सामने रख दिया। संयोग से उस समय गीता बाबू भी आ गए थे। उन्हें किस्से पर भरोसा न हुआ।

"मुझे शिकायतें निजी स्वार्थ से प्रेरित लगती हैं। मैं डॉक्टर अमिय से मिल चुका हूँ। जेपी ने स्वयं उन्हें गया-जहानाबाद में आन्दोलन का काम करने भेजा है। वे नक्सलवादी होंगे, मुझे विश्वास नहीं है। मैंने तो किसानों पर मठ द्वारा कराई गई हिंसा के किस्से सुन रखे हैं।" गीता बाबू ने हस्तक्षेप किया।

"महन्त जी का निजी स्वार्थ? मठ द्वारा हिंसा? गीता बाबू, मत भूलिए कि विनोबा जी के आग्रह पर बिना हीले-हवाले किए मठ ने अपनी हजार एकड़ से भी अधिक जमीनें दान कर दी थीं। महन्त जी सर्वोदय आन्दोलन के मददगार हैं। और आप जानते ही हैं कि नक्सलवादी लोग बहुत पढ़े-लिखे और देखने में बेहद सीधे-सादे होते हैं। मुशहरी में नक्सली राज किशोर सिंह को नहीं देखा था आपने? कितना सीधा, सरल, पढ़ा-लिखा था?" रामजी भाई गीता बाबू से सहमत न थे।

"महन्त जी की शिकायत की उच्च स्तरीय जाँच जरूरी है। जेपी आन्दोलन में नक्सलियों के प्रवेश का अर्थ होगा—आन्दोलन की आत्मा का मरण। हम सर्वोदयी यह नहीं होने दे सकते।" रामजी भाई ने अपना निर्णय सुनाया।

गीता बाबू खिन्न हो वहाँ से चले गए। मन में कहा, "करिए जो आपकी मर्जी हो।"

"शिकायतों की उच्च स्तरीय टीम से जाँच कराने का अनुरोध सेवाग्राम भेज दिया जाए। अनुरोध पत्र पर मेरे हस्ताक्षर ले लीजिएगा।" अध्यक्ष जी तपेसर भाई को आगे की कार्रवाई का निर्देश दे घर चले गए। तपेसर भाई काम पर लग गए।

जब रामजी भाई का खत शिकायतों के पुलिन्दे के साथ सेवा ग्राम, वर्धा पहुँचा, आश्रम के कर्ता-धर्ता सकते में आ गए। भूदान में बोधा मठ की हजार से अधिक एकड़ जमीन दान में मिलने की जानकारी उन्हें थी। अब अगर महन्त जी कह रहे हैं कि बोधा मठ के खिलाफ जयप्रकाश जी का नाम लेकर हिंसक आन्दोलन चलाया जा रहा है, तो इसे हल्के में नहीं लिया जा सकता। बम-गोली की भाषा शान्तिपूर्ण अहिंसक आन्दोलन में? मुशहरी के बाद बोधा बिगहा में नक्सली सक्रिय हो गए? आश्रम प्रभारी महादेव भाई कार्यकर्तागण के साथ विचार करने बैठे। क्या करना चाहिए? विनोबा जी को बताया

जाए? विनोबा जी एकान्तवास में थे। उनके एकान्तवास में खलल डालना उचित होगा? नहीं। तय किया गया कि जाँच समिति भेजकर पहले शिकायतों की जाँच कर ली जाए। जाँच में दूध का दूध और पानी का पानी हो जाने पर विनोबा जी और सर्वोदय मंडल की शीर्ष समिति को अवगत कराया जाएगा। वे जैसा निर्णय लें। महादेव भाई के नेतृत्व में जाँच समिति गठित हो गई।

समिति जब बोधा बिगहा पहुँची, भूमि आन्दोलन के सिपाही गाँव-गाँव घूमकर जन-जागरण और जनता सरकारों के गठन के काम में रमे हुए थे। वे गर्मियों के दिन थे। जून का महीना। बादलों का दूर-दूर तक पता नहीं था। मानसून के आगमन में विलम्ब था। गया भीषण गर्मी से तप रहा था। कड़ी धूप में बाहर निकलना बड़े जीवट का काम था। लेकिन अंग्रेजी में कहावत है, 'व्हेन दी गोइंग गेट्स टफ, द टफ गेट्स गोइंग।' यानी, जब परिस्थितियाँ विकट होती हैं, साहसी लोग उनका सामना करने में नहीं हिचकते। भूमि आन्दोलन में जुटे युवा लू के थपेड़ों की परवाह किए बिना लक्ष्य के संधान में रत थे।

इधर मठ में सम्पन्न महायज्ञ और भंडारे ने प्रशासन पर महन्त जी के मनोनुकूल प्रभाव डाला था। गाँवों में जब भी किसानों की सभाएँ होतीं, राइफलधारी पुलिस बल तैनात हो जाता। मठ पर 1-4 की पुलिस टुकड़ी की ड्यूटी लग गई थी। महन्त जी का को कार्बाइनधारी अंगरक्षक मुहैया करा दिया गया था, परन्तु सीलिंग एक्ट के अन्तर्गत कार्रवाई का आश्वासन कलेक्टर भूल गए थे। उलटे डॉक्टर अमिय के विरुद्ध धार्मिक भावनाओं को ठेस पहुँचाने एवं विधि-व्यवस्था खराब करने के आरोपों की जाँच करने मजिस्ट्रेट और पुलिस अफसर भेज दिए गए थे। वे बेचारे जाँच क्या करते, अमिय ने उन्हें उपनिषदों और धर्म शास्त्रों के उद्धरणों से धर्म की अवधारणा के सम्बन्ध में इतनी जानकारियाँ दीं कि वे चकरा गए।

वह कहने लगा, "धर्म का अर्थ है वह आध्यात्मिक व्यवस्था जिसमें सभी सुखी हों, सभी नीरोग हों, सबका कल्याण हो, कोई दुख का भागी न बने। हर सजीव-निर्जीव में ईश्वर का वास है, इसलिए अपनी जरूरत से अधिक का भोग न करना धर्म है। महन्त गरीब किसानों-बटाईदारों-मजदूरों की कमाई से अपनी तिजोरी भरता है। उनकी हकमारी कर उन्हें भूखा-नंगा रहने पर मजबूर करता है। पीड़ा पहुँचाता है। अधर्मी कौन हुआ? मैं और मेरे साथी, इन भूखे-नंगे मेहनतकशों को अपना कानूनी हक माँगना सिखा रहे हैं। क्या भूमि-सुधार कानून अधर्म की नींव पर खड़ा है? क्या उस कानून को लागू करवाने की माँग करना जुर्म है? मजिस्ट्रेट और पुलिस अफसर अमिय से प्रभावित होकर लौटे।

गाँजे का नशा उतर जाने के बाद चिमटाधारी साधु को अमिय की जीभ खींचने और भूनकर भक्षण करने की याद न रही। वह दुबारा चिलम सुलगाने में व्यस्त हो गया था। दूसरे साधु भी अपनी लीलाओं में मस्त थे।

महन्त जी को जाँच समिति के पधारने की सूचना समय पूर्व मिल गई थी। उन्होंने समिति से मठ का आतिथ्य ग्रहण करने का आग्रह किया, किन्तु महादेव भाई ने विनम्रता से मना कर दिया। महन्त जी की मंशा थी कि अपने चुनिन्दा गुमाश्तों को मठ के असामी के रूप में गवाही देने के लिए समिति के समक्ष करें। चिन्ताकुल स्वर में बोले, "जून

महीने की इस भयानक लू में आप लोग कहाँ-कहाँ भटकते फिरेंगे? तबीयत बिगड़ जाएगी। मैं मठ के असामियों को यहीं बुलवा देता हूँ। जाँच हो जाएगी।" उन्होंने उन गुमाश्तों को ट्रेनिंग देकर तैयार कर लिया था।

"जब वर्धा से हम लोग यहाँ तक चले आए, तो गाँवों में जाने से कैसा परहेज? सर्वोदय की जीप हमारे साथ है। हमें कोई दिक्कत न होगी। विनोबा जी के साथ खूब सर्दी-गर्मी-बरसात झेला है हम लोगों की काया ने और हाँ, सर्वोदय आश्रम में हम लोगों ने अपना डेरा-डंडा जमा लिया है। आप निसाखातिर रहें। वहाँ हमें कोई तकलीफ न होगी।" महादेव भाई और जाँच समिति के सदस्य खुलकर हँसे। महन्त जी कटकर रह गए।

कई दिनों तक समिति गाँवों में घूम-घूमकर जाँच करती रही—तपती गरमी, लू से बेखबर। रामजी भाई ताकीद करते, "बीमार पड़ जाएँगे आप लोग।" महादेव भाई मुस्करा देते। गाँवों में समिति से मठ की जमीनें जोत-कोड़ करने वाले अधखाए, अधनंगे, गरीब किसान-बटाईदार बस एक ही बात कहते, "संन्यासी जी और उनके साथियों ने हम बेजुबानों को नई आवाज दी है। हम गुमाश्तों और महन्त के गुंडों से पहले थर-थर काँपते थे। संन्यासी जी के कारण हमें उनके मुकाबले खड़े होने की ताकत मिली है। महन्त का झूठ और पाखंड हम अब समझ गए हैं। हाड़-तोड़ मेहनत करें हम और मालपुआ खाए महन्त और उसके गुर्गे? यह अब नहीं चलेगा। जमीन जोतने वालों को मिलनी चाहिए। सरकारी कानून पर अमल होना चाहिए।"

समिति साफ-साफ देख रही थी—अमिय ने उनमें सपने जगाए थे। मेहनत का सही मोल मिलने के सपने। किसानों-बटाईदारों ने गुंडों एवं गुमाश्तों की लाठियाँ सही थीं। पर अब नहीं। किसान अपने सपनों को हासिल करने के लिए संकल्पित थे। वे समिति से कहते, "थाना-पुलिस को घूस खिलाकर महन्त यदि संन्यासी प्रमोद और उनके साथियों को जेल भी भिजवा दे, तब भी भूमि आन्दोलन थमने वाला नहीं। गाँवों में गठित जनता सरकारें आन्दोलन को आगे बढ़ाएँगी। सीलिंग ऐक्ट को अपनी जेब में रखने वाला महन्त एक-न-एक दिन जरूर परास्त होगा।"

जनता सरकारें? महादेव भाई यह शब्द सुन चौंके थे। किसानों ने समझाया, "जनता सरकारें मतलब, किसान-बटाईदारों का संगठन। महिलाओं की भागीदारी। स्त्री शिक्षा और सशक्तीकरण पर जोर। आदमी की इज्जत करने पर जोर। जातीय दमन और उत्पीड़न को रोकने वाला संगठन! सार्वजनिक सम्पत्तियों की रक्षा और उनका सबके हित में उपयोग सुनिश्चित करने वाला संगठन। गाँव के छोटे-मोटे झगड़े गाँव में निपटाने वाला संगठन। शान्ति-अमन-चैन बनाकर रखने वाला संगठन। साफ-सफाई स्वच्छता पर जोर। गाँव के गरीबों की अपनी सरकार। बिना पैसा-कौड़ी काम करने वाली सरकार।" हर गाँव में लगभग ऐसी ही चर्चा समिति को सुनने को मिलती।

महादेव भाई की उत्सुकता बढ़ी। समिति के दूसरे सदस्यों का भी हाल वही था। वे अमिय से मिलना चाहते थे, प्रमोद और उसके साथियों से भी।

अमिय, प्रमोद तथा उनके नौजवान साथियों से मिलने की उत्सुकता उन्हें किसानों-बटाईदारों की एक सभा में खींच ले गई। वे शान्त भाव से वक्ताओं को सुनने लगे।

सभास्थल पर भारी पुलिस बल तैनात था जबकि सभा पूरी तरह शान्तिपूर्ण थी। जब अमिय के सम्बोधन की बारी आई, महादेव भाई एकाग्रचित्त हो गए। अमिय कह रहा था—

"भाइयो, महन्त ने मुझ पर सनातन धर्म के विरुद्ध काम करने का आरोप लगाया है। सनातन धर्म में उपनिषदों की बड़ी महिमा बताई गई है। उपनिषदों में से एक 'ईशोपनिषद्' का एक मंत्र है :

*ईशा वास्यमिदं सर्वं यत्किंच जगत्यां जगत्।*
*तेन त्यक्तेन भुंजीथा मा गृधः कस्यस्विद्धनम्॥*

अर्थात् संसार में जो कुछ है—सजीव-निर्जीव—सभी में ईश्वरीय सत्ता है। इसलिए उसमें से उतना ही ग्रहण करो जितना तुम्हारे लिए आवश्यक हो, किन्तु दूसरे की हकमारी न करो। भक्त प्रह्लाद ने अपने पिता हिरण्यकशिपु से कहा था—हममें तुममें खड्ग खम्भ में घट-घट वासी राम। इस मंत्र के अनुसार मठ की भूमि में भी ईश्वर का वास है। आप लोगों को जाँगर-तोड़ मेहनत करने के बावजूद दो जून की रोटी बड़ी मुश्किल से मिल रही है। लेकिन महन्त जी आपकी मेहनत हड़पकर अपनी तिजोरी भर रहे हैं। अरे, कितना चाहिए उनको? मूर्तियों-पिंडियों के राग-भोग और मठ के खर्चों के लिए सौ बीघे? परन्तु वे हजारों बीघे जमीन पर कुंडली मारकर बैठ गए हैं यानी सनातन धर्म के विरुद्ध आचरण कर रहे हैं। कौन हुआ अधर्मी? महन्त जी दिल पर हाथ रखकर बतावेंगे? गेरुआ वस्त्र पहनकर गरीबों-मेहनतकशों की हकमारी करना धर्म नहीं है। मानवता की सेवा परम धर्म है।"

महादेव भाई चौंके। जाँच समिति चौंकी। जिस संन्यासी के विरुद्ध हिंसा फैलाने के आरोपों की वे जाँच करने आए थे, वह मानव-धर्म की शिक्षा दे रहा था। कहाँ थी हिंसा? सभा खत्म हो जाने के बाद महादेव भाई ने अपने और समिति के आगमन का उद्देश्य बताकर अमिय तथा प्रमोद से उनका पक्ष जानना चाहा। अमिय मुस्कराया। ओहो, महन्त ने दूसरी कुटिल चाल भी चल दी? प्रमोद को घोर आश्चर्य हुआ। हमीं लोगों पर हिंसा फैलाने का आरोप? बोला—

"हम बचपन से मठ की जमींदारी का आतंक देखते आ रहे हैं। देवभूमि के नाम पर किसानों की कड़ी मेहनत से उपजा धान महन्त की तिजोरी में रुपयों की शक्ल में बन्द हो जाता है। भूखा, बीमार, लाचार किसान अपने अगले जनम को सुधारने की फ्रिक में हर जोर-जुल्म-शोषण को सिर झुकाकर सहता रहता है। बिहार आन्दोलन के हम सिपाहियों ने पद्मनाभन जी और विष्णु प्रिया जी के साथ इस हालात को बदलने का बीड़ा उठाया। भूमि-सुधार कानून लागू करने की माँग उठाई। कलेक्टर और महन्त ने हमारी एक न सुनी। निराश होकर पद्मनाभन दम्पती केरल लौट गए, किन्तु मैं अन्य साथियों के संग डटा रहा। मठ को यह नागवार गुजरा। उसके गुमाश्ते मुझे रास्ते से हटाने के लिए हिंसा पर उतर आए। वे हमें लाठियों से पीटते। पीड़ा में भी हमारे मुँह से निकलता—हमला चाहे जैसा होगा, हाथ हमारा नहीं उठेगा। हमारी सभाओं में किसानों के आने पर गुमाश्ते उन्हें धमकाते, मारपीट करते। हमारी सभाओं में आने से किसान

डरने लगे थे। पर जब से डॉक्टर अमिय हमारे निमंत्रण पर जहानाबाद का काम छोड़ यहाँ आए हैं, भूमि आन्दोलन में गुणात्मक परिवर्तन आ गया है। महन्त के गुंडे जनता की संगठित शक्ति के समक्ष बौने हो गए हैं। किसान जाग रहे हैं। हमारा आन्दोलन पूरी तरह अहिंसक और शान्तिपूर्ण है, लेकिन महन्त अब कुटिल चालें चल रहा है। सनातन धर्म पर अमिय से खतरा बताकर संतों और प्रशासन को गुमराह करने में लगाा ही था कि अब हम पर नक्सली होने का आरोप भी मढ़ने लगा है।"

जाँच समिति ने महन्त द्वारा मठ की जमीन भूदान में देने की चर्चा की। अभय ने कहा—

"महा मायावी है महन्त। उसने मठ की कँकरीली-पथरीली-बंजर जमीनें विनोबा जी को दान में देकर उनसे महादानी का सर्टिफिकेट ले लिया। भूदान कार्यालय के लोग यह सब जानते हैं, पर सब अपने-अपने कारणों से चुप हैं। गया से पटना तक हाकिम-नेता इसकी जेब में हैं। पुलिस-थाना इसके एहसानों से दबा है। कलेक्टर ने सुरक्षा के नाम पर पुलिस बल भेज दिया है मठ में। हमारी सभाओं में अब पुलिस बल को हम पर नजर रखने के लिए तैनात किया जाने लगा है।"

अमिय को महादेव भाई पवित्र हृदय के निश्छल आत्मा प्रतीत हुए। बेचारे महन्त की झूठी शिकायत की जाँच करने वर्धा से दौड़े चले आए। इस भीषण गर्मी में गाँव-गाँव घूम रहे हैं। इनकी जाँच रिपोर्ट से कोई फर्क पड़ेगा या नहीं, इससे बिलकुल बेपरवाह जाँच में जुटे हुए हैं। उन पर और जाँच समिति के सदस्यों पर उसके अन्तस में करुणा और आदर उमड़ा। अच्छा भी लगा कि पदार्थवाद की अन्धी दौड़ से अलग ऐसी आत्माएँ भारत में मौजूद हैं। बिना लाग-लपेट के बोला—

"भूमि आन्दोलन में हमारी ओर से हिंसा कहीं नहीं है। हाँ, इससे इनकार नहीं किया जा सकता कि हिंसा की बातें जरूर करनी पड़ती हैं। हमारा मानना है कि हिंसा के प्रश्न को नैतिक दृष्टि से देखना सही नहीं है। ऐसा करना प्रकारान्तर से मेहनतकश किसानों-बटाईदारों को सिर झुकाकर महन्त का अन्याय, अत्याचार और पाखंड सहने का उपदेश देने जैसा होगा। हमारे लिए हिंसा-अहिंसा का सवाल कार्यनीतिक और रणनीतिक मामला है। जब हम गाँवों में जन-जागरण के लिए जाया करते हैं, दबे-सताए लोग महन्त के गुंडों और गुमाश्तों के हमलों की अक्सर शिकायत करते हैं। ऐसी दशा में यह कहना अनैतिक है कि यदि वे हमला करें आप लोग सिर झुका लें। लोगों का भय मिटाने तथा उनमें जोश भरने के लिए हम उन्हें गुंडों के हमलों का प्रतिरोध करने तथा अगली सभाओं में लाठी और अन्य घरेलू हथियारों के साथ आने का आह्वान करते हैं। हमारा ऐसा कहना हिंसा को बढ़ावा देना नहीं अपितु हिंसक के सामने तनकर खड़े हो जाने की शिक्षा है जो हर तरह से जायज है। यदि महन्त द्वारा गरीब-गुरबों पर हमला करवाया जाता है, लोग भागेंगे नहीं, चुपचाप हमला सहन भी नहीं करेंगे, प्रतिरोध करेंगे। जनता का संगठित प्रतिरोध किसी भी गुंडावाहिनी पर भारी पड़ेगा। महन्त इस तथ्य से घबराकर अनर्गल आरोप लगा रहा है।"

जाँच पूरी हो गई थी। उस रात महादेव भाई देर तक जगते रहे। पहली बार उनके

अन्तस में हिंसा-अहिंसा को लेकर नए प्रश्न उमड़ने-घुमड़ने लगे थे। क्या दमन-शोषण को आँख बन्द कर सहते रहना चाहिए? क्या ऐसा करना अहिंसा और दमन-शोषण का प्रतिरोध हिंसा है? चींटी अगर पाँव में काटती है, प्रत्युत्तर में मनुष्य का हाथ पाँव पर चला जाता है। यह क्या है? हिंसा? यदि यह हिंसा है तो यह गलत कैसे है? प्रतिरोध मनुष्य की स्वाभाविक वृत्ति है। कहावत है, अन्याय करने वाले से अन्याय सहने वाला अधिक दोषी होता है। अन्याय सहते रहना कायरता हो सकती है, अहिंसा नहीं। हिंसा का प्रतिरोध करना हिंसा नहीं अपितु हिंसा रोकने की कोशिश है। यदि हिंसक पशु हमला कर दे, हम क्या करेंगे? हमले से अपनी रक्षा करेंगे या उसके समक्ष आत्मसमर्पण कर देंगे—आ, हमें खा जा? नहीं, ऐसी परिस्थिति में अहिंसक बने रहना मूर्खता मानी जाएगी। महादेव भाई को उमड़ते-घुमड़ते प्रश्नों का उत्तर मिल गया था। भूमि आन्दोलन में हिंसा नहीं हो रही थी, हिंसा का प्रतिरोध करने जनता संगठित हो रही थी। महादेव भाई ने समिति के अन्य सदस्यों के साथ अपना निष्कर्ष साझा किया। सभी उनसे सहमत थे।

अगले दिन जाँच समिति अमिय और उसके साथियों से मिलने माली बिगहा पहुँच गई। महादेव भाई वर्धा वापस लौटने के पहले अपने मन की बात आन्दोलनकारियों से कहना चाहते थे। सूरज का ताप माली बिगहा के घर-आँगन, बाग-बगीचों और खेतों को झुलसा रहा था। लेकिन आन्दोलनकारी प्रकृति के प्रकोप से बेखबर पीपल की शीतल छाँव तले अपने काम में लगे थे। सामने कई बँसखटें बिछी थीं।

महादेव भाई और उनकी टीम को देख आन्दोलनकारी अचकचा गए। कुछ और जानना है क्या इनको? महादेव भाई ने जैसे उनके मन के भावों को पढ़ लिया। हल्की मुस्कराहट के साथ बोले, "नहीं, हम कुछ जानने नहीं, अपने मन की बात कहने आए हैं। हमें वर्धा लौटना था, परन्तु मन नहीं माना। सो, चले आए आप सबसे मिलकर कुछ कहने।"

उन्हें आदरपूर्वक बँसखटों पर बैठाया गया। अतिथि-सत्कार की परम्परा के अनुरूप कुएँ का ठंडा पानी पेश किया गया। प्रमोद का घर निकट था। उसने अतिथियों के लिए मिश्री-बताशे मँगवाए। छूँछा पानी कैसे दिया जाता? यही प्रेम-अखलाक हमारे गाँवों की पहचान है। मिश्री-बताशों के साथ ठंडा पानी पीकर अतिथि चढ़ते सूरज की गरमी का अहसास भूल गए। महादेव भाई ने प्रसंग छेड़ा—

"देखिए, हम लोग पूरी जाँच-पड़ताल के बाद इस निष्कर्ष पर पहुँचे हैं कि महन्त की शिकायत सही नहीं है। सही क्या, एकदम गलत है। आप लोग बहुत अच्छा काम कर रहे हैं। हमारा विश्वास है कि बोधा मठ का भूमि आन्दोलन एक-न-एक दिन सफल होकर रहेगा। पाखंड, अन्धविश्वास, गुंडों और शासन-व्यवस्था की हिंसा से अब यह दबने वाला नहीं है। हम सभी इस प्रयोग के लिए आप लोगों को बधाई देते हैं।"

महादेव भाई हृदय की गहराइयों से बोल रहे थे। कहीं कोई अस्पष्टता या दुराव-छिपाव नहीं। विनोबा-जयप्रकाश के बीच के वैचारिक फासलों का कोई प्रभाव नहीं। जाँच समिति के सदस्यों ने एक स्वर से महादेव भाई के कथन का समर्थन किया। भले ही शब्द उनके मुँह से निकले थे, उद्‌गार और भावना जाँच समिति के सभी सदस्यों ने की थी।

डॉक्टर अमिय के हृदय में महादेव भाई और जाँच टीम के प्रति सम्मान बढ़ गया। कितने निश्छल सच्चे लोग हैं! बिहार आन्दोलन से घोर असहमति के बावजूद इन्होंने सत्य का साथ नहीं छोड़ा। आदरपूर्वक बोला, "अगर आप लोग मानते हैं कि हम सभी अच्छा काम कर रहे हैं, तो हमारे इस काम में शामिल होकर हमें मजबूती दीजिए।"

प्रमोद और सभी साथियों ने इस आग्रह के समर्थन में सिर हिलाया, "बिलकुल। आप लोगों के जुड़ने से हमें खुशी होगी।" महादेव भाई ने जाँच समिति के अन्य सदस्यों से मशविरा किया। पूछा, "जरूर, जरूर। बतावें हम आपको कैसे मजबूती दे सकते हैं?"

डॉक्टर अमिय मुस्कराया, "हम बोधा मठ के मुख्य द्वार पर भूमि-सुधार कानूनों के पक्ष में अनिश्चित कालीन अनशन करने वाले हैं। आप लोग इसमें शामिल हों।"

सर्वोदय की उस जाँच टीम ने, जो महन्त की शिकायत पर वहाँ आई थी, आन्दोलनकारियों के साथ जून की उस भीषण गर्मी में अनशन पर बैठने की हामी भर दी। डॉक्टर अमिय, प्रमोद और अभय के साथ जाँच टीम के सदस्य अनशन में शामिल हुए।

किन्तु मठ के सामने अनशन का वह तीसरा ही दिन था कि पूरे देश में आन्तरिक आपातकाल की घोषणा हो गई। नागरिक अधिकारों पर पाबन्दी लगा दी गई। अनशनकारियों तक जब आपातकाल की खबरें पहुँचीं, जेपी गिरफ्तार कर लिए गए थे। आन्दोलन से जुड़े सभी बड़े नेताओं को जेल में डाल दिया गया था। खबर थी कि बोधा मठ भूमि आन्दोलन से जुड़े लोगों के खिलाफ भी मीसा के अन्तर्गत वारंट निकल चुका है। ठाकुर बजरंगी सिंह, त्यागी, जीवेश, अली मियाँ, जंगी सिंह और इन्द्रदेव सिंह पर वारंट निकल चुका था। भूमि आन्दोलन के समक्ष अनपेक्षित फैसले की घड़ी आ गई थी—हमें क्या करना चाहिए? प्रमोद और अभय ने जेपी को जेल भेजने एवं आपातकाल के विरोध में अपनी गिरफ्तारी देने का निर्णय किया। अमिय का विचार थोड़ा भिन्न था।

"मेरे विचार से देश में सन् 1942 जैसी स्थिति उत्पन्न हो गई है। अतएव भूमिगत रहकर उस समय जैसा ही आन्दोलन किए जाने की जरूरत है। आप लोग जैसा सोचते हैं, करें।"

अमिय भूमिगत हो गया। जब पुलिस अगले दिन माली बिगहा पहुँची, उसका कोई अता-पता नहीं था। प्रमोद और अभय ने अपनी गिरफ्तारियाँ दे दीं। उन्हें गया सेंट्रल जेल भेज दिया गया। शेष नौजवान भी भूमिगत हो गए।

महादेव भाई जाँच समिति के सदस्यों के साथ वर्धा वापस लौट गए। महन्त ने घी के दीये जलाए। मठ के रास्ते का काँटा निकल गया था।

# दूसरा खंड

# सावधान, अँधेरा है

ठक-ठक-ठक! अवधेश के कमरे के दरवाजे पर हौले-से दस्तक पड़ी।

डायमंड जुबली हॉस्टल के अपने कमरे में पढ़ाई खत्म कर वह सोने की तैयारी कर रहा था। रात के दो बजने वाले थे। इमरजेंसी लगने के बाद विश्वविद्यालय के चर्चित छात्र नेता जेल भेज दिए गए थे। जो कम चर्चित थे, वे इस आशंका से डरे रहते थे कि न जाने कब पुलिस का छापा पड़ जाए।

स्टूडेंट्स फेडरेशन में अपनी सक्रियता के कारण अवधेश भी पुलिस के रडार पर था। ठक-ठक की आवाज उसके सीने में उतर गई। पुलिस गिरफ्तार करने आ गई क्या? सुनने में आया था कि जिला मजिस्ट्रेट ने डी.आई.आर. के सैकड़ों सादे वारंटों पर अपना हस्ताक्षर इस हिदायत के साथ कर पुलिस कप्तान को भेजा था कि जिस किसी पर शक हो, उसका नाभ वारंट में भरकर जेल भेज दिया जाए। इस उड़ती खबर ने यूनिवर्सिटी कैम्पस में गैर कांग्रेसी छात्र संगठनों की गतिविधियाँ ठप्प कर दी थीं। यहाँ तक कि कटरा, कर्नलगंज, लक्ष्मी चौराहा, अलफ्रेड पार्क, ममफोर्डगंज या बालसन चौराहे पर किसी चाय-पान की दुकान पर सरकार के विरुद्ध कोई शब्द मुँह से निकालने के पहले छात्र दस बार सोचने लगे थे। रात हो या दिन, यूनिवर्सिटी और हॉस्टलों में भय और आतंक का साया-सा मँडराता रहता था। यही नहीं, हॉस्टलों में सामान्य सांस्कृतिक गतिविधियाँ नहीं हो रही थीं। कौन जाने कहीं किसी कार्यक्रम में किसी छात्र के मुँह से कोई ऐसी-वैसी बात निकल जाए और उसकी रिपोर्ट कर्नलगंज थाने में पहुँच जाए।

छात्र गश्त पर निकले पुलिस के अदने सिपाही से भी डरने लगे थे। इमरजेंसी क्या लगी, बीट कांस्टेबल तक अपने को पुलिस कप्तान जैसा पॉवरफुल समझने लगा था। सिपाही या दारोगा—दाढ़ी, कुर्ते और झोले वाले छात्रों को सड़क पर देखते ही तलाशी लेने लग जाते थे। हर ऐसा छात्र उन्हें इमरजेंसी का विरोधी और षड्यंत्रकारी लगता था। एक दिन अवधेश जॉर्ज टाउन में अपने एक मित्र से मिलकर पैदल हॉस्टल लौट रहा था। उसने पैंट के ऊपर कुर्ता पहना था। दाढ़ी पहले से ही रखता था। कन्धे से झोला लटक रहा था। झोले में किताबें थीं। इंटेलेक्चुअल छात्रों में तब इसी तरह के पहनावे का चलन था। अवधेश दुनिया-जहान से बेखबर कुछ सोचता-विचारता-बुदबुदाता अपनी मस्ती में चला जा रहा था। उस सड़क पर दो पुलिस जवान गश्त पर निकले थे। कन्धे पर टँगी राइफल। हाथ में डंडा। उनकी नजर अवधेश पर पड़ी। उन्होंने उसे रोका, "क्यों बच्चू कहाँ से आ रहे हो?" अवधेश ने अचकचाहट में पूछ दिया, "क्यों?" उन्होंने हाथ का डंडा सड़क पर पटका, जैसे वे उस क्यों का जवाब ढूँढ़ रहे हों। उनमें से एक ने अपने डंडे

की ओर इंगित कर डपटकर कहा, "तुम्हारे क्यों का जवाब यह दुखहरन प्रसाद देंगे।"

आसपास कोई परिचित-दोस्त अवधेश को नहीं दीखा। अपमान का घूँट पीकर बोला, "जॉर्ज टाउन में अपने दोस्त से मिलकर आ रहा हूँ।"

"कहाँ जाना है?"

"डायमंड जुबली हॉस्टल में रहता हूँ। वहीं लौट रहा हूँ।"

हॉस्टल का नाम सुन सिपाही थोड़ा नरम पड़े। डी.एस.पी. साहब उसी हॉस्टल के छात्र रह चुके थे।

"किस कक्षा के छात्र हैं, आप?" सिपाही 'तुम' से 'आप' पर उतर आए।

"एम.ए. फाइनल का।"

"झोले में क्या है?"

"किताबें हैं।"

सिपाहियों ने आपस में नजरों ही नजरों में बातें कीं। छोड़ो।

"ओके। जरा हुलिया बदलिए। पूरे कम्यूनिस्ट दीखते हैं।"

अवधेश का पिंड छूटा। उसने बात आगे नहीं बढ़ाई। कोई फायदा न था। वैसे वह अपना हुलिया क्या बदलता, हॉस्टल से अकेले निकलना बन्द कर दिया। जब भी बाहर निकलना होता, दो-तीन जने साथ होते। हालत यह हो गई थी कि पान की तलब हो, दोस्तों को साथ चलने के लिए ढूँढ़ो या जिधर कोई सिपाही न दीखे उधर निकलो। करते भी क्या, कोई अफसर अपने मातहत की शिकायतें सुनने तक को तैयार न था। फोर्स डीमॉरलाइज न हो जाएगी? उन्हें आम जनता के डीमॉरलाइज होने की कोई फ्रिक न थी। यूनिवर्सिटी से पढ़े जो पुलिस अफसर शहर में पोस्टेड थे, वे भी अपने मातहतों की शिकायतें सुन कोई कार्रवाई करना दूर, उलटे नसीहतें देने लगते, "अरे भाई, बिना पूछताछ किए शरीफ या बदमाश की पहचान कैसे हो सकती है? खुफिया जानकारी मिल रही है कि उपद्रवी तत्त्व रेल पटरियाँ और पोस्ट ऑफिस उड़ाने की फिराक में हैं। इसलिए सन्देह होने पर पूछताछ करनी पड़ती है।"

अखबारों में इमरजेंसी लगने के चन्द दिनों के बाद से गिरफ्तारियों की खबरें छपनी बन्द-सी हो गई थीं। वृक्षारोपण और नसबन्दी की धूम थी। सुना जा रहा था कि हर जिले को नसबन्दी का कोटा मिला हुआ है। पुलिस वाले रिक्शा-ठेले वालों एवं भिखारियों को पकड़-पकड़कर नसबन्दी कैम्पों में भेज दे रहे थे। कई बेचारे कुँआरों की भी नसबन्दी कर दी गई थी।

अब इसे अवधेश की बुरी किस्मत कहें या महज संयोग, पुलिस के शरीफों और बदमाशों के बीच पहचान न कर पाने की असामर्थ्य का खमियाजा उसे कई बार भुगतना पड़ा था। एक बार वह अपने कई दोस्तों के साथ फिराक साहब के यहाँ से लौट रहा था। उस दिन फिराक साहब बहुत अच्छे मूड में थे। उन्होंने अपनी बेहतरीन नज्में सुनानी शुरू कीं। 'गुल-ए-नगमा' से गुलों की बौछार होती रही। मौसम खुशगवार था। बाहर रिमझिम फुहारें पड़ रही थीं। वे लोग शाम के झुटपुटे में गए थे, रात के 9 बजे वहाँ से निकलना हुआ। सभी मस्त पैदल ही आ रहे थे। आपस में बहस हो रही थी कि

फिराक और निराला में किसे श्रेष्ठ रचनाकार माना जाए। अवधेश निराला की 'राम की शक्तिपूजा' में भाषा और शैली की छटा का वर्णन कर रहा था—

*रवि हुआ अस्त: ज्योति के पत्र पर लिखा अमर*
*रह गया राम-रावण का अपराजेय समर*
*आज का तीक्ष्ण शर-विधृत-क्षिप्रकर, वेग प्रखर,*
*शतशेलसंवरणशील, नील नभगर्ज्जित-स्वर,*
*प्रतिपल-परिवर्तित-व्यूह-भेद कौशल समूह*
*राक्षस-विरुद्ध प्रत्यूह, क्रुद्ध-कपि विषम हूँह...*

कि तभी पीछे से आती पुलिस की गश्ती जीप बगल से गुजरी और धीमी होती हुई ठीक उनके सामने रुक गई। जीप से दारोगा और चार राइफलधारी सिपाही कूदे। अवधेश पूरी रौ में कविता सुना रहा था। स्वर का आरोह-अवरोह ऐसा कि कविता दस गज दूरी पर भी साफ-साफ सुनी जाए। कविता की कुछ पंक्तियाँ दारोगा ने भी सुन ली थीं। रोबदार आवाज में कड़का, " 'रावण' और 'राक्षस' जैसे शब्द कौन बोल रहा था तुममें से?"

वे इस प्रश्न का तात्पर्य समझ नहीं पाए। दारोगा ने अपना प्रश्न उसी रोबदार आवाज में पुन: दोहराया। "अच्छा आप कविता के बारे में जानना चाहते हैं? हम लोग निराला जी की एक लम्बी कविता 'राम की शक्तिपूजा' पर चर्चा कर रहे थे।" अवधेश ने समझाना चाहा।

"कविता? रावण और राक्षस वाली कविता? बच्चू, हम उड़ती चिड़िया के पर गिन लेते हैं। उड़ो मत हमसे। इतनी रात गए सड़क पर कविता पढ़ी जा रही थी? हुँह।" दारोगा रोब में था। इधर अवधेश और उसके साथी चकराने लगे थे। उड़ती चिड़िया के पर गिनने का सन्दर्भ उस कविता से मेल नहीं खाता था।

दारोगा गहरी नजरों से सभी का एक्स-रे करने लगा। दाढ़ी, कुर्ता और झोला।

"कूट भाषा में सरकार के खिलाफ षड्यंत्र कर रहे हो?" दारोगा दहाड़ा और 'यह मारा' की तर्ज पर उन सभी को जबरदस्ती जीप की पिछली सीटों पर बिठा दिया गया। जीप स्टार्ट हुई और सीधे कर्नलगंज थाने में जाकर रुकी।

थाने में बाकायदा पूछताछ शुरू हुई। थानेदार खुद पूछताछ कर रहा था।

"देखिए, हम लोग फिराक साहब के यहाँ से पैदल आ रहे थे। रास्ते में निराला जी की कविता 'राम की शक्तिपूजा' में राम और रावण की राक्षसी सेना के बीच युद्ध के प्रसंग पर चर्चा कर रहे थे।" अवधेश ने सफाई दी।

थानेदार इलाहाबाद विश्वविद्यालय का छात्र रहा था। उसने 'राम की शक्तिपूजा' नहीं पढ़ी थी, किन्तु दर्जा 12 तक हिन्दी पढ़ी थी।

"ओह, महाकवि निराला की कविता। हमने मिडिल में पढ़ी थी उनकी कविता— वह आता, दो टूक कलेजे को करता पछताता पथ पर आता।"

"हाँ, 'राम की शक्तिपूजा' निराला जी की लम्बी कविता है। जब राम रावण को परास्त करने में असफल होने लगते हैं, तब वे माँ शक्ति की आराधना करते हैं। निराला

जी ने उन्हीं क्षणों को अपनी कविता में अद्भुत भाषा और शैली में ढाला है।" अवधेश उत्साहित हुआ।

"कहाँ रहते हैं आप सब?" थानेदार ने जानना चाहा।

"डायमंड जुबली में।"

"ऐं।" थानेदार बड़बड़ाया, "बुद्धि के बटलोही बेवकूफों को लगता है कि तीर मारकर लौटे हैं गश्ती से। हॉस्टल के लड़कों से बेबात पंगा ले लेते हैं।" दारोगा और सिपाही विजयी मुद्रा में वहीं खड़े थे। थानेदार की बड़बड़ाहट सुन उनके चेहरे का रंग बदलने लगा।

"क्यों रामनाथ सिंह? काहे लाए थाने पर इन छोटे भाइयों को?" थानेदार ने दारोगा को लगभग हड़काते हुए पूछा।

"सर, ये लोग जोर-जोर से बहस कर रहे थे। हमने रावण और राक्षस जैसे शब्द सुने। हमें लगा कि सरकार को गलिआया जा रहा है। हुलिया इन लोगों ने कुछ ऐसा बना रखा है कि शक होता है।" दारोगा अपना सिर खुजलाने लगा।

"अमां यार! तुम गोरखपुर यूनिवर्सिटी वाले महाकवि निराला को क्या जानो?" थानेदार ने कटाक्ष किया। इलाहाबाद विश्वविद्यालय से पढ़ा हुआ हर शख्स अन्य यूनिवर्सिटी से पढ़े छात्रों को अपने से कमतर आँकता था। रामनाथ सिंह झेंप गया। मूर्खता की क्या सफाई देता?

"देखिए, रामनाथ सिंह ने अपनी ड्यूटी की। रात गए तक सड़क पर घूमने और बहस करने से बचिए आप लोग। ऊपर से सख्त हुक्म है। इमरजेंसी में हमें अपने ऊपर वालों और उन्हें लखनऊ-दिल्ली को जवाब देना पड़ता है। लोक व्यवस्था भंग नहीं होनी चाहिए।" थानेदार ने इस नसीहत के साथ उन्हें हॉस्टल लौट जाने की अनुमति दे दी।

दरवाजे पर एक बार फिर हौले-से ठक-ठक हुई। अवधेश ने सोचा, पुलिस रहती तो इतनी शालीन ठक-ठक का सवाल ही नहीं था। अवधेश की जान में जान आई। कौन है यार? शायद बगल के कमरे वाला ईश मिश्रा हो। सारी रात पढ़ता है। चाय की तलब लगने पर ऐसे ही खटखटाता है। कभी चीनी चाहिए, कभी चाय पत्ती तो कभी दूध। देर रात गए कर्नलगंज में ठेले पर चाय पीने का शगल इमरजेंसी ने छुड़ा दिया था। बाजार रात के 8 बजे तक बन्द हो जाते। ठेले वाले भी रात 10 बजे के बाद अपना बिजनेस नहीं कर सकते थे। इमरजेंसी के पहले रात के 3 बजे भी जाओ तो टोस्ट-मक्खन-चाय या ऑमलेट-चाय पर गप्पें हाँक सकते थे। सुस्ती मिटा सकते थे। डायमंड जुबली और हॉलैंड हॉल के छात्रों की भीड़ लगी रहती थी। ठेले वाले अच्छा पैसा कमा लिया करते थे। अब देर रात पढ़ते-पढ़ते थक जाओ और चाय की तलब लगे तो कमरे में हीटर पर चाय बना लो या बगल वाले को डिस्टर्ब करो।

अवधेश ने सिटकिनी खोली।

ईश मिश्रा नहीं, कोई अपरिचित चेहरे पर परिचित मुस्कान के साथ खड़ा था। घनी दाढ़ी-मूँछ से ढका चेहरा। केवल आँखें, नाक और ललाट दीख रहे थे। आँखों पर चश्मा। सिर पर साफा। बदन पर पठानी कुर्ता और सलवार। अवधेश ने पहचानने

की कोशिश की। कौन? कॉमरेड हामिद। नहीं, कॉमरेड हामिद ऐसी ड्रेस पहनता नहीं।

"भाईजान, मैं आपको पहचान नहीं पाया। किसे ढूँढ़ रहे हैं?" अवधेश को पूछना ही पड़ा।

"मैं अपने दोस्त और हमदर्द अवधेश यादव से मिलने आया हूँ।" अपरिचित की मुस्कान गाढ़ी हो गई थी। आवाज सुनते ही अवधेश खुशी से चहक उठा। जिस साथी की कोई खोज-खबर पिछले ढाई-तीन सालों से नहीं मिली थी, वह इतनी रात गए अचानक सामने खड़ा था।

"अरे अमिय, तुम? और इस रूप में?" उसने झपटकर अमिय को अँकवार में भर लिया।

"कहाँ थे? कहाँ से आ रहे हो? तुमने अपनी कोई खोज-खबर नहीं दी? मेडिकल कॉलेज में बस इतना पता चला कि तुमने अपनी पढ़ाई बीच में छोड़ दी और कहीं चले गए। अपने घर तुम गए नहीं। फिर कहाँ थे तुम?" अवधेश ने सवालों की झड़ी लगा दी।

अमिय ने चेहरे से दाढ़ी हटा दी। दाढ़ी नकली थी। उसके दाढ़ी थी, लेकिन वैसी घनी नहीं बल्कि हल्की। वही मुस्कराता नूरानी चेहरा सामने था।

"सब कुछ बताऊँगा। पहले कमरे के अन्दर तो आने दो। बाहर से ही टरकाओगे क्या?"

अवधेश को भावना के प्रवाह में स्मरण ही नहीं रह गया था कि अमिय तब तक दरवाजे पर ही खड़ा था। इधर उसकी तेज आवाज सुन अगल-बगल के कमरे से छात्र निकल बरामदे में आ गए थे। ईश मिश्रा आगन्तुक को घूर रहा था। आँखों ही आँखों में पूछा—कौन?। दूसरे भुनभुना रहे थे। इतनी रात गए भला कोई हॉस्टल में मिलने आता है? डिस्टर्ब कर दिया।

अवधेश ने ईश को सुबह पूरी बात बताने का आश्वासन दे उससे पिंड छुड़ाया। सम्भावना थी कि वह निशाचर अवधेश के कमरे में आ जाए और घंटों बैठकर उसकी रात खराब कर दे। हॉस्टलों में ऐसा होना आम बात थी। इच्छा हुई तो 'पार्टनर-पार्टनर' करते दूसरे के कमरे में घुस गए और बातों का सिलसिला ऐसा शुरू किया कि घंटे-दो घंटे बाद ही निकले। प्रायः अपनी पढ़ाई से थक जाने के बाद तफरीह के लिए बिन पूछे दूसरों के यहाँ बैठ जाना आम बात थी। बेतकल्लुफी हॉस्टल में रहने वालों की पहचान थी।

अमिय कमरे में आकर धम्म-से चारपाई पर गिर गया। बेहद थका था।

"यार अवधेश कुछ खिलाओ। जोरों की भूख लगी है। रेलवे स्टेशन से पैदल चला आ रहा हूँ।"

पैदल? रेलवे स्टेशन से? अवधेश चकित हुआ। रेलवे स्टेशन वहाँ से काफी दूर था, लेकिन यह सब पूछने का अवसर नहीं था। बरसों बाद मिले साथी की भूख मिटाना सबसे बड़ी प्राथमिकता थी। अवधेश ने अलमारी खोली। घर से लाई गई मठरी और आटे का मीठा खजूर डिब्बे में रखा था। झट-से डिब्बा निकाल अमिय के सामने रख दिया। घर का घी बचा हुआ था। ब्रेड का पैकेट बाहर ही पड़ा था। हीटर जला उस पर ब्रेड सेंका गया। सिंके ब्रेड पर शुद्ध घी की परत जमाकर टोस्ट तैयार। अमिय ने भरपेट

भोजन किया और थकान के मारे चारपाई पर पसर गया। अवधेश ने अपने सोने के लिए चादर-तकिया फर्श पर बिछाया। दोस्त से मिलने की खुशी में उसे उल्दी ही नींद आ गई। रात में उनके बीच कोई दूसरी बात होने की गुंजाइश नहीं बची थी।

## 2

भूमिगत होने के बाद अमिय पुलिस से छिपता-छिपाता कुछ दिनों तक बोधा मठ के किसानों-बटाईदारों के बीच रहकर भूमि आन्दोलन को आगे बढ़ाने के काम में लगा रहा था। वह दिन में किसी एक गाँव में रहता, रात में दूसरे गाँव में। उसे चिन्ता थी कि इमरजेंसी का फायदा उठाकर महन्त के गुंडे और गुमाश्ते किसानों-बटाईदारों को परेशान कर सकते थे। इसलिए वह भूमिगत नौजवानों के साथ मिलकर उनका उत्साहवर्द्धन कर रहा था। पुलिस उसे मीसा में गिरफ्तार करने के लिए ढूँढ़ रही थी, किन्तु पुलिस या गुंडों-गुमाश्तों के आने की सूचना उस तक पहुँचाने के लिए जनता सरकारों ने समानान्तर खुफिया तंत्र विकसित कर लिया था। गाँव के रास्तों या किसी घर में टोही दल बैठाए जाने लगे थे। दिन हो या रात, टोही दल अपना काम करते रहते थे। अगर गुंडे आदि आते दीखे, टोही दल दो लम्बी सीटियाँ बजाते थे। पुलिस के आने पर तीन। दो लम्बी सीटियाँ बजते ही गाँव के लोग लाठी और अन्य घरेलू हथियार लेकर डट जाते थे। गुंडे संगठित जनशक्ति से मुकाबला करने में घबराते थे। कहीं मुकाबला हुआ तो गुंडों को भागना पड़ता था। तीन सीटियाँ अमिय और नौजवानों को इशारा होती थीं। सीटी की आवाज सुनी कि दूसरे गाँव की ओर निकल गए। पुलिस हाथ मलती रह जाती थी। थाने का अफसर इंचार्ज खुफिया पुलिस के खबरी को झाड़ पिलाता था, "तुम फालतू और बेकार के आदमी हो। तुम्हारी दी गई हर खबर गलत निकलती है।"

"हुजूर, खबर तो सही थी। न जाने पुलिस पार्टी के वहाँ जाने की जानकारी मुलजिमों को कैसे हो जाती है? मुझे लगता है कि थाने से छापे की खबर लीक हो गई।" खबरी प्रकारान्तर से थाने को कठघरे में खड़ा कर देता।

गुंडों एवं पुलिस की चालबाजियों को धता बताते हुए अमिय और नौजवानों ने उस हर गाँव को बोधा मठ के खिलाफ प्रतिरोध का गढ़ बना दिया जहाँ जनता सरकारें गठित की जा चुकी थीं। जनता सरकारों ने तय किया कि महन्त को उपज का एक दाना तक नहीं दिया जाएगा। जमीनें जोतने वालों की मिल्कियत रहेंगी। अमिय की सूझ-बूझ और चतुराई ने उन गरीबों में विश्वास कायम किया कि आतंक के साये में भी मुक्ति के गीत गाए जा सकते हैं। ढाई-तीन महीनों के काम के बाद अमिय को विश्वास हो चला था कि इमरजेंसी के बावजूद भूमि आन्दोलन की चिनगारी बुझ नहीं सकती। जनता ने खुद पर भरोसा करना सीख लिया था। अमिय ने जहानाबाद की राह पकड़ ली, पैदल। नौजवानों ने न केवल जरूरी संसाधनों की व्यवस्था कर दी, कई उत्साही नौजवान साथ लग लिये।

"पहुँचाकर लौट आएँगे।" नौजवान मना करने पर इसरार करने लगे। अमिय ने उनका उत्साह भंग नहीं किया। कारवाँ पगडंडियों के रास्ते आगे बढ़ा। अमिय ने अपना

समय केवल चलते रहने में नहीं गँवाया। रास्ते में कोई गाँव आने पर इमरजेंसी के अँधेरों की चर्चा करता। तानाशाही के खतरों से आगाह करता। आम लोग इमरजेंसी के बारे में बहुत कुछ नहीं जानते थे। रेडियो और अखबार उन्हें बताते थे कि इमरजेंसी के कारण रेलगाड़ियाँ समय से चलने लगी हैं, दफ्तरों-कारखानों में बाबू और मजदूर मन लगाकर काम कर रहे हैं तथा देश में शान्ति है।

"अखबार और रेडियो आपको कभी नहीं बताएँगे कि हजारों नौजवान बिना अपराध जेलों में ठूँस दिए गए हैं। जबरदस्ती पकड़कर नसबन्दी कर दी जा रही है। बोलने पर पूरी पाबन्दी है। सरकार के खिलाफ अगर एक शब्द भी किसी ने कहा, उसे पुलिस पकड़ ले रही है। रेडियो और अखबारों में इन खबरों के नहीं आने का कारण है कि रेडियो सरकार का भोंपू है और अखबारों पर सेंसर कानून लागू कर दिया गया है। क्या यह देश-हित में है?" वह सवाल करता।

"यह तो ठीक बात नहीं है।" ग्रामीण उससे सहमत होते।

"पुलिस चोरों-डाकुओं-रहजनों की बजाय छात्रों और नौजवानों पर अधिक मेहरबान हो गई है। ऐसी-ऐसी धाराओं और कानूनों में जेल भेजा जा रहा है, जिसमें सुप्रीम कोर्ट में भी कोई सुनवाई नहीं हो सकती। पूरी तानाशाही है।" वह आगे कहता।

लोगों की आँखें अचरज से फैल जातीं, "ऐसा?"

"जेपी को अहले सुबह 4 बजे, जब वे सो रहे थे, पुलिस गिरफ्तार कर ले गई। अरे भाई, वे बूढ़े, बीमार स्वतंत्रता सेनानी ठहरे। कहीं भागे नहीं जा रहे थे। उनकी उमर और बीमारी का भी लाज-लिहाज नहीं? वे अंग्रेजों की जेल से नहीं डरे, आजाद देश की जेल से क्या डरते? कपड़े बदले। दवाइयों की पोटली उठाई और बैठ गए पुलिस वैन में। गिरफ्तारी के समय एक शाप उनके मुँह से जरूर निकला : "विनाश काले विपरीत बुद्धि।"

"यह बहुत गलत हुआ। इतना जुलुम?" लोग बुदबुदाते।

"रेलगाड़ी समय पर चले, उसके लिए इमरजेंसी कतई जरूरी नहीं थी। सरकार की रेल है। समय पर चलवाना सरकार की जिम्मेदारी है। दफ्तरों-कारखानों में काम हो, इसके लिए इमरजेंसी कतई जरूरी न थी। केवल अपनी कुर्सी बचाने के लिए देश को जेलखाना बना दिया है प्रधानमंत्री ने।"

सीधे-सादे ग्रामीणों को इमरजेंसी के खतरों की जानकारी देकर जागरूक करने से अधिक कुछ किया भी नहीं जा सकता था। जागरूक जनता प्रजातंत्र में असली निर्णयकर्ता और नियामक होती है। इसलिए अमिय राह में पड़ने वाले गाँवों में सीधी-सरल भाषा में आमजन को जागरूक कर रहा था।

"संन्यासी जी, आप पर भी गिरफ्तारी का खतरा है क्या?" ग्रामीण अपनी आशंका जाहिर करते।

"हो सकता है कि मुझे भी गिरफ्तार कर लिया जाए। मैं मानता हूँ कि यह खतरा मेरे लिए निजी खतरा जैसा नहीं है। जब देश के हजारों छात्र-नौजवान और बड़े नेता जेल के सीखचों के अन्दर बन्द हों, मुझे भी पुलिस गिरफ्तार कर सकती है। किन्तु मैंने

सोच लिया है कि जब तक बाहर रहूँगा, चुप न बैठूँगा। सरकार की गलत मंशा का भंडा-फोड़ करता रहूँगा।" अमिय बिना लाग-लपेट के अपनी बात कह देता।

"आने दीजिए अगला चुनाव। हम लोग धूल चटा देंगे।" ग्रामीण अपने इरादे जाहिर करते।

अमिय तीसरी रात जहानाबाद पहुँच गया। जंगी सिंह तथा इन्द्रदेव सिंह तब तक पुलिस की पकड़ से बाहर थे। उनकी तलाश में सूरजपुर और आसपास के गाँवों में पुलिस की छापेमारी गाहे-बगाहे होती रहती थी। 'तू डाल-डाल मैं पात-पात' की तर्ज पर वे निरापद शेल्टरों में छिप जाया करते थे। अरविन्द, सत्या और जमुना मोची को दारोगा राम बदन सिंह बराबर धमकी दे रहा था, "जंगी सिंह और इन्द्रदेव सिंह को हाजिर करा दो। नहीं तो आप लोगों को भी मैं बचा नहीं पाऊँगा। ऊपर से बड़ा दबाव है।"

राम बदन सिंह की धमकियों का कोई असर उन लोगों पर न पड़ना था, न पड़ा था। अरविन्द ने डंके की चोट पर राम बदन सिंह से कह दिया था, "दारोगा जी, वे लोग कोई बच्चे नहीं हैं कि बहला-फुसलाकर लाई-मिठाई के बहाने थाने पहुँचा दिया जाए। वैसे भी, हम लोग न जयचन्द हैं, न मीर जाफर। जेलखाने से चोर-उचक्के डरेंगे। हम क्यों डरें? कौन-सा अपराध कर दिया हमने?"

"अरविन्द सिंह, बहुत गरम खून है आपका।" अरविन्द सिंह को जेल भेजना प्रशासन की प्राथमिकता सूची में नहीं था। पहले ये बड़े नेता धरे जाएँ। इन मच्छरों को हम जब चाहेंगे मसल देंगे। दारोगा कुटिलता से मुस्कराता।

त्यागी, जीवेश शर्मा और अली मियाँ को भी पकड़ने के लिए पुलिस पूरा जोर लगा रही थी, परन्तु इनको पकड़ पाना आसान न था। बजरंगी सिंह उतने भाग्यशाली न निकले। वे आसानी से पुलिस की गिरफ्त में आ गए। राम बदन ने इस बीच घृणित चाल खेल दी। उसने राम प्रवेश सिंह, ठाकुर रमापति सिंह और अलगू यादव से सूरजपुर के दोनों मुजरिमों का सुराग पता करने में सहायता माँगी, "जंगी सिंह और इन्द्रदेव सिंह पकड़ा गए तो लम्बे समय के लिए अन्दर हो जाएँगे। गाँव से ये काँटे निकले कि संन्यासी को कोई ठौर-ठिकाना न मिलेगा।"

'दुश्मन का दुश्मन दोस्त' की तर्ज पर दारोगा को बिना एक पाई खर्च किए विश्वस्त भेदिए मिल गए, लेकिन पिता का दबाव प्रयाग यादव पर काम न आया। प्रयाग ने भले ही आन्दोलन से खुद को अलग कर लिय हो, वह पुलिस की दलाली को निन्दित कर्म मानता था।

कहावत है, दाई से पेट नहीं छिपता। अरविन्द को इस भेद का पता चल गया। इन तीनों महानुभावों ने जंगी सिंह और इन्द्रदेव सिंह का सुराग पाने के लाख जतन किए, किन्तु असफल रहे। जन-सैलाब में उनके ठिकाने खोज पाना इन लोगों के बस में न था, पर ये आन्दोलनकारियों के लिए खतरा बने हुए थे।

ऐसे में अमिय के लिए अरविन्द ने मसौढ़ी के किसी गाँव में शेल्टर की व्यवस्था कर दी थी। मसौढ़ी का इलाका राम बदन सिंह के थाना क्षेत्र से बाहर था। अमिय सुगमतापूर्वक उस शेल्टर में पहुँचा दिया गया। उसके साथ आए नौजवान अगले दिन वापस हो गए।

अमिय इतनी दूर चलकर विश्राम करने न आया था। बदली परिस्थितियों में आगे के कार्यक्रमों पर साथियों के संग विचार-विमर्श जरूरी था। अरविन्द और सत्या ने विचार-विमर्श के लिए गुपचुप तरीके से जंगी सिंह, इन्द्रदेव सिंह, त्यागी, जीवेश और अली मियाँ को अमिय से मिलवा दिया। मसौढ़ी के उस शेल्टर में बैठक हुई।

"साथियो, इमरजेंसी की घोषणा ने देश के सामने सर्वथा नई परिस्थिति उत्पन्न कर दी है। इमरजेंसी प्रजातंत्र को खत्म करने की साजिश है। इस नई परिस्थिति में हमें अपनी रणनीति बदलकर काम करने की जरूरत है। अभी भूमि-सुधार या न्यूनतम मजदूरी के मुद्दों अथवा जेपी आन्दोलन के मसलों पर काम करने का उचित समय नहीं है। हमें भूमिगत रहकर आमजन को इमरजेंसी में नागरिक अधिकारों के दमन और तानाशाही के खतरों का मुकाबला करने के लिए तैयार करना चाहिए।" अमिय ने अपनी राय पेश की।

"क्यों नहीं हम लोग रेल की पटरियाँ उखाड़ दें। पोस्ट ऑफिसों में तोड़-फोड़ करें? टेलीफोन के तार काट दें? रेलवे स्टेशनों में आग लगा दें?" अरविन्द और सत्या थे। उनका मत था कि कुछ धूम-धड़ाका हो ताकि सरकार दहल जाए।

अमिय ने समझाया, "तोड़-फोड़ की कार्रवाइयाँ अराजक कार्रवाइयाँ हैं। हमें आमजन में राजनैतिक चेतना पैदा करना चाहिए। बिना राजनैतिक चेतना के देश पर थोपी गई तानाशाही का मुकाबला नहीं किया जा सकता। हमें आम लोगों को 'भीड़ की मानसिकता' वाला नहीं बनाना है। भीड़ की मानसिकता मूलतः भेड़ की मानसिकता में तब्दील हो जाती है। भीड़ भावनाओं के आवेग में बिना सोचे-विचारे हिंसक घटनाओं को अंजाम देने लगती है। हमें लोगों में 'प्रतिरोध की संस्कृति' विकसित करने पर ध्यान केन्द्रित करना चाहिए ताकि वे इमरजेंसी के खिलाफ सुविचारित संघर्षों में शामिल होने में नहीं हिचकें। इमरजेंसी का यह अँधेरा लम्बी लड़ाई की माँग करता है।"

अरविन्द और सत्या चुप हो गए। अमिय के सुविचारित तर्क के समक्ष उनका 'धूम-धड़ाका' वाला तर्क किसी के गले नहीं उतरा। घोर अँधेरे के खिलाफ देर तक जलने वाली कंदील काम आती है, क्षण भर की रौशनी वाला पटाखा नहीं। प्रजातंत्र जिन संकटों से घिरा था, उनसे जनता का ध्यान भटकाने के लिए सरकारी प्रोपेगैंडा निरन्तर जारी था। बैठक के बाद भूमिगत रूप से जन-जागरण की मुहिम छेड़ दी गई। सभी अपने-अपने इलाकों में जम गए। रेडियो से प्रोपेगैंडा होता, "यह आकाशवाणी पटना है। अब आप देवकीनन्दन पांडेय से समाचार सुनिए। इमरजेंसी से सरकारी महकमों के कामों में काफी सुधार दीख रहा है। दिल्ली, बम्बई, मद्रास, कलकत्ता, लखनऊ और पटना में काला बाजारियों पर डाले गए छापों में अनाजों और अन्य आवश्यक वस्तुओं का भारी जखीरा बरामद हुआ है। अनाजों का यह जखीरा काला बाजारी की नीयत से गोदामों में छिपाकर रखा गया था। छापों में सौ से अधिक काला बाजारिए गिरफ्तार किए गए हैं। इससे जहाँ आम जनता में खुशी की लहर दौड़ गई है, वहीं दूसरी ओर काला बाजारियों में दहशत है..."

अखबार बदस्तूर इमरजेंसी के गुणगान में लगे हुए थे। उन्हें पढ़ना या सरकारी

वक्तव्य पढ़ना एक समान था। सरकार पक्षी समझे जाने वालों की कौन कहे, स्वतंत्र कहे जाने वाले अखबारों का भी वही हाल था।

जन-जागरण की बैठकों में लोग सरकारी प्रोपेगैंडा से प्रभावित हो सवाल करते, "इमरजेंसी लागू होने से काला बाजारियों में दहशत है। सरकारी दफ्तरों में ठीक से काम होने लगा है। कितनी अच्छी बात है। फिर हम क्यों विरोध करें इमरजेंसी का?"

अमिय मुस्कराता। सरकारी भोंपू और गोदी मीडिया वही कहेंगे जो सरकार कहलवानी चाहेगी। स्वतंत्र और निष्पक्ष अखबारों पर सेंसर की तलवार लटका दी गई थी। वह समझाता, "देखिए, समय पर ट्रेनों का चलना या काला बाजार पर नियंत्रण करना या दफ्तरों में ठीक से काम होना, यह सभी सरकार का संवैधानिक दायित्व है। किसने सरकार को ऐसा करने से रोका था? क्या अपनी असफलताओं को छिपाने के लिए इमरजेंसी लगाना ही एकमात्र विकल्प था? ट्रेनों के समय पर न चलने या काला बाजारी बेरोक-टोक होती रहने या दफ्तरों में अफसरों-बाबुओं की कामचोरी के लिए जेपी जिम्मेदार थे? विरोधी दल जिम्मेदार थे? बेरोजगारी का दंश झेल रहे छात्र-नौजवान जिम्मेदार थे? फिर उन्हें मीसा-डी.आई.आर. जैसे दमनकारी कानूनों में जेल के सीखचों के अन्दर क्यों डाला गया?" सवाल करने वाले एक-दूसरे का मुँह ताकते रह जाते। संन्यासी जी पते की बात कह रहे हैं—वे आपस में बतियाते।

अमिय आगे कहता, "इमरजेंसी देश में प्रजातंत्र को खत्म करने की साजिश के सिवाय कुछ नहीं है। भयानक बात यह है कि ऐसा जनता की चुनी हुई सरकार कर रही है। खतरा है कि जो कोई भ्रष्टाचार, महँगाई, बेरोजगारी या भुखमरी के खिलाफ आवाज उठाएगा, उसे अमन-चैन में बाधक करार कर जेल में डाल दिया जाएगा। सच बोलना गुनाह हो गया है। सच्चाई का साथ देना अपराध मान लिया गया है। अगर आप इमरजेंसी का विरोध न करेंगे, तो इसका अर्थ यह कदापि नहीं है कि आप महफूज रहेंगे। हाँ, जब आपका नम्बर आएगा, शायद आपके पक्ष में आवाज उठाने वाला कोई न बचा होगा।"

ऐसे सवाल और जवाबों का सिलसिला केवल अमिय के साथ ही नहीं चल रहा था। जंगी सिंह, इन्द्रदेव सिंह, जीवेश शर्मा, त्यागी, अली मियाँ, अरविन्द और सत्या भी इससे दो-चार हो रहे थे। सभी अपने-अपने ढंग से जवाब देते थे।

सरकारी प्रोपेगैंडा लगातार जारी था। खबरें प्रसारित होतीं कि देश के कई मूर्धन्य लेखक-कवियों और बुद्धिजीवियों ने देश में हो रहे सकारात्मक बदलावों का स्वागत करते हुए सरकार द्वारा उठाए कदमों का जोरदार समर्थन किया है। संत विनोबा जी ने इमरजेंसी को 'अनुशासन पर्व' बताया है। मजदूरों की हड़तालों पर रोक के कारण कारखानों में रिकॉर्ड उत्पादन होने लगा है। उद्योगपति सरकार की सराहना कर रहे हैं। देश प्रगति की नई बुलंदियाँ छू रहा है और विदेशों में प्रधानमंत्री की सर्वत्र प्रशंसा हो रही है।

लेकिन जन-जागरण कार्यक्रम इन सबसे बेखबर चलता रहा। आमजन को देश पर छाए खतरे से निपटने के लिए प्रेरित करता रहा। जबरिया नसबन्दी की खबरें सुनाता रहा। तानाशाही की दस्तक से आगाह करता रहा। धीरे-धीरे लोगों को सच्चाई समझ में आने लगी। वे प्रोपेगैंडा और सत्य के बीच का अन्तर समझने लगे।

इधर पुलिस चुप न बैठी थी। अमिय और उसके साथियों की खोज बोधा बिगहा-माली बिगहा से लेकर घोसी, काको, जहानाबाद, सूरजपुर, अलावलपुर तक हो रही थी। पुलिस और उनके बीच चूहे-बिल्ली का खेल चल रहा था। मुखबिर काफी सक्रिय थे। आखिर मुखबिरों को जन-जागरण बैठकों की भनक लग ही गई। राम प्रवेश सिंह, ठाकुर रमापति सिंह और अलगू यादव अलग से मुखबिरी कर रहे थे। उन्होंने अपने परिचित स्वजातीय मित्रों और रिश्तेदारों से भी इनका सुराग ढूँढ़ने की प्रार्थना की थी। एक नहीं, कई-कई बिल्लियाँ अपना खेल दबे पाँव खेल रही थीं।

पुलिस और राम प्रवेश सिंह की दुरभिसन्धि का पहला शिकार हुए जंगी सिंह। अगले दिन इन्द्रदेव सिंह भी पकड़ लिए गए। दोनों को मीसा में सेंट्रल जेल बक्सर भेज दिया गया। अपनी सफलता से उत्साहित जिला पुलिस की छापाकारी का क्रम तेज हो गया। मुखबिर भी रात-दिन एक किए हुए थे। एक-एक कर त्यागी, जीवेश शर्मा और अली मियाँ भी पुलिस के शिकंजे में आ फँसे।

अमिय अकेला पड़ गया था, किन्तु उसने हिम्मत नहीं हारी। जनता सरकारों की मदद से वह जन-जागरण कार्यक्रम चलाता रहा, परन्तु ऐसा कर पाना धीरे-धीरे कठिन होता चला जा रहा था। एक समय आया जब भूमिगत रहकर काम करना कठिन हो गया। पुलिस अरविन्द और सत्या के पीछे पड़ गई। बिना आरोप के भी जनता सरकारों के संयोजकों को डराने-धमकाने की नीयत से थाने पर रोज हाजिरी लगाने का फरमान जारी हो गया। अमिय ने जन-जागरण की रणनीति बदल दी। जिसकी तलाश में गया जिले की पुलिस और मुखबिरों की फौज गाँव-गाँव धूल फाँकती घूम रही थी, वह अमिय अपनी बदली रणनीति के तहत भेष बदलकर बिहार की सीमा लाँघ इलाहाबाद यूनिवर्सिटी के डायमंड जुबली हॉस्टल में अपने पुराने दोस्त अवधेश के यहाँ उस रात पहुँच चुका था और अपने दोस्त को चौंकाने के बाद महीनों की भाग-दौड़ से थका गहरी नींद में सो रहा था।

## 3

अवधेश जब सोकर उठा, सुबह के 9 बजे थे। परन्तु अमिय गहरी नींद में था। अवधेश ने उसे जगाया नहीं। पता नहीं कितना थका हो? अमिय के मेडिकल कॉलेज की पढ़ाई बीच में छोड़कर बिना बताए गायब हो जाने से अवधेश पहले तो चिन्तित हुआ था, फिर हतप्रभ और अन्त में नाराज। खफा होने का कारण व्यक्तिगत से अधिक वैचारिक था—वामपंथी धारा का एक मजबूत खम्भा सहसा अदृश्य हो गया था।

अवधेश नहा-धोकर तैयार हो गया। फिर कर्नलगंज बाजार से नाश्ते के लिए कचौरी-सब्जी बँधवाकर लेता आया। अमिय तब तक सो रहा था। जागने की प्रतीक्षा में अवधेश अखबार पलटता रहा। अखबार संजय गांधी के 5-सूत्री कार्यक्रमों की खबरों से भरा पड़ा था : यहाँ पेड़ लगे, वहाँ रात्रि पाठशालाएँ खुलीं, इधर नसबन्दी कैम्पों में लोगों की भीड़ उमड़ पड़ी, उधर दहेज-प्रथा के खिलाफ रैलियाँ निकलीं। शेष समाचार स्थानीय

थे : फाफामऊ रेलवे क्रॉसिंग पर बैलगाड़ी बस से टकराई, हँड़िया में कुत्तों का बढ़ता उत्पात, नवाबगंज में चोरों का आतंक, नैनी में वर्षा के अभाव में फसलें सूख रही हैं।

अमिय ने करवट बदली। उसकी आँख खुल गई थी। वह उठ बैठा। दो मिनट तक नए वातावरण से तादात्म्य बैठाता रहा। कहाँ हूँ? कमरे में नजरें दौड़ाई। अवधेश का मुस्कराता चेहरा देखते ही सब याद आ गया। नई जगह में नींद टूटने पर ऐसा ही होता है।

"आदाब अर्ज है, जनाब! नींद ठीक से आई?" अवधेश के चेहरे पर व्यंग्यात्मक मुस्कान खेलने लगी थी।

अमिय भी मुस्कराया, "इन्हें रात की याद आ रही है। जब बिहार पुलिस नहीं पहचान पाई थी, ये क्या पहचानते। बहुत थका हुआ था भाई। खूब सोया। क्या बजा है?" उसने अपनी घड़ी कहीं रख दी थी।

"साढ़े दस बजे हैं। तैयार हो जाओ। नाश्ता लेता आया हूँ। साथ में करेंगे। तुमसे बहुत-सी बातें सुननी हैं।" अवधेश की मुस्कान गहरी हो गई थी। बच्चू, कोई खतो-किताबत तक नहीं इतने दिनों तक?

अमिय ने अपना झोला उठाया और बाथरूम चला गया। दैनन्दिन उपयोग की जरूरी चीजें उसी में थीं। कुछ कपड़े-किताबें सूरजपुर, कुछ माली बिगहा और कुछ इधर-उधर के शेल्टर्स में छूट गई थीं। नहा-धोकर उसने ध्यान और योगासन की अपनी दिनचर्या शुरू की।

दोनों दोस्त बरसों बाद एक साथ नाश्ता करने बैठे थे। कचौरी-सब्जी उसने अन्तिम बार मेडिकल कॉलेज हॉस्टल में खाई थी। ऋषिकेश और हरिद्वार के आश्रमों में भक्त लोग पूरी, मिठाई, कचौरी आदि व्यंजन लाया करते थे, किन्तु संन्यासियों के लिए वह वर्जित था। गुरुजी कहते, "इन्द्रियों पर नियंत्रण संन्यासी के स्वभाव में रच-बस जाना चाहिए। भोजन स्वाद के लिए नहीं, जीने के लिए जरूरी है।"

"बहुत स्वादिष्ट नाश्ता है। ऐसा भोजन अब मैं नहीं करता। वैसे करना क्या, दर्शन ही नहीं होता, भाई।" वह सहज भाव से हँसने लगा। अवधेश के चेहरे पर सवालों के काँटे उग आए, "क्यों?"

"बताऊँगा। आराम से सब बताऊँगा। तुम्हारे यहाँ अचानक पहुँचने और अचम्भित करने की वजह भी बताऊँगा।" अमिय वैसे ही हँसता रहा।

नाश्ता खत्म कर जब दोनों दोस्त इत्मीनान से बैठे, अमिय अपनी जिन्दगी के पन्ने खोलने लगा।

"तुम जानते ही हो कि मैं आगरे का हूँ। पिता गुरुकुल काँगड़ी महाविद्यालय हरिद्वार के प्रधानाचार्य थे। माँ विदुषी महिला हैं। हम सात भाई-बहनें थे। एक भाई अब नहीं रहे। चाचाओं का भी अपना भरा-पूरा परिवार है। माँ-पिताजी ने बचपन से ही हमें किसी चीज की कमी न होने दी थी। पिताजी हम सभी भाई-बहनों को हिन्दू धर्म शास्त्रों की शिक्षा दिया करते थे।" वह क्षण-भर को रुका।

"लेकिन दो कारक ऐसे रहे जो मुझे होश सँभालने के बाद से ही लगातार मथते रहते थे। एक तो यह कि दुनिया में न्याय क्यों नहीं है? व्यवस्था न्यायपूर्ण होनी चाहिए।

सबको मेहनत की रोटी और इज्जत की जिन्दगी मिलनी चाहिए। ऐसा अगर नहीं हो रहा है तो इसके क्या कारण हैं? और ऐसे कौन से तरीके हो सकते हैं जिससे दुनिया को अधिक न्यायपूर्ण बनाया जा सके? इन सवालों ने मुझे मार्क्सवाद की ओर आकृष्ट किया। मेरे सबसे बड़े भाई साहब मार्क्सवादी हैं। कुछ उनका भी प्रभाव था। सो, एक तो यह मार्क्सवाद का कारक था। मेडिकल कॉलेज में आने के बाद संयोगवश जब तुमसे और बाद में हामिद बख्त से मुलाकातें हुईं, यह कारक मजबूत होता चला गया। दूसरा सवाल जो मुझे मथा करता था, वह यह कि ईश्वर का क्या गोरख-धन्धा है? जीव, जगत् और ईश्वर के बीच कोई नाभि-नाल सम्बन्ध है क्या? मैंने पाया कि दुनिया में जितने धर्म, पंथ या मत-मतान्तर हैं, वे खुद को सर्वोच्च और अपनी मान्यताओं को अन्तिम सत्य घोषित करते रहते हैं, लेकिन वे परस्पर-विरोधी बातें करते हैं। विभिन्न धर्मों-पंथों-मतों को अगर छोड़ भी दें, एक ही धर्म में परस्पर-विरोधी मान्यताएँ मिल जाएँगी। मैं सोचता था कि आखिर यह सारा माजरा क्या है? ईश्वर है भी या नहीं? है तो, कहाँ है? हमारे जीवन में उसकी क्या भूमिका है?"

अवधेश बहुत ध्यान से अपने मित्र के जीवन के इन पृष्ठों को पढ़ रहा था। आदमी अपनी चेतना में कितना कुछ सँजोए-सँभाले-थामे रहता है? बहुत कुछ वह खुद भी नहीं जान पाता। भला अन्तरंग एक-दूसरे के बारे में कितना जान सकते हैं?

"मेडिकल कॉलेज में स्थूल रूप से मैं पढ़ रहा था शरीर-विज्ञान, लेकिन मन मेरे अस्तित्व को कहीं और खींचे लिए जा रहा था। अजब कशमकश थी। मुझे जीवन में करना क्या है—यह सवाल मैं खुद से पूछता। जवाब मिल पाना कठिन था। धीरे-धीरे मुझे स्पष्ट होने लगा था, मेडिकल की पढ़ाई या डॉक्टरी मेरे जीवन का पाथेय नहीं हो सकती। राजघाट पर गांधी जी की समाधि के दर्शन से मन को थोड़ी शान्ति मिली, परन्तु यह कशमकश कम नहीं हुई। बढ़ती चली गई। मैंने एक रात हरिद्वार की ट्रेन पकड़ ली। मेडिकल कॉलेज पीछे छूट गया। न तुम्हें बताया, न हामिद, न माँ-बाबूजी-भाई को। डर था, तुम लोग रोक लोगे। हरिद्वार पहुँचने के कुछ दिनों बाद मैंने एक गुरु से संन्यास की दीक्षा ले ली।"

"संन्यास? तुम संन्यासी हो गए हो?" अवधेश की चीख निकल गई।

अमिय मुस्कराया। सहज मुस्कान। उसने अगला पन्ना खोला—

"गुरुजी ने कहा, जाओ हिमालय की कन्दराएँ, गुफाएँ, चोटियाँ तुम्हारी प्रतीक्षा कर रही हैं। पहाड़ी गाँव तुम्हें पुकार रहे हैं। मैं निकल गया। अनगिन साधु-संतों से मिला। उनके प्रवचन सुने। आश्रमों में रहा। धर्म ग्रंथों के अध्ययन-मनन में रमा रहा। कन्दराओं-गुफाओं में ध्यान-योग में डूबता-उतराता रहा। सीधे-साधे पहाड़ी स्त्री-पुरुषों के जीवन-संघर्ष का साक्षी बना। रोहतांग, कुल्लू-मनाली, लद्दाख, जमनोत्री, बद्रीनाथ, केदारनाथ, कहाँ-कहाँ नहीं घूमा? कुछ दिन उत्तर काशी रहा। फिर गंगोत्री होते हुए गोमुख चला गया। गोमुख में मैंने चालीस दिनी उपवास किया। उस उपवास से बड़ा फायदा हुआ।"

चालीस दिनों तक का उपवास की बातें सुन अवधेश की आँखें फैल गईं, "चालीस

दिनों का उपवास? अद्‌भुत! कोई खास वजह?" उसने जानना चाहा।

"कोई विशिष्ट कारण नहीं था। मन में यह खयाल जरूर था कि बुद्ध ने चालीस दिन का उपवास किया था। बचपन में मैंने बाइबिल का एक कोर्स किया था, इसलिए ध्यान में था कि क्राइस्ट ने भी चालीस दिनों का उपवास रखा था। तो ये दोनों बातें रही होंगी मन में। शायद इसी कारण उपवास कितने दिनों का होना चाहिए, सवाल के रूप में सामने आया ही नहीं। सीधे यही विचार आया कि चालीस दिनों का उपवास रखा जाए।"

इतना जीवट? हम लोग अमिय के इस जीवट से अनजान रहे। अवधेश के मन में अमिय के प्रति करुणा और सम्मान की भावना उमड़ी। करुणा यह सोचकर कि उसने कितना कष्ट सहा होगा? और सम्मान कि यह शख्स मिट्टी का नहीं, लोहे का बना है। गोमुख में साँस लेना मुश्किल होता है, वहाँ यह वज्र देह चालीस दिनों के उपवास में रहा? कई सवालों ने अवधेश के अन्दर सिर उठाया। पूछा, "उस चालीस दिनी उपवास का अनुभव क्या रहा? किस तरह का फायदा हुआ उपवास से?"

अमिय थोड़ा गम्भीर हुआ। शायद उस अनुभव का साक्षात्कार कर रहा था। "मनुष्य की जितनी भी मनोवृतियाँ हैं, उनमें जिजीविषा प्रबलतम है। मनुष्य अपने जीवन से सर्वाधिक प्रेम करता है। हर हाल में जीना चाहता है। इस तथ्य को स्वीकार करना आसान नहीं होता कि मृत्यु अटल है और हमारा अस्तित्व एक दिन समाप्त हो जाएगा। इसीलिए कहीं मनुष्य मृत्यु के बाद पुनर्जन्म की कल्पना करता है अथवा, कहीं कयामत के दिन मुर्दों को जगाने की। पुनर्जन्म नहीं, तो मोक्ष, अमरत्व या स्वर्ग-नरक—इन सभी में जीवन जीने की कल्पना है। ऐसी प्रबल होती है जीने की लालसा।" वह क्षण भर रुका। गहरी साँस ली। फिर उसी गम्भीरता के साथ कहने लगा—

"लेकिन जब आप लम्बा उपवास करते हैं, कुछ समय बाद मृत्यु एक वास्तविकता के रूप में आपके सामने खड़ी हो जाती है। आपको साफ दीख रहा होता है कि आपका जीवन, अस्तित्व, सब कुछ खत्म होने वाला है। ऐसे समय आपके मन में गहरा अन्तर्द्वंद्व मचता है : 'आप क्यों कर रहे हैं यह उपवास? किसको क्या दिखाना चाहते हैं? क्यों न सब छोड़ अन्यत्र चले जाएँ और सामान्य ढंग से अपनी जिन्दगी बिताएँ?' यदि आप इस द्वंद्व से उबर गए, तो फिर एक नई अनुभव प्रक्रिया से गुजरते हैं। मैं भी उससे गुजरा। उस दौरान मृत्यु से बार-बार मुठभेड़ करके मुझे यह फायदा हुआ कि मृत्यु का भय मेरे मन से चला गया। मुझे भरोसा है कि जीवन में जब कभी मृत्यु से मेरा सामना होगा, मैं भयभीत नहीं होऊँगा। मैं मृत्यु की आँखों में निडर होकर ताक सकूँगा।"

अन्त के दो वाक्य जिस दृढ़ता से कहे गए, अवधेश के अन्तर्तम में अमिय के लिए उपजा सम्मान गाढ़ा हो गया। "मृत्यु के भय का चले जाना तो बड़ी उपलब्धि मानी जाएगी?"

"नहीं। सच पूछो तो ऐसा होना कोई विलक्षण या अद्‌भुत बात नहीं है। सच्चाई यह है कि ऐसी क्षमता हर व्यक्ति में मौजूद है। चाहे मृत्यु हो या शारीरिक कष्ट, सिर पर आ जाए तो हम सब उसे सहते हैं। सवाल सिर्फ मानसिक तैयारी का है। जो कोई चाह ले, कर सकता है।" अमिय ने सहज भाव से कहा।

अवधेश चकित था। ऐसी उपलब्धि हासिल करने के बावजूद अमिय को घमंड छू तक नहीं गया था। कह रहा है कि मृत्यु से भय रहित हो जाने की क्षमता हर व्यक्ति में मौजूद है? स्वयं को सिद्ध-योगी मानने वाले मनुष्य तक मृत्यु का साक्षात्कार कर काँपने लग जाएँ और अमिय इसे सामान्य बात बता रहा है?

अवधेश के अन्तस में उठ रहे भावों से अनजान अमिय कह रहा था, "तुम साहित्य के विद्यार्थी हो। अंग्रेजी साहित्य के मेटाफिजिकल कवियों की रचनाओं से तुम जरूर परिचित होगे। उनमें से एक मशहूर कवि जॉन डॅन ने सत्रहवीं शताब्दी में मृत्यु पर एक सॉनेट लिखा था। अपने उपवास के दौरान मैं उसे कई बार दुहराता था। उसकी कुछ लाइनें सुनाता हूँ—

*Death, be not proud, though some have called thee Mighty*
*and dreadful, for thou are not so;*
*For those whom thou think'st thou dost overthrough*
*Die not, poor Death, nor yet canst thou Kill me.*
*Thou' art slave to fate, chance, kings and desperate men,*
*And dost with poison, war, and sickness dwell,*
*And poppy or charms can make us sleep as well*
*And better than thy stroke; why swell's thou then?*
*One short sleep past, we wake eternally,*
*And death shall be no more; Death, thou shalt die.*

सॉनेट इतना प्रभावशाली था और कुछ इस तरह सुनाया और सुना गया था कि उन दोस्तों के बीच गहन मौन पसर गया, जैसे वे ट्रांस की अवस्था में पहुँच गए हों। सॉनेट के शब्द कमरे की छत और दीवारों से टकराकर मृत्यु को ललकार रहे थे : Death, be not proud ! Death, thou shalt die! अवधेश का परिचय हिन्दी साहित्य में ऐसी मेटाफिजिकल कविताओं से न हुआ था। अंग्रेजी के चुनिन्दा कवियों जैसे इलियट या इमर्सन की कविताओं को उसने जरूर पढ़ा था, परन्तु यह सॉनेट? वह गोमुख कभी नहीं गया था। किन्तु उसके मानस-पटल पर चलचित्र की तरह बर्फ से ढकी चोटियों के बीच किसी गुफा में उपवास पर बैठे अमिय की छवि दीख रही थी जो भूख पर सद्यःविजय प्राप्त योद्धा की तरह मृत्यु को चुनौती दे रहा था : Canst thou kill me! उसके अन्तस में एक आवाज गूँज रही थी : जिस अमिय से उसकी अन्तरंगता रही थी, अपने जीवन के अनदेखे पहलुओं को साझा करता यह अमिय उस अमिय से काफी आगे निकल चुका था और अवधेश का खुद का अस्तित्व वर्तमान के इस अमिय के विराट् व्यक्तित्व के समक्ष लघु मानव जैसा था।

ट्रांस की वह अवस्था कब तक बनी रहती, कहना कठिन था। दरवाजे पर पड़ रही थाप से वे यथार्थ में लौट आए। मेसवाला खाना लेकर आया था। दोपहर के दो बज गए थे।

खाना खाकर अवधेश यूनिवर्सिटी चला गया। प्रोफेसर रघुवंश की क्लास थी। क्लास में अवधेश का मन नहीं लगा। अमिय की कहानी अधूरी रह गई थी। क्लास खत्म होते

ही वह हॉस्टल की ओर भागा। दोस्त पूछते रह गए, काहे जल्दियाने हो भाई?

अधूरी बातचीत का सिरा आगे बढ़ा।

"ईश्वर को लेकर जो सवाल तुम्हें परेशान किया करता था, उसका जवाब तलाशने में संन्यास, हिमालयी भ्रमण, ध्यान-योग और उपवास से मदद मिली?" अवधेश ने सीधा सवाल दागा।

अमिय मुस्कराया। बोला, "बिलकुल। मुझे अनुभव हो गया कि ईश्वर कोई अलग से होने वाली चीज नहीं है। वह व्यक्तिगत आस्था का मामला है। जैसा कबीर ने कहा : कस्तूरी कुंडल बसे, मृग ढूँढ़े वन माहि। जैसा मंसूर ने कहा : अनल हक। जैसा उपनिषद् कहते हैं : ऊँ ईशावास्यं इदं सर्वं। ईश्वर के पीछे भागने का कोई अर्थ नहीं है। मनुष्य अपने आप से, दूसरे मनुष्यों से और प्रकृति से तादात्म्य स्थापित करे—यही महत्त्वपूर्ण है। दूसरी बात जो मैंने सीखी, वह है सहजता। जीवन सहज होना चाहिए। इस अनुभव और सीख से स्पष्ट हो गया कि ईश्वर को ढूँढ़ने के लिए हिमालय में समय गँवाना उचित नहीं है। वह गरीब की झोंपड़ी में है, शोषित-पीड़ित मनुष्यों की आह में है, वह मनुष्यत्व में है। बस, मैंने व्यवस्था-परिवर्तन, लोक मुक्ति और मानव कल्याण के लिए काम करने का निर्णय ले लिया। पहाड़ों से उतर सीधे हरियाणा आ गया। हाँ, मैंने संन्यासी के बाने का परित्याग नहीं किया। मैं उस बाने का अभ्यस्त हो गया हूँ, परन्तु उससे आसक्त नहीं हूँ। किन्तु मेरा बाना गेरुए रंग का न होकर श्वेत है।" उसने झोले में रखी अपनी सफेद बंडी और लुंगी अवधेश को दिखाई।

अवधेश के मन को गहरी शान्ति का अनुभव हुआ। अमिय संन्यास लेकर किसी मृग-मरीचिका के पीछे आत्म-सुख के लिए भाग नहीं रहा था। वह सच्चे अर्थों में मार्क्सवादी बन गया था—मनुष्य से अनहद प्यार करने वाला। सोचा, पूछा जाए कि हरियाणा में क्या कर रहा है?

"हरियाणा क्यों? और वहाँ तुम कर क्या रहे हो?"

"मेरी पारिवारिक पृष्ठभूमि आर्यसमाजी रही है। आर्यसमाज के हमारे मित्र स्वामी अग्निवेश और इन्द्रवेश हरियाणा में समाजसेवा के काम में लगे हुए हैं। मैंने उनके साथ समाजसेवा के काम में जुड़ने का निश्चय किया। स्त्री शिक्षा, सामाजिक कुरीतियों के उन्मूलन और गैर-बराबरी हटाने के मुद्दों पर हम लोग काम करने लगे। इसी क्रम में 'राजार्य सभा' के नाम से प्रादेशिक स्तर पर एक राजनैतिक दल का भी गठन हुआ। मेरी कोशिश थी कि हमारा दल व्यवस्था-परिवर्तन की दिशा में काम करे, लेकिन दल में शीर्ष स्तर पर व्यवस्था-परिवर्तन की मानसिकता विकसित नहीं हो पाई। मेरा मोह भंग हो गया। आगे की राह ढूँढ़ ही रहा था कि बिहार आन्दोलन की आहटें सुनाई पड़ीं। जेपी से दिल्ली में मुलाकात हुई। वे सम्पूर्ण क्रान्ति के लिए युवाओं का आह्वान कर रहे थे। बस, हरियाणा को अलविदा कह पकड़ ली बिहार की ट्रेन।"

"तुम जेपी आन्दोलन में काम कर रहे थे?" अवधेश को अमिय के अचानक धमक जाने के कारणों का कुछ-कुछ आभास होने लगा था।

जेपी आन्दोलन का प्रभाव इलाहाबाद में भी था। शुरुआती दिनों में अवधेश इस

आन्दोलन से जुड़ा रहा था। जुड़ाव की वजह थे, गणित विभाग के एसोसिएट प्रोफेसर शर्मा। आदर्शवादी इनसान एवं सर्वोदयी। जब चार्ल्स देगाल के खिलाफ फ्रांस में छात्रों का आन्दोलन अपने चरम पर था, शर्मा जी उस समय पेरिस में पी-एच.डी. कर रहे थे। अपने छात्रों से वे उस आन्दोलन और चे गेवारा की चर्चा किया करते थे। कहते, "देगाल की तानाशाही को चे गेवारा के आदर्शवादी और क्रान्तिकारी चरित्र से प्रभावित फ्रांस के छात्रों और युवाओं ने परास्त कर दिया था। युवाओं के अन्दर व्यवस्था विरोध की चिनगारी छिपी होती है। बस, उसे सही दिशा मिल जाए, बड़ा बदलाव हो सकता है।"

छात्र प्रोफेसर शर्मा का बहुत आदर करते थे। उनका स्नेह भी छात्रों को खूब मिलता था। छात्र कहते : "शर्मा जी, सादा जीवन उच्च विचार के प्रतिमान हैं। धोती, कुर्ता और साधारण चप्पल पहन घर से पैदल गणित विभाग पहुँचते हैं। बहुत अच्छा पढ़ाते हैं।" जब इलाहाबाद में जेपी आन्दोलन की सुगबुगाहट हुई, वे सर्वोदय की अपनी युवा टीम के साथ उसमें कूद पड़े। वे एक हॉस्टल से दूसरे तक पहुँचते और छात्रों को आन्दोलन से जुड़ने को प्रेरित करते। उनकी प्रेरणा से ही अवधेश आन्दोलन से जुड़ गया था। उसकी देखा-देखी स्टूडेंट्स फेडरेशन के कुछ अन्य साथी भी जुड़े, परन्तु जब आन्दोलन पर राजनैतिक दल हावी होने लगे, प्रोफेसर शर्मा हाशिए पर धकेल दिए गए। इन दलों की दृष्टि केवल और केवल सत्ता पर टिकी थी। अवधेश और उसके साथी आन्दोलन से अलग हो गए। परन्तु हाशिए पर आ जाने के बावजूद प्रोफेसर शर्मा जेपी आन्दोलन के सच्चे सिपाही के रूप में लगातार सक्रिय रहे। इमरजेंसी लगने के बाद इलाहाबाद में जो पहली गिरफ्तारियाँ हुई थीं, उसमें प्रोफेसर शर्मा का नाम शीर्ष पर था। फिलवक्त वे नैनी जेल में बन्द थे। क्या अमिय पर भी वारंट है? कहीं ऐसा तो नहीं कि वह बिहार पुलिस की गिरफ्तारी से बचने को यहाँ आ गया है? अवधेश को यही आभास हुआ था। यदि ऐसा है तो मैं उसका पूरा ध्यान रखूँगा। अवधेश ने मन-ही-मन सोचा।

"जेपी आन्दोलन में बुर्जुआ राजनैतिक नेतृत्व हावी है। उसका मकसद सत्ता पर काबिज होना है। ऐसे में व्यवस्था-परिवर्तन या लोक मुक्ति का काम तुम किस प्रकार कर रहे थे?" अवधेश ने मन में उठ रहे सवालों को परे झटककर जिज्ञासा प्रकट की।

अमिय मुस्कराया। अवधेश से इस सवाल की अपेक्षा उसे थी।

"देखो, मैं शौकिया उस आन्दोलन में शामिल नहीं हुआ हूँ। जैसा कि मैंने कहा, मैंने लोक-मुक्ति के लिए काम करने का निर्णय लिया है। यह मेरा निजी फैसला है। लोक-मुक्ति का रास्ता शोषण और गैर बराबरी पर आधारित व्यवस्था के परिवर्तन में निहित है। नहीं जानता कि व्यवस्था-परिवर्तन मेरे जीवन में हो पाएगा या नहीं। लेकिन भइया, काम तो उसी के लिए करना है और ग्रासरूट पर करना है। दिल्ली में जेपी से मिलकर आन्दोलन को जानना आह्लादकारी अनुभव था। लगा, समाज में एक तरह का मंथन शुरू हुआ है—व्यवस्था-परिवर्तन की दिशा में। बस, मैं उनके आह्वान को स्वीकार कर पटना पहुँच गया। आन्दोलन की गतिविधियों को नजदीक से देखा। नेतृत्व से परिचित हुआ। नेतृत्व में जो शामिल हैं, उनकी अपनी महत्त्वाकांक्षाएँ हैं। उनमें बौद्धिक परिपक्वता की कमी भी मुझे दीखी, परन्तु जेपी महामानव हैं। उनकी दृष्टि और लक्ष्य स्पष्ट है। अपनी

कोई महत्त्वाकांक्षा नहीं। बहरहाल, जेपी ने मुझे गया-जहानाबाद में जाकर काम करने का परामर्श दिया। उसी सिलसिले में जहानाबाद पहुँच गया। जहानाबाद मध्य बिहार में पड़ता है तथा गया जिले का अनुमंडल है। मुझे लगा कि मध्य बिहार ऐसा क्षेत्र है, जहाँ रहकर काम करने की बेहद जरूरत है। तब से मैं जहानाबाद-गया के गाँवों में रहकर काम कर रहा था।" अमिय ने स्पष्टता से कहा।

अवधेश ने जेपी आन्दोलन में सतही तौर पर कुछ महीनों के लिए ही भाग लिया था। अमिय उस आन्दोलन का जमीनी सिपाही था। अवधेश को अपने बेतुके सवाल पूछने का अफसोस हुआ। वैसे उसका इरादा साथी को 'हर्ट' करने का न था।

"मध्य बिहार में अपने कामों के बारे में कुछ बताओगे?" अवधेश ने अमिय के काम में दिलचस्पी दिखाई।

"देखो, इसमें कोई शक नहीं कि यह आन्दोलन मुख्यत: शहरों की निम्न-मध्यवर्गीय आबादी का आन्दोलन है। यदि मैं पटना में ही काम करता रह जाता तो मुझे बिहार के गाँवों में परिव्याप्त जातीय उत्पीड़न, सामन्ती जड़ता और विषमता की जमीनी हकीकत की जानकारी न हो पाती। जहानाबाद-गया के गाँवों में रहते और आन्दोलन के लिए काम करते हुए मैंने सामन्ती व्यवस्था के शोषण, उत्पीड़न, आर्थिक-सामाजिक एवं सांस्कृतिक दमन तथा जन-चेतना के पिछड़ेपन को शिद्दत से महसूस किया है। इसलिए हम लोग अपने कार्य क्षेत्र में जेपी आन्दोलन को व्यवस्था-परिवर्तन के बुनियादी मुद्दों की ओर मोड़ने की दिशा में लगे हुए हैं। आन्दोलन के मुद्दे हैं : महँगाई, भ्रष्टाचार, बेरोजगारी, लालफीताशाही और कुशिक्षा। हम और हमारे साथी आम लोगों को यह समझा रहे हैं कि ये सब मौजूदा व्यवस्था की उपज हैं। रहमान खाँ की जगह राम प्रसाद को सत्ता के सिंहासन पर बैठा देने मात्र से इनसे पिंड नहीं छुड़ाया जा सकता। असल बात है, व्यवस्था-परिवर्तन। हमारे समझाने का असर हुआ है। लगभग एक सौ से अधिक गाँवों में हमने आन्दोलन में स्त्री शिक्षा, मानव गरिमा, भूमि-सुधार और मजदूरी के मुद्दों को जोड़ने में सफलता पाई है। कुछ मठों के पास हजारों एकड़ भू-हदबन्दी से फाजिल जमीनें हैं। इनमें से बोधा मठ के पास जितनी जमीन है, उसकी जानकारी ठीक-ठीक सरकार के पास भी नहीं है। हम लोग गैर-मजरुआ जमीनों तथा मठों और बड़े भू-स्वामियों की हदबन्दी से फाजिल जमीन को भूमिहीन किसानों के बीच बाँटने का आन्दोलन चला रहे हैं। जेपी ने सम्पूर्ण क्रान्ति और गाँवों में जनता सरकारों का नारा दिया है। हम लोग उस नारे में नव-प्राण भर रहे हैं भूमि-सुधार और न्यूनतम मजदूरी का नव-प्राण। मानव गरिमा की स्थापना का नव-प्राण। स्त्री शिक्षा का नव-प्राण।" अमिय सहज भाव से अपने काम के बारे में अवधेश को बता रहा था।

"यूपी, खासकर पूर्वी उत्तर प्रदेश के गाँवों की हालत कमोबेश ऐसी ही है, किन्तु जेपी आन्दोलन यहाँ शहरों से बाहर नहीं निकल सका है।" अवधेश को अपने गाँव की याद आ गई।

"दरअसल, यूपी के मुकाबले बिहार में आन्दोलन की तीव्रता जेपी के कारण बहुत अधिक है, लेकिन वहाँ भी गाँव प्राय: अछूते रहे हैं। जेपी के विराट् व्यक्तित्व से वहाँ

समर्पित छात्र-युवा कार्यकर्ताओं की बड़ी फौज खड़ी हो गई है। मेरी समझ बनी है कि यदि वह फौज बुनियादी परिवर्तन के मुद्दों को आन्दोलन में जोड़ने में सफल हो गई, तो बिहार व्यवस्था-परिवर्तन का देशव्यापी मॉडल बन सकता है। हम इसी दिशा में काम को आगे बढ़ा रहे थे कि इमरजेंसी लग गई। इमरजेंसी ने खुले काम की सम्भावना खत्म कर दी है। जेपी सहित आन्दोलन के बड़े नेता जेलों में बन्द हैं। मेरे कई साथी गिरफ्तार कर लिए गए हैं। मुझ पर भी मीसा का वारंट है। मेरा मानना है कि देश में 1942 जैसी स्थिति आ गई है। इस स्थिति में जेपी आन्दोलन के मुद्दे गौण हो गए हैं। अभी जरूरत है, नागरिक अधिकारों के हनन के खिलाफ देश-भर में जनमत तैयार करना। अगर जनता चुप रही तो देश में फॉसिज्म और तानाशाही का खतरा बढ़ जाएगा। ऐसे में मैं भूमिगत रहकर इमरजेंसी के विरुद्ध जनमत तैयार करने के काम में लगा हूँ। इसी सिलसिले में यहाँ आया हूँ ताकि यूनिवर्सिटी के छात्रों को इस खतरे से आगाह किया जा सके।" अमिय ने पुराने दोस्त के पास भेष बदलकर आने का कारण स्पष्ट कर दिया।

अवधेश को थोड़ी देर पूर्व अमिय के अचानक धमक जाने का आभास जिस कारण हुआ था, वह पूरा सही नहीं था। मामला थोड़ा अलग था। अमिय तानाशाही और फासिज्म के खतरों से छात्रों को आगाह करने की रणनीति के तहत आया था। वह भाग नहीं रहा था, भूमिगत रहकर संघर्ष-पथ पर डटा था।

अवधेश की चेतना में सहसा कुछ प्रस्फुटित हुआ। क्या था वह? वह आतंक की अँधेरी चादर फेंक फासिज्म और तानाशाही के खिलाफ अभिव्यक्ति के खतरे उठाने के आह्वान का उल्लास था। अपने दोस्त के कन्धे से कन्धा मिलाकर संघर्ष की धारा में कूद जाने का संकल्प था। राष्ट्र को अपनी गुंजलक में ग्रसे अँधेरे से दो हाथ करने का उमंग था। उठो...जागो...उत्तिष्ठत...जाग्रत...।

"मैं तुम्हारे साथ हूँ।" अवधेश ने दोस्त की दोनों हथेलियों को अपने हाथों में लेते हुए कहा। उसकी आँखों में दृढ़-निश्चय के जुगनू चमक रहे थे। चेहरा भावनाओं के आवेग से रक्तिम हो रहा था।

## 4

अगले दिन डायमंड जुबली हॉस्टल में अवधेश ने स्टूडेंट्स फेडरेशन के सक्रिय सदस्यों और कुछ अन्य छात्रों की बैठक बुलाई। इमरजेंसी से सभी छात्र संत्रस्त थे। उनकी रात्रिकालीन आउटडोर गतिविधियाँ पुलिसिया ठसक के कारण लगभग बन्द हो गई थीं।

"कल रात पढ़ाई से दिमाग थक गया था। मैं लक्ष्मी टॉकीज चौराहे तक निकला कि चाय पीकर तरोताजा हो जाऊँ। मुश्किल से दस बजे होंगे। लल्लू टी स्टॉल से चाय पीकर चचा की पान दुकान पर पान खाने रुका। तभी कर्नलगंज थाने की गश्ती जीप पहुँच गई। दारोगा और सिपाहियों ने बेवजह तू-तड़ाक करना शुरू कर दिया। जी.एन. झा हॉस्टल के भी कुछ लड़के वहाँ खड़े थे। हम सभी स्तब्ध। भई, बात करने का सलीका होना चाहिए। हममें से किसी ने हल्का प्रतिवाद किया कि दारोगा माँ-बहन की गालियों

पर उतर आया। हम लोग चुप रह गए, वरना मार खानी पड़ सकती थी।" पी.सी.बी. हॉस्टल में रहने वाला बृजेन्द्र था। पी.सी.बी. और जी.एन. झा हॉस्टल के छात्र अक्सरहाँ रात को चाय-पान के लिए नजदीकी लक्ष्मी टॉकीज चौराहे जाया करते थे।

"लेकिन पुलिस के ऐसे बर्ताव का सम्बन्ध इमरजेंसी से कैसे जोड़ सकते हैं आप?" अमिय ने हस्तक्षेप किया, "पुलिसिया व्यवहार आम आदमी के साथ इससे भी बुरा होता है।"

"ठीक बात है। पुलिस का व्यवहार पहले से जो था, वह था ही। अब लगता है, उन्हें आम नागरिकों को अपमानित करने का ब्लैंक चेक मिल गया है। हम लोगों ने कर्नलगंज और बालसन चौराहा जाना लगभग छोड़ दिया है। रात की कौन कहे, दिन में भी आप चाय-पान के गुमटी-ठेलों के सामने खड़े होकर पहले की तरह साथियों के साथ गप्पें नहीं मार सकते। गश्त करता सिपाही रोब गाँठने लगता है : कस में, भीड़ क्यों लगा रखी है? चलते-फिरते नजर आओ। अगर गलती से आपने प्रतिकार कर दिया तो यह भी सुना दिया जाएगा कि मीसा में अन्दर हो जाओगे या इनकाउंटर में ढेर कर दिए जाओगे और माँ-बाप ढूँढ़ते रह जाएँगे।" ईश मिश्रा ने अपनी आपबीती सुनाई।

सभी के चेहरे गम और गुस्से से लाल हो रहे थे। सबके अपने त्रासद अनुभव थे। ऐसे अनुभव इलाहाबाद के हर छात्र-युवा के अनुभव थे। अवधेश की तरह अनेकों भुक्तभोगी भरे पड़े थे शहर में। कोई कुछ नहीं कर पा रहा था। पस्त-हिम्मती छाई थी। एक दुबले-पतले छात्र ने एक चिन्ताजनक खबर सुनाई—

"शायद आप लोगों को मालूम न हो, हर हॉस्टल के सुपरिंटेंडेंट को वाइस चांसलर का आदेश है कि राजनैतिक रूप से सक्रिय छात्रों की सूची नजदीकी थाने को भेज दी जाए। उन्हें यह भी जवाबदेही दी गई है कि वे ऐसे छात्रों की गतिविधियों पर बारीक नजर रखें। गड़बड़ी की सम्भावना हो तो पुलिस को तुरन्त खबर करें। वाइस चांसलर को यह आदेश सीधे लखनऊ से मिला है। दो-तीन दिन पहले सुपरिंटेंडेंट की शिकायत पर इंटरनेशनल हॉस्टल पर पुलिस ने छापा डाला और पी-एच.डी. के दो छात्रों को पकड़ ले गई।"

सभी चौंक गए। टिप्पणी करने वाला केपीयूसी हॉस्टल का अर्द्धेन्दु राय था। उसकी गिनती विश्वविद्यालय के बुद्धिजीवी छात्रों में होती थी। हमेशा किताबों में खोया रहता। डिबेटर के रूप में भी उसकी धाक थी। वामपक्षी छात्र राजनीति का बौद्धिक चेहरा। अमिय को गरम लोहे पर चोट करने का अवसर अर्द्धेन्दु ने दे दिया।

"मित्रो, ऐसी स्थिति को यदि छात्र चुपचाप सहन करते रहेंगे,यह वैयक्तिक संत्रास को बढ़ाएगा। इसलिए मेरा सुझाव होगा कि जितना सम्भव हो, इस वैयक्तिक संत्रास को सामूहिक शक्ति में बदल देना चाहिए। मामला केवल अदने सिपाही या दारोगा के अपमानजनक व्यवहार या हॉस्टल सुपरिंटेंडेंट के सत्ता का मुखबिर बन जाने का नहीं है, यह सत्ता के दम्भ, उच्छृंखलता और नागरिक अधिकारों के घोर दमन का मामला है। मीडिया का बड़ा हिस्सा सत्ता के स्तुति गान में मगन है। जो प्रतिरोध कर सकने में सक्षम थे, उन पर सेंसर की तलवार लटकी है। कोर्ट में मौलिक अधिकारों के हनन

की सुनवाई नहीं हो रही। जबानों पर ताले डल गए हैं। इसलिए नागरिक अधिकारों के दमन और विश्वविद्यालय ही नहीं मुहल्ले, जिले, राज्य और देश को जेलखाने में तब्दील किए जाने के फासीवादी खतरों को समझने के लिए छात्र-जगत् को जागरूक करना होगा। तब शायद हम वैयक्तिक संत्रास को सामूहिक शक्ति में बदल सकेंगे। वह सामूहिक शक्ति प्रतिरोध के रास्ते भी तलाश कर लेगी, बिहार के गाँवों में काम करने का मेरा अनुभव यही कहता है।" अमिय ने जैसे रौशनी जलाकर अन्धी सुरंग से बाहर निकलने की राह दिखलाई।

उस रौशनी ने काम किया। जवाँमर्दी ने पस्त हिम्मती की जगह ले ली। सबसे पहले यूनिवर्सिटी और हॉस्टलों की दीवारों पर इमरजेंसी के खिलाफ नारे लिखने की राय बनी। बैठक में कुछ नारों के मजमून तय कर लिए गए, जैसे—आपातकाल के खिलाफ उठो, बढ़ो और विरोध करो; जुल्म सहना अपराध है; फासीवाद, हो बरबाद; जेल के फाटक टूटेंगे, साथी सारे छूटेंगे; हम भेड़ नहीं, मनुष्य हैं; तानाशाही मुर्दाबाद; इमरजेंसी का मतलब, गुलामी; याचना नहीं, अब रण होगा; प्रजातंत्र जिन्दाबाद। तय हुआ कि नारे लिखने का काम गोपनीय तरीके से आधी रात के बाद अंजाम दिया जाए। नारे लिखने वाली टोलियाँ और टोही दल गठित किए गए। टोही दलों को सीटी बजाकर नारे लिखने वाली टोलियों को किसी आसन्न खतरे से आगाह करने का तरीका भी अमिय ने समझा दिया। गाँवों के अपने अनुभवों को यूनिवर्सिटी के सन्दर्भ में ढाल देने में उसे कोई कठिनाई नहीं हुई।

दो-तीन रातों में सभी हॉस्टलों की दीवारें इमरजेंसी विरोधी नारों से पट गईं। इसके बाद यूनिवर्सिटी का नम्बर आया। हफ्ते भर में हर तरफ नारे-ही-नारे। काम इतनी सावधानी से हुआ कि किसी को कानोकान खबर तक नहीं हुई। किसने लिखे, कब लिखे, इसे लेकर अटकलों का बाजार छात्रों के बीच गर्म हुआ।

"जिसने भी लिखा हो, बातें हमारी ही हैं।" कोई कहता।

"शायद हमारे सर्द पड़ गए रक्त में गरमी लाने की कोशिश की गई है।"

दूसरा 'हाँ' में 'हाँ' मिलाता।

सहमे-डरे छात्र खुलकर अपनी बातें एक-दूसरे से कहने लगे। इस हल्की जुम्बिश ने हॉस्टल और यूनिवर्सिटी प्रशासन की नींदें हराम कर दीं। वाइस चांसलर ऑफिस जवाब माँगता। किसने? कब? कैसे? आपका सिस्टम फेल?

पुलिस महकमे की गत बन गई थी। डी.एस.पी. ने कर्नलगंज के थानेदार को तलब किया। एस.पी. (सिटी) ने डी.एस.पी. को और एस.एस.पी. ने एस.पी. (सिटी) को। हर मातहत को अपने सुपीरियर की डाँट खानी पड़ी। क्या करते रहते हो? काम पर ध्यान नहीं रहता तुम्हारा?

"सर, यूनिवर्सिटी के लड़कों की ऐसी हिम्मत नहीं हो सकती। वे पी.सी.एस. और आई.ए.एस. की तैयारी छोड़ कहाँ अपना कॅरियर जोखिम में डालेंगे? लगता है, बाहर से कुछ खुराफाती घुस आए हैं।" डी.एस.पी. को थानेदार ने अपनी सफाई दी। यही सफाई ऊपर तक दी जाती रही। जिला मजिस्ट्रेट ने एस.एस.पी. को फोन घुमाया,

"कप्तान साहब! यह कैसा जलजला आ गया? आपके अफसर ढीले हो गए हैं। कसकर लगाम खींचिए।"

एस.एस.पी. को जैसे भरे बाजार नंगा कर दिया गया हो। उसने एस.पी. (सिटी) को तलब किया, "कसकर लगाम खींचिए।"

हॉस्टलों के सामने पुलिस गश्त बढ़ा दी गई। कैम्पस की सिक्योरिटी टाइट हो गई। दीवारों पर लिखे नारों पर चूना पुतवा दिया गया, लेकिन छात्रों के दिल और दिमागों का क्या?

जवाँमर्द छात्रों की टीम ने अपनी रणनीति बदली। वही नारे फाफामऊ में इंजीनियरिंग कॉलेज और हॉस्टल की दीवारों पर उग आए। अगले दिन मेडिकल कॉलेज और हॉस्टल भी अछूता नहीं रहा। सी.एम.पी. डिग्री कॉलेज, कुलभास्कर आश्रम डिग्री कॉलेज और इलाहाबाद डिग्री कॉलेज की दीवारें भी वही कहानी दुहराने लगीं।

एस.एस.पी. की झल्लाहट बढ़ी। उसने अपनी खीज एस.पी. (सिटी) पर उतारी, "इसे ही कहते हैं लगाम खींचना?"

एस.पी. (सिटी) नौजवान अफसर था। उसे लगा था कि मामला लोकलाइज्ड है। "देखता हूँ सर।" वह मुँह लटकाए एस.एस.पी. ऑफिस से बाहर निकला। जिला मजिस्ट्रेट को मंडल आयुक्त ने तलब किया। उसे होम सेक्रेटरी ने डाँट पिलाई थी, "मुख्य सचिव और मुख्यमंत्री जी आप लोगों से बहुत खफा हैं। अगर हालात नहीं सँभले तो बोरिया-बिस्तर बाँधकर तैयार रहिएगा।"

जब चिनगारियाँ भड़कीं, आग को फैलना ही था। अब तक सुप्तप्राय डरे-सहमे छात्र-युवा संगठनों में हिम्मत आ गई थी। इमरजेंसी के खिलाफ नारे शहर के शिक्षण संस्थानों से निकलकर गाँवों-कस्बों की दीवारों पर भी दीखने लगे। भूमिगत पर्चे और दो-पेजी अखबार इमरजेंसी के जुल्मों और तकलीफों की दास्तान एक हाथ से दूसरे हाथ तक पहुँचने लगे। बाहर से सब कुछ शान्त था, अन्दर समुद्र मंथन चल रहा था। इलाहाबाद यूनिवर्सिटी में इमरजेंसी के खिलाफ बहती गरम हवा धीरे-धीरे बनारस, गोरखपुर, लखनऊ में दस्तक देने लगी।

कारवाँ बढ़ता चला जा रहा था : एक चिनगारी कहीं से ढूँढ़ लाओ दोस्तो, इस दीये में तेल से भीगी हुई बाती तो है। अमिय की दी हुई चिनगारी ने हजारों दीये जगमग कर दिए थे। बीस-पचीस दिनों में इलाहाबाद में अपना काम खत्म कर अमिय ने अगले पड़ाव का रुख किया। इस बार वह अकेला नहीं था, अवधेश भी उसके साथ चला। दोनों ने दिल्ली की ट्रेन पकड़ी। जे.एन.यू. में उन्हें हामिद बख्त, यास्मीन और किरण से मिलना था।

## 5

इलाहाबाद से शाम को खुली ट्रेन अगले दिन सुबह नियत समय से पहले दिल्ली पहुँच गई। रेलवे स्टेशन पर पुलिस की भारी व्यवस्था थी। हर आने-जाने वाले पर पुलिस

के सिपाही नजर रखे हुए थे। अचानक वे किसी के सन्दूक पर अपना डंडा टिका उसे खोलने का हुक्म देते। अन्दर का एक-एक सामान निकलवाकर देखते। तसल्ली हो जाने पर ही जाने देते। बेचारा यात्री अपनी खीसें निपोरे सन्दूक में सामान दुबारा सहेजकर रखता और अकबकाई मुद्रा में इधर-उधर देखता हुआ जल्दी-जल्दी कदम बढ़ाने लगता। किसका सन्दूक खुलवाना है, इसका निर्णय पूरी तरह उनकी मर्जी पर था। सिपाहियों के हाथों में डंडे और कन्धों पर राइफलें थीं। उन्होंने लोहे की टोपें पहन रखी थीं तथा वर्दी के ऊपर बॉडी प्रोटेक्टर डाल रखे थे। पूरी चाक-चौबन्द व्यवस्था थी। सिपाहियों की नजरें बचाकर निकलने की कोशिश करने वाले यात्रियों की सन्दूकें ही नहीं, कपड़े तक सिपाही चेक किए जा रहे थे।

अमिय ने जींस की पैंट और खादी का कुर्ता पहन रखा था। अवधेश ने अपने कपड़े उसे पहनाए थे : अमाँ, जे.एन.यू. चल रहे हो। अवधेश ने खुद टेरीकाट की पैंट डाल रखी थी। ऊपर नीली शर्ट। पैरों में चप्पलें थीं। और कन्धों से लटका हुआ झोला। वे इत्मीनान से सिपाहियों के बीच से निकास की ओर बढ़े चले जा रहे थे। अवधेश के कन्धे पर किसी ने पीछे से अपना हाथ रखा। अवधेश पलटा। पुलिस का कोई अफसर था। अमिय दो-चार कदम आगे बढ़ गया था। वह भी पलटा। अफसर ने दोनों पर सरसरी नजर डाली। पूछा, "कहाँ से आ रहे हैं?"

"इलाहाबाद से।"

"पढ़ते हैं?

"जी।"

इसके पूर्व कि पूछताछ आगे बढ़ती, अमिय ने हस्तक्षेप किया, "सर, क्या बात है, इतनी चाक-चौबन्द व्यवस्था? लगता है, आप लोगों को अहले सुबह ही ड्यूटी पर आना पड़ा है।" अमिय के स्वर में पूरी हमदर्दी का भाव था। इस हमदर्दी से अफसर नरम पड़ गया।

"क्या कहें? ड्यूटी है, करनी पड़ती है।" उसने अपनी लाचारी बताई।

"यह तो ठीक है, लेकिन आपके बड़े अफसर लोग इस समय अपने ड्राइंग रूम में बीवी-बच्चों के साथ सुबह की चाय का आनन्द ले रहे होंगे। आप लोगों को न मालूम घर की चाय कब नसीब होती होगी?" अमिय ने हमदर्दी का पुट बढ़ा दिया था।

इन्हीं हल्की-फुल्की बातों के बीच पता चला कि देश के कई राज्यों में पिछले हफ्ते रेल लाइनों, पुलों और रेलवे स्टेशनों पर देश विरोधी तत्त्वों द्वारा डायनामाइट से विस्फोट किए गए हैं। सरकारी सम्पत्तियों की हिफाजत के लिए पुलिस वालों को रात-दिन मेहनत करनी पड़ रही है। दिल्ली में रेड एलर्ट घोषित है।

"क्या मतलब?" अमिय ने भोलेपन से पूछा।

"यहाँ सैबोटेज की कोशिश की जा सकती है। बम विस्फोट या फिर डायनामाइट..."

अखबारों में अमिय ने डायनामाइट विस्फोट की खबरें देखी थीं। बिहार में बक्सर, पटना और लखीसराय के बीच भी कई जगह रेल लाइनों और पुलों को विस्फोट से उड़ा दिया गया था। इन अराजक गतिविधियों से उसकी सहमति न थी।

तत्काल उसे पुलिस से पिंड छुड़ाकर अपने गन्तव्य पर पहुँचना था। उसने भोलेपन से मुँह बिचकाते हुए कहा, "अजीब लोग हैं। इतना भी नहीं सोचते कि इमरजेंसी में ट्रेनें समय पर चलने लगी हैं?" अफसर पर इसका अनुकूल प्रभाव पड़ा। वे दोनों बिना किसी विघ्न-बाधा के स्टेशन से निकल आए। बाहर आकर उन्होंने जे.एन.यू. की बस पकड़ी।

हामिद बख्त गंगा हॉस्टल के अपने पुराने कमरे में ही आबाद था। जब वे पहुँचे, वह खिल उठा, परन्तु अगले ही पल उसके चेहरे पर सवालों की बाढ़ सी आ गई। अमिय के अचानक इलाहाबाद छोड़ने की खबर अवधेश ने उसे दे दी थी।

"कहाँ अचानक अन्तर्धान हो गए थे, प्रभु? जब हम मिले थे, आपने भनक तक नहीं लगने दी थी। ऐसी भी क्या हिमाकत कर दी थी हम लोगों ने हुज़ूर?" सवालों की बाढ़ ने खुशी का बाँध तोड़ दिया।

फिर उसने अवधेश से कहा, "तो मियाँ, आखिर तुम इनको पकड़ ही लाए? कहाँ मिले?" अवधेश मुस्कराने लगा।

"अमाँ यार, सारी बातें खड़े-खड़े ही पूछ लोगे? बिना रिजर्वेशन के इलाहाबाद से चले आ रहे हैं हम दोनों। बड़ी मुश्किल से बैठने की जगह मिल पाई। सारी रात उनींदी कट गई।" अवधेश ने हामिद बख्त को मीठी झिड़की पिलाई। हामिद बख्त को अपनी गलती का अहसास हुआ। अमिय से मिलने की खुशी और गिले-शिकवों ने उसे कुछ दूसरा सोचने का अवसर ही नहीं दिया था। "चलो, पहले चाय पीते हैं। चाय पर ही बातें होंगी।" उसने कहा और तीनों दोस्त गंगा ढाबे की ओर बढ़ चले। अवधेश ने अमिय की ओर से मोर्चा सँभाल रखा था। वह रास्ते में हामिद को अमिय के इलाहाबाद छोड़ने के बाद की जीवन-यात्रा का वृत्तान्त सुनाने लगा था।

"क्या कहा, गोमुख की कन्दराओं में अमिय ने चालीस दिनों का उपवास किया? किस धातु से बने हो यार? गजब की चीज हो भाई तुम।" हामिद बख्त ने अमिय की पीठ पर प्यार से धौल जमाते हुए कहा।

अमिय सहज भाव से मुस्कराया। वे गंगा ढाबा पहुँच चाय की प्रतीक्षा करने लगे थे। अवधेश आगे का वृत्तान्त सुना रहा था।

"सुनो थोड़ी भूख लग आई है। कुछ खाने के लिए भी मँगवा लो। ट्रेन में हम दोनों को केला खाकर सन्तोष करना पड़ा था।" अमिय ने बेतकल्लुफी से कहा। हामिद ने आलू-पराँठों का ऑर्डर दे दिया।

इधर यास्मीन और किरण भी गंगा ढाबा पहुँच गईं। अमिय और अवधेश को देख दोनों चहक उठीं, "हैलो कॉमरेड्स। कब आए? अरे भाई डॉक्टर साहब, सुना था कि आप अचानक अंडरग्राउंड हो गए थे? कहाँ रहे अब तक?" यास्मीन थी।

"हाँ, कहाँ चले गए थे, डॉक्टर?" किरण ने उसका साथ दिया।

किरण उन दिनों 'दिल्ली स्टेट स्टूडेंट्स फेडरेशन' की सचिव थी। हामिद बख्त और यास्मीन एक्जीक्यूटिव कमिटी के मेम्बर थे। वे तीनों पी-एच.डी. कर रहे थे।

अवधेश ने मुट्ठी बाँधकर किरण और यास्मीन का अभिवादन किया। अमिय ने

दोनों से हाथ मिलाया। चाय और पराँठों की प्लेटें आ गई थीं। अवधेश, यास्मीन और किरण से मुखातिब हुआ, "आप दोनों अमिय के अंडरग्राउंड दिनों की दास्तान सुनिए।" और अवधेश शुरू हो गया।

किरण अमिय से उसकी पिछली दिल्ली यात्रा में हामिद बख्त के कमरे में मिली थी। दो दिनों में ही अच्छी दोस्ती हो गई थी। उसके बाद अब मिलना हुआ था। उसे झटका लगा। मार्क्सवाद से संन्यास की यात्रा? यह व्यक्ति इतनी कम उम्र में संन्यासी क्यों बन गया? इतनी विरक्ति क्यों?

"तो आप संन्यासी हैं, अमिय? लगते तो नहीं?" किरण ने पूछ ही दिया।

किरण का प्रश्न सुन अवधेश ने अपनी बात को बीच में रोक दिया। हामिद बख्त और यास्मीन के मन में भी यही सवाल था। सवाल का जवाब देना टाला नहीं जा सकता था। जिस मकसद से वह दिल्ली पहुँचा था, उस मकसद के लिए भी उत्तर दिया जाना जरूरी था। अमिय ने गम्भीरता से कहा, "यदि संन्यासी से आपका तात्पर्य संसार से भागने वाला मनुष्य हो, तो मैं अपने को संन्यासी नहीं मानता। संन्यासी का अर्थ यदि दुनिया को अनासक्त भाव से देखना और उसकी विद्रूपताओं से मुकाबला करना माना जाए, तो हाँ मैं संन्यासी हूँ। अनासक्ति सम्बन्धी मेरी धारणा वही है जो 'गीता' में कही गई है—

*सुखदुखे समे कृत्वा लाभालाभौ जयाजयौ।*
*ततो युद्धाय युज्यस्व नैवं पापमवाप्स्यसि॥*

यानी दुख-सुख, लाभ-हानि और जय-पराजय में समभाव से रहते हुए युद्ध करने से कोई पाप नहीं लगता। मेरा संन्यास मुझे दुनिया से भागने के लिए नहीं कहता, वह जूझने के लिए प्रेरित करता है। मैंने हिमालय में अपने शरीर और मन को साधने की कोशिश की है। कितना सफल होऊँगा इस साधना से, नहीं जानता, लेकिन बिहार के गाँवों में मानवीय गरिमा, समता, नर-नारी समानता, स्त्री-शिक्षा, मजदूरी और भूमि-सुधार जैसे मुद्दों पर काम करते हुए कई बार लड़ते हुए भी मुझे लगा है कि जीत हो या हार, मेरे संन्यास ने मुझे उस लड़ाई के लिए जरूर तैयार किया है।"

बिहार के गाँवों में अमिय के काम करने के यथार्थ ने किरण ही नहीं हामिद बख्त और यास्मीन को भी रोमांचित कर दिया। ये जे.एन.यू. जैसे प्रतिष्ठित संस्थान के वे छात्र थे, जिनकी सुबहें और शामें जन-संघर्षों और क्रान्ति की दास्तानें पढ़ते-कहते-सुनते बीतती थीं। उन्होंने मार्क्सवादी साहित्य खूब पढ़ा था, परन्तु जन-संघर्षों में कभी उतरे नहीं थे। हामिद बख्त ने शिक्षक आन्दोलनों में शिरकत की थी तथा शराबबन्दी के संघर्ष में जेल जरूर गया था, किन्तु आमजन के आँसुओं और पसीने से उसका भी सामना नहीं हुआ था। यास्मीन और किरण छात्र आन्दोलनों से कभी आगे न बढ़ पाई थीं। उनके सामने ऐसा नौजवान बैठा था, जिसने आध्यात्मिक नजरिये से भले ही संन्यास का चयन कर लिया हो, किन्तु जो गरीब किसानों-मजदूरों-अभिवंचितों के पक्ष में न्याय, समता और शोषणविहीन समाज की रचना के संघर्ष का अगुआ था। मिट्टी की खुशबू से तर उसके संन्यास और संघर्ष की कहानी से कौन नहीं रोमांचित हो जाता?

"इस काम और लड़ाई में मैं अकेला नहीं हूँ, हमारी पाँतें निरन्तर मजबूत होती जा रही हैं। मेहनतकश स्त्री-पुरुष और व्यवस्था-परिवर्तन का सपना अपनी आँखों में और नौजवानों का हिस्सा हमारे साथ जुड़ रहा है। आधा पेट खाए अधनंगे आमजन आशाभरी निगाहों से हमें देख रहे हैं।" अमिय ने बात का सिरा आगे बढ़ाते हुए कहा।

किरण मंत्रमुग्ध हो अमिय को सुन रही थी।

"बिहार में जेपी आन्दोलन ने बड़े स्तर पर शहरी और निम्न-मध्यवर्गीय युवाओं को भ्रष्टाचार, बेरोजगारी, महँगाई और कुशिक्षा जैसे मुद्दों के खिलाफ गोलबन्द किया है। हम लोग जेपी आन्दोलन को व्यवस्था-परिवर्तन के बड़े आन्दोलन में विकसित करने की कोशिश कर रहे थे, तभी इमरजेंसी लग गई। इमरजेंसी में नागरिक अधिकार खत्म किए जा रहे हैं। फासीवाद और तानाशाही की काली घटाएँ घिर रही हैं। बदली परिस्थितियों में नागरिक अधिकारों पर हो रहे हमलों के विरोध में जनमत तैयार करना तात्कालिक काम है। भूमिगत रहकर मैं इसी काम में लगा हुआ हूँ। क्या जे.एन.यू. के छात्र दिल्ली में इमरजेंसी के खिलाफ जनमत तैयार करने में हाथ बँटाएँगे?" अमिय ने सीधे-सरल शब्दों में दिल्ली आने का अपना मकसद भी स्पष्ट कर दिया।

इसके पहले कि कोई आगे कुछ कहता, एक छात्र भागता हुआ गंगा ढाबा पहुँचा और उसने ऐलान किया, "साथियो, हमारे दो कॉमरेड्स को दिल्ली पुलिस ने मीसा में गिरफ्तार कर लिया है। थोड़ी देर में इस गिरफ्तारी के खिलाफ प्रोटेस्ट मार्च वसंत विहार थाने तक जाएगा। कृपया सभी लोग डाउन कैम्पस में लाइब्रेरी के पास जमा हों।"

अब आगे कुछ कहने-सुनने का समय नहीं बचा था। वे सभी डाउन कैम्पस की दिशा में भागे। अवधेश और अमिय भी साथ थे।

## 6

डाउन कैम्पस में छात्र इकट्ठे होना शुरू हो गए थे। गिरफ्तारी की ख़बर सुन काफी उत्तेजना फैल गई थी। मामला केवल खास छात्र संगठन के नेताओं की गिरफ्तारी का नहीं था, मामला छात्रों के नागरिक अधिकारों के दमन से जुड़ गया था। बिना वाइस चांसलर की इजाजत के दिल्ली पुलिस के अफसर कैम्पस में घुस गए थे और उन्होंने छात्र नेताओं को उठा लिया था। "जब हमने कारण पूछना चाहा, हमें धमकाया गया।" कोई छात्र जोर-जोर से अपने साथियों को बता रहा था।

किरण, हामिद बख्त और यास्मीन ने मंच सँभाल लिया था। वैसे मंच क्या था, एक चार फीट गुणा दो फीट का चबूतरा था जो शायद छात्रों के सुस्ताने के लिए कभी तामीर कराया गया था। वही चबूतरा अब प्रोटेस्ट मंच बन गया था।

छात्रों के डाउन कैम्पस पहुँचने का सिलसिला जारी था। इसी बीच मंच से भाषण शुरू हो गया। किरण अंग्रेजी में धारा प्रवाह बोल रही थी। उसकी त्वरा और शैली बड़ी प्रभावशाली थी। उसने इमरजेंसी को आजाद भारत के इतिहास का काला अध्याय बताते हुए उसकी मुखालफत में मजबूत छात्र आन्दोलन की जरूरत पर बल दिया। वह कह

रही थी, "हममें से कुछ साथी जेपी आन्दोलन को देश में फासीवाद की दस्तक बताते थे। बिहार में जमीनी स्तर पर काम करने वाले कॉमरेडों से बातचीत में यह सच भी सामने आया है कि उस आन्दोलन से जुड़े नौजवान व्यवस्था-परिवर्तन के लिए और किसानों-मजदूरों के साथ मिलकर मजदूरी तथा भूमि-सुधार जैसे मुद्दों पर काम कर रहे थे। इमरजेंसी लगाकर उन्हें अब जेलों में डाला जा रहा है। सोचिए कौन फासिस्ट है? हमारे साथियों की गिरफ्तारी उसी फासीवादी घिनौने चेहरे का सबूत है।"

अवधेश ने अमिय को गर्व से देखा। सोचा—अमिय के जमीनी काम की सच्चाइयों ने किरण पर गहरा असर डाला है। अमिय सहज भाव से किरण को सुन रहा था। किरण के बाद कोई दूसरा छात्र बोलने लगा था। वह भी धारा प्रवाह अंग्रेजी बोल रहा था। अमिय के लिए छात्रों की सभाओं में अंग्रेजी का प्रयोग देखना नया अनुभव था। अवधेश ने समझाया, "जे.एन.यू. में देश के विभिन्न हिस्सों और विदेशों के छात्र पढ़ने आते हैं। दक्षिण भारत और पूर्वोत्तर के छात्र हिन्दी कम समझते हैं। ऐसे में छात्रों की बैठकों में अंग्रेजी में अपनी बात कहने का चलन यहाँ आम है, परन्तु अन्य भारतीय भाषाओं में भी छात्र अपनी बात रखते हैं।"

हामिद बख्त का भाषण शुरू हुआ। वह उर्दू मिश्रित हिन्दी में सम्बोधित कर रहा था, "मोअज्जिज हाजरीन! हुकूमते-हिन्दुस्तान के जुल्मो-सितम को अगर हम चुप रहकर बर्दाश्त करते रहेंगे, तो वो दिन दूर नहीं जब हम सभी का आशियाना जेल हो जाएगा। उसके लिए नई जेलों को तामीर करने की जरूरत नहीं होगी। यह मुल्क अब जेलखाने में तब्दील होता जा रहा है। आज हमारे दो साथी बिना कसूर गिरफ्तार कर लिए गए हैं। कल मेरा, परसों तुम्हारा और अगले दिन हरेक उस शख्स का नम्बर आवेगा जो लब खोलकर हुकूमत की खिलाफत करेगा। इसलिए हमें हिन्दुस्तान बचाने की लड़ाई छेड़नी होगी।"

अगले वक्ता ने भी अंग्रेजी में जोरदार तकरीरें कीं। उसने आपसी भेदभाव भुलाकर छात्र हित में एकजुटता का प्रदर्शन करने की अपील की। वह 'फ्री थिंकर्स' नामक छात्र संगठन का सक्रिय सदस्य था। उस छात्र ने एक बहुत मार्मिक कविता से अपनी बात खत्म की। उसने कहा, "यदि हम उन जर्मन बुद्धिजीवियों और धर्म गुरुओं की तरह कायरता के कारण, जो उन्होंने नाजियों का विरोध न कर प्रदर्शित किया था, इमरजेंसी के खिलाफ आवाज नहीं उठाएँगे तो हमें भी होलोकॉस्ट जैसा दिन देखना पड़ सकता है। याद रखिए, फादर मार्टिन की वह दिल दहलाने वाली कविता—

*First they came for the communists, And I didn't speak*
*Because I was not a Communist.*
*Then they came for the socialists, And I didn't speak out*
*Because I was not a Socialist,*
*Then they came for the trade unionists, And I didn't speak*
*out Because I was not a trade unionist,*
*Then they came for the Jews, And I didn't speak out Because*

*I was not a Jew,*
*Then they came for me, And there was no one left To speak out for me.*

इसलिए साथियो, ये गिरफ्तारियाँ महज किसी वामपंथी छात्र संगठन के अगली कतारों की धर-पकड़ के रूप में नहीं देखी जानी चाहिए। जैसा कि आपने पहले सुना, इमरजेंसी में हममें से हरेक का नम्बर आ सकता है। परन्तु यदि मैं उनके, तेरे और उसके पकड़े जाने पर चुप्पी साध लूँगा, विश्वास मानिए, जब वे मुझे पकड़ने आएँगे तो, मेरे लिए आवाज उठाने वाला चिड़िया का पूत भी न बचा होगा।"

छात्रों ने करतल ध्वनि से अपनी एकजुटता का परिचय दिया। अन्त में यास्मीन ने अपनी बात रखी, "साथियो, सारे देश में आजादी का तराना गाने वाले लबों पर ताला लगाने की कोशिश की जा रही है। कारण, आप भ्रष्टाचार का विरोध करने की जुर्रत न करें, आप बेरोजगारी पर सवाल न पूछें, आप महँगाई पर उँगली न उठाएँ और आप शिक्षा की बदहाली पर बहस न करें। यदि जैसा चल रहा है, आपको स्वीकार है, आपका स्वागत है। नहीं तो आपको लखटकिया कोठी का मेहमान बना दिया जाएगा।"

'लखटकिया कोठी' शब्द पर छात्रों की जोरदार हँसी गूँजी। व्यंग्य की हँसी। हिकारत की हँसी। अवज्ञा की हँसी। और उस हँसी से आसमान गूँजने लगा। दूर कहीं पेड़ों पर बैठे गिद्ध अपने डैने फड़फड़ाकर उड़ गए उस हँसी के वेग से। गौरैयाएँ जो गिद्धों के कारण साँस रोक पत्तों में छुपी बैठी थीं, चहचहाने लगीं। नीला आसमान गुलाबी रंग में नहा उठा। उसी हँसी के बीच यास्मीन ने आगे कहा—

"हमें इमरजेंसी की ज्यादतियों के खिलाफ, दमन के विरोध में और जनतंत्र की बहाली के पक्ष में व्यापक मोर्चा बनाना चाहिए। इस मोर्चे में छात्र-युवा-किसान-मजदूर और छोटे व्यवसायियों की भागीदारी रहे। यही मोर्चा इमरजेंसी के मुकाबिल खड़ा हो सकता है। साथियो, हमारी लड़ाई जनतंत्र बचाने की है। देश बचाने की है। देश बचेगा, तभी हम बचेंगे। तभी हम शान्ति से पढ़ पाएँगे। इसलिए हम लड़ेंगे साथी। हम आगे बढ़ेंगे साथी।"

यास्मीन के इस आह्वान का तालियों की गड़गड़ाहट से स्वागत हुआ।

भाषणों का दौर खत्म हो गया था। प्रोटेस्ट मार्च के लिए छात्र खुद-ब-खुद दो-दो की लाइनों में लगने लगे थे। अद्‌भुत अनुशासन था। सब कुछ पूर्व से रिहर्सल किए गए ड्रिल की तरह। आगे-पीछे खड़े होने की कहीं कोई स्पर्धा नहीं। जिसे जहाँ जगह मिली, खड़ा होता चला गया। कौन किस संगठन का है, कोई फर्क नहीं। छात्र-छात्राओं में कोई अन्तर नहीं। वह प्रोटेस्ट मार्च केवल और केवल छात्रों का था, एकजुटता का परिचय देता जुलूस। अमिय और अवधेश भी जहाँ जगह मिली, वहीं लग गए।

किरण, हामिद बख्त, यास्मीन और अन्य वक्ता मंच से उतर जुलूस के आगे हो लिए। उनकी अगुआई में वह अनुशासित शान्तिपूर्ण जुलूस डाउन कैम्पस से वसंत विहार थाने की सीध में चल पड़ा। सड़क पर भारी संख्या में पुलिस बल तैनात था। अमिय ने गौर किया, सुबह रेलवे स्टेशन पर तैनात बल की तरह ही यह बल फुल रॉयट गियर

में था। सिर पर लोहे की टोप, बॉडी प्रोटेक्टर, हाथों में डंडे, कन्धे से लटकती राइफलें और बेंत की ढालें। टीयर गैस दस्ता भी अलग से था। पुलिस पूरी तरह से तैयार थी।

छात्र अपनी ओर से पुलिस को ऐक्शन लेने का कोई बहाना नहीं देना चाहते थे। जुलूस आगे बढ़ता रहा। पुलिस बल कई टुकड़ियों में बँटकर जुलूस के समानान्तर चलता रहा। छात्रों ने कोई एतराज नहीं किया। न कोई छींटाकशी, न उकसाने वाली कोई बात, जैसे दोनों पक्ष अपना-अपना काम कर रहे हों। पुलिस के अफसर वॉकी-टॉकी कान में सटाए अपने सीनियर्स को रिपोर्ट तथा जूनियर्स को हिदायतें देते आगे-आगे चल रहे थे।

शायद पुलिस अफसरों को ऊपर से कोई ऑर्डर आया हो, जुलूस वसंत विहार थाने से दो सौ मीटर पहले रोक दिया गया। किरण ने रोकने वाले अफसर से दृढ़ता से कहा, "संविधान हमें शान्तिपूर्ण जुलूस निकालने की आजादी देता है। हमें आप कैसे रोक सकते हैं?"

वह पुलिस अफसर वॉकी-टॉकी कान में लगाए 'हाँ-हूँ' कर रहा था। उसने किरण का सवाल सुनकर भी अनसुनी कर दी। किरण चुप रह जाने वालों में नहीं थी।

"सर, आपको जवाब देना पड़ेगा?"

कोई जूनियर अफसर आगे बढ़ा, "देखिए मैडम, हम लोग डी.एस.पी. साहब को यहीं बुला देते हैं। आप लोग अपना मेमोरेंडम वगैरह उनको देकर जुलूस खत्म कीजिए।"

"हम यहीं पर जुलूस क्यों खत्म करें? हमारे डेमोक्रेटिक राइट्स पर आप लोग रोक कैसे लगा सकते हैं? अपने साथियों की नाजायज गिरफ्तारी का हम विरोध कर रहे हैं। क्यों नहीं जा सकते थाने तक?" हामिद बख्त ने सवाल किया।

अगुआई कर रहे सभी छात्र किरण और हामिद बख्त के साथ कन्धे से कन्धा मिलाकर खड़े हो गए। उनका समवेत स्वर गूँजा, "हम लोग थाने पर हर हाल में जाएँगे।"

इस बहस की गूँज लहरों की तरह आगे से होती हुई सबसे पीछे खड़े छात्रों तक पहुँचने लगी। पहली लहर, फिर दूसरी, फिर तीसरी। लहरें ही लहरें। छात्रों का तराना गूँजा—

जुल्मी जब-जब जुल्म करेगा,
सत्ता के हथियारों से,
चप्पा-चप्पा गूँज उठेगा,
इनकलाब के नारों से।

और तराने के बाद नारों की लहरें : इनकलाब जिन्दाबाद, जिन्दाबाद-जिन्दाबाद।

नारों की अनुगूँज से पुलिस के जवान चौकन्ने हो गए। वे दीवार की तरह छात्रों की कतारों को घेर खड़े हो गए। उन्हें अपने अफसरों के अगले हुक्म का इन्तजार था। "आई बॉल टू आई बॉल कॉन्फ्रंटेंशन" की स्थिति उपस्थित हो गई।

"किस कानून के तहत आप हमें हमारे डेमोक्रेटिक राइट से वंचित करना चाहते हैं?" यास्मीन सिंहनी की तरह गरज रही थी।

वॉकी-टॉकी पर बातचीत में मशगूल अफसर को अन्ततः मजबूर होकर कुछ कहना ही पड़ा। प्रेस फोटोग्राफर्स के कैमरे चमकने लगे थे। जाने-माने छात्र नेताओं को

हॉस्टल से बिना अपराध पुलिस ने उठा लिया था। उन पर क्या चार्जेज बनते थे, नहीं बताया गया था। थाने के आसपास के क्षेत्र में धारा 144 भी नहीं लगाई गई थी। वैसे में शान्तिपूर्ण जुलूस रोकने का कोई मतलब न था। छात्र थाने तक जाने के लिए अड़े हुए थे। यदि वे उग्र हो गए तो लॉ एंड ऑर्डर की समस्या पैदा हो सकती थी। अफसरों को डर था कि यदि स्थिति बिगड़ेगी तो प्रेस वाले पुलिस को ही उसका जिम्मेदार ठहराएँगे।

"देखिए, थाने पर जुलूस के जाने से कानून-व्यवस्था की समस्या खड़ी हो सकती है?" वह मिमियाया।

"कैसे? हम लोग संविधान का सम्मान करने वाले लोग हैं। सत्ता की तरह संविधान को कूड़ेदान में फेंक देने वाले नहीं। हमारा जुलूस पूरी तरह शान्तिपूर्ण है।" किरण मानने वाली नहीं थी।

"मैडम, आप लोगों के भड़काऊ भाषणों से छात्रों में उत्तेजना फैली हुई है। अगर थाने पर पथराव हो गया, कौन जिम्मेदारी लेगा? आप?" अफसर ने तुरुप का पत्ता फेंका।

"वाह जनाब। हम आह भी भरते हैं तो हो जाते हैं बदनाम, वे कत्ल भी करते हैं चरचा नहीं होती? अपने नेताओं को जेल में ठूँसने का कारण पूछना भड़काऊ कैसे हो गया? दमन और आतंक का विरोध करना हमारा अधिकार है। हमारा हक है कि हम पूछें कि यह नाइंसाफी क्यों? और सरकार पर लाजिम है, हमारे सवाल का जवाब देना।" हामिद बख्त ने उस तुरुप के पत्ते को नाकाम कर दिया।

नारे वैसे ही गूँजते रहे। उनकी त्वरा बढ़ती जा रही थी। नया नारा लगा : 'जेल के फाटक टूटेंगे, साथी हमारे छूटेंगे।' दूसरा नारा गूँजा : 'हर जोर-जुल्म के टक्कर में संघर्ष हमारा नारा है।'

"देखिए, एक शर्त पर हम जुलूस को थाने तक चलने की इजाजत दे सकते हैं।" अफसर लगभग गिड़गिड़ाने लगा था, "आप लोग हमसे ज्यादा पढ़े-लिखे हैं। हंगामा होने पर हमारे अफसर हम पर कार्रवाई कर देंगे।"

"क्या शर्त है?"

"आप पाँच-सात छात्र नेता अपना मेमोरैंडम डी.एस.पी. साहब को देंगे और बाकी लोग शान्ति से खड़े रहेंगे।"

"हम डी.एस.पी. रैंक के अफसर को इतने अहम मामले में अपना मेमोरैंडम नहीं सौंपेंगे। हमारा मेमोरैंडम केन्द्रीय गृह मंत्री को सम्बोधित है। आप एस.पी. को बुलाइए। हम उनको मेमोरैंडम देंगे। जनतंत्र की हत्या की जवाबदेही केन्द्र सरकार की है।" किरण ने साफ-साफ कहा।

अफसर पसोपेश में पड़ गया। उसने छात्रों से पाँच मिनट की मोहलत माँगी। वॉकी-टॉकी पर उसने इलाके के एस.पी. को पूरा हालात बयान किया। एस.पी. ने थाने पहुँचने की हामी भर दी।

"ध्यान रखिएगा, कोई हंगामा न हो।" अफसर सशंकित था।

"निसाखातिर रहिए। हम अपनी जिम्मेदारी समझते हैं।" छात्र नेताओं ने उसे आश्वस्त किया।

थाने पर कोई हंगामा नहीं हुआ, लेकिन छात्र मौन नहीं रहे। गिरफ्तारी और इमरजेंसी के खिलाफ नारे बुलंद करते रहे। नारों के शोर और आकर्षण से आसपास के फ्लैटों की खिड़कियाँ खुलने लगीं। लोग अपनी-अपनी बालकनियों में आ गए। काफी लोग सड़क पर तमाशाई बन खड़े हो गए। यह कोई अनहोनी बात नहीं थी। फादर मार्टिन की कविता में दर्शित यथार्थ की तरह दूसरों पर जुल्म देख अपनी आँखें फेरकर चलते बननेवालों की कमी कभी नहीं रही। सड़क पर अपराधी लूट और हत्या जैसे जघन्य अपराध में लिप्त हों, तब भी उसे पकड़ने शायद ही कोई आता हो। पुलिस ज्यादती का विरोध? न बाबा न। बस, मुफ्त में तमाशा देखते रहो।

## 7

एस.पी. नौजवान आई.पी.एस. अफसर था। गृह मंत्री के नाम जो मेमोरैंडम तैयार किया गया था, उसमें नागरिक अधिकारों के दमन की पुरजोर निन्दा करते हुए गिरफ्तार साथियों को अविलम्ब छोड़ने की माँग की गई थी। साथ ही, सरकार को चेताया गया था कि सरकारी दमन के खिलाफ छात्र युवा चुप न बैठेंगे। देशव्यापी छात्र आन्दोलन छिड़ेगा। एस.पी. को मेमोरैंडम देने के पूर्व किरण ने उसे पढ़कर छात्रों को सुनाया। छात्रों ने जोरदार नारे के साथ उसमें लिखे हर शब्द और वाक्य का स्वागत किया।

"एस.पी. साहब, इस मेमोरैंडम को आप गृह मंत्री तक जरूर पहुँचाएँगे, हमारा विश्वास है। आज हम लोग लौट रहे हैं, परन्तु सरकार ने हमारे साथियों को गिरफ्तार कर मधुमक्खी के छत्ते को छेड़ दिया है। इसका दुष्परिणाम आने वाले समय में अपना खूब रंग दिखलाएगा।" हामिद बख्त ने एस.पी. से कहा। एस.पी. क्या कहता? उसने सन्तोष की साँस ली कि बस इतने में ही मामला निपट गया।

एस.पी. के लिए भले ही उस दिन बिना किसी बड़ी घटना के मामला निपट गया था, परन्तु सच तो यह था कि अपने साथियों की गिरफ्तारी के कारण उस दिन छात्रों के अन्दर भड़की चिनगारी धीरे-धीरे आग का रूप लेने लगी थी। किताबों और कैम्पस में होने वाली बौद्धिक बहसों में रमे छात्रों के बड़े हिस्से को गहरा झटका लगा था। वे कानून का शासन, न्याय और व्यक्ति स्वातंत्र्य पर बौद्धिक बहसों के अभ्यस्त थे। यह कटु सत्य वे नहीं जानते थे कि संविधान के सफे सत्ता से नियंत्रित होते हैं। वे नहीं जानते थे कि सत्ता झूठे आरोप गढ़ व्यक्ति स्वातंत्र्य का चीरहरण कर न्याय और कानून के शासन की परिभाषा बदल देती है।

और इसके नतीजे में कैम्पस में छात्रों की बैठकों का दौर शुरू हो गया। हॉस्टलों, मेसों और गंगा ढाबे पर हर रात इमरजेंसी के खिलाफ बैठकें होने लगीं। बड़ी बैठकों में अमिय और अवधेश उपस्थित रहते थे। दरअसल, अमिय ही मुख्य वक्ता की जिम्मेदारी निभाता था। किरण उसका परिचय कराती—

"साथियो, आप डॉक्टर अमिय हैं। बिहार के गाँवों में किसान-मजदूरों के बीच भूमि-सुधार, मजदूरी और व्यवस्था-परिवर्तन के मुद्दों पर काम करते हैं। इमरजेंसी के

खिलाफ इलाहाबाद यूनिवर्सिटी के छात्रों को मोबिलाइज करने में बड़ी भूमिका निभा हमारे बीच आए हैं।"

बिहार के गाँवों में काम करने वाले साथी के रूप में अमिय इन बैठकों में आकर्षण और रोमांच का केन्द्र बन जाता था। भूमि-सुधार, मजदूरी और व्यवस्था-परिवर्तन का विचार छात्रों में रूमानियत भर देने को काफी था। छात्रों के मन-मस्तिष्क में गाँवों में परिव्याप्त सामन्ती-महाजनी शोषण से कराहते किसान-मजदूरों की तस्वीर उभरती थी। उस तस्वीर में वे शोषित-पीड़ित जन अपनी मुक्ति के लिए छटपटा रहे होते थे। ऐसे में बिहार के मेहनतकशों के बीच काम करने वाला डॉक्टर अमिय छात्रों को बोलिविया के जंगलों में छापामार युद्ध संचालित करने वाले चे गेवारा की याद दिलाता था।

अमिय अंग्रेजी और हिन्दी, दोनों ही भाषाओं में इमरजेंसी के खिलाफ अपनी बातें रखता था। उसके तर्क किताबी नहीं, जमीनी होते थे। अपने द्वारा कही बातों को वह क्रान्तिकारी कविताओं और कई बार धार्मिक ग्रंथों के उद्धरणों से भी समझाता। इन बैठकों का असर दीखने लगा। जे.एन.यू. में इमरजेंसी के खिलाफ हाथों से लिखे कलात्मक पोस्टरों की बाढ़-सी आ गई। रोज ऐसे पचासों पोस्टर यूनिवर्सिटी, मेसों तथा ढाबों की दीवारों पर चिपकाए जाने लगे।

पोस्टरों पर स्थानीय पुलिस की भी नजर पड़ी। पहले पुलिस ने खास तवज्जो नहीं दी, किन्तु आई.बी. की रिपोर्ट में जब इन्हें शान्ति-व्यवस्था के लिए खतरा बताया गया, पुलिस महकमे को हरकत में आना पड़ा। गृह सचिव ने आई.जी. का फोन खटखटाया, "जे.एन.यू. में भड़की चिनगारी ठंडी कीजिए। आपकी नाक के नीचे धमा-चौकड़ी मची है।" आई.जी. ने एस.पी. की खबर ली। एस.पी. ने थाने की लानत-मलामत की, "कान में तेल डाले सोए रहते हो?" एस.एच.ओ. की घिग्घी बँध गई। कैम्पस में पुलिस वाले बिना वाइस चांसलर की अनुमति के नहीं जा सकते थे। ऐसे में पोस्टरों का क्या करें, एस.एच.ओ. की समझ में नहीं आ रहा था। समस्या कठिन थी, किन्तु उसका हल असम्भव न रहा। आई.जी. ने गृह सचिव को कठिनाई बताई। गृह सचिव ने शिक्षा सचिव को सरकारी हुक्म सुनाया। शिक्षा सचिव ने वाइस चांसलर को पकड़ा, "सरकार के खिलाफ कैम्पस में षड्यंत्र रचा जा रहा है। पुलिस को अपना काम करने दीजिए।" सादे कपड़ों में सिविल और खुफिया पुलिस के जवान और अफसर कैम्पस में तैनात हो गए। उन्होंने सरकार विरोधी पोस्टरों को नोच-नोच कर फाड़ना शुरू कर दिया। लेकिन जितने पोस्टर फाड़कर फेंके जाते, उससे ज्यादा पोस्टर रातोरात छात्र चिपक जाते। छात्रों ने एक नई व्यूह रचना कर दी जिसके समक्ष पुलिस को नतमस्तक होना पड़ा। छात्र पोस्टरों पर लिखी इबारतें और कविताओं को जोर-जोर से पढ़ते और कविताओं का सामूहिक रूप में सस्वर पाठ भी करने लगते। इमरजेंसी के विरोध का यह नायाब तरीका था। वे पोस्टरों में दर्ज पाश की कविताएँ पढ़ते :

*सबसे खतरनाक होता है मुर्दा शान्ति से भर जाना*
*तड़प का न होना*

*सब कुछ सहन कर जाना*
*घर से निकलना काम पर*
*और काम से लौटकर घर आना*
*सबसे खतरनाक होता है*
*हमारे सपनों का मर जाना।*
*हम लड़ेंगे साथी, उदास मौसम के लिए*
*हम लड़ेंगे साथी, गुलाम इच्छाओं के लिए*
*कत्ल हुए जज्बों की कसम खाकर*
*बुझी हुई नजरों की कसम खाकर*
*हाथों पर पड़े घट्टों की कसम खाकर*
*हम लड़ेंगे साथी।*

मजाज को गाते—

*ले के इक चंगेज के हाथों से खंजर तोड़ दूँ*
*ताज पर उसके चमकता है जो पत्थर तोड़ दूँ*
*कोई तोड़े या न तोड़े मैं ही बढ़कर तोड़ दूँ*
*ऐ गमे दिल क्या करूँ ऐ वहशते दिल क्या करूँ।*

*बढ़ के उस इन्दर सभा का साजो सामां फूँक दूँ*
*उसका गुलशन फूँक दूँ उसका शबिस्तां फूँक दूँ*
*तख्त सुल्तां क्या मैं सारा कस्त्रे सुल्तां फूँक दूँ*
*ऐ गमे दिल क्या करूँ ऐ वहशते दिल क्या करूँ।*

छात्र जब समूह में पोस्टरों में दर्ज पाश, मजाज, नाजिम हिकमत, फैज और ब्रेख्त की कविताओं का पाठ करने लगते, सादे कपड़ों में तैनात पुलिस जवान और अफसर किंकर्तव्यविमूढ़ता का शिकार हो कुछ कर न पाते। आई.बी. की रिपोर्ट में पोस्टरों पर वैसे ही सवाल उठाए जाते रहे, किन्तु न शान्ति व्यवस्था बिगड़ी, न पोस्टर को नोच-नोच कर फेंकने वाली पुलिस छात्रों को सस्वर पाठ करने से रोक सकी। सामूहिक प्रतिरोध ने सत्ता के बिगड़ैल घोड़े की लगाम थाम ली थी।

पोस्टरों के माध्यम से प्रतिरोध की इस नई इबारत ने दिल्ली यूनिवर्सिटी और जामिया मिलिया में भी धीरे-धीरे अपना असर दिखलाना शुरू कर दिया। यहाँ तक कि ओखला और साहिबाबाद की मजदूर बस्तियों एवं कारखाने की दीवारों पर भी ऐसे ही पोस्टर देखे जाने लगे। अमिय की पहल रंग लाने लगी थी। किताबी बहसों में उलझे रहने वाले छात्र पढ़ाई के साथ ही संघर्ष-पथ पर भी बढ़ने लगे थे। किरण, हामिद बख्त और यास्मीन अपनी सम्पूर्ण ऊर्जा के साथ छात्रों और मजदूरों को इमरजेंसी के खिलाफ गोलबन्द करने में, बिना खतरों की परवाह किए, जुट गए थे।

अमिय के दिल्ली में रुकने की कोई खास जरूरत नहीं रह गई थी। उसका मकसद छात्रों को प्रेरित करना था, जो पूरा हो गया था। उसने हामिद बख्त, यासीन और किरण से विदा ली। उसकी कर्मभूमि उसे पुकार रही थी। बिहार उसे याद कर रहा था। वहाँ पग-पग पर खतरा था। किरण ने उसे थोड़े दिन और रोकना चाहा। हामिद-यास्मीन भी यही चाहते थे। अवधेश की राय भी वही थी, पर जिसे मृत्यु-भय न हो, उसके लिए कौन-सा खतरा बड़ा होता? विदा के समय किरण की आँखें सजल थीं। अमिय सहज बना रहा। अवधेश के साथ वह दिल्ली-हावड़ा एक्सप्रेस पर सवार हो गया।

## जेल यात्रा

अमिय इधर छात्रों के बीच नागरिक अधिकारों के दमन के विरुद्ध जन-जागरण की अलख जगा रहा था, उधर उसकी कर्मभूमि में एक नई कहानी आकार ले रही थी। देश के कई राज्यों में हुए डायनामाइट विस्फोटों से बिहार अछूता न रहा था। बक्सर और लखीसराय रेलवे स्टेशनों के बीच पड़ने वाले कई पुल-पुलियों को विस्फोट से उड़ा दिया गया था। केन्द्र सरकार के लिए यह बड़ी चुनौती थी। विस्फोट भले ही अलग-अलग राज्यों में हुए थे, उनका मकसद एक था—केन्द्र सरकार की सम्पत्तियों को नुकसान पहुँचाना। कहीं ये विस्फोट किसी बड़े षड्यंत्र का हिस्सा तो नहीं थे—इस बिन्दु पर दिल्ली दरबार में माथा-पच्ची चल रही थी।

किन्तु चूँकि अपराध राज्यों में हुए थे, दिल्ली दरबार ने राज्य सरकारों पर विस्फोट करने वालों को ढूँढ़ निकालने के लिए चाबुक फटकारनी शुरू कर दी। बिहार में दिल्ली दरबार के चाबुक की अनुगूँज सचिवालय के कोने-अँतरों में सुनाई देने लगी। आला हाकिम एक-दूसरे से फुसफुसाकर कहते, “प्रधानमंत्री कार्यालय से मुख्यमंत्री को कड़ी फटकार मिली है।” मुख्यमंत्री प्रत्यक्षत: बड़े तनाव में थे। उन्होंने आई.जी. पुलिस और खुफिया चीफ को टास्क दिया, “अपराधी पाताल में भी छिप गए हों, उन्हें खींचकर निकालो। दस दिनों का समय देता हूँ। इमरजेंसी की खिलाफत करने वालों के अलावा यह काम किसी दूसरे का नहीं हो सकता।”

अफसरों के माथे पर पसीना चुहचुहा आया। केवल दस दिन? आई.जी. को अपनी कुर्सी हिलने का खतरा दीखने लगा। उसने पुलिस विभाग के बड़े अफसरों की बैठक बुलाई। इंटेलीजेंस ब्यूरो के अफसर भी बुलाए गए। जबरदस्त माथा-पच्ची हुई। कागज खँगाले गए। गोमिया की एक्सप्लोसिव फैक्टरी की जाँच कराई गई। डायनामाइट की छड़ें राज्य में वहीं बनती थीं। वहीं से वे कोइलरियों और दूसरी खानों में भेजी जातीं। कोइलरियों और खानों के स्टॉक चेक हुए। सबका स्टॉक दुरुस्त था। यानी छड़ें राज्य के बाहर से लाई गईं? कौन लाया? जेपी आन्दोलन के बड़े नेता जेलों में बन्द थे। फिर? खुफिया पुलिस ने राज्य भर में अपना जाल फैला दिया। विरोधी दलों और जेपी

आन्दोलन से जुड़े किन्तु जेल जाने से बच गए नेताओं से पूछताछ होने लगी। अँधेरे में तीर चलाए जाने लगे और उनमें से एक तीर निशाने पर लग ही गया।

सोशलिस्ट पार्टी के एम.एल.सी. भवानी सिन्हा पुलिस के दो-चार सवालों में ही भरभराकर गिर गए। जब गिरे तो जितना जानते थे, वह सब उगल दिया। अपनी जान छुड़ाने की गरज से कई झूठ भी उगलते चले गए। रेलवे मेन्स फेडरेशन, पटना के सचिव दिवाकर वाजपेयी को विस्फोटों का किंगपिन घोषित कर दिया। उगलते-उगलते जंगी सिंह का नाम ले लिया।

जंगी सिंह विस्फोटों के पूर्व से ही बक्सर जेल में बन्द थे, परन्तु खुफिया पुलिस का एक अफसर दूर की कौड़ी ढूँढ़ लाया, "जंगी सिंह किसी संन्यासी को अपने घर में रखे हुए थे जो जिले भर में उत्पात मचाता घूम रहा था। क्या नाम था उसका? हाँ, डॉक्टर अमिय। शायद नक्सली है। अन्तिम बार उसे बोधा बिगहा में देखा गया था। वह मठ के खिलाफ किसानों-बटाईदारों को भड़का रहा था। मीसा का वारंट तामील करने के लिए गया—जहानाबाद पुलिस उसे ढूँढ़ रही है। हो न हो, ऐसा दुस्साहस उसी की कारस्तानी हो।" बात पते की थी। आई.जी. ने सुना तो उसकी बाँछें खिल गईं। कुर्सी पर छाया खतरा टल गया था। दिवाकर वाजपेयी और डॉक्टर अमिय को पुलिस ने बिहार में घटित डायनामाइट कांड का अपराधी घोषित कर दिया। बाकायदा प्रेस कॉन्फ्रेंस में इस कहानी से परदा उठाया गया। दिवाकर वाजपेयी अदने-से सरकारी नौकर थे, उनमें प्रेस को कोई खास रुचि न रही। डॉक्टर अमिय का जीवन वृत्तान्त समाचार-पत्रों में छपने लगा। खुफिया पुलिस ने 'जहाँ न पहुँचे रवि, वहाँ पहुँचे कवि' की तर्ज पर उसके बचपन से लेकर जेपी आन्दोलन में भाग लेने तक का इतिहास खोज निकाला। बिहार पुलिस की क्रैक टीमें उसको ढूँढ़ने लगीं।

अमिय की तलाश में सूरजपुर, सलेमानपुर, घोसी, अलावलपुर, जहानाबाद, काको, गया, बोधा बिगहा और माली बिगहा में धुआँधार छापे पड़ने लगे। छापों से भले ही कुछ हासिल न हुआ हो, आई.जी. ने मुख्यमंत्री से वाहवाही बटोर ली थी : अपराधियों का पता चल गया है; पाताल से ढूँढ़ निकालेंगे। अब कौन समझाता आई.जी. को कि बालू से तेल निकालने की चेष्टा बेकार थी। छापों की असफलता से खुफिया चीफ परेशान हो गया था। उसने अपने और इंटेलीजेंस ब्यूरो के मुखबिरों की पूरी पलटन लगा दी थी, किन्तु अमिय हाथ न आ रहा था। सूरजपुर में किसी को पता न था अमिय का। अरविन्द और सत्या से खुद गया के एस.पी. ने अमिय के पता-ठिकाने को लेकर पूछताछ की थी, परन्तु सिफर हाथ लगा। दिवाकर वाजपेयी भी अन्तर्धान हो गए थे। कहीं एम.एल. सी. भवानी सिन्हा ने पुलिस जाँच को गलत दिशा में तो नहीं मोड़ दिया था? खुफिया चीफ सोचने लगा था।

सिन्हा को पुलिस रिमांड पर लेकर दुबारा पूछताछ की गई। उसे वायदा माफ गवाह बनाने और राज्य सभा का लालच दिया गया। लालच काम कर गया। उसने बड़ा खुलासा कर दिया—डायनामाइट कांड इमरजेंसी के खिलाफ युद्ध की घोषणा थी; पूरे राष्ट्र को हिलाकर रख देने का था एवं इसके सूत्रधार देश के एक बड़े सोशलिस्ट नेताजी

थे। खुफिया चीफ को राष्ट्र नहीं, अपने राज्य की चिन्ता थी। वह चाहता था कि राज्य में हुए विस्फोटों के दोषियों को पकड़ने का सेहरा राज्य पुलिस और उसके सिर सजे। इसलिए पुलिस ने डायनामाइट कांड के बड़े षड्यंत्र का खुलासा दबा दिया। खुफिया चीफ ने आई.जी. को समझाया कि कौन जाने भवानी सिन्हा राज्य सभा के लालच में लम्बी-लम्बी फेंक रहा हो। सिन्हा ने दिवाकर वाजपेयी के साथ 'बिहार सोशलिस्ट पार्टी' के कई नेताओं के नाम लिए। साथ में यह भी कह दिया कि जंगी सिंह नहीं, उनके निकट का कोई इस कांड में शामिल था। खुफिया चीफ आश्वस्त हो गया। डॉक्टर अमिय के अलावा जंगी सिंह के निकट का दूसरा कोई नहीं हो सकता।

अमिय की तलाश में उसके आगरा स्थित पैतृक घर पर पुलिस का छापा पड़ा। वह वहाँ कैसे मिलता? उसने स्वयं को पैतृक घर से बन्धन-मुक्त कर लिया था। किन्तु पुलिस ने परिवार की चल सम्पत्ति कुर्क कर ली। गिरफ्तार करवाइए वरना चौखट-किवाड़ तक न छोड़ेंगे—पुलिस ने धमकी दी। अमिय की माँ और घर वाले आश्वस्त हुए—चलो, वह जिन्दा है। छापे मेडिकल कॉलेज, इलाहाबाद में भी पड़े। हरिद्वार-ऋषिकेश के आश्रमों में भी क्रैक टीम उसे खोजती रही। 'राजार्य सभा' के दफ्तर में भी उसे ढूँढ़ा गया। स्वामी अग्निवेश और इन्द्रवेश इमरजेंसी में अपनी सक्रियता के कारण बहुत पहले गिरफ्तार होकर जेल में बन्द थे। दफ्तर वाले पुलिस छापों से अपरिचित न थे। उन्होंने साफ-साफ कह दिया : बिहार जाने के बाद से डॉक्टर अमिय कभी यहाँ आए ही नहीं।

दिवाकर वाजपेयी और 'सोशलिस्ट पार्टी' के संदिग्धों की भी तलाश जोर-शोर से होने लगी थी, परन्तु कोई हाथ न आया। छापों की असफलता के कारण आई.जी. पुलिस मुख्यमंत्री के सामने जाने की हिम्मत न कर पाते थे, किन्तु कब तक न जाते? मुख्यमंत्री से मिलने की मजबूरी थी। जब भी मिलना होता, चेहरे पर नकली आत्मविश्वास की कलई चढ़ा आश्वस्त करते, "सर, मुजरिम बचकर नहीं जा सकते। मेरी टीमें उनके सभी सम्भावित ठिकानों पर छापे मार रही हैं।" मुख्यमंत्री व्यंग्य से कहते, "लगे रहिए।" मुख्यमंत्री का तनाव कम हो गया था। शायद उन्होंने दिल्ली दरबार को साध लिया था।

पुलिस के पास अब अन्तिम चारा बचा था : सभी बस स्टेशनों, रेलवे स्टेशनों और राज्य से बाहर जाने और बाहर से आने वाली सभी रेलगाड़ियों पर नजर रखने की। अमिय, दिवाकर वाजपेयी और अन्य मुजरिमों की पहचान के लिए पुलिस अफसरों के साथ मुखबिरों को सम्भावित स्थानों और ट्रेनों में तैनात कर दिया गया। पुलिस ने सभी के फोटो ढूँढ़कर निकाल लिए थे। खुफिया पुलिस का जाल हर तरफ बिछा दिया गया था। पुलिस की यह तरकीब काम कर गई। दिवाकर वाजपेयी मुजफ्फरपुर बस अड्डे पर पकड़ लिए गए। उनके साथ 'बिहार सोशलिस्ट पार्टी' के कई संदिग्ध भी थे। ये सभी नेपाल भागने की तैयारी में थे। भवानी सिन्हा से पहचान कराने के बाद सभी को जेल भेज दिया गया। इन गिरफ्तारियों से उत्साहित पुलिस ने सारा ध्यान अब अमिय पर केन्द्रित कर दिया।

अवधेश और अमिय दिल्ली-हावड़ा एक्सप्रेस में रास्ते भर बातें करते आए। अवधेश ने अमिय से वचन ले लिया था कि वह सम्पर्क बनाए रखेगा। अवधेश इलाहाबाद में

उतर गया था। ट्रेन के दिलदार नगर स्टेशन तक सब कुछ सामान्य था। दिलदार नगर के आगे कर्मनाशा पार कर बिहार की सीमा शुरू होती थी। दिलदार नगर में भारी संख्या में पुलिस जवान ट्रेन में सवार हो गए थे। वे यात्रियों का सामान चेक करने तथा 'कहाँ से आ रहे हो, कहाँ जाओगे' जैसे सवाल पूछने लगे थे। अमिय के कम्पार्टमेंट में उन्होंने सबका सामान चेक किया और वही सवाल पूछे। किन्तु, न जाने क्यों, अमिय का न सामान चेक हुआ न ही कोई पूछताछ हुई। अमिय ने पैंट-शर्ट और स्वेटर पहन रखा था। दिसम्बर का महीना था और ठंड पड़नी शुरू हो गई थी। कुछ जवानों ने उसे तिरछी नजरों से देखकर आपस में इशारों से कुछ बातचीत की और दूसरे कम्पार्टमेंट में चले गए थे।

पटना स्टेशन पर भीड़ में उसे कुछ परिचित चेहरे दीखे। वे सूरजपुर के नौजवानों के चेहरे थे। सभी ठाकुर रमापति सिंह के करीबी थे। उसे राम प्रवेश सिंह भी दीखा जो किसी पुलिस अफसर के साथ खुसुरफुसुर कर रहा था। अमिय जब तक निकास गेट तक पहुँचता, उसे पुलिस ने चारों तरफ से घेर लिया था। कम्पार्टमेंट में उसे तिरछी नजर से देखकर इशारों में बातचीत करने वाले पुलिस जवान भी उसे घेर लेने वाले पुलिस वालों के साथ थे। उसे पटना एस.एस.पी. के दफ्तर लाया गया। पूछताछ के बाद डायनामाइट कांड में गिरफ्तार कर लिया गया। आनन-फानन में खबर पुलिस मुख्यालय पहुँच गई। मुख्यमंत्री बल्लियों उछलने लगे। आनन-फानन में प्रेस कॉन्फ्रेंस कर इस सफलता का सेहरा मुख्यमंत्री के माथे पर बाँध दिया गया। मुख्यमंत्री ने राज्य के बहादुर और मेहनती पुलिस वालों को इस महान कार्य के लिए कोटिशः बधाइयाँ दीं। अमिय को रिमांड पर लेकर हफ्ते भर पूछताछ होती रही। वह क्या बताता? वह तो इस झूठे आरोप से स्वयं ही अचम्भित था। उसे जेल जाने का डर नहीं था, किन्तु जिन विस्फोटों को वह सही नहीं मानता था, उन्हीं का आरोप अपने सिर मढ़े जाने को लेकर चिन्तित जरूर था। पुलिस को जब कुछ भी हासिल न हुआ, उसे पटना की फुलवारी शरीफ जेल भेज दिया गया।

## 2

अमिय की गिरफ्तारी और जेल जाने की घटना राज्य के लिए बड़ी घटना थी। समाचार-पत्रों और रेडियो ने इसे काफी प्रमुखता से प्रसारित किया। जहानाबाद और गया के जिन क्षेत्रों में उसका काम था, वहाँ के किसान-मजदूरों में घोर मातम छा गया, किन्तु देवा मठ, गन्धराइन मठ, बोधा मठ और सूरजपुर में ठाकुर रमापति सिंह के समर्थकों के घरों पर जश्न का माहौल था। बड़े भू-स्वामी भी दीवाली मना रहे थे। पटाखे छूट रहे थे। इधर अमिय जेल में विस्फोट का सच जानने को बेचैन हो रहा था। दुर्भाग्य से जेल में जो राजनैतिक या दूसरे कैदी बन्द थे, उन्हें भी उतना ही पता था जितना अखबारों और रेडियो ने बताया था। अमिय को सच जानने के लिए ज्यादा इन्तजार नहीं करना पड़ा।

"डॉक्टर साहब! हमारे अन्दर इतना गुस्सा भरा था कि हमने भी बड़े नेताजी की बात मानकर फतुहा में रेलवे पुल उड़ा दिया।" अरविन्द और सत्या जब अमिय से जेल में मिलने आए, उन्होंने डायनामाइट विस्फोट कांड में अपनी संलिप्तता स्वीकार कर

ली। भला क्यों छिपाते? वे तो धूम-धड़ाका करने के पक्ष में पहले से ही थे।

अमिय दंग रह गया। इतना दुस्साहस? क्यों? कैसे?

"बड़े नेताजी ने पटना में मीटिंग बुलाई थी। मीटिंग के लिए आपको ढूँढ़ते हुए वाजपेयी जी सूरजपुर आए थे। बोले, नेताजी आपको जानते हैं; एक बड़े काम के लिए आपको बुलाया है। आप थे नहीं, सो हमीं लोग चले गए। बैठक में नेताजी ने कहा कि बहरों को सुनाने के लिए ऊँची आवाज की जरूरत होती है।" अरविन्द ने सच पर पड़ा परदा उठाया।

"तुम लोगों ने नेताजी को अपने बारे में क्या बताया था?" अमिय ने जानना चाहा। नेताजी से दिल्ली में उसकी मुलाकात स्वामी अग्निवेश के साथ होती रहती थी। रेलवे हड़ताल की कई बैठकों में भी अमिय शामिल रहा था।

"हम लोगों की उनसे कोई बातचीत न हुई थी। वाजपेयी जी ने उन्हें बताया था कि हम लोग आपके साथी हैं। वैसे सोशलिस्ट पार्टी के एम.एल.सी भवानी सिन्हा और कई लोग बैठक में थे।" अरविन्द ने नेताजी के साथ हुई बैठक का किस्सा कह सुनाया।

"अखबार में छपा था कि सिन्हा साहब सरकारी गवाह बन गए हैं। उनकी निशानदेही पर पटना में कई जगहों से डायनामाइट की छड़ें बरामद की गई हैं।" यह सत्या था।

"तुम लोगों पर पुलिस को कोई शक तो नहीं है?"

अरविन्द मुस्कराया।

"आपको मीसा में पकड़वाने के लिए राम बदन सिंह ने हम पर अपने जासूस रख छोड़े थे, लेकिन राम बदन सिंह को अपने जासूसों पर जरूरत से अधिक भरोसा है। उसे सूरजपुर की केवाल मिट्टी की तासीर पता नहीं है। वहाँ राम प्रवेश सिंह, अलगू यादव और ठाकुर रमापति सिंह ही नहीं बसते—जंगी सिंह, इन्द्रदेव सिंह, अरविन्द और सत्या जैसे नौजवान भी बसते हैं। एस.पी. साहब ने हम दोनों से आपके बारे में काफी देर तक पूछताछ की थी। हम दोनों ने कुछ नहीं बताया। रही बात डायनामाइट कांड की तो बैठक में वाजपेयी जी ने हमें अपना सही नाम-पता बताने से मना कर दिया था। उन्हें छोड़कर कोई हमें नहीं जानता। केवल आपके साथी के रूप में ही हमारी पहचान वहाँ बताई गई थी।"

डायनामाइट कांड का सम्पूर्ण रहस्य अमिय समझ गया। बड़े नेताजी की गिरफ्तारी तब तक नहीं हुई थी। उसने सोचा, सम्भव है कि एम.एल.सी. भवानी सिन्हा ने नेताजी का नाम पुलिस को अब तक नहीं बताया हो। अमिय मन-ही मन मुस्कराया, "जेपी आन्दोलन में भवानी सिन्हा जैसे नमूने भी शामिल हो गए थे।"

"देखो अरविन्द, जो तुम लोगों ने किया सो किया। गनीमत है कि विस्फोट में कोई कैजुअलटी नहीं हुई। यह जान लो, व्यवस्था-परिवर्तन के आन्दोलनों में हिंसा का सवाल रणनीतिक है। जैसे जनता पर सामन्ती या सरकारी हिंसा के खिलाफ हम अहिंसक बने नहीं रह सकते। हमें उसका मुकाबला करना पड़ेगा, किन्तु अकारण या आतंक फैलाने के लिए की जाने वाली हिंसा का मैं समर्थन नहीं करता। आतंकी हिंसा व्यवस्था-परिवर्तन

का माध्यम कभी नहीं हो सकती। बोधा बिगहा में हमने महन्त के गुमाश्तों और गुंडों की हिंसा को जनता के सहयोग से बेअसर कर दिया था। असल चीज है, लम्बे संघर्ष के लिए जनता की तैयारी।" अमिय क्षण भर रुका। फिर उसने विनम्रता से कहा, "मैं तुम दोनों से एक आग्रह करना चाहता हूँ। डायनामाइट कांड में मेरे खिलाफ पुलिस को कोई सबूत न मिलेगा।" किन्तु मीसा का वारंट तो है ही मुझ पर। ऐसे में मुझे लम्बे समय तक जेल में रहना पड़ेगा। जंगी सिंह और इन्द्रदेव सिंह भी जेल में हैं। तुम लोग हमारी अनुपस्थिति में, जहाँ तक हो सके, जहानाबाद के इलाके में जनता सरकारों को मरने मत देना।"

अन्तिम वाक्य तक आते-आते अमिय भावुक हो उठा था। जनता सरकारें व्यवस्था-परिवर्तन के आन्दोलन की रीढ़ थीं। उसे उम्मीद थी कि इमरजेंसी की वह काली रात कभी-न-कभी खत्म जरूर होगी। यदि जीवन में आशा ही खत्म हो जाए तो शेष क्या बचेगा? एक गहरा शून्य। अवसाद। डॉक्टर अमिय गोमुख में अपने उपवास के बाद से ही अनासक्त कर्मयोग का अभ्यासी था। वह कैसे नहीं काली रात के बाद उषा की नर्म किरणों की आशा रखता? उसे भरोसा था कि उन नर्म किरणों के धरती पर पड़ते ही पूरी प्रकृति अपने रूप-रस-गन्ध के साथ खिल उठेगी। जनता सरकारें उसके लिए महज जेपी आन्दोलन की परिघटना नहीं थीं, व्यवस्था-परिवर्तन के संघर्ष के नैरन्तर्य की गारंटी थीं।

अरविन्द और सत्या भी भावुक हो गए। वे कोई संन्यासी नहीं थे। कर्मयोगी नहीं थे। वे सामान्य किन्तु संवेदनशील इनसान थे। समाज की विकृतियों को देख-सुन उनमें आक्रोश भरता जाता था। उनमें बदलाव के लिए कुछ बड़ा करने की बेचैनी थी। डॉक्टर अमिय ने उनकी संवेदनशीलता को कई गुणा बढ़ा दिया था। वे उसे अपना नेता मानते थे। वह उनका पथ प्रदर्शक, मित्र और दार्शनिक था। यदि डायनामाइट कांड में उसका नाम न आया होता तो वह भूमिगत रह जन संघर्षों की धार को तेज कर रहा होता। अरविन्द और सत्या के लिए भावुक होने का सबसे बड़ा कारण था कि अमिय उनके किए अपराध के लिए जेल में था। वे अपनी नादानी में भूल कर बैठे थे। भूल-सुधार अब सम्भव न था, किन्तु डॉक्टर अमिय के बताए मार्ग पर चलना सम्भव था। उन्होंने आन्दोलन को आगे बढ़ाने के वादे किए और मुलाकात के बाद आँखों में आँसू भरे जेल से बाहर आ गए।

डायनामाइट कांड की चर्चा फुलवारी जेल में बन्द राजनैतिक बन्दियों के बीच खूब होती थी। बन्दियों में एक बीस-बाईस साल का नौजवान तिलेश्वर यादव था जो डी.आई.आर. में बन्द था। उसकी मुलाकात कभी अमिय से नहीं हुई थी, किन्तु उसने अमिय के कामों के बारे में काफी कुछ सुन रखा था। गोरा, मझोले कद और घुँघराले बालों वाला वह उत्साही नौजवान था। अमिय के जेल में पहुँचने की खबर सुन वह उससे मिलने के लिए अपने वार्ड से भागा-भागा चला आया था।

"संन्यासी जी, हम आपका इतना नाम सुन रखे हैं कि क्या बताएँ? मिलने गए थे सूरजपुर। पता चला, आप बोधा बिगहा चले गए—भूमि आन्दोलन में। हम कुर्था-करपी के इलाके में सामन्ती जुल्म के खिलाफ किसान-मजदूरों के संघर्ष को आगे बढ़ा रहे थे।

आप कभी उधर आ नहीं पाए, हम आपसे मिल नहीं पाए।" तिलेश्वर अमिय से मिलने की खुशी के अतिरेक में था।

अमिय को तिलेश्वर में सत्या सोनार की झलक दीखी। वैसी ही ऊर्जा। इतनी कम उम्र में जेल यात्रा? इमरजेंसी ने कम उम्र के नौजवानों को भी नहीं बख्शा? जिनकी उम्र पढ़-लिखकर आगे बढ़ने की है, उन्हें भी सरकार ने खतरा मान लिया? आदर्शवादी नौजवानों की पूरी पीढ़ी को इमरजेंसी लगाकर बरबाद करने को तुली बैठी है सरकार। पूछा, "तिलेश्वर, तुम कैसे पहुँच गए यहाँ?"

"हम लोगों ने सूरजपुर की तरह ही गरीबों-मजदूरों को संगठित करने का काम कुर्था-करपी में शुरू किया था। खेत मजदूरों को दिन भर के काम के बदले एक सेर कच्ची खेसारी मजदूरी में मिलती है। गैर-मजरुआ जमीनों पर बड़े लोगों का नाजायज कब्जा है। हमने किसान-मजदूरों की आवाज उठाई। जुलूस निकाले। ब्लॉक-अंचल पर धरना दिया। बस, बन गए सरकार की आँखों की किरकिरी।"

"तुम जेपी आन्दोलन से अलग स्थानीय स्तर पर मजदूरों की लड़ाई लड़ रहे थे क्या?" अमिय ने जानना चाहा।

"जी ना। हम कई साथियों के साथ जेपी आन्दोलन में सक्रिय थे। हाँ, हम स्थानीय मुद्दों को भी उठा रहे थे। बिलकुल आपकी तरह। डॉक्टर साहब, पालकी-प्रथा के खिलाफ और नारी-शिक्षा के लिए आपके अनशन की खबर पूरे गया-जहानाबाद में जंगल की आग जैसी फैल गई थी। मजदूरी और भूमि-सुधार के लिए गाँवों में जो कुछ भी आप कर रहे थे, उसकी जानकारी हम लोगों तक लगातार पहुँच रही थी। बस, हम भी मजदूरी और भूमि-सुधार के सवालों पर काम करने लगे।" तिलेश्वर ने अमिय की जिज्ञासा शान्त किया।

गरीबी और जहालत तिलेश्वर बचपन से देखता-भोगता आया था। इस उत्पीड़न ने उसे विद्रोही स्वभाव का बना दिया था। जेपी आन्दोलन की शुरुआत के समय वह एस.एस. कॉलेज जहानाबाद में बी.ए. का छात्र था। उसके पिता की हैसियत उसे बाहर भेजकर पढ़ाने की नहीं थी।

"जब से डायनामाइट कांड हुआ है, रोज अखबारों में आपके चर्चे पढ़ने को मिल रहे थे। बेईमानों को छोड़ दें, सभी ईमानदार और देशभक्त इनसान आपको क्रान्तिकारी मानते हैं। शहीदे आजम भगत सिंह और चन्द्रशेखर आजाद सरीखा क्रान्तिकारी।" तिलेश्वर जोश में था।

जोश में आ जाना नौजवानों का स्वभाव होता है। और सत्तर के दशक के भारतीय नौजवान? अधिकांश की आँखों में बेहतर समाज निर्माण का रोमांटिक सपना पल रहा था। ऐसे नौजवान देश-दुनिया के महान क्रान्तिकारी जैसा कुछ कर गुजरने का ख्वाब देखा करते। जोश, साहस, उत्साह और जवाँमर्दी उनकी अनथक ऊर्जा का स्रोत थे। तिलेश्वर का जोश देख अमिय को कोई खास आश्चर्य नहीं हुआ, परन्तु उसे जरूरी लगा कि हिंसा के प्रश्न पर अपनी स्थिति साफ कर दे।

"तिलेश्वर, मेरा मानना है कि आजाद भारत में हम जन-संघर्षों के रास्ते ही

सामाजिक अन्तर्विरोधों को हल कर सकते हैं, हिंसा के रास्ते नहीं। हम और हमारे साथी गया-जहानाबाद में यही प्रयोग कर रहे थे। जेल से छूटने के बाद सामन्ती उत्पीड़न से कराहते मध्य बिहार में हम इसी प्रयोग को दुहरावेंगे, ऐसा मेरा सोचना है। आँखें मूँदकर इधर-उधर गोली-बम चलाने या विस्फोट करने का खतरा यह है कि जन संघर्ष में बन्दूक आगे हो जाएगी और जनता पीछे छूट जाएगी। हमारी कोशिश जनता को आगे ले आने की है, बन्दूक को नहीं। इसलिए अखबार डायनामाइट कांड को लेकर जो कुछ भी लिखते रहे हों, जब बिहार में विस्फोट हो रहे थे, मैं इलाहाबाद और दिल्ली में छात्रों-नौजवानों के बीच जन-संघर्षों को तेज करने के काम में लगा हुआ था।" अमिय ने साफ कर दिया। उसने आगे कहा—

"देखो, मैंने भगत सिंह से समतामूलक समाज के लिए संघर्ष करना सीखा है। मैं उनके इस कथन से प्रेरणा पाता रहा हूँ कि हमें ऐसा समाज रचना है, जहाँ हर इनसान को मेहनत की रोटी और इज्जत की जिन्दगी मिले। मैं अपने को इतना बड़ा नहीं मानता कि भगत सिंह और चन्द्रशेखर आजाद से मेरी तुलना हो सके।"

तिलेश्वर हतप्रभ था। डॉक्टर डायनामाइट कांड में शामिल न थे, किन्तु अखबारों ने उन्हें दोषी ठहराने में कोई कोर-कसर न छोड़ी थी। अमिय को 'आतंकवादी', 'उग्रवादी', 'नक्सली' जैसे विशेषणों से नवाजा था और यही सब सरकार द्वारा अखबारों में 'प्लांट' कराया जा रहा था। सब कुछ निगेटिव। रेडियो पटना से समाचार वाचक रामानुज प्रसाद सिंह या देवकीनन्दन पांडेय प्रादेशिक समाचारों में डायनामाइट कांड पर उलटा-पुलटा कुछ सुना दिया करते थे, परन्तु इन निगेटिव खबरों ने बेहतर समाज का सपना देखने वाले जोशीले नौजवानों के मन में उलटा असर किया था। उनके मन में डॉक्टर अमिय की क्रान्तिकारी छवि निर्मित हो गई थी : भगत सिंह और चन्द्रशेखर आजाद सरीखी।

तिलेश्वर के बाद अमिय से मिलने के लिए अन्य राजनैतिक बन्दियों का ताँता लग गया। इनमें से अधिकांश जेपी आन्दोलन से जुड़े नौजवान बन्दी थे। सभी उसे भर आँख देख लेने को बेचैन थे। अमिय ने किसी को निराश न किया। सभी से दोस्त की तरह मिलता रहा।

जेल में अपराधों में सजायाफ्ता और विचाराधीन बन्दी भी थे। उनमें से कइयों को द्वेष-ईर्ष्यावश झूठे मामलों में फँसाया गया था। ऐसे बन्दी प्रायः गरीब, हरिजन, पिछड़े और मुसलमान वर्गों से थे। जमीन के छोटे-मोटे झगड़ों के कारण भी कइयों को जेल आना पड़ा था। अनेक प्रजातांत्रिक देशों में जेलों को सुधार-गृह में बदलने की अवधारणा चल निकली है, परन्तु उस जेल में इसकी कोई सुगबुगाहट नहीं थी। कोई कार्यक्रम नहीं था। मानसिक तनाव और अवसाद के कारण कैदियों के बीच मारपीट की घटनाएँ होती रहती थीं।

राजनैतिक बन्दियों की स्थिति सामान्य बन्दियों से थोड़ी भिन्न थी। उनके भोजन और आवासन की व्यवस्था अपेक्षाकृत अच्छी थी। वे अपना अधिकांश समय खुले में आपसी बातचीत अथवा लाइब्रेरी में बिताते थे। उनके मुलाकातियों को भी अन्दर तक आने की इजाजत थी जबकि सामान्य बन्दियों को जेल के फाटक के पास बने कमरों

में जाकर पुलिस के पहरे में अपने मुलाकातियों से मिलना पड़ता था।

अमिय को जेल जीवन से तादात्म्य स्थापित करने में कोई कठिनाई न हुई। उसने इसे संयोगवश मिल गए अवसर के रूप में देखा। हिमालय ने उसे शरीर, मन और आत्मा से हर स्थिति का सहज भाव से सामना करना सिखा दिया था। इधर भूमिगत दिनों में उसके रूटीन में व्यवधान आ गया था। उसने अपना रूटीन वापस पा लिया। सूर्योदय से घंटे भर पहले वह स्नानादि से निवृत्त हो ध्यान में बैठ जाता था। ध्यान के बाद योगासन एवं मौन-चिन्तन। नाश्ते के बाद राजनैतिक बन्दियों के साथ आर्थिक-सामाजिक-राजनैतिक विषयों पर परिचर्चा। लाइब्रेरी में स्वाध्याय। शाम को जेल कैम्पस में टहलना। कभी-कभी धार्मिक एवं आध्यात्मिक विषयों पर भी चर्चा होती। ऐसे समय वह सर्वधर्म समभाव पर जोर देता। नौजवानों में कइयों का गला बहुत अच्छा था। रात को वार्डों में गीत-संगीत की सरिता बहने लगती।

अमिय के ध्यान और योगासन की चर्चा जेल के अन्य बन्दियों तक पहुँचने लगी। कई बन्दी ध्यान और योग सीखने के इच्छुक थे। अमिय ने जेल अधीक्षक से बात की। जेल अधीक्षक नौजवान अफसर था। वह जेलों के सुधार पर हाल ही में कोर्स करके लौटा था। उसकी दिली तमन्ना कुछ नया करने की थी, परन्तु विभागीय उदासीनता के कारण कुछ नहीं कर पा रहा था। जब उसे बन्दियों की इस इच्छा की जानकारी हुई, उसने इजाजत दे दी। बस, फिर क्या था? ध्यान और योग के सत्र चलने लगे। अमिय ने सहर्ष शिक्षक की भूमिका सँभाली। तनाव और अवसाद से घिरे कैदियों के लिए ऐसे क्षण बहुत मूल्यवान थे। वे अपनी परेशानियाँ भी अमिय के साथ बाँटने लगे। अमिय धैर्यपूर्वक सबकी सुनता। उसके समक्ष समाज को देखने-समझने के नए-नए गवाक्ष खुलते जाते। जितना सम्भव होता, वह गीता-उपनिषद्-कुरान-बाइबिल के उद्धरणों से उनका तनाव कम करने की कोशिश करता।

बन्दियों में से कई जमानतदार नहीं जुटा पा रहे थे। कइयों की माली हालत इतनी बुरी थी कि वे वकीलों की फीस नहीं दे सकते थे। ऐसे बन्दी बिना जमानत लम्बे समय से जेल में पड़े थे। हमारी न्याय व्यवस्था में अकिंचन व्यक्ति के समक्ष जेल में सड़ने के अलावा क्या विकल्प रह जाता है? कई बन्दी ऐसी छोटी-मोटी धाराओं में बन्द थे जिनमें आसानी से जमानत मिलने का प्रावधान है, परन्तु जेल उनकी नियति बन गई थी। अमिय ने तिलेश्वर तथा अन्य राजनैतिक बन्दियों से ऐसों को न्याय दिलवाने के बिन्दु पर चर्चा की। उन्होंने 'बन्दी रिहाई समिति' के नाम से कैदियों का सर्वे करना शुरू किया। सर्वे में हर कैदी से सम्पर्क कर उसके विरुद्ध चल रहे मामलों की फेहरिस्त तैयार कर ली जाती। समिति ने मुख्य न्यायाधीश और जिला जज के नाम पत्र भेज मुफ्त कानूनी सहायता की गुहार लगानी शुरू कर दी। जेल प्रशासन का भी साथ मिला। इसका असर हुआ। विचाराधीन बन्दी जमानत पर रिहा होने लगे। न्याय व्यवस्था की चक्की में पिसते अकिंचनों के लिए रिहाई का क्षण उन्हें भावुक कर देने वाला था। वे अमिय, तिलेश्वर और अन्य राजनैतिक बन्दियों से गले मिलकर रोने लगते।

इधर अमिय के खिलाफ पटना पुलिस को डायनामाइट कांड में कोई सबूत नहीं

मिला। एम.एल.सी. भवानी सिन्हा की निशानदेही पर डायनामाइट की छड़ें पटना के विभिन्न स्थानों से बरामद जरूर की गई थीं, किन्तु उससे अमिय की संलिप्तता सिद्ध नहीं की जा सकती थी। सम्भव था कि समय पर चार्जशीट दायर न होने से अमिय जेल से बाहर आ जाए। ऐसा होने से सरकार की किरकिरी होनी तय थी। इसलिए अमिय पर लम्बित मीसा वारंट तामील कर उसे निरुद्ध कर दिया गया। मीसा में निरुद्ध होने के मामलों में कोर्ट का कोई झंझट ही नहीं था।

इस बीच डायनामाइट का बड़ा जखीरा बड़ौदा में बरामद हुआ। दिल्ली दरबार में हो रही माथा-पच्ची पर विराम लग गया। कड़ी से कड़ी जोड़ने से स्पष्ट हो गया कि डायनामाइट कांड राष्ट्रव्यापी षड्यंत्र का हिस्सा था। पूरा मामला सी.बी.आई. को सौंप दिया गया। नाम दिया गया—बड़ौदा डायनामाइट कांड। बिहार में दर्ज मुकदमे भी उसकी जद में आ गए। सी.बी.आई. को भी अमिय के खिलाफ न कोई सबूत मिलना था, न मिला। झूठ का महल भरभराकर गिर गया। इस कांड के सूत्रधार बड़े नेताजी सहित कई लोग देश भर से गिरफ्तार हो गए। नेताजी सहित पचीस मुजरिमों के विरुद्ध दिल्ली की अदालत में चार्जशीट दायर हुई। वाजपेयी जी का नाम चार्जशीट में था। गवाहों की सूची में एम.एल.सी. भवानी सिन्हा सहित कुल तेईस नाम थे।

सी.बी.आई. की जाँच ने यह भी प्रमाणित किया कि हमारी न्याय प्रणाली में कितने छिद्र हैं। मात्र प्राथमिकी में नाम दर्ज कर पुलिस निर्दोष व्यक्तियों को जेल में सड़ा सकती है। कुर्की के नाम पर चल-अचल सम्पत्ति तहस-नहस कर सकती है। अमिय के परिवार के साथ यही हुआ था। बिना वजह कुर्की की यंत्रणा उन्हें झेलनी पड़ी थी।

सी.बी.आई. चार्जशीट में अपना नाम न होने की खबर के बावजूद अमिय सहज बना रहा। दुखे-सुखे समे कृत्वा। पर उसे यह मलाल जरूर था कि वह भूमिगत रहकर इमरजेंसी के खिलाफ जन-जागरण का जो काम वह कर रहा था, उसमें व्यवधान आ गया था।

न्याय प्रणाली के छिद्र के कारण ही सही, अमिय की जेल यात्रा अभागे बन्दियों के लिए वरदान बन रही थी। जमानत और वकील न जुटा पाने वाले विचाराधीन बन्दी ही नहीं, सजायाफ्ता बन्दियों में भी अमिय से आशाएँ जगने लगीं। उनमें से कइयों के निकट सम्बन्धी मौका पाकर उनके परिवार के दुश्मन बन गए थे। जब निकट सम्बन्धी विमुख हो जाएँ, तो पुराने बैरी से क्या अपेक्षा की जा सकती थी? वे भी प्रबल हो गए थे। ग्रामीण जीवन बाहर से जितना सीधा, सरल, निष्कलुष दीखता है, वैसी आदर्श स्थिति हमारे गाँवों की नहीं है। परत-दर-परत जटिलता बुन गई है। ईर्ष्या-द्वेष और सम्पत्ति की लिप्सा ने टकराव बढ़ा दिया है। गांधी जी ने परिकल्पना की थी कि ग्राम पंचायतें आपसी टकराहट को कम कर गाँवों में शान्ति तथा भाईचारा कायम करेंगी, परन्तु 'पंच परमेश्वर' प्रेमचन्द की कहानियों में सिमटे रह गए, गाँवों में उनके दर्शन दुर्लभ हैं। छोटे-मोटे झगड़े पंचायत में सुलझने की बजाय जटिल बन कोर्ट-कचहरियों में वर्षों तक लम्बित रह जाते हैं। भाई-भाई का दुश्मन हो जाता है। महँगी न्याय व्यवस्था से तबाह होकर सामान्य गृहस्थ सड़क पर आ जाता है।

जब कभी किसी ऐसे बन्दी से उनका कोई प्रियजन मिलने आता, उसका अवसाद बढ़ जाता। वह अमिय से अपना दुखड़ा सुनाने लगता। जेल में रहकर बाहर की दुनिया को सरल और दुख विहीन बना पाना आसान न था। अमिय ने जेल अधीक्षक को बन्दियों की समस्या बताई। उसे ऐसे कई बन्दियों से मिलवाया। दो काम एक साथ करने की जरूरत थी। पहला, मुफ्त कानूनी सलाह एवं सहायता तथा दूसरा, उनके परिवारजनों की समस्या-समाधान हेतु प्रशासनिक अधिकारियों का सहयोग। जेल अधीक्षक ने मुफ्त कानूनी सलाह एवं सहायता के लिए वकीलों की व्यवस्था कर दी जो सप्ताह में एक दिन उसके दफ्तर में बैठ बन्दियों को उचित परामर्श देने लगे। 'बन्दी रिहाई समिति' समस्या-समाधान के लिए बन्दियों की ओर से प्रशासनिक अधिकारियों को पत्र भेजती और कानूनी सहायता के उपाय करती। इस व्यवस्था का लाभ तुरन्त दिखाई नहीं दे सकता था, किन्तु इसका मनोवैज्ञानिक प्रभाव बन्दियों पर पड़ने लगा था। निराशा के भँवर में डूब-उतरा रहे बन्दी अब अकेले नहीं थे। उन्हें जेल प्रशासन की सहानुभूति और ऐसे आदर्शवादी नौजवानों का साथ मिल गया था जो नए समाज-निर्माण का सपना आँखों में लिये जेपी आन्दोलन से जुड़े थे।

धीरे-धीरे जेल की शामें गुलजार होने लगीं। पहले केवल आन्दोलनकारी बन्दी ही रातों में गीत-संगीत की छटा बिखेरा करते थे, अब शाम होते ही जेल-परिसर कजरी, बिरहा, सोहर, कबीर,फाग, फिल्मी गीतों से गूँजने लगता। गायन प्रतियोगिताएँ आयोजित होने लगीं। नौजवान जेल अधीक्षक सदारत करता। विजयी प्रतिभागियों को पुरस्कारस्वरूप कभी फल, कभी मिठाई, कभी मेडल मिलने लगे। जिन्होंने जीवन में मेडल का मुँह तक नहीं देखा था, उन्हें मेडल पाकर कितनी बड़ी खुशी मिलती होगी, इसका सहज अनुमान लगाया जा सकता है। बन्दियों की रचनात्मक ऊर्जा ने धीरे-धीरे ऊब, निराशा, तनाव और अवसाद को परे धकेल उनमें नवजीवन की ऊष्मा भरना शुरू कर दिया था। इस ऊष्मा का सकारात्मक प्रभाव उनके दैनन्दिन जीवन में साफ-साफ देखा जा सकता था।

जेल-जीवन में बदलाव की इस बयार से प्रेरित राजनैतिक बन्दी कुछ रचनात्मक काम करना चाहते थे। अधिकांश बन्दियों को अक्षर ज्ञान नहीं था। वे पढ़-लिख नहीं पाते थे। प्रौढ़ शिक्षा केन्द्र चलाकर बन्दियों को साक्षर बनाया जा सकता था। 'बन्दी रिहाई समिति' ने प्रौढ़ शिक्षा केन्द्र चलाने का निर्णय लिया।

जेल अधीक्षक की मदद से ब्लैक बोर्ड, चॉक, डस्टर आदि जुट गए। प्रौढ़ शिक्षा निदेशालय से प्राइमर एवं स्लेट-कॉपी-पेंसिल की व्यवस्था कर ली गई। पढ़ाने वालों की कमी नहीं थी। सभी अपना योगदान देना चाहते थे। सबकी सहमति और योग्यतानुसार पढ़ाने वालों के दो समूह बना लिए गए—हिन्दी भाषा और गणित के अलग-अलग समूह।

तिलेश्वर के मन में कुछ कुलबुलाने लगा था। उसने समस्या रखी—

"डॉक्टर साहब, मुस्लिम बिरादरी के भाई उर्दू पढ़ना चाहें तो? हममें से किसी को उर्दू आती ही नहीं। दूसरा, हमने महिला बन्दियों के बारे में कुछ नहीं सोचा है। उनके लिए भी सोचना चाहिए।"

तिलेश्वर की दोनों बातें बिलकुल सही थीं। प्रौढ़ शिक्षा हो या बच्चों की, मातृभाषा

में सीखना आसान होता है। नारी-शिक्षा के लिए अमिय को उपवास तक करना पड़ा था। अमिय ने जेल अधीक्षक से चर्चा की। रास्ता निकल आया।

"मैं उर्दू शिक्षक के लिए प्रौढ़ शिक्षा निदेशक महोदय से मिलकर अनुरोध करूँगा। जरूरत पड़ी तो जेल आई.जी. सर से भी लिखवाऊँगा। आशा करता हूँ कि इन्तजाम हो जाएगा। रही बात महिला बन्दियों की, उनकी संख्या अधिक नहीं है। मेरी श्रीमती जी शायद उनके लिए कुछ समय निकाल सकती हैं।" जेल अधीक्षक उत्साहित था।

"आप जैसे संवेदनशील जेल अधीक्षकों की जरूरत राज्य की सभी जेलों में है। जेलें सुधार-गृह हो सकती हैं यदि आप जैसी सोच के अफसर उनका प्रबन्ध करें।" अमिय ने उसकी प्रशंसा की।

जेल अधीक्षक वास्तव में बहुत कुछ करना चाहता था, लेकिन उसे अपने महकमे का पूरा सहयोग नहीं मिल पाता था। वह तो अमिय था जिसके कारण कुछ नया कर पाने को वह प्रेरित हुआ था।

पढ़ना-लिखना नहीं जानने वाले बन्दियों के लिए यह मुहिम वरदान थी। ऐसे बन्दी अपने मुकदमों के कागजों को जब देखते, कटकर रह जाते। उन्हीं कागजों पर उनकी रिहाई या सजा निर्भर थी। दुर्भाग्य कि उन कागजों के अक्षर उन्हें काली चींटियाँ नजर आते थे। महिला बन्दिनियाँ परिवार और समाज से प्रताड़ित-बहिष्कृत अभागिनें थीं जो प्राय: गरीबी और लैंगिक विषमता की शिकार बन जेल में बन्द थीं।

प्रौढ़ शिक्षा केन्द्र ने कदम बढ़ाए और पुरजोर बढ़ाए। दिन में जेल परिसर पाठशाला बन जाता था। खुली पाठशाला। किसी पेड़ की छाँव में। कड़ी धूप होने पर बरामदे में। जेल अधीक्षक की पहल से उर्दू की पढ़ाई होने लगी। उसकी पत्नी ने महिला बन्दियों को पढ़ाने में काफी रुचि दिखलाई। उसकी देखा-देखी जेलर और दूसरे स्टॉफ की पत्नियाँ भी इस मुहिम से जुड़ गईं। इन स्त्रियों को अपनी योग्यता और ज्ञान के सदुपयोग का सुनहरा अवसर मिल गया था।

## 3

अमिय का मन अक्सरहाँ गया-जहानाबाद के गाँवों की धूल-धूसरित पगडंडियों और गलियों में भटकने लगता। वह सोचता—जो कंदील उसने साथियों के साथ जलाई थी, क्या उससे निस्सृत रौशनी सदियों के अँधेरों का मुकाबला कर रही होगी? या अँधेरे उसके अस्तित्व को मिटा रहे होंगे? क्या ऐसी कंदीलों से अँधेरे मिट सकेंगे? उसका विचारशील मन जब आशा-निराशा के भँवर में फँसा होता, वह 'गीता' का श्लोक गुनगुनाने लगता—कर्मण्व्येवाधिकारस्ते मा फलेषु कदाचन। मेरा काम बिना फल की आशा के कर्म करते जाना है—अनासक्त कर्म। पर मन में शंका भी उठती : क्या कर्म से अनासक्त हो पाना आसान है? जब स्वामी विवेकानन्द प्रेरित करते हैं, "उठो, जागो और तब तक नहीं रुको जब तक लक्ष्य न प्राप्त हो जाए," तो क्या वे अनासक्ति की शिक्षा देते हैं? बोलिविया के जंगलों में चन्द लड़ाकों संग मुक्ति संघर्ष में अपना लहू

बहाते चे गेवारा क्या अनासक्त हो लड़ रहे थे? उनकी आँखों में विश्व-मानव की मुक्ति का लक्ष्य था। उनका सम्पूर्ण कर्म उसी लक्ष्य तक पहुँचने के लिए था।

नहीं, क्रान्ति अनासक्त होकर नहीं की जा सकती। संघर्ष बिना जुनूनी हुए नहीं हो सकता। उसे कविगुरु रवीन्द्रनाथ टैगोर की एक कविता याद आने लगती, "कौन करेगा मेरा कार्य," डूबते हुए सूर्य ने पूछा था। उस संध्या माटी का कोई दीप टिमटिमा रहा था। उसने उत्तर दिया, "हे सूर्य! मैं तुम्हारे जितना नहीं, पर अपनी सामर्थ्य-भर तमस को दूर करने की भरसक कोशिश करता रहूँगा।" सूर्य का काम सूर्य से ही सम्भव है। माटी के दीपक की क्या बिसात? परन्तु यदि हजारों-लाखों दीपक जलने लग जाएँ, अँधेरा मिटकर रहता है। अमिय की कोशिश यही रही थी कि गाँव-गाँव गरीब किसान-मजदूर महिलाएँ और शोषित-पीड़ित जन संगठित हो अपना हक हासिल करने के संघर्ष में जुट जाएँ। इसी संघर्ष के रास्ते बेहतर समाज-निर्माण और व्यवस्था-परिवर्तन होना सम्भव है। इसीलिए उसका मन गाँवों में भटकता-घूमता रहता था।

अरविन्द और सत्या उससे मिलने नियमित रूप से आते। उनसे वह गाँवों के बारे में पूछता रहता। "गाँवों में आपके जेल भेजे जाने से आम लोग दुखी, लेकिन आक्रोश में हैं। उनके अन्दर सरकार के इस कदम से घोर नाराजगी है।" सत्या भोलेपन से कहता।

अमिय मुस्करा देता। अपने मन के उद्‌गार व्यक्त कर रहा है सत्या—वह अनुमान लगाता। वे अपने साथ खाने-पीने की चीजें भी लाते।

"घर-घर में होड़ मची है कि हमारी रसोई में बना सामान जाएगा संन्यासी जी के लिए।" सत्या उत्साहित हो बताता।

"जनता सरकारों का मनोबल गिराने की कोशिशें बड़े भूमिपतियों द्वारा खूब हो रही हैं। बावजूद इसके किसान-मजदूर हिम्मत के साथ डटे हुए हैं। उनको विश्वास है कि एक दिन फिर आप उनके बीच होंगे और आन्दोलन दुगुनी ताकत से उठ खड़ा होगा।" अरविन्द उसे आशा भरे सन्देश सुनाता।

अरविन्द जब भी आता, जनता सरकारों के काम-काज की रिपोर्ट अमिय को जरूर देता। अगर कहीं सलाह की जरूरत होती, अमिय से विचार-विमर्श भी करता। जैसे किस्से-कहानियों में कहा जाता है, अमिय की जान जनता सरकारों में अटकी पड़ी थी।

"ध्यान रहे अरविन्द, लड़कियों की शिक्षा पर जनता सरकारों को बराबर काम करना चाहिए। यह उनके दीर्घकालीन लक्ष्य का महत्त्वपूर्ण हिस्सा है।" अमिय यह कहना न भूलता। उसे सबसे अधिक प्रसन्नता यह सुनकर मिलती कि अमुक गाँव में पढ़ाई की उम्र की शत-प्रतिशत लड़कियाँ स्कूल जाने लगी हैं। भूमि-सुधार का एजेंडा तो उसका प्रिय विषय ही था। वह कहता—

"जनता सरकारों को कभी न भूलना चाहिए कि गैर-मजरुआ मालिक जमीनों पर पहला हक भूमिहीनों का है। इसलिए अफसरों पर ऐसे जमीनों की बन्दोबस्ती भूमिहीनों के नाम से करने का दबाव बनाए रखना है। ऐसी जमीनों का पता सरकारी दस्तावेजों से आसानी से लग सकता है।"

अरविन्द जब भी अमिय से मिलकर लौटता, वह नई ऊर्जा, चेतना और ज्ञान से

लबरेज होता। सत्या को कानून और नियम बड़े जटिल लगते। वह तो उस दिन की प्रतीक्षा कर रहा था जब अमिय और दूसरे साथी जेल से छूटेंगे और 'ऐक्शन' पुनः आरम्भ होगा।

एक दिन अमिय के बड़े भाई और माँ उससे मिलने आए। अखबारों और आकाशवाणी पटना से प्रसारित खबरों की कृपा से उन्हें उसके फुलवारी शरीफ जेल में होने की जानकारी मिल गई थी। माँ की अपने बेटे के प्रति तड़प को जेल अधीक्षक ने बहुत करीब से महसूस किया। उसने अपने कक्ष में ही मुलाकात की व्यवस्था कराई। माँ के आँसू थमने का नाम नहीं ले रहे थे। कैसे थमते? जिस बेटे को उन्होंने डॉक्टर बनने के लिए मेडिकल कॉलेज भेजा था, वह अनदेखे-अनजाने पहाड़ों और गाँवों-देहातों की खाक छानता बिना अपराध जेल पहुँच गया था। गृहस्थ की जगह संन्यासी बन गया था। कितना कठोर हो गया था उस बेटे का हृदय कि उसने माँ को बिन बताए कष्ट-भरा जीवन चुन लिया था? उसने यह भी न सोचा कि माँ की हर सन्तान उसका अंश होती है और माँ को अपने सभी अंशों के लिए एक-सा दर्द सहना होता है? माँ यह सब याद कर रोती जाती थी। जब अमिय जेल अधीक्षक के कमरे में पहुँचा, माँ की आँखों में आँसुओं की बाढ़-सी आ गई। जेल अधीक्षक में माँ-बेटे के मिलन के कारुणिक क्षणों को देखने का साहस न था। वह वार्डों के निरीक्षण का बहाना बना अपने कक्ष से निकल आया। अमिय माँ से लिपट गया। भाई से भी प्रेमपूर्वक मिला।

"मैं तुम्हारी सेवा न कर पा रहा हूँ माँ, मुझे इसका दुख है। लेकिन अगर तुम मेरे साथ उन गाँवों में चलोगी जहाँ मैं काम कर रहा था, तो पाओगी कि हजारों माँएँ घोर कष्ट में जीवन जी रही हैं। मैं उन माँओं के चेहरों पर थोड़ी-सी हँसी-खुशी लाने के लिए काम कर रहा था। आगे भी करना चाहता हूँ। मेरा हृदय कहता है, तुम अपने बेटे के इस जीवन से निराश न होओगी।" अमिय ने माँ के आँसू अपने हाथों से पोंछते हुए कहा। लेकिन माँ का हृदय? वहाँ बहते आँसू कौन पोंछ सकता था?

भाई ने सामान्य हालचाल पूछने के अलावा अधिक बातें नहीं कीं। वह बचपन से अमिय का मानसिक रुझान देखते आए थे। जब बहुत छोटा था, उनसे सवाल करता था, "भइया, लोग गरीब क्यों हैं? जाति-व्यवस्था में समाज क्यों बँटा है?" बड़ा होने लगा तो उसके सवाल उसी अनुपात में बड़े होने लगे, "आदमी आदमी का शोषण क्यों करता है? हमारी सामाजिक व्यवस्था न्यायपूर्ण क्यों नहीं है? इसे न्यायपूर्ण बनाने के लिए क्या होना चाहिए?" भाई उसके सवालों के उत्तर अपने ढंग से देते। वर्ग-संघर्ष की अवधारणा पर घंटों बातें करते। वर्ण-व्यवस्था की तात्कालिक आवश्यकता और उस व्यवस्था में उच्च वर्णों के वर्चस्ववादी होते जाने और वर्ण के जाति में हुए कायान्तरण की व्याख्या करते। वर्चस्व बनाए रखने में धर्मशास्त्रों की भूमिका पर प्रकाश डालते। धीरे-धीरे उसने सवाल पूछने कम कर दिए और बहस करने लगा। बहसों के दौरान उसने भाई को किसी दिन अपने मन की बात बताई थी, "मैं लीक में बँधा जीवन नहीं जीना चाहता। मैं समाज को न्यायपूर्ण बनाने के संघर्ष में अपना जीवन खपा दूँगा।" तब भाई हँसकर टाल गए थे। उसकी उम्र में वे स्वयं भी वैसा ही सोचते थे, पर उनके साथ ऐसा नहीं हो सका था। अपनी शिक्षा पूरी करने के बाद वे कॉलेज में पढ़ाने लगे थे। शादी

हो जाने के बाद घर-गृहस्थी का बोझ उनके सिर पर आ गया था। इसलिए अमिय के अपने मन की बात साझा करने पर तब उन्होंने हँसकर टाल दिया था, लेकिन मुलाकात के उस क्षण उन्हें पुरानी बातें याद आ गईं। वे माँ की तरह भावुक नहीं थे। हालचाल पूछने के बाद इतना भर कहा—

"तुम जहाँ भी रहो, याद रखना कि आगरे में तुम्हारे अपने लोग भी हैं। जब भी हमारी जरूरत समझो, अधिकारपूर्वक बताना। न बताओगे, हमें बड़ी तकलीफ होगी।"

"भाई साहब, जिन अपनों के लिए मैं किसी काम आने की सम्भावना नहीं देख पा रहा हूँ, उनसे अपने लिए कुछ भी करने की अपेक्षा रखना नैतिक दृष्टि से उचित होगा? मैंने जिस दिन समाजसेवा का निश्चय किया, उसी दिन अपने दुख-सुख और जीवन-मरण की जिम्मेदारी समाज के कन्धों पर डाल दी। अगर समाज मुझे छोड़ देगा, मैं उसी हाल में पड़ा रहूँगा। कोई शिकायत नहीं करूँगा।" अमिय ने बिलकुल सहज भाव से कहा।

माँ के थमे आँसू एक बार पुनः बह चले। बेटे को परिवार की कोई मोह-माया नहीं है, माँ सोचती जाती और आँसू गिरते जाते।

भाई उस आदर्शवादी मन की गुत्थी समझ रहे थे। बचपन से देखते आए थे, अमिय किसी चीज की जिद माँ-बाप से नहीं करता था। करीबी के बावजूद भाई से भी कुछ माँगने में संकोच करता था। माँगना उसके स्वभाव में था ही नहीं। अपनी आवश्यकताएँ उसने काफी न्यून कर रखी थीं। हँसकर बोले, "अरे भाई, अपनों के बीच लेन-देन का सम्बन्ध कहाँ से आ गया? क्या मैं तुम्हारा स्वभाव नहीं जानता? बस, इतना जरूर याद रखना, हम लोग हैं तुम्हारे लिए।"

फिर विनोदपूर्वक बोले, "तुम भले ही हम लोगों से दूरी बना लो, बिहार पुलिस ने तुम्हारे कारण हम लोगों से निकटता बना ली है।"

और उन्होंने उसकी तलाश में आगरे के पैतृक घर में पुलिस छापामारी तथा जब्ती-कुर्की की कहानी उसे सुना दी। अमिय दंग रह गया। उसकी समझ में आ गया कि कानून की नजरों में उसका अपने माँ-बाप और भाई-बहनों से नाभि-नाल सम्बन्ध है, जिसका टूटना आसान नहीं। अमिय चाचा-चाची, भाई-बहनों, सगे-सम्बन्धियों और अड़ोस-पड़ोस के मित्र-परिचितों का हालचाल पूछता रहा। पिता के स्वास्थ्य की उसे विशेष चिन्ता थी।

"भाई साहब, पिताजी को डॉक्टरों से जरूर दिखलाते रहिएगा।" अमिय ने साग्रह कहा।

थोड़ी देर बाद माँ और भाई चले गए। उन्हें रात में वापसी की ट्रेन पकड़नी थी। जेल अधीक्षक ने उनसे अपने बँगले पर चल कुछ देर विश्राम करने का आग्रह किया जिसे उन्होंने विनम्रता से मना कर दिया। किसी धर्मशाला में ठहरे थे।

माँ-भाई से मुलाकात के हफ्ते भर भी न बीते होंगे कि जेलर ने स्वयं आकर कुछ विशिष्ट मुलाकातियों के पधारने की सूचना उसे दी। जेल अधीक्षक ने इस मुलाकात की भी व्यवस्था अपने कक्ष में कर दी थी। वे मुलाकाती 'विशिष्ट' क्यों कहे जा रहे थे, अमिय समझ नहीं पाया।

जेल अधीक्षक के कक्ष में मुलाकातियों को देख वह खुशी से चहक उठा। उनका आना बिलकुल ही अप्रत्याशित था। मुलाकाती भी उसे देखकर चहकने लगे। अवधेश यादव और हामिद बख्त तो लपककर उसके गले लग गए ऐसे जैसे न जाने कब के बिछुड़े हों। किरण और यास्मीन ने गर्मजोशी से हाथ मिलाया। दोनों ने जींस की पैंट और खादी का लम्बा कुर्ता डाल रखा था। जेलर को शायद उनका पहनावा विशिष्ट प्रतीत हुआ था। किरण कुछ देर तक अमिय का हाथ अपने हाथों में ले उसे एकटक निहारती रही। उसके मुखमंडल पर उषा की लाली थी। अमिय क्षण भर अचकचाया। फिर उसका चेहरा भी कोमल ललौंछ से खिल उठा। अनुराग के इन पलों को देख साथी मुस्कराने लगे। जेल अधीक्षक भी हौले-से मुस्कराया।

"हमें देख चौंक गए न बरखुरदार?" हामिद ने वातावरण को हल्का बनाते हुए कहा।

दरअसल, जब जेल पहुँचकर उन्होंने डॉक्टर अमिय से मिलने का आवेदन दिया, आशा के विपरीत उनको तुरन्त अधीक्षक के कक्ष में बिठाया गया। अधीक्षक ने नाम-पता की तस्दीक करते समय बन्दियों के सुधार हेतु किए जा रहे अमिय के कामों की प्रशंसा की झड़ी-सी लगा दी। वे सोचकर गए थे कि शायद जेल प्रशासन मुलाकात में बाधाएँ खड़ी करे, परन्तु स्थिति उसके ठीक उलट थी। वैसे उनका सोचना वाजिब था। देश के कई जेलों में गिरफ्तार नेताओं को परेशान किए जाने की खबरें आ रही थीं।

"मेरा दोस्त जहाँ भी, जिस हाल में रहेगा, मानवता के प्रति उसके समर्पण में कोई कमी नहीं आ सकती। मैं उसे मेडिकल कॉलेज के दिनों से ऐसा ही देखता आया हूँ।" अवधेश को अधीक्षक की प्रशंसा भा गई। उसने इलाहाबाद की सड़क पर गरीब रिक्शे वाले की अनपेक्षित मदद का किस्सा कह सुनाया जो उनकी दोस्ती का प्रस्थान-बिन्दु था। फिर किस्से चल निकले। कई किस्से थे अमिय की मानवीय संवेदना के।

हामिद बख्त ने विनती की कि हमारा नाम बताए बगैर, मुलाकात की सूचना उसे भेजी जाए। वे अमिय को सरप्राइज देना चाहते थे। वैसे ही जैसे वह हठात् सालों बाद हमारे सामने प्रकट हो गया था—अवधेश ने जोड़ा।

"तुम लोग, वह भी एक साथ अचानक आ धमकोगे, यह भला मैं कैसे सोच सकता था?" अमिय के चेहरे पर कोमल ललौंछ की आभा तारी थी। अधीक्षक दोस्तों को अकेला छोड़ जेल का राउंड लेने निकल गया।

दोस्तों के बीच बातों का दौर शुरू हो गया। स्टूडेंट्स फेडरेशन की केन्द्रीय समिति ने हामिद बख्त, किरण और यास्मीन को यूपी और बिहार के छात्र संगठनों से सम्पर्क कर विश्वविद्यालयों में इमरजेंसी के खिलाफ माहौल बनाने का काम सौंपा था। काम आसान न था। पुलिस की नजरों से बचकर गुप्त बैठकें करनी पड़ती थीं। अलीगढ़, आगरा, कानपुर और लखनऊ में अपना काम खत्म कर टीम इलाहाबाद में अवधेश के यहाँ पहुँची थी। अवधेश भी साथ हो लिया। यूपी से वे सीधे पटना आ गए। पटना के साथियों से जब उन्होंने अमिय का पता-ठिकाना जानना चाहा, उन्हें फुलवारी जेल के उसके नए ठिकाने की जानकारी मिल गई।

"भला हो पटना आकाशवाणी के समाचार वाचकों श्री देवकीनन्दन पांडेय और

रामानुज प्रसाद सिंह तथा 'आर्यावर्त' एवं 'इंडियन नेशन' अखबारों का! बच्चे-बच्चे को तुम्हारे बारे में खबर है, मियाँ।" हामिद ऐसे चहका जैसे अमिय को कोई बड़ा तोहफा मिला हो जिसकी जानकारी गली-कूचों में फैल गई हो।

"सुनते हैं, बड़ौदा डायनामाइट कांड में सी.बी.आई. को आपके खिलाफ सबूत नहीं मिला? चार्जशीट नहीं दायर की?" किरण थी।

"सबूत कैसे मिलता? मुझे फँसाने की साजिश थी। बिहार में जब विस्फोट हो रहे थे, मैं आप सबके साथ इलाहाबाद और दिल्ली में था।" अमिय ने अरविन्द और सत्या के बारे में साथियों को नहीं बताया। अवसर उसके अनुकूल नहीं था।

"तुम्हारी रिहाई में देर क्यों हो रही है?" अवधेश ने पूछा।

"भाई, अब मैं मीसा बन्दी हूँ। तुम लोग जानते ही हो कि मेरे खिलाफ मीसा का वारंट पहले से था। डायनामाइट केस में कोई सबूत न मिलता देख उस वारंट को जेल में तामील करा दिया गया।" अमिय ने सहज भाव से कहा, जैसे ये सब मामूली बातें हों।

किरण उदास हो गई। पल भर पहले की उषा की लाली साँझ के धूसर रंगों में बदलने लगी थी। दूसरे साथी भी उदास हो गए थे। यास्मीन ने किरण की हथेलियाँ अपनी हथेलियों में लेकर हल्के-से सहलाया, जैसे ढाढ़स बँधा रही हो।

"अच्छा छोड़ो यह सब। तुम लोग जिस मकसद से निकले हो, उसमें सफलता मिली?" अमिय ने बातचीत की दिशा मोड़ दी।

"दिल्ली में छात्रों के बीच हमारा काम तेजी से फैला है। छात्रों का हौसला बुलंद है।" यास्मीन थी।

"इलाहाबाद में ऊपर से सब कुछ शान्त दीख रहा है, लेकिन अन्दर माहौल गरम है। कब छात्र फट पड़ेंगे, कहा नहीं जा सकता।" अवधेश था।

"मियाँ, यूपी की बाकी यूनिवर्सिटियों में अन्दर-ही-अन्दर बलबला मचा हुआ है, लेकिन शासन-प्रशासन के आतंक से माहौल बाहर से ठंडा दीखता है। मुझे लगता है कि अगर अभी पार्लियामेंट का इलेक्शन हो जाए तो तख्तापलट हो जाएगा।" हामिद बख्त ने कहा।

"पटना में भी माहौल बहुत गरम दीखा। छात्र नेताओं की सबसे ज्यादा गिरफ्तारी भी यहीं से हुई है। इमरजेंसी के खिलाफ रेसिस्टेंस का कल्चर यहीं पर सबसे मजबूत है।" किरण ने अपना आकलन साझा किया। वह सामान्य हो गई थी।

सबने उसकी राय से सहमति जताई।

"ठीक कहा किरण ने। नौजवानों में काफी गुस्सा है। जेपी आन्दोलन ने न केवल लड़कों को बल्कि लड़कियों को भी भारी संख्या में आकर्षित किया है। लड़कियाँ बाकायदा अंडरग्राउंड मूवमेंट चला रही हैं। गोपनीय पर्चे, पैंफलेट्स और अखबार घर-घर पहुँचाए जा रहे हैं। यहाँ की फिजाँ पूरी तरह से एंटी-इस्टैब्लिशमेंट दिखाई देती है।" यास्मीन ने जोड़ा।

यह सब सुनना अमिय को अच्छा लगा। बिहार को लेकर उसकी चिन्ता दूसरी

थी। "साथियो, बिहार जेपी आन्दोलन का गढ़ है। आदर्शवादी नौजवानों-छात्रों की भारी संख्या इस आन्दोलन में शामिल रही है, लेकिन मैंने देखा है कि जेपी के गिर्द जिन छात्र नेताओं या राजनैतिक दलों के नेताओं की भीड़ लगती थी, वे सब घोर महत्त्वाकांक्षी हैं। उनमें बौद्धिक परिपक्वता की भी कमी मुझे दिखी। आन्दोलन सम्पूर्ण क्रान्ति की अवधारणा को लेकर शुरू हुआ, किन्तु बाद के दिनों में वह बिहार सभा भंग करने की माँग पर केन्द्रित हो गया था। ऐसे में मुझे डर है कि इलेक्शन की घोषणा होने पर कहीं नेतृत्व केवल उसी में व्यस्त न हो जाए और सम्पूर्ण क्रान्ति अधूरी रह जाए।" उसने अपना आकलन बताया।

"मियाँ, तुम्हारा सोचना सही है। राष्ट्रीय स्तर पर नॉन-लेफ्ट अपोजीशन आन्दोलन को जेपी का नाम लेकर चला जरूर रहा था, लेकिन उसके अपने एजेंडे हैं।" हामिद ने अमिय से सहमति जताई।

"इसीलिए मेरा मानना है कि हमें किसान-मजदूरों को जगाना चाहिए। मैं पहले से कहता आ रहा हूँ, इमरजेंसी के कारण देश में 1942 वाली स्थिति आ गई है। दिल्ली में मजदूरों के बीच काम के क्या हाल हैं?" अमिय ने बात आगे बढ़ाई।

"हमारी जन नाट्य मंडली मजदूरों के बीच लगातार सक्रिय है।" किरण ने बताया।

जन नाट्य मंडली ने मजदूरों पर मालिकों एवं इमरजेंसी की दोहरी मार पर केन्द्रित कई नुक्कड़ नाटकों एवं गीतों की रचना की थी। मंडली उन नाटकों एवं गीतों के साथ मजदूरों के बीच लगातार सांस्कृतिक अभियान चला रही थी। किरण ने तफसील से उसकी जानकारी को साझा किया। उनमें किसान-मजदूरों के बीच जागरण का काम करने के बारे में चर्चा होने लगी।

"साथियो, मेरा मानना है कि छात्र राजनीति की अपनी सीमाएँ हैं। आम छात्रों की चिन्ता में उसकी पढ़ाई और नौकरी रहती आई है। हाँ, इतना जरूर है कि छात्र राष्ट्रीय और क्षेत्रीय मुद्दों पर भी गोलबन्द होता आया है। किसान-मजदूरों के बीच काम करना पूर्णकालिक समय की माँग करता है। क्या छात्र राजनीति के लिए यह सम्भव है?" अवधेश ने अपना संशय जाहिर किया।

अवधेश का संशय बेवजह नहीं था। किसान-मजदूरों के बीच सामान्य छात्रों की लगातार सक्रियता क्या सम्भव थी? यह तभी हो सकता था जबकि छात्र अपनी पढ़ाई छोड़ इसमें लग जाएँ। इसमें कई तरह की व्यावहारिक कठिनाइयाँ थीं।

"वैसे बंगाल में किसान-मजदूरों के बीच छात्रों के काम करने के उदाहरण हमारे सामने हैं। वहाँ छात्रों ने अप्रतिम दमन के बीच भी प्रतिरोध की लौ जलाए रखी थी। हालाँकि सामान्य नियम कहता है कि छात्रों से उनकी सीमा के अन्तर्गत ही काम की अपेक्षा की जा सकती है। मैं अब छात्र नहीं रहा। जेल से छूटने के बाद मैं पूर्णकालिक रूप से किसान-मजदूरों के बीच व्यवस्था-परिवर्तन के दीर्घकालीन काम में वापस लौटूँगा। आशा है, तुम लोग कभी-कभी मेरा साथ देने जरूर आओगे।" अमिय ने सहज भाव से कहा।

अवधेश को कबीर याद आ गए—

*कबिरा खड़ा बाजार में, लिए लुकाठी हाथ,*
*जो घर फूँके आपनौ, चले हमारे साथ।*

उसने गहरी आत्मीयता से अमिय का हाथ अपने हाथों में लेकर कहा, "इसमें भी कोई शक है?"

हामिद ने भी इसे दुहराया। किरण ने अमिय की आँखों में झाँकते हुए कहा—

"यस कॉमरेड"—और उसकी अपनी आँखों में पानी झिलमिलाने लगा। यास्मीन ने भी मुस्कराते हुए 'हाँ' कहा।

मुलाकात का समय खत्म हो गया था, लेकिन उनके बीच विभिन्न मुद्दों पर चर्चा चलती रही। जेलर को कक्ष में आकर विनम्रता से समय के खत्म हो जाने की सूचना देनी पड़ गई। जेल प्रशासन की भी अपनी सीमाएँ थीं। भरे दिल से साथियों ने अमिय से विदा ली। उन्हें बिहार के अन्य विश्वविद्यालयों में भी जाकर छात्र संगठनों से मिलना था।

"हम लोग आपसे दोबारा मिलने आएँगे, मियाँ।" हामिद ने चलते समय मुस्कराकर कहा।

किरण की आँखों में झिलमिलाते पानी की जगह प्रसन्नता की लकीरों ने ले ली। उसका चेहरा जैसे सूरज की ललौंछ से दिप-दिप करने लगा हो!

## 4

अगली बार जब वे आए, उनके पास अमिय को बताने के लिए बहुत कुछ था। समाचार-पत्रों पर सेंसर था। उनमें वही छपता था जो सरकार चाहती थी। ऑल इंडिया रेडियो से जो खबरें आती थीं, उनसे जमीनी हकीकत की जानकारी पाना असम्भव था। सच-झूठ की मिलावट वाले हालात थे। जेल के बाहर रहकर जब सच जानना मुश्किल हो, जेल की दीवारों के बीच वह कैसे सम्भव होता?

"सच को जितना भी छुपाना चाहो, वह धरती फाड़कर कभी-न-कभी प्रकट हो ही जाता है।" अवधेश ने बातें शुरू कीं।

"मियाँ, मैं दूसरी नजीर देता हूँ। सच को चाहे जितना छुपा लो, वह सातों आसमानों को चीरकर एक-न-एक दिन नमूदार हो ही जाएगा।" हामिद चहका।

अमिय को दोस्तों की इस चुहल पर हँसी आ गई। किरण और यास्मीन भी मुस्कराईं।

"अपने सातों आसमान सँभालकर रखो, हामिद। तुम दोनों पहेलियाँ न बुझाओ। कौन से सच की बात हो रही है?" अमिय ने हँसते हुए पूछा।

"कॉमरेड, इंडिकेशंस मिल रहे हैं कि इमरजेंसी ज्यादा देर तक नहीं रह पाएगी।" यास्मीन थी।

किरण ने बात आगे बढ़ाई, "फॉरेन मीडिया और मशहूर इंटेलेक्चुअल्स इमरजेंसी के खिलाफ लगातार लिख रहे हैं। उनमें से कुछ प्रधानमंत्री और उनके डेमोक्रेट पिता के नजदीक रहे लोग हैं।"

इतना कह वह क्षणभर चुप रही। अमिय के लिए यह सर्वथा नई खबर थी।

"नेहरू जी के एक पुराने दोस्त हैं, फेनर ब्राक्वे। उन्होंने 'टाइम' मैगजीन में लिखा है कि दुनिया की सबसे बड़ी डेमोक्रेसी को दमनकारी तानाशाही व्यवस्था में बदल दिया गया है। उन्होंने प्रधानमंत्री को उनके मरहूम पिता की महान विरासत की याद दिलाते हुए अपील की है कि कृपया फ्रीडम और लिबर्टी पर लगाई बन्दिशें वापस लीजिए। नेहरू जी के दूसरे दोस्त जॉन ग्रिग ने 'स्पेक्टेटर' मैगजीन में लिखा है कि अपने महान डेमोक्रेट पिता की तरह प्रधानमंत्री को भारत में बँटवारे के बाद शुरू किए गए डेमोक्रेटिक प्रयोग का झंडा बुलंद करते रहना चाहिए, न कि मान लेना चाहिए कि भारत जैसे विविधतापूर्ण देश में केवल तानाशाही के तरीकों से ही शासन किया जा सकता है।" किरण ने आगे कहा।

हामिद ने आगे सूत्र थामा, "मियाँ, फेनर ब्राक्वे ने अपनी नुक्ताचीनी में थोड़ी नरमी भी बरती है, परन्तु जॉन ग्रिग ने खूब खरी-खोटी सुनाई है। यहाँ तक कह डाला है कि आपको अपने मरहूम पिता की पीढ़ी द्वारा स्थापित महान आदर्शों पर चलने की कोशिश करनी चाहिए। मिन्नतें भी की हैं कि नागरिकों की छीनी आजादी वापस करिए।"

अमिय फेनर ब्राक्वे या जॉन ग्रिग के लेखन से परिचित नहीं था। उसे यह भी मालूम नहीं था कि ये दोनों पंडित नेहरू के करीबी बुद्धिजीवी थे, किन्तु यह जानना सुखकर लगा कि प्रतिष्ठित विदेशी पत्रिकाओं में जनतंत्र के समर्थक विद्वज्जन भारत में हो रहे घटना-चक्र से चिन्तित हो सलाह दे रहे हैं।

"मेरे विचार से इन विद्वानों के आलोचनात्मक लेखों और सलाहों के आधार पर यह निष्कर्ष निकालना जल्दबाजी होगी कि प्रधानमंत्री इमरजेंसी हटा लेंगी।" उसने अपनी आशंका जाहिर की।

बात माकूल थी। यह भी हो सकता था कि इन विद्वानों को भारत के आन्तरिक मामलों में अनधिकार चेष्टा का आरोपी मान इनकी भारत-यात्रा पर प्रतिबन्ध लगा दिया जाए? भारत-विरोधी घोषित कर दिया जाए? पाकिस्तानी एजेंट बता दिया जाए? सत्ता के मद में चूर दुनिया भर के शासक अपने आलोचकों पर न जाने क्या-क्या तोहमतें लगाते रहते हैं। और जब प्रचार माध्यमों तथा सरकारी एजेंसियों पर घोषित-अघोषित कब्जा हो, तोहमतों को परम सत्य बता झूठ की दुन्दुभी बजाई जाने लगती है।

किरण इतनी जल्दी हार मान जाने वालों में नहीं थी। उसने अमिय को उत्साहित करते हुए कहा, "मामला मात्र इन्हीं दो विद्वानों की आलोचना और सलाह का नहीं है। सोशलिस्ट इंटरनेशनल और भारत के मित्र विली ब्रांट ने इमरजेंसी की कठोर शब्दों में निन्दा करते हुए कहा है कि जो कुछ हो रहा है, उसे देख-सुनकर दुनिया के सभी सोशलिस्टों को व्यक्तिगत तकलीफ है। वर्ल्ड काउंसिल ऑफ चर्चेज ने इमरजेंसी को मानवाधिकारों का गम्भीर उल्लंघन माना है। अमेरिका के मजदूर संगठनों का कहना है कि भारत पुलिस स्टेट बन गया है जहाँ डेमोक्रेसी का गला घोंट दिया गया है। कॉमरेड, याद रखिए, भारत के शासक वर्ग को अपने मित्रों और मशहूर हस्तियों की आलोचना की इसलिए परवाह करनी पड़ेगी ताकि वह वैश्विक समाज में अलग-थलग न पड़ जाए। क्या आज की दुनिया में कोई भी शासक विश्व-जनमत से बेपरवाह बना रह सकता है?

शायद नहीं।" किरण ने अपने अन्तिम वाक्य पर जोर देते हुए कहा।

अवधेश अब तक चुप था। वह भी बातचीत में कूद पड़ा।

"साथी, एक स्तम्भकार हैं बर्नार्ड लेविन। दुनिया के पत्रकार जगत् में इनका नाम बड़े आदर के साथ लिया जाता है। इनके दो आलेख इधर 'टाइम' में छपे हैं। हैबियस कॉर्प्स को निष्प्रभावी बना देने और प्रेस सेंसरशिप की आलोचना करते हुए उन्होंने यहाँ तक लिखा है कि भारत को डिब्बाबन्द तानाशाही में तब्दील कर दिया है।"

"यार, बर्नार्ड लेविन या फॉरेन मीडिया की आलोचना से सरकार की सेहत को क्या फर्क पड़ता है?" अमिय की आशंका बरकरार थी।

"भाई, फर्क पड़ता है। प्रतिष्ठित व्यक्तियों की आलोचनाओं से बहुत फर्क पड़ता है। और इधर देश में जो ज्वालामुखी धधक रहा है, क्या खुफिया एजेंसियाँ उनके बारे में सरकार को आगाह नहीं कर रही होंगी? इसलिए साथी, हमें पक्का विश्वास है कि सच को दबाने की कोशिशें असफल हो गई हैं और गहन अन्धकार को चीरकर नई किरणें धरती को उद्भाषित करने वाली हैं।" अवधेश ने उत्तेजित होकर कहा।

जोर का ठहाका लगा।

"पता चल गया जनाब कि आप हिन्दी साहित्य के पढ़ाकू छात्र हैं। क्या खूब चमत्कारपूर्ण भाषा में अपनी बात कही है?" यास्मीन ताली बजाने लगी।

अवधेश ने भी ठहाके में साथ दिया। अमिय भी मुस्कराने लगा था।

"अरे भाई, तुम लोग अगर यह सोचकर सारी बातें कह रहे हो कि जेल की चहारदीवारी में मैं कमजोर पड़ गया हूँगा, तो यह तुम्हारी गलतफहमी है। मैं कतई कमजोर नहीं पड़ा हूँ। जैसा कि मैंने पिछली मुलाकात में कहा था, मैं जेल से जब कभी वापस लौटूँगा, किसान-मजदूरों के बीच व्यवस्था-परिवर्तन के काम में दुगुने उत्साह के साथ जुट जाऊँगा। जेल ने मुझे अध्ययन और चिन्तन का पर्याप्त अवसर दिया है। यह अवसर मेरे लिए अनमोल है। आन्दोलन की भाग-दौड़ में पढ़ना-लिखना पीछे छूटता चला गया था। जेल की लाइब्रेरी मेरे बड़े काम आई।" अमिय ने साथियों को आश्वस्त किया।

इमरजेंसी के हटने के मुद्दे पर आगे कोई बात न हुई। अमिय ने हामिद और यास्मीन से चुहल की, "तुम लोग अपना निकाह मेरे जेल से छूटने तक न करना वरना मैं तुम दोनों को आशीर्वाद देने नहीं आ पाऊँगा। और बिना संन्यासी के आशीर्वाद के कैसा निकाह?"

ठहाके पुनः गूँजे।

"मियाँ, तब हमें अर्जी देकर तुम्हें पैरोल दिलवाना ही पड़ेगा।" हामिद कहाँ चूकने वाला था।

मुलाकात का समय खत्म हो गया था। पर इस बार जेलर को ताकीद करने की जरूरत नहीं पड़ी। सलाम-दुआ के बाद साथी चले गए। विदा के समय किरण की आँखों की उदासी अमिय से छुपी न रह सकी। उस मुलाकात के हुए दो महीने भी नहीं बीते थे कि साथियों का अनुमान सौ फीसदी सही निकला। वह सन् 1977 की जनवरी की 18वीं तारीख थी।

मकर संक्रान्ति बीत गई थी, लेकिन शीत लहरी अपने चरम पर थी। सूरज देर से निकलता, जैसे किरणों को धरती पर उतरते ही पाला मार गया हो। मरियल धूप ठिठुरती रहती। बन्दियों को नए-नए कम्बल मिले थे। दिन चढ़ने तक बन्दी उन कम्बलों में गुड़ी-मुड़ी गठरियों की तरह पड़े रहते। उसके वार्ड में भी राजनैतिक बन्दी गुड़ी-मुड़ी होकर सोए रहते थे, किन्तु अमिय शीत लहर और ठिठुरन से निरपेक्ष मुँह-अँधेरे जग जाता था। सुबह की उसकी दिनचर्या वही थी—स्नान, ध्यान, योगासन और चिन्तन। चूँकि सुबहें लम्बी होने लगी थीं, अमिय की दिनचर्या में नया तत्त्व जुड़ गया था—अध्ययन। उसने जेल लाइब्रेरी से किताबें इश्यू करा ली थीं।

अमिय उस दिन बिहार की कृषि-व्यवस्था पर किताब पढ़ रहा था। जेल परिसर में सन्नाटा था। ठंडी हवा साँय-साँय बह रही थी। तभी उसके वार्ड के बाहर बरामदे में थोड़ी हलचल-सी हुई। जेल अधीक्षक और जेलर ने प्रवेश किया। अमिय से उनकी नजरें मिलीं। उनके चेहरों पर प्रसन्नता की रेखाएँ झिलमिल करने लगी थीं।

"अब आपकी विदाई का समय आ गया है, संन्यासी जी।" जेल अधीक्षक मुस्कराया।

अमिय समझ गया। दूसरे जेल में स्थानान्तरित करने का ऑर्डर अधीक्षक को मिला होगा। जेलर ने जोड़ा, "और आपकी विदाई अकेले न होगी। आपके साथ सभी आन्दोलनकारी बन्दियों की भी विदाई होनी है।"

अमिय चौंका। सभी को एक साथ? अजब है सरकार का फरमान भी।

"कौन-से जेल में स्थानान्तरित करने का ऑर्डर आया है?" अमिय ने निरपेक्ष भाव से पूछा।

"अरे जनाब, किसी दूसरे जेल में आप लोग नहीं भेजे जा रहे। सभी मीसा और डी.आई.आर बन्दियों पर से केस हटाए जा रहे हैं। हेडक्वार्टर से आई.जी. साहब का हुक्म आया है कि दोपहर के खाने के बाद सभी को रिहा कर दिया जाए। बस, कागज लेकर विशेष दूत पहुँचने वाला है।" जेल अधीक्षक एक साँस में कह गया। अमिय के साथ इतने दिनों के परस्पर आदर और सम्मानपूर्ण सम्बन्धों के कारण उसे आन्तरिक खुशी का अनुभव हो रहा था।

"अचानक ऐसा हुआ क्या?" अमिय को साथियों के आकलन और अनुमान की सहसा याद आ गई, किन्तु उसका संशय दूर नहीं हुआ था। वह वास्तविक कारण जानना चाहता था। क्या आदेश भारत सरकार से आए थे या कि बन्दियों की दूसरी खेप के लिए जगह बनाई जा रही थी? चूँकि मीसा और डी.आई.आर. में बिना मुकदमा चलाए सरकार की मर्जी से हिरासत की अवधि बढ़ाई जा सकती थी, ऐसे में सम्भव था कि समीक्षा कर सरकार कुछ बन्दियों को रिहा कर दुनिया को अपना मानवीय चेहरा दिखाने की कोशिश कर रही हो। कुछ भी हो सकता है, अमिय ने सोचा।

इसके पूर्व कि जेल अधीक्षक अमिय के मन की इस जिज्ञासा को शान्त करता, एक अद्भुत घटना घटी। गर्म कम्बल में गुड़ी-मुड़ी सिमटी-सिकुड़ी गठरियों में अचानक हलचल होने लगी। पलक झपकते ही अपना-अपना कम्बल लपेटे सभी आन्दोलनकारी उठकर बैठ गए, जैसे शीत लहरी दुम दबाकर निकल भागी हो।

"क्या?"

"क्या?"

सबकी नींद-भरी आँखें खुशी से फैल गई थीं। जेल से आजाद होने की खबर ने राजनैतिक बन्दियों में नई ऊष्मा भर दी थी।

"जी हाँ, आप सभी को रिहा करने के आदेश जारी हो गए हैं। आप सभी अपने-अपने घर जाने की तैयारी कीजिए।" जेल अधीक्षक ने दुहराया।

आन्दोलनकारी मदमत्त हो नारे लगाने लगे। जेल परिसर उनके हुंकार से गूँज उठा। अन्य वार्डों में सो रहे बन्दियों की नींद टूट गई।

"सुनने में आया है कि आज प्रधानमंत्री राष्ट्र के नाम कोई महत्त्वपूर्ण सम्बोधन करने वाली हैं। शायद इमरजेंसी हटा ली जाए। उनके सम्बोधन के पहले ही सभी राष्ट्रीय नेता आज अहले सुबह जेलों से रिहा कर दिए गए हैं। जयप्रकाश जी, मोरारजी भाई, चरण सिंह, अटल बिहारी वाजपेयी, मधु दंडवते की रिहाई की खबरें आकाशवाणी पर चल रही हैं। दोपहर में आप लोगों का नम्बर है।" जेल अधीक्षक ने सूचना दी।

उस दिन दोपहर बाद प्रधानमंत्री का राष्ट्र के नाम सन्देश प्रसारित हुआ। उन्होंने लोकसभा भंग कर आम चुनाव की घोषणा कर दी। इमरजेंसी हटाने पर वे चुप रहीं।

राजनैतिक बन्दियों के जेलों से छोड़े जाने की खबरें आग की तरह पूरे देश में फैल रही थीं। सूरजपुर में भी यह खबर पहुँची। सुबह के समाचार में राष्ट्रीय नेताओं की रिहाई की खबर प्रसारित होने के आधे घंटे बाद आकाशवाणी पटना से प्रसारित विशेष बुलेटिन में राज्य में मीसा और डी.आई.आर. में बन्द सभी आन्दोलकारियों को रिहा कर देने का समाचार आने लगा था। अरविन्द और सत्या प्रसन्नता से उछल पड़े। इन्द्रदेव सिंह और जंगी सिंह के घरों पर महीनों से छाये मातमी बादल छँटने लगे। अरविन्द ने सूरजपुर 'जन संघर्ष समिति' और जनता सरकारों की संयुक्त बैठक आनन-फानन में बुला ली। तय हुआ कि डॉक्टर साहब और दोनों नेताओं के रिहा होकर गाँव पहुँचने पर जोरदार स्वागत और अभिनन्दन किया जाएगा। अरविन्द और सत्या ने तय किया कि वे फुलवारी जेल जाकर डॉक्टर साहब की अगवानी करेंगे और उन्हें फूल-मालाओं से लादकर सूरजपुर ले आवेंगे। स्वागत-अभिनन्दन के संयोजन की जिम्मेदारी जमुना मोची ने सँभाली। ठंड में दुबका गाँव हर्ष के प्रकाश में नहा उठा।

खबर ठाकुर रमापति सिंह और राम प्रवेश सिंह तक भी पहुँची। उनके चेहरों पर मुर्दनी छा गई। यादव टोला निरपेक्ष बना रहा, किन्तु प्रयाग यादव अन्दर से बहुत खुश था।

खबर आसपास के गाँवों में भी पहुँची। आन्दोलन और जनता सरकारों से जुड़े मर्द-औरतों में इस खबर ने बेहद उत्साह का संचार किया। डॉक्टर के जेल जाने के बाद से वे सभी उदासी और तनाव में जी रहे थे। खासकर जनता सरकारों से जुड़े गरीब किसान-मजदूरों को गाँव के दबंग भूपतियों की वक्रोक्तियों का हर दिन सामना करना पड़ता था। दबंग भूपति इस गलतफहमी के शिकार थे कि डॉक्टर साहब अब कभी लौटकर वापस नहीं आएँगे।

अरविन्द और सत्या दोपहर होते-होते फुलवारी शरीफ जेल के बाहर पहुँच गए। उनके

साथ सूरजपुर से दसेक नौजवान भी गए थे। सबके हाथों में फूल-मालाएँ थीं। जेल के फाटक के पास भारी संख्या में लोग जमा हो रहे थे। वे रिहा होने वाले आन्दोलनकारियों के परिवार जन और हित-मित्र थे। कुछ लोग बैंड-बाजा लेकर पहुँचे थे। बैंड-बाजे वाले देश भक्ति के गानों की धुनें बजा रहे थे। वातावरण जश्न में डूबा हुआ था।

थोड़ी देर में रिहा हुए आन्दोलनकारी एक-एक कर जेल के फाटक से बाहर आने लगे। लोगों में नारे लगाने की होड़-सी मच गई। 'जयप्रकाश जिन्दाबाद' के नारों से धरती-आसमान गूँजने लगा। बैंड-बाजे वाले भी जोश में तेज धुनें बजा आन्दोलनकारियों का स्वागत कर रहे थे। सत्या की नजर फाटक पर ही जमी हुई थी। रह-रहकर उसका मन हिरण की तरह कुलाँचें भर रहा था। अब निकलेंगे डॉक्टर साहब, वह मन-ही-मन कहता। उसकी मुराद पूरी होने में अधिक देर न लगी। अमिय और तिलेश्वर एक साथ फाटक से बाहर आ रहे थे। अरविन्द और सत्या बच्चों की तरह अमिय की अगवानी के लिए भागते हुए पहुँचे। गाँव के दूसरे नौजवानों ने भी उनका अनुसरण किया। अमिय को फूल-मालाओं से लाद दिया गया। सबने मिलकर नारा लगाया—'डॉक्टर साहब जिन्दाबाद, जिन्दाबाद जिन्दाबाद।' तिलेश्वर के स्वागत में उसके परिजन भी पहुँचे थे। उसका भी फूल-मालाओं से स्वागत हुआ।

अमिय के जेल से रिहा होने का क्षण अत्यन्त भावुक रहा था। जरायमपेशा बन्दियों को छोड़ अन्य बन्दियों ने उसमें अपने आत्मीय शुभेच्छु के दर्शन किए थे। उसने बन्दी-सुधार के जो कार्यक्रम शुरू किए थे, उनका गहरा प्रभाव उनकी जिन्दगी पर पड़ने लगा था। जिन्हें गलत-सलत तरीकों से केस-मुकदमों में फँसाकर जेल भिजवाया गया था या जो जमानतदार या वकील कर पाने की असमर्थता के कारण जेल में पड़े हुए थे, अमिय और तिलेश्वर के सहयोग से उन्हें घोर निराशा में भी आशा की रौशनी दीखने लगी थी। कई बन्दी कानूनी सहायता पाकर रिहा होकर चले गए थे। जो बच गए थे, वे भी बाहर निकलने को लेकर आशान्वित थे। ऐसे बन्दियों में अमिय के रिहा होने की खबर से खुशी के साथ अपने भविष्य को लेकर आशंकाएँ भी पैदा होने लगी थीं, "अब हमारा क्या होगा?" उनकी आशंकाएँ निर्मूल नहीं थीं। वे बन्दीगण आँखों में आँसू भरे मुस्कराने की चेष्टा करते हुए, उसे विदा करने उसके वार्ड के पास जमा हो गए थे। जेल अधीक्षक ने उन पर कोई रोक-टोक नहीं लगाई। अमिय ने सभी से एक-एक कर हाथ मिलाया और भविष्य में भी जितना सम्भव हो सकता था, उतना सहयोग करने का वचन दे उनसे विदा ली। बन्दी उसे फाटक तक छोड़ने आए। विदा का अन्तिम क्षण बेहद कारुणिक था। कुछ बन्दी रोते हुए अमिय के पाँवों पर गिर पड़े। अमिय भी भावुक होने लगा था। जेल अधीक्षक ने उन बन्दियों की भरसक मदद का भरोसा देकर उन्हें चुप कराया। तिलेश्वर ने भी अपनी ओर से मदद का आश्वासन दिया।

वापसी के लिए अरविन्द ने जीप की व्यवस्था कर रखी थी। जीप को दुलहन की तरह फूलों से सजा दिया गया था। अमिय को लेकर जीप जब कोड़ौना पहुँची, दिन अपनी ढलान पर था। जनवरी की ठंड ने धूप को दबा रखा था, परन्तु सुबह की तरह शीत लहर, नहीं चल रही थी। कोड़ौना से सूरजपुर तक की पैदल यात्रा भी मनोहारी

थी। पगडंडी के दोनों ओर खेतों में गेहूँ-जौ, चने, खेसारी, सरसों और तीसी की फसलें अपनी रंगत पर थीं। नीले-पीले, गुलाबी रंगों की छटा बिखरी थी। ऊपर से अपने नायक को जेल से वापस रंगभूमि तक लाने गए युवकों के उत्साह के क्या कहने? रास्ते भर वे 'डॉक्टर अमिय जिन्दाबाद' का नारा लगाते रहे। सूरजपुर पहुँचते-पहुँचते उनकी संख्या बढ़कर चौगुनी हो गई। रास्ते में जो भी मिलता, साथ हो लेता।

सूरजपुर में अमिय के स्वागत में सैकड़ों लोग जमा थे। आसपास के गाँवों की संघर्ष समितियों और जनता सरकारों से जुड़े मर्द-औरत भी अपना काम-धाम छोड़ सूरजपुर पहुँच गए थे। इसी बहाने वे दबंग भूपतियों को यह सन्देश देना चाहते थे कि उनका नेता उनके बीच पहुँच गया था। अब वे गाली-गलौज नहीं सहन करने वाले। उन्होंने अपने गाँवों से चलते समय अपनी उदासी और तनाव को परे झटक दिया था।

वह कोई औपचारिक स्वागत समारोह नहीं था। न कोई मंच था, न कोई ताम-झाम, न वक्ता गणों की सूची, न ही उद्घोषक। वह अपने बेहद करीबी बेटे-भाई-दोस्त से महीनों बाद मिलने वाले हृदयों की आकुल अभिव्यक्ति थी। अमिय को वहाँ मौजूद हर व्यक्ति अपना मानता था। वह आकुल-व्याकुल था, यह सोचकर कि जेल में ऐसे सुकुमार सुहृदय संन्यासी ने कैसे-कैसे कष्ट सहे होंगे? उसे शिकायत थी सरकार से कि जन-जन की भलाई करने वाले ऐसे व्यक्ति को क्यों जेल में डाला गया? उसे ईश्वर से शिकायत थी कि क्या यही विधान है कि इनसानों को जेल में डाला जाए और शैतान मौज करें? उनकी आँखें नीरव सम्भाषण कर रही थीं—कैसे रहे इतने दिनों तक उस कठोर कारागार में? वे आँखें समझना चाहती थीं कि लम्बे कारावास से उनके भाई-बेटे-दोस्त का कोमल मुखमंडल मुरझा तो नहीं गया है?

अमिय हरेक से मिला। उनका कुशल-क्षेम पूछा। वे उसके लिए चिन्तित थे, वह उनके लिए फिक्रमन्द था। यह परस्पर आदर और प्रेम का रिश्ता था। यह रिश्ता उसके जेल जाने से और भी प्रगाढ़ हो गया था।

अँधेरा होते-होते जंगी सिंह और इन्द्रदेव सिंह भी रिहा होकर सूरजपुर पहुँच गए। उनका भी जोरदार स्वागत हुआ। वह रात सूरजपुर और आसपास के गाँवों के लिए दीवाली की रात बन गई। तीनों को फूल-मालाओं से लादकर सूरजपुर के हर टोले में ले जाया गया। वे सबसे मिले। हाथ जोड़ प्रणाम-नमस्कार किया। प्रणाम-नमस्कार स्वीकार किया। वे ठाकुर रमापति सिंह की डेवढ़ी से भी गुजरे। ठाकुर साहब की बैठक में सदा की तरह रसूखदारों की महफिल सजी थी। सूरजपुर के बड़े भू-स्वामी उस महफिल में जमा थे। राम प्रवेश भी था। लेकिन महफिल श्रीहीन लग रही थी। उन सभी को प्रणाम-नमस्कार निवेदित कर वे तीनों यादव टोले में पहुँचे। अलगू यादव अपने दरवाजे पर बैठे थे। फूल-मालाओं से लदे अमिय को देखकर घर के अन्दर चले गए। अलबत्ता, प्रयाग यादव ने हाथ जोड़कर प्रणाम किया।

स्वागत समारोह खत्म हो जाने के बाद सभी लोग अपने घरों-गाँवों में उल्लसित मन लौट गए।

# चुनाव-चक्रम

आम चुनाव की घोषणा का विश्लेषण देश के जाने-माने राजनैतिक पंडित अपने-अपने ढंग से करने लगे थे। कई लाल बुझक्कड़ प्रधानमंत्री की घोषणा को उनके मरहूम पिता की आत्मा की शान्ति के उनके प्रयास के रूप में देख रहे थे। वे कहते, "अगर पं. नेहरू आज जीवित होते, वे एक बार फिर जेल से पिता का खत पुत्री के नाम लिख रहे होते।" अपनी इस वक्रोक्ति को वे न्यूयॉर्क टाइम्स के पत्रकार रोसेंथल के नई दिल्ली में दिए गए एक बयान से जोड़ते। रोसेंथल कभी दिल्ली में 'न्यूयॉर्क टाइम्स' के संवाददाता रहे थे। किसी काम के सिलसिले में जब वे दिल्ली पधारे, उन्होंने पत्रकारों के बीच यह कह सनसनी फैला दी कि आज अगर पं. नेहरू जीवित रहते, वे प्रधानमंत्री के धुर राजनैतिक विरोधी बन गए होते।

इधर राजनैतिक पंडित आम चुनाव की घोषणा के कारणों एवं निहितार्थों के विश्लेषण में मग्न थे, उधर जेल से छूटे विरोधी दलों के राष्ट्रीय नेता 'अभी नहीं तो कभी नहीं' की तर्ज पर नई राजनैतिक पार्टी के गठन में जुट गए थे। सभी मँजे हुए राजनीतिज्ञ थे। जेपी आन्दोलन से जुड़े सभी विरोधी दलों के आपसी विलय से एक नई राजनैतिक पार्टी अस्तित्व में आई। नाम रखा गया—जनता पार्टी। हफ्ता बीतते-बीतते बाबू जगजीवन राम ने कांग्रेस से अलग हो एक नई पार्टी बना ली—कांग्रेस फॉर डेमोक्रेसी यानी सी.एफ. डी.। जनता पार्टी-सी.एफ.डी. गठबन्धन दिल्ली की सत्ता का मजबूत दावेदार बन गया।

नई पार्टी और गठबन्धन का समाचार तेजी से शहरों से गाँवों तक फैल गया। गठबन्धन को जेपी और पुराने समाजवादी नेता आचार्य कृपलानी का आशीर्वाद प्राप्त था। आन्दोलन से जुड़े नौजवान मानते थे कि जेपी ही नई पार्टी के कर्णधार थे। वे ही सेनानायक थे। चुनाव में जीत उन्हीं के बलबूते होनी थी। नौजवान अपने सेनानायक के झंडे तले समरभूमि में कूच करने को व्यग्र हो उठे।

अमिय ने अनुमान लगाया, अगले दो माहों तक सम्पूर्ण वातावरण चुनावमय रहेगा। आन्दोलन के मुद्दों पर शायद ही कोई बात हो।

उसका अनुमान सटीक निकला। जिला संघर्ष समिति की कोई बैठक आहूत न हुई। सम्पूर्ण क्रान्ति नेपथ्य में चलती चली गई थी। अपवादों को छोड़ संघर्ष समिति में शामिल विरोधी दलों से जुड़े सदस्यगण लोकसभा के टिकट की दौड़ में शामिल हो गए थे। ठाकुर बजरंगी सिंह भी टिकट के प्रबल दावेदारों में थे। परन्तु यक्ष प्रश्न था, जहानाबाद लोकसभा सीट जनता पार्टी के किस घटक दल के कोटे में जाएगी या प्रखर आन्दोलनकारियों में से किसी को उम्मीदवार बनाया जाएगा?

अन्ततः टिकटों का बँटवारा हो गया। खबर थी कि बँटवारे में काफी खींचतान चली थी। घटक दलों तथा सामाजिक समीकरणों के बीच सामंजस्य बिठाना कोई आसान काम न था। जहानाबाद संसदीय क्षेत्र में पिछड़ी जाति की संख्या को देखते हुए जनता पार्टी ने लोकदल कोटे से पिछड़ी जाति के नेता श्री सुरेन्द्र महतो को उम्मीदवार

बनाया था। कांग्रेस का उम्मीदवार यादव जाति से था। गया संसदीय क्षेत्र सुरक्षित था। वहाँ से जनसंघ कोटे से जनता पार्टी ने उम्मीदवार बनाया था भगवान चौधरी को। जेपी ने राज्य की जनता से जनता पार्टी के सभी उम्मीदवारों को विजयी बनाने की अपील की थी। ठाकुर बजरंगी सिंह को 'जहानाबाद चुनाव अभियान समिति' का अध्यक्ष बना दिया गया था। उनके करीबी यह प्रचारित कर रहे थे कि उम्मीदवार सुरेन्द्र महतो ठाकुर साहब के अपने आदमी थे। उन्हें ठाकुर साहब ने ही टिकट दिलवाया था। बेचारे ठाकुर साहब क्या करते? अपनी साख बनाए रखने का इसके अलावा कोई दूसरा चारा नहीं था।

टिकट की घोषणा होते ही प्रचार टोलियाँ गाँव-गाँव, मुहल्ले-मुहल्ले घूमने लगीं। सुरेन्द्र महतो ठाकुर साहब को साथ लेकर अमिय, जंगी सिंह और उनके साथियों से मिलने सूरजपुर भी आए। त्यागी, जीवेश शर्मा और अली मियाँ भी साथ थे।

"संन्यासी जी! आपके आशीर्वचनों के लिए मैं आया हूँ। मेरा अनुरोध है कि आप, जंगी सिंह और अन्य साथी गाँवों में बस एक बार चलकर हमारे हलधर चुनाव चिन्ह पर मुहर लगाने की अपील कर दीजिए।" उम्मीदवार श्री सिन्हा हाथ जोड़े खड़े थे।

"जिसे जेपी का आशीर्वाद प्राप्त हुआ हो, उसे मेरे आशीर्वचनों की अलग से आवश्यकता नहीं होनी चाहिए, महतो जी। हम सभी आपके साथ हैं।" अमिय ने उनको आश्वस्त किया।

महतो जी का सूरजपुर में भव्य स्वागत हुआ। गरीबों-मजदूरों-किसानों के लिए इतना सुनना काफी था कि संन्यासी जी उनके साथ हैं। ठाकुर बजरंगी सिंह दूरदृष्टि वाले थे। वे उनको ठाकुर रमापति सिंह की डेवढ़ी तथा अवधिया और यादव टोले में भी ले गए। ठाकुर रमापति सिंह ने उन्हें जीत का आशीर्वाद दिया। राम प्रवेश ने गद्‌गद होकर कहा, "हम लोग ठाकुर साहब से अलग थोड़े हैं?" अलगू यादव का कंठ भर आया। बोले, "बच्चा-बुतरू सभी आपके लिए वोट छाप देगा।" महतो जी प्रसन्न-वदन लौटे।

श्री भगवान चौधरी भी प्रमोद और अभय के साथ अमिय से मिलने सूरजपुर पधारे। अमिय ने उन्हें भी आश्वस्त किया कि वह बोधा मठ के इलाके में प्रमोद के साथ उनके लिए प्रचार में समय देगा।

चुनाव तक किसी अन्य चर्चा के लिए स्थान नहीं रहा। चुनाव की आँधी बहने लगी थी। हर चौक-चौराहे पर बस चुनाव चर्चा। सतह के नीचे एक दूसरी आँधी बह रही थी—जनता पार्टी की आँधी। कांग्रेस के उम्मीदवारों को कई गाँवों में घुसने को नहीं मिला। जहाँ जाते, लोग हाथ जोड़ लेते, "इस बार आप माफ करें।" बेचारे हाथ मलते वापस लौट जाते। छात्रों-नौजवानों की टोलियाँ चुनाव-प्रचार के लिए राज्य भर में जी-जान से लग गई थीं। अपनी सवारी, अपने खर्चे पर। छात्र युवा तानाशाही और लोकशाही के बीच लोकशाही चुनने का आग्रह करते। टोलियाँ गया-जहानाबाद में भी आईं।

अमिय, जंगी सिंह, इन्द्रदेव सिंह, अरविन्द, सत्या और उनके साथियों ने महतो जी को दिया वचन निभाया। उन्होंने चुनाव-प्रचार में पूरा समय दिया। अमिय ने घोसी, काको, अलावलपुर में भी वहाँ के साथियों संग चुनाव-प्रचार किया। बीच में समय निकालकर वह श्री चौधरी के लिए बोधा मठ के इलाके में भी हो आया। अमिय के जन-जागरण

अभियान का सीधा लाभ जनता पार्टी को मिलता दिखाई दे रहा था। उसको जेल भेजने का गुस्सा भी कांग्रेसी उम्मीदवारों को झेलना पड़ रहा था।

चुनाव का दिन आते-आते जनता पार्टी के पक्ष में बह रही आँधी ने तूफान का रूप ले लिया था। वह मार्च का महीना था। मौसम बदल रहा था। मादक बसन्ती बयार तन-मन को सहला रही थी। फगुआ का रंग सब पर चढ़ने लगा था। ढोल, झाल, मृदंग बजने लगे थे। अमराइयों में कोयल की कूक गूँज रही थी। आम बौराने लगे थे। वृक्ष नए पत्तों से सजने लगे थे।

अखबारों पर थोपी सेंसरशिप और सरकारी प्रोपेगैंडों के बावजूद इमरजेंसी की ज्यादतियों और नागरिकों के अधिकारों के हनन ने जनता में सरकार के प्रति इतना गुस्सा भर दिया था कि लोकसभा चुनाव मौन क्रान्ति में तब्दील हो गया। हिन्दी पट्टी के राज्यों में जनता पार्टी-सी.एफ.डी. गठबन्धन को भारी जीत मिली। कांग्रेस का वहाँ लगभग सफाया हो गया। केवल दक्षिणी भारत में उनके गढ़ सुरक्षित बच गए थे।

## 2

जिस दिन चुनाव परिणाम आए, जंगी सिंह ने सूरजपुर में मिठाइयाँ बाँटीं। ठाकुर बजरंगी सिंह ने भी शहर में मिठाइयाँ बाँटीं। 'जिला संघर्ष समिति' के सदस्य एक-दूसरे को बधाइयाँ देते नहीं थक रहे थे। वह विजय किसी एक की नहीं थी। वह जेपी आन्दोलन की विजय थी।

लेकिन अमिय सहज था। अरविन्द ने पूछा, "डॉक्टर साहब, नई सरकार बनने के बाद जेपी आन्दोलन में उठाए हमारे मुद्दों का समाधान हो जाएगा?"

सत्या ने जोड़ा, "क्या हम लोगों को भूमि-सुधार और मजदूरी के लिए आन्दोलन करने की जरूरत न होगी?" अमिय चुप रहा।

आन्दोलनों का भी एक नशा होता है रोमांस जैसा। वह नशा आन्दोलनकारी को अपने मकसद की दिशा में बढ़ते रहने को प्रेरित करता है। सत्या और अरविन्द उस नशे से खिंचे चले आए थे जेपी आन्दोलन में। डॉक्टर अमिय के रंगमंच पर प्रवेश ने उस नशे को गाढ़ा कर दिया था। वे जेपी आन्दोलन के वायवीय मुद्दों से अधिक जनता के जमीनी मुद्दों से जुड़ते चले गए थे। भूमि-सुधार, न्यूनतम मजदूरी, मानवीय गरिमा, न्याय, समानता जैसे भारी-भरकम शब्द उनके दिलो-दिमाग में रच-बस गए थे। डायनामाइट विस्फोट करने का जज्बा इन्हीं शब्दों ने उनके अन्तस में उतार दिया था। उनकी स्मृतियों में स्कूल में पढ़ी गई यह कविता बजती रहती थी—

*वीर तुम बढ़े चलो, धीर तुम बढ़े चलो,*
*सामने पहाड़ हो सिंह की दहाड़ हो,*
*तुम निडर डरो नहीं,*
*तुम निडर डटो वहीं,*

ऐसे में आन्दोलन की जरूरत न रह जाने की सोच से उनका नशा उतार पर था। वे रिक्तता का अनुभव करने लगे थे, किन्तु समाज में बदलाव की आशा से गहरे उत्साहित भी थे।

जंगी सिंह अनुभवी व्यक्ति थे। संसोपा के जमाने से वे आन्दोलन का नशा देखते आए थे। 'संसोपा ने बाँधी गाँठ, पिछड़े पावें सौ में साठ'। शुरू-शुरू में इस नारे का रोमांस जैसा नशा उन्हें भी हुआ था। किन्तु अब वे उस नशे को हकीकत मान लेने वालों में नहीं रह गए थे। अनुभव ने उन्हें अच्छे पाठ पढ़ा दिए थे। बोले, "बुड़बक। अभी पानी देख रहे हो, पानी की धार देखना बाकी है।"

क्या बात कही है? अमिय मुस्कराया। मिठाइयाँ पानी देखकर ही बाँट दीं? पानी की धार की प्रतीक्षा नहीं की? लेकिन मन की बात मन में रह गई। जंगी सिंह अन्दर से सशंकित थे।

पानी की धार की झलक शीघ्र ही मिल गई। दिल्ली में मंत्री पद के लिए जबरदस्त खींचतान हो रही थी। सभी घटकों को अपना हिस्सा चाहिए था। जनता पार्टी अन्दर से बँटी हुई थी। यक्ष प्रश्न सामने खड़ा था—क्या जनता के ज्वलन्त सवालों पर सभी घटक समान नजरिया अपना सकेंगे? अमिय के माथे पर चिन्ता की लकीरें उभरने लगी थीं, लेकिन सकून भरी खबर थी कि नई सरकार ने इमरजेंसी खत्म कर दी।

अप्रैल में बिहार सहित नौ राज्यों की विधान सभाएँ भंग कर चुनाव की घोषणा हो गई। नई सरकार का तर्क था कि इन राज्यों की कांग्रेसी सरकारों ने जनता का विश्वास खो दिया था। बिहार विधान सभा भंग करने की जिस माँग पर जेपी आन्दोलन अपने अन्तिम दिनों में केन्द्रित हो गगा था, उस पर मुहर लग गई थी। घटक दलों और उनके नेताओं की बाँछें खिल गईं। उनके मन की मुराद पूरी हो गई थी। दिल्ली के बाद पटना में अपनी सरकार। आन्दोलनकारी छात्र-नौजवान भी उत्साहित हो गए। लाठी और जेल की तकलीफ रंग लाई थी।

सी.एफ.डी. का विलय जनता पार्टी में हो गया था। इससे जनता पार्टी की मजबूती बढ़ गई थी। जनता पार्टी का टिकट चुनाव में निश्चित विजय की गारंटी था। संसद में जाने का जिन आन्दोलनकारी नौजवानों को अवसर न मिल सका था, वे विधान सभा में बैठने का सपना देखने लगे।

चुनाव की घोषणा क्या हुई, पटना में टिकटों के लिए रेलमपेल मच गई। जनता पार्टी पर आन्दोलनकारी अपना पहला हक मानते थे। ऐसे में पार्टी टिकट पर उनकी दावेदारी स्वाभाविक थी, परन्तु टिकट पा जाना आसान न था। जयप्रकाश जी डॉक्टरों की सलाह से अपने आवास पर स्वास्थ्य लाभ कर रहे थे। जेल यात्रा ने उनके दुर्बल शरीर पर गहरा आघात पहुँचाया था। आन्दोलनकारियों का आसरा वे ही थे, किन्तु बीमारी के कारण उनसे मिलना आसान न था। निराश, थका, परेशान आन्दोलनकारी आखिर क्या करता? वह हार-पाछ कर उनके दरवाजे पर टकटकी लगाए पड़ा रहता। शायद वे कभी निकलें या उनसे मिलने आने वाले किसी बड़े नेता की नजर उस पर पड़ जाए। जनता पार्टी के बड़े नेतागण जेपी का कुशल-क्षेम पूछने के लिए आते ही रहते थे। कभी-कभी

किसी भाग्यशाली पर उनकी नजर पड़ भी जाती थी। इधर उनकी नजर पड़ी, भाग्यशाली ने अपना बायोडाटा उनको थमाया।

"सर-सर, बाजपट्टी विधान सभा..."

"सर-सर, बेनीपट्टी से..."

"सर-सर, पंडौल..."

बड़ा नेता चतुर, चालाक कारोबारी की तरह बायोडाटा उलटता-पलटता और चलताऊ अन्दाज में मुस्कराते हुए कहता—

"अरे ढिमका जी, निश्चिन्त रहिए। जाइए, प्रचार में लग जाइए।"

"अरे फलाँ जी, टिकट आपको नहीं मिलेगा तो फिर किसे मिलेगा?"

इधर भाग्यशाली खुश। उधर नेताजी मोटर में बैठ फुर्र।

टिकटों का बँटवारा जनता पार्टी के नेतृत्व के लिए आसान नहीं था। पार्टी मुख्यालय में बन्द दरवाजों के पीछे टिकट बँटवारे को लेकर घटक दलों में मचे घमासान की खबरें पटना की सड़कों पर तैरती रहती थीं। बड़े नेताओं के बीच अपने वर्चस्व को स्थापित करने का संघर्ष भी चल रहा था। उड़ती खबर थी कि दो बड़े नेताओं के बीच तलवारें खिंची हुई हैं। दोनों अपने जातीय समीकरणों को तरजीह देने-दिलाने में अपनी सम्पूर्ण ऊर्जा खपा रहे थे। इसके उलट कांग्रेस के मुख्यालय में सन्नाटा पसरा रहता था। अन्य दल हाशिए पर चले गए थे।

चुनाव की घोषणा ने सूरजपुर में भी दस्तक दी थी। घोषणा के दो-तीन दिन बाद सुबह-सुबह जीवेश शर्मा, त्यागी और अली मियाँ वहाँ पहुँच गए थे। उनके आग्रह पर 'स्थानीय संघर्ष समिति' और जनता सरकार की बैठक बुला ली गई। बैठक में उन्होंने अपने आने की वजह बताई।

"हम लोगों का प्रस्ताव है कि जहानाबाद विधान सभा क्षेत्र से डॉक्टर साहब जनता पार्टी के टिकट पर चुनाव लड़ें।" अली मियाँ ने प्रस्ताव रखा।

अमिय चौंक गया। चुनाव? क्यों?

"क्योंकि भूमि-सुधारों और दूसरे जनपेक्षी मुद्दों को पूरे प्रदेश में लागू करवाने में आसानी हो जाएगी। अपनी सरकार में रहकर जितना काम हो सकता है, वह सरकार से अलग रहकर नहीं हो सकता। और इन विषयों और कानूनों की जितनी जानकारी डॉक्टर अमिय को है, उतनी जानकारी किसी को नहीं है।" जीवेश ने स्पष्ट किया।

"बड़े नेता तो भूमि-सुधारों और मजदूरी के सवालों पर चर्चा तक नहीं करते। ऐसे में डॉक्टर अमिय का विधान सभा पहुँचना बेहद जरूरी है।" त्यागी ने कहा।

अमिय प्रस्ताव से आश्वस्त नहीं हो पा रहा था। विधायक बनने का अर्थ था, पार्टी के अनुशासन से बँध जाना। सरकार की हर गलत-सही नीति का आँख मूँदकर समर्थन करते रहना। क्या विधायक बन जाने मात्र से सरकार के एजेंडे में ये मुद्दे शामिल हो पाएँगे? उसने अपना संशय बैठक में रखा।

"देखिए भूमि-सुधार, न्यूनतम मजदूरी, मानवीय गरिमा की रक्षा, लड़कियों की पढ़ाई जैसे मामलों में कानून और नीतियाँ पहले से बनी हुई हैं। इमरजेंसी की लाख

बुराइयों के बावजूद इस दौरान बँधुआ मजदूर उन्मूलन जैसे प्रगतिशील कानून भी बने हैं। संविधान की प्रस्तावना में 'सोशलिज्म' और 'सेकुलरिज्म' जैसे शब्द जोड़े गए हैं। सवाल है, उन कानूनों एवं नीतियों को लागू करवाना। विधायक बनने के बाद इन्हें लागू करवाने में जितनी आसानी होगी, उतनी आसानी बाहर रहकर नहीं हो पाएगी।" अली मियाँ ने अपना तर्क पेश किया।

अमिय ने अली मियाँ के तर्कों पर विचार किया। बोला, "साथी, मेरी दृष्टि में ऐसे कानूनों के किताबों में रह जाने का मूल कारण है, जिनके लिए ये कानून बने हैं उनमें चेतना का अभाव। और चेतना का विकास जन-संघर्षों के रास्ते ही होता है। कानून बन जाने से चेतना स्वत: विकसित नहीं होती। बाहर रहकर जन-संघर्षों के रास्ते चेतना पैदा करने का काम मुझे ज्यादा जरूरी लगता है।"

जीवेश, अली मियाँ और त्यागी एक-दूसरे की ओर देखने लगे। इतने संघर्षों के बाद राज्य में अपनी सरकार बनने जा रही है। अब कैसा संघर्ष? किसके विरुद्ध संघर्ष?

जीवेश ने मोर्चा सँभाला, "डॉक्टर साहब! दिल्ली में अपनी सरकार है। पटना में भी अपनी सरकार बनने जा रही है। ऐसे में अपनी सरकारों से कैसा संघर्ष? जन-संघर्ष अन्ततोगत्वा सरकार के खिलाफ संघर्ष में परिणत हो जाएगा। हम मिल-बैठकर चर्चा कर लेंगे। संघर्ष की नौबत ही नहीं आएगी। और जेपी हैं ही अंकुश लेकर बैठे। सरकार कोई भी चलाए, महावत जेपी ही रहेंगे—दिल्ली से पटना तक।"

सत्या, इन्द्रदेव सिंह और जमुना मोची प्रस्ताव से मन-ही-मन मुदित थे। जंगी सिंह के प्रमुख रहने से प्रखंड में सूरजपुर के नाम का सिक्का चलता था। बाबू से लेकर अफसर तक अदब से पेश आते थे। विधायक प्रमुख से बड़ी पदवी थी। जिले के हाकिम भी विधायक से दबते थे। पटना में भी विधायकों का दबदबा रहता था। ऐसे में डॉक्टर साहब का चुनाव लड़ने से इनकार करना उन्हें पसोपेश में डाल रहा था, परन्तु यदि डॉक्टर साहब 'न' कह रहे हैं, कुछ सोचकर ही कह रहे होंगे। बिना विचार किए वे कभी बोलते ही नहीं।

"जीवेश ने सौ टके की बात कही है। अगर सरकार की चाल टेढ़ी-मेढ़ी हुई, जेपी का अंकुश उसे सीधे रास्ते पर ला देगा।" त्यागी ने अमिय को समझाया।

"आप क्या कहते हैं जंगी भाई?" अली मियाँ जंगी सिंह से मुखातिब हुए।

"आप लोगों का प्रस्ताव हमें वाजिब लग रहा है, लेकिन अन्तिम फैसला डॉक्टर साहब को करना है।" जंगी सिंह ने कहा।

"बिलकुल वाजिब है। डॉक्टर साहब के चुनाव लड़ने से हम आन्दोलनकारियों का मान बढ़ेगा।" इन्द्रदेव सिंह मुखर हुए।

"और अगर सरकार की चाल नहीं सुधरी, विधायकी से इस्तीफा और जन-संघर्षों की राह खुली ही रहेगी।" अरविन्द ने जोड़ा। वह जन-संघर्षों वाले तर्क से सोलह आने सहमत था। यह उसके मन की ही बात थी।

सत्या को जैसे संकेत मिल गया। उसने नारा लगाया, "हमारा विधायक कैसा हो?"

उपस्थित जन-समुदाय ने आगे पूरा किया, "डॉक्टर साहब जैसा हो।"

अमिय से सथियों का आग्रह ठुकराया नहीं जा सका। उसने न चाहते हुए भी अपनी सहमति दे दी, लेकिन यह भी स्पष्ट कर दिया कि वह टिकट माँगने पटना नहीं जाएगा।

उधर आकाश में सूरज चढ़ रहा था, इधर नारे की तपिश बढ़ने लगी थी। धीरे-धीरे उस नारे में कई दूसरे नारे जुड़ गए। सत्या की पहल पर लोग जुलूस की शक्ल में नारे लगाते सूरजपुर की गलियों में पसर गए। जुलूस जिधर से गुजरता, लोग जुड़ते जाते। डॉक्टर अमिय के चुनाव में खड़े होने की सूचना मलयानिल-सी बहने लगी, किन्तु मलयानिल जब ठाकुर रमापति सिंह की डेवढ़ी से टकराई, उनके माथे पर बल पड़ गए। अलगू यादव का भी यही हाल था। राम प्रवेश ईर्ष्या से जल-भुन गया, लेकिन सूरजपुर के गरीब किसान-मजदूरों का सीना फूलकर चौड़ा हो गया। स्त्रियों के सूखे चेहरों पर सुबह की अरुणायी छा गई। और बच्चे? वे बाल-सेना बन नारा लगाते पूरा गाँव धाँगने लगे थे।

जीवेश, त्यागी और अली मियाँ अमिय को पार्टी टिकट दिलवाने 'जिला संघर्ष समिति' के नौजवान साथियों के साथ उसी दिन पटना कूच कर गए। ठाकुर बजरंगी सिंह भी टिकट की दावेदारी जताने पटना में जमे थे।

सभी नौजवान चिन्तित हो गए।

"बड़ी मुश्किल से डॉक्टर साहब को जहानाबाद से इलेक्शन में खड़ा होने के लिए मनाया गया। अध्यक्ष जी को वहीं से टिकट मिल गया तो हम लोगों की बड़ी भद्द पिटेगी।" अली मियाँ थे।

"ऐसा करते हैं, उनसे जहानाबाद की दावेदारी छोड़ दूसरे विधान सभा क्षेत्रों के लिए ट्राई करने का अनुरोध करते हैं। इनमें से जहाँ का भी टिकट उन्हें मिलेगा, जीत पक्की है।" जीवेश ने प्रस्ताव रखा।

सभी ने हामी भरी। 'जिला संघर्ष समिति' में एकता जरूरी थी।

ठाकुर साहब उन्हें पार्टी मुख्यालय में मिल गए। उनकी बात ध्यान से सुनी। चेहरे पर कई भाव आए-गए। मन में सोचा, "ये लोग भी बड़े नेता बन गए हैं। बिना मुझसे राय-मशविरा लिए डॉक्टर साहब को चुनाव लड़ने को राजी कर आए?" प्रत्यक्ष में विनम्रता से बोले, "क्या फर्क पड़ता है? डॉक्टर साहब को टिकट मिले या मुझे, हम सभी को मिलकर काम करना है। वैसे, मैं जहानाबाद से टिकट का इच्छुक नहीं हूँ।"

नौजवानों की चिन्ता दूर हो गई। वे कदमकुआँ पहुँच गए जेपी आवास। पार्टी को जहानाबाद के लिए डॉक्टर साहब से बेहतर दूसरा उम्मीदवार कहाँ मिलेगा? रात-दिन गरीब किसान-मजदूरों के बीच काम करते रहे थे। मीसा बन्दी रहे। उनका विधान सभा पहुँचना आन्दोलन के मुद्दों को सफल बनाने के लिए बेहद जरूरी था। जेपी ने खुद उन्हें जहानाबाद-गया भेजा था। वे सभी आशान्वित थे कि जेपी का कहा पार्टी में कोई नहीं टाल सकता था।

जेपी आवास के आसपास की गलियों तक में तिल धरने की जगह नहीं बची थी। बिहार भर से नौजवान इकट्ठा थे। सभी बेहद उत्तेजित थे। वे आन्दोलन की आग से तपकर निकले थे। जेपी की एक आवाज पर उन्होंने अपना घर-बार और कॉलेज की

पढ़ाई तक छोड़ दी थी। मीसा में जेल की यातना सही थी। उत्तेजित नौजवान छोटे-छोटे समूहों में अपनी तकलीफ बयाँ कर रहे थे।

"हम लोगों ने आन्दोलन में अपना खून-पसीना बहाया, लेकिन जब चुनाव आया, हमसे झोला ढोने को कहा जा रहा है?"

"अरे, जब घटक दलों का कोटा तय कर टिकट बँटेंगे, हम जैसे पार्टी लेस आन्दोलनकारी कहाँ जाएँगे?"

"ये लोग जेपी को भी ठग रहे हैं। जेपी ने पार्टीलेस डेमोक्रेसी का दर्शन हमें सिखाया और आज हमें पार्टीलेस के कारण टिकटलेस किया जा रहा है?"

"सुना है, टिकट बँटवारे में जेपी की उपेक्षा की जा रही है। ऊपर से 'जेपी-जेपी', लेकिन अन्दर से उनकी कोई बात नहीं सुनी जा रही। उनकी बीमारी का यही कारण होगा।"

जेपी बीमार हैं? जीवेश, त्यागी और अली मियाँ बेचैन हो गए। भीड़ के बीच जगह बना वे किसी तरह जेपी आवास के बरामदे में पहुँच गए।

"आज उनकी तबीयत कुछ ज्यादा नरम है। पहले कुछ नेतागणों से मिल भी लिया करते थे। डॉक्टरों की सलाह पर आज सुबह से वह भी बन्द है।" उनके निजी सचिव चिन्तित मुद्रा में किसी को बता रहे थे।

त्यागी को वे जानते-पहचानते थे। विनम्रता से बोले, "स्वस्थ होते, तो आपसे जरूर मिलवा देता। मजबूरी है।"

"हम लोग उनके शीघ्र स्वास्थ्य लाभ की कामना करते हैं।" त्यागी बस इतना ही कह सका।

वे नाउम्मीद होकर बैठने वालों में से नहीं थे। डॉक्टर अमिय से उन्होंने सीखा था—Arise, Awake and stop not till the goal is reached। आन्दोलन में वे नारा लगाते न थकते थे—'अभी तो ये अँगड़ाई है, आगे और लड़ाई है।' जेपी से पार्टी नेतृत्व को कहलवाने की आशा अधूरी रह गई थी तो क्या, वे सीधे बड़े नेताओं से मिलेंगे।

वे इसी काम में लग गए। वे बड़े नेताओं से मिलते और डॉक्टर अमिय को जहानाबाद से टिकट देने का आग्रह करते। दिन भर वे यही काम करते और शाम की ट्रेन से वापस लौट जाते। अगले दिन पुनः पटना आकर वही ड्रिल दुहराते। वे जिससे मिलते, वही उन्हें भरोसा दिलाता, "डॉक्टर अमिय क्या परिचय के मोहताज हैं? कौन नहीं जानता उनको?" टिकट मिलने को लेकर नौजवान आश्वस्त हो गए थे। टिकट की घोषणा में चन्द दिन बाकी थे। इधर ठाकुर बजरंगी सिंह पटना में ही जमे थे। वे भले ही मँजे हुए राजनीतिज्ञ हों, पर जिन नौजवानों के साथ उन्होंने जहानाबाद में आन्दोलन को आगे बढ़ाया था, उन्हें वे स्नेह भी करते थे। एक दिन वे उन्हें मारवाड़ी भोजनालय में दोपहर का भोजन कराने ले गए।

मारवाड़ी भोजनालय की पटना में बड़ी प्रसिद्धि थी। सुबह से रात तक वहाँ भीड़ लगी रहती। किसिम-किसिम के शाकाहारी व्यंजन। वह भी, दूसरे होटलों के मुकाबले सुस्वादु और सस्ता। मालिक से कर्मचारी तक ग्राहकों की सेवा में लगे रहते। दोपहर के भोजन में बढ़िया बासमती चावल का गरम भात, फुल्के, अरहर की दाल, कढ़ी-बड़ी,

आलू-बैगन का बजका, सूखी और रसेदार सब्जियाँ, चटनी, अचार, पापड़, सलाद और ऊपर से शुद्ध घी। चाहे जितना खाइए, कोई लिमिट नहीं। रात में भी वैसा ही व्यंजन। सब्जियाँ और दालें बदल-बदलकर। यह नहीं कि जो सब्जी-दाल दोपहर में खाई वही या वैसी ही रात को भी खानी पड़े।

जब भोजन परोसा जाने लगा, ठाकुर साहब ने टिकट बँटवारे का कटु-सत्य उन नौजवानों के सामने खोला, "देखो तुम लोग, आदर्शवादी नौजवान हो, इसलिए टिकट बँटवारे की कड़वी सच्चाई से अनजान हो। टिकटों के बँटवारे में आन्दोलन में किसी के काम-काज को न तो लोकसभा के समय आधार बनाया गया था, न अब बनाया जा रहा है। चारों दल भले ही आपस में मिल गए हों, नेताओं के दिल नहीं मिले हैं। घटक दलों के कोटे की खींचतान के साथ-साथ बड़े नेताओं की अपनी महत्त्वाकांक्षाएँ भी हैं। सभी अपने-अपने करीबी लोगों को टिकट दिलवाने में लगे हैं। इतना तय मानो कि टिकट विधान सभा क्षेत्रों के सामाजिक समीकरण को देखते हुए बँटेंगे।"

"सामाजिक समीकरण? समझे नहीं चचा हम लोग।" त्यागी था।

ठाकुर साहब मुस्कराए। वास्तव में बच्चे अभी अबोध हैं। धीरे-से बोले, "यानी, विधान सभा क्षेत्र का जातीय समीकरण। जैसा लोकसभा चुनाव में हुआ था। अरे भाई, सुरेन्द्र महतो या भगवान चौधरी का जेपी आन्दोलन में क्या कंट्रीब्यूशन था? उन्हें क्यों टिकट मिला? सुरेन्द्र महतो पिछड़ी जाति के थे और चौधरी जी पासी समुदाय के। इन दोनों समाजों की आबादी गया-जहानाबाद संसदीय क्षेत्रों में आनुपातिक रूप से ज्यादा है।"

नौजवानों को तगड़ा झटका लगा। जेपी आन्दोलन में जाति-तोड़ो की खूब चर्चा होती थी। जनेऊ तोड़ने तथा अन्तर्जातीय एवं अन्त:धार्मिक विवाहों को प्रोत्साहित किया गया था।

अली मियाँ के मन में एक अलग सन्देह फन काढ़े खड़ा होने लगा, "इस जातीय समीकरण में मुसलमान कहाँ खड़ा होगा?"

ठाकुर साहब ने जोड़ा, "मुस्लिम बहुल क्षेत्रों में मुसलमान उम्मीदवार खड़े किए जाएँगे। भारतीय लोकदल घटक ने साफ कह दिया है, अकलियत का पूरा सम्मान करना होगा।"

सम्भवतया ठाकुर साहब अभी तक भूमिका बाँध रहे थे। वे खाना खत्म होने तक प्रतीक्षा करते रहे। जब खाना खत्म होने को आया, उन्होंने दूसरी कठोर सच्चाई का खुलासा किया, "मेरी बात को अन्यथा न लेना। जहानाबाद विधान सभा क्षेत्र में पिछड़ी जाति की आबादी अधिक है। अतएव पार्टी ने तय कर लिया है कि वहाँ से पिछड़े समाज के यादव उम्मीदवार को टिकट मिलेगा।"

नौजवानों को पहले ही झटका लग चुका था। अबकी बार उनकी दुनिया ही घूम गई। 'अपनी सरकार' का स्वप्न-संसार बिखरने लगा। पहले भी यही होता था। अब भी यही होगा। क्या फर्क पड़ा आन्दोलन से? मुँह का स्वाद बिगड़ गया। जीवेश ने तिलमिलाकर यही सवाल ठाकुर साहब से किया। ठाकुर साहब ने जो जवाब दिया, वह गौर करने लायक जरूर था, किन्तु उसका आन्दोलन के मूल तत्त्वों से कोई मेल न था।

"देखो, कांग्रेस में फॉरवर्ड जातियों को तरजीह मिलती थी। अब फर्क यह पड़ने

जा रहा है कि पिछड़ी जातियाँ मुख्यधारा में शामिल होंगी।" ठाकुर, बजरंगी सिंह ने साफ-साफ कहा।

"अगर खेल उम्मीदवार के काम-काज और ईमानदारी की बजाय केवल और केवल इस या उस जाति को सत्ता में बैठाने का है, तो आन्दोलन का हासिल क्या निकला? शून्य? शून्य में शून्य जोड़ो या घटाओ, फलाफल वही शून्य का शून्य।" त्यागी ने बहुत तल्ख सवाल किया।

ठाकुर साहब क्या जवाब देते? बस मुस्करा दिए। प्यार से पूछा, "कुछ मीठा चलेगा?"

वहाँ कौन मीठा खाने के मूड में था? नौजवान अन्दर से भभक रहे थे। जीवेश, त्यागी और अली मियाँ को यह सवाल भी डराने लगा कि सूरजपुर लौटकर कौन-सा मुँह दिखाएँगे? अमिय को टिकट दिलवाने का अपने ऊपर उन्हें बहुत भरोसा था। यह भरोसा दरक गया था।

ठाकुर साहब की बात सच निकल आई। जब टिकटों की घोषणा हुई, उन्हें गया मुफस्सिल विधान सभा क्षेत्र से टिकट मिल गया था, किन्तु जहानाबाद यादव जाति के किसी अनजान चेहरे की झोली में जा गिरा था। अनजान इसलिए कि जेपी आन्दोलन में उस शख्स की कोई खास सक्रियता नहीं देखी गई थी। गया मुफस्सिल में ठाकुर साहब के स्वजातीय राजपूत समुदाय का दबदबा था।

नौजवान तैश! में आ गए थे। पार्टी ऑफिस में उस समय कोई बड़ा नेता मौजूद नहीं था। कोई अपरिचित पार्टी पदाधिकारी उम्मीदवारों की लिस्ट प्रेस क्रॉन्फ्रेंस में पढ़कर सुना रहे थे। अब किस पर दिल की भड़ास निकलती? वे सभी खून का घूँट पीकर वापस लौट गए।

अमिय को टिकट नहीं मिलने की खबर सुन सूरजपुर में उबाल आ गया। गरीब, किसान, भूमिहीन और खेतिहर मजदूर ठगा-सा महसूस करने लगे। अपना जीवन जनता को समर्पित करने वाले संन्यासी जी का यह अपमान था। अमिय खबर सुन सहज बना रहा। वह तो संघर्ष-पथ का राही था। विधायक बनना या सत्ता सुख भोगना उसके जीवन के उद्देश्यों में कहीं था ही नहीं। साथियों के स्वप्न-जगत् में झिलमिलाती अपनी सरकार की चमक को फीकी नहीं पड़ने देने की भावना से उसने चुनाव में खड़े होने के लिए हामी भरी थी।

सूरजपुर के उबाल को अरविन्द सिंह ने शब्द दिए, "हम लोग किसी भी हालत में अब चुनाव लड़ने से पीछे नहीं हटेंगे। जन-संघर्षों का रास्ता भी हम नहीं छोड़ेंगे। तय हो गया कि जनता पार्टी की सरकार हमारी नहीं हो सकती। जेपी आन्दोलन की कब्र पर बनी सरकार हमारी हो भी कैसे सकती है?" उसके शब्द बेहद तल्ख थे।

जंगी सिंह भी खुद को आहत महसूस कर रहे थे। बोले, "अरविन्द ठीक कह रहा है। यह धर्मयुद्ध है। धर्म और अधर्म के बीच का संग्राम। हम लोग धर्म के साथ रहे हैं। हमारा धर्म है : शोषण पर आधारित सामन्ती व्यवस्था से जनता की मुक्ति। समतामूलक समाज की स्थापना। मानवीय गरिमा का सम्मान। नारी शिक्षा। हमारे लिए सम्पूर्ण क्रान्ति

के यही मायने रहे हैं। हम सम्पूर्ण क्रान्ति के सपनों के लिए लड़ेंगे। हम न कायर हैं, न डरकर चुप बैठ जाने वाले।"

जंगी सिंह के दरवाजे पर इस बीच भारी भीड़ इकट्ठी हो गई थी। भीड़ के बीच से आवाजों की आँधी-सी उठी, "हाँ, हाँ, हम लोग अब पीछे नहीं हटेंगे।"

"लड़ेंगे साथी, जीतेंगे साथी।"

"यह लड़ाई हम सबकी है।"

आवाजों की आँधी में सभी कुछ-न-कुछ कहने की कोशिश करने लगे। भीड़ में स्त्रियाँ भी थीं। वे भी कुछ कहना चाहती थीं। वातावरण विभिन्न तरह की ध्वनियों से भर गया। झाँय-झाँय साँय-साँय के अलावा कुछ भी सुनाई नहीं दे रहा था, पर यह स्पष्ट था कि सभी की इच्छा थी कि संन्यासी जी चुनाव में खड़े हों। निर्दलीय उम्मीदवार के बतौर। पार्टीलेस डेमोक्रेसी के प्रतिनिधि के रूप में। अमिय ने हाथ उठाकर सबको शान्त रहने का अनुरोध किया। जब शान्ति छा गई, उसने जीवेश से टिकट बँटवारे का आधार बताने को कहा। जीवेश ने जितना कुछ जाना-समझा था, सभी को कह सुनाया—

"टिकटों का बँटवारा बड़े नेताओं के करीबियों के बीच जातिगत समीकरणों को ध्यान में रखकर किया गया है। संघर्ष और बलिदान के आधार पर नहीं।" उपस्थित जन-समुदाय में खुसुरफुसुर होने लगी। अरविन्द ने जातीय समीकरण की बात सुनी तो उसका पारा फिर चढ़ गया।

"सब बहानेबाजी है। जिसे टिकट मिला है, उसने जेपी आन्दोलन में कौन-सा तीर मारा था? दरअसल नेतृत्व को सामन्तों की गोद में बैठने वाला विधायक चाहिए, उनसे लड़ने वाला नहीं। यदि पिछड़ी जाति की सत्ता में भागीदारी की बात थी जंगी भइया को टिकट दिया जा सकता था। इसलिए हम लोग अब चुनाव से पीछे नहीं हटेंगे। डॉक्टर साहब, यह चुनाव सामन्ती व्यवस्था से लड़ने का हमारा माध्यम होगा। जैसा कि जंगी भइया ने कहा, यह हमारे लिए धर्मयुद्ध होगा। शोषण पर आधारित व्यवस्था से जनता की मुक्ति का युद्ध।"

उपस्थित जन-समुदाय में अरविन्द की ललकार ने पुनः जोश भर दिया, लेकिन अमिय के मन में कई सवाल अंकुरित होने लगे। वह स्वयं शोषित-उत्पीड़ित जातियों के सत्ता में भागीदारी के पक्ष में रहा था। इसलिए उसे जनता पार्टी के निर्णय में सिद्धान्ततः कोई कमी नहीं दीखी। वह मानता था कि इन जातियों की सत्ता में भागीदारी बढ़ने से जातीय उत्पीड़न की व्यवस्था पर चोट पहुँचेगी, किन्तु क्या टिकटों का निर्णय इसी आधार को ध्यान में रखकर हुआ था? जहानाबाद के लिए जंगी सिंह को टिकट देने में क्या कठिनाई थी? तो क्या पिछड़े वर्गों के नाम पर सामन्ती व्यवस्था को मजबूत करने की कोशिश की जा रही है? क्या वास्तव में यह धर्मयुद्ध है जिसमें यथास्थितिवादी शक्तियों से हमें लड़ना ही चाहिए यानी जेपी आन्दोलन को हाईजैक कर लिया गया है।

उसे लेनिन का वह कथन याद आ गया जब वे कहते हैं कि केवल झंडे के रंग से क्रान्तिकारी की पहचान नहीं होती। कई बार जनता को ठगने के लिए प्रतिक्रियावादी

शक्तियाँ भी अपने झंडे का रंग लाल कर लेती हैं। सारे तथ्य इसी दिशा में संकेत कर रहे थे। जनता पार्टी के नाम से इकट्ठी शक्तियाँ सम्पूर्ण क्रान्ति की वाहक नहीं हैं। व्यवस्था-परिवर्तन उनके एजेंडे में शामिल नहीं हैं। गाँवों-मुहल्लों में जनता सरकारों का गठन कर उन्हें सम्पूर्ण क्रान्ति की प्राथमिक इकाई के रूप में विकसित करना आन्दोलन का महत्त्वपूर्ण मुद्दा था। क्या वह केन्द्रीय मुद्दा बन पाया? यदि बन पाया होता, उम्मीदवारों का बेहतर चयन विकेन्द्रित व्यवस्था के तहत होता।

यह बात निर्विवाद थी कि आम लोग वर्तमान सत्ता के प्रबल विरोधी थे। वे जनता पार्टी को जेपी आन्दोलन की उपज मानते थे। हवा का रुख जनता पार्टी के पक्ष में था। जिसे भी उसका चुनाव चिह्न मिल जाए, उसके जीतने की पूरी सम्भावना थी। निर्दलीय चुनाव लड़ने में बहुत-सी बाधाएँ थीं। संसाधनों की कमी सबसे बड़ी बाधा थी। जीत की सम्भावना भी काफी कम थी, लेकिन क्या ऐसे बहुरुपियों के लिए मैदान छोड़ देना ठीक होगा?

अमिय ने साथियों की भावनाओं पर गौर किया। वे इसे धर्मयुद्ध मानकर संघर्ष में कूदना चाहते थे। अमिय मात्र प्रतीक था। क्या वह स्वयं को प्रतीक की भूमिका से हटा ले? इसकी प्रतिक्रिया इन शुद्ध मन वाले साथियों पर क्या होगी? भविष्य के जन-संघर्षों पर इसका क्या असर पड़ेगा?

इस युद्ध से अलग हट जाने के अपने खतरे थे। उसे 'गीता' के श्लोक याद आ गए—

*अथ चेत्त्वमिमं धर्म्यं संग्रामं न करिष्यसि।*
*ततः स्वधर्मं कीर्तिं च हित्वा पापमवाप्स्यसि॥*

कृष्ण अर्जुन से कहते हैं, "अगर तुम इस धर्मयुद्ध से हट जाते हो तो अपने कर्तव्य को पूरा न करने के दोषी होने के साथ-साथ तुम्हारा यश भी खत्म हो जाएगा और तुम पाप के भागी बनोगे।

*अकीर्तिं चापि भूतानि कथयिष्यन्ति तेऽव्ययाम्।*
*सम्भावितस्य चाकीर्तिर्मरणादतिरिच्यते॥*

कृष्ण आगे कहते हैं, "यही नहीं, सब लोग तुम्हारी घोर निन्दा करेंगे और आम लोगों की दृष्टि में ऊँचा स्थान रखने वाले व्यक्ति के लिए ऐसी निन्दा मृत्यु से भी बुरी है।

उसने निर्णय ले लिया। यदि साथी इस चुनाव को सामन्ती व्यवस्था से जनता की मुक्ति का संग्राम मानते हैं, वह इस संग्राम में डटा रहेगा। भागेगा नहीं।

"मैं आप सभी साथियों की भावना के साथ हूँ, लेकिन हम लोगों को बहुत मेहनत करनी पड़ेगी।" उसने मुस्कराते हुए कहा।

भीड़ में उत्साह की लहर दौड़ गई। सबके चेहरे खिल गए। जीवेश, त्यागी और अली मियाँ ने जनता के उत्साह में अपनी आवाज मिलाई—

'याचना नहीं अब रण होगा, संघर्ष बड़ा भीषण होगा।'

## 3

वह चुनाव वास्तव में युद्ध की तरह ही था, किन्तु वह ऐसा युद्ध था, जिसके कोई नियम नहीं थे। अमिय और उसके साथी उसे सामन्ती व्यवस्था से जनता की मुक्ति का संग्राम मानकर लड़ रहे थे। जिले भर की सामन्ती शक्तियाँ उनके खिलाफ थीं। उन शक्तियों का लक्ष्य था : अमिय को येन-केन-प्रकारेण परास्त करना। अमिय को शान्ति और विकास का विरोधी साबित करने का कुप्रचार होने लगा था। दोनों प्रमुख राजनैतिक दलों के उम्मीदवार पानी की तरह पैसा बहा रहे थे। खबर थी कि दारू और पैसे से वोट खरीदे जाएँगे। बूथों पर हिंसा होगी। दबंगों ने अपने मजदूरों-बटाईदारों को आगाह कर दिया था, "यदि अमिय को वोट दिया, खेतों में काम नहीं मिलेगा।" बेचारे अपनी दुविधा किससे बताते? ठाकुर रमापति सिंह, राम प्रवेश सिंह और बोधा मठ से लेकर देवा और गन्धराइन मठों का जन-बल-धन-बल अमिय के विरुद्ध खड़ा हो गया था।

इस युद्ध में अमिय के समक्ष जन-बल और धन-बल की ही चुनौती नहीं थी। उसके चरित्र पर तरह-तरह के गन्दे लांछन लगाए जाने लगे थे। झूठ फैलाया जा रहा था कि उसे मेडिकल कॉलेज से निकाल दिया गया था, कि वह भाँग-गाँजे का नशेड़ी है, कि हिमालय में वह चरस की स्मगलिंग करते हुए पकड़ा गया था।

इधर बिना संसाधनों के उसके साथी गाँव-गाँव पैदल यात्राएँ कर किसान-मजदूरों को अमिय के चुनाव में खड़े होने की वजहें समझा रहे थे। वे चुनाव को सत्य और असत्य के बीच संघर्ष बताते थे। गरीब लोग उनकी बातें ध्यान से सुनते। सवाल भी करते। सहमत भी होते, पर अगले दिन? मालिकों की फटकार उन्हें सुननी पड़ती। उन्हें डराया-धमकाया जाता।

पर जहाँ जनता सरकारें मजबूत थीं, वहाँ गरीब किसान-मजदूरों पर सामन्ती हथकंडे बेअसर थे। किसान-मजदूर आपस में चर्चा करते—संन्यासी जी की जीत हमारी जीत, हार हमारी हार। वे कहते, "अगर हमें इनसानों की जिन्दगी चाहिए, संन्यासी जी को हर हालत में जीत दिलानी होगी।"

ऐसे भी अवसर आए जब जीवेश और त्यागी पर पिछड़े बहुल गाँवों में प्रचार के दौरान हमले करवाए गए। इसी प्रकार अरविन्द, सत्या और इन्द्रदेव सिंह पर फॉरवर्ड बहुल गाँवों में हमले हुए। कोशिश अमिय के साथियों में जातीय आधार पर फूट डालने की थी। जंगी सिंह इस खेल को समझ गए। उन्होंने प्रशासन से गुहार लगाई, लेकिन सभी कानों में तेल डाले पड़े रहे। राम बदन सिंह दारोगा से लेकर पुलिस और प्रशासन के ऊपर के सभी हाकिम अमिय के दुश्मन बने हुए थे। उसने आन्दोलन के दौरान उनकी नाक में दम कर रखा था। वे सभी उसकी हार देखना चाहते थे।

चुनाव के दस दिनों पहले किरण, हामिद और यास्मीन छात्र-छात्राओं की टोलियों के साथ प्रचार के लिए आ गए। अवधेश भी अपनी टीम के साथ पहुँच गया। सूरजपुर ने अपने घरों के दरवाजे अतिथियों के लिए खोल दिए। टीमें गाँवों में फैल गईं। टीमों ने दीवार लेखन तथा जन-गीतों की प्रचार शैली से समाँ बाँध दिया। छात्राएँ घरों के अन्दर

तक जा स्त्रियों को वोट की ताकत समझातीं। उन्हें नर-नारी समानता और नारी शिक्षा की बातें बता जागरूक करतीं। उन्होंने हर जाति, वर्ग और धर्म की स्त्रियों से सम्पर्क साधा। उनकी त्वरा और प्रभामंडल का चमत्कार था कि वे ठाकुर रमापति सिंह के घर में भी बेरोक-टोक प्रवेश पा गईं।

अमिय ने प्रचार में साथियों को अकेले नहीं छोड़ा था। वह स्वयं जंगी सिंह और अली मियाँ को साथ ले प्रचार में निकलता और शान्त-सहज भाव से चुनाव में उतरने की वजह लोगों को समझाता। किसी के प्रति उसके मन में विद्वेष न था। कई बार विरोधियों द्वारा अप्रिय स्थिति उत्पन्न कर दी जाती। जंगी सिंह और अली मियाँ ऐसा होने पर गरम हो जाते। अमिय समझाता, "हमें प्रतिकूल परिस्थितियों में भी खुद को शान्त रखना चाहिए। मगध की धरती पर ही भगवान बुद्ध ने निडर होकर हिंसक अंगुलिमाल को सत्य और अहिंसा का सन्देश दिया था। अगर वे अंगुलिमाल की हिंसक-वृत्ति से अशान्त हो जाते तो क्या वे बौद्ध धर्म जैसी महान शिक्षा मानव जाति को दे पाए होते? जनतंत्र में सभी को अपनी बात अपने ढंग से व्यक्त करने की आजादी होती है। उन्हें अपनी करने दें, हम अपनी करते रहेंगे।"

अवधेश और हामिद की टीम जहानाबाद शहर में नुक्कड़ सभाओं के माध्यम से अमिय का एजेंडा लोगों के सामने रखती। लोग सवाल पूछते। कभी अवधेश, कभी हामिद उन सवालों के जवाब देते। टीम जो मुद्दे उठाती थी, लोगों को उसमें दम दीखता था।

शहर के लोगों की चिन्ताएँ सड़क, बिजली, पानी, नली, गली, सफाई, चिकित्सा जैसे दैनन्दिन महत्त्व के बिन्दुओं पर केन्द्रित थीं। हामिद ने इन बिन्दुओं को ध्यान में रखकर शहर के लिए अलग घोषणा-पत्र तैयार किया। अमिय ने शहरी गरीबों, मलिन बस्तियों, रेहड़ी-पटरी दुकानदारों, रिक्शा चालकों और मोटिया कामगारों की समस्याओं के समाधान का ब्लूप्रिंट भी उस घोषणा-पत्र में जोड़ दिया। इस घोषणा-पत्र को छपवाकर शहर भर में बाँटा गया।

भले ही चुनाव में अमिय के विपक्षियों ने कोई नियम नहीं माना और उसके विरुद्ध साम, दाम, दंड, भेद के सभी उपाय आजमाए, अमिय की ओर से शुचिता की सीमा में रहकर प्रचार किया गया। साथियों ने गाँवों में अपना प्रचार भूमि-सुधार, न्यूनतम मजदूरी, स्त्री शिक्षा, मानवीय गरिमा और जेपी आन्दोलन के मुद्दों पर केन्द्रित रखा, किन्तु यक्ष प्रश्न खड़े थे : क्या ऐसे मुद्दों पर केन्द्रित रहकर चुनाव में विजय मिल सकती है? क्या जनपक्षीय मुद्दे जातिगत और दलीय राजनीति पर भारी पड़ सकते हैं? क्या जन-बल और धन-बल का मुकाबला शुचिता से सम्भव है? क्या गैर-दलीय राजनीति का कोई भविष्य है? क्या चुनाव बुनियादी परिवर्तन का माध्यम हो सकता है?

चुनाव के दिन सामन्ती शक्तियों ने खुलेआम तमंचे लहराए और कई गाँवों में हरिजनों को बूथ पर जाने नहीं दिया। डर था कि उनके वोट अमिय को जाएँगे। सूरजपुर और आसपास के कुछ गाँवों को छोड़कर वोट शुद्ध जातीय आधार पर पड़े। फॉरवर्ड जाति-समूहों का बड़ा हिस्सा अमिय को अपना शत्रु मानता था। दुर्भाग्यवश बैकवर्ड जाति-समूहों के लिए वह विजातीय था। चुनाव के दो-दिनों पहले इलाके में नया नारा

प्रसारित कर दिया गया था : वोट और बेटी अपनी जाति में ही दी जाती है।

बावजूद इसके, अमिय के पक्ष में गरीबों ने जमकर वोट डाले, पर वे वोट उसको जिताने के लिए काफी नहीं थे। जीत की माला जनता पार्टी के उम्मीदवार के गले में डली। गया मुफस्सिल से ठाकुर बजरंगी सिंह जीत गए थे। रेडियो से समाचार आने लगे थे : राज्य में जनता पार्टी भारी बहुमत से सरकार बनाने जा रही है। कांग्रेस पार्टी दहाई में सिमट गई है। विश्लेषकों का मानना है कि मार्च के लोकसभा चुनावों की तरह जून माह के विधान सभा चुनावों में जनता पार्टी के पक्ष में जबरदस्त लहर चल रही थी।

साथी उदास थे। जीवेश, त्यागी, अली मियाँ अमिय से आँखें न मिला पा रहे थे। जंगी सिंह, अरविन्द, इन्द्रदेव सिंह, सत्या सूनी आँखों से आकाश निहार रहे थे। उनकी मेहनत अकारथ चली गई थी। किरण, यास्मीन, हामिद और अवधेश अपनी उदासी को छिपाते हुए सभी को समझाने में लगे थे। किरण कह रही थी, "जनतंत्र में हार-जीत लगी रहती है। आपकी मेहनत अकारथ नहीं गई। आपने गाँवों में बुनियादी परिवर्तन के बीज छींटे हैं। आज नहीं तो कल वे अंकुरित होंगे। उनमें कल्ले फूटेंगे। नए पत्ते निकलेंगे। नए फूल खिलेंगे। हमें नए कल की आशा नहीं छोड़नी है।"

इधर ठाकुर रमापति सिंह, राम प्रवेश और अलगू यादव के दरवाजे पर पटाखे छूट रहे थे। बोधा मठ, देवा मठ और गन्धराइन मठों में दीवाली मन रही थी। जिले भर के सामन्त मिठाई बाँट रहे थे।

अमिय सहज था या शायद ऐसा लग रहा था, कौन जाने? हाँ, उसे यक्ष प्रश्नों में से कई के उत्तर जरूर मिल गए थे : चुनाव बुनियादी परिवर्तन का माध्यम नहीं हो सकता। जन-संघर्षों के बिना समाज में बदलाव लाना सम्भव नहीं है। उसने साथियों से कहा, "हमें अलग से बैठकर चुनावों का विश्लेषण करना होगा। वही विश्लेषण हमें हमारी अगली यात्रा की दिशा बताएगा। हाँ, हमें जनता की इच्छा का सम्मान करना चाहिए।"

साथी सिर झुकाकर उसे सुनते रहे। इधर दिल्ली और इलाहाबाद से आए छात्र-छात्राओं की टोलियाँ डफली बजाकर गाने लगी थीं :

*हम होंगे कामयाब, हम होंगे कामयाब एक दिन*
*हो-हो मन में है विश्वास, पूरा है विश्वास,*
*हम होंगे कामयाब एक दिन...*

इंटरनेशनल के बाद जनगीतों की झड़ी लग गई। उस रात कोई नहीं सोया। थी तो वह 'अपनी सरकार' के सपनों के टूटने की रात, किन्तु वह नई आशाओं के जनम लेने की रात बन गई। नए विश्वास, नई कल्पनाएँ, नई सम्भावनाएँ जनगीतों में करवट ले रही थीं। अन्तिम प्रहर का तिमिर छिन्न-भिन्न करते सूरज की किरणें जब फूटीं, जनगीतों का सिलसिला मन्द पड़ा। नया सूरज क्षितिज के झरोखे से धरती पर झाँकने लगा था।

# नए कल की दस्तक

छींटे गए बीजों ने निराश नहीं किया। जून की गरमी से तपती धरती आषाढ़ की बारिश में नहाकर हरी चूनर ओढ़ने को बेचैन हो रही थी। धनरोपनी का मौसम मानसूनी हवाओं के संग आसमान से उतर आया था। केवाल मिट्टी से उठती सोंधी खुशबू से गाँव-गिराँव मह-मह कर रहे थे। मालिकों को खेतिहर मजदूरों की याद आई। जिन्हें दो हफ्ते पहले बूथों पर जाने से रोकने के लिए माँ-बहन की गालियों से नवाजा गया था, वे 'बाबू-भइया' कह रोपनी के लिए बुलाए जाने लगे। इमरजेंसी के पहले सूरजपुर और आसपास के गाँवों में जनता सरकारों ने मजदूरी की जो दर तय की थी, इमरजेंसी में बड़े भू-स्वामियों ने मानने से मना कर दिया था। पिछले दो सालों से दो सेर खेसारी और नाश्ते में आधा सेर सत्तू पर मजदूरों से जबरन धनरोपनी कराई जा रही थी। इस बार हालात बदल गए थे। अमिय और जंगी सिंह को अपने बीच पाकर मजदूरों का हौसला बढ़ गया था। जनता सरकारें सक्रिय हो गई थीं। चुनाव में अमिय और उसकी टीम ने भूमि-सुधार और न्यूनतम मजदूरी का जो पाठ सुनाया था, मजदूरों के दिमाग में वह ताजा था।

शुरुआत सूरजपुर से हुई। जनता सरकार की बैठक में फैसला हुआ : "सरकार द्वारा तय मजदूरी से एक छटाँक भी कम मजदूरी मंजूर नहीं। छोटे काश्तकारों को इस फैसले से अलग रखा गया। उनके खेतों में रोपनी में कोई बाधा न हुई। जो बड़े काश्तकार इस फैसले से रजामन्द थे, उनके खेतों में भी मजदूर पहुँचने लगे। किन्तु ठाकुर रमापति सिंह सहित अधिकांश बड़े भू-स्वामी नहीं माने। मजदूर उनके खेतों में काम करने को तैयार न हुए। यहाँ तक कि उनके कमिया मजदूरों ने भी इनकार कर दिया। ठाकुर रमापति सिंह कसमसाने लगे। राम प्रवेश सिंह बिगड़ा : "सालों का दिमाग चढ़ गया है? उनके नेता को चुनाव में हमने धूल चटा दी, फिर भी ऐंठन नहीं गई?" रमापति सिंह की देखा-देखी अलगू यादव ने भी जिद पकड़ ली। वे अमिय से पहले ही खार खाए बैठे थे। बड़े बेटे से बोले, "जमुई से मजदूर बुलवाओ। सबकी अकड़ निकल जाएगी।" इधर मजदूरों की ओर से जमुना मोची ने कमान सँभाली, "कम मजदूरी पर न हम लोग रोपनी करेंगे, न किसी दूसरे को रोपनी के लिए गाँव में घुसने देंगे।"

इस रस्साकशी की खबर दसियों गाँवों में फैलती चली गई। वैसा ही प्रस्ताव कई गाँवों की जनता सरकारों ने अपनी बैठकों में पारित कर दिया। इन प्रस्तावों पर जैसी प्रतिक्रिया सूरजपुर के बड़े भू-स्वामियों के बीच हुई थी, लगभग वैसी ही प्रतिक्रिया अन्य गाँवों में भी हुई। जिन बड़े काश्तकारों के खेतों में रोपनी सबसे पहले हो जाया करती थी, उनके खेतों में रोपनी पिछड़ने लगी। मेह खूब बरस रहा था। खेतों में लबालब पानी भरा था, लेकिन मजदूरों के अभाव में उनके खेत परती पड़ने लगे। हलवाहों ने भी हल चलाने से मना कर दिया। जहानाबाद ने खेतिहर मजदूरों का ऐसा रुख पहले कभी नहीं देखा था।

अलगू यादव के इंजीनियर बेटे ने जमुई से ट्रक भेजकर मजदूर बुलवाए। जमुई के गरीब आदिवासी मजदूरों को सूरजपुर की ताजा जमीनी हकीकत पता न थी। संयोगवश

कोड़ौना में उनका सामना सूरजपुर के मजदूरों से हो गया। मजदूरों ने उन्हें समझाया, "हमारे लोगों के पेट पर लात मत मारो। हमारी रोजी-रोटी छीनकर तुम लोगों का घर नहीं भरेगा।" थोड़ी हील-हुज्जत के बाद जमुई के मजदूर उलटे पाँव उसी ट्रक पर बैठ वापस चले गए।

बिचड़े बड़े होते जा रहे थे, लेकिन उनको रोपा नहीं जा पा रहा था। मजदूरों पर मान-मनौवल या धमकी बेअसर थी। वे दो टूक जवाब देते, "मालिक, इतने कम मजदूरी में परिवार का पेट नहीं भरता।" बड़े भू-स्वामियों ने आपस में बैठकें कीं, "क्या किया जाए? अब अगर दुबारा इनकी माँग मान ली, जीवन भर का बखेड़ा लग जाएगा।" ठाकुर रमापति सिंह ने राह निकाली। राम प्रवेश को लिफाफे के साथ राम बदन सिंह दारोगा तक शिकायतें पहुँचाने भेजा।

"चुनाव हारने के बाद से डॉक्टर अमिय और उसके साथियों ने गदर मचा रखी है। जल्दी फोर्स लेकर आइए। हम लोगों की जान साँसत में है।" ठाकुर साहब ने लिफाफे में कड़क नोटों के साथ त्राहिमाम सन्देश भेजा था।

अगले ही दिन राम बदन सिंह पूरे लाव-लश्कर के साथ पहुँच गया। ठाकुर साहब की डेवढ़ी पर भरपूर चाय-नाश्ते के बाद वह जंगी सिंह के दरवाजे पर पहुँचा। वहाँ अमिय और जंगी सिंह साथियों से आगे की रणनीति पर विमर्श कर रहे थे। जीवेश, त्यागी और अली मियाँ मौजूद थे। अमिय की राय थी कि न्यूनतम मजदूरी का आन्दोलन घोसी, काको तथा अलावलपुर प्रखंड में भी फैलाया जाए।

दारोगा जी को सम्मान के साथ बैठाया गया। एक तो लिफाफे की गरमी, दूसरे इमरजेंसी के दौरान डॉक्टर अमिय को गिरफ्तार न कर पाने की कटु स्मृतियाँ, दारोगा जी का पारा चढ़ा हुआ था। गरजकर बोले, "चुनाव को खत्म हुए महीना गुजरने को आ गया। हारने का मतलब यह नहीं हुआ कि आप लोग अपने विरोधियों का जीना मुहाल कर देंगे।"

अमिय मुस्कराकर दारोगा को देखने लगा। यह कह क्या रहा है? दूसरे साथी भी चकित थे। जंगी सिंह भी अचकचा गए। चुनाव के दौरान यह खुद हमारे विरोधियों का चाकर बना हुआ था। अब यह कौन-सी पहेली बुझा रहा है? अमिय शान्त स्वर में बोला, "हम लोग जनता की इच्छा का सम्मान करने वालों में से हैं। वैसे, चुनाव में सारा खेल आप खुली आँखों देखकर भी चुप थे। आपके हाकिम तक धृतराष्ट्र बन गए थे। हमने किसका जीना मुहाल कर दिया, दारोगा जी?"

राम बदन सिंह को यह सुनकर झेंपना चाहिए था, किन्तु वह मोटी चमड़ी का आदमी था। ईमानदारी, कर्तव्यनिष्ठा, न्याय जैसे शब्दों का उसके जीवन में कोई महत्त्व नहीं रह गया था। उसने अपने ऊपर के हाकिमों को भी ऐसा ही करते देखा था। थाने की पोस्टिंग के लिए एस.पी. को मोटी रकम चढ़ानी पड़ती थी। स्थानीय विधायक को साधना पड़ता था। उसकी स्वामी भक्ति अफसर और सरकार बदलने के साथ बदल जाया करती थी। ढिठाई से बोला—

"हार जाने वाले प्रशासन पर ही दोष मढ़ते हैं। यह कोई नई बात तो है नहीं?" आगे कहा, "आप लोगों ने क्यों मजदूरों को भड़काकर सूरजपुर सहित दसियों गाँवों में शान्ति-व्यवस्था को खतरे में डाल दिया है? कभी सोचा है कि बिना काम किए उनके घरों का चूल्हा कैसे जलेगा?"

बात सबकी समझ में आ गई। कानूनी हक की लड़ाई को उसने शान्ति-व्यवस्था के लिए खतरा मान लिया था। अमिय ने तय किया, इससे कानून की भाषा में बात करनी चाहिए। कहा, "हमें सुनकर बहुत अच्छा लगा कि आप खेतिहर मजदूरों के घर चूल्हा न जलने को लेकर फिक्रमन्द हैं। आप मजदूरों के टोले में जरूर गए होंगे? क्या पता चला वहाँ?"

राम बदन सिंह को जवाब नहीं सूझा। क्या कहता? अमिय ने आगे कहा, "आप शायद जानते होंगे कि हमारे राज्य में न्यूनतम मजदूरी का कानून आजादी के तुरन्त बाद पास कर दिया गया था। उसके अनुसार सरकार मजदूरी तय करती है। वाजिब मजदूरी माँगना मजदूरों का कानूनी हक है और उसे देना मालिकों का दायित्व। अब तक मजदूर सरकार द्वारा तय मजदूरी से बहुत कम पर काम करते आ रहे थे। कम पर काम करना अब उन्हें मंजूर नहीं। इसमें शान्ति-व्यवस्था को खतरा कैसे हो गया?"

राम बदन सिंह ने पुलिस की अपनी ट्रेनिंग में आई.पी.सी., सी.आर.पी.सी. और एविडेंस एक्ट जैसे कानून पढ़े थे। अब यह नया कानून कहाँ से आ गया? उसके पिता भी बड़े किसान थे। सौ बीघे जमीन की खेती थी। कभी नहीं सुना कि मजदूरी का भी कौनो कानून है। गाँव-जवार के मजदूर उसके पिता को 'मालिक-मालिक' कह जितना मिल गया, उतने में खुशी-खुशी काम करते थे। पिता कभी गाली-गुफ्ता भी दे देते थे। कभी हाथ भी छोड़ना पड़ता था कामचोर मजदूरों पर। किसी की मजाल नहीं कि कम मजदूरी के नाम पर काम बन्द कर दे, वह भी रोपनी के समय। उसका गाँव होता तो पिता ऐसे नाफरमानों की खाल खिंचवा लेते। बोला, "हमने तो ऐसे किसी कानून का नाम नहीं सुना। मजदूरी क्या मिले, यह मालिक और कमिया के बीच का मामला ठहरा। डॉक्टर साहब, आप कानून का नाम लेकर आग लगाने पर तुले हुए हैं?"

अमिय ऐसी ही प्रतिक्रिया की अपेक्षा कर रहा था। मजदूरों के हक में बने कानून संगठित क्षेत्रों को छोड़कर प्राय: किताबों की शोभा बढ़ाते रहे हैं। संगठित क्षेत्रों में ट्रेड यूनियनों की सामूहिक सौदेबाजी की जैसी क्षमता रही, उसी के अनुपात में कानूनों का लाभ मजदूरों को मिल सका या जहाँ सरकारों की इच्छाशक्ति मजदूरों के पक्ष में काम करने की थी, वहाँ भी लाभ मिला। असंगठित क्षेत्र के मजदूर मजबूत संगठन के अभाव में कानूनों का लाभ नहीं ले पाते। खेतिहर मजदूरों की हालत सबसे दयनीय रही थी। कृषि क्षेत्र में इन कानूनों को लागू कराने में सरकारों की कोई रुचि नहीं रही क्योंकि बड़े भू-स्वामियों और पुराने जमींदारों के हित सरकारों पर हावी रहते आए थे। हरित क्रान्ति वाले राज्यों में बाजार की शक्तियों का सन्तुलन खेतिहर मजदूरों के पक्ष में रहने से कानूनों का लाभ उन्हें मिलने में दिक्कत नहीं होती।

उसने दारोगा जी के सामने अपने झोले में से निकालकर बिहार न्यूनतम मजदूरी अधिनियम, और नियमावली की पुस्तक धर दी। बेचारे दारोगा ने उसे उलट-पुलट कर देखा। उसके माथे पर बल पड़ गए। दरअसल वह अपनी अज्ञानता पर झेंप गया था। फिर भी उसने हार नहीं मानी। बोला, "इसमें मजदूरी की दर कहाँ दी गई है?"

अमिय ने झोले में फिर हाथ डाला। उसमें से राज्य सरकार के श्रम विभाग द्वारा मजदूरी के दर की अधिसूचना की प्रति निकालकर उसको थमा दी।

दारोगा की गति साँप-छछूँदर वाली हो गई। न उगलते बने, न निगलते। अधिसूचना को उलटता-पुलटता रहा। पुलिस की ट्रेनिंग में उसे शायद थेथरॉलॉजी सिखलाई गई थी। यह विद्या निरपराधों को गिरफ्तार करने के काम आती थी। मसलन, यदि आरोप का साक्ष्य न मिले, तो भी आरोपी को किसी-न-किसी बहाने कठघरे में खड़ा कर दो, जैसे, "तुम पुलिस को देखकर नजरें क्यों चुराने लगे थे? जरूर किसी अपराध की योजना बना रहे थे। चलो थाने।" यह थेथरॉलॉजी उसे ऐसी ही असमंजस की स्थिति से उबारने में रामबाण साबित होती आ रही थी। उसने इसी विद्या का मारण मंत्र छोड़ा, "मुझे जरा बताएँगे जंगी सिंह कि आप अपने खेतों में काम करने वाले मजदूरों को सरकारी दर पर मजदूरी देते हैं? क्यों इन्द्रदेव सिंह, आप भी बताइए? जेल से छूटने के बाद आप भी तो बड़े नेता बन गए हैं। और अरविन्द सिंह, आप से भी पूछता हूँ। मुझे मालूम है कि आप लोग भी काश्तकार हैं।"

दारोगा को भरोसा था कि इस मारण-मंत्र का वार खाली नहीं जा सकता। उसने अपनी मूँछों पर हाथ फेरा। जंगी सिंह समझ गए कि राम बदन थेथरई पर उतर आया है। व्यंग्य से मुस्कराकर बोले, "जिनके नेवते पर आप इतने लाव-लश्कर के साथ सूरजपुर आए हैं, अगर उनसे पूछ लेते, वे आपको इस सवाल का जवाब जरूर दे दिए होते। हम लोग जेपी आन्दोलन के सच्चे सिपाही हैं। जो बात डंके की चोट पर चौक में कहते हैं, वही चौके पर भी कहते और करते हैं। हमारे गाँव में 'ग्राम विकास समिति' काम करती है जिसके किसान और मजदूर, दोनों सदस्य हैं। इन्द्रदेव सिंह उसके संयोजक हैं। हम सभी बहुत पहले से सरकार द्वारा तय मजदूरी अपने मजदूर भाई-बहनों को देते आए हैं। हम तीनों अपने खेतों का नक्शा आपको दे दें? वहाँ रोपनी चल रही है। जाइए खुद तहकीकात कर लीजिए।"

दारोगा झेंप गया। उसका वार खाली चला गया था। उसकी बोलती बन्द हो गई। क्या सोचकर आया था, क्या हो रहा है, पर था तो दारोगा। घाट-घाट का पानी पीये हुए। महकमे में उसे घाघ अफसर माना जाता था। उसने अपने को सँभाला। आवाज में थोड़ी नरमी लाते हुए बोला, "अरे, मैं मजाक कर रहा था। आप तो बुरा मान गए, प्रमुख जी।"

सत्या अब तक हो रहे वार्तालाप को सुन रहा था। उसे मसखरी सूझी। सहसा बोल उठा, "वाह! इतनी दूर से इतने फौज-फॉटे के साथ मजाक करने आए थे, दारोगा जी?"

दारोगा का मुँह लटक गया। अन्दर से उसे गुस्सा भी आ रहा था, "यह लौंडा बहुत

उड़ रहा है। आएगा मौका बच्चू, रगड़ दूँगा। बच गए इमरजेंसी में। अब न बचोगे।"

सत्या आगे भी कुछ कहने की चेष्टा कर रहा था। अमिय ने उसे रोककर दारोगा को समझाया, "देखिए, सरकारी दर को लागू करवाने की जिम्मेदारी श्रम विभाग की होती है। आप वापस जाकर श्रम विभाग के अधिकारियों को गाँवों में भिजवाइए। चन्द बड़े भू-स्वामी इसे अपनी मूँछ का सवाल बनाए हुए हैं जबकि यह मजदूरों के पेट का सवाल है।"

दारोगा को उस असहज स्थिति से बाहर निकलने का सुगम मार्ग अमिय ने सुझा दिया था। दारोगा ने मन-ही-मन अमिय को धन्यवाद दिया, "संन्यासी जी हैं समझदार। बात सँभालने में माहिर।" बोला, "ठीक कहा आपने, डॉक्टर साहब। मैं वापस जाकर एस.डी.ओ. साहब को रिपोर्ट देता हूँ। बस, इतना जरूर कहूँगा कि अशान्ति न हो, इसका ध्यान रखा जाए।"

वह अपने सिपाहियों के साथ वापस थाने लौट गया।

## 2

खेतिहर मजदूरों का आन्दोलन केवल सूरजपुर और आसपास के गाँवों तक सीमित न रहा। वह घोसी, काको, अलावलपुर, मखदूमपुर में फैल गया। पटना के मसौढ़ी, धनरुआ, पालीगंज और पुनपुन में भी सुगबुगाहट होने लगी। कुर्था-करपी के इलाके में तिलेश्वर ने इसकी कमान सँभाल रखी थी, किन्तु संघर्ष की त्वरा और प्रभाव सभी जगह एक जैसा नहीं था। जिन गाँवों में जनता सरकारें मजबूत थीं, संघर्ष काफी तीखा था : मेहनत का पूरा मोल, अन्यथा असहयोग। गांधी जी के बताए सत्य और अहिंसा के रास्ते असहयोग। सत्याग्रह।

उधर बड़े भू-स्वामी भी अड़ गए थे, रेट नहीं बढ़ाएँगे। बाहर मजदूरों की कहाँ कमी है? संथाल परगना, छोटानागपुर और पलामू से मजदूर बुलाएँगे। मजदूरों ने भी साफ कर दिया—अहिंसा का मतलब यह नहीं कि हम बाहर के मजदूरों को अपने पेट पर लात मारने की छूट दे देंगे। मजदूरों ने गाँवों की नाकाबन्दी करनी शुरू कर दी। देसी दारू पिलाकर संथाल, हो, मुंडा, ओरांव, खड़िया, आदिवासी मजदूरों से कम मजदूरी पर काम करवाने के उनके मंसूबे फेल हो गए थे। मालिक भड़क गए। पानी नाक से ऊपर बहने लगा था। ससुरे ऐसे नहीं मानेंगे। मालिकों ने लठैत बुलवा लिए। खेतिहर मजदूरों में से जो नेता बने घूम रहे थे, लठैतों ने चुन-चुनकर उन पर हमला करना शुरू किया। अँधेरा हुआ नहीं कि उनकी लाठियाँ हनहनाने लगतीं, "हरामी के पिल्ले, ले मजदूरी।" अरविन्द, सत्या, जीवेश, त्यागी और अली मियाँ पर भी उन हमलों की गाज गिरी। तिलेश्वर भी न बचा। इन्द्रदेव सिंह की भी घेराबन्दी हुई। किसी तरह निकल भागे। कोशिश अमिय और जंगी सिंह को घेरने की भी हुई, पर लठैतों की हिम्मत जवाब दे गई—संन्यासी पर हाथ उठाने का पाप न करेंगे। जमुना मोची बेचारे खाट से जा लगे। कई गाँवों में मजदूरों की झोंपड़ियों में आग लगा दी गई।

इन हमलों के कारण मजदूरों का अहिंसा के रास्ते पर चलते रहना सम्भव न रहा। जहाँ जनता सरकारें मजबूत थीं अथवा मजदूर एकताबद्ध थे, वहाँ प्रतिरोध होने लगा। लठैतों की घेरकर पिटाई होने लगी। मालिकों को अपमानित होना पड़ा। ठाकुर रमापति सिंह और राम प्रवेश सिंह का घर से निकलना मुश्किल हो गया। ऐसा ही हाल कई गाँवों में बड़े भू-स्वामियों का हुआ। जन-प्रतिरोध के डर से उन्हें अपने घरों में बन्द हो जाना पड़ा।

गाँवों में अशान्ति की खबर जब प्रशासन तक पहुँची, बड़े अफसर गाँवों का दौरा करने लगे। मजदूरों ने मालिकों के जुल्मों की दास्तानें सुनाईं। कम मजदूरी पर जबरिया काम कराना चाहते हैं। हम लोग सरकारी रेट माँगकर कौन-सा गुनाह कर रहे हैं?

"झूठ बात है। जुल्म करने का सरासर झूठा इल्जाम लगाया जा रहा है। इधर हमारे खेत परती पड़े हैं। मजदूरी का जो रेट चला आ रहा है, हम लोग उससे कम नहीं दे रहे। लेकिन इनको डॉक्टर अमिय और उनके साथी शह दे रहे हैं, भड़का रहे हैं। इन लोगों ने खुद अपनी झोंपड़ियाँ तोड़ी, आग लगाई। तोहमत हम पर? शराब पीकर मियाँ-बीवी में रोज महाभारत होता रहता है। मारपीट का दोष हम पर?" मालिकों ने अफसरों के सामने अपना पक्ष रखा। जहानाबाद में मालिकों ने लगे हाथों यह भी सुना दिया कि डॉक्टर अमिय चुनाव में हार से बौखला गए हैं।

एस.डी.ओ. और एस.डी.पी.ओ. डॉक्टर अमिय से मिलने सूरजपुर पहुँच गए। दारोगा राम बदन सिंह उन्हें जंगी सिंह के दरवाजे पर ले गया, "डॉक्टर अमिय प्रमुख जी के ही यहाँ रहते हैं।"

जंगी सिंह ने पदाधिकारियों को सम्मानपूर्वक बिठाया। घर के अन्दर चाय और नाश्ते के लिए कह आए।

"डॉक्टर अमिय कहाँ हैं?" एस.डी.ओ. ने दरियाफ्त की।

"वे घोसी गए हैं। वहाँ भी मालिकों ने मजदूरों के साथ मारपीट की है। मजदूरों की झोंपड़ियाँ फूँक दी गई हैं। कहाँ तो जनता पार्टी की सरकार में न्याय मिलना था, उलटे सामन्तशाही बढ़ गई।" जंगी सिंह ने तल्ख स्वर में कहा।

एस.डी.पी.ओ. को तल्खी अच्छी न लगी। नाराजगी से बोला, "वहाँ भी से आपका क्या आशय है?"

जंगी सिंह समझ गए। उन्हें आशा थी कि मजदूरों पर हो रहे हमलों को प्रशासन गम्भीरता से लेगा। यहाँ मामला विपरीत था। फिर भी बोले, "पूरे अनुमंडल में मालिकों ने सरकारी दर पर मजदूरी माँगने पर मजदूरों के घरों में तोड़-फोड़ की है। झोंपड़ियाँ जला दी हैं। मारा-पीटा है। यह तो न्याय नहीं है?"

इस बीच चाय-नाश्ता आ गया था। जंगी सिंह ने सभी से आग्रह किया। अफसरों ने चाय-नाश्ता ग्रहण किया। वे पैदल चलते-चलते थक गए थे। माहौल थोड़ा सामान्य हुआ।

"प्रमुख जी, मैं भी बिहार का हूँ। मजदूरी के लिए गाँवों में हड़ताल कभी न देखा, न सुना।" एस.डी.ओ. बोला। वह आई.ए.एस. अफसर था। दिल्ली के सेंट स्टीफेंस कॉलेज का छात्र रहा था।

"मजदूरों ने हड़ताल नहीं किया। वे गांधी जी के बताए रास्ते से असहयोग आन्दोलन कर रहे हैं। वाजिब मजदूरी माँगना उनका हक है। इसमें गलत क्या है?" जंगी सिंह ने बिना लाग-लपेट के कहा।

जंगी सिंह ने आगे जोड़ा, "और जहाँ तक ऐसा कभी नहीं देखने या सुनने का सवाल है, कुछ विचार सही समय की तलाश में भटकते रहते हैं। सही समय आने पर वे अंकुरित होने लगते हैं। कारखानों में पगार बढ़ाने के आन्दोलनों की चर्चा आपने जरूर सुनी होगी। वह भी कभी-न-कभी पहली बार ही शुरू हुआ होगा।"

एस.डी.ओ. को जंगी सिंह से ऐसे सुविचारित उत्तर सुनने की अपेक्षा नहीं थी। क्या यह डॉक्टर अमिय के संग का असर था? वह उन्हें एकटक देखने लगा जैसे उनके अन्दर झाँककर मन की थाह लेना चाहता रहा हो। जंगी सिंह ने भी उसकी आँखों में झाँका और बोले, "खेतिहर मजदूर और भूमिहीन किसान अपने विरुद्ध हो रहे अन्याय और अपने हक को पहचानने लग गए हैं। उनकी नींद टूट रही है। वे जाग रहे हैं। उन्हें न्याय दिलवाइए, एस.डी.ओ. साहब। सामन्तों के जुल्म और अत्याचार को भला वे कब तक सहन करेंगे?"

एस.डी.पी.ओ. ने देखा कि मामला फिलॉसफिकल होता जा रहा है। उसने हस्तक्षेप किया, "प्रमुख जी, रोपनी का काम कैसे बढ़ेगा, यह बताइए।"

"कुछ दिनों पहले दारोगा जी पूरी पलटन लेकर हमारे गाँव में पधारे थे। तब असहयोग आन्दोलन शुरू ही हुआ था। इनसे हम लोगों की लम्बी चर्चा हुई थी। इन्हें डॉक्टर साहब ने राज्य सरकार द्वारा तय की गई मजदूरी सम्बन्धी आदेश भी दिखाया था। आग्रह किया गया था कि श्रम विभाग के अधिकारियों को भेजकर इसका हल निकलवाइए। श्रम विभाग से कोई नहीं आया, अलबत्ता सामन्तशाही बढ़ गई। मजदूर संगठित न रहते तो कई बस्तियाँ श्मशान बना दी गई होतीं। हमले हम लोगों पर भी हुए। हमारे कई साथी घायल पड़े हैं।" जंगी सिंह की तल्खी वापस लौट आई थी। उनका चेहरा भावनाओं के उद्रेक से लाल होने लगा था।

अफसरों को जितना समझना था, समझ गए। वे वापस लौट गए।

दो-तीन दिनों में प्रशासन ने शान्ति बहाल करने की अपनी रणनीति बना ली। श्रम विभाग के इंस्पेक्टरों की टीमें गठित कर दोनों पक्षों के बीच समझौता कराने आन्दोलन के इलाकों में भेजा गया। साथ ही, शान्ति-भंग की आशंका को देखते हुए दोनों पक्षों पर धारा 107 दंड प्रक्रिया संहिता के तहत नोटिसें जारी की जाने लगीं। ये नोटिसें डॉक्टर अमिय, जंगी सिंह, इन्द्रदेव सिंह, अरविन्द सिंह, सत्या, जीवेश, त्यागी और अली मियाँ को भी जारी की गईं, किन्तु मजदूरों पर हुए कातिलाना हमलों और आगजनी की घटनाओं पर प्रशासन ने मौन साध लिया। पटना जिला प्रशासन की कार्रवाइयाँ भी कमोबेश जहानाबाद प्रशासन जैसी ही रही।

सरकार बदल गई थी, किन्तु अफसरों की मानसिकता नहीं बदली थी। धारा 107 के केसों में मालिक पक्ष से नाम मात्र के लोगों को मुदालह बनाया गया था। किन्तु मजदूरों का कोई ऐसा परिवार नहीं बचा था जिसे मुदालह न बनाया गया हो।

"ये सब कुछ मजदूरों का मनोबल तोड़ने की साजिशें हैं। हम इसका मुकाबला करेंगे।" डॉक्टर अमिय ने ऐलान किया।

उन लोगों ने मुख्यमंत्री, श्रममंत्री, राज्यपाल, प्रधानमंत्री और राष्ट्रपति को पूरे मामले की निष्पक्ष जाँच कराकर कार्रवाई करने का पत्र भेजा। प्रेस कॉन्फ्रेंस कर अपना पक्ष जनता के सामने रखा।

"खेतिहर मजदूर अपने कानूनी हक की माँगकर रहे हैं। जेपी आन्दोलन के गर्भ से जन्मी सरकार से हम इतनी आशा तो कर ही सकते हैं कि वह इन्हें न्याय दिलवाए। उलटे प्रशासन मजदूरों पर दमन चक्र चला रहा है।" अमिय ने प्रेस को सबूत पेश किए।

इन सबका असर पड़ा। प्रगतिशील वकीलों की टीम मजदूरों की पैरवी में खड़ी हो गई। जेल भोगी आन्दोलनकारियों का डेलीगेशन पटना पहुँच गया। विधान सभा का मानसून सत्र चल रहा था। डेलीगेशन ने विधायकों और मंत्रियों को समझाया। मामला विधान सभा में उठा।

इधर नई सरकार पर बेलछी कांड के पीड़ितों को न्याय दिलवाने का जबरदस्त दबाव था। उस पर चौतरफा हमला हो रहा था। विधान सभा में इस बेलछी नरसंहार पर गरमागरम बहस भी हुई थी। अखबारों में रोज ही इस मामले की खबरें छपती थीं, "क्या हरिजनों और कमजोर वर्गों पर सामन्तों के अत्याचार जनता सरकार रोक पाएगी?" हल्ला था कि इन्दिरा गांधी बेलछी आने वाली हैं। सरकार इस बात से भी परेशान थी। सिर मुड़ाते ही ओले पड़े थे। विधान सभा चुनाव के ऐन पहले पटना जिले के बेलछी गाँव में नरसंहार हुआ था।

इस सबका असर यह हुआ कि गया और पटना के कलेक्टर को सरकार का फरमान मिला, "नई सरकार का एजेंडा है, सामाजिक न्याय की स्थापना। कमजोर वर्गों और हरिजनों की सुरक्षा और कल्याण। दोनों पक्षों में समझौता कराइए।"

प्रशासन को अपनी रणनीति बदलनी पड़ी। खेतिहर मजदूरों को भी काम चाहिए था। दोनों पक्षों की भलाई इसी में थी कि समझौता हो जाए। अमिय भी इस आन्दोलन को लम्बा खींचने के पक्ष में नहीं था। उसे मजदूरों की सीमाएँ ज्ञात थीं।

कहीं मजदूर झुके, कहीं मालिकों को झुकना पड़ा। सभी जगहों पर समझौता हो गया। समझौता होते ही रोपनी ने जोर पकड़ा। मजदूर दूने उत्साह से जुट गए। अगस्त बीतते-बीतते धरती ने हरी चूनर ओढ़ ली। धारा 107 के मुकदमे खारिज कर दिए गए।

न्यूनतम मजदूरी के आन्दोलन ने जन-जागरण और संगठन की जरूरत पर मुहर लगा दी। जहाँ जितना मजबूत संगठन था, वहाँ न केवल आन्दोलन सुगठित था, सामन्ती हमलों के खिलाफ जन-प्रतिरोध भी तीखा रहा। मजदूरों ने संगठन की ताकत पहचानी। अमिय ने साथियों के संग आन्दोलन की समीक्षा बैठक में अपना आकलन रखा, "इस प्रयोग को विस्तारित करने के लिए दो काम हमें करने होंगे। पहला, पूर्व में गठित जनता सरकारों का सशक्तीकरण, एवं दूसरा, नए-नए इलाकों में संगठन निर्माण। सशक्त जन-संगठन ही गाँव के शक्ति-सन्तुलन को बड़े भूमिपतियों के पक्ष में झुकने से रोक सकता है।"

उसने आगे जोड़ा, "अपने ऊपर होने वाले हमलों के प्रतिरोध के लिए मजदूरों की तैयारी भी रहनी चाहिए। इसके अलावा आन्दोलनों के दौरान जहाँ कहीं उन पर हमला हो, हम लोगों को भी उनकी मदद के लिए पहुँचना होगा ताकि उनका मनोबल न टूटे। उनके हक की रक्षा के लिए जरूरी प्रशासनिक मदद दिलवाने के लिए भी हमें प्रयास करने होंगे।"

"बिलकुल सही रणनीति।" सभी साथी सहमत थे।

"मजदूरी की लड़ाई तेज हो गई है। अब हम जन-जागरण और संगठन निर्माण के साथ भूमि-सुधार पर भी फोकस करेंगे।" अमिय ने आगे के आन्दोलन की रूप-रेखा सामने रखी।

तय हुआ कि जेपी आन्दोलन के दौरान जिन इलाकों में भूमि-सुधार कानूनों को लागू कराने की पहल की गई थी, वहाँ भूमि संघर्ष तेज किया जाए। साथ में गैर-मजरुआ जमीनों की पड़ताल कर उसे भूमिहीन किसानों एवं मजदूरों में बाँटने का संघर्ष चलाया जाए। किसानों को सस्ते दर पर बीज-खाद उपलब्ध कराने तथा सिंचाई की सरकारी योजनाएँ लागू करने के लिए व्यापक आन्दोलन करने का भी निर्णय किया गया। सबकी स्पष्ट राय थी कि जनता सरकारों पर ऊपर से कोई एजेंडा थोपा नहीं जाएगा। एजेंडा उनकी व्यापक सहमति से लिया जाएगा।

समीक्षा बैठक के चन्द दिनों बाद ही सभी अपने-अपने इलाके में सक्रिय हो गए। जहानाबाद, मखदूमपुर, मसौढ़ी की जवाबदेही जंगी सिंह ने सँभाल ली। इन्द्रदेव सिंह, अरविन्द और सत्या उनके मजबूत सहयोगी थे। जीवेश ने घोसी-धनरुआ, त्यागी ने काको और अली मियाँ ने अलावलपुर, पालीगंज तथा पुनपुन की जिम्मेवारी ली। तिलेश्वर कुर्था और करपी में स्वतंत्र रूप से जेपी आन्दोलन के साथियों के साथ सक्रिय था। अमिय को मित्र, दार्शनिक और मार्गदर्शक की भूमिका दी गई। उसकी दृष्टि समूचे मध्य बिहार पर टिकी थी।

अमिय को बोधा मठ के भूमि आन्दोलन में दुबारा जाने की जरूरत न पड़ी। भूमि आन्दोलन की बागडोर 'छात्र युवा संघर्ष वाहिनी' ने थाम ली थी। प्रमोद शान्ति की तलाश में ऋषिकेश में किसी आश्रम में जा संन्यासी बन गया था। राजनीति से उसका मोहभंग हो गया था। वाहिनी को पटना की जनता सरकार का समर्थन हासिल था। वाहिनी वालों ने अभय और प्रमोद के अन्य साथियों से दूरी बना ली थी। वे लोग अपने काम-धन्धों में लग गए थे।

जहानाबाद अनुमंडल और उससे सटे पटना के प्रखंडों में जन-जागरण, संगठन निर्माण और जन संघर्ष के काम ने गति पकड़ ली। कई गाँवों में जनता सरकारों ने पड़ताल कर ऐसी गैर-मजरुआ जमीनों का पता लगाया जिन पर बड़े भू-स्वामियों ने कब्जा कर रखा था। इन जमीनों को भूमिहीन एवं गरीब किसान-मजदूरों के बीच बाँटने के लिए प्रशासन को आवेदन दिया जाने लगा। जिन अंचलों में इमरजेंसी के समय दिए गए आवेदनों का निष्पादन करने में प्रशासन कोई रुचि नहीं ले रहा था, उन अंचलों में धरना-प्रदर्शन शुरू हो गया। कई गाँवों में आहर-पइन की भूमि को दबंगों ने अपने

खेतों में मिला लिया था। ऐसे अतिक्रमणों के खिलाफ प्रशासन पर दबाब डाला जाने लगा—आहर-पइनों को पुराने स्वरूप में वापस लाया जाए। अमिय गाँव-गाँव घूमने लगा था। जहाँ कहीं नया संगठन अस्तित्व में आता, अमिय का भाषण सुन किसान-मजदूरों में अपना हक हासिल करने की ललक हिलोरें लेने लगती। मध्य बिहार की फिजाँ बदलने लगी थी।

इस बदलती फिजाँ ने कई जगह जातीय अहं और श्रेष्ठता को ललकार दिया। सेवनन गाँव के बेचू माँझी वाली घटना कई गाँवों में दुहराई जाने लगी। हरिजन टोलों में चारपाई पर बैठे लोग दबंग जाति के किसी व्यक्ति के उधर से गुजरने पर उसके सम्मान में खड़े हो जाने के रिवाज का निषेध करने लगे। नहीं डर किसी का आज, नहीं भय किसी का आज! दबंगों ने इसे अपने जातीय अहं और श्रेष्ठता पर चोट माना। पुरखों के समय से चली आ रही इस व्यवस्था को वे कैसे खत्म होने देते? उनके लिए हरिजनों की मानवीय गरिमा अर्थहीन थी। अमिय और जनता सरकारें हरिजनों के पक्ष में खड़ी हो गईं। दबंगों की ओर से लाठियाँ निकलने लगीं, परन्तु स्थिति एकतरफा न रही। जन-प्रतिरोध लाठियों पर भारी पड़ने लगा।

उन्हीं दिनों महाराष्ट्र में एक नया संगठन उभार पर था—दलित पैंथर्स। इस संगठन में कवि, लेखक, बुद्धिजीवी, छात्र, नौजवान—सभी थे। वे गर्व से कहते, "हम दलित हैं, हरिजन नहीं।" वे 'मनुस्मृति' का तीखा विरोध करते। वर्ण-व्यवस्था को मानव-विरोधी मानते।

"'हरिजन' शब्द से दब्बूपन झलकता है। हम लोग अब 'दलित' शब्द का प्रयोग करेंगे।" अमिय ने साथियों को सलाह दी। जनता सरकारों के गठन में 'हरिजन' की बजाय 'दलित' शब्द प्रचलन में आ गया।

अमिय के जनता सरकारों के प्रयोगों की अनुगूँज डेहरी ऑन सोन के सिंचाई कामगारों और कैमूर की पहाड़ियों-जंगलों के आदिवासी समूहों के बीच काम करते सामाजिक संगठनों तक पहुँची। उन्हें ऐसा ही पथ-प्रदर्शक चाहिए था।

सिंचाई कामगारों एवं सामाजिक संगठनों से जुड़े कुछ नौजवान सूरजपुर में अमिय से मिलने पहुँच गए, "डेहरी और कैमूर क्षेत्र के सिंचाई कामगारों और आदिवासियों को भी आपका नेतृत्व चाहिए।" इंजीनियरों द्वारा सिंचाई कामगारों के शोषण की दास्तानें सुन अमिय उद्वेलित हो उठा। रही-सही कसर आदिवासी जनों की करुण कहानियों ने पूरी कर दी। वे जंगल विभाग के कारकूनों और साहूकारों से बेहद परेशान थे। तेंदू पत्ते के व्यापार पर काबिज ठेकेदार उनकी हकमारी करते थे। उनकी मेहनत का पूरा मोल नहीं देते थे। फलतः उनकी जिन्दगी साहूकारों के रहमो-करम पर टिकी हुई थी। साहूकार उनके बुरे हाल का नाजायज फायदा उठा भारी ब्याज पर कर्ज देते थे।

अमिय ने साथियों से विचार किया। डेहरी-कैमूर उसे पुकार रहे थे। उसने भरोसा दिलाया कि जब भी उसकी जरूरत समझी जाएगी, वह वापस आ जाएगा। साथी जानते थे कि वह स्वभाव से ही यायावर था। एक जगह उसका पाँव मुश्किल से टिकता था। मजाक में वह जंगी सिंह से कहता, "सूरजपुर की केवाल मिट्टी ने लगता है, मेरे पैरों

को बाँध लिया है।" साथी क्या कहते? उन्होंने हामी भर दी।

उसने सूरजपुर से विदा ली और डेहरी कैमूर की राह पकड़ी।

### 3

डेहरी में सिंचाई कामगारों की यूनियन-सिंचाई कामगार यूनियन अमिय के नेतृत्व में गठित हुई। यूनियन में मैकेनिकल वर्कशॉप तथा सोन नहर के कामगार जुड़े थे। ये कामगार दो श्रेणियों के थे : स्थायी तथा मस्टर रोल, वर्कशॉप के कामगारों को यूनियन से जोड़ना आसान था क्योंकि वे सभी एक ही जगह काम करते थे। समस्या थी, दूसरी श्रेणियों के कामगारों को जोड़ने की। वे बिखरे हुए थे। नहर एवं वितरणियों का फैलाव सैकड़ों गाँवों तक था। ये कामगार उन गाँवों में ही रहते थे। अमिय ने इन कामगारों को यूनियन से जोड़ने के लिए बहुत मेहनत की। वह चुनिन्दा साथियों को ले गाँव-गाँव यात्राएँ करता। कहीं पैदल, कहीं साइकिल से। तीन-चार महीनों की मेहनत के बाद यूनियन की सदस्य संख्या काफी बढ़ गई।

मस्टर रोल कामगारों की मजदूरी का बड़ा हिस्सा इंजीनियर हड़प जाते थे, लेकिन दस्तखत पूरे पर कराते थे। पूछने पर जवाब मिलता, "सचिवालय से बजट लाने के लिए बाबू से अफसर तक परसेंटेज देना पड़ता है।" जो भी सच्चाई रही हो, यूनियन ने साफ कह दिया, "मेहनत और ईमानदारी से अपनी ड्यूटी करेंगे लेकिन सरकार द्वारा तय मजदूरी से एक पैसा भी कम नहीं लेंगे।" यूनियन ने पहले विभागीय मंत्री और सचिव को अपना माँग पत्र भेजा। कोई उत्तर न मिला। यूनियन की आमसभा की बैठक में विचार हुआ। आगे क्या हो? सदस्यों की राय सीधी कार्रवाई के पक्ष में थी। वर्कशॉप में रोज गेट मीटिंग होने लगी। इंजीनियरों का घेराव हुआ। बात नहीं बनी। बस, हड़ताल हो गई। सचिवालय से पदाधिकारी दौड़े आए। हड़ताल? क्यों? पूरे काम का पूरा दाम—कामगारों ने साफ कह दिया। सचिवालय के पदाधिकारी परसेंटेज की बात कैसे स्वीकारते? उन्होंने इंजीनियरों को डाँट पिलाई। अन्ततः यूनियन और इंजीनियरों के बीच मजदूरी भुगतान पर लिखित समझौता हुआ, "भुगतान सरकारी दर पर होगा। कामगार तुरन्त ड्यूटी पर लौटेंगे।"

वैसे परसेंटेज की बात गलत नहीं थी। यूनियन को अपने स्रोतों से पता चला कि फर्जी मस्टर रोल बनाने की परम्परा वहाँ लम्बे समय से चली आ रही थी। उसी फर्जी मस्टर रोल के आधार पर वेतन-मजदूरी मद में बजट की माँग की जाती थी। सचिवालय में बैठे घाघ बाबुओं-अफसरों से यह गड़बड़झाला छिपाना उतना ही कठिन था जितना दाई से पेट छिपाना, किन्तु बहती गंगा में हाथ धोने से किसे परहेज होता? सभी सरकारी पैसे की बन्दरबाँट में लिप्त थे। इंजीनियर कुछ ज्यादा रकम खींचने के लालच में वास्तविक कामगारों की हकमारी कर रहे थे। अमिय ने यूनियन के सदस्यों को समझाया, "सरकारी धन की लूट के मायने है, जनता के पैसों की लूट।" उसने सदस्यों को यह भी सिखाया कि अपनी ड्यूटी पूरी ईमानदारी से करनी चाहिए। यहाँ

तक कि अगर किसी सदस्य ने कार्यावधि में यूनियन का काम किया हो, अमिय का आग्रह होता कि ओवरटाइम कर उतने समय की भरपाई की जाए। इस शैली ने यूनियन के आन्दोलन में धार पैदा की। यूनियन ने फर्जी मस्टर रोल के खिलाफ जबरदस्त संघर्ष किया। परिणामस्वरूप, फर्जी मस्टर रोल की परम्परा पर काफी लगाम लगा।

चुनाव में जातीय गोलबन्दी से अमिय को सीख मिली थी कि जाति फैक्टर को तोड़े बिना समरस समाज का निर्माण नहीं हो सकता। इसलिए उसने सिंचाई कामगार यूनियन के महत्त्वपूर्ण पदों पर सभी जातियों की भागीदारी पर विशेष जोर दिया। यही नहीं, उसने यूनियन में भाईचारे की भावना को प्रधानता दी। उसने प्रेरित किया कि यूनियन को अपना परिवार समझ सदस्य एक-दूसरे के सुख-दुख के साथी बनें। इससे यूनियन के अलग-अलग जातियों के सदस्यों का एक-दूसरे के घर आना-जाना और साथ बैठकर खाना-पीना आम बात हो गया। जिस समाज में जाति पूछकर पानी पिलाने का रिवाज हो, वहाँ के लिए ऐसा होना किसी सामाजिक क्रान्ति से कम नहीं था। इससे यूनियन के सदस्यों के बीच भाईचारे की भावना को बल मिला और यूनियन की मजबूती बढ़ी। कामगारों की जो भी समस्या होती, यूनियन उसे प्रबन्धन के समक्ष पुरजोर तरीके से उठाती।

डेहरी में सिंचाई कामगार यूनियन के कामों के समान्तर कैमूर के अघौरा में आदिवासियों के बीच भी अमिय सक्रिय था। संसाधनहीन आदिवासी जंगलात विभाग के कारकूनों-अफसरों और ठेकेदारों के रहमो-करम पर आश्रित थे। जिन जंगलों से पुरखों के समय से वे आजीविका कमाते आए थे, उन जंगलों को सरकारी और संरक्षित घोषित कर उनसे दूर किया जा रहा था। दिनभर की कड़ी मेहनत से बीने गए तेंदू पत्तों की एवज में मिलने वाली मजदूरी इतनी कम थी कि उससे पेट भरना भी मुश्किल था। वस्त्र, मकान, चिकित्सा, शिक्षा जैसी जरूरी सहूलियतें उनसे कोसों दूर थीं।

आदिवासियों को अपनी हालात बदलने के लिए दो मोर्चों पर एक साथ लड़ना था : जंगलात विभाग और तेंदू पत्ते के ठेकेदार। अब बमुश्किल दो वक्त का खाना जुटा पाने वाले साधनहीन आदिवासी दोनों मोर्चों पर कैसे लड़ते? लड़ने का अर्थ था, तेंदू पत्ता बीनने से इनकार। और इसका परिणाम था, भूखे रह जाना। उनकी इसी मजबूरी का फायदा उठाकर ये दोनों ताकतें इनका शोषण करने में सफल हो रही थीं, किन्तु यह भी सत्य था कि बिना लड़े इनके दुखों का अन्त भी नहीं होना था। और इनकी लड़ाई कोई भी सामाजिक संगठन बिना इनकी भागीदारी के लड़ नहीं सकता था। संसाधन और समर्पित कार्यकर्ताओं के बावजूद सामाजिक संगठन इसी लाचारी के कारण अमिय को अपने बीच लाने सूरजपुर गए थे।

अमिय ने पूरी स्थिति का विश्लेषण किया। कानून कहता था कि लघु वनोपजों और सूखी लकड़ियों-पत्तों पर आदिवासियों का परम्परागत हक है। जंगलात विभाग के अफसर-कारकून कानूनी प्रावधानों का अलग मायने निकालते थे। यह अन्याय था, अनैतिक था। अफसर सुनने को तैयार न थे। सामाजिक संगठनों ने धरना-प्रदर्शन की रणनीति अपनाई।

अमिय ने पटना और दिल्ली के वन मंत्रियों से सम्पर्क साधा : अफसरों की मनमानी और धाँधली पर रोक लगनी चाहिए। पटना में ठाकुर बजरंगी सिंह काम आए। जहानाबाद के बड़े किसानों की खेतिहर मजदूरों के खिलाफ की गई दमनात्मक कार्रवाइयों पर चुप्पी साध लेना भले ही उनकी मजबूरी रही हो, आदिवासियों के मामले में वे ऐसी किसी मजबूरी से नहीं बँधे थे। दिल्ली में अमिय ने स्वामी अग्निवेश की मदद ली। किरण और हामिद भी सक्रिय हुए। सुप्रीम कोर्ट में पी.आई.एल. दायर हुई। इस चौतरफा दबाव ने काम कर दिखाया। जंगलात विभाग के अफसरों-कारकूनों को मुँह की खानी पड़ी। आदिवासियों को लघु वनोपजों और सूखी लकड़ियों-पत्तों पर अपना हक वापस मिल गया। वे पत्तलें बनाकर हाट-बाजारों में बेच सकते थे। सूखी लकड़ियाँ जलावन और बिक्री के काम आ सकती थीं। उन्हें वनों से महुआ तथा कई तरह के सूखे-रसीले फल एवं बीज मिल सकते थे। आदिवासियों की यह बड़ी और चिर-प्रतीक्षित जीत थी।

इस जीत से उत्साहित आदिवासियों के लिए ठेकेदारों से लड़ना आसान हो गया। सामाजिक संगठनों ने ठेकेदारों के खिलाफ न्यूनतम मजदूरी का आन्दोलन छेड़ दिया। अमिय ने जहानाबाद के अपने अनुभवों से उस आन्दोलन को नई दिशा दी। आदिवासी बीने गए तेंदू पत्तों को ठेकेदारों को सौंपने के लिए तब तक राजी नहीं होते थे जब तक कि उनकी मजदूरी का सही-सही भुगतान न कर दिया जाए। ठेकेदारों की एक न चलती थी क्योंकि जंगलात विभाग के अफसरों ने आदिवासियों को मिली जीत के बाद अपना हाथ ठेकेदारों के ऊपर से खींच लिया था। न्यूनतम मजदूरी का आन्दोलन अपने मुकाम पर पहुँच गया। ठेकेदारों को जंगलात विभाग की मध्यस्थता में आदिवासी नेतृत्व से समझौता करना पड़ा। पक्के कागज बने। सरकारी रेट पर मजदूरी देय होगी। अमिय और रेंज अफ़सर ने बाहैसियत गवाह उस कागज पर हस्ताक्षर किए। कैमूर के पठारों की फिजाँ भी बदलने लगी थी।

## 4

राज्य में पंचायत चुनाव की तारीखें तय हो गई थीं। मुख्यमंत्री ने प्रदेश की जनता को इस महापर्व में बढ़-चढ़कर हिस्सा लेने का सन्देश रेडियो और अखबारों से प्रसारित किया था, "भाइयो-बहनो, हमारी सरकार गांधी जी के ग्राम स्वराज के सपने को धरती पर उतारने के लिए प्रतिबद्ध है। आप गाँवों में अपनी सरकार बनाइए। पंचायत सरकार।"

सूरजपुर ग्राम पंचायत से जंगी सिंह मुखिया पद के प्रत्याशी थे। उन्होंने सत्या को डेहरी भेजा—डॉक्टर साहब का चुनाव-प्रचार में रहना जरूरी है। अमिय उस समय अघौरा प्रखंड के गाँवों में जन-जागरण कार्यक्रम चलाने में व्यस्त था। पिछले 8-10 माहों से वह डेहरी-कैमूर में ही व्यस्त रहा था। वहाँ का काम यूनियन और सामाजिक संगठनों को सौंप चुनाव-प्रचार के लिए वह सूरजपुर पहुँच गया।

पंचायत चुनाव का माहौल इस बार बदला हुआ था। पाँच साल पहले जब जंगी सिंह चुनाव लड़े थे, माहौल सद्भावनापूर्ण था। अब वह बात नहीं थी। आपसी सम्बन्धों में

तीखापन आ गया था। गरीब किसान, दलित और खेतिहर मजदूर जंगी सिंह के साथ खड़े थे। ठाकुर रमापति सिंह और अलगू यादव ने अपने जातीय क्षत्रपों और बड़े भू-स्वामियों को मिलाकर जंगी सिंह के खिलाफ खेमेबन्दी कर रखी थी। इस खेमे से राम प्रवेश सिंह ने ताल ठोंकी थी। राम प्रवेश ने चुनाव जीतने के लिए हर हथकंडा अपना रखा था। वह पानी की तरह पैसा बहा रहा था। खबर थी कि लड्डन सिंह अपनी लम्पट सेना के साथ बूथ लूटने और दलितों को आतंकित करने के लिए बुलाया गया है। लड्डन सिंह पटना जिले का कुख्यात गुंडा था, किन्तु अवधिया समाज के नव-धनाढ्य वर्ग, धनी किसानों और बड़े भू-स्वामियों की दृष्टि में रॉबिन-हुड टाइप हीरो था। राम प्रवेश दारू बँटवाने का भी इन्तजाम कर रहा था। क्रेट-की-क्रेट देसी और अंग्रेजी दारू की बोतलें मँगवाई गई थीं। प्लान था कि चुनाव करीब आ जाने पर बोतलें बाँटी जाएँगी।

इन परिस्थितियों में डॉक्टर अमिय का चुनाव-प्रचार करने आना बेहद जरूरी था। जंगी सिंह और साथियों को भरोसा था कि पैसे, गुंडों और दारू की ताकत अमिय के नैतिक बल और रणनीतिक कौशल तथा जंगी सिंह की ईमानदारी एवं कर्मठता के समक्ष बौनी पड़ जाएगी।

अमिय ने आते ही प्रचार की कमान सँभाल ली। उसने पूरी पंचायत को सेक्टरों में बाँटकर हर सेक्टर के लिए टीमें बना दीं। जीवेश, त्यागी और अली मियाँ भी बुला लिए गए। हरेक टीम में महिलाओं को सक्रिय भूमिका दी गई। एस.डी.ओ., एस.पी. और कलेक्टर को पब्लिक पिटीशन भेज अनुरोध किया गया कि चुनाव को पैसे, गुंडों और दारू की ताकत से प्रभावित न होने देने के लिए कानूनी कार्रवाई की जाए। अमिय ने प्रचार टीमों को समझाया, "हम अपने प्रचार में पैसा, दारू और गुंडों का मुद्दा प्रमुखता से उठाएँगे। साथ ही जंगी सिंह की ईमानदारी, कर्मठता और विकास कार्यों पर वोट माँगेंगे।" और जंगी सिंह का चुनाव-प्रचार होने लगा।

प्रचार टीमें जंगी सिंह की ईमानदारी और कर्मठता की याद दिलाकर वोट माँगतीं। जंगी सिंह पिछले पाँच साल से मुखिया और प्रमुख की कुर्सी पर हैं। बेईमान अफसर इनसे काँपते हैं। इनकी ईमानदारी और कर्मठता की जिले में मिसाल दी जाती है। टीमों में शामिल महिलाएँ दारू के खतरों से स्त्री वोटरों को आगाह करतीं, "दारू पीने से फेफड़ा खराब होता है। दारू जहर है। मर्द दारू पीकर औरत पर जुल्म करेगा और फेफड़ा खराब होने से बाल-बच्चों को मझधार में छोड़ खुद दुनिया से निकल लेगा। इसलिए दारू बाँटने वाले हमारे दोस्त नहीं, दुश्मन हैं।" स्त्रियाँ सहमति में सिर हिलातीं, "वाजिब बात।"

पैसा बाँटने के मुद्दे पर टीमें वोटरों को समझातीं, "कहाँ से आ रहा है इतना रुपया? ईमानदारी से तो लुटाने के लिए रुपया आ नहीं सकता। इसका मतलब राम प्रवेश हराम की कमाई से रुपया जमा किया है? अगर ऐसा आदमी जीत गया तो सूरजपुर को बेचकर खा जाएगा।"

गरीबों के मन से गुंडों का भय मिटाने के लिए अमिय नुक्कड़ सभाओं में गुंडों को ललकारता, "चुनाव में वोट देना हमारा अधिकार है। इस अधिकार को यदि कोई छल-बल से छीनना चाहे तो उसका मुकाबला करना हमारा कानूनी हक है। हमारे हाथों

में मेहँदी नहीं लगी है। हमें बन्दूकों और तमंचों का मुकाबला करना अच्छी तरह आता है। हम अपने घरेलू हथियारों से उनकी बन्दूकों का रुख मोड़ देंगे।"

वह नुक्कड़ सभाओं में लोगों को लाठी, कुल्हाड़ी, दरांती, दाव, हँसिये जैसे घरेलू हथियारों के साथ भाग लेने को प्रेरित करता। इससे अरविन्द और सत्या इतने उत्साहित हो गए थे कि वे हर नुक्कड़ सभा के पहले घर-घर जाकर, लोगों से, यहाँ तक कि स्त्रियों से भी, घरेलू हथियारों के साथ सभाओं में चलने का आग्रह करते। लोग जोश में घरेलू हथियारों के साथ अमिय को सुनने आने लगे।

नुक्कड़ सभाओं में घरेलू हथियारों के साथ गरीब किसानों-मजदूरों-दलितों के जुटान ने ठाकुर रमापति सिंह के डर को बढ़ा दिया। उनका डर पंचायत चुनाव को लेकर कम, भविष्य के आन्दोलनों की दिशा को लेकर ज्यादा था। उन्हें डर सताने लगा था कि जमीन और मजदूरी के आन्दोलनों के लिए चुनाव-प्रचार के बहाने अमिय खेतिहरों को मिलिटेंट बना रहा है। हवा में यह खबर पिछले कई महीनों से तैर रही थी कि बंगाल से आए नक्सली रातों में दलित बस्तियों में मीटिंग करने आते हैं। ठाकुर साहब ने निष्कर्ष निकाला कि हो न हो, अमिय डेहरी-कैमूर से उन्हीं बंगालियों से हथियारों की ट्रेनिंग लेकर लौटा है। वे यह सोचकर सिहर गए कि पहला निशाना वही बनेंगे।

उन्होंने सूरजपुर के बड़े भू-स्वामियों की बैठक बुला ली। ताजा घटना-क्रम से उपजे अपने डर को साझा करते हुए उन्होंने आकलन पेश किया, "मोची-माँझियों को हथियारबन्द होने के लिए उकसाना हम भू-स्वामियों के खिलाफ किसी गहरी साजिश का हिस्सा है। अमिय नक्सलियों की मदद से सूरजपुर में भोजपुर की तरह का खूनी खेल रच रहा है। पंचायत चुनाव बस बहाना है, हम सभी पर उसका निशाना है।"

"सुना है, इमामगंज-डुमरिया में नक्सलवादियों ने बोधा मठ की कचहरियाँ लूट उनमें आग लगा दी।" किसी ने हफ्ते भर पहले अखबारों में छपी खबर का हवाला दिया।

"देवा मठ की जमीनों पर नक्सलियों ने लाल झंडा गाड़ दिया था। पुलिस ने आकर उखाड़ा।" दूसरे ने खबर सुनाई।

"कोंच में बम बहादुर शर्मा की गर्दन काट अपने साथ लेते गए नक्सली।" कोई तीसरा था।

बैठक में आए भू-स्वामी इन खबरों से हलाकान होने लगे थे।

"अरे चचा, आप लोग नाहक परेशान हैं। लड्डन सिंह कल ही अपने साथियों के संग पधार रहे हैं। उन्हें कम मत आँकिए। मोची-माँझियों की लाठी-कुल्हाड़ी उनकी बन्दूकों-तमंचों के सामने कहाँ ठहर पाएँगी? हमारा इन्तजाम दुरुस्त है। आप जब तक कहेंगे, लड्डन सिंह डेरा डाल सूरजपुर में पड़े रहेंगे।" राम प्रवेश सिंह ने ढाढ़स बँधाया।

ठाकुर रमापति सिंह ने धूप में बाल सफेद नहीं किए थे। वे सूरजपुर में चील-कौओं का उड़ना देख रहे थे। वे अगले दिन पटना पहुँच गए। उन्होंने ठाकुर बजरंगी सिंह के साथ अपने स्वजातीय विधायकों और मंत्रियों को पकड़ा।

"आप लोग राज करें और हम लोग नक्सलियों के हाथों कटते-मरते रहें? अगर हमारी सुरक्षा का उचित इन्तजाम नहीं किया गया तो हालत यह हो जाएगी कि जमीनों

पर कहने को हमारा नाम होगा, किन्तु उस पर कब्जा होगा बुद्धन मोची या मँगरू माँझी का। फसल हम बोएँगे, काटकर ले जाएँगे उग्रवादी। अगर हम विरोध करेंगे, हमें छह इंच छोटा कर दिया जाएगा।"

मंत्रियों-विधायकों का डेलीगेशन मुख्यमंत्री से मिला, "नक्सली गया-जहानाबाद में उत्पात मचा रहे हैं। कार्रवाई कीजिए।" मुख्यमंत्री ने आई.जी. पुलिस को फोन घुमाया। आई.जी. ने एस.पी. गया को नक्सल प्रभावित गाँवों में पुलिस कैम्प खोलने का आदेश दे दिया। दो दिनों बाद जब ठाकुर साहब लौटे, हाईस्कूल सूरजपुर के ग्राउंड में पुलिस फोर्स के लिए टेंट गाड़ा जा रहा था। पूरी एक सेक्शन राइफलधारी फोर्स तैनात कर दी गई थी। कैम्प कमांडर थुलथुल बदन का एक हवलदार था। लगता था, शरीर में कस-कस के चर्बी भरी गई हो।

सूरजपुर में पुलिस कैम्प से ठाकुर रमापति सिंह और धनी किसानों के अन्दर पैठी दहशत भले ही कम हो गई हो, राम प्रवेश के लिए पुलिस कैम्प नई मुसीबत था। उसे चिन्ता सवार हुई कि कहीं लड्डन सिंह और उसके लड़ाके कैम्प की पुलिस के निशाने पर न आ जाएँ। कैसे रोका जाएगा मोची-माँझियों को बूथ पर जाने से? कैसे हो पाएगा बूथ कब्जा? बूथ कब्जा करना मतलब, पुलिस से भिड़ जाना। पुलिस की थ्री नॉट थ्री राइफलों के मुकाबले तमंचे-बन्दूकों की क्या बिसात? लड़ाके पुलिस की गोली से मरने थोड़े न आए थे? उन्हें मुर्गा-कलिया-दारू और पैसे का लालच वहाँ खींच लाया था। लड्डन भले ही अवधिया कुर्मी समाज के एक हिस्से का हीरो हो, वह किसी आदर्श से प्रेरित नहीं था! उसकी लम्पट सेना में भाड़े के लड़ाके थे। मर्सीनरीज! लड्डन उस भाड़े की फौज का कमांडर था। ठाकुर साहब ने राम प्रवेश को समझाया, "अरे, काहे घबराते हो? पुलिस वालों को अपनी उँगलियों पर नचाना हमें खूब आता है। अपना खजाना खोल देंगे।"

इधर अमिय और जंगी सिंह खुश थे कि कलेक्टर-एस.पी. को भेजे पब्लिक पिटीशन के कारण फोर्स आई है। फोर्स के रहते क्या मजाल कि राम प्रवेश सिंह पैसा, गुंडों और दारू के बल पर चुनाव में खेल करें? नुक्कड़ सभाओं में यह भी कहने लगा, "गुंडों के दिन लद गए लगते हैं। स्वच्छ, निष्पक्ष तथा शान्तिपूर्ण चुनाव के लिए प्रशासन ने पुलिस फोर्स भेज दी है। फिर भी यदि ऐसी नौबत आ जाएगी, हम अपने घरेलू हथियारों से लम्पट सेना का मुकाबला करने से पीछे न हटेंगे।"

लोग नारा लगा अपने मंसूबे दुहराते—हम लड़ेंगे साथी, हम जीतेंगे साथी। किन्तु अरविन्द का मन यह स्वीकार नहीं कर पा रहा था कि पुलिस फोर्स स्वतंत्र, निष्पक्ष और शान्तिपूर्ण चुनाव के लिए भेजी गई है। वह सोचता, मजदूरों का घर जलाने और उन पर हमला करने वाले बड़े भू-स्वामियों और उनके लठैतों के खिलाफ कोई कार्रवाई नहीं करने वाले प्रशासन को जंगी सिंह कब से प्यारे हो गए?

अरविन्द ने अपनी चिन्ता अमिय और जंगी सिंह को बताई। चिन्ता वाजिब थी। उसे हल्के में नहीं लिया जा सकता था। अमिय ने साथियों के साथ सलाह-मशविरा किया, "हमें चौकन्ना रहना होगा। सम्भव है, चुनाव के दिन पुलिस फोर्स को अपने

साथ मिलाकर राम प्रवेश सिंह और उसका खेमा हंगामा करा दे।" अमिय ने साथियों को ताकीद किया।

सभी सहमत थे।

चुनाव का दिन करीब आता जा रहा था। राम प्रवेश और उसके समर्थकों ने प्रचार में अपनी पूरी ताकत झोंक दी थी। जहाँ जंगी सिंह की ओर से उनकी ईमानदारी और कर्मठता के नाम पर वोट माँगा जा रहा था, राम प्रवेश के समर्थक खुलेआम पैसा और दारू बाँटकर वोट माँग रहे थे। लड्डन सिंह अपनी लम्पट सेना के साथ सूरजपुर आ गया था। वह और उसकी सेना ठाकुर साहब की डेवढ़ी में आराम फरमा रही थी।

सूरजपुर में इधर एक नई बात देखने को मिल रही थी। दलित नौजवान पैसे और दारू का खुला विरोध करने लगे थे। वे कहते, "हमें बिकाऊ समझते हो? हम लोग गरीब जरूर हैं, बिकाऊ नहीं।" ऐसा ही कुछ दूसरे टोलों में भी हो रहा था। पैसा और दारू बाँटने वाला टका-सा जवाब सुन मुँह लटका वापस लौट जाता।

राम प्रवेश इससे परेशान हो गया, परन्तु ठाकुर रमापति सिंह पर ऐसी बातों का कोई असर न था। वे अलग रणनीति बनाकर जंगी सिंह को हराने में लगे थे। पुलिस कैम्प पर उनके घर से रोज कभी आटा, कभी चावल, कभी सब्जी, कभी दूध-दही पहुँचने लगा था। वे पुलिस वालों का दर्द समझते थे। बेचारे परिवार से दूर थे। दर्द की दवा थी दारू। दारू की बोतलें भी कैम्प में भेजी जाने लगीं। पुलिस कैम्प ठाकुर साहब की दरिया दिली का कायल होता जा रहा था। सिपाहियों की तनख्वाह ही कितनी होती है? ऊपर-झापर न मिले तो घर चलाना मुश्किल हो जाए। भर्ती होते ही वे सीख जाते थे, "कमाई के बहुत मौके आते हैं पुलिस की नौकरी में। अवसर मिलने पर जो चूका, उससे बड़ा बेवकूफ कोई न होगा।" यहाँ अवसर खुद-ब-खुद चलकर आ रहा था। कैसे चूक जाते?

चुनाव के दो दिन पहले रात को ठाकुर साहब ने उनकी दावत का इन्तजाम अपनी डेवढ़ी में किया। करीमुद्दीन चिक से खसी कटवाया गया। बासमती चावल का गरम-गरम भात और सुरुएदार मीट पका। खाने के पहले जवानों ने छककर अंग्रेजी शराब पी। दावत में दो विशेष मेहमान भी थे : राम प्रवेश सिंह और लड्डन सिंह।

ठाकुर साहब ने खुद पूछ-पूछ कर जवानों को गम-गम गमकता भात और गोश्त खिलवाया। हवलदार की थाली में कलेजी परोसवाते हुए उन्होंने उसे मीठी झिड़की भी लगाई, "अरे बेटा, तुम कुछ खा नहीं रहे हो। अपना ही घर समझो।" हवलदार अशरफी मंडल ने इतने प्रेम से कभी अपने घर में भी नहीं खाया था। बीवी तमाम शिकायतें लेकर बैठ जाती, माँ अलग। खाना जहर लगने लगता। यहाँ उसने हीक भरकर खाया। सिपाहियों का भी वही हाल था। चलते समय तृप्त हवलदार हाथ जोड़कर बोला, "हमारे लायक कोई सेवा हो तो बताया जाएगा।" ठाकुर साहब इसी अवसर की प्रतीक्षा में थे। उसे अपने साथ प्रेम से अन्दर के कमरे में ले गए। राम प्रवेश सिंह और लड्डन सिंह भी साथ थे। कुछ गुपचुप बातें हुईं। थोड़ी देर बाद हवलदार और जवानों ने हँसते-मुस्कराते ठाकुर साहब से विदा ली।

अगले दिन पोलिंग पार्टियाँ शाम ढलते-ढलते पहुँच गईं। पंचायत में कुल दो बूथ

थे : दाउदपुर और सूरजपुर। दोनों गाँव एक-दूसरे से सटे-सटे थे। सूरजपुर का बूथ हाईस्कूल में था। दाउदपुर का वहाँ के प्राइमरी स्कूल में। ठाकुर साहब ने दोनों बूथों की पोलिंग पार्टियों को कहलवा भेजा, "खाने-पीने की चिन्ता नहीं करें। हम अतिथियों को देवता मानते हैं। आप लोगों के भोजन की व्यवस्था हो रही है।" पोलिंग पार्टियों को निर्देश था कि बूथ छोड़कर कहीं नहीं जाना है। वे अपने खाने-पीने का सामान साथ में लेते आए थे। उन्हें भोजन पकाने के लिए बर्तन और जलावन की व्यवस्था करनी थी। गाँव के चौकीदार उसके लिए सक्षम थे। ठाकुर साहब ने गुमाश्ता भेज मनुहार किया, "हमें पाप का भागी न बनाइए। पूड़ी-सब्जी-दही समय पर पहुँच जाएगा।" पोलिंग पार्टियाँ कृतकृत्य हो गईं।

चुनाव के दिन सुबह से ही दलित बस्तियों में लड्डन सिंह की लम्पट सेना के मर्सीनरीज असलहे लहराते घूमने लगे। वे माँ-बहन की गालियाँ बकते हुए धमकाते, "खबरदार जो घर से निकले। भुजरी-भुजरी काट देंगे सालो।" लोग डर से घरों में दुबके पड़े रहे। कौन अपनी जान दे? नुक्कड़ सभाओं में घरेलू हथियारों के साथ 'लड़ेंगे साथी, जीतेंगे साथी' का नारा लगाने वाले नौजवान-वृद्ध-स्त्रियाँ असलहों के सामने पस्त हिम्मत हो गए थे।

इधर वोटिंग चल रही थी। अमिय जंगी सिंह के ओसारे में शान्तचित्त बैठा सेक्टर टीमों को ब्रीफ कर रहा था : अपने सेक्टर के टोलों से वोटरों को उनकी सुविधानुसार बूथों पर ले आने के काम में लग जाएँ।

"ध्यान रहे, कोई भी वोटर छूटने नहीं पाए।" वह हर टीम को बारी-बारी से समझाता।

जंगी सिंह, इन्द्रदेव सिंह और अरविन्द बूथ निरीक्षण के लिए निकल गए थे। अमिय के साथ जीवेश, त्यागी और अली मियाँ मौजूद थे। सत्या कहीं गया हुआ था। अभी टीमें अपने काम पर निकल ही रही थीं कि सत्या बदहवास दौड़ता आ पहुँचा। उसकी साँस फूली हुई थी। चेहरा लाल-भभूका हो रहा था। वह कुछ कहने का प्रयास कर रहा था, किन्तु उसकी आवाज फूली साँस के कारण अटक-अटक कर निकल रही थी। अमिय ने उसे प्यार से थपकी दी, "पहले साँस ले लो, तब कहो।" सत्या जमुना मोची के यहाँ से आ रहा था। जमुना मोची अपने घर में दुबके बैठे थे। लड्डन सिंह के गुंडों ने मोची टोले में गदर मचा रखी थी। सभी का घर से बाहर निकलना बन्द था। सत्या की भिड़ंत किसी गुंडे से हो भी गई थी।

"उसने तमंचे की मूँठ से मेरे सिर पर मारने की कोशिश की। मेरे हाथ में अगर डंडा रहा होता, मैं बिना उसका सिर तोड़े वहाँ से नहीं लौटता।" जब उसकी साँस स्थिर हुई उसने पूरी कहानी सुना दी।

सत्या को सुन टीमों के पाँव रुक गए। उत्तेजना फैल गई। अमिय शान्त बना रहा, हालाँकि उसके चेहरे पर मुस्कान की हल्की-सी परत बिछने लगी। वह परत मानो कह रही हो—यह अप्रत्याशित नहीं है। उस परत के पीछे से आगे की योजना भी झाँकने लगी थी।

"हमें पहले शान्त मन से सोचना होगा। इसका अर्थ यह है कि न केवल सूरजपुर-

दाउदपुर में भी ये गुंडे अपना काम कर रहे होंगे, वे दलित बस्तियों में आतंक फैलाने के बाद गरीब किसानों और अन्य खेतिहर मजदूरों को भी धमकाकर बूथ पर जाने से रोकेंगे।"—उसने साथियों से अपना सुविचारित मन्तव्य साझा किया।

"लेकिन हम उन्हें सफल न होने देंगे। पहले हम पुलिस कैम्प चलकर गरीबों को बूथों पर सुरक्षित ले आने की माँग करेंगे।" उसने अपनी योजना सामने रखी।

"सेक्टर टीमें हमारे लौटने तक यहीं रुकें।" वह जीवेश, त्यागी और अली मियाँ के साथ निकल गया। सत्या, जंगी सिंह, इन्द्रदेव सिंह और अरविन्द की खोज करने चला गया। उन्हें भी हालात की जानकारी देनी जरूरी थी।

हाईस्कूल बूथ पर वोटरों की लम्बी लाइन लगी हुई थी। उनमें अधिकांश ठाकुर साहब के आदमी थे। अमिय ने वहाँ पहुँच हवलदार से लम्पटों की कारगुजारी बता दलित बस्तियों में फोर्स भेजने का अनुरोध किया। थुलथुल हवलदार ने उनकी बातें ध्यान से सुनीं। थोड़ी देर तक विचार करने के बाद बड़े आराम से कहा, "देखिए जनाब, मेरे जवान बूथ छोड़कर आज कहीं नहीं जा सकते। खबर है कि इस इलाके में नक्सली बूथ लूट सकते हैं। हमें बूथ की रखवाली का हुक्म मिला है। आधी फोर्स दूसरे बूथ पर चली गई है।"

अमिय हवलदार की अन्यमनस्कता और सूचना—दोनों को देख-सुन चौंक गया। यानी अरविन्द का शक सही था? यह नक्सलियों का क्या मामला है? नक्सली किधर से आ गए?

उसने हवलदार को समझाने का प्रयत्न किया, "अगर गरीबों को बूथ पर पहुँचने ही नहीं दिया जाएगा, तो बूथ की रखवाली का क्या मतलब रह जाएगा? वैसे नक्सलियों के बारे में कभी कुछ सुना नहीं गया। अलबत्ता, गुंडों द्वारा आतंक फैलाने की सम्भावना पहले से थी। प्रशासन को हम लोगों ने पब्लिक पिटीशन भेजा था। अगर आप लोगों को गुंडों पर कार्रवाई करने में कठिनाई हो, तो कृपया कंट्रोल रूम को वायरलेस भेजकर अतिरिक्त पुलिस बल मँगवाइए।"

हवलदार भड़क गया, "सुनिए, आप हमें हमारा काम मत समझाइए। हम सब जानते हैं। आप लोग खुद नक्सलियों से मिले हुए हैं। हमारे भी जासूस हैं गाँव में।"

हवलदार कैसे उसकी बात मान लेता? ठाकुर साहब ने उसे शीशे में उतार लिया था। वह मन-ही-मन सोच रहा था, "इसी गोरे चश्मिश के बारे में परसों रात ठाकुर साहब बता रहे थे। कैसा मायावी है? संन्यासी बना घूम रहा है। बच्चू, अभी तुमने अशरफी मंडल को समझा कहाँ है? हम उड़ती चिड़िया के पर गिन लेते हैं।" अमिय हवलदार के भड़कने पर भी शान्त बना रहा, परन्तु उसके साथियों को यह नागवार गुजरा। वे हवलदार से उलझ गए, "हवलदार साहब, आप गुंडों के खिलाफ कार्रवाई करने की बजाय हम लोगों पर ही गलत इल्जाम लगा रहे हैं?

तब तक जंगी सिंह भी अरविन्द और इन्द्रदेव सिंह के साथ वहाँ पहुँच गए थे। हवलदार को जंगी सिंह ने अपना परिचय देकर समझाने की चेष्टा की, किन्तु वह टस-से-मस होने को तैयार नहीं था।

आधे घंटे की चख-चख के बावजूद कोई चारा न देख अमिय सबको साथ लेकर

वापस लौट आया। चलते समय अमिय ने हवलदार को चेतावनी दी, "हम आपकी शिकायत ऊपर के अफसरों से करेंगे। गुंडों के खिलाफ कोई कार्रवाई नहीं और इनसानों के साथ ऐसा सलूक?"

हवलदार मोटी चमड़ी का आदमी था। ठाकुर साहब ने पुलिस टीम को मोटी रकम देने का भी वादा किया था। वैसे भी बूथों की सुरक्षा करने का वायरलेस उसके पास आया था। शिकायत का जवाब था उसके पास। अमिय की चेतावनी चिकने घड़े पर पानी की बूँदों-सी बेअसर रही।

वापस लौटकर अमिय ने साथियों से आगे की योजना पर मशविरा किया, "हम चुप बैठे नहीं रह सकते। आत्मरक्षा में हमें हथियार उठाना होगा। हमें स्वयं लम्पटों का प्रतिरोध करना होगा।" त्यागी को छोड़ सभी सहमत थे।

त्यागी के मन में द्वंद्व चल रहा था। उसे विश्वास था कि पुलिस फोर्स दलितों को बूथों तक ले आने में मददगार होगी, किन्तु हवलदार का रवैया देख उसे मार्मिक पीड़ा हुई। उसे लगता था कि जनता पार्टी के शासन में पुलिस का चरित्र जनपेक्षी हो गया होगा। उसकी यह सोच निरर्थक साबित हो गई थी, परन्तु प्रतिरोध के दर्शन को उसका मन स्वीकार नहीं कर पा रहा था। उसने अपना अन्तर्द्वंद्व प्रकट किया, "साथियो, हम गांधी, जयप्रकाश और लोहिया के लोग हैं। हम गुंडों की हिंसा का मुकाबला उन्हीं की तर्ज पर करें, क्या यह हमें शोभा देगा? मेरी राय है कि हम लोग दोनों बूथों पर इस गुंडागर्दी के खिलाफ अनशन पर बैठ जाएँ। पुलिस वाले मजबूर होकर गुंडों को भगाने के काम में लग पड़ेंगे।"

अरविन्द को त्यागी की यह तजवीज पसन्द न आई। उसने दो टूक शब्दों में कहा, "त्यागी भाई, यह एक दिन का मामला नहीं है। भूमि और मजदूरी आन्दोलन में रोज ही किसी-न-किसी रूप में हम पर हिंसा थोपी जा रही है। आज अगर हम थोपी गई हिंसा के मुकाबले दलितों-शोषितों को लामबन्द कर प्रतिरोध नहीं कर पाए, निश्चित है कि सामन्तशाही के खिलाफ हमारी मुहिम दम तोड़ देगी।"

अमिय को प्रमोद याद आ गया। त्यागी और प्रमोद, दोनों पवित्र आत्माएँ हैं—उसने सोचा। समाज के अन्तर्विरोध जैसे हैं, वैसे इनको नहीं दीखते। इनके पवित्र हृदय में समाज का जो आदर्श स्वरूप बसा है, उसी का प्रतिबिम्ब उन्हें बाहर भी दीख पड़ता है। अमिय ने जेल में गरीब कैदियों से समाज की बीभत्स सच्चाइयाँ सुनी थीं। उनकी मानसिक यातना को नजदीक से सुना-जाना था। नित के संघर्षों में भी वह समाज की संरचनात्मक विरूपताएँ बहुत करीब से देखता आ रहा था। वह तो स्वयं गांधी जी के दर्शन का आग्रही था, पर हिंसा-अहिंसा का प्रश्न वह बोधा मठ के भूमि आन्दोलन में ही हल कर चुका था। फिलहाल उस पर पुनर्विचार का वह समय न था। कर्म का समय था।

उसने अपनत्व से त्यागी के कन्धे पर हाथ रखते हुए कहा, "साथी, संघर्षों के दौरान मेरी यह समझ पुख्ता होती रही है कि अपने लोगों से लड़ने के लिए उपवास या अनशन कारगर हथियार है। मैं जोर देकर दोहराता हूँ : अपने लोगों से लड़ने के लिए, दुश्मनों से लड़ने के लिए नहीं। लड्डन सिंह और उसके मर्सीनरीज हमारे अपने नहीं,

गरीब, शोषित-पीड़ित जनता के दुश्मन हैं और जनता के दुश्मनों का मुकाबला जनता को लामबन्द कर ही किया जा सकता है। अरविन्द का कथन सोलहों आने सही है।"

अब किसी सोच-विचार का समय नहीं बचा था। दोपहर होने को आ रही थी। वोटिंग का समय पाँच बजे शाम तक ही था। योजना के मुताबिक सूरजपुर और दाउदपुर के लिए अलग-अलग आत्मरक्षा दल गठित किए गए। प्रत्येक में दस-दस नौजवान थे। आत्मरक्षा दलों के पास घरेलू हथियार थे—लाठी, कुल्हाड़ी, दाव वगैरह। अमिय सूरजपुर के आत्मरक्षा दल में था, नि:शस्त्र। जंगी सिंह और अरविन्द सिंह उसके साथ थे। उसे अकेले खतरे में कैसे डालते? त्यागी को छोड़ दिया गया। जीवेश, अली मियाँ, इन्द्रदेव सिंह और सत्या दाउदपुर वाले दल के साथ हो लिए।

इसके बाद जो कुछ घटित हुआ, उसकी अनुगूँज बरसों तक उस इलाके में सुनाई पड़ती रही। बाद में वह किस्से-कहानियों का हिस्सा बन गई। पुलिस के शब्दकोश में दो नए शब्द जुड़े—पीपुल्स मिलिशिया और सेल्फ डिफेंस स्क्वाड।

जब आत्मरक्षा दल सूरजपुर के मोची टोले में पहुँचा, लम्पट सेना के गुंडे विजय के उन्माद में आराम फरमा रहे थे। बस, 4-5 घंटे में किला फतह हो जाना था। अचानक वे लाठी-डंडे, कुल्हाड़ी, दाव, दरांती चमकाते नौजवानों द्वारा घेर लिए गए। नौजवानों का साहस देख दुबके पड़े गरीब, दलित, औरत-मर्द अपने घरों से हरहराकर निकले जैसे किसी उफनती नदी का बाँध टूट गया हो। इस जन-मिलिशिया ने लम्पटों के तमंचे जब्त कर उनकी मुश्कें बाँध दीं। वे चिल्ला न सकें, इसलिए उनके मुँह में कपड़ा ठूँस दिया गया। फिर क्या था? उनके डर से पीले पड़े गरीब-स्त्री पुरुषों ने उनकी ऐसी धुनाई की कि बेचारे चिल्ला भी न सके।

इस पूरी कार्रवाई में किसी का खून नहीं बहा। एक भी गोली नहीं चली, लेकिन गरीब जनता की संगठित ताकत ने प्रजातंत्र के उस यज्ञ में लम्पटों और मर्सीनरीज की हिंसा की आहुति दे डाली। उस समय लड्डन सिंह ठाकुर रमापति सिंह की डेवढ़ी में अंग्रेजी शराब की चुस्कियों के बीच अपनी हीरोगीरी के किस्से सुनाने में मस्त था। जब दलित बस्तियों से वोटरों का झुंड निकल-निकल बूथों पर पहुँचने लगा, रंग में भंग पड़ गया। सारी व्यूह-रचना ध्वस्त हो चुकी थी। मूक-बधिर समझे जाने वाले गरीब किसानों, खेतिहर मजदूरों और दलितों ने घरेलू हथियारों से बाजी पलट दी थी। अन्तिम वोट पड़ जाने और बैलेट बक्सों के मुहर बन्द होकर मजिस्ट्रेट की सुपुर्दगी में पहुँच जाने तक जनता की वह पलटन अपनी ड्यूटी पर तैनात रही। जंगी सिंह की जीत पक्की हो गई।

रात घिरने लगी थी। स्याह अँधेरा आसमान से उतर आया था। टिटिहरियों की टी-टी ध्वनि मनहूसियत-सी फैला रही थी। जन-मिलिशिया में शामिल स्त्री-पुरुष अपनी विजय की खुशबुओं में तर-बतर अपने-अपने घरों को लौट चुके थे। पर जब इतिहास करवट बदलने लगता है, घड़ी की सूइयाँ बेमानी हो जाती हैं। उस रात वैसा ही कुछ घटित हो गया।

पुलिस कैम्प के जवान दिन भर की ड्यूटी से निढाल थे। थका-माँदा हवलदार अशरफी मंडल अपने बिस्तर में लेटा उदासी में डूबा हुआ था। उदासी की वजह थी

कि ठाकुर साहब को परसों रात दिया अपना वचन वह निभा नहीं पाया था। तय हुआ था कि पुलिस लड्डन सिंह का साथ देगी। क्या करता? लड्डन सिंह के साथियों की चिल्लाहट तक उसके कानों में न पहुँची थी। अब ठाकुर साहब से एक पाई तक मिलने की उम्मीद न थी। थकान और उदासी के कारण उसे हल्की-सी झपकी आई ही थी कि जवानों के शोर-शराबे से वह झल्ला गया, "सालो, हमने हुक्म दिया था कि थके-माँदे हो, थोड़ा आराम कर लो। लेकिन तुम लोग न खुद आराम करोगे, न मुझे करने दोगे... "

वह आगे का वाक्य पूरा भी न कर पाया था कि उसकी घिग्घी बँध गई। अपने चेहरों को लाल गमछों से ढके हथियारबन्द नौजवानों के एक दल ने पुलिस कैम्प पर अचानक हमला कर दिया था। उन्होंने जवानों के हाथ-पाँव रस्सियों से बाँध दिए थे। उनमें से तीन-चार नौजवानों ने हवलदार को पकड़कर उसके सीने से तमंचा सटा दिया। उसके भी हाथ-पाँव रस्सियों से जकड़ दिए गए। एक गोरा चश्माधारी, मध्यम कद-काठी का नौजवान उनका लीडर था। सम्भवतया हमलावरों ने जवानों को अपनी गिरफ्त में लेकर ताबड़तोड़ लात-घूँसे बरसाए थे। पिटाई के कारण जवानों के मुँह से निकली चीख को हवलदार ने शोर-शराबा समझा था। जवान बेबस, लाचार होकर गिरे पड़े थे। हवलदार की हालत पतली हो गई। रोता हुआ गिड़गिड़ाने लगा, "भइया, हम अशरफी मंडल अत्यन्त पिछड़े वर्ग के गरीब आदमी हैं। हमारा जान मत मारिए। बेटी का ब्याह करना है। बाबूजी खाट से लग गए हैं। मइया हमेशा बीमार रहती है। मैं मर गया तो सारा परिवार जहर खा लेगा।"

हवलदार को रोता-गिड़गिड़ाता देख पुलिस के जवान भी रोने-सिसकने लगे थे। साक्षात् मौत को सामने देख उनका खून भय से सर्द हो गया था। सभी अपने घरों की गरीबी का वास्ता देकर प्राणों की भीख माँगने लगे। उन्हें आभास हो चला था कि अगले ही पल उनका गला रेत दिया जाएगा। कोंच के बम बहादुर शर्मा वाली वारदात के बाद से ही नक्सली दस्ते गया के दक्षिणी इलाके में ऐसी ही कार्रवाइयाँ कर रहे थे। बोलचाल में इस क्रूरता को नाम मिला था—छह इंच छोटा कर देना।

लेकिन जवानों को जो आभास हो रहा था, वह नहीं हुआ। हमलावरों ने कैम्प की सभी राइफलें और मैगजीनें जब्त कर लीं। हथियारों को अपने कब्जे में लेने के बाद लीडर ने हाथ से लिखा एक पर्चा स्कूल की दीवार पर चिपका दिया। इधर पर्चा चिपका, उधर पूरा दल अँधेरे में आराम से निकल गया। पर्चे में लाल रौशनाई से मोटे-मोटे अक्षरों में लिखा था—

*दीर्घकालीन लोक युद्ध जिन्दाबाद।*
*मजदूर किसान एकता जिन्दाबाद।*
*यूनिटी कमिटी जिन्दाबाद।*
*कृषि क्रान्ति जिन्दाबाद।*

हमलावरों के चले जाने के बाद जैसे पुलिस कैम्प में जिन्दगी दोबारा वापस लौटी। जवानों ने किसी तरह एक-दूसरे को रस्सियों से आजाद किया। हवलदार के

आँसू पोंछ उसे ढाढ़स बँधाया। शुक्र था कि वायरलेस सेट हमलावरों के हमले से सुरक्षित था। हवलदार ने उखड़ी-उखड़ी साँसों में जहानाबाद थाने को वायरलेस पर सारा वाकया कह सुनाया।

जब थानेदार राम बदन सिंह भारी पुलिस बल के साथ कैम्प पर पहुँचा, ठाकुर रमापति सिंह अपने समर्थकों के साथ वहाँ मौजूद थे। स्कूल की दीवार पर चिपका वह पर्चा चर्चा के केन्द्र में था। उन्होंने हवलदार और सभी पुलिस जवानों को न केवल ढाढ़स बँधाया था, उनके लिए ताजा मीट-भात का भी इन्तजाम कर दिया था। मीठी झिड़की देते हुए बोले थे, "आप सभी हमारे बेटे जैसे हैं। दिन की पूड़ी-सब्जी क्यों खाएँगे?" दिन में उन्होंने बूथ पर जो पूड़ी-सब्जी भिजवाई थी, वह बची हुई थी।

हवलदार उनका मनुहार-प्यार देख रोने लगा था। उससे सारी वारदात सुन-समझ ठाकुर साहब ने हमलावरों के लीडर को पहचानने में मदद भी की। लीडर के अलावा सभी के चेहरों पर गमछा बँधा था। वे कैसे पहचाने जाते?

"गोरा, चश्मा पहने हुए, बीच के कद का नौजवान? ओह समझ गया।" उन्होंने हवलदार के कान में अपना सन्देह फुसफुसा दिया था।

हवलदार जिस स्थिति में था, उसमें सही और गलत के बीच फर्क करने की शक्ति चूक-सी जाती है। उसे नौकरी जाने का नया डर सताने लगा था। राइफलें लूट ली गईं? पुलिस फोर्स क्या कर रही थी? हमलावरों पर फायर क्यों नहीं किया? क्या सभी भाँग पीकर सोए थे? या नक्सलियों से मिलकर खुद ही यह ड्रामा रचा गया था? इन सवालों का उसके पास क्या जवाब था? सन्तरी पोस्ट पर किसी को तैनात ही नहीं किया था उसने। सब थके हुए थे, ऐसा कहने से कौन विश्वास करता पुलिस महकमे में?

दारोगा राम बदन सिंह ने हवलदार और बाकी जवानों से अलग-अलग पूछताछ की। सबने दस्ते के लीडर की तस्दीक कर दी।

जब घड़ी की सूइयाँ आधी रात पार कर भोर का तीन बजा रही थीं, दारोगा ने जंगी सिंह के घर पर छापा मारा। डॉक्टर अमिय छत पर सो रहे थे। इसके पहले कि कोई कुछ समझे, पुलिस ने राइफल लूट कांड में डॉक्टर अमिय को गिरफ्तार कर लिया। हवलदार और पुलिस जवानों ने उसकी पहचान बतौर हमलावरों के लीडर के रूप में की थी। राम बदन सिंह दारोगा ने जंगी सिंह और उनके साथियों की एक न सुनी। अमिय को रातोरात हवालात पहुँचा दिया गया।

राइफल लूट कांड महीनों तक सुर्खियों में छाया रहा। वह स्थानीय परिघटना नहीं रहकर मध्य बिहार में एक सर्वथा नए नक्सली संगठन के उदय और दुस्साहस की मुनादी बन गया। पटना से दिल्ली तक सत्ता के गलियारों में उसकी धमक सुनाई देने लगी। इस नए संगठन से निपटने की रणनीति के तहत संवेदनशील गाँवों में पुलिस कैम्पों की संख्या बढ़ा दी गई। संवेदनशील गाँव वे थे जहाँ भूमि-सुधार और न्यूनतम मजदूरी के लिए गरीब किसानों और मजदूरों का आन्दोलन हुआ था अथवा हो रहा था। राज्य की खुफिया पुलिस और इंटेलिजेंस ब्यूरो सक्रिय हो गए। राइफलों की बरामदगी के लिए संवेदनशील गाँवों में छापे मारे जाने लगे।

छापों से राइफलें क्या बरामद होतीं, गरीब किसानों और मजदूरों पर पुलिसिया गाज गिरने लगी। सैकड़ों गिरफ्तार हुए। बड़ी मुश्किल से जमानत मिली। गरीबों के बर्तन-भांडे तक बिक गए। जंगी सिंह, अरविन्द, इन्द्रदेव सिंह, सत्या, जीवेश और त्यागी से भी कड़ी पूछताछ हुई। इधर जमानत के इन्तजार में अमिय महीनों तक जहानाबाद जेल में सड़ता रहा। समाज परिवर्तन के पथ का वह पथिक स्वयं चकित था, उन चन्द नौजवानों के दुस्साहस पर। वे कौन थे? किधर से आए थे? राइफल लूटने के बाद किधर खो गए? वह इन पहेलियों को सुलझा नहीं पा रहा था। जंगी सिंह, अरविन्द, इन्द्रदेव सिंह और सत्या भी अवाक् थे। लम्पटों की फौज का प्रतिरोध करना एक बात थी, किन्तु पुलिस से राइफलें छिनना बिलकुल दूसरी बात थी। उस दिन लड्डन सिंह के गुंडों से जो तमंचे जब्त किए गए थे, सबने सोचा था, उसे थाने में जमा करा देंगे। अमिय की गिरफ्तारी के बाद तमंचों का उनके पास पाए जाने का मतलब होता, राइफल लूट कांड में अपनी संलिप्तता की गवाही देना। अरविन्द ने अमिय की गिरफ्तारी के बाद सभी तमंचे इधर-उधर के गाँवों में दोस्तों-सम्बन्धियों के पास छिपा दिए थे।

इधर जंगी सिंह मुखिया बनने के बाद दुबारा प्रमुख चुन लिए गए थे। जिले भर में उनके जैसा ईमानदार और कर्मठ मुखिया दूसरा कोई न था। अमिय को जमानत दिलवाने के लिए उन्होंने रात-दिन एक कर दिया था। लगभग चार महीनों के जेल प्रवास के बाद अन्ततः अमिय को हाईकोर्ट से जमानत मिल गई।

अमिय को जेल में सड़ाने की पुलिस की जो भी मंशा रही हो, जेल प्रवास से उसका संकल्प मजबूत ही हुआ। जहानाबाद अनुमंडल में जन-संघर्षों की कमान जंगी सिंह और दूसरे साथियों को सौंप, अधूरे कामों को पूरा करने वह डेहरी-कैमूर वापस लौट गया। नया संघर्ष, नई चुनौतियाँ उसकी प्रतीक्षा कर रही थीं।

## नया संघर्ष, नई चुनौतियाँ

डेहरी में सिंचाई कामगारों के बीच अमिय के काम की चर्चा कर्मनाशा के तट पर भी पहुँच गई थी। वहाँ करमचट गाँव में दुर्गावती जलाशय परियोजना का काम चल रहा था। परियोजना के वर्कचार्ज कामगारों को काम का पूरा दाम नहीं मिलता था। उनको मिलने वाली रकम पर खजांची की कैंची चल जाती थी। आम चर्चा थी कि काटी गई रकम का हिस्सा ऊपर से नीचे तक बँटता था। परियोजना के आरम्भ काल से यह परिपाटी चली आ रही थी। यदि किसी कामगार ने चूँ-चपड़ की, वर्कचार्ज की सूची से उसका नाम सदा-सर्वदा के लिए अस्त कर दिया जाता था। जब अपनी रकम के साथ क्लान्त कामगार वेतन खिड़की से हटता, उसका सामना सूदखोर महाजनों से होता था। वेतन का पैसा कब बँटेगा, इसको लेकर घोर अनिश्चितता की स्थिति के कारण उन्हें महाजनों से महँगे ब्याज पर कर्ज लेकर घर का खर्चा चलाना पड़ता था। महाजन दिल

खोलकर उधार देते। सो, वेतन खिड़की से हटते ही वहाँ डटे महाजन बही-खाता खोल पहले ब्याज की पूरी रकम वसूल लेते। मूलधन की उन्हें ज्यादा चिन्ता न रहती। मूलधन कामधेनु जैसा था, खूब ब्याज देने वाला। यदि कोई ब्याज देने में आनाकानी करता, झपट्टा मार उसकी टेंट से इच्छित रकम निकाल लेते।

उनमें से कुछ सजग कामगारों ने डॉक्टर अमिय में उद्धारक की छवि देखी। वे उससे मिलने डेहरी पहुँच गए। यूनियन के दफ्तर में लम्बी बातचीत के बाद अमिय ने उनके मर्ज का इलाज ढूँढ़ निकाला—

"साथियो, अपने ऊपर हो रहे शोषण के न्यायपूर्ण समाधान के लिए आपको संगठित होना पड़ेगा। बिना संगठन के कोई संघर्ष सफल नहीं हो सकता और बिना संघर्ष किए शोषण का खात्मा सम्भव नहीं है।"

इस मुलाकात के सप्ताह भर बाद अमिय का ठिकाना बदल गया। वह करमचट को अपना अस्थायी मुख्यालय बना उन सजग कामगारों के साथ संगठन बनाने के काम में जुट गया। उसकी कोशिश थी कि केवल वर्कचार्ज ही नहीं, मस्टर रोल और नियमित भर्ती के कामगारों को मिलाकर सशक्त संगठन बने। इनमें से वर्कचार्ज कामगारों को संगठित करना आसान नहीं था। उनके अन्दर यह डर गहरे बैठ गया था कि प्रबन्धन के खिलाफ इन्होंने पत्ता भी खड़काया, उन्हें अपनी नौकरी से हाथ धोना पड़ सकता है। दरअसल वे पिछड़े, दलित और मुस्लिम समाज से आते थे जिनकी आजीविका का एकमात्र साधन था, उनका हाथ। हाथों की मेहनत से ही उनकी रोजी-रोटी चलती थी। या तो वे दूसरे के खेतों में मजदूरी कर अपने परिवार का पेट पालें अथवा वर्कचार्ज स्टाफ के रूप में सारी जलालतें बर्दाश्त कर भी परियोजना में पड़े रहें। गाँव में झोंपड़ी अथवा कच्चे घर के अलावा संसाधन के नाम पर कुछ बकरियाँ, मुर्गियाँ या बहुत हुआ तो देसी गाय छोड़कर उनके पास कुछ भी नहीं था। खेतों में मजदूरी की दर बहुत कम थी और काम भी हमेशा नहीं रहता था। परियोजना में वर्कचार्ज स्टाफ का काम मिल जाने को वे अपना सौभाग्य समझते थे।

अमिय ने उन्हें विश्वास में लेकर पहले उस डर से लड़ना सिखाया। एकता की ताकत समझाया। कहता, "एकता का अर्थ है, खुद को एक-दूसरे का पारिवारिक सदस्य समझना। ऐसा कि एक का दर्द और खुशी सबका दर्द और खुशी बन जाए। इस एकता के कारण हम चट्टान की तरह खड़े रहकर हर झंझावात से मुकाबला कर सकते हैं। यदि एकता न होगी, तो शोषण का यह सिलसिला वैसे ही चलता रहेगा, जैसा कि अब तक चलता आया है।"

संगठन बनाने की प्रक्रिया में अमिय ने सबसे पहले वर्कचार्ज मजदूरों पर फोकस किया। मैनेजमेंट को वर्कचार्ज स्टाफ का वेतन भुगतान सीधे ट्रेजरी के मार्फत करने का पिटीशन देना शुरू किया। जैसा कि होना था, पिटीशन रद्दी की टोकरी के हवाले किए जाते रहे। अमिय ने हार न मानी। वह पिटीशन भेजता रहा। जब संगठन में कामगारों की संख्या बढ़ी, उसने अगला कदम उठाया। संगठन के सदस्य अपना शिफ्ट खत्म कर सिंचाई कामगार यूनियन, शाखा करमचट के बैनर तले वर्कचार्ज

कामगारों को सरकारी खजाने से वेतन भुगतान की माँग के समर्थन में बिला नागा रोज एक घंटा धरने पर बैठने लगे। अपनी माँगों के समर्थन में उनके हाथों में तख्तियाँ भी होतीं। यह परियोजना में मजदूर आन्दोलन की शुरुआत थी। अमिय संन्यासियों वाली अपनी वेशभूषा में धरने में सबसे आगे बैठता। धरने पर बैठने वाले अधिकांश सदस्य वर्कचार्ज मजदूर थे। इससे दूसरे मजदूरों में कौतूहल जगा, "यह हो क्या रहा है भाई? न कभी देखा, न सुना।"

धरना इस मामले में नायाब था कि उससे परियोजना के कामों में कोई बाधा नहीं पड़ रही थी। जब कभी सुपरवाइजर उधर से गुजरते, धरने पर बैठे कामगार उनका यथोचित अभिवादन करते। अपनी शिफ्ट आने पर पूरी मेहनत से काम करते। प्रबन्धन को शिकायत का कोई मौका नहीं देते।

धरने से आपस में भाईचारे की भावना भी बढ़ी। धरने पर बैठने वाले मजदूर छुट्टियों के दिन एक-दूसरे के घर मिलने-जुलने जाते। साथ खाते-पीते। इससे उनके बीच रसोई और जाति-धर्म की दीवारें टूटने लगीं। संगठन के विस्तार के साथ धरने पर बैठने वालों की संख्या बढ़ती चली गई और उसी के साथ भाईचारे की भावना को भी नया आयाम मिलने लगा।

अमिय सूक्ष्मता से धैर्यपूर्वक आन्दोलन की इस पूरी प्रक्रिया को संचालित कर रहा था। जब उसने आकलन किया कि लोहा गरम हो गया है, आन्दोलन ने एक लम्बी छलाँग मारी। तब तक प्रबन्धन को बीसियों पिटीशन दिए जा चुके थे जो रद्दी की टोकरी में धूल फाँकते हुए चूहों के ग्रास बन चुके थे। संगठन ने सभी पिटीशनों की पावती रसीद ले ली थी। संगठन ने प्रबन्धन को अल्टीमेटम दिया, "हमारी पिटीशनों पर यदि एक सप्ताह के अन्दर कोई कार्रवाई नहीं हुई तो हम संविधान प्रदत्त अधिकारों का प्रयोग करते हुए प्रबन्धन का घेराव करेंगे।" अल्टीमेटम के साथ सुलभ संकेत हेतु भेजे गए सभी पिटीशनों की पावतियाँ संलग्न कर प्रबन्धन को भेज दी गईं।

इस अल्टीमेटम ने परियोजना में ऊपर से लेकर नीचे तक खलबली मचा दी। बाप रे, अधीक्षण अभियन्ता और कार्यपालक अभियन्ता जैसे साहबों की कृपा पर पलने वाले वर्कचार्ज मजदूरों की यह हिम्मत? मस्टर रोल और नियमित श्रेणी के मजदूर अचम्भे में थे। संगठन से बाहर रहे वर्कचार्ज मजदूरों में संगठन का सदस्य बनने की ललक बढ़ने लगी।

परन्तु अल्टीमेटम से प्रबन्धन भड़क गया। एस.डी.ओ., एस.पी. तथा कलेक्टर को त्राहिमाम सन्देश भेजा गया, "बाहरी तत्त्व शान्त मजदूरों को भड़का रहे हैं। जहानाबाद राइफल लूटकांड का मुजरिम डॉक्टर अमिय, जो श्वेताम्बर धारी संन्यासी की वेशभूषा में रहता है, इनका अगुआ है। परियोजना का काम ठप्प हो सकता है। सरकार को लाखों का नुकसान होगा। कार्रवाई की जाए।"

त्राहिमाम सन्देश की जानकारी मजदूरों से छुपी न रही। कौतूहल और अचम्भे का स्थान उस युवा संन्यासी के प्रति आकर्षण ने ले लिया। देखें आगे क्या होता है—वे सभी साँस रोके आगे के घटना-क्रम की प्रतीक्षा कर रहे थे। प्रबन्धन से सभी श्रेणी के मजदूरों की कुछ-न-कुछ शिकायतें थीं।

सप्ताह बीतते-बीतते मामले की जाँच करने एस.डी.ओ. और एस.डी.पी.ओ. भभुआ करमचट आ गए। एस.डी.ओ. ने धरने पर बैठे मजदूरों से बातें कीं। उनकी माँगों को समझा। उसे उनकी माँगें कहीं से भी गैर-वाजिब नहीं लगीं। उसने सुपरवाइजरों से बातें कीं। किसी ने सिंचाई कामगार यूनियन के कार्य-कलापों की शिकायत नहीं की। कइयों ने यूनियन को बेहद अनुशासित संगठन तक करार दिया। एस.डी.पी.ओ. भी अनुभवी पुलिस अधिकारी था। उसे बाहरी तत्त्वों के यूनियन को भड़काने के आरोप में कोई सच्चाई नहीं दिखी। वर्कचार्ज मजदूरों को सरकारी खजाने से वेतन भुगतान नहीं किए जाने के पीछे कोई दमदार तर्क प्रबन्धन के पास नहीं था। परियोजना चीफ अधीक्षण अभियन्ता पेपरवर्क बढ़ जाने और विभाग से अलॉटमेंट मिलने में देरी को इसका प्रमुख कारण गिना रहा था। उसकी शिकायत घूम-फिर कर डॉक्टर अमिय पर आकर टिक गई।

"हमारे मजदूर शान्तिप्रिय रहे हैं, किन्तु जब से यह नक्सली संन्यासी आया है, तभी से यूनियनबाजी की शुरुआत हुई है। हमें पूरा विश्वास है कि यह परियोजना को सैबोटाज करने यहाँ आया है।" अधीक्षण अभियन्ता ने नमक-मिर्च लगाकर डॉक्टर अमिय की शिकायत की। अमिय जैसे काँटे के निकल जाने पर उसकी मौज-ही-मौज थी। मजदूर उसके लिए भेड़ों की तरह थे। जिधर हाँकता था, सिर झुकाए उधर चल देते थे।

एस.पी. ने डॉक्टर अमिय के बारे में पुलिस मुख्यालय से पूरी जानकारी एकत्र की थी। डी.आई.जी. ने अपने सुपरविजन नोट में जहानाबाद राइफल लूट कांड में डॉक्टर अमिय को निर्दोष माना था। यह भी माना था कि नक्सलियों से उसका कोई सम्बन्ध न था। एस.डी.पी.ओ. को करमचट जाने के पूर्व एस.पी. ने ब्रीफ कर दिया था।

"पुलिस के पास डॉक्टर अमिय के नक्सली होने की कोई सूचना नहीं है। आपको ऐसी सूचना कहाँ से मिली, इंजीनियर साहब?" एस.डी.पी.ओ. ने व्यंग्यात्मक लहजे में सवाल दागा।

अधीक्षण अभियन्ता अचकचा गए।

"कृपया तिल को ताड़ मत बनाइए।" एस.डी.ओ. ने उन्हें ताकीद किया, "और हाँ, मजदूरों की माँगें जेनुइन हैं। समाधन निकालिए।"

"वैसे शान्ति-व्यवस्था बनाए रखने के लिए जरूरत के मुताबिक पुलिस बल प्रतिनियुक्त रहेगा।" एस.डी.पी.ओ. ने आश्वस्त किया।

अधीक्षण अभियन्ता समाधान क्या निकालता, पुलिस बल की प्रतिनियुक्ति से उसकी हठधर्मिता बढ़ गई। उसने घोषित कर दिया कि यूनियन की माँगें मानने योग्य नहीं हैं। इस आशय की लिखित सूचना भी उसने यूनियन को भिजवा दी। शायद उसे यूनियन की ताकत का सही अन्दाजा नहीं हो पाया था।

अल्टीमेटम की अवधि खत्म होने के अगले दिन पचासों मजदूरों ने, साहब लोग जब लंच के लिए घर जाने अपने चेम्बर से निकले, उन्हें चारों तरफ से घेर लिया। बेचारे तेज धूप में पसीना-पसीना होने लगे। मजदूरों ने ऐलान कर दिया— समझौता-पत्र पर दस्तखत किए बगैर वे उन्हें वहाँ से जाने नहीं देंगे। अमिय उनका नेतृत्व कर रहा

था। पुलिस बल समझ ही नहीं पा रहा था कि वह इस परिस्थिति में क्या करे? शान्ति बनी हुई थी। मजदूर अपनी माँगों के समर्थन में खुद धूप में खड़े रहकर महज नारे लगा रहे थे। इस तमाशे को देखने अन्य श्रेणी के मजदूरों की भीड़ खिंची चली आई। भीड़ उचक-उचक कर डॉक्टर अमिय का भाषण सुनने लगी। वह तेज आवाज में हाकिमों से कह रहा था—

"मजदूरों के जाँगर-तोड़ मेहनत की कमाई पर कैंची चलाना गैर-कानूनी और भ्रष्ट आचरण है। लोग भ्रष्टाचार नहीं सहेंगे। अगर वर्कचार्ज मजदूरों का वेतन खजाने से सीधे मिलने लगे, वे अफसरों के भ्रष्टाचार और सूदखोर महाजनों की गिद्ध दृष्टि से महफूज रहेंगे। जब तक समझौता नहीं होगा, हमारा घेराव जारी रहेगा।"

मजदूरों ने जोर से नारा लगाया—हम लड़ेंगे साथी, हम जीतेंगे साथी। शाम होते-होते हाकिमों की हालत बिलकुल पतली हो चुकी थी। समझौता-पत्र पर दस्तखत करने के अलावा उनके पास कोई चारा नहीं बचा था। जिला प्रशासन पहले ही मजदूरों की माँगों को जायज बता चुका था। ऐसे में प्रशासन से सहायता की कोई उम्मीद नहीं थी। देर शाम समझौता-पत्र हस्ताक्षरित हो गया। यूनियन की ओर से पाँच मजदूरों ने अपने दस्तखत किए। प्रबन्धन की ओर से अधीक्षण अभियन्ता, कार्यपालक अभियन्ता और पर्सनल मैनेजर को हस्ताक्षर करने पड़े। जब तक हस्ताक्षर न हुए, दोपहर में जुटी तमाशाई भीड़ भी जमी रही।

समझौता-पत्र के हस्ताक्षरित होते ही दर्जनों बलिष्ठ भुजाओं ने डॉक्टर अमिय को भावनाओं के उद्रेक में अपने कन्धों पर उठा लिया। अमिय की जय-जयकार होने लगी। कोई लपककर फूलों की मालाएँ लेता आया। अमिय को फूल-मालाओं से लाद दिया गया।

तभी तमाशाई भीड़ में से एक नौजवान निकल अमिय के सामने हाथ जोड़कर खड़ा हो गया।

"सर, आपकी कृपा से वर्कचार्ज स्टाफ का भला तो हो गया। हम मस्टर रोल स्टाफ की भी अर्ज सुनी जाए। हमारी मजदूरी से रविवार के पैसे काट लिए जाते हैं, जबकि मस्टर रोल और वर्कचार्ज स्टाफ नियमित मजदूरों जितना ही महीने भर काम करते हैं। समान काम का समान वेतन मिलना हमारा संवैधानिक अधिकार है। हमें रविवार का सवैतनिक अवकाश मिलना चाहिए।" वह नौजवान हीरा शर्मा था जो मस्टर रोल पर परियोजना में लम्बे समय से काम कर रहा था। भीड़ ने हीरा शर्मा का समर्थन किया। सभी बेहद जोश में थे।

लोहा गरम था। सही समय पर सटीक चोट पड़ी। अगले दिन यूनियन ने वर्कचार्ज और मस्टर रोल मजदूरों का रविवारीय अवकाश सवैतनिक करने की माँग अधीक्षण अभियन्ता के समक्ष पिटीशन के माध्यम से उठाई। बेचारा पिछले दिन ही घोर कष्ट में पड़ा था। उसने दस दिनों का समय माँगा। मुख्य अभियन्ता तथा फाइनेंस अफसर की सहमति जरूरी थी। बेचारे ने खुद दौड़-धूप कर उन्हें सहमति देने को राजी कर लिया। यूनियन की माँग बिना किसी आन्दोलन के पूरी हो गई।

## 2

सिंचाई कामगार यूनियन, करमचट शाखा धीरे-धीरे परियोजना के तीनों श्रेणी के मजदूरों की नुमाइंदगी करने वाली संस्था बन गई। डेहरी की तरह ही अमिय ने शाखा के विभिन्न पदों पर सभी जाति के सदस्यों को जिम्मेदारियाँ सौंपने का प्रस्ताव रखा। सभी ने प्रस्ताव का स्वागत किया। ऐसा होने से जाति फैक्टर टूटा तथा आपसी भाईचारे की भावना प्रगाढ़ होती चली गई। यूनियन ने काम के घंटों और शिफ्ट की व्यवस्था को तर्कसंगत बनाने के मुद्दों पर भी मजदूरों को लामबन्द कर संघर्ष चलाया।

डेहरी और करमचट में यूनियन की दोनों शाखाएँ स्वायत्त काम कर रही थीं। किन्तु सदस्य संख्या बढ़ते जाने के बाद सबने महसूस किया कि दोनों को मिलाकर केन्द्रीय समिति का विधिवत् गठन किया जाना चाहिए। अमिय ने दोनों शाखाओं का सम्मेलन बुलाकर जनवादी तरीके से केन्द्रीय समिति के पदधारकों के चुनाव का प्रस्ताव रखा। यूनियन ने सर्वसम्मति से अमिय को अध्यक्ष और हीरा शर्मा को महासचिव चुन लिया। दस सदस्यों की केन्द्रीय समिति का भी चुनाव हुआ, जिसमें दोनों शाखाओं से सदस्य लिए गए।

अपने अध्यक्षीय भाषण में अमिय ने मजदूर यूनियनों के काम-काज पर राय रखी, "मेरे विचार से मजदूर यूनियनों को केवल अपने वेतन-भत्तों और सुख-सुविधाओं के लिए संघर्ष में उलझे नहीं रह जाना चाहिए। यूनियनों को आदिवासियों, खेतिहर मजदूरों और गरीब किसानों के संघर्ष से भी जुड़कर व्यवस्था-परिवर्तन का बृहत्तर आयाम विकसित करने में योगदान देना चाहिए।"

उसकी राय का स्वागत हुआ, किन्तु उस राय पर तुरन्त अमल करने में कई तरह की व्यावहारिक कठिनाइयाँ थीं। उसने आगे कहा, "मेरा ज्यादा अनुभव गरीब किसानों और खेतिहर मजदूरों के बीच काम का है। यदि आप में से कुछ लोग कैमूर-रोहतास के गाँवों में इस काम में मेरा साथ देने के लिए तैयार हों, तो मुझे प्रसन्नता होगी।"

हीरा शर्मा इस काम में अमिय का साथ देने को तैयार हो गया। उसकी देखा-देखी अन्य कई मजदूर भी आगे आए। फिर क्या था? एक न्यूक्लीयस तैयार हो गया। अधौरा पहाड़ियों में अमिय ने आदिवासी युवकों का एक समूह बनाया था जो उसकी अनुपस्थिति में ठेकेदारों और साहूकारों के खिलाफ संघर्ष को आगे बढ़ा रहा था। न्यूक्लीयस के सदस्यों की इस समूह के साथ लम्बी बातचीत हुई। सभी एकमत थे कि असंगठित क्षेत्र तथा खेतिहर मजदूरों, गरीब किसानों, दलितों एवं आदिवासियों के संविधान प्रदत्त एवं न्यायपूर्ण हकों की लड़ाई का एक साझा मंच बनना चाहिए। फलत: एक नए जन-संगठन 'कैमूर न्याय मोर्चा' की नींव डल गई।

मोर्चे की नींव डल जाने के बाद अमिय का काम बढ़ गया। जन-जागरण, संगठन निर्माण और जन-संघर्ष की आजमाई रणनीति के अनुसार मैदानी और पहाड़ी, दोनों क्षेत्रों में मोर्चे ने कदम बढ़ाए। पहाड़ी क्षेत्रों में मोर्चे का काम अधौरा की सीमा लाँघ पलामू-गढ़वा और मिर्जापुर-सोनभद्र के आदिवासी बेल्ट तक फैल गया। पहाड़ी क्षेत्रों

में न तो पक्की सड़कें थीं, न ही आवागमन की उचित व्यवस्था। अमिय और मोर्चे के साथी पाँव-पैदल गाँवों में पहुँचते। खाने-पीने की चिन्ता नहीं। कुछ मिला, खा लिया। नहीं मिला तो भूखे रहे, पर संगठन बनाने, जन-जागरण और जन-संघर्ष के काम में कोताही नहीं। मोर्चे के साथी कहते, "डॉक्टर साहब अकल्पनीय ऊर्जा पुंज से भरे हुए हैं।" वे उससे प्रेरणा लेते। संगठन निर्माण की कला सीखते। वह दुर्गम रास्तों पर साथियों के साथ देश-समाज में व्याप्त अन्तर्विरोधों और विषमताओं पर चर्चा करते हुए बढ़ता रहता। चर्चा में हँसी-मजाक भी चलता रहता। थकान इन मतवालों के हौसले देख दुम दबा भाग लेती।

कैमूर के मैदानी क्षेत्रों में मोर्चे ने ग्राम समितियाँ गठित कर भूमि-सुधार, न्यूनतम मजदूरी और मानवीय गरिमा के सवालों को पुरजोर तरीके से उठाना शुरू किया। उधर डेहरी के आसपास के गाँवों में यूनियन के कुछ उत्साही युवक अमिय के दिशा-निर्देश में किसान-मजदूरों का संगठन बनाने के काम में जुटे हुए थे। उस संगठन का विस्तार धीरे-धीरे रोहतास और औरंगाबाद के नहरी इलाकों में होने लगा। समय-समय पर अमिय उन इलाकों में स्वयं मौजूद रहता। औरंगाबाद में उसे एक प्रतिबद्ध साथी मिले—कृष्णा सिंह। बेहद जुझारू। कृष्णा सिंह के कारण संगठन को काफी मजबूती मिली। उनके नेतृत्व में न्यूनतम मजदूरी के लिए गाँवों में 'असहयोग आन्दोलन' ने जोर पकड़ा। यही नहीं, गैर-मजरुआ जमीनों के बँटवारे के लिए प्रखंड-अंचलों पर धरना-प्रदर्शन भी होने लगा। उधर जंगी सिंह, जीवेश, त्यागी, तिलेश्वर, अली मियाँ और उनके साथियों ने जहानाबाद-गया में जनता सरकारों के रूप में जन-संघर्ष का हिरावल दस्ता खड़ा कर दिया था। 1977 के विधान सभा चुनावों के ढाई-तीन सालों में पटना-जहानाबाद-गया-औरंगाबाद-रोहतास-कैमूर-पलामू-गढ़वा बेल्ट अधभूखे-अधनंगे वंचित-प्रताड़ित बहुजनों के हकों-अधिकारों के संघर्ष का क्षेत्र बनता चला गया था। मध्य बिहार की फिजाँ में सूरजपुर और जहानाबाद से शुरू हुए बदलाव का कायान्तरण व्यवस्था-परिवर्तन के हुंकार में हो गया था।

इधर देश का राजनैतिक क्षितिज भी बदल रहा था। जेपी आन्दोलन के गर्भ से निकली दिल्ली की जनता सरकार घटक दलों की महत्त्वाकांक्षाओं के बोझ तले चरमराकर ढह गई थी। जनवरी 1980 आते-आते जनता ने दिल्ली की सत्ता की बागडोर दुबारा कांग्रेस को सौंप दी थी। 'जैसे को तैसा' की तर्ज पर कांग्रेस सरकार ने बिहार सहित नौ विधान सभाएँ भंग कर नए चुनाव करा दिए थे। मई 1980 के मध्यावधि चुनाव में पटना में भी कांग्रेस की सरकार आ गई थी। जैसी आशंका थी, पिछले ढाई-तीन सालों में जमीनी स्तर पर कुछ न बदला था। उलटे, गाँवों में सामन्ती ताकतें मजबूत हो गई थीं और खेतिहर मोहभंग की स्थिति में थे। मध्य बिहार इससे अछूता न था सिवाय इसके कि व्यवस्था-परिवर्तन की हुंकार ने भविष्य के प्रति आशा को जगाए रखा। मोहभंग और हुंकार के बीच के अन्तर्विरोध ने मध्य बिहार में भूमिगत नक्सली संगठनों को सक्रिय होने का अयाचित मौका दे दिया।

भूमिगत नक्सली संगठनों में से एक—यूनिटी कमिटी—ने जहानाबाद में अपनी

सक्रियता बढ़ा दी थी। पुलिस जाँच में साबित हुआ था कि सूरजपुर राइफल लूट इसी संगठन ने किया था जबकि इसका खमियाजा डॉक्टर अमिय और निर्दोष खेतिहर मजदूरों को भुगतना पड़ा था। इस कांड के कारण यूनिटी कमिटी के भूमिगत लड़ाकों को पनाह मिलने में कठिनाई हो रही थी। कौन अपनी जान जोखिम में डालता? राइफल लूट कांड के बाद पुलिस ने निर्दोषों पर जो जुल्म ढाए थे, उससे घर के घर बर्बाद हो गए थे। बिना पनाह अपना विस्तार करना यूनिटी कमिटी के लिए टेढ़ी-खीर साबित हो रही थी। यूनिटी कमिटी खुद को पार्टी कहती थी।

यूनिटी कमिटी की नजर जहानाबाद तक सीमित न थी। दक्षिणी पटना-जहानाबाद-औरंगाबाद-रोहतास-कैमूर-पलामू तक का क्षेत्र उसकी दृष्टि में आ गया था। उनकी सोच थी कि गरीब किसान-मजदूरों में बढ़ी वर्ग चेतना का लाभ उन्हें संगठन विस्तार में मिल सकता था। वे लोग बहुत समय से डॉक्टर अमिय के काम को बारीकी से देख रहे थे। उसके नेता इस निष्कर्ष पर पहुँचे थे कि बिना उसकी मदद के उस क्षेत्र में उन्हें न पनाह मिलेगी न उनका काम आगे बढ़ेगा, लेकिन क्या यह सम्भव था?

यूनिटी कमिटी ने अपनी केन्द्रीय समिति के सदस्यों नवीन जी और श्याम जी को अमिय से बातचीत का जिम्मा सौंपा।

नवीन जी और श्याम जी की अमिय से पहली मुलाकात डेहरी में सिंचाई कामगार यूनियन के दफ्तर में हुई। वह मुलाकात परिचयात्मक थी। दुआ-सलाम वाली। अंग्रेजी में जिसे कहते हैं : आइस ब्रेकिंग!

"हमें बेहद अफसोस है कि हमारी पार्टी के एक्शन का खमियाजा आपको भुगतना पड़ा। हम लोग अपने हर एक्शन की जवाबदेही लेते हैं। वहाँ भी हमने अपना पर्चा छोड़ा था।" नवीन जी ने बंगाली मिश्रित हिन्दी में विनम्रता और कुछ-कुछ संकोच से राइफल लूट कांड में अमिय के जेल भेज दिए जाने का जिक्र किया। वे और श्याम जी बांग्ला-भाषी थे।

अमिय को अच्छा लगा। नवीन जी की विनम्रता और संकोची स्वभाव उसे भा गया। वह ठठाकर हँसा, "पुलिस वाले मुझे बेहद चाहते हैं। सोचा होगा कि थोड़ा आराम करने का मौका दे दिया जाए। जेल से बढ़िया आरामगाह भला दूसरा क्या हो सकता है?"

नवीन जी मुस्कराए। अगली मुलाकात का रास्ता खुला। अगली मुलाकात में बातचीत थोड़ी लम्बी चली।

"समाज में बुनियादी परिवर्तनों के लिए लोगों की चेतना का विकास जरूरी है। धार्मिक एवं जातीय रूढ़ियों, आडम्बरों, अन्धविश्वासों, विषमतापूर्ण उत्पादन सम्बन्धों एवं अशिक्षा जैसे कारणों से हमारी चेतना पिछड़ती चली गई है। मेरे विचार से चेतना का विकास जन-जागरण, जन-संगठन और जन संघर्षों के रास्ते ही हो सकता है।" अमिय ने अपने अनुभवों का निचोड़ रखा।

"साथी, हमारी समझ है कि चेतना का निर्माण समाज की सामाजिक-आर्थिक संरचना से तय होता है। यदि वह पिछड़ी होगी, जनता की चेतना भी वैसी ही होगी। इसलिए

क्रान्तिकारी के लिए सबसे जरूरी काम है, वर्ग-संघर्ष को तेज कर शोषण-आधारित सामाजिक-आर्थिक संरचना में बदलाव।" श्याम जी ने बातचीत का सूत्र पकड़ा।

अमिय ने पालकी-प्रथा रोकने और नारी शिक्षा सम्बन्धी अपने अनुभवों को साझा करते हुए कहा, "भारत में जनान्दोलनों के अनुभव बताते हैं कि चेतना के विकास के लिए सामाजिक-आर्थिक संरचना में बदलाव की प्रतीक्षा नहीं की जानी चाहिए। चेतना और इस संरचना के बीच द्वंद्वात्मक सम्बन्ध होता है। पेरियार और बाबा साहब आंबेडकर के उदाहरण हमारे सामने हैं। शिक्षा, संगठन और आन्दोलन के रास्ते उन्होंने सामाजिक व्यवस्था में परिवर्तन का सूत्रपात किया। अस्पृश्य कही जाने वाली जातियों में चेतना का विकास कर उन्हें सशक्त बनाया। भले ही इसमें पूरी सफलता न मिली हो, किन्तु जितना कुछ हासिल हुआ, उससे आगे की राह सहल हो गई। भूमि-सुधार और मजदूरी के कानून तभी सम्भव हुए, जब संविधान में समानता, न्याय और स्वतंत्रता की अवधारणाओं को जगह मिली। हम बाबा साहब और पेरियार के अवदानों को नहीं भूल सकते हैं।" सबके अपने-अपने अनुभव और अध्ययन थे। अमिय ने नक्सल आन्दोलन में व्यक्तिगत हत्याओं की नीति पर सवाल उठा दिए। नवीन जी ने बिना देर किए कहा, "हमारी पार्टी मानती है कि वर्ग शत्रुओं के सफाये की हमारी नीति गलत थी। इससे हमें और हमारी जनता को काफी नुकसान उठाना पड़ा। हम यह भी मानते हैं कि भारत जैसे विविधतापूर्ण विशाल देश में बिना व्यापक जन-संगठन और जन आन्दोलन के क्रान्तिकारी बदलाव सम्भव नहीं है।"

अमिय चुपचाप सुनता रहा। श्याम जी ने हस्तक्षेप किया, "हमारी पार्टी ने वर्ग शत्रुओं के सफाए की नीति की कठोर आत्मालोचना कर अपनी गलतियाँ सुधार ली हैं। हम उन क्रान्तिकारी किसान आन्दोलनों का समर्थन करते हैं जो सामाजिक-आर्थिक ढाँचे के बदलाव के लिए ईमानदारी से काम कर रहे हैं। मध्य बिहार में आपके नेतृत्व में चल रहे खेतिहर मजदूर किसान तथा आदिवासी आन्दोलन को हम लोग क्रान्तिकारी मानते हैं। हम लोग बहुत गौर से पिछले ढाई-तीन सालों से आपके नेतृत्व में चलने वाले अलग-अलग आन्दोलनों पर निगाह रखे हुए हैं, पर एक बात समझ में नहीं आती। आप जेपी आन्दोलन से क्यों जुड़े? वह तो शहरी निम्न-मध्यवर्ग का आन्दोलन था जिसे दक्षिणपंथी ताकतों ने अपने वर्गीय हितों के लिए हाइजैक कर लिया।"

यह सूचना चौंकाने वाली थी कि वे लोग उसके काम पर पैनी नजर रखे हुए थे। उसके चेहरे पर प्रश्न उग आया। कैसे?

"इमरजेंसी के बाद जेल से छूटकर बाहर आए हमारे कई साथी रोहतास-कैमूर में भी सक्रिय हैं। वे आपके काम की रिपोर्ट हमें देते रहते हैं। जहानाबाद में तो हम लोग लम्बे समय से आपका काम देख रहे हैं।" नवीन जी मुस्कराए।

अमिय भी मुस्कराया।

"बिहार में मैंने जेपी के आह्वान पर काम शुरू किया था। जहानाबाद के हमारे सभी साथी उसी आन्दोलन से जुड़े थे। उनमें जंगी सिंह ने अपना राजनीतिक जीवन समाजवादी आन्दोलन से शुरू किया था। समय के साथ हमारी समझ पुख्ता होती चली गई कि जेपी

आन्दोलन में सम्पूर्ण क्रान्ति के नारे के बावजूद बुनियादी परिवर्तन के क्रान्तिकारी तत्त्व समाविष्ट नहीं थे।" अमिय ने दो टूक कहा।

नवीन जी और श्याम जी के चेहरे पर कई रंग उभरे। उसने आगे कहा, "गाँवों की सामाजिक-आर्थिक बुनावट और जातीय उत्पीड़न को नजदीक से देखने के बाद हमारी समझ बनी कि सम्पूर्ण क्रान्ति का नारा दिए जाने के बावजूद जेपी आन्दोलन पूर्णतया बुर्जुआ डेमोक्रेटिक आन्दोलन था। उसमें ढाँचागत परिवर्तन के लिए आवश्यक क्रान्तिकारी तत्त्वों का घोर अभाव था। शायद इसका मुख्य कारण यह था कि ग्रामीण अंचलों में आन्दोलन की अगुआई जिन वर्गों के हाथ में थी, वे मूलतः सामन्ती थे। लेकिन इतना जरूर है कि हम लोगों ने मध्य बिहार में किसान आन्दोलन खड़ा करने में जो थोड़ी-बहुत कामयाबी हासिल की है, वह जेपी आन्दोलन में हमारे जुड़ाव के कारण ही सम्भव हो सका है।" अमिय ने जेपी आन्दोलन के अवदान को स्वीकारा। उसने गाँवों में जनता सरकार के गठन को उस आन्दोलन से मिली महत्त्वपूर्ण सीख के रूप में रेखांकित किया।

अगली बैठक में नवीन जी अपने साथ दो-तीन युवकों के साथ आए। श्याम जी नहीं आ पाए। अमिय ने औरंगाबाद से कृष्णा सिंह और करमचट से हीरा शर्मा को भी बुला लिया था। इस बैठक में कॉमन ग्राउंड की तलाश अपने अन्तिम मुकाम के करीब पहुँच गई, जिसने अमिय और उसके साथियों को एक सर्वथा नए, अपरिचित और जोखिम-भरे पथ का पथिक बना दिया। यही नहीं, उस राह ने मध्य बिहार के किसान आन्दोलन की दिशा बदल दी।

नवीन जी ने बैठक में अपनी सैद्धान्तिक स्थापना रखी, "यदि आप भूमि-सुधार या न्यूनतम मजदूरी कानूनों को लागू कराने के लिए आन्दोलन करते हैं तथा वह प्रभावी ढंग से सामन्ती व्यवस्था पर चोट करता है, तो आप आन्दोलन के शान्तिपूर्ण होने के बावजूद भी सामन्ती तत्त्वों और पुलिस प्रशासन के हमले से बच नहीं सकते। ऐसी स्थिति में या तो आप आन्दोलन के मुद्दों से भटक जाएँगे या फिर कुछ दिनों बाद मैदान छोड़ देंगे।"

अमिय ध्यान से उनकी सैद्धान्तिक स्थापना सुन रहा था। उन्होंने बात आगे बढ़ाई, "ग्रामीण क्षेत्र के किसान संगठनों का आम अनुभव सुनिए। यदि कोई संगठन, उदाहरण के लिए, पचास गाँवों के खेतिहर मजदूरों को संगठित कर न्यूनतम मजदूरी से कम मजदूरी देने वाले भू-स्वामियों के खिलाफ धान रोपनी या कटनी के समय हड़ताल आयोजित करता है, तो भू-स्वामी भी संगठित होकर उसे कुचलने के सभी उपाय करेंगे। और 'सभी' शब्द में हिंसा शामिल है। प्रशासन भी हड़ताल को 'लॉ एंड ऑर्डर' की समस्या मानकर संगठन और संगठन के कार्यकर्ताओं के विरुद्ध ही कार्रवाई करेगा।"

अमिय सहमत था। नवीन जी उत्साहित हुए। उन्होंने किसान आन्दोलनों की रणनीति पर चर्चा छेड़ी, "ऐसी स्थिति में यदि आप गरीब किसानों और खेतिहर मजदूरों के शोषण-उत्पीड़न की मुक्ति के लिए प्रतिबद्ध हैं, तो केवल शान्तिपूर्ण जन आन्दोलन एवं जन-संगठन पर्याप्त नहीं हैं। सामन्ती हिंसा से निपटने के लिए आपको डिफेंस मैकेनिज्म यानी आत्मसुरक्षा का उपाय करना ही होगा। हथियारी हमले के खिलाफ

केवल घरेलू हथियारों से हो-हल्ला या अनशन-उपवास से काम नहीं चलने वाला। यह उपाय हथियारबन्द दस्तों के रूप में ही सकता है।" नवीन जी मन्द-मन्द मुस्करा रहे थे।

नवीन जी ने हम लोगों के बारे में पूरी जानकारी एकत्र की है, अमिय ने मन-ही मन सोचा। हथियारबन्द दस्तों की जरूरत की बात सुन उसे अरविन्द और सत्या याद आ गए। वे भी धूम-धड़ाके के चक्कर में डाइनामाइट विस्फोट जैसा कांड कर आए थे। अरविन्द कभी-कभी हथियारी दस्ता रखने की बात भी करने लगा था। त्यागी तो लड्डन सिंह के लम्पटों के खिलाफ जन-प्रतिरोध से भी असहमत था। त्यागी की याद आ जाने से अमिय के चेहरे पर हल्की मुस्कान झलकने लगी।

नवीन जी ने समझा कि शायद अमिय यह सोचकर मुस्करा रहा है कि जन-संगठन और हथियारबन्द दस्तों का क्या मेल? उन्होंने बात को स्पष्ट करते हुए कहा—

"अब चूँकि गैर-लाइसेंसी हथियार रखना गैर-कानूनी है, इसलिए एक जन-संगठन हथियारबन्द दस्ते नहीं रख सकता, लेकिन हमारा पार्टी संगठन हथियारबन्द दस्ते रखने में सक्षम है क्योंकि हम भूमिगत संगठन हैं। एक भूमिगत क्रान्तिकारी संगठन को आत्मरक्षार्थ हथियारबन्द दस्ते रखने में कोई कठिनाई नहीं है। इसलिए मेरा प्रस्ताव है कि आपके जन-संगठन और यूनिटी कमिटी के बीच बिरादराना रिश्ता कायम हो।"

अमिय सोच में पड़ गया। बिरादराना रिश्ते का स्वरूप क्या होगा? यह भी हो सकता है कि ऐसा रिश्ता जनता की ताकत पर भरोसा करना खत्म करा हमें हथियारों का पक्षधर बना दे? जिसे नवीन जी हो-हल्ला कह रहे हैं, वह जन-प्रतिरोध है। यदि जनता अपने ऊपर होने वाले अत्याचार का मुकाबला करने में सक्षम नहीं बन पाई, तो नया समाज कैसे रचेगी? अमिय ने अपना प्रश्न नवीन जी के समक्ष रखा। नवीन जी सम्भवतया इस प्रश्न के लिए तैयार बैठे थे।

"जनता की ताकत और जन-प्रतिरोध के महत्त्व से कौन क्रान्तिकारी इनकार कर सकता है? उस दिन आपने जन-चेतना की चर्चा की थी। बिना जन-चेतना के जनता संगठित नहीं हो सकती। जन-चेतना मूल तत्त्व है। कुछ परिस्थितियों में चेतन जनता अपने संख्या बल से भू-स्वामियों के सशस्त्र हमलों का मुकाबला कर सकती है। जहानाबाद के कुछ गाँवों में ऐसा हो भी रहा है। जनता को घरेलू हथियारों से लैस कर आप लोगों ने पंचायत चुनावों के दौरान अद्‌भुत काम किया था। हमारी पार्टी इसकी सराहना करती है, लेकिन संख्या बल हर स्थिति में उपयोगी नहीं होता।"

नवीन जी क्षण भर चुप रहे मानो अपने कहे की प्रतिक्रिया जानने को उत्सुक हों। पर अमिय ने कुछ कहा नहीं। उसका मस्तिष्क तेज गति से तमाम सम्भावनाओं के सम्बन्ध में विचार करने लगा था। नवीन जी ने आगे कहा—

"उदाहरण के लिए, मान लीजिए, आपने किसी गाँव में एक जनसमूह को सम्बोधित किया। वहाँ से फिर दूसरे गाँव की ओर बढ़े। रास्ते में दस लोगों ने घेरकर आपको साथियों समेत मार दिया और चम्पत हो गए। क्या करेगा आपका संगठन? क्या करेगी जनता की ताकत? आपका आन्दोलन चौपट हो जाएगा। और यह कोरी कल्पना नहीं है। बंगाल-बिहार और आन्ध्र प्रदेश के हमारे अनुभव ऐसे ही रहे हैं।"

अमिय का तेज चलता मस्तिष्क पल भर थम गया। अपने काम के दौरान उसके साथी ऐसी कई स्थितियों से गुजर चुके थे, पर बिरादराना रिश्ते से जन-संगठन को डिफेंस मैकेनिज्म कैसे मिल सकेगा? यह प्रश्न अब तक अनुत्तरित था। यूनिटी कमिटी को क्या फायदा होगा?

उधर नवीन जी पुनः मन्द-मन्द मुस्कराने लगे। यह आदमी दिमाग पढ़ लेता है क्या? अमिय के अन्तस में कौंधा।

"हमारी पार्टी और आपके जन-संगठन के बीच बिरादराना रिश्ता दोनों के लिए लाभदायक होगा। हमारे हथियारी दस्तों की मदद आपके जन-संगठन को आत्मरक्षा के लिए मिलेगी और हमारी पार्टी तथा दस्तों को जन-संगठन के आधार क्षेत्र में पनाह, भोजन और चन्दा मिलेगा। आपका जन-संगठन अपना काम आराम से करता रहेगा और हम अपना।"

नवीन जी ने अपने पत्ते पूरी तरह से खोल दिए। बिरादराना रिश्ते से दोनों को फायदा था। विन-विन सिचुएशन। आप अपना काम करते रहें, हम अपना काम करेंगे। आप भी जन आन्दोलन में यकीन रखते हैं, हम भी विश्वास करते हैं। वैयक्तिक सफाये की लाइन पर यूनिटी कमिटी अब नहीं चलती। आप भूमि-सुधार और न्यूनतम मजदूरी के आन्दोलन पर फोकस करिए, हम आपकी सुरक्षा सुनिश्चित करेंगे। बदले में हमें आपके आधार क्षेत्रों में बस पनाह, भोजन और चन्दा मिल जाए।

अमिय ने कृष्णा सिंह और हीरा शर्मा को अलग कमरे में ले जाकर नवीन जी के प्रस्ताव पर चर्चा की। यूनियन के दूसरे साथियों से भी चर्चा हुई। सबकी दृष्टि में प्रस्ताव आकर्षक और लुभावना था, परन्तु इस पर जहानाबाद के साथियों से भी चर्चा जरूरी थी।

"आपसे हुई बातचीत के आलोक में हमें अपने साथियों से व्यापक विचार-विमर्श करना होगा। यदि सबकी सहमति बिरादराना रिश्ते के पक्ष में होती है, तो हम इस रिश्ते पर मुहर लगा देंगे।" अमिय ने बैठक खत्म करते हुए कहा।

नवीन जी विनम्रता की प्रतिमूर्ति बने रहे। चलते समय उन्होंने दुहराया कि इस बिरादराना रिश्ते से मध्य बिहार में अमिय और उसके साथियों को गरीब किसानों और खेतिहर मजदूरों के हकों के लिए लड़ने में काफी मदद मिलेगी।

"हमारे ये साथी आज से ही गोपनीय तरीके से आपकी सुरक्षा करते रहेंगे।" नवीन जी ने अपने साथ आए युवकों की ओर इंगित करते हुए अपनी ओर से रिश्ते की पहल कर दी। अमिय ने विनम्रता से मना कर दिया, "पहले साथियों से चर्चा तो हो जाए।"

अमिय ने मध्य बिहार के सभी अग्रणी साथियों की बैठक डेहरी में पार्टी के प्रस्ताव पर और आगे की रणनीति पर विचार करने के लिए बुलाई। जंगी सिंह, अरविन्द, सत्या, जीवेश, अली मियाँ और त्यागी बैठक में आए। इस बीच इन्द्रदेव सिंह पारिवारिक व्यस्तताओं के चलते आन्दोलन से अलग हो गए थे। तिलेश्वर ने किसी अन्य भूमिगत नक्सली संगठन की सदस्यता ले ली थी जो कुर्था-करपी में सक्रिय था। कृष्णा सिंह अपने साथ औरंगाबाद-पलामू के नौजवानों के साथ आए। हीरा शर्मा भी यूनियन के पदधारकों के साथ पहुँचे। 'कैमूर न्याय मोर्चा' से जुड़े काफी नौजवानों ने शिरकत की। 'सिंचाई

कामगार यूनियन' होस्ट की भूमिका में था। बैठक का स्वरूप सम्मेलन में बदल गया। सम्मेलन में एक केन्द्रीय जन-संगठन बनाने की माँग उठी। काफी विचार-विमर्श के बाद एक नए जन-संगठन—'दलित मजदूर किसान समिति' की स्थापना हो गई। संक्षेप में उसे नाम मिला—'डी.एम.के.एस.'। अमिय को इसका अध्यक्ष और जंगी सिंह को महासचिव चुना गया।

किन्तु जंगी सिंह ने कृष्णा सिंह को यह जिम्मेदारी देने का आग्रह किया। वे कृष्णा सिंह के जोश और जीवट से प्रभावित थे। उनके आग्रह पर कृष्णा सिंह महासचिव बनाए गए। समिति की कार्यकारिणी में अध्यक्ष एवं महासचिव के अलावा जंगी सिंह, रामनाथ त्यागी, जीवेश शर्मा, अली मियाँ, अरविन्द, हीरा शर्मा, गढ़वा के कैलाश अगरिया एवं सत्या को सदस्य चुना गया। अमिय की इच्छा थी कि कार्यकारिणी में महिला प्रतिनिधि भी हों, किन्तु महिलाओं की नगण्य उपस्थिति को देखते हुए अगले सम्मेलन के लिए इसे टालना पड़ा।

डी.एम.के.एस. का गठन हो जाने के बाद सम्मेलन में पार्टी के साथ बिरादराना रिश्ते पर विचार होने लगा। त्यागी ने इस प्रस्ताव का घनघोर विरोध किया। कृष्णा सिंह ने नवीन जी से हुई बातचीत के हवाले से उसे समझाने का प्रयास किया कि पार्टी ने वर्ग-शत्रुओं के सफाये की नीति छोड़ने एवं जन-आन्दोलनों में अपनी आस्था जताई है, त्यागी सहमत न हुआ। उसने साफ-साफ कह दिया, "मुझे पार्टी के इस वायदे पर भरोसा नहीं है। नक्सली संगठन हमारा इस्तेमाल अपनी हिंसक कार्रवाइयों की ढाल के रूप में करेंगे।"

त्यागी की चिन्ता में दम था, परन्तु कृष्णा सिंह का अनुभव अलग था। बोले, "साथियो, हम लोगों को नबीनगर से जपला तक अपने काम के दौरान बड़े भू-स्वामियों की गुंडा वाहिनी का सामना करना पड़ता है। अब आप बताएँ हमारा आन्दोलन कैसे आगे बढ़ेगा? इसलिए हमें हमारी आत्मरक्षा का उपाय करना ही चाहिए।" प्रस्ताव जब वोटिंग के लिए रखा गया, त्यागी को छोड़ सभी पक्ष में थे।

संगठन में खुद को अलग-थलग पड़ते देख, त्यागी ने डी.एम.के.एस. से अलग हो जाने की घोषणा कर दी। अमिय ने उसे मनाने की बहुत चेष्टा की, किन्तु वह टस-से-मस नहीं हुआ। अपने इतने पुराने साथी को खोना अमिय के लिए अच्छा अनुभव न था। वह उदास हो गया। उदासी के उस माहौल में ही सम्मेलन का समापन हुआ।

## 3

पार्टी के साथ बिरादराना रिश्ता बन जाने के बाद मध्य बिहार में डी.एम.के.एस. ने तेजी से काम करना शुरू किया। पार्टी दस्तों की गोपनीय सुरक्षा कवच के कारण भू-स्वामियों के हमले का डर न रहा। इसी बीच सिंचाई कामगार यूनियन तथा कैमूर न्याय मोर्चा ने खुद को डी.एम.के.एस. के घटक के रूप में काम करने की घोषणा कर दी।

इसी बीच सूरजपुर में एक नया घटना-चक्र जनम ले रहा था। पटना की नई सरकार

के कई स्वजातीय मंत्रियों से ठाकुर रमापति सिंह के गहरे ताल्लुकात बन गए थे। ठाकुर बजरंगी सिंह भी पार्टी बदलकर दुबारा विधान सभा पहुँच गए थे। पार्टी बदलने के बाद वे जेपी आन्दोलन के अपने पुराने साथियों को एकदम भूल गए। उनके और रमापति सिंह के सम्बन्ध पहले से थे ही, वे और भी प्रगाढ़ हो गए। ठाकुर रमापति सिंह ने इन सम्बन्धों के सेतु का उपयोग कर कोड़ौना से सूरजपुर तक पहले एक सड़क मंजूर करवाई और फिर उसका ठेका राम प्रवेश सिंह को दिलवा दिया। अफवाह उड़ी कि कागजों में भले ही राम प्रवेश का नाम है, ठेके में ठाकुर साहब की बराबर की हिस्सेदारी है। राम प्रवेश के लिए सड़क निर्माण की योजना सोने का अंडा देने वाली मुर्गी थी। सैयाँ भए कोतवाल तो अब डर काहे का? इंजीनियर और बी.डी.ओ. उससे दबते थे। सड़क निर्माण में पहले मिट्टी डलनी थी। अगल-बगल से मिट्टी काटकर मजदूर उसे सड़क पर फेंकते थे। मजदूरी की दर काटी गई मिट्टी के अनुपात में निर्धारित थी। राम प्रवेश ने निर्धारित दर से कम रेट पर मजदूरी देनी शुरू की। सरकारी दर अलग, राम प्रवेश की दर अलग। जंगी सिंह ने राम प्रवेश को समझाया, "देखो, सरकार ने इस्टीमेट में जितनी मजदूरी का प्रावधान किया है, उतना तुम्हें देना चाहिए। पूरी मजदूरी देने के बाद भी ठेकेदारी से होने वाले तुम्हारे मुनाफे में कोई कमी नहीं आएगी, भाई।"

राम प्रवेश सिंह जंगी सिंह की सलाह क्यों मानता? मजदूर कलपते रहे। संन्यासी जी गाँव छोड़कर क्या गए, हमारे बुरे दिन आ गए—वे अमिय को याद करते। लाचार जंगी सिंह ने बी.डी.ओ. को शिकायत पहुँचाई। बी.डी.ओ. ने हाथ खड़े कर दिए, "प्रमुख जी, यह सही है कि स्कीम ब्लॉक से पास होकर जिले को भेजी गई थी, लेकिन इसका कार्यान्वयन आर.ई.ओ. से हो रहा है। हम लोगों के हाथ में कुछ नहीं है।" बी.डी.ओ. की पोस्टिंग ठाकुर रमापति सिंह ने करवाई थी। वह प्रमुख जी का सम्मान करता था, परन्तु उनके कहने से अपना हाथ क्यों जलाए?

जंगी सिंह चुप नहीं बैठे। एस.डी.ओ. से मिले। एस.डी.ओ. नए-नए आए थे। ठाकुर बजरंगी सिंह ने उनकी पोस्टिंग करवाई थी। उन्होंने बड़े ध्यान से जंगी सिंह को सुना। प्रमुख के रूप में उनकी ईमानदारी की चर्चा उनके कानों तक जरूर पहुँची थी, परन्तु बजरंगी बाबू कुछ ऊटपटाँग खबर भी सुना गए थे।

"जेपी आन्दोलन में हमारे साथ थे। धीरे-धीरे उग्रवादी आन्दोलन के कर्ता-धर्ता बन गए। नक्सलियों से साँठ-गाँठ की खबर है। खेतिहर मजदूरों को किसानों के खिलाफ भड़काकर हड़ताल कराते रहते हैं।"

एस.डी.ओ. साहब ने मध्यम मार्ग अपनाया, "मैं देखता हूँ। आप आराम से जाएँ। मैं देखूँगा।"

अब उन्होंने क्या देखा, जंगी सिंह को पता नहीं चला, लेकिन मजदूरों की हकमारी बदस्तूर जारी रही। जंगी सिंह के समक्ष कोई दूसरा चारा न था। डी.एम.के.एस. ने तय किया, "पूरी मजदूरी, नहीं तो काम बन्द।"

काम रुक गया। राम प्रवेश ने एड़ी-चोटी का जोर लगाया, पर मजदूर टस-से-मस नहीं हुए।

"सारी कारस्तानी जंगी सिंह की है।" ठाकुर रमापति सिंह ने राम प्रवेश सिंह के कान भरे, "उनसे तुम्हारी बरक्कत देखी नहीं जाती। अपने किसी चहेते को ठेका दिलवाना चाहते थे। हमने बजरंगी सिंह से कहकर इंजीनियर-इन-चीफ को जब ग्रामीण विकास मंत्री से फोन करवाया, तब जाकर ठेका तुम्हें मिला। तब से जले-भुने बैठे हैं। अड़ंगे पर अड़ंगा लगा रहे हैं। पहले हाकिमों के यहाँ दौड़ते रहे। उन्हें बरगला नहीं सके। अब थेथरई पर उतर आए हैं। इलेक्शन में जीत क्या गए, खुद को शेर समझ बैठे हैं।"

राम प्रवेश सिंह बेतरह भड़क गया। लाठी उठाई, स्वजातीय बड़े भू-स्वामियों को बटोरा और चढ़ दौड़ा जंगी सिंह के घर पर। सबके हाथों में लाठी-भाले या बन्दूकें थीं।

जंगी सिंह के घर पर चढ़ाई की खबर दबी नहीं रही। वह कानोकान पूरे गाँव में फैल गई। अरविन्द और सत्या दौड़े। उनके साथ घरेलू हथियार लिये दलित-मजदूरों की पूरी पलटन दौड़ी चली आई। इन्द्रदेव सिंह भागे-भागे आए। जंगी सिंह घर के अन्दर कुछ जरूरी काम निपटा रहे थे। शोरगुल सुना। बाहर निकले। राम प्रवेश सिंह दहाड़ रहा था, "लाशें बिछ जाएँगी। ईंट-से-ईंट बजा देंगे। समझ क्या रखा है? इलेक्शन में हम हार क्या गए, कमजोर समझने की भूल कर रहे हो?"

इन्द्रदेव सिंह बीच-बचाव करने लगे, "राम प्रवेश एक तो तुम मजदूरों की हकमारी कर रहे हो। दूसरे, गुंडई पर उतर आए हो। यह क्या ठीक है? और आप भाई लोग। आपकी जंगी सिंह से क्या दुश्मनी है? मजदूरों के हक के लिए खड़ा होना बड़े जिगर का काम है। अपने-अपने घर जाइए। बात को तूल मत दीजिए।"

"जंगी भइया को अकेला समझने की भूल मत कीजिए आप लोग। यह पलटन देख रहे हैं न? इसी तरह की पलटन ने लड्डन सिंह की लम्पट सेना को धूल चटा दिया था। क्यों राम प्रवेश?" अरविन्द तैश में था।

जंगी सिंह अपने घर पर चढ़ आए स्वजातीय बन्धु-बान्धवों को देख हक्के-बक्के थे। फिर भी शान्ति से बोले, "भाइयो, क्या हमारे गाँव में अब नीति, न्याय और धर्म से काम नहीं होगा? राम प्रवेश ने इलेक्शन में गुंडे बुलवाए। मजदूरी देने के समझौते का मान नहीं रखा जा रहा है। सरकारी ठेके में लूट मची है। हम लोग गाँव की कौन-सी पहचान बना रहे हैं?"

राम प्रवेश और उसका साथ देने आए बड़े भू-स्वामियों को नीति, न्याय और धर्म से क्या मतलब? अपने वर्चस्व की चुनौती के स्रोत को वे जड़ से मिटा डालने की नीयत से आए थे। इन्द्रदेव सिंह के बीच-बचाव का उन पर कोई खास असर तो नहीं पड़ा, पर सीना ताने खड़ी दलित-मजदूरों की पलटन और अरविन्द के सामने उनकी एक न चली। मन-मसोसकर उन्हें वापस लौट जाना पड़ा।

सूरजपुर हाईस्कूल के पुलिस कैम्प के जवानों ने भी इस कोलाहल को सुना था, पर वे वहाँ से हिले तक नहीं। मरें साले आपस में लड़-भिड़कर—कैम्प कमांडर भुनभुनाया। बहादुरी दिखाने के चक्कर में हमें अपनी जान और राइफलें नहीं गँवानी हैं—उसका यही उद्देश्य था।

ठाकुर रमापति सिंह ने हार न मानी। उन्होंने मजदूरों के कामबन्दी की शिकायत

नमक-मिर्च लगाकर कलेक्टर के पास की, "नक्सली लेवी माँग रहे हैं। 'लेवी नहीं तो काम बन्द' उनका नारा है। यदि प्रशासन ने शीघ्र कोई कार्रवाई नहीं की तो आसपास के विकास के सभी काम ठप्प हो जाएँगे।"

शिकायत असरदार साबित हुई। कलेक्टर जिले के दक्षिणी हिस्से में होने वाली नक्सली हिंसा और जन-अदालतों की खबरों से परेशान था। राइफल लूट कांड के बाद से जहानाबाद में कोई बड़ी वारदात नहीं हुई थी। छिटपुट रूप से मजदूरी के लिए हड़तालें और गैर-मजरुआ जमीनों पर भूमिहीनों के कब्जे की घटनाएँ होती रहती थीं। सरकारी योजनाओं में लेवी की माँग? उसने एस.पी. को फोन किया, "अब जहानाबाद में समानान्तर सरकार चलेगी क्या? बिना लेवी के नक्सली सरकारी योजनाएँ न चलने देंगे?"

एस.डी.पी.ओ. और एस.डी.ओ. को वायरलेस पहुँचा। दोनों अफसर धड़धड़ाते हुए सूरजपुर पुलिस कैम्प पहुँच गए। ठेकेदार राम प्रवेश सिंह को तलब किया गया।

"हुजूर, मुझसे लेवी माँगी जा रही है।" राम प्रवेश सिंह गिड़गिड़ाया। जंगी सिंह तलब किए गए। एस.डी.पी.ओ. नौजवान आई.पी.एस. अफसर था। पंजाब का रतन लाल। बिहार काडर मिलने से नाखुश। अपने बैचमेट्स से झींकता कहता रहता, "कहाँ फँस गए, यार! हमारा पंजाब कितना डेवलप्ड स्टेट है। बिहार में आकर लगता है, पत्थर युग में आ गए।" कड़ककर बोला, "मिस्टर जंगी सिंह! सुना है, तुम नक्सली हो? लेवी नहीं, तो सड़क का काम बन्द? रतन लाल के रहते ऐसी जुर्रत? चींटी की तरह मसल दूँगा। समझे?"

जंगी सिंह अकबका गए। नक्सली और लेवी? समझते देर नहीं लगी कि साहब कान के कच्चे हैं। किसी ने इनके कान भरे हैं। कूटनीति से काम लिया।

"हुजूर, हम गरीबों के हक के लिए संघर्ष और आन्दोलन करने वाले लोग हैं। आज से नहीं, जेपी आन्दोलन के समय से। सड़क निर्माण योजना में मजदूरों की हकमारी ठेकेदार पहले दिन से ही कर रहा है। हमने ठेकेदार को समझाया—भाई, न करो ऐसा। मेरा चचेरा भाई है। एक न सुनी इसने। मजदूरों का हक दिलवाने मैं दौड़ता रहा। एस.डी.ओ. साहब से भी मिला लेकिन उसका परिणाम अब तक सिफर रहा। जब मजदूरी की माँग को लेकर काम बन्द हो गया, गाँव के बड़े लोगों के बहकावे में यह मेरा चचेरा भाई, अपने समर्थकों के साथ लाठी-बन्दूक लेकर मेरी हत्या की नीयत से मेरे घर पर चढ़ आया। अब हमीं पर झूठा आरोप?"

एस.डी.ओ. साहब बगलें झाँकने लगे। 'देखता हूँ', 'देखूँगा' जैसे शब्दों का आवरण तार-तार हो गया था। उन्होंने रतन लाल के कान में कुछ कहा। रतन लाल नरम पड़ गया। बोला, "प्रमुख जी, आपने हमले की थाने में प्राथमिकी दर्ज की? मजदूर आपकी तस्दीक करेंगे?"

"सड़क निर्माण में जो मजदूर काम कर रहे थे, उनसे बुलाकर पूछ लिया जाए। वे सरकारी दर पर मजदूरी माँग रहे हैं। क्या गलत कर रहे हैं? रही बात मुझ पर हुए हमले की प्राथमिकी दर्ज करने की, चचेरा भाई गाँव के बहकावे में आ गया है। सुधर जाएगा, ऐसी आशा करता हूँ।" जंगी सिंह ने विनम्रतापूर्वक कहा।

साँच को आँच कहाँ? जाँच में नक्सलियों द्वारा लेवी माँगने की शिकायत सिरे से झूठी निकली। मजदूरों ने एक स्वर से अपनी हकमारी की शिकायत की।

"पूरी मजदूरी मिल जाए, कल से ही काम शुरू हो जाएगा।" सबने आश्वासन दिया।

राम प्रवेश सिंह को रतन लाल ने तगड़ी डाँट पिलाई, "अगली बार शिकायत मिली तो अन्दर कर दूँगा।" उसे अब तक की काटी गई मजदूरी का पूरा भुगतान करने तथा भविष्य में निर्धारित मजदूरी देने का बांड भरना पड़ा। ठाकुर रमापति सिंह कटकर रह गए।

लेकिन कहते हैं न, साँप की टेढ़ी चाल भला सीधी हो सकती है? राम प्रवेश ने कमाई का दूसरा तरीका ढूँढ़ लिया। मिट्टी का काफी काम शेष था। उसने काटी गई मिट्टी की मापी में गोलमाल कर कम मजदूरी देनी शुरू कर दी। अगर मिट्टी 100 घन फुट कटी हो, उसे 75 घन फुट बताया जाता। मजदूर परेशान। कोई इंजीनियर साइट देखने आता ही नहीं था। गलत मापी की शिकायत किससे की जाती? मापी का काम पहले मजदूरों के हाथ में था। राम प्रवेश ने ठाकुर साहब की सलाह पर सूरजपुर के लम्पट युवकों को यह काम सौंप दिया। वे मेठ कहे जाते थे। लम्पटों से कौन झिक-झिक करता? जब मजदूर गलत मापी की शिकायत राम प्रवेश से करते, वह हाथ खड़े कर देता। कहता, "पढ़े-लिखे लड़के हैं। उनसे मापी में गलती कैसे हो सकती है?"

जब बात न बनी, मजदूरों ने जंगी सिंह से शिकायत की, "मिट्टी काटते हैं 100 घन फुट, मजदूरी पाते हैं 75 घन फुट की।"

अगल-बगल की पंचायतों और प्रखंडों में भी वैसी ही योजनाएँ चल रही थीं। कहीं सड़क निर्माण, कहीं आहर-पईन की उड़ाही। राम प्रवेश सिंह की देखा-देखी अन्य योजनाओं में भी इसी तरीके से मजदूरों की हकमारी होने लगी। वहाँ से भी शिकायतें जंगी सिंह तक आतीं। डी.एम.के.एस. से मजदूरों को बड़ी आशा थी। जंगी सिंह ने शिकायतें एस.डी.पी.ओ., एस.डी.ओ., एस.पी. और कलेक्टर तक पहुँचाई। कार्रवाई के सिर्फ आश्वासन मिलते रहे। इधर समस्या सुरसा के मुँह की तरह बढ़ती जा रही थी। जंगी सिंह ने डॉक्टर अमिय से सम्पर्क साधा। कृष्णा सिंह के साथ वह उन दिनों पलामू-गढ़वा के इलाके में जन-जागरण के काम में लगा हुआ था। उसने कार्यकारिणी की बैठक में मामले पर विचार करने की सलाह दी। बैठक की तारीख तय हो गई।

परन्तु इसके पहले कि कार्यकारिणी की बैठक होती, घटना-चक्र आगे बढ़ गया।

उस दिन राम प्रवेश सिंह साइट पर गया हुआ था। मजदूर उससे मेठों द्वारा गलत मापी की शिकायत कर रहे थे।

"अब तो हद हो गई है। एक सौ घन फुट के काम को ये लोग कभी साठ कभी पैंसठ लिखने लगे हैं। कुछ कहो, तो माँ-बहन की गालियाँ सुनो।" मजदूर कह रहे थे।

"हम लोगों का भी मान-सम्मान है।" कोई नौजवान मजदूर था।

"ठेकेदार साहब, हमें दुबारा हड़ताल करने पर मजबूर नहीं किया जाए।" कोई दूसरा नौजवान मजदूर था।

हड़ताल की बात सुनते ही राम प्रवेश का पारा चढ़ गया। उसका जी चाहा कि वह हड़ताल की धमकी देने वाले मजदूर को भद्दी गाली दे और जोर का थप्पड़ रसीद

करे। वह ऐसा करने की सोच ही रहा था कि मजदूरों की भीड़ में से सहसा पाँच-छह अजनबी युवक निकले और उसे घेर लिया। उनके हाथों में पिस्तौलें थीं। उनमें से एक हल्की दाढ़ी वाला चश्मा पहने मध्यम कद का गौर वर्ण नौजवान था। शेष क्लीन शेव थे।

"तुम केवल मजदूरों की हकमारी ही नहीं, जनता की गाढ़ी कमाई को लूटने का भी अपराध कर रहे हो। तुम्हारे कारण इस इलाके की सरकारी योजनाओं में लूट मची हुई है। पार्टी ने तुम्हारे जैसे जन-शत्रु को प्राण दंड देने का फैसला किया है।" हल्की दाढ़ी वाला चश्माधारी नौजवान राम प्रवेश से मुखातिब था।

राम प्रवेश सिंह का चेहरा भय से पीला पड़ गया। सभी मेठ हालात की नजाकत भाँप वहाँ से नौ दो ग्यारह हो गए। मजदूरों में भी हलचल-सी मच गई। कौन? कहाँ से?

ये प्रश्न अनुत्तरित रह गए। राम प्रवेश सिंह पर गोलियों की बौछार होने लगी। गोलियों की आवाजें दूर तक फैल गईं। इसके पहले कि इधर-उधर खेतों में काम कर रहे मजदूर-किसान कुछ समझें, वे अजनबी युवक 'लाल सलाम' और 'मजदूर किसान एकता जिन्दाबाद' का नारा लगाते आराम से निकल गए। देखते-देखते वे आँखों से ओझल हो गए।

राम प्रवेश का निश्चेष्ट शरीर निर्माणाधीन सड़क के बीचोबीच पड़ा था। उसके नीचे की मिट्टी लहू से लाल हो रही थी।

## 4

राम प्रवेश सिंह की हत्या से पूरे इलाके में सनसनी फैल गई थी। प्रशासन सकते में था। पुलिस कैम्प के बावजूद नक्सलियों द्वारा हत्या किए जाने का मतलब था— सरकार को सीधी चुनौती। एस.पी. को पुलिस मुख्यालय को जवाब देना पड़ रहा था। नया थानेदार पशुपति सिंह अपराधियों का पता लगाने के लिए रात-दिन एक किए हुए था। एस.डी. पी.ओ.रतन लाल से उसे खूब डाँट खानी पड़ी थी।

ठाकुर रमापति सिंह इस हत्याकांड से सहम गए थे। उनके चेहरे पर हवाइयाँ उड़ती रहती थीं। राम प्रवेश की हत्या का अर्थ था, गाँव के बड़े भू-स्वामियों का नक्सलियों के निशाने पर आ जाना। सबसे बड़े भू-स्वामी तो वे स्वयं थे। पशुपति सिंह की पोस्टिंग ठाकुर साहब की कृपा से हुई थी। तफ्तीश के सिलसिले में वह सीधे उनकी डेवढ़ी में पहुँच गया। थानेदार को देख उनकी जान में जान आई। उसकी बाँह थामे अन्दर ले गए।

"तुम्हारी पोस्टिंग कराने का हमें क्या फायदा? मेरा खास आदमी मारा गया।" वे पशुपति सिंह पर बिगड़े। डर के मारे उनके मुँह से कितना कुछ अंट-शंट निकल गया। पशुपति सिंह सिर झुकाए उनकी जली-कटी सुनता रहा। वह अनुभवी दारोगा था। जानता था कि सदमे में आदमी क्या-क्या नहीं बकता? उसने ठाकुर साहब को रोका-टोका नहीं। दिल की भड़ास को निकल जाने दिया।

जब ठाकुर साहब शान्त हुए उसने सीधा सवाल किया, "किसी पर शक? नक्सलियों के पनाहगार लोकल लोग ही होंगे। वे आसमान से थोड़े न उतरे होंगे?"

ठाकुर साहब ने पलभर सोचा। इतना अच्छा मौका वे कैसे जाने देते?

"पशुपति बाबू, मामला दिन की तरह साफ है। मेठ का काम करने वाले लड़के बता रहे थे कि हत्यारों का नेता हल्की दाढ़ी वाला चश्माधारी गोरा-सा नौजवान था। ऐसा नौजवान डॉक्टर अमिय के अलावा दूसरा नहीं हो सकता। राइफल लूट कांड में थानेदार राम बदन सिंह ने खुद छापा मारकर उसे गिरफ्तार किया था। सबूत इतने पक्के थे कि हाईकोर्ट से जमानत हुई थी। तब से डेहरी में उसका ठिकाना है।" ठाकुर साहब पूरी रौ में थे। पशुपति सिंह डॉक्टर अमिय से तब तक नहीं मिला था। नाम जरूर सुना था।

"और" ठाकुर साहब आगे बोले, "सारी खुराफात की जड़ जंगी सिंह हैं। हाथ धोकर राम प्रवेश के पीछे पड़े थे। मजदूरों को भड़काकर हड़ताल करवा दी थी।"

थानेदार फुसफुसाया, "आप गवाही देंगे?"

"पशुपति बाबू, गवाही के पचड़े में फँसाकर मेरी भी हत्या करवाओगे?" ठाकुर साहब काँप गए। फिर थोड़ा सोचकर बोले, "गवाहों का इन्तजाम हो जाएगा।" वे आश्वस्त थे कि मेठों में से गवाह मिल जाएँगे।

राम प्रवेश सिंह के बेटे ने डॉक्टर अमिय, जंगी सिंह, जमुना मोची और सैकड़ों अज्ञात नक्सलियों के खिलाफ थाने में रपट लिखवाई। मेठों को गवाह बनाया गया। जंगी सिंह गिरफ्तार कर लिए गए। माँझी-मोची टोले से सैकड़ों मजदूरों और जमुना मोची को पुलिस उठा ले गई।

"मुझे पहली ही मुलाकात से इस बन्दे पर सुबहा था। पहले शिकायत करके प्रशासन को भटका दो और पीछे से एक्शन कर दो। उग्रवादियों की यही टैक्टिक्स होती है।" जंगी सिंह की गिरफ्तारी पर एस.डी.पी.ओ. रतन लाल ने पशुपति सिंह को शाबासी दी।

जंगी सिंह की गिरफ्तारी पर सूरजपुर के बड़े भू स्वामियों ने दीवाली मनाई। राम प्रवेश सिंह के मारे जाने का जितना गम उन्हें नहीं था, उससे कई गुना खुशी जंगी सिंह की गिरफ्तारी से मिली थी। काँटा निकल गया था। थाने में जमुना मोची और बाकी मजदूरों से रतन लाल ने कड़ाई से पूछताछ की। मारा-पीटा। पर कोई खास जानकारी न मिल सकी।

"हुजूर, वे लोग 'लाल सलाम' और 'मजदूर-किसान एकता जिन्दाबाद' के नारे लगा रहे थे, पर हमने उन लोगों में से किसी को पहले कभी देखा तक नहीं था।" सब यही रट लगा रहे थे।

रतन लाल जंगी सिंह को इस कांड का मास्टर माइंड मान बैठा था। उसने पहले तो जंगी सिंह को पंजाबी में खूब गालियाँ दीं। जब जी न भरा, खूब पीटा। नया खून था। नया जोश था। 'मार से तो भूत भागता है' के सिद्धान्त पर वह केसों का इन्वेस्टिगेशन करता था। पुलिस ऐकेडमी में उसे साइंटिफिक इन्वेस्टिगेशन के तरीके बताए गए थे। पर डिस्ट्रिक ट्रेनिंग में उसने सीखा था कि इन्वेस्टिगेशन का सबसे कारगर तरीका है, गाली और डंडे का भरपूर इस्तेमाल! कहता, "साला, मुजरिम के फिंगर प्रिंट और फुट प्रिंट उठाने के चक्कर में पड़ोगे, न सबूत मिलेगा न केस सॉल्व होगा। जो चाहते हो थाने में उगलवालो, सबूत खुद-ब-खुद दौड़ा चला आएगा।"

लेकिन जंगी सिंह गालियों की बौछार और डंडों की मार से न टूटे। उनके पास उगलने के लिए कुछ था ही नहीं। इतना तो वे समझ गए थे कि पार्टी के किसी दस्ते ने यह कार्रवाई की थी, परन्तु वह दस्ता किधर से आया था, किधर गया, कौन उसका सदस्य और कमांडर था, वे इससे अनभिज्ञ थे। उनको दस्ते द्वारा की जाने वाली कार्रवाई की भनक तक पार्टी ने नहीं लगने दी थी। यह उनकी चिन्ता का सबब भी था। डी.एम.के.एस. ने आत्मरक्षार्थ पार्टी के साथ बिरादराना सम्बन्धों की हामी भरी थी। घटना का कोई सम्बन्ध आत्मरक्षा से नहीं था। जंगी सिंह अपने लिए कम, निरपराध मजदूरों के लिए अधिक चिन्तित थे। बेचारों का घर उजड़ जाएगा। जालिम रतन लाल आदमी नहीं, कसाई है—वे सोच रहे थे।

संविधान की धारा 22 में भले ही 24 घंटे के अन्दर गिरफ्तार व्यक्तियों को मजिस्ट्रेट के सामने पेश करने की बाध्यता हो, रतन लाल जैसे पुलिस अफसर इसकी शायद ही परवाह करते हैं। उनका तरीका बड़ा सीधा-साधा होता है। 24 घंटे की सीमा थाने में गिरफ्तारी की इंट्री से निर्धारित होती है। वे कागजों में गिरफ्तारी अपनी मनमर्जी से दिखाते हैं।

जंगी सिंह और मजदूरों से चार दिनों तक पूछताछ होती रही। उन्हें सोने नहीं दिया जाता था। नींद आने पर उन पर पानी फेंका जाता। पिटाई से शरीर नीला पड़ गया था, परन्तु पिटाई बन्द न हुई। एस.पी. को रतन लाल रोज इन्वेस्टिगेशन की रिपोर्ट बढ़ा-चढ़ाकर पेश करता, “सर, आप निश्चिन्त रहें। सब कुछ उगलवा लूँगा। थोड़ा समय दीजिए। नक्सलियों की मैं कमर तोड़कर रख दूँगा।”

एस.पी. को इससे ज्यादा और क्या चाहिए था? स्पेशल रिपोर्ट केसेज में उनके स्तर से भी सुपरविजन होना था। परन्तु रतन लाल पर उसे ऐसा भरोसा था कि उसके सुपरविजन रिपोर्ट पर वह आँख मूँदकर चिड़िया बैठा देता था। सो, उसने इतने महत्त्वपूर्ण मामले में थाने में झाँका तक नहीं। सरकार को मुलजिमानों की गिरफ्तारी की सूचना वायरलेस से भेज दी गई थी। सरकार इन्वेस्टिगेशन से सन्तुष्ट थी। उसे क्यों फिक्र होने लगी कि थाने में कानून टूट रहा है? “हम पुलिस के कामों में कोई हस्तक्षेप नहीं करते।” मुख्यमंत्री का रटा-रटाया जवाब अखबारों में छपता रहता।

रतन लाल को जंगी सिंह से कुछ भी सबूत हाथ नहीं लगा। डॉक्टर अमिय के बारे में इतना भर पता चला कि वह घटना के समय पलामू-गढ़वा में किसानों-मजदूरों के बीच काम कर रहा था।

“डॉक्टर साहब को अखबारों से ही इस घटना की जानकारी मिली होगी। हम लोग गरीब किसानों-मजदूरों के हकों के लिए लड़ने वाले लोग हैं। हमें नाहक फँसाया जा रहा है। और ये बेचारे मजदूर! एक तो इनकी हकमारी हो रही थी, दूसरे, इन्हें झूठे केस में फँसा दिया गया? नीति, न्याय और नियम से राज-काज चलना चाहिए। अनीति, अन्याय और मनमानी से नहीं।” जंगी सिंह का शरीर घायल था, आत्मा नहीं।

गिरफ्तारी के पाँचवें दिन उन्हें और मजदूरों को मजिस्ट्रेट के सामने पेश किया गया। मजिस्ट्रेट ने उन लोगों की शिकायतें अनसुनी कर 14 दिनों की न्यायिक हिरासत

में भेज दिया। मारपीट, गाली-गलौज, थर्ड डिग्री और धारा 22 का उल्लंघन न्याय के सिंहासन पर बैठे मुंसिफ के लिए बेमायने था।

"तो पुलिस आपसे हाथ जोड़कर पूछती कि श्रीमान सच क्या है, कृपया बता दें। क्या आप सच उगल देते? अदालत इन्वेस्टिगेशन में दखल नहीं देती।" मजिस्ट्रेट साहब ने टका-सा जवाब दे दिया।

रतन लाल को भरोसा न था कि घटना के समय डॉक्टर अमिय पलामू-गढ़वा में था। उग्रवादियों के नेता अपने बचाव में गलत-सलत सबूत गढ़ लेते हैं—उसने एस.पी. को रिपोर्ट की। दारोगा पशुपति सिंह की कमान में क्रैक टीम अमिय के पीछे लगा दी गई। क्रैक टीम उसकी टोह में जहानाबाद से लेकर पलामू-गढ़वा तक धूल फाँकने लगी।

एक और झूठा केस? अमिय ने भूमिगत हो जाने का फैसला किया। डी.एम.के.एस. के आधार क्षेत्रों में सुरक्षित शेल्टरों की कमी न थी। गरीब किसान और खेतिहर मजदूर उसे जी-जान से चाहते थे।

पर यह बात अमिय को कटोचती रही कि पार्टी ने बिना डी.एम.के.एस. को विश्वास में लिए सूरजपुर में ऐसा एक्शन क्यों किया? यदि करना जरूरी था, तो पर्चा छोड़कर जिम्मेदारी लेनी चाहिए थी। एक्शन पार्टी का, खमियाजा डी.एम.के.एस. भुगत रहा था।

उसने नवीन जी से सम्पर्क साधा। डेहरी में नवीन जी के साथ उसकी और महासचिव कृष्णा सिंह की बैठक हुई।

"सूरजपुर में ऐसा क्यों किया आप लोगों ने?" अमिय ने जानना चाहा।

"राम प्रवेश सिंह शोषक और लम्पट व्यक्ति था।" नवीन जी एक्शन से उत्साहित थे।

"लेकिन हमारे आधार क्षेत्र में कोई कार्रवाई करने के पहले स्थानीय नेतृत्व को विश्वास में लेना चाहिए था? कार्रवाई की जिम्मेदारी लेनी चाहिए थी। हम लोगों ने वहाँ मजदूरी के लिए आन्दोलन चलाया था। आगे की कार्रवाई के लिए कार्यकारिणी की बैठक की तारीख तय हो गई थी।"

"राम प्रवेश सिंह के सफाये की उस पूरे इलाके में बहुत अच्छी प्रतिक्रिया हुई है। ठेकेदारों ने मजदूरों को सही मजदूरी देनी शुरू कर दी है। बकाया भुगतान भी हो गया है। इंजीनियरों की कमीशनखोरी कम हो गई है।"

"लेकिन पार्टी की कार्रवाई का नतीजा हमारे साथी जंगी सिंह और जमुना मोची भुगत रहे हैं। सैकड़ों गरीब मजदूर बिना अपराध जेल में बन्द कर दिए गए हैं। उनका परिवार उजड़ने की स्थिति में है। मुझे भूमिगत होना पड़ा है।"

"कॉमरेड, क्रान्ति झींगा मछली पर शराब की दावत नहीं है। आपको महान माओ की यह उक्ति याद रखनी चाहिए।" नवीन जी ने व्यंग्य किया।

"हमारे बीच जो समझौता हुआ था, उसमें आपने हमारे जन-संगठन को डिफेंस मैकेनिज्म मुहैया कराने का वचन दिया था। आपने उसके पहले वैयक्तिक सफाये की पुरानी लाइन छोड़ देने की बात की थी। यदि जो हुआ वही क्रान्ति है, तो आप अपनी क्रान्ति करें, लेकिन आपकी क्रान्ति का खमियाजा हम क्यों भुगतें?" अमिय चिढ़ गया।

कृष्णा सिंह ने बीच-बचाव की कोशिश की।

“कॉमरेड नवीन जी, हमारे आधार क्षेत्र में ऐसी कार्रवाइयों की जिम्मेदारी पार्टी को खुद लेनी चाहिए। पार्टी भले ही भूमिगत है, हम खुला जन-संगठन चला रहे हैं। पार्टी के दस्तों को कोई नहीं जानता। हमें सब जानते हैं। वैसे में ऐसी कार्रवाइयों का खमियाजा अगर हमारे निरपराध साथियों को भुगतना पड़ेगा तो वे पार्टी के लोगों को पनाह देने में परहेज करेंगे। इससे पार्टी को भी नुकसान हो सकता है।” कृष्णा सिंह ने नवीन जी को समझाते हुए कहा।

नवीन जी ने स्थिति को सँभालने की कोशिश की, “ठीक है, मैं आप लोगों के कंसर्न पार्टी में रखूँगा। कुछ-कुछ हल निकल आएगा।”

“मेरी सलाह होगी कि पार्टी सूरजपुर की घटना की जिम्मेदारी लेते हुए उसका औचित्य जनता एवं प्रशासन के समक्ष रखे ताकि जंगी सिंह और मजदूर जेल से छूट जाएँ और मैं भी चैन से अपना काम कर सकूँ।” अमिय ने साफ-साफ कहा।

नवीन जी गम्भीर हो गए।

डी.एम.के.एस. ने जंगी सिंह और मजदूरों की जमानत के लिए एड़ी-चोटी का जोर लगा दिया। सबूत इतने लचर थे कि उनकी जमानत निचली अदालत से हो जानी चाहिए थी, परन्तु पहले केस डायरी पेश होने में देरी के कारण कार्रवाई घिसटती रही। केस डायरी पेश होने पर मामले को गम्भीर बता जमानत अर्जी नामंजूर हो गई। अन्ततोगत्वा काफी दिनों बाद हाईकोर्ट से जमानत मिली।

## 5

जंगी सिंह जेल से फौलाद बनकर निकले, किन्तु जमुना मोची का आत्मविश्वास हिल गया था। मजदूर टूट गए थे। संघर्षों की आँच में तपने की उनकी सामर्थ्य नहीं थी। वे रोज कुआँ खोदकर पानी पीने वाले ठहरे। लौटे, तो कुआँ भी रीत चला था। परिवार हलाकान था। सूरजपुर के बड़े भू-स्वामियों ने जंगी सिंह के जेल जाने का फायदा उठाकर मजदूरी के पुराने समझौते को तोड़ दिया था। मजदूरी की वही पुरानी दर वापस आ गई थी, जिसके खिलाफ ‘असहयोग आन्दोलन’ चला था। सूरजपुर की देखा-देखी दूसरे गाँवों में भी भू-स्वामियों ने समझौता मानने से इनकार कर दिया था।

“बरसों की मेहनत हम बर्बाद न होने देंगे। हमें आन्दोलन की गति और दिशा पर नए सिरे से सोचना होगा। प्रशासन से दमन के अलावा मदद की उम्मीद करना बेमानी होगा।” जंगी सिंह ने दो टूक ऐलान किया। डी.एम.के.एस. ने जन-संघर्षों की नई कार्यनीति तय की।

“कार्यनीति को अमली जामा पहनाने में पार्टी पूरा सहयोग करेगी।” नवीन जी ने सन्देशा भेजा।

“सहयोग हमें आत्मरक्षार्थ चाहिए, उससे ज्यादा नहीं।” अमिय ने जवाब देने में एक क्षण की देरी नहीं की।

और नई कार्यनीति पर अमल शुरू हो गया।

नई कार्यनीति का पहला चरण था, समझौते के अनुसार मजदूरी देने से इनकार करने वाले बड़े भू-स्वामियों की आर्थिक और सामाजिक नाकेबन्दी। आर्थिक नाकेबन्दी के तहत खेतिहर मजदूरों ने बड़े भू-स्वामियों के खेतों में काम करने से मना कर दिया। यही नहीं, गाँव में बाहरी मजदूरों का प्रवेश वर्जित था।

सामाजिक नाकेबन्दी के तहत कमेरी जातियों ने उनके यहाँ का काम बन्द कर दिया। नाई उनके बाल नहीं काटते थे। बढ़ई-लुहार उनके खेती के औजारों की मरम्मत नहीं करते थे। धोबी उनके कपड़े नहीं धोते थे। कहार उनके घर के बीमारों, बूढ़ो और स्त्रियों की पालकी नहीं उठाते थे। मोची उनके मरे जानवरों का चमड़ा नहीं छीलते थे। धार्मिक अनुष्ठानों में नाई नहीं आते थे। बच्चों के मुंडन, जनेऊ, कथा-वार्ता तक का बहिष्कार।

नई कार्यनीति का दूसरा चरण था, बड़े भू-स्वामियों द्वारा हथियाए गैर-मजरुआ जमीनों की जब्ती और उनका भूमिहीनों में वितरण। जनता सरकारें जन-सभाओं के माध्यम से गैर-मजरुआ जमीनों की पहचान कर जब्त कर लेतीं और आम राय से भूमिहीनों के बीच बाँट देतीं। सूरजपुर जनता सरकार के संयोजक की हैसियत से जमुना मोची इस काम को सँभाल रहे थे। जेल जाने से हिल गया उनका आत्मविश्वास लौट आया था।

हठी भू-स्वामियों के लिए आर्थिक और सामाजिक नाकेबन्दी का मुकाबला आसान न रह गया था। दबे-कुचले लोग झंझावात की तरह उठ खड़े होने लगे थे और अपनी संगठित ताकत पहचानने लगे थे। अब इसमें थाना-पुलिस-प्रशासन क्या करता? प्रशासन द्वारा कराए समझौते को तोड़ने की गलती भू-स्वामियों ने ही की थी। गैर-मजरुआ जमीनों पर गैर कानूनी हक को प्रशासन कैसे मान्यता दे देता? पर ऐसा भी नहीं था कि भू-स्वामी हाथ पर हाथ धरे बैठे हों। वे नाकेबन्दी को उग्रवादियों की कारस्तानी बताकर थाना-पुलिस बुलाते।

लेकिन पुलिस पहले की तरह कार्रवाई नहीं कर पाती थी। गाँव के गरीब-गुरबे खड़े हो जाते थे। अब पुलिस क्या कार्रवाई करती? बस, भूमिहीनों और खेतिहर मजदूरों पर धारा 107 के मुकदमे कायम हो जाते। हालात की नजाकत भाँप कई गाँवों में हठी भू-स्वामियों ने सरकारी दर पर मजदूरी देना स्वीकार कर नाकेबन्दी से मुक्ति पा ली। जिन्होंने इसे अपनी मूँछों का सवाल बना लिया, वे घाटे में रहे। उनके खेत परती पड़ गए या खरपतवारों से भरते रहे।

भू-स्वामियों को मजदूरों पर जोर-जबरदस्ती करने में डर लगने लगा था। कौन जाने, राम प्रवेश सिंह की तरह हमारी भी गति न हो जाए? जहाँ कहीं जोर-जबरदस्ती की कोशिश होती, मोची-माँझी लाठी-भाला लेकर खड़े हो जाते। मध्य बिहार का जकड़न भरा समाज मानो ऐसे ही जन-संघर्ष की प्रतीक्षा कर रहा था। सदियों के अँधेरों से मुक्ति की जबरदस्त छटपटाहट मौजूद थी। जरूरत थी ऐसे जुझारू नेतृत्व एवं संगठन की, जो मुक्ति की राह दिखा सके। डी.एम.के.एस. वही राह दिखा रहा था।

थाना-पुलिस का भरपूर साथ न मिलता देख बड़े भू-स्वामी चुप न बैठे थे। वे भीतर-भीतर इस झंझावात का प्रतिकार करने की मुकम्मिल तैयारियाँ कर रहे थे। मध्य बिहार में हिंसक संघर्ष की पृष्ठभूमि तैयार हो रही थी। मामला केवल जहानाबाद तक

सीमित न था, समूचा मध्य बिहार धधकने की कगार पर था। डी.एम.के.एस. सरीखे कई जन-संगठन और यूनिटी कमिटी जैसे कई भूमिगत नक्सली ग्रुप मध्य बिहार के अलग-अलग क्षेत्रों में गरीब किसान-मजदूरों के बीच अपनी पैठ जमाने लगे थे। बड़े भू-स्वामियों के लिए यह स्थिति नाकाबिले बर्दास्त थी।

हिंसक संघर्ष की आग सूरजपुर में अन्दर-ही-अन्दर सुलग रही थी। जंगी सिंह के जेल से लौट आने से बड़े भू-स्वामी सकते में थे। इस साले को जमानत कैसे मिल गई? अवधिया समाज को भड़काने की शुरुआत हुई, "भाई होकर इतना घृणित काम? भाई की हत्या करा दी? जो भी हो, राम प्रवेश उसका खून था।" आर्थिक और सामाजिक नाकेबन्दी तथा गैर-मजरुआ जमीनों की जब्ती उस आग में घी का काम कर रही थी। जब्त जमीनें जिन भूमिहीनों में बाँटी जाती थीं वे मोची, माँझी, दुसाध, कहार, धोबी, नाई जैसी जातियों के थे।

"अब हमारे हलवाहे-चरवाहे हमारी जमीनों के मालिक हो जाएँगे?" भू-स्वामी क्रोध से कहते।

उस आग को भड़काने में ठाकुर रमापति सिंह ने कोई कोर-कसर नहीं उठा रखी। उनकी अपनी जमीनें भी परती पड़ गई थीं। पटना में उनके हस्बखाह मंत्री और ठाकुर बजरंगी सिंह भी कोई खास मदद न कर पा रहे थे। मिलने पर कहते, "और पुलिस कैम्प खुलवा दें?" पुलिस कैम्प से क्या होना-जाना था? वह 'देखाऊ साहब का डाल' बन गया था। रमापति सिंह ने बड़े भू-स्वामियों को उकसाया, "रुपए-पैसे का इन्तजाम हो जाएगा। सारे फसाद की जड़ को नेस्तनाबूद करने की तैयारी कीजिए। जड़ खत्म हुई तो पत्तों-डालियों का जलावन बनते देर न लगेगी।"

तैयारी हुई और जबरदस्त हुई। मसौढ़ी के वकील जगन्नाथ सिंह उस तैयारी के अगुआ बने। लड्डन सिंह से सम्पर्क साधा गया। उसे भी पंचायत चुनाव के समय हुए अपने अपमान का बदला लेना था। वकील साहब ने लड्डन सिंह और इलाके के बड़े भू-स्वामियों की बैठक में एक संगठन की नींव डाल दी। नाम रखा, 'किसान सेना'। सेना का उद्देश्य था, नक्सलियों से किसानों की सुरक्षा। नक्सली यानी डी.एम.के.एस.। वकील साहब अध्यक्ष चुने गए। लड्डन सिंह महासचिव। पाँच सदस्यों की कार्यकारिणी गठित हुई। रमापति सिंह चालाक निकले। कागज पर उनका कहीं नाम न आया। उनकी सलाह पर सूरजपुर में सेना का मुख्यालय कायम हो गया। हफ्ते भर में लड्डन सिंह के लड़ाके सूरजपुर और आसपास के गाँवों में मुस्तैद हो गए।

लड़ाकों ने एक रात जंगी सिंह के घर पर चढ़ाई कर दी। दीवार फाँद घर में घुस गए। जंगी सिंह आन्दोलन के सिलसिले में गाँव के बाहर थे। माँ, पत्नी तथा बेटा आँगन में सो रहे थे। अजनबियों को देखकर माँ-पत्नी चिल्लाने लगीं, "चोर-चोर।" लड़ाके घबराकर भाग लिए।

अगली रात 'किसान सेना' की कार्यकारिणी की गुप्त बैठक हुई। ठाकुर रमापति सिंह और दसेक बड़े भू-स्वामी भी बुलाए गए। वकील साहब ने राम प्रवेश की हत्या के मुजरिमों को दंड देने और परती पड़े खेतों को आबाद करने का प्रस्ताव पेश किया।

"अगर हम लोग ऐसे ही दबे रह गए, हमारे मुँह पर कुत्ते भी पेशाब करने लगेंगे। हलवाहे-चरवाहों की औकात कि हमारी जमीनों पर जबरदस्ती काबिज हो जाएँ? हमारे खेतों में मजदूरी करने से इनकार दर दें? भाई राम प्रवेश सिंह की विधवा और बच्चे हमसे इंसाफ की भीख माँग रहे हैं। उनका लहू हमारी गैरत को पुकार रहा है।" वकील साहब की दलील भू-स्वामियों का खून खौलाने के लिए पर्याप्त थी। वे आगे बोलने के लिए उद्यत हुए।

"लेकिन हम लोग क्या कर सकते हैं? मोची-माँझी सब लाठी-भाला फरसा-गँड़ासा लेकर निकल आता है।" किसी बूढ़े ने उन्हें टोका।

वकील साहब मुस्कराए।

"लड्डन सिंह हमारे साथ हैं। उनके हथियारबन्द लड़ाके आपकी सुरक्षा के लिए गाँवों में कैम्प कर रहे हैं। मोची-माँझियों का लाठी-भाला हमारी बन्दूकों-पिस्तौलों के सामने टिक नहीं पाएगा।" वे दम्भ से बोले।

अब बारी उसी बूढ़े के मुस्कराने की थी।

"वकील साहब, पिछले पंचायत चुनाव में सूरजपुर ने लड्डन सिंह और उनके लड़ाकों की ताकत देख ली है।"

लड्डन सिंह झेंप गए। बगलें झाँकने लगे। वकील साहब बूढ़े बाबा की वक्रोक्ति ताड़ गए। ठाकुर रमापति सिंह लड्डन सिंह के बचाव में आगे आए।

"अरे रामेश्वर सिंह, बात को कहाँ से कहाँ लिए जा रहे हैं आप? तब और आज में बहुत फर्क आ गया है। उस समय नौसिखिया बच्चे खेलने-खाने आ गए थे। अब पालीगंज, मसौढ़ी, नालन्दा, बेलछी और वैशाली-मुजफ्फरपुर से तपे-तपाए नौजवान आए हैं। आपकी जमीन भी परती पड़ी है न? वकील साहब का कहा समझिए। प्रशासन कान में तेल डाले सोया पड़ा है। हम लोगों को जागना होगा। पुलिस कैम्प के जवान भी बस दंड पेल रहे हैं।" ठाकुर साहब ने न केवल लड्डन सिंह की ताकत का खुलासा किया, बूढ़े रामेश्वर सिंह के बहाने आग को भड़काने का काम जारी रखा।

लड्डन सिंह की झेंप कुछ मद्धिम पड़ी।

"हाँ, तो वकील साहब, कार्रवाई आगे बढ़ाइए।" ठाकुर साहब कोई अन्य विघ्न नहीं चाहते थे।

वकील साहब ने कार्रवाई आगे बढ़ाई।

"जंगी सिंह का घर ढहाकर उन्हें परिवार सहित गाँव निकाला दे दिया जाए। जिन मजदूरों ने राम प्रवेश सिंह की हत्या में जंगी सिंह का साथ दिया था, उनकी झोंपड़ियाँ जलाकर उन्हें भी गाँव से निकाल दिया जाए। अगल-बगल के जिन गाँव में मजदूरों का हंगामा चल रहा है, वहाँ के मजदूरों को भी सबक सिखाया जाए।" वकील साहब ने प्रस्ताव पूरा किया।

"और अगर नक्सली दस्ते आ गए तो?" शंका वाजिब थी।

"मेरे लड़ाके उनसे दो-दो हाथ करने को पूरी तरह तैयार हैं।" लड्डन सिंह की झेंप मिट गई थी। वे उस दम्भ के साथ बोले जो लम्पटों की खास विशेषता होती है।

"हरामियों को छठी का दूध याद आ जाएगा।" वकील साहब को सेना की ताकत को कम आँकना नहीं सुहाया।

प्रस्ताव ध्वनिमत से पास हो गया।

वकील साहब ने भले ही बैठक में उठी आशंकाओं को खारिज कर दिया था, किन्तु उनका दिल धक-धक कर रहा था। अगर घर ढहाते समय मोची-माँझी लाठी-भाला लेकर आ गए तो? अगर नक्सली दस्ते बम-पिस्तौल चलाते पहुँच गए तो? इस 'तो' का उत्तर लड्डन सिंह के पास भी नहीं था। उसके लड़ाके माल-पानी की आशा में आए थे, जान गँवाने नहीं। वे छँटे गुंडे-बदमाश जरूर थे, परन्तु उनके घर में रोने वाली माँ-बहन-बीबी-बाप—सब थे।

बहुत सोच-विचार कर वकील साहब ने अगल-बगल के गाँवों से भू-स्वामियों से घर पीछे एक-एक नौजवान हथियार सहित इस ऑपरेशन में भेजने की माँग की। रमापति सिंह कन्नी काट गए। वे परदे के पीछे से वार करना जानते थे, सामने से नहीं। लेकिन दूसरे भू-स्वामियों के नौनिहाल लम्बे समय से खदबदा रहे थे, सुना तो घर वालों से बिना पूछे ही ऑपरेशन में अपनी वीरता दिखाने तैयार हो गए।

वकील साहब ने एक्शन के लिए एक अँधेरी रात चुनी। जब सूरजपुर रात की स्याही में डूबा सो रहा था, 'किसान सेना' के लड़ाके और नौजवानों की जमात ने जंगी सिंह के घर पर हमला कर दिया। पुरानी ईंटों का बना मकान गैंते, सरिये, फावड़े और कुदालों के वार से ढहाया जाने लगा। जंगी सिंह घर में न थे। उनकी माँ-पत्नी और बेटे घर के अन्दर सो रहे थे। उन तक घर ढहाने की आवाज कैसे न पहुँचती? नींद टूट गई। देखा तो सन्न रह गए। सैकड़ों हाथ घर ढहाने में लगे हुए थे। जंगी सिंह का बड़ा बेटा किसी तरह भागकर इन्द्रदेव सिंह को बुला लाया। वे दौड़े-दौड़े आए। वकील साहब कमांडर बने खड़े थे। उनसे हाथ जोड़ विनती की—

"यह अच्छा काम नहीं हो रहा है, भाई जी। रोकिए यह अनर्थ।"

"राम प्रवेश सिंह की विधवा और बच्चों का कलपना आपको नहीं दीखता इन्द्रदेव सिंह?" वकील साहब ऑपरेशन की सफलता से खुश हो रहे थे। इन्द्रदेव सिंह की आरजू-मिन्नतें बेअसर रहीं। भू-स्वामियों के नौनिहालों के सिर पर खून सवार था। जंगी सिंह की माँ, पत्नी और दोनों बेटों को बचाकर इन्द्रदेव सिंह अपने घर लिवा आए।

"मुझे इस गाँव में चील-कौए उड़ने के आसार नजर आ रहे हैं।" वहाँ से लौटते हुए उनके मुँह से निकला। पीछे से 'किसान सेना' के लड़ाकों का अट्टहास गूँजा।

जंगी सिंह का घर जमींदोज कर सारा सामान लूट लिया गया। ईंटें गाँव की गलियों में बिछा दी गईं। यह उनके प्रति घृणा के प्रकटीकरण का तरीका था। घोषणा की गई, "अगर जंगी सिंह कहीं भी दिख गया, उसकी जान ले ली जाएगी।"

जंगी सिंह का घर ढहाने के बाद 'किसान सेना' का दूसरा हमला मोची-माँझी टोले में हुआ। राम प्रवेश सिंह के कत्ल में फँसे मजदूरों के घर चुन-चुनकर फूँक दिए गए। लड़ाकों के सिर पर खून सवार था। जो भी सामने आया, उसकी जमकर धुनाई की गई। औरतों और बच्चों को भी नहीं बख्शा गया।

"सालो, बुलाओ अपने बापों को।" लड़ाके गन्दी-गन्दी गालियाँ देते तांडव मचाते रहे, "खेतों में काम न करोगे हरामियो? मरे जानवरों का चमड़ा नहीं छीलोगे, मादर...? हमारी जमीनों पर कब्जा करोगे, बहन...?"

इसके बाद बारी आई नाइयों, धोबियों, कहारों, लुहारों और बढ़इयों की। सब हाथ जोड़े थर-थर काँपने लगे।

"दुहाई हो सरकार।"

उनकी भी जमकर पिटाई की गई।

"प्रजा-पवनी की ऐसी हिम्मत कि पुरखों के जमाने से चली आ रही प्रथा को मानने से इनकार करे। बहन...धाराप्रवाह गन्दी गालियाँ दी जाती रहीं।"

लड़ाकों के पिस्तौल-बन्दूकों के सामने सबकी हिम्मत जवाब दे गई। लड़ाके गोलियाँ दागते रहे। उन्हें अपनी दहशत कायम करनी थी। सूरजपुर में 'किसान सेना' की हुकूमत कायम हो गई।

उसी रात 'किसान सेना' ने ऐसा ही एक्शन बिस्टौल, सेवनन, कल्पा, धनौती के माँझी-मोची टोले में किया। इन गाँवों में भी डी.एम.के.एस. ने मजदूरी की दरें बढ़वा दी थीं और बड़े भू-स्वामियों के कब्जे की गैर-मजरुआ जमीनें भूमिहीनों में बाँट दी थीं।

सूरजपुर का पुलिस कैम्प और जिले का प्रशासन 'किसान सेना' की कार्रवाइयों से निरपेक्ष बना रहा। शिकायतें मिलीं तो भी उनके कान पर जूँ नहीं रेंगी। रतन लाल का डेपुटेशन इस बीच पंजाब में हो गया था। उसकी जगह जिस अफसर ने ली थी, वह दिल्ली के हिन्दू कॉलेज का छात्र रहा था, सुकुमार शहराती। मौके पर खुद न जाकर उसने पशुपति सिंह दारोगा को भेजा। पशुपति सिंह दारोगा पुलिस बल के साथ आया, परन्तु कोई गवाही के लिए तैयार न हुआ। मोची-माँझी टोले के सारे मर्द जान बचाकर भाग चुके थे। दहशत से भरी स्त्रियाँ सूनी आँखों में आँसू भरे पत्थर बन गई थीं।

## 6

जंगी सिंह तक घर ढहाने और मोची-माँझी टोले पर हमले की खबर जब पहुँची, वे आन्दोलन के सिलसिले में पाई बिगहा गाँव में थे। अरविन्द और सत्या भी उनके साथ थे। पाई बिगहा मखदूमपुर प्रखंड में था जिसकी दूरी सूरजपुर से 30 किलोमीटर थी। 'किसान सेना' के हमले से बचते-बचाते जमुना मोची उन तक यह खबर लेकर पहुँचे थे। जंगी सिंह भूमिगत हो गए। डी.एम.के.एस. के आधार क्षेत्र में निरापद पनाहों की कमी न थी। अरविन्द और सत्या फौरन सूरजपुर वापस हो गए। उनको जंगी सिंह के परिवार के लिए सुरक्षित ठिकाने का प्रबन्ध करना था।

'किसान सेना' के लड़ाके जंगी सिंह को ढूँढ़ते रह गए। वे न मिले। जंगी सिंह पानी में मछली की तरह अपना ठिकाना बदलते रहते थे, पर वे निष्क्रिय न थे। मजदूरी और जमीन के सवाल पर चलने वाला आन्दोलन दक्षिणी पटना-जहानाबाद-औरंगाबाद बेल्ट में तेजी पकड़ रहा था। जहाँ भी उनकी जरूरत होती, जंगी सिंह मौजूद रहते। पार्टी के

दस्ते उनकी सुरक्षा में चौबीसों घंटे मुस्तैद थे। नवीन जी उनकी सुरक्षा का विशेष ध्यान रख रहे थे। उनका परामर्श था कि जंगी सिंह फिलहाल सूरजपुर जाने से परहेज करें क्योंकि 'किसान सेना' वहाँ मजबूत स्थिति में थी। नवीन जी ने उन्हें प्रचुर मात्रा में पार्टी साहित्य उपलब्ध करा दिया था, जिसका अध्ययन वे खाली समय में करते रहते थे।

अरविन्द ने उनकी माँ, पत्नी और बेटे की व्यवस्था मसौढ़ी के एक निरापद ठिकाने में कर दिया था। हालाँकि इन्द्रदेव सिंह के घर पर उन्हें दिक्कत नहीं थी, किन्तु सुरक्षा की दृष्टि से उनका सूरजपुर में रहना ठीक न था। लम्पट सेना का क्या भरोसा?

प्रशासन ने सूरजपुर की पूरी घटना को नक्सलियों की पीपुल्स मिलिशिया और भू-स्वामियों के बीच झड़प के रूप में प्रचारित कर दिया था। सरकार समर्थक अखबार और रेडियो प्रशासन की ही लाइन चला रहे थे।

जंगी सिंह आत्म-निरीक्षण और चिन्तन करते। क्या गलती थी उनकी? सबको इज्जत की जिन्दगी और मेहनत की रोटी दिलाने के सपने को लेकर आन्दोलन में कूद गए थे। पाया कुछ नहीं, खोया ही खोया। उनका घर ढहा दिया गया, हत्यारे उनके पीछे पड़े हैं, माँ-पत्नी दूसरों के रहमोकरम पर हैं, शासन-प्रशासन मौन साधे है। सत्या खबर ले आया था : सूरजपुर में प्रशासन द्वारा कैम्प लगाकर बड़े भू-स्वामियों को बन्दूक-राइफल के लाइसेंस बाँटे जा रहे हैं। उन लोगों के पास नाजायज असलहों की कोई कमी है क्या? लाइसेंसी बन्दूक-राइफल दिखाने के लिए और नाजायज असलहे मजदूरों-दलितों को आतंकित करने के लिए? 'किसान सेना' के लम्पटों ने मजदूरों के घर तहस-नहस कर जला दिए। बहू-बेटियों की इज्जत पर हाथ डाला, पर प्रशासन ने कोई मदद नहीं की। अपने गाँव छोड़ भागे मजदूर निर्वासन की जिन्दगी जीने को बाध्य हैं। अन्न उगाने वाला खेतिहर मजदूर गाँव से भागकर कहीं ईंट भट्ठे पर काम कर रहा है या पटना में रिक्शा चलाकर अपने परिवार का पेट पाल रहा है। फुटपाथ पर सोता है। शुद्ध पानी भी उसे नसीब नहीं। शौच की भी परदेदारी है।

चिन्तन के क्षणों में ये सारे प्रश्न और घटनाएँ सिनेमा के रील की तरह जंगी सिंह के मन-मस्तिष्क में कौंधती रहतीं। वे सोचते, कैसे हो मुकाबला इस दुःस्थिति का? वे पार्टी-साहित्य में इस सवाल का उत्तर ढूँढ़ने की कोशिश करते। नवीन जी के आने पर बहस करते। पार्टी साहित्य दीर्घकालीन लोकयुद्ध के दर्शन और तरीके सुझाता। नवीन जी मुस्कराते, "कॉमरेड, क्रान्तिकारी पार्टी और क्रान्तिकारी सेना ही जनता को शोषण-दमन की इन स्थितियों से मुक्त करा सकती है। जन-संघर्ष अन्ततः जन-क्रान्ति में परिवर्तित होगा।"

जंगी सिंह पार्टी साहित्य या नवीन जी के तर्कों से सहमत न हो पाते। उसे अमिय के जनान्दोलनों के समर्थन में दिए तर्क याद आते, "हथियारी कार्रवाई जनता की राजनैतिक पहलकदमी की कमी को पूरा नहीं कर सकती। एक तो गरीब जनता की हथियारी ताकत अत्यन्त सीमित रहेगी क्योंकि सामन्ती-पूँजीवादी सत्ता के मुकाबले कभी भी गरीब जनता को पूरी तरह से हथियारबन्द नहीं किया जा सकता। दूसरे, ऐसी कार्रवाई से राजनैतिक पहलकदमी प्रायः जनता के हाथ से फिसलकर हथियारी दस्तों के हाथ में चली जाती

है। फलतः जनता अपने संगठन और जन आन्दोलन की बजाय उन दस्तों पर ही आश्रित होने लगती है। तीसरी, दस्तों की हथियारी कार्रवाई के जवाब में राज्य सत्ता और सामन्ती ताकतों की प्रतिहिंसा की शिकार निर्दोष गरीब जनता ही होती है। इसलिए गरीब, जनता हथियारी कार्रवाई नहीं वरन् अपने मजबूत संगठन और आन्दोलनों के रास्ते ही सामन्ती-पूँजीवादी व्यवस्था पर निर्णायक चोट करने में सफल हो सकती है।"

पर नवीन जी इस तर्क को कहाँ मानने वाले थे? वे चीनी क्रान्ति और लाल फौज की सफलता का उदाहरण देते। क्यूबा के छापामार युद्ध की चर्चा करते। वियतनामी गुरिल्लों की बहादुरी एवं विजय की गाथा सुनाते। दीर्घकालीन लोक युद्ध के पक्ष में तर्क रखते, "कॉमरेड, ऐतिहासिक रूप से यह अनुभव रहा है कि जन आन्दोलन एक सीमा तक ही सफल हो सकते हैं। इनसे आप व्यवस्था से चन्द छूटें ले सकते हैं। मारक स्थितियों में थोड़ा सुधार करा सकते हैं। व्यवस्था-परिवर्तन नहीं कर सकते, उसका रास्ता है, दीर्घकालीन लोकयुद्ध। याद है न, 'महाभारत' में दुर्योधन पांडवों से क्या कहता है? पाँच गाँव क्या, बिना युद्ध के मैं तुम्हें सूई की नोक के बराबर भी भूमि नहीं दूँगा।"

नवीन जी की कोशिश थी कि इन बहसों और पार्टी साहित्य से जंगी सिंह पार्टी के पाले में आ जाएँ। पार्टी की सोच थी कि यदि जंगी जैसा संगठनकर्ता साथ आ जाए तो पार्टी का विस्तार तेज हो सकता है।

पार्टी ने सूरजपुर और उसके अगल-बगल के गाँवों के दलितों पर 'किसान सेना' के हमलों को अपने लिए अवसर के रूप में चिह्नित किया। 'किसान सेना' के हमले से इन गाँवों में मजदूरों का मनोबल गिरा हुआ था। जंगी सिंह और अमिय की भौतिक अनुपस्थिति के कारण डी.एम.के.एस. कमजोर पड़ता जा रहा था। अरविन्द और सत्या के लिए 'किसान सेना' के लड़ाकों का प्रतिरोध कर पाना सम्भव न था। पुरानी दर पर काम करने के लिए बचे-खुचे मजदूर बाध्य थे। जो मजदूर 'किसान सेना' की कार्रवाई से पलायन कर गए थे, उनकी जगह बाहरी मजदूरों ने ले ली थी। गैर-मजरुआ जमीनों पर बड़े भू-स्वामी दोबारा काबिज हो गए थे। पार्टी ने इस परिस्थिति को अपने पक्ष में झुकाने की नीयत से एक बड़े एक्शन को अंजाम दे दिया।

और मसौढ़ी बाजार में पार्टी के हथियारबन्द दस्ते ने किसान सेना के संस्थापक-संरक्षक-शीर्ष नेता वकील जगन्नाथ सिंह को दिन-दहाड़े गोलियों से भून दिया। सारा बाजार सन्न होकर देखता रह गया और दस्ता 'दीर्घकालीन लोकयुद्ध जिन्दाबाद' के नारे लगाता आराम से निकल गया। वकील साहब का पार्थिव शरीर खून में लथपथ तब तक सड़क पर पड़ा रहा जब तक पुलिस नहीं आ गई। पुलिस ने शव को पोस्टमार्टम के लिए भेज दिया। मसौढ़ी बाजार फटाफट बन्द हो गया।

इस हत्या की खबर आग की तरह फैल गई। बड़े भू-स्वामियों को गहरा धक्का लगा। 'किसान सेना' पर तो जैसे संकट का पहाड़ टूट गया। वकीलों ने जगन्नाथ सिंह की हत्या को अपने समुदाय की प्रतिष्ठा का प्रश्न बना लिया। अवधिया समाज के बड़े भू-स्वामियों का साथ भी वकीलों को मिल गया। निचली अदालतों से लेकर हाईकोर्ट तक के वकील हड़ताल पर चले गए।

वकीलों के दबाव में राज्य प्रशासन ने पुलिस मुख्यालय को दोषियों का पता लगाने एवं उनकी गिरफ्तारी के कड़े निर्देश दिए। हत्या का तरीका राम प्रवेश हत्या कांड से मिलता-जुलता था। पुलिस हरकत में आ गई। डॉक्टर अमिय, जंगी सिंह, अरविन्द, सत्या और पचासों अज्ञात नक्सलियों पर धारा 302 का मुकदमा कायम हो गया। 'किसान सेना' के लड़ाके डॉक्टर अमिय और जंगी सिंह की फिराक में पहले से ही थे, नामजद मुजरिम बनाए जाने के कारण अरविन्द और सत्या भी उनके निशाने पर आ गए। वे दोनों भी भूमिगत हो गए। सूरजपुर में मैदान खाली देख ठाकुर रमापति सिंह ने लड्डन सिंह को बदले की कार्रवाई के लिए उकसा दिया, "जगन्नाथ सिंह की आत्मा कलप रही होगी। तुम्हारी बन्दूकों के गरजने से ही उनकी आत्मा को सद्गति मिलेगी।"

इधर पटना और जहानाबाद पुलिस ने अपनी संयुक्त कार्रवाई छेड़ दी थी। मसौढ़ी, पालीगंज, धनरुआ और जहानाबाद में डी.एम.के.एस. के आधार क्षेत्रों में खेतिहर मजदूरों के घरों में छापेमारी होने लगी। किन्हीं के खिलाफ सबूत था या न था, यह बहुत मायने नहीं रखता था। छापामारी पुलिसिया आतंक फैलाने का आजमाया हुआ तरीका था। हजारों घरों में छापेमारी हुई। सैकड़ों मजदूरों और उनके परिजनों को संदिग्ध बताकर पुलिस उठा ले गई। उनमें से अधिकांश दलित थे। कुछ को पूछताछ के बाद बांड भरवाकर छोड़ा गया। अधिकांश का चालान कर दिया गया।

इधर पुलिस की छापेमारियाँ जारी थीं, उधर 'किसान सेना' के लड़ाकों ने एक रात जमुना मोची की तलाश में सूरजपुर के मोची-माँझी टोले पर धावा बोल दिया। अन्धाधुन्ध गोलियाँ चलाईं। उस गोलीबारी में निर्दोष मजदूर चन्द्रदेव मोची की जान चली गई और कई मजदूर बुरी तरह घायल हो गए। कैम्प के पुलिस वालों ने गोलियाँ चलने की आवाजें सुनीं, पर वे हिले तक नहीं। उन्हें अपनी जान प्यारी थी। मोची-माँझी टोले में रोना-पीटना मच गया। लड़ाके आराम से चलते बने। उन्होंने जगन्नाथ सिंह की आत्मा को सद्गति दे दी।

सुबह जब थाने की पुलिस पहुँची, कोहराम मचा था। घायलों को अस्पताल भेज दिया गया था। मृतक का शव पड़ा हुआ था। थोड़े ही दिनों पहले टोले में पुलिस की जबरदस्त छापेमारी हुई थी। पुलिस से डरे-सहमे गरीब मजदूरों ने मौन साध लिया। वे मुजरिमों को पहचानते थे, पर बोलने का क्या मतलब? वकील जगन्नाथ सिंह हत्याकांड में उस टोले के कई लोग बांड भरकर लौटे थे, कई जेल में थे। उन्हें पुलिस पर भरोसा न था। मुजरिमों का नाम बताने का अर्थ होता, चन्द्रदेव मोची की तरह मृतकों की सूची में अपना नाम दर्ज करा लेना। पशुपति सिंह दारोगा हमलावरों को जानता था, पर पहले वाले हमले की तरह ही उसने इस बार भी कोई कार्रवाई न की। प्रशासन ने प्रेस विज्ञप्ति जारी की, "नक्सलियों और भू-स्वामियों के बीच हुई झड़प में दलित मजदूर चन्द्रदेव मोची नक्सलियों की गोली के शिकार हो गए। नियमानुसार उनकी विधवा पत्नी को एससी. एसटी. एक्ट के तहत दस हजार रुपए का मुआवजा स्वीकृत किया गया है।"

अगर पुलिस और 'किसान सेना' ऐक्टिव थी, तो पार्टी भी चुप न बैठी। पुलिस की धुआँधार छापेमारियाँ और 'किसान सेना' द्वारा रात में चोरों की तरह किया गया

हमला पार्टी की अपेक्षा के अनुरूप था। जब वट-वृक्ष धराशायी होगा, उसके नीचे के छोटे-मोटे पेड़-पौधों का भी धराशायी होना लाजिमी है—नवीन जी तर्क देते। उनके दिशा-निर्देश में पार्टी के हथियारबन्द दस्ते सूरजपुर, बिस्टौल, सेवनन, कल्पा और धनौती जैसे गाँवों के दलित टोलों में गुप्त बैठकें करने लगे। वे दलित नौजवानों को भरोसा दिलाते, "पार्टी ने जिस तरह 'किसान सेना' के मुखिया का वध किया, लड्डन सिंह का भी वही हश्र होना है। आप लोग पार्टी और दस्तों का साथ दीजिए।" सूरजपुर में दस्ते समझाते, "मजदूरों की हकमारी करने वाले राम प्रवेश और जन-शत्रु जगन्नाथ सिंह के बाद पार्टी ने चन्द्रदेव मोची के हत्यारों से बदला लेने का फैसला किया है। आप साथी हमारा सहयोग करें।"

दस्तों की बन्दूकें दलित नौजवानों को जोश और पार्टी के प्रति विश्वास से भर देतीं। बन्दूकों ने वह काम कर दिया जो अब तक डॉक्टर अमिय के भाषण न कर पाए थे। इन गाँवों में दलित मजदूर पार्टी के पाले में आने लगे। गाँवों में पार्टी के गुप्त सेल बन गए। इन सेलों के माध्यम से रात में नियमित रूप से पार्टी क्लास चलती जिसमें कभी नवीन जी और श्याम जी पार्टी लाइन समझाते।

धनरोपनी का मौसम समीप आने पर पार्टी ने मजदूरी का सवाल उठा दिया। पचासों गाँवों में पार्टी ने इश्तहार चिपकाकर मजदूरी की दर तय कर दी। दर सरकारी दर से दोगुनी थी। इश्तहार में ऐलान किया गया था कि जो बड़ा भू-स्वामी इससे कम मजदूरी देगा, उसके खेत में कोई मजदूर धनरोपनी नहीं करेगा। न गाँव का, न बाहर का। जो भी इसका उल्लंघन करेगा वह पार्टी का दुश्मन माना जाएगा। पार्टी अपने दुश्मनों के साथ कैसे पेश आती है, उसकी बानगी सबने देख ली होगी।

इस इश्तहार से बड़े भू-स्वामियों और पुलिस महकमे में हड़कम्प मचना लाजिमी था। बाहर के जिन मजदूरों ने आने की हामी भरी थी, उन्होंने हाथ जोड़ लिए। गाँव के मजदूर भला पार्टी के आदेश के खिलाफ कैसे जाते? "ना मालिक तबीयत इधर खराब रहने लगी है," वे बहाना बना देते। इधर रोपनी का समय सिर पर आ गया था। बारिश अच्छी हुई थी। बिचड़े बड़े हो गए थे। गाँव-गाँव पुलिस भेजी नहीं जा सकती थी। इतनी पुलिस फोर्स थी ही नहीं। फिर भी पुलिस के अफसर बड़े भू-स्वामियों को सुरक्षा का आश्वासन देने से नहीं चूक रहे थे, लेकिन भू-स्वामियों को जन्नत की हकीकत पता थी। सूरजपुर को छोड़कर दूसरे गाँवों में भू-स्वामियों ने मजदूरों से समझौता कर लिया। उनके खेतों में धनरोपनी होने लगी।

सूरजपुर में ठाकुर रमापति सिंह और लड्डन सिंह ने समझौते को अपनी प्रतिष्ठा से जोड़ लिया। हरामियों से हम नहीं हमारी बन्दूकें बात करेंगी—लड्डन सिंह कहता। रमापति सिंह को पशुपति सिंह दारोगा ने आश्वस्त किया था, "हाईस्कूल कैम्प का पूरा पुलिस फोर्स धनरोपनी के वक्त आप लोगों की सुरक्षा करेगा। इसके अलावा आप बड़े लोगों के पास असलहों की क्या कमी है?" इस आश्वासन के बूते वे बड़े भू-स्वामियों को उकसाते, "अगर एक बार हम लोगों का सिर इनके सामने झुक गया, तो फिर कभी न उठेगा। हँसी-ठट्ठा है कि जो कहें हम लोग मान लेंगे? बिना मजदूरों के ही हम लोग

मिल-जुलकर जितना बन पड़े उतनी रोपनी कर लें। अगर मना करने कोई आया तो उसकी शामत आ जानी तय है।"

पुलिस और 'किसान सेना' के पहरे में बड़े भू-स्वामी परिवारों के काम लायक पुरुष अपने गुमाश्तों-घरेलू नौकरों के साथ धनरोपनी के काम में जुट गए। 'किसान सेना' के लड़ाके जोश भरते—अगर नक्सली मिल जाएँ तो हम उनकी लाशें बधार में बिछा देंगे। जोश की अभिव्यक्ति में कोई लड़ाका हवाई फायर करने लगता। कोई अपनी राइफल को दोनों हाथों से सिर के ऊपर उठा अदृश्य दुश्मनों को ललकारता—

"आ जाओ सालो, भून के रख देंगे।"

धनरोपनी गति पकड़ने लगी, परन्तु सुकुमार शरीर वाले शाहजादों को, जो अपने हाथों से कुएँ या चाँपाकल का पानी तक खुद निकालकर नहीं पीते थे, जब कमर झुकाकर रोपनी करनी पड़ी, आटे-दाल का भाव मालूम होने लगा। दो-तीन घंटे तक लगातार रोपनी करना उनके लिए पहाड़ बन जाता। इधर वे निढाल हो सुस्ताने बैठते, उधर लड़ाके ताश खेलने बैठ जाते। पुलिस के जवान पूरी तरह पिकनिक के मूड में होते। तीन दिनों तक धनरोपनी निर्विघ्न चलती रही। परती खेत शनैः-शनैः मुस्कराने लगे थे। लड्डन सिंह खुश था कि नक्सलियों ने मैदान छोड़ दिया।

और चौथे दिन पार्टी के हथियारबन्द दस्ते सुबह से ही पईन और मेंड़ों की आड़ में पोजीशन लेकर डट गए। पिछले दिनों की तरह ही लड़ाकों और पुलिस की सुरक्षा में धनरोपनी शुरू हो गई। इधर दस्तों ने फौजी स्टाइल में रेंगते हुए धनरोपनी करने वालों को तीन तरफ से घेर लिया। अपने काम में व्यस्त शाहजादे, ताश खेलते लड़ाके और पिकनिक के मूड में रमे पुलिस जवान दस्तों की हरकतें देख नहीं पाए।

क्षण भर बाद सूरजपुर का बधार गोलियों की आवाजों से थर्राने लगा। लगा, लड़ाके हवाई फायर कर रहे हैं, परन्तु जब गोलियों से घायल हो कई लोग पट-पट गिरने लगे, सभी को स्थिति की भयावहता का बोध हुआ। वे अदृश्य दुश्मनों से घिर चुके थे। पुलिस के जवान अपनी जान बचाने की फिक्र में मेंड़ों के पीछे छिप गए। लड़ाके भय से पीले पड़ने लगे। भय काल्पनिक न था। जो जहाँ था, उसने वहीं पोजीशन ले ली। दोनों ओर से गोलियाँ चलने लगीं, परन्तु लड़ाई बिलकुल एकतरफा थी। पार्टी का दस्ता अपने दुश्मन पर निशाना लगाकर फायर कर रहा था। लड़ाके किस दुश्मन पर फायर करते? वे अन्दाजे से गोलियाँ दाग रहे थे।

लगभग आधे घंटे तक गोलीबारी होती रही। कुल मिलाकर दस लोग हलाक और बीसियों घायल हो गए। दस्ते उसी पोजीशन में रेंगते हुए पीछे हटने लगे थे। जब वे लड़ाकों की बन्दूकों और राइफलों की रेंज से बाहर हो गए उन्होंने खड़े होकर नारा लगाया : "दीर्घकालीन लोकयुद्ध, जिन्दाबाद, कॉमरेड चन्द्रदेव मोची अमर रहे।" नारे लगाते वे धीरे-धीरे लड़ाकों, पुलिस और भू-स्वामियों की नजरों से ओझल होते चले गए। लाशें बिछाने की कल्पना में असलहे चमकाने वाले लड़ाकों में इतनी हिम्मत ही नहीं बची थी कि वे दस्तों का पीछा कर पाते। पुलिस के जवानों की जान में जान आई—भगवान ने आज बचा लिया। बचे-खुचे लोग बदहवासी में गाँव की ओर भागे। कोहराम मच गया।

# 7

वकील जगन्नाथ सिंह हत्याकांड के नामजद मुजरिमों—अमिय, जंगी सिंह, अरविन्द और सत्या को गिरफ्तार करने में पुलिस को सफलता नहीं मिली थी। जंगी सिंह, अरविन्द और सत्या पार्टी दस्तों की सुरक्षा में अपना ठिकाना लगातार बदलते रहते थे। अमिय दिल्ली निकल गया था। हामिद और यास्मीन ने दिल्ली में उसके लिए कई ठिकानों का इन्तजाम कर दिया था। किरण ने 'टाइम्स ऑफ इंडिया' ज्वाइन कर लिया था। उसका घर भी अमिय का ठिकाना था। अवधेश भी पी-एच.डी. करने जे.एन.यू. पहुँच गया था। उसके हॉस्टल में भी अमिय बेरोक-टोक रुक जाता था।

अमिय के दिल्ली जाने की वजह थी, मध्य बिहार में खेतिहरों के संघर्ष की सही तस्वीर देश-दुनिया के सामने लाने के लिए राष्ट्रीय प्रेस को जमीनी पड़ताल के लिए प्रेरित करने की। स्थानीय अखबारों से कोई आशा न थी। उनमें प्रशासन और सरकार की प्रेस विज्ञप्तियों के अलावा सच छापने की न कोशिश थी न हिम्मत। मजदूरी जमीन और मानवीय गरिमा के लिए किए जाने वाले जन संघर्ष और बलिदान का कोई मोल उनकी नजरों में न था। मजदूरों के घर फूँके गए, सैकड़ों मजदूर पुलिसिया दमन से बर्बाद हो गए, रोज ही मजदूरों पर बड़े भू-स्वामियों की लम्पट सेनाओं के हमले हो रहे थे, परन्तु स्थानीय अखबारों में इन पर एक कॉलम भी नहीं छपता था। यहाँ तक कि चन्द्रदेव मोची की हत्या भी बेमायने थी उनके लिए। वही अखबार राम प्रवेश सिंह और जगन्नाथ सिंह के मारे जाने पर हाय-तौबा मचा रहे थे।

अमिय इस बात से भी चिन्तित था कि बढ़ती सामन्ती हिंसा अन्ततः नक्सली प्रतिहिंसा को खाद-पानी मुहैया कराएगी और रही-सही कसर पुलिस का एकतरफा व्यवहार पूरा कर देगा। पुलिस सामन्ती हिंसा के प्रति उदार बनी रहती थी, किन्तु उसके विरुद्ध प्रतिरोध होने पर गरीबों पर भेड़ियों की तरह टूट पड़ती थी। यह सब कुछ राज्य और स्थानीय प्रशासन की सामन्तपरस्त नीतियों का नतीजा था। इसलिए उसकी कोशिश थी कि इन तल्ख सच्चाइयों को राष्ट्रीय प्रेस उजागर करे। दिल्ली से छपने वाले प्रमुख अखबारों के सम्पादकों से मिलवाने के लिए किरण उसे ले जाती थी। 'टाइम्स ऑफ इंडिया' में पत्रकारिता करने और जे.एन.यू. के छात्र-राजनीति में सक्रियता की उसकी पृष्ठभूमि के कारण अधिकांश सम्पादक उसे जानते-पहचानते थे। अमिय जब किसी सम्पादक से मिलता, उन्हें डी.एम.के.एस. और मध्य बिहार में चल रहे जनान्दोलनों की संक्षिप्त जानकारी देकर अखबार से पत्रकारों को वहाँ भेजने का अनुरोध करता।

"मेरा आग्रह होगा कि आप अपने अखबार से पत्रकारों की टीम वहाँ भेजें। हफ्ते-दस दिनों तक टीम गाँवों में घूमे। गरीब किसानों, खेतिहर मजदूरों और आम लोगों से जमीनी हालात समझे। भू-स्वामियों से मिल उनका भी पक्ष जाने। टीम की जो भी रपट होगी, आपके अखबार में छपने से हमें पूरा विश्वास है, सच्चाई देश की जनता के सामने जरूर आ जाएगी।" अमिय विनम्रतापूर्वक कहता।

किन्तु सभी सम्पादक रुचि लेते हों, ऐसा न था। कई सम्पादक उबासियाँ लेने लगते,

पर कई पत्रकारों की टीम भेजने को राजी हो गए। एकाध ने उसे सलाह दे डाली कि प्रेस क्लब में संवाददाता सम्मेलन कर अपना पक्ष रखना चाहिए।

हामिद, यास्मीन और अवधेश ने भी उसे एक दिन ऐसी ही सलाह दी थी। उनकी सलाह पर अमिय ने कुछ नहीं कहा था। किरण ने भेद खोला, "कॉमरेड्स, अमिय अंडरग्राउंड है। प्रेस कॉन्फ्रेंस करने से वे बिहार पुलिस की नजरों में आ सकते हैं।"

"छोड़ो, प्रेस कॉन्फ्रेंस। भू-स्वामियों ने लम्पटों की सेना हमारे खिलाफ खड़ी की है। सरकार बाकायदा कैम्प लगाकर उनको हथियारों के लाइसेंस बाँट रही है। यदि खेतिहर प्रतिरोध करें, तो पुलिसिया दमन चक्र शुरू। नक्सली दस्तों की सक्रियता बढ़ी है जिसे रोक पाने में हम लोग भी असमर्थ होते जा रहे हैं। यदि जन आन्दोलन पीछे चला गया और हथियार आगे आ गया, तो मुझे डर है कि मध्य बिहार हिंसा-प्रतिहिंसा की आग में जल उठेगा। क्या तुम लोग पी.यू.सी.एल. की केन्द्रीय टीम मध्य बिहार के जमीनी हालात की पड़ताल के लिए भिजवा सकते हो?" अमिय ने साथियों से मदद की आशा में कहा।

पी.यू.सी. के महासचिव से हामिद और किरण की अच्छी जान-पहचान थी। उनसे मुलाकात का वक्त तय हो गया। निर्धारित समय पर वे लोग पी.यू.सी.एल. के दफ्तर पहुँच गए। महासचिव उनकी प्रतीक्षा में थे।

"आप हैं, मध्य बिहार के क्रान्तिकारी किसान संगठन डी.एम.के.एस. के प्रेसिडेंट डॉक्टर अमिय।" हामिद ने महासचिव को अमिय का परिचय दिया।

महासचिव पकी उम्र के भद्र सज्जन थे। गर्मजोशी से मिले।

"बहुत सुना है आपके संगठन और आपके बारे में।" उन्होंने प्रसन्नता प्रकट की।

अमिय को यह सुनना प्रीतिकर लगा। उसने मिलने का मकसद बताया। "जरूर-जरूर। हमारी टीम बिलकुल जाएगी। आप लोगों ने न्यूनतम मजदूरी और भूमि-सुधार के सवाल को जिस तरह से उठाया है, उसमें राज्य सरकार को आगे बढ़कर काम करना चाहिए था। स्टेट की असफलता का इससे बड़ा साक्ष्य क्या होगा कि जन-सरोकारों से जुड़े कानूनों का इम्प्लीमेंटेशन न हो और यदि कोई यह सवाल उठाए, उसी के पीछे पुलिस लगा दो। स्टेट मशीनरी पर बड़े जमींदारों और पूँजीपतियों का वर्चस्व..." महासचिव धारा प्रवाह बोले जा रहे थे। अमिय को कुछ कहने की जरूरत ही नहीं थी। मध्य बिहार की ताजा स्थितियों का गहन विश्लेषण भी वे करने लगे थे। महासचिव को न केवल डी.एम.के.एस. अपितु मध्य बिहार में सक्रिय अन्य जन-संगठनों और नक्सली गुटों की पूरी जानकारी थी। वे हिंसा-प्रतिहिंसा की घटनाओं को लेकर चिन्तित थे।

"अगर सरकार अपने संवैधानिक कर्तव्यों का निर्वहन बिना राग-द्वेष अथवा ईमानदारी से करने में असफल रहती है, तो मुझे भय है मध्य बिहार में खून-खराबा की भयानक स्थितियों को रोक पाना कठिन होगा।" महासचिव ने आशंका व्यक्त की।

अमिय मुलाकात से बेहद बहुत सन्तुष्ट लौटा, पर उसके मस्तिष्क में एक प्रश्न लगातार कुलबुलाता रहा—महासचिव को मध्य बिहार की ताजा स्थिति की इतनी जानकारी कैसे है? जब वे सभी साथ बैठे, अमिय ने हामिद से पूछ ही डाला।

"इनको मध्य बिहार ही नहीं देश के विभिन्न हिस्सों में चलने वाले आन्दोलनों

की गहरी जानकारी है। देखा नहीं, तुमसे आज मिले पर जानते पहले से थे!" हामिद ने रहस्यभरी मुस्कान बिखेरी।

दरअसल, महासचिव दिल्ली विश्वविद्यालय में राजनीतिशास्त्र पढ़ाते थे। केवल दिल्ली विश्वविद्यालय ही नहीं जे.एन.यू. और जामिया मिलिया के छात्रों में भी वे खासे लोकप्रिय थे। कभी कैंटीन, कभी हॉस्टलों में चाय की चुस्कियों के बीच वे छात्रों से उनके इलाके की जन-सरोकार की हर बातें चाव से सुनते। शिक्षकों से भी वे जरूरी जानकारियाँ निकलवा लिया करते। पी.यू.सी.एल. की हर राज्य इकाई को वे सक्रिय रखने की चेष्टा करते। देश के कोने-कोने से प्रकाशित महत्त्वपूर्ण अखबार और पत्रिकाएँ पी.यू.सी.एल. दफ्तर में मँगवाते। सिविल लिबर्टीज से सम्बन्धित सभी समाचारों और लेखों की कतरनें उनकी मेज पर पहुँच जातीं। वे हर कतरन को ध्यान से पढ़ते और जरूरी नोट्स लेते। छुट्टियाँ लेकर वे आदिवासी इलाकों में निकल जाते। बस्तर के अबूझमाड़ के गाँवों में इनका ज्यादा समय बीतता।

"महासचिव को अपने काम का जुनून-सा है। पढ़ाने में भी इनका कोई जवाब नहीं।" किरण ने तारीफ की। सबने हामी भरी।

अमिय का दिल्ली का काम खत्म हो गया था। उसके वापस लौटने की अन्तिम रात यास्मीन और हामिद ने अपने घर पर विदाई-भोज रखा। किरण और अवधेश भी आमंत्रित थे। अमिय पाक कला में सिद्धहस्त था। वह यास्मीन की मदद में किचन में चला आया। यास्मीन 'न-न' कहती रही, परन्तु उसने आलू-गोभी की सब्जी और शिमला मिर्च का भरवाँ बना डाला। उसे किचन में काम करते देख यास्मीन के होंठों पर रहस्यमयी मुस्कान खेलती रही। आखिरकार अमिय को पूछना पड़ा, "क्या तुम इसलिए मुस्करा रही हो कि मैंने तुम्हारी सब्जियाँ खराब कर दी? जरा चखो तो?"

"मैं तो सब्जियों की खुशबू से ही बता सकती हूँ कि वे लाजवाब बनी हैं।" यास्मीन वैसे ही मुस्कराती रही।

"तो फिर?"

हामिद भी किचन की खुशबू और गुफ्तगू से खिंचा हुआ चला आया था।

"मै सोच रही हूँ कि तुम्हारी बीवी को कितना आराम रहेगा। तुमसे ही वह सारा खाना पकवा लिया करेगी। हामिद, तुम भी अपने दोस्त से कुछ सीख क्यों नहीं लेते?" उसकी मुस्कान चौड़ी हो गई।

हामिद ठठाकर हँसा। बोला, "मियाँ, यास्मीन ठीक कह रही है। सिखा दो यार मुझे भी। तुम्हारे निकाह में हम बावर्ची बन जाएँगे।"

अमिय भी हँसा, "अमाँ यार, अपनी किस्मत तुम दोनों जैसी कहाँ? किसी ने आज तक घास भी नहीं डाली।"

"झूठ! तुम्हीं घास नहीं डालते। अपनी किरण तुम्हारी 'हाँ' के इन्तजार में कुँआरी बैठी है।" यास्मीन ने ठिठोली की।

"क्या मजाक है?" अमिय चौंका।

उसकी हँसी पर अचानक ब्रेक लग गया। वह गम्भीर हो गया। उसने हामिद की

ओर देखा। हामिद ने सिर हिलाकर यास्मीन से सहमति जताई। अमिय को समझते देर न लगी। इस डिनर का असली प्रयोजन उसका विदा-भोज न था। साथियों ने शायद इस विषय में गम्भीर चर्चा के लिए यह आयोजन किया था। अमिय किरण को प्रखर कार्यकर्ता के रूप में देखता आया था। वह मध्य बिहार में स्त्रियों की शिक्षा और मर्यादा के मुद्दों को यास्मीन और किरण की नजरों से देखने की चेष्टा करता।

"क्या ये बेटियाँ-बहुएँ कभी किरण और यास्मीन की तरह आत्मविश्वास से लबरेज और अपनी राह का पत्थर खुद से हटाने वाली बन सकेंगी?" वह अक्सर सोचा करता।

पर क्या वह किरण की आँखों में अपने लिए उमड़ते प्रेम को कभी पहचान सका था? क्या उसने अपने हृदय में किरण के प्रति कभी मांसल प्रेम का स्पन्दन महसूस किया था? प्रेम हृदय की नैसर्गिक अनुभूति है जो आँखों और शरीर की भाषा में अनचाहे अभिव्यक्त हो जाती है। इस अनुभूति को किसी कवि ने कुछ यूँ व्यक्त किया है, "गिरा बन जाती है सनयन, नयन करते हैं नीरव भाषण" परन्तु जिसका मन, हृदय और बुद्धि पूरी तरह व्यवस्था-परिवर्तन के सपनों को साकार करने में एकाग्र हो, वह अमिय किरण के अनुरागी मन को कैसे अनुभूत कर पाता?

शादी-ब्याह और गार्हस्थ्य जीवन से वह चेतन और अचेतन रूप से उसी क्षण दूर, बहुत दूर चला गया था जब उसने मेडिकल की पढ़ाई छोड़ हिमालय की राहें नापी थीं। मेडिकल कॉलेज में ऐसे अनेकों अवसर आए थे, जब उसने प्रेम का गहन आकर्षण अनुभव किया था। कई सहपाठिनियाँ एवं कमनीय छात्राएँ उसकी ओर आकर्षित थीं, पर उसने उन सारे आकर्षणों एवं बन्धनों को नकार कर अपने विचारों की दिशा के अनुरूप हिमालय की राह पकड़ी थी। वह भावुक क्षणों में लिया गया निर्णय न था, वह अपने जीवन की राह चुनने का सुविचारित निर्णय था। जेपी आन्दोलन और बाद की उसकी जीवन यात्रा में दलित, उत्पीड़ित, वंचित मानवता के प्रति समर्पण के अतिरिक्त व्यक्तिगत प्रेम-सम्बन्ध के लिए उसके हृदय में जगह ही नहीं बची थी। जगह बची थी, मित्रता के लिए। बन्धुत्व के लिए और मित्रता तथा बन्धुत्व का वह स्थान स्त्री-पुरुष सबके लिए समान था।

इसलिए उसके मित्रों का दायरा विविधतापूर्ण था। राजनीति से लेकर प्रशासन तक में समानधर्मा व्यक्तियों से उसकी मित्रता थी। उसके भूमिगत रहने के बावजूद कई ऐसे समानधर्मा प्रशासनिक अफसर थे, जिनसे उसका सम्पर्क बना हुआ था। आध्यात्मिक जगत् से मार्क्सवादी सर्किल तक में उसकी बन्धुता थी। गरीब किसान-मजदूर परिवारों में वह किसी का भाई, किसी का बेटा था। पुलिस और बड़े भू-स्वामी उसे अपना दुश्मन मानते थे, उसके प्रशंसक-समर्थक स्वर्गभ्रष्ट ऋषि। इसीलिए जब यास्मीन ने उसके प्रति किरण की आन्तरिक भावना पर से अचानक ही पर्दा हटा दिया, वह गम्भीर हो गया। वह किरण के डिनर पर आने के पहले अपनी स्थिति स्पष्ट करने के उद्देश्य से उसी गम्भीर मुद्रा में बोला, "सुनो यास्मीन! तुम हँसी-ठिठोली कर मेरे मन की थाह पाना चाहती हो न?"

"नहीं, मैं तुमसे किरण के मन की बात साझा कर रही हूँ। कब तक हम लोग उसे

तुम्हारे प्रेम में तड़पते हुए देखते रहेंगे? कई बार कहा कि कॉमरेड, मन की बात अमिय से कह दो, पर कैसे कहती? भले ही एक्टिविस्ट हो, आखिर स्त्री का ही हृदय है।"

अमिय मौन रहा।

"भाई, हमने और यास्मीन ने उसे बहुत समझाया कि डॉक्टर अमिय को किसानों-मजदूरों के संघर्ष के आगे कुछ नहीं सूझता होगा। ऐसे में उससे आशा रखना कि वह खुद प्रपोज करेगा, बेकार है। तब जाकर तैयार हुई है कि आज के डिनर में वह स्वयं अपना मन खोलेगी।" हामिद था।

अमिय के ललाट पर चिन्ता की आड़ी-तिरछी रेखाएँ खिंच गईं। किरण के आने में अब ज्यादा देर नहीं बची थी। वह किरण का सम्मान और आदर करता था। ऐसे में यदि मन खोलने के बाद उसे 'न' सुनना पड़े तो उसकी मर्यादा और आत्मसम्मान को चोट नहीं पहुँचेगी? उसके अहं को ठेस न लगेगी? उसका आत्मविश्वास खंडित न होगा? अमिय को ऐसा करना मंजूर न था। ऐसा किसी के भी साथ करना अमिय को मंजूर नहीं हो सकता था। यह मनुष्य की गरिमा पर चोट पहुँचाने जैसा कदम था। अमिय ने यास्मीन और हामिद का मन-ही-मन धन्यवाद दिया कि समय रहते उन दोनों ने यह विकट रहस्य अनावृत्त कर दिया। अब वे ही इस विकट रहस्य को परदे में बने रहने देने में मदद करेंगे। बोला—

"सुनो। मेरी स्थिति पर गौर करो। किरण बहुत अच्छी लड़की है। मैं उसका बहुत आदर और सम्मान करता हूँ। सच कहूँ तो मुझे आन्तरिक रूप से बेहद खुशी हो रही है कि वह मेरे प्रति प्रेम की भावना रखती है। मैं ऐसे ही नए समाज के निर्माण के लिए लड़ रहा हूँ जहाँ स्त्री-पुरुष में समानता रहे, दोनों को विकास के अवसर मिलें और उनके बीच उपजने वाले प्रेम में सामाजिक-आर्थिक बन्दिशें न हों। वे उन्मुक्त प्रेम करें। परन्तु इस लड़ाई के अतिरिक्त मेरा अपना निजी कहा जाने वाला कोई जीवन नहीं है। परिवार छोड़ने के बाद से निजी कहे जाने वाले जीवन का कोई सपना भी मैंने नहीं देखा है।"

क्षण भर की चुप्पी के बाद उसने आगे कहा—

"यह अतिशयोक्ति नहीं, पर यही लड़ाई मेरा जुनून है। मैं इसी लड़ाई पर आसक्त हूँ। कल क्या होगा, मैं नहीं जानता। सम्भव है, कल मैं भू-स्वामियों या उनकी निजी सेनाओं या फिर पुलिस की गोली का शिकार हो जाऊँ। मेरे ऊपर न की हुई हत्याओं तक का वारंट है। भविष्य में न जाने इस तरह के कितने वारंट निकलेंगे? यदि मैं गोली का शिकार न हुआ, तो भी सम्भव है मेरा शेष जीवन जेल में बीते। ऐसे में मैं किरण से प्रेम और विवाह की कल्पना-मात्र से ही भयभीत हो रहा हूँ। 'न' कहकर उसका हृदय दुखाना मेरे लिए दुःसह होगा। 'हाँ' मैं कह नहीं सकता। यार, तुम लोग हमारी दोस्ती ऐसे ही कायम रहने दो। मुझे इस लड़ाई में तुम दोस्तों की बहुत जरूरत है। किरण की जरूरत है। अवधेश की जरूरत है। हामिद-यास्मीन की जरूरत है।" अमिय का स्वर कहते-कहते लरजने लगा जैसे उसका हृदय विदीर्ण हो गया हो। कंठ सूख रहा हो।

हामिद और यास्मीन अमिय के जुनून को फुलवारी जेल से लेकर सूरजपुर तक में देख चुके थे। हामिद मार्क्सवाद और आध्यात्मिकता के द्वंद्व में भटकती उसकी पवित्र

आत्मा का उसी समय दर्शन कर चुका था जब वे दोनों पहली बार मिले थे। हामिद को अब अपने ऊपर हँसी-सी आती थी कि खुद को बड़ा मार्क्सवादी समझने के बावजूद वह पार्टी का पूर्णकालिक कार्यकर्ता तक न बन पाया। वहीं अमिय ने अपना सारा जीवन अपने विचारों के अनुरूप संघर्ष में झोंक दिया। कोई दूसरा होता तो शायद अपने इस 'त्याग' के अहं में डूबा हुआ हामिद को लघु मानव साबित करने में कोई कोर-कसर न छोड़ता, पर अमिय किसी अलग किस्म के तार से बुना हुआ था। वह हामिद को नए समाज-निर्माण के संघर्ष का महत्त्वपूर्ण हिस्सा मानता था। अवधेश की भी राह हामिद जैसी ही होनी थी, पर अपने शुरुआती दिनों के उस वैचारिक सखा और पथ प्रदर्शक के प्रति सम्मान और मित्रता की कितनी उदात्त भावना थी अमिय में। किरण और यास्मीन तो हामिद के कारण ही अमिय के सम्पर्क में आई थीं।। दोनों को अमिय से उतना ही सम्मान और आदर मिलता आ रहा था, जितना कि वह अपने किसी अन्य आत्मीय को देता होगा।

जैसे भी हो, अमिय को इस धर्म-संकट से बचाना होगा। अमिय इस परिस्थिति में भी किरण का दिल न दुखे, इस चिन्ता में घुल रहा है। क्या अब भी ऐसे मनुष्य धरती पर हैं? हामिद और यास्मीन का मन अमिय के प्रति अगाध श्रद्धा और आदर से भर उठा।

किरण साँझ गहराने के साथ वहाँ पहुँच गई। उसका चेहरा आन्तरिक उल्लास की आभा से दमक रहा था। अन्तर्तम में जैसे हजारों वाट के बल्ब जल रहे हों। यास्मीन ने गले मिलकर उसका स्वागत किया। हामिद ने हाथ मिलाया, पर किरण की आँखें जिसकी तलाश में इधर-उधर भटक रही थीं, वह अमिय हामिद-यास्मीन की योजना के मुताबिक घर से थोड़ी दूरी पर पार्क में टहलने निकल गया था।

यास्मीन किरण को अपने बेडरूम में ले गई। हामिद ड्राइंग रूम में ही बना रहा। यास्मीन और किरण एक्टिविस्ट होने के साथ-साथ आपस में अच्छी दोस्त भी थीं। हामिद ने जानबूझकर उन्हें अकेला छोड़ दिया था। उसे यास्मीन पर भरोसा था कि वह किरण को जैसे भी हो, सँभाल लेगी। स्त्री हृदय को स्त्री से बेहतर भला कौन समझ सकता है? उसे सन्देह था कि अमिय के हृदय के उद्गारों को जानने के बाद किरण सामान्य रह पाएगी।

हामिद का सन्देह बिलकुल सही था। यास्मीन ने किरण से जब अमिय से हुई बातचीत साझा किया, किरण सुन्न हो गई। उसके अन्दर की रौशनी जैसे बुझ गई। चमकता उल्लास साँझ की स्याही में घुलकर तिरोहित हो गया। वह कटे तने-सी बिस्तर पर गिर पड़ी। उसका अवसाद यास्मीन से ज्यादा भला कौन समझता? यास्मीन हौले-हौले उसके बालों में अपनी उँगलियाँ फिराने लगी। मधुर स्वर में बोली, "कॉमरेड, डॉक्टर अमिय तुम्हारा बहुत आदर करते हैं। इस आदर में तुम्हारे लिए श्रद्धा और प्रेम का भी अंश छिपा है, लेकिन उनकी मजबूरी तुम्हें समझनी होगी। अपना सम्पूर्ण जीवन जिन लक्ष्यों के लिए उन्होंने समर्पित कर दिया है, उसमें केवल दोस्ती और कमरेडरी के लिए ही जगह बची है और उनकी वर्तमान चेतना का विकास अचानक नहीं हुआ है। गहरे चिन्तन के बाद जब उन्होंने हिमालय की राह पकड़ी थी, तब से आज तक उनकी चेतना निरन्तर विकसित होती रही है। उनका निजी जीवन सामाजिक जीवन में घुलकर

एकमेक हो गया है। हम लोग किताबी मार्क्सवादी बने रहे, जबकि वह शख्स हमसे दूर बहुत दूर आगे निकल गया। हामिद भी उसे समझने में भूलकर बैठा।" किरण वैसी ही लेटी सुनती रही। कोई जवाब नहीं निकला उसके मुँह से।

इधर अवधेश भी आ गया था। हामिद ने उसे अपने साथ बैठा लिया। फिर उसके कान में फुसफुसाकर पूरी बात बता दी। अवधेश को कोई खास अचरज नहीं हुआ। अवधेश ने इलाहाबाद के दिनों में ही पहचान लिया था कि अमिय की चेतना आम छात्रों से कितना अलग थी। बोला, "अमिय के मन में मांसल प्रेम के लिए मैंने कभी कोई आसक्ति नहीं देखी। इस मामले में उसकी हृदय-स्थली सदा से मरुभूमि रही है। वैसे अमिय के लिए किरण के मन के कोमल तन्तुओं को मैंने बहुत करीब से जरूर देखा है। इमरजेंसी में जब वे जे.एन.यू. में मिले थे तब से। मैंने गौर किया था, अमिय को विदा करते समय किरण की आँखें छलछला गई थीं। वह कृष्ण से बिछोह के समय राधा का दुख था, मेरे भाई।"

"कॉमरेड, अब अपनी यह लिटरेरी कमेंटरी बन्द करो। अन्दर के कमरे में यास्मीन के साथ किरण बैठी हुई है। सोचो कि उसे समझाया कैसे जाए?"

"किरण एक्टिविस्ट है। मार्क्सवादी है। यथार्थ को जरूर स्वीकार कर लेगी।" अवधेश निश्चिन्त था।

उधर बेडरूम में यास्मीन का किरण को समझाना बदस्तूर जारी था। कितना कठिन होता है प्रेम में बिंधे हृदय की पीर को कम कर पाना? यास्मीन हालाँकि खुद हामिद के साथ गझिन प्रेम-बन्धन में बँधी रही थी, परन्तु उसे इस पीर से गुजरना नहीं पड़ा था। हामिद के साथ वह आनन्द की लहरों में ही डूबती-उतराती रही थी। इसलिए प्रेम की पीर मन को कैसे मथती है, वह इससे अनभिज्ञ थी। जब आधे घंटे से अधिक का समय गुजर गया, हामिद और अवधेश को बेडरूम में जाना ही पड़ा। किरण वैसे ही निस्पन्द-सी बिस्तरे पर गिरी पड़ी थी। उसने चेहरा तकिए में गाड़ रखा था। शायद आँखों से झरते आँसुओं की अजस्र धार छिपा रही थी। उसके मन में न जाने कितने तूफान गरज रहे थे।

"कॉमरेड, डॉक्टर अमिय जैसों का जीवन सबके लिए होता है। किसी एक का उस पर पूरा अधिकार कभी नहीं हो सकता।" किरण के कानों में अवधेश की आवाज गूँजी।

"दरअसल यह मेरी और यास्मीन की भूल थी कि हम इस नाजुक विषय पर अमिय से बिना चर्चा के किरण को अपने मन की कोमल भावनाएँ उससे व्यक्त करने की सलाह देते रहे। हम अमिय को समझ ही नहीं पाए। वह हमें पीछे छोड़ बहुत आगे निकल गया है। वह प्रेम नहीं, किरण और हम सभी से दोस्ती की चाहत रखता है। किरण, वी आर रियली वेरी सॉरी। इट वॉज नेवर ऑवर इंटेंशन टू हर्ट यू।" हामिद भावुक हो रहा था।

अचानक किरण झटके-से उठ बैठी। आँसुओं से धुला उसका चेहरा चमकने लगा था। 'नीर भरी दुख की बदली' आँखों से छँट गई थी—अवधेश को महादेवी वर्मा याद आ गईं। किरण मुस्करा रही थी।

"कॉमरेड्स, मैं इतनी कमजोर नहीं हूँ। डोंट वरी। व्हेयर इज डॉक्टर अमिय?"

उसकी मुस्कराहट से उदास बेडरूम में जैसे फूल खिल उठे हों। सबने चैन की

साँस ली। किसी ने वह प्रसंग दुबारा नहीं छेड़ा। हामिद पार्क में जाकर अमिय को लिवा लाया। अमिय ने न कुछ पूछा, हामिद ने न कुछ बताया। डिनर करते समय अमिय की बनाई सब्जियों की सबने बड़ी प्रशंसा की।

"इस बार तुम लोग जब आओगे, अपने भूमिगत ठिकाने पर मैं तुम लोगों को तोरई की खिचड़ी बनाकर खिलाऊँगा। वैसे मैं बड़ा अच्छा चाइनीज फूड बना लेता हूँ।" अमिय अपनी पाक कला का हुनर बताता रहा।

किरण ने चहकते हुए कहा, "डॉक्टर अमिय, मैं 'टाइम्स ऑफ इंडिया' की टीम लेकर इसी महीने पहुँच रही हूँ। अपना वादा आप जरूर याद रखिएगा।"

"अरे वाह! तुम्हारा सम्पादक मान गया? बहुत अच्छी खबर है।" अमिय उसे जहानाबाद-औरंगाबाद-रोहतास-कैमूर-पलामू बेल्ट के गाँवों में डी.एम.के.एस. के आन्दोलन की जानकारी देने लगा।

"तुम डेहरी में सिंचाई कामगार यूनियन के दफ्तर पहुँच जाना। सारी व्यवस्था हो जाएगी। मैं जहाँ भी रहूँगा, तुम्हारे पहुँचने की खबर यूनियन के साथी मुझ तक पहुँचा देंगे। मैं आ जाऊँगा।" अमिय का ध्यान तोरई की खिचड़ी और चाइनीज फूड से हटकर मध्य बिहार पर केन्द्रित हो चला था।

अगले दिन सबसे विदा ले वह वापस अपनी कर्मभूमि लौट चला। इस बीच सूरजपुर की धरती रक्त से लाल हो गई थी और नई चुनौतियाँ उसकी प्रतीक्षा कर रही थीं।

## 8

सूरजपुर में मारे गए भू-स्वामियों के घरों में रोना-चीखना मचा था। स्त्रियों के रुदन से कलेजा फटा जाता था। कई घरों के चिराग बुझ गए थे। माँओं की गोद और पत्नियों की मांगें सूनी हो गई थीं। घायलों में भी कुछ की हालत बेहद चिन्ताजनक थी। उनके घरों में भी रोना-पीटना मचा था, किन्तु घायल और मारे गए लड़ाकों के लिए कोई रोने वाला न था। लड़ाकों के शवों और घायलों को पुलिस की नजरों से ओझल करना ठाकुर रमापति सिंह की पहली प्राथमिकता थी।

"पशुपति सिंह दारोगा को समझा लेंगे, किन्तु एस.पी. साहब और पत्रकारों को क्या जवाब देंगे?" वे लड्डन सिंह को अलग ले जाकर फुसफसाए। कलेक्टर-एस.पी. मौका-ए-वारदात पर पहुँचने वाले थे। पत्रकार पहुँचने लगे थे।

लड्डन सिंह ने स्थिति की नजाकत भाँप ली। पुलिस 'किसान सेना' के अस्तित्व से इनकार करती आ रही थी। लावारिस लाशें सेना की मौजूदगी की मुनादी थीं। पत्रकार तिल को ताड़ बना सकते थे। आनन-फानन में लड़ाकों की लाशें छिपा दी गईं। घायल लड़ाकों को मसौढ़ी की निजी क्लीनिकों में भेजा जाने लगा। उनके असलहे छिपा दिए गए।

इधर मोची-माँझी टोले के लोग जमुना मोची के घर पर जमा होने लगे थे। वे सम्भावित पुलिसिया आतंक से बेहद घबराए हुए थे। वकील जगन्नाथ सिंह के मारे जाने के बाद पुलिस छापामारी का दंश वे भुगत चुके थे। पार्टी के दस्तों ने उस बार की तरह इस बार

भी कोई पर्चा नहीं छोड़ा था। केवल नारा लगाते हुए निकल गए थे।

"यह सही है कि पार्टी ने जो किया, हमारे लिए किया। हमारे टोले पर 'किसान सेना' के हमले और चन्द्रदेव मोची की हत्या का बदला लेने की गरज से यह कांड हुआ, परन्तु यह भी सही है कि इसमें हम लोगों की राय नहीं ली गई। यदि राय ली गई होती, यह कांड न होता। फिर भी पुलिस हमें ही दोषी ठहराएगी।" जमुना मोची बेहद चिन्तित थे।

"अब आप हमें बताइए, हम क्या करें?" घबराए लोगों ने पूछा।

"मेरे विचार से बूढ़ों, औरतों और बच्चों को छोड़कर हम सभी को कुछ दिनों के लिए दोबारा गाँव छोड़ देना चाहिए।" जमुना मोची के समक्ष कोई दूसरा विकल्प न था।

जब तक कलेक्टर-एस.पी. सूरजपुर पहुँचे, मोची-माँझी टोला खाली हो गया था। सूरजपुर की देखा-देखी सेवनन, बिस्टौल, कल्पा और धनौती के मोची-माँझी टोलों का भी वही हाल था।

उधर कलेक्टर-एस.पी. का सामना नाराज और उत्तेजित भू-स्वामियों से हो रहा था। स्त्रियाँ उन पर चूड़ियाँ उछाल रही थीं, "जब उग्रवादियों पर लगाम नहीं लगा सकते, तो लो हमारी चूड़ियाँ पहनकर घर में बैठो। हम लोग उनसे निबट लेंगे।" स्त्रियों का रौद्र रूप देखकर दोनों पदाधिकारी सकते में आ गए थे। लाशें कतार में रखी हुई थीं। घायलों को जहानाबाद अस्पताल भेज दिया गया था। उत्तेजित भू-स्वामी अड़ गए थे कि मुख्यमंत्री के वहाँ आए बगैर लाशें पोस्टमार्टम के लिए नहीं उठाने दी जाएँगी। समझाने का कोई असर उन पर नहीं था।

"हुजूर, सूरजपुर का बच्चा-बच्चा जानता है कि हत्यारे कौन थे? डी.एम.के.एस. वाले दिन में आन्दोलनकारी और रात में नक्सलियों का दस्ता बन जाते हैं। अगर उग्रवादियों के टोले में अभी छापामारी हो जाए, असलहों सहित हत्यारे पकड़े जा सकते हैं।" ठाकुर रमापति सिंह ने हाकिमों को उकसाया।

"अरे चाचा, जिन्होंने मेरे बाप को मरवाया उनका क्या? उन लोगों ने ही ये हत्याएँ करवाई हैं। अगर वे पकड़े नहीं गए, इस गाँव को वे श्मशान बना देंगे।" राम प्रवेश सिंह का बेटा था।

"ठीक कहते हो, बेटा। जंगी सिंह और डॉक्टर अमिय ही यह सब कांड करा रहे हैं। इधर अरविन्द और वह छौंड़ा, क्या नाम है, हाँ सत्या, भी उनके साथ बराबर का भागीदार है।" ठाकुर रमापति सिंह के मुँह की बात राम प्रवेश के बेटे ने छीन ली थी। इन्द्रदेव सिंह भी वहीं थे। इस कांड में जंगी सिंह, डॉक्टर अमिय और अरविन्द-सत्या को बेवजह फँसाना उन्हें न जँचा। बोले, "बिना प्रमाण किसी को दोषी मान लेना कहाँ का न्याय है?"

राम प्रवेश की विधवा बिफर गई, "भाई जी, वे लोग आपके पुराने साथी ठहरे। उनका पक्ष आप नहीं लेंगे तो कौन लेगा?"

इन्द्रदेव सिंह चुप रह गए। जंगी सिंह का घर तोड़े जाते समय उनकी गाँव में चील-कौए उड़ने की भविष्यवाणी सही साबित हो रही थी। तब किसी ने उनकी नहीं सुनी थी, अब क्यों सुनते? थाना भी बहरा बन गया था। कलेक्टर-एस.पी. ने आश्वासन

दिया, "डी.एम.के.एस. के लीडरान बख्शे नहीं जाएँगे। आप सभी निसा खातिर रहें।"

रात होते-होते भारी पुलिस बल सूरजपुर सहित आसपास के गाँवों के मोची-माँझी टोले पर टूट पड़ा। हर दलित स्त्री-पुरुष प्रशासन और भू-स्वामियों की नजरों में उग्रवादी था।

टोलों में बूढ़ों, बच्चों और स्त्रियों को छोड़कर कोई न बचा था। पुलिस ने सैकड़ों बूढ़ों और बच्चों को पूछताछ के नाम पर हिरासत में ले लिया था। स्त्रियों को भी न छोड़ा। जंगी सिंह, डॉक्टर अमिय, अरविन्द और सत्या पर हत्या सहित कई गम्भीर धाराओं के अन्तर्गत मुकदमा दर्ज कर लिया गया। तब कहीं जाकर भू-स्वामियों ने मुख्यमंत्री को बुलाने की अपनी जिद छोड़ी।

लाशें पोस्टमार्टम के लिए भेज दी गईं। कलेक्टर-एस.पी. ने चैन की साँस ली। बेचारे उमस से परेशान गाँव में ही बैठे रहे थे। रात को बिना महिला पुलिस की मौजूदगी के स्त्रियों को हिरासत में लिए जाना उनके लिए कोई मायने नहीं रखता था। उनकी चिन्ता अलग थी।

छापेमारियाँ सूरजपुर और आसपास के दलित टोलों तक ही सीमित न रहीं। पुलिस मुख्यालय और स्पेशल ब्रांच के दिशा-निर्देश में पटना, औरंगाबाद, रोहतास-कैमूर, पलामू, गढ़वा और गया के जिन-जिन गाँवों में डी.एम.के.एस. ने जनता सरकारें गठित कर ली थीं या जहाँ भी जमीन तथा मजदूरी कें लिए आन्दोलन चल रहा था, उन सभी गाँवों में भी छापामारियाँ हुईं। पुलिस डॉक्टर अमिय और जंगी सिंह को हर हालत में पकड़ लेना चाहती थी, लेकिन जैसे समुद्र में महाजाल डालकर भी कई बार मछुआरे बड़ी मछलियाँ नहीं पकड़ पाते, डॉक्टर अमिय और जंगी सिंह पुलिस के हाथ न आए। अरविन्द और सत्या भी न मिले। पुलिस मुख्यालय को आशा थी कि छापेमारी में नाजायज हथियारों का जखीरा भी बरामद होगा, किन्तु उसके हाथ सिफर लगा। पुलिस मुख्यालय पैर पटकता रह गया।

पुलिस की छापामारियों ने पार्टी और डी.एम.के.एस. के बीच की विभाजक रेखा धूमिल कर दी। गाँवों में डी.एम.के.एस. की जनता सरकारों का आधार दलित-पिछड़े थे। उनमें भी दलितों की संख्या अधिक थी। खेतिहर मजदूर दलित वर्गों से आते थे और बटाई-लगान पर खेती करने वाले गरीब किसान पिछड़े वर्ग से। पुलिस और भू-स्वामियों की दृष्टि में दलित-पिछड़े उग्रवादी बन गए। गोदी पत्रकारों के लिए भी वे उग्रवादी थे। गरीबों का अपने हक के लिए आवाज उठाना उनके लिए उग्रवाद था।

पुलिस को इससे बड़ी सुविधा हो गई। मजदूरी और जमीन के लिए होने वाले आन्दोलनों को थाने में 'उग्रवादी घटना' के नाम से दर्ज किया जाने लगा। भू-स्वामियों को उग्रवादियों से अपनी 'रक्षा' के नाम पर जातीय सेनाएँ खड़ी करने का आधार मिल गया। फलतः 'किसान सेना' के अलावा 'सनलाइट सेना', 'लोरिक सेना' जैसी आधा दर्जन से अधिक निजी सेनाओं की बन्दूकें मध्य बिहार में इन कथित उग्रवादियों के खिलाफ गरजने लगीं।

लेकिन ऐसा न था कि मजदूर बेसहारा थे। पार्टी की तरह के कई भूमिगत संगठन और डी.एम.के.एस. जैसे जन-संगठन दलित-पिछड़े मजदूरों के साथ खड़े थे। आन्दोलन

बन्द न हुए, तेज होते चले गए। लेकिन पार्टी और अन्य भूमिगत संगठनों के द्वारा किए गए 'एक्शनों' के लिए पुलिस आन्दोलनकारियों को ही जवाबदेह मान कार्रवाई करती थी। डी.एम.के.एस. के आधार क्षेत्रों में पार्टी के 'एक्शन' के कारण डॉक्टर अमिय और जंगी सिंह का नाम उग्रवादियों के खूँखार नेता के रूप में पुलिस फाइलों में सबसे ऊपर दर्ज होने लगा। कृष्णा सिंह पुलिस फाइलों में औरंगाबाद-पलामू बेल्ट के बड़े उग्रवादी नेता थे। जीवेश, अली मियाँ, अरविन्द और सत्या को उग्रवादियों के बड़े नेताओं का सबसे करीबी सहयोगी बताया जाता। इनके अलावा डी.एम.के.एस. से जुड़े दर्जनों नाम दूसरे दर्जे के नेताओं के रूप में दर्ज होने लगे।

निजी सेनाओं, बड़े भू-स्वामियों और पार्टी के हथियारबन्द दस्तों के बीच घात-प्रतिघात का खेल शुरू था। इस खेल में जहानाबाद से लेकर पलामू तक का क्षेत्र रक्त-रंजित होने लगा था। कृष्णा सिंह जब पलामू के जपला में डी.एम.के.एस. की सभा में भाषण देकर लौट रहे थे, उन पर भू-स्वामियों ने हमला किया। हमले में वे बुरी तरह जख्मी हो गए। अस्पताल ले जाते समय रास्ते में ही उन्होंने दम तोड़ दिया। पुलिस ने कागजी खानापूर्ति के अलावा हत्यारों को पकड़ने में कोई खास रुचि नहीं ली, लेकिन जपला में कई भू-स्वामी बदले की कार्रवाई में पार्टी के दस्तों द्वारा मौत के घाट उतार दिए गए। डी.एम.के.एस. ने भी जपला के कई गाँवों में आर्थिक और सामाजिक नाकेबन्दी कड़ी कर दी।

जनान्दोलन पीछे चला जा रहा था। हथियार आगे होने लगा था। डेमोक्रेटिक स्पेस सिकुड़ने लगा था।

## 9

"नवीन जी, हम लोगों को अपनी कार्यनीति पर नए सिरे से विचार करना होगा," अमिय ने कैमूर के जंगल में डी.एम.के.एस. की कार्यकारिणी की जरूरी बैठक बुलाई थी। नवीन जी भी आमंत्रित थे।

किरण इस बीच अपनी टीम के साथ मध्य बिहार के कई गाँवों का भ्रमण कर दिल्ली लौट चुकी थी। टीम की रपटें 'टाइम्स ऑफ इंडिया' के सभी संस्करणों में विस्तार से छपी थीं। रपटों में कम मजदूरी, भूमि समस्या और जातीय उत्पीड़न को मध्य बिहार में चल रहे आन्दोलनों का मूल कारण चिह्नित किया गया था। एक रपट स्त्रियों पर केन्द्रित थी। रपट में साफ-साफ लिखा गया था कि "बड़े भू-स्वामी दलित वर्ग की स्त्रियों के शरीर पर अपना अधिकार समझते हैं। इस अधिकार की सबसे घृणित अभिव्यक्ति उन अभागिन औरतों के साथ बलात्कार है। छेड़छाड़ और शील हरण की घटनाओं की तो गिनती ही नहीं होती। बलात्कार पीड़िता लोक-लाज और डर के कारण अपनी जुबान नहीं खोलती। बलात्कार की रिपोर्टें थानों में दर्ज नहीं की जाती हैं। थाना के अफसर इसे सामान्य सामाजिक व्यवहार मानते हैं, लेकिन आन्दोलन वाले क्षेत्रों में औरतें अपने ऊपर होने वाले अत्याचारों का मुखर विरोध करती नजर आती हैं।

डी.एम.के.एस. की महिला सशक्तीकरण की मुहिम के कारण यह सम्भव हुआ है।"

पी.यू.सी.एल. की केन्द्रीय टीम भी भ्रमण कर वापस लौट चुकी थी। वापसी में टीम ने पटना में प्रेस कॉन्फ्रेंस कर सरकार को ताकीद किया था कि मध्य बिहार की समस्या की जड़ में सामाजिक एवं आर्थिक असमानता एवं जातीय उत्पीड़न है। सरकार गरीबों एवं मजदूरों के हक में बने कानूनों का कार्यान्वयन नहीं कर बड़े भू-स्वामियों के हितों की रक्षक बनी हुई है। अगर वास्तविक सवालों को हल करने में सरकार ससमय कारगर कदम नहीं उठाती है, तो वहाँ सिविल वार की परिस्थितियाँ पैदा हो सकती हैं। पुलिसिया कार्रवाई से समस्या हल होने की बजाय उलझती जा रही है।

अमिय ने बैठक में टाइम्स ऑफ इंडिया में प्रकाशित रपटों तथा पी.यू.सी.एल. की प्रेस कॉन्फ्रेंस की कतरनें सामने रखकर बातचीत की शुरुआत की। नवीन जी चौंक गए।

"कार्यनीति पर नए सिरे से विचार के क्या मायने, कॉमरेड?"

"आपको याद होगा कि डेहरी में जब आपसे मेरी पहली मुलाकात हुई थी, आपने माना था कि भारत जैसे विविधतापूर्ण विशाल देश में बिना व्यापक जन-संगठन और जन आन्दोलन के बदलाव सम्भव नहीं है। इसी बुनियाद पर हम लोगों ने पार्टी के साथ दोस्ताना और बिरादराना रिश्ता कायम करने की हामी भरी थी।"

नवीन जी को अपना कहा याद था।

"इसी समझदारी के साथ हम लोगों के बीच रिश्ता बना था, परन्तु पार्टी की हथियारी कार्रवाई ने स्थिति को उलझा दिया है। पार्टी की हर हथियारी कार्रवाई का दोष पुलिस हम पर मढ़कर हमें पंगु बना रही है। हम चार लोग भूमिगत हैं। हमारे सैकड़ों कार्यकर्ता बिना अपराध जेलों में बन्द हैं। हमारे आधार क्षेत्रों में दलित-पिडड़े मजदूर और गरीब किसान हमसे जुड़े होने के कारण भू-स्वामियों की हिंसा के शिकार हो रहे हैं, यहाँ तक कि हमारे महासचिव कृष्णा सिंह को अपनी जान गँवानी पड़ी है।" अपने प्रिय साथी के मारे जाने की वेदना से अमिय व्यथित था।

"कॉमरेड, मैंने डेहरी में एक बार आपसे कुछ कहा था। याद है?" नवीन जी मुस्करा रहे थे। "मैंने कहा था, क्रान्ति झींगा-मछली पर शराब की दावत नहीं है। क्रान्ति के लिए बलिदान लेना और देना पड़ता है। हमें भी कॉमरेड कृष्णा सिंह के मारे जाने का गहरा दुख है, परन्तु हम लोग शोक को शक्ति में बदलने में विश्वास रखते हैं। अपने बहादुर कॉमरेड की मौत का बदला हमने जपला में खूँखार और लम्पट भू-स्वामियों के खून से लिया है।"

"और मैंने भी आपसे कुछ कहा था, याद है? हमारे प्रिय साथी कृष्णा सिंह ने भी कहा था। हम लोगों ने साफ-साफ कहा था कि हमारा जन-संगठन खुला संगठन है जबकि पार्टी भूमिगत संगठन है। पार्टी के दस्तों या नेतृत्व को कोई नहीं जानता जबकि हमारे लोगों की पहचान जग जाहिर है।"

नवीन जी की मुस्कराहट गायब हो गई। वे गम्भीर हो गए। अमिय ने बात आगे बढ़ाई—

"साथी कृष्णा सिंह और मैंने दो कंसर्न आपसे शेयर किए थे। पहला कि हमारे

आधार क्षेत्रों में कार्रवाई से पहले पार्टी को हमारे स्थानीय नेतृत्व को विश्वास में लेना चाहिए और दूसरा, कि पार्टी अपनी हथियारी कार्रवाइयों की जिम्मेदारी खुद ले। पर अब तक ऐसा नहीं हुआ। ऐसे में डी.एम.के.एस. को पुलिस ने पार्टी का फ्रंट मान लिया है और हमारे जन आन्दोलन को पार्टी की कार्रवाई। इसके परिणामस्वरूप डेमोक्रेटिक स्पेस सिकुड़ता जा रहा है। दस्तों के हर एक्शन को डी.एम.के.एस. के खाते में डालकर हम पर दमन चक्र चलाने का पुलिस को बहाना मिल गया है। अगर डेमोक्रेटिक स्पेस नहीं रहा तो गरीब किसान-मजदूरों की आवाज घुटकर रह जाएगी और जुल्मत का अँधेरा उन्हें लील जाएगा। बदलाव की सारी कोशिशें ढह जाएँगी।" जंगी सिंह और कार्यकारिणी के सभी साथियों ने अमिय का समर्थन किया।

नवीन जी को विश्वास था कि कम-से-कम पार्टी के संरक्षण में भूमिगत रह रहे जंगी सिंह, अरविन्द और सत्या उनका समर्थन करेंगे, परन्तु उनके भी अमिय के पक्ष में खड़े होने से वे थोड़े अचम्भित हुए। नवीन जी को पार्टी ने जिम्मेदारी दी थी कि जंगी सिंह सहित डी.एम.के.एस. के शीर्ष नेतृत्व को पार्टी में लाया जाए। इसी जिम्मेदारी का वहन करते हुए नवीन जी इन भूमिगत नेताओं की राजनैतिक शिक्षा पर विशेष ध्यान देते आ रहे थे। "इन लोगों की राजनीतिक शिक्षा में कमी रह गई है।" नवीन जी सोच रहे थे।

"हमारे वे दो कंसर्न अब ज्यादा गहरे हो गए हैं।" अमिय ने दुहराया।

नवीन जी अपनी सोच से बाहर निकले।

"साथी लोग, पार्टी ने दोनों कंसर्न पर गहराई से विचार किया था। हथियारी कार्रवाई का उसूल है कि उसे हमेशा गोपनीय रखा जाए। इसलिए पार्टी का मानना है कि उसकी पूर्व सूचना जन-संगठन को नहीं दी जा सकती। मुझसे चूक हुई कि मैंने पार्टी के इस निर्णय को आप लोगों तक नहीं पहुँचाया। वैसे आप मानेंगे कि हमारी हथियारी कार्रवाई केवल और केवल लम्पटों, खूँखार बदमाशों, बलात्कारियों, उत्पीड़कों और जन-शत्रुओं के खिलाफ हो रही है। इसका मेहनतकश जनता में भरपूर स्वागत भी हुआ है। सम्भव है, हमसे गलतियाँ भी हुई हों। आप लोगों ने भी अपने जन आन्दोलन के दौरान गलतियाँ की होंगी। जैसे आप अपनी गलतियों से सीखते हुए आगे बढ़े, हम भी बढ़ेंगे।" नवीन जी ने अपने तर्क रखे।

अमिय इस तर्क से सहमत न था। उसने साथियों की ओर देखा। वे भी पसोपेश में थे। क्या करना चाहिए? अमिय के मस्तिष्क में कई तरह के सवाल गूँजने लगे थे।

"नवीन जी, तब हमें भी पार्टी से अपने सम्बन्धों पर पुनर्विचार करना होगा। और निश्चिन्त रहिए, हमसे चूक न होगी। हम अपना निर्णय ससमय आप तक पहुँचा देंगे।" अमिय ने तल्खी से कहा।

नवीन जी फक रह गए।

"आप क्या कह रहे हैं, कॉमरेड?" वे इतना ही कह पाए।

जंगी सिंह मौके की नजाकत भाँप गए। भूमिगत रहते हुए उन्होंने पार्टी की ताकत और प्रभाव, दोनों बहुत नजदीक से देखा था। सम्बन्ध तोड़ लेना वर्तमान परिस्थिति में उनकी दृष्टि में सही नहीं था। उन्होंने हस्तक्षेप किया—

"कॉमरेड नवीन जी, हम तो जन-संगठन हैं और जनता के सवालों को बुलंद करने और उनका हल निकालने के लिए जन संघर्ष को जरूरी मानते हैं। यही हमारा कार्यनीतिक उसूल है। यदि हथियारी कार्रवाई की गोपनीयता हमसे सलाह-मशविरा करने से भंग होने का खतरा है तो अपनी कार्रवाई की जिम्मेदारी पार्टी खुद ले। जिम्मेदारी लेने के कई तरीके हो सकते हैं, मसलन हर कार्रवाई के बाद उसकी जिम्मेदारी लेते हुए पार्टी अपना पर्चा छोड़े या पोस्टर चिपकाए। पर्चा-पोस्टरों में हर कार्रवाई का औचित्य भी स्पष्ट करे। अब तक जो भी कार्रवाई पार्टी ने की है, उसकी भी जिम्मेदारी खुले रूप से पार्टी ले।" नवीन जी बगलें झाँकने लगे। क्या कहते? नवीन जी ने भले ही व्यक्तिगत सफाये की नीति की आलोचना की थी, पर हथियारी कार्रवाई ही पार्टी की मुख्य लाइन थी और इस लाइन को आगे बढ़ाने में डी.एम.के.एस. 'कवर' था। ऐसा वे साफ-साफ कह नहीं सकते थे, परन्तु थे परम वाक्पटु। मृदुल और शिष्ट स्वर में बोले, "कॉमरेड, पार्टी में इस सवाल पर बहस जारी है। सेंट्रल कमिटी विचार कर रही है।"

"जल्दी विचार हो।" अली मियाँ ने हस्तक्षेप किया।

"कॉमरेड, मैं पार्टी तक आपकी माँग जरूर पहुँचा दूँगा।" नवीन जी ने मुस्कराते हुए कहा।

जंगी सिंह ने अमिय को भी समझाने का प्रयास किया। प्रयास कारगर रहा। निर्णय हुआ कि पार्टी के साथ अपने सम्बन्धों पर पुनर्विचार का एजेंडा तत्काल स्थगित रखा जाए। बैठक खत्म हो गई।

## 10

सूरजपुर हत्याकांड ने 'किसान सेना' के अपराजेय-बोध की सीमा उजागर कर दी थी। रात में अरक्षित और कमजोर दलितों पर हमला कर वाह-वाही लूटने वाले मर्सिनरीज अन्दर से हिल गए थे। भू-स्वामियों को भी उनकी ताकत पर शंका होने लगी थी। परन्तु डरे-भयभीत लड़ाके अपने डर से मुक्ति की कामना में उन्हीं भू-स्वामियों के लिए भस्मासुर बन गए। अधिक साधन सम्पन्न भू-स्वामी भस्मासुर और आसन्न संकटों से बच-बचाकर शहरों में निकल लिए। कम साधन वालों के समक्ष कोई चारा न था। कहाँ जाते?

गाँव छोड़ने वालों में ठाकुर रमापति सिंह पहले नम्बर पर थे। पानी सिर से ऊपर चढ़े, उसके पहले ही परिवार को पटना भेज दिया। पटना में पुरखों की बनवाई कोठी थी। किराएदारों से कोठी खाली करवा एक रात अपनी डेवढ़ी में मोटा ताला लगाया और सबसे विश्वस्त कमिया को गाय-गोरू की रखवाली का काम सौंप परिवार सहित चुपके-से निकल लिए। उनकी देखा-देखी सूरजपुर, सेवनन, बिस्टौल, कल्पा और धनौती के अवधिया और राजपूतों के कई साधन-सम्पन्न परिवार भी मसौढ़ी, जहानाबाद, हिलसा जैसे कस्बों-शहरों में ठौर-ठिकाना ढूँढ़ व्यवस्थित हो गए।

जो कुछ हुआ था, हो रहा था या होने वाला था, वह दारुण था। शुरुआत कुछ इस तरह से हुई थी।

उस दिन घायल लड़ाकों को निजी क्लीनिकों में भेजने और मृतकों के शव छिपा देने से भले ही 'किसान सेना' एस.पी.-कलेक्टर की नजरों में न आई हो, समस्या खत्म नहीं हुई थी। लड़ाके आए थे लक्ष्मी बटोरने, मगर पार्टी दस्तों का चारा बन गए। लम्पट थे तो क्या, उनका भी घर-बार था। माता-पिता थे। भाई-बहन थे। कई शादीशुदा थे। दुलहनें प्रतीक्षा में पलकें बिछाए बैठी थीं गोया कि उनके लिए भी रोने वाले मौजूद थे। लड़ाकों की मौत और घायल होने के कारण लड्डन सिंह की जितनी ले-दे होनी थी, वह तो हुई ही, बड़े भू-स्वामी भी अपनी जिम्मेदारी से बच नहीं सके। लड्डन ने लड़ाकों के खून की कीमत उन्हीं से वसूली। मुआवजे की रकम घर पीछे तय कर दी। भला कोई ना-नुकुर कैसे करता? लड़ाकों का खून देश की रक्षा में तो बहा नहीं था? बहा था, उन्हीं भू-स्वामियों की सुरक्षा में। भू-स्वामियों को पहला झटका लगा। ठाकुर रमापति सिंह को इस झटके के बाद के झटकों का अनुमान हो चला था। सो, बेचारे समय रहते निकल लिए। दूसरे चतुर-चालाक महानुभावों ने भी उनकी ही राह पकड़ी।

मुआवजे की रकम वसूली के बाद लड्डन सिंह ने सूरजपुर, सेवनन, बिस्टौल, कल्पा और धनौती के बड़े भू-स्वामियों की बैठक बुलाई। सूरजपुर में 'किसान सेना' का मुख्यालय था, किन्तु लड़ाके शेष गाँवों में भी तैनात थे। लड्डन इन गाँवों को 'उत्तराखंड' कहता था क्योंकि ये सभी गाँव जहानाबाद के उत्तर पटना जिले की सीमा से सटे हुए थे। बैठक में लड्डन ने अपनी नई रणनीति का खुलासा किया, "भाइयो, यह साफ हो गया है कि उग्रवादी न तो आर्थिक नाकेबन्दी हटाएँगे, न ही खेती करने देंगे। छोटे किसानों की खेती में वे कोई बाधा नहीं डालेंगे। आपके खेत परती पड़े रहेंगे और दो-चार बीघे वालों की फसलें लहलहा रही होंगी। उग्रवादियों को छोटे किसानों के खेतों में काम मिलता रहेगा। उग्रवादियों को उनके ही खेल में मात देना जरूरी है। इसलिए हमारा फैसला है कि कोई भी किसान, बड़ा या छोटा, अगले आदेश तक खेती नहीं करेगा। न वह उग्रवादियों के टोले में जाएगा, न ही उनको अपने टोले में आने देगा। उत्तराखंड में किसी भी अजनबी के प्रवेश करने पर उसकी सूचना तुरन्त 'किसान सेना' को देगा। 'किसान सेना' अब सभी किसानों की सुरक्षा का वचन देती है। हमारे लड़ाके पहरे पर रहेंगे।"

किसी सयाने के मन में शंका उठी,"हम किसान हैं। अगर हमारे खेत परती पड़े रहेंगे तो हमें मजदूर बनते कितनी देर लगेगी? 'किसान सेना' हमारी मदद करने आई थी। अब उलटी गंगा बहाने लगी?" पर यह शंका दम तोड़ गई। फैसले के पक्ष में बोलने वाले ज्यादा मुखर थे।

"सही फैसला है। उग्रवादियों का खेल इस फैसले से खत्म हो जाएगा। जब सबकी खेती-पथारी बन्द हो जाएगी, साले दाने-दाने को तरस जाएँगे। हम लोग तो किसी तरह साल दो साल तक खींच ही लेंगे।"

लड्डन ने आगे कहा, "हमारा दूसरा फैसला है कि उग्रवादी टोले के मर्द-औरतों को दिशा-मैदान या अपनी गाय-गोरू-बकरी चराने के लिए किसी किसान के खेत में नहीं जाने दिया जाएगा। हरामियों का हगना-मूतना किसानों के खेतों में ही होता है।

अपना कहने के लिए क्या है उनके पास? उनकी झोंपड़ियाँ तक आपके पुरखों द्वारा दी गई जमीनों पर खड़ी हैं।"

सन्नाटा छा गया। सयाने के मन में फिर शंका ने सिर उठाया, "अनर्थ हो जाएगा। पाप लगेगा सो अलग।" लड्डन जोश में था।

"इससे उग्रवादी घबराकर हमारे सामने सरेंडर कर देंगे। आर्थिक और सामाजिक नाकेबन्दी टाँय-टाँय फिस्स हो जाएगी।"

सयाने की शंका दब गई, "यह बात है? तब तो बस दो-चार दिनों में ही सब ठीक-ठाक हो जाएगा। मरने-मारने से यह ज्यादा अच्छा है।"

"एकदम सही है। साले औकात पर आ जाएँगे।" नौजवान किलकने लगे।

"और अन्तिम बात। हमारे लड़ाके आपकी सुरक्षा करेंगे तो उनको भी मेहनताना चाहिए। 'किसान सेना' का फैसला है कि जान की जोखिम को देखते हुए फी लड़ाके दो हजार रुपए माहवारी और खाना-पीना अलग से। मेरे लिए पाँच हजार रुपए काफी रहेगा। ठीक?" लड्डन ने फैसला सुनाया।

कौन न कहता? सयाने के मन में तीसरी बार शंका फन काढ़े खड़ी हो गई, "न खेती, न पथारी। इतना रुपया कहाँ से आएगा रे, दादा।"

लड्डन पूरा हिसाब लगाकर आया था।

"अगर एकड़ पीछे पचास रुपया महीना बाँध दिया जाए, किसी पर ज्यादा बोझ नहीं आएगा।"

मरता, क्या न करता? कोई विरोध न हुआ। यह अगला झटका था। पर जितनी आसानी से ये फैसले कर दिए गए थे, उनको लागू करना उतना आसान न रहा।

बड़े भू-स्वामियों के खेत परती पड़े थे, किन्तु छोटे किसानों के साथ ऐसा नहीं था। उनके खेतों में रोपनी हो चुकी थी। निकौनी का समय नजदीक आ रहा था। जब छोटे किसानों को 'किसान सेना' का फरमान सुनाया गया, वे भड़क उठे।

"हम क्यों अपनी फसल बरबाद हो जाने दें? हमारा मजदूरों से कोई झगड़ा नहीं है। हमने 'किसान सेना' को बुलवाया थोड़े न है?" विरोध में स्वर गाढ़े होने लगे। वे भले ही साधनों के मामले में कमजोर थे, उनकी संख्या अधिक थी। इन्द्रदेव सिंह उनके साथ चट्टान की तरह खड़े हो गए। उनके खेतों में निकौनी होने लगी। मजदूरों को काम मिलने लगा।

लड्डन को अपने फैसले का सरासर उल्लंघन कैसे पसन्द आता? निकौनी 'किसान सेना' के वर्चस्व को चुनौती थी। लड़ाकों ने किसानों को प्यार से समझाने की कोशिश की, "भइया, मान जाओ। बाबू, मान जाओ। चाचा, मान जाओ। तुम्हारी निकौनी के कारण उग्रवादियों को राशन-पानी मिल रहा है। गाँव के शहीदों के खून को याद करो। उनके बीवी-बच्चों का कलपना-तड़पना याद करो। उनकी आत्मा तुम्हें कोसेगी।" लेकिन जिन घरों की खाना-खुराकी अपने खेतों से ही चलती हो वे फसलें बरबाद कर अपनी छाती पर साँप कैसे लोटने देते? मना कर दिया। लड़ाके बिफर गए। तमंचे निकाल लिए। तमंचे निकले, तो लाठियाँ-भाले-बर्छे भी जवाब में निकल आए।

शुक्र था कि तमंचे शान्त रहे, वरना खून-खच्चर की गुंजाइश बन गई थी।

'किसान सेना' और छोटे किसानों के बीच शीत युद्ध की स्थिति बन गई। अँधेरों की आड़ ले भूमि सेना ने नई पैंतरेबाजी शुरू कर दी। छोटे किसानों के घरों में सेंधमारी से लेकर पशुचोरी तक की घटनाएँ होने लगीं। जिनके यहाँ चोरी होती, बिना उनसे पूछे पुलिस सारा दोष उग्रवादियों के टोले के मत्थे मढ़ने का अपना कर्तव्य बिला नागा पूरा करती। भले ही पीड़ित पक्ष केस न करे, मोची-माँझी टोले की शामत आनी तय थी।

"सालो, बाहर से चोर आएगा? हम नस-नस पहचानते हैं।" दारोगा पशुपति सिंह चीखता-चिल्लाता और निरपराधों पर डंडे बरसाता। बिचारों को उसे चढ़ावा देना पड़ता। तब जाकर जेल जाने से बच पाते।

इस शीतयुद्ध के बीच ही लड्डन अपने दूसरे फैसले पर भी अमल कराने में लग गया। मोची-माँझी टोले की बकरियाँ और गाय-गोरू घास चरने से वंचित कर दिए गए। इस नेक काम में लड्डन ने लड़ाकों को नहीं, बड़े भू-स्वामियों के किशोर नौनिहालों की सेवाएँ लीं। उन्हें इस काम में मजा आता। यदि कोई बकरी या गाय-बछड़ा खेतों की आल पर दिख जाते, ये नौनिहाल ढेलों-डंडों से उनकी तथा चरवाहों की खबर लेते। बकरियाँ जब अपनी टूटी टाँग लिये बें-बें करतीं इधर-उधर भागने लगतीं, नौनिहालों को मनोरंजन का साधन मिल जाता। रोते-चिल्लाते घाव सहलाते ढेलों-डंडों की मार से बचने की कोशिश में गिरते-पड़ते चरवाहे उनके आन्तरिक आनन्द में श्रीवृद्धि कर देते।

और सबसे भयानक था, औरतों-मर्दों का दिशा-मैदान के लिए खेतों में जाने पर जिल्लत सहना। औरतों की मान-मर्यादा को 'किसान सेना' ने इस पूरी प्रक्रिया में तार-तार करने में कोई संकोच नहीं किया। बिचारी स्त्रियाँ दिन भर टट्टी-पेशाब को दबाने की यंत्रणा झेल रात के अँधेरे में निवृत्त होने निकला करती थीं, पर टॉर्च लिये लड़ाके और लम्पट नौजवान इन गरीब स्त्रियों की इज्जत से खेलने के मौकों की प्रतीक्षा में रहते। धरती और आसमान भले ही इनके घृणित कृत्यों को देख-सुन शर्म से सिर झुका लें, इन नर-पुंगवों को कोई लज्जा नहीं आती थी।

न जाने इनका यह कार्य-व्यापार कब तक चलता कि एक रात पार्टी दस्तों के हत्थे ये लम्पट चढ़ गए। जब गोलियाँ चलने लगीं, इनकी हिम्मत जवाब दे गई। किसी तरह जान बचाकर भागने में ही इन्होंने गनीमत समझी। बकरियों और गाय-गोरू पर ढेला-डंडा चलाने वाले नौनिहालों की भी किसी दिन अच्छी पिटाई हो गई। रोते-बिलखते घर की ओर भागे। अगले दिन से तौबा कर ली। दूसरा फैसला दम तोड़ गया।

पर लड्डन हार मानने वालों में से नहीं था। चुनिन्दा घरों में सेंधमारी और पशु चोरी की घटनाएँ बढ़ गईं। माँझी-मोची टोलों में किसी के घर जबरदस्ती घुस जाना, औरतों के शील भंग का प्रयास करना और जो भी वस्तु सामने दिखी, उसे जबरदस्ती उठा लेना लड़ाकों के दैनिक कार्यकलापों का हिस्सा बनने लगा।

डी.एम.के.एस. के काडर आगे आए। जमुना मोची ने मोर्चा सँभाला। जन-मिलिशिया सक्रिय हो गया। घरेलू हथियारों के साथ नौजवान रातों में पहरा देने लगे। इसका असर हुआ। चोर पहरा देते नौजवानों के हत्थे चढ़ने लगे। चोरों की कसकर पिटाई होती।

कहते हैं, पिटाई से भूत भी भाग जाते हैं। चोरों ने इधर का रुख करने से तौबा कर ली। लड्डन सिंह देखता रह गया।

जन-मिलिशिया ने शोहदागीरी करते लड़ाकों की भी ठुकाई करनी शुरू कर दी। अपनी तमाम लम्पटई और असलहों के बावजूद लड़ाके जन-मिलिशिया का सामना करने से घबराने लगे। पार्टी दस्तों की गोलीबारी ने उनके डर को पहले ही बढ़ा दिया था। वे माँझी-मोची टोलों में जाने से भी कतराने लगे।

लड़ाकों की शूरवीरता पर भरोसा करने वाले भू-स्वामियों का मन भी डोलने लगा। हर महीने दो हजार रुपए और खाना-पीना किस काम का? चिमगोइयाँ होने लगीं, "इन्हें बुलाकर हम लोगों ने गलती तो नहीं कर दी?" लड्डन सिंह भू-स्वामियों में 'किसान सेना' की ताकत को लेकर उठ रही शंकाओं को भाँप गया। यदि ऐसा ही होता रहा तो न केवल हम लोगों की इज्जत कौड़ी की तीन रह जाएगी, जो माल-मत्ता आसानी से मिल रहा है, वह जाता रहेगा, "उसने लड़ाकों को समझाया। करना क्या चाहिए, यह तो बताइए—लड़ाकों ने पूछा।" लड्डन सिंह ने योजना बना ली थी। 'किसान सेना' को अपनी ताकत का नंगा प्रदर्शन करना था। उत्तराखंड के शेष गाँवों से लड़ाकों को क्लोज करके सूरजपुर में उनके रहने की व्यवस्था कर दी गई। वह 'किसान सेना' का गढ़ बन गया।

सूरजपुर में 'किसान सेना' ने छिपकर हमला करना शुरू कर दिया। हमले का शिकार वे लोग होते, जिन पर डी.एम.के.एस. का समर्थक होने का शक था। गरीब किसान और मजदूर। दलित और पिछड़े। कभी खेत में लाश गिरती, कभी बधार में। पार्टी के दस्ते भी सक्रिय हो गए। खेल एकतरफा न रहा। घात-प्रतिघात का खेल शुरू हो गया। 'किसान सेना' और दस्तों का मकसद था—विरोधी पक्ष में आतंक पैदा करना और बदला लेना। पहला पत्थर किसने फेंका, उसकी परवाह नहीं। केवल अपने वर्चस्व की परवाह। 'किसान सेना' जब कमजोर पड़ती, उत्तर और पूर्वी बिहार से नए लड़ाके आ जाते। दस्तों को जन-मिलिशिया का समर्थन था। सूरजपुर में अन्धा युद्ध शुरू हो गया था।

यह युद्ध ही अन्धा नहीं था, शासन-प्रशासन भी धृतराष्ट्र की तरह अन्धा बन गया था। या शायद गांधारी की तरह उसने अपनी आँखों पर पट्टियाँ बाँध ली थीं। आखिर किसी एक गाँव में इतनी हत्याएँ हो रही थीं, तो उसके अन्तर्निहित कारण भी होंगे—शासन-प्रशासन इस सरल तर्क को जानना-समझना तक न चाहता था। भला यह अन्धायुद्ध कैसे रुकता? कौन रोकता? लगभग दो वर्षों तक चले इस युद्ध में पचास से अधिक लोग मारे गए।

कहते हैं, समय गतिशील है। वह एक-सा नहीं रहता। बदलता रहता है। सूरजपुर में भी वह बदला, लेकिन बदलने के पूर्व वह कई काली सुरंगों से गुजरा।

प्रशासनिक हल्के में भले ही सूरजपुर के अन्धे युद्ध के अन्तर्निहित कारणों की पड़ताल न की जा रही हो, उसकी अच्छी-खासी चर्चा होती। पुलिस उसे 'लाल आतंक' कहती। प्रशासनिक अमला वहाँ जाने से परहेज करता। संवेदनशील पदाधिकारी दबे स्वर में 'किसान सेना' की लम्पटई को इसका कारण गिनाते। पार्टी इसे 'श्वेत आतंक'

कहती। डी.एम.के.एस. इसे जन प्रतिरोध कहती और बड़े भू-स्वामी?

बिचारों के खेत दो सालों से बीज, खाद, पानी की बाट जोहते सूख रहे थे। बरसात में मेह बरसता तो खेतों की प्यास बुझती। उनकी कोख में धान की बालियाँ नहीं, खरपतवार पलते। उर्वरा धरती का सौन्दर्य झाड़-झंखाड़ों से धूमिल हो रहा था। खेती और सुरक्षा के लिए निमंत्रित लड़ाकों की उपादेयता की बहुप्रतीक्षित आशा दम तोड़ती जाती। बंजर पड़े खेतों से अन्न का एक दाना तक कोठारों में नहीं पहुँचने का दंश वे झेल ही रहे थे, ऊपर से लड़ाकों पर होने वाला भारी-भरकम खर्च उनकी कमर तोड़ रहा था।

बड़े भू-स्वामी आर्थिक रूप से हो रहे नुकसान को किसी तरह झेल ही लेते, पर 'किसान सेना' के लड़ाकों की लम्पटई से उनका धैर्य जवाब दे गया। दो सालों में उनके घरों से न कोई डोली उठी, न ही कोई बहू ब्याह कर आई। बहुओं के ब्याह कर न आने की वजह अन्धा युद्ध था, किन्तु डोली न उठने की असली वजह खुलकर कोई न कहता था, पर नमक-मिर्च लगकर कई किस्से-कहानियाँ हवा में तिर रहे थे।

जब लड़ाकों की शोहदागिरी मोची-माँझी टोले में न चल पाई, उनकी कुदृष्टि छोटे किसानों की बहू-बेटियों पर पड़ने लगी। कभी बँसवारी, कभी बगीचे, कभी खेतों-खलिहानों में इनकी लोलुप नजरें अपना शिकार ढूँढ़ती रहतीं। स्त्री इनके लिए भोग्या थी। उनकी मर्यादा इनकी दृष्टि में अर्थहीन थी। लज्जावश पीड़ित बेटियाँ-बहुएँ चुप रह जातीं। जिस देश में सीता की अग्नि-परीक्षा का किस्सा सबकी जुबान पर हो, वहाँ स्त्री अगर अपनी वेदना और आँसू छिपा ले जाए तो इसमें आश्चर्य कैसा? वे अकेले घर से बाहर निकलने में संकोच करने लगीं। अगर निकलना पड़ जाए, अकेले न जातीं। उनकी दु:स्थिति लम्बे समय तक छिपी न रह सकी। पार्टी और जन-मिलिशिया की पारखी नजरों को उनकी वेदना और जतन से छिपाए आँसुओं की झिलमिलाहट पहचानने में चूक न हुई। फिर क्या था? जन-मिलिशिया ने इन लम्पटों की ऐसी दशा की कि वे बाग-बगीचों, खेतों-खलिहानों का रास्ता भूल गए। अगर कोई स्त्री उनके सामने से गुजर जाती, वे अपनी नजरें नीची कर लेते।

किन्तु बड़े भू-स्वामी परिवारों की बहुएँ-बेटियाँ इतनी भाग्यशाली न रहीं। उन्हें घर की चहारदीवारी लाँघने की इजाजत बहुत कम मिलती थी। कभी-कभी पड़ोस में अपनी हमउम्रों के यहाँ चली जातीं। घर में शौचालय और चाँपाकल था। वे सख्त परदे में रहतीं। पर्दादारी भू-स्वामियों की इज्जत और सम्मान से जुड़ी थी। बड़े घर की औरतें परदे में रहती हैं—बुढ़ियाएँ उन्हें बचपन से यही शिक्षा देतीं।

डॉक्टर अमिय के स्त्री शिक्षा के लिए चलाए अभियान के कारण छोटी उम्र की बच्चियाँ जरूर स्कूल पहुँच गई थीं, परन्तु स्कूली शिक्षा की उम्र पार कर चुकीं बेटियाँ कहाँ जातीं? पन्द्रह-सोलह साल की हुई नहीं कि भाई-बाप-चाचा उनके लिए वर ढूँढ़ने लग जाते। उनका घर से बाहर निकलना बन्द कर दिया जाता। वे भाभी-चाची-दादी से सुघड़ बहू बनने की कला सीखने में अपना समय व्यतीत करतीं। बहुएँ मायके जाते समय ही घर की चहारदीवारी लाँघ पातीं या शादी-ब्याह में। स्त्रियाँ घर की इज्जत थीं।

आफत का पहाड़ इन पर टूटने की मानो प्रतीक्षा कर रहा था। अन्धे युद्ध में कई

लड़ाके भी मारे जा चुके थे। शेष बचे लड़ाके भय से पीले पड़ते जा रहे थे। लड्डन सिंह को चिन्ता हुई, कहीं लड़ाके डरकर भाग न जाएँ। उसने सूरजपुर में बड़े भू-स्वामियों की बैठक में ऐलान किया, "लड़ाके रात में बाहर नहीं सोएँगे। उन पर नक्सली सोए में वार कर सकते हैं। वे घरों के अन्दर सोएँगे। उनके लिए कमरों का इन्तजाम कर दिया जाए।"

इज्जतदार लोग थे। चौंक गए। पर्दानशीन औरतें घर में रहती हैं। अजनबियों का घर के अन्दर सोना उन्हें कैसे मंजूर होता? कुछ आपत्तियाँ उठीं। लड्डन सिंह ने अपना रूप दिखाया, "हम लोग आपकी सुरक्षा के लिए अपना खून बहा रहे हैं। चन्द रुपयों से हमारे मृत साथी लौटकर नहीं आएँगे। अगर नक्सली हमारी जान के दुश्मन बने हैं तो क्यों? आपके कारण। अगर हम लोग न रहेंगे, नक्सली घरों में घुसकर आप लोगों को काट डालेंगे।"

अन्धे युद्ध में भू-स्वामी पक्ष से कई लोग मारे जा चुके थे। सबके सिरों पर मौत का साया गिद्ध की तरह डैने फैलाए मँडरा रहा था। पार्टी दस्ते उनके खून के प्यासे बने हुए थे। मरता क्या न करता? मजबूरी में सबने 'हाँ' कर दी।

अन्धा क्या चाहे, दो आँखें। लड़ाकों की बाँछें खिल गईं। भूखे शेर को नरम गोश्त वाला शिकार मिल गया।

उनका बिस्तर रात में जनानखानों में लगने लगा। कुछ दिनों तक वे सब्र से रहे। धीरे-धीरे अपनी रौ में आने लगे। वे शराब पीते। लजीज व्यंजन खाते। उनके लिए कभी मुर्गा, कभी बकरे का गोश्त पकता। युवा स्त्रियों की खनकती चूड़ियाँ, देह गन्ध और शराब—उन लम्पटों ने मर्यादा की सीमाएँ लाँघनी शुरू कर दीं। कामातुराणां न भयं न लज्जा। शराब और तमंचे-पिस्तौल के कॉकटेल का नशा उनके सिर चढ़ बोलने लगा था। घर के पुरुष विरोध करते तो उनके सिर पर तमंचे सटा देते।

स्त्रियाँ अपनी वेदना में घुटी जाती थीं। भाई-पिता, पति-पुत्र में साहस न बचा था उनका सामना करने का। वे ग्लानि की आग में जले जा रहे थे। कुछ बातें कही नहीं जातीं, छिपा ली जाती हैं :

*रहिमन निज मन की व्यथा, मन ही राखो गोय,*
*सुनि अठिलैहैं लोग सब बाँटि न सकिहैं कोय।*

बड़े भू-स्वामियों के घरों और बैठक खानों से हँसी-खुशी गायब होने लगी थी। अन्तःपुरों में सन्नाटा छा गया था। आर्थिक नुकसान वे बर्दाश्त करते आ रहे थे, किन्तु घर की इज्जत पर हमला ऊँट की पीठ पर आखिरी तिनके की तरह था। हारे जुआरी की तरह निःशब्द पश्चात्ताप करते, "अगर मजदूरी की माँग को प्रतिष्ठा का प्रश्न नहीं बनाया होता तो न इतनी हानि हुई होती और न ही घर की इज्जत जाती। जितनी मजदूरी देनी पड़ती, उसका कई गुणा कोठार में लौट आया होता। क्या मिला? धन गया। जन गए। प्रतिष्ठा गई। मान-मर्यादा-इज्जत धूल में मिल गई।" प्रतिदिन आत्मसम्मान पर पड़ने वाली चोट से बिचारों की आत्मा लहूलुहान हुई जाती थी। अन्तस के घाव से गहरी टीस उठती थी। घुप्प अँधेरे में राह गुम थी।

दार्शनिक कहते हैं, काली रातों के बाद भोर की किरणें फूटती हैं। प्रकृति का यही नियम है। घोर निराशा में भी आशा के बीज विद्यमान रहते हैं। विश्व निरन्तर परिवर्तन की प्रक्रिया से गुजरता रहता है। सबै दिन जात न एक समाना।

इन्द्रदेव सिंह इस अन्धे युद्ध में तटस्थ बने रहे थे। पारिवारिक कारणों से भले ही आन्दोलन से अलग हो गए हों, स्वभाव से न्याय, समानता और बन्धुत्व के पक्षधर थे। मजदूरों को उचित मजदूरी मिले, आपसी भाईचारा शान्ति-सद्भावना का माहौल बना रहे, यही उनकी दिली इच्छा रहती थी। मार-काट पसन्द न थी। गाँव में दोस्ती भले ही उँगलियों पर गिनने लायक लोगों से रही हो, बैर किसी से न था। जंगी सिंह का घर गिराने का विरोध दोस्ती और न्याय के तकाजे से किया था। उनकी माँ और पत्नी को ससम्मान अपने घर लाकर उनकी व्यथा को कम करने का अपना फर्ज तब तक निभाया था जब तक अरविन्द ने अलग इन्तजाम नहीं कर दिया। जंगी सिंह से उनकी दोस्ती सर्व ज्ञात थी। पुलिस ने जंगी सिंह की तलाश में कई बार उनका घर खँगाला था। इन्द्रदेव सिंह में बड़े भू-स्वामियों को रौशनी की किरण नजर आने लगी। लड़ाकों की नजरें बचा उनसे मध्यस्थता का आग्रह होने लगा।

"इन्द्रदेव, क्या तुमसे कुछ छिपा है? तुम हमारी दशा खूब समझते हो। जंगी को समझाओ। हम लोग सुलह के लिए तैयार हैं। इन भस्मासुरों से वही हमें मुक्त करा सकता है।" बड़े-बूढ़े घिघियाने लगे। इन्द्रदेव सिंह पसोपेश में थे। भूमिगत जंगी सिंह से उनका सम्पर्क टूट चुका था। दूसरे, अपने ऊपर हुए अन्याय के बाद क्या जंगी सिंह मानेंगे?

"चाचा, जंगी सिंह को बरबाद करने में आप लोगों ने कोई कोर-कसर नहीं छोड़ी है। आप लोगों से उनकी सहानुभूति कैसे हो सकती है?" इन्द्रदेव सिंह ने अपनी असमर्थता जाहिर की।

मरता क्या न करता? बड़े-बूढ़ों ने हार नहीं मानी। उन्हें पूरा विश्वास था अगर इन्द्रदेव चाह लेगा, जंगी को 'न' कहते न बनेगा। रुँधे गले से कहते, "जंगी सिंह का नुकसान हमसे जरूर हुआ है। 'न' नहीं कहेंगे। पर गाँव की बर्बादी और बदनामी क्या जंगी सिंह को अच्छी लग रही होगी? हम बूढ़े उसका पाँव पकड़कर माफी माँग लेंगे अपने बच्चों की कारस्तानी की। रमापति सिंह के बहकावे में आकर हम सबने अपने पाँवों पर कुल्हाड़ी मार ली। रमापति सभी को फँसाकर खुद तो निकल गया। उसकी देखा-देखी उसके साथी-संघतिया सब भी गाँव छोड़ चले गए। हम लोग रह गए नरक की आग में जलने। इन्द्रदेव, बचा लो गाँव को।"

इन्द्रदेव सिंह से वास्तव में कुछ कहाँ छिपा था? नमक-मिर्च मिली बदनामी दस कोस तक फैली हुई थी। जितने मुँह उतनी बातें होती रहती थीं। उस बदनामी के असर से वे भी कहाँ बच पाए थे? उनके घर में भी दो सालों से न कोई शहनाई बजी थी, न ही बारात निकली थी। बेटे-बेटियों की शादी की प्रतीक्षा में घर के बूढ़ों-बूढ़ियों की आँखें पथरा गई थीं, किन्तु मन था कि मानता नहीं था। पसोपेश थी कि खत्म होने का नाम नहीं लेती थी।

इन्द्रदेव सिंह डॉक्टर अमिय को बहुत सम्मान देते थे। बहुत गौर से सुनते थे।

अनिर्णय की उस स्थिति में उन्हें डॉक्टर का कहा याद आया, "कर्मण्येवाधिकारस्ते मा फलेषु कदाचन। कर्म करना तुम्हारे अधिकार क्षेत्र में आता है, फल क्या होगा उसकी चिन्ता क्यों?" इन्द्रदेव सिंह को गाँव से गहरा लगाव था। अन्धे युद्ध में 'ग्राम विकास समिति' दम तोड़ चुकी थी। वे मध्यस्थता के लिए सहमत हो गए।

पहला काम था, जंगी सिंह का पता लगाकर उनसे मिलना। काम आसान न था, पर इन्द्रदेव सिंह ने जब एक बार ठान लिया, पीछे कैसे हटते? जेपी आन्दोलन के पुराने सम्पर्कों से लेकर रिश्ते-नातों तक सबको खटखटाया। किसी को जंगी सिंह के ठिकाने की खबर न थी। खबर कैसे होती? जंगी सिंह एक जगह लम्बे समय तक रुकते नहीं थे। रात यहाँ, दिन वहाँ। कभी शहर, कभी कस्बा। कभी गाँव, कभी जंगल। संघर्ष संचालन की जरूरतों के हिसाब से उनका ठिकाना तय होता। डी.एम.के.एस. के नए क्षेत्रों के निर्माण के काम के अनुसार भी ठिकाने तय किए जाते।

इन्द्रदेव सिंह ने हार नहीं मानी। लगे रहे। जंगी सिंह से मिलने का सम्पर्क सूत्र आखिर मिल ही गया। सूरजपुर के कुछ मजदूर रानीगंज-झरिया कोलबेल्ट में नौकरी करते थे। कोलियरी मजदूरों के बीच संगठन निर्माण के सिलसिले में जंगी सिंह उनसे धनबाद में मिले थे। उनके माध्यम से इन्द्रदेव सिंह का सन्देश जंगी सिंह तक पहुँच गया। आसनसोल में कोलियरी मजदूरों के एक धौड़े में जंगी सिंह और इन्द्रदेव सिंह की मुलाकात तय हो गई। मुलाकात की जगह पार्टी ने चुनी थी। वहाँ पार्टी का मजबूत नेटवर्क काम कर रहा था।

डी.एम.के.एस. और बड़े भू-स्वामियों के बीच वर्षों से बनी अविश्वास की गहरी खाई पर विश्वास का सेतु बना पाना कठिन था। पहली मुलाकात सफल न रही। इन्द्रदेव सिंह ने ऐसा मुगालता पाला भी नहीं था। जितना बड़ा घाव जंगी सिंह को बड़े भू-स्वामियों से मिला था, उसका आसानी से भरना सम्भव न था। इन्द्रदेव सिंह ने धैर्य से काम लिया। कई राउंड की बैठकों के बाद जंगी सिंह समझौते के लिए कुछ शर्तों के साथ राजी हो गए। इन्द्रदेव सिंह सभी कदम फूँक-फूँक कर उठा रहे थे। सब कुछ बेहद गोपनीय तरीके से करना था। 'किसान सेना' और पुलिस को भनक मिलने से विनाश का खतरा था।

इधर बड़े भू-स्वामी घायल बाज की तरह छटपटा रहे थे। उन्हें जंगी सिंह की हर शर्त मंजूर थी। सभी ने जंगी सिंह और खेत मजदूरों पर किए अपने जुर्म कबूल करते हुए माफीनामा लिखा। वादा किया कि वे जंगी सिंह के टूटे घर का निर्माण कराएँगे तथा मजदूरी के सम्बन्ध में पूर्व में हुए सभी समझौतों का पालन करेंगे। जिन्होंने गैर-मजरुआ जमीनें दबा रखी थीं, उन्होंने उन जमीनों को गाँव के भूमिहीन मजदूरों में बाँटने की लिखित सहमति दी। यह भी वादा किया कि गाँव में हुए मुकदमों में पुलिस को दी गई झूठी गवाही वापस ले ली जाएगी।

बड़े भू-स्वामियों ने पूरी तरह से आत्मसमर्पण कर दिया। उनके पास कोई चारा भी न बचा था। डी.एम.के.एस. भी सूरजपुर में संघर्ष को लम्बा खींचना नहीं चाहता था। पार्टी की राय भी कमोबेश यही थी। इन्द्रदेव सिंह की मध्यस्थता में समझौते को अन्तिम रूप दे दिया गया। समझौता होने के बाद सूरजपुर को 'किसान सेना' से मुक्त कराने

की गुप्त योजना बना ली गई। अरविन्द और सत्या को उस योजना को अमली जामा पहनाने की जवाबदेही मिली।

और एक दिन अहले सुबह जब लड़ाके और उनके कमांडर-इन-चीफ लड्डन सिंह अन्तःपुरों में मखमली बिस्तरों पर मीठी नींद में डूबे थे, उन पर जन-मिलिशिया का जबरदस्त हमला हो गया। एय्याशी के बाद जब वे रात में सो रहे थे, पीड़ित स्त्रियों ने उनके असलहे छिपा दिए थे। अचानक हमले से हड़बड़ाए जब वे अपने हथियार तलाशने लगे, उनके हाथ घोर निराशा लगी। बिना हथियारों के उनकी लम्पटई किसकी? जन-मिलीशिया के जवान घरेलू हथियारों और लाठी-डंडों से लैस थे। पार्टी के हथियारबन्द दस्ते उन्हें बैकअप सपोर्ट दे रहे थे। लम्पटों की जबरदस्त पिटाई होने लगी। प्रताड़ित स्त्रियाँ सिंहनी बन गई थीं। ग्लानि की आग में जल रहे घर के पुरुष शेर बन गए थे। डंडों की मार से बिलबिलाकर अपने प्राणों की भीख माँगते वे लम्पट अधनंगे बाहर भागे।

उनके सभी ठिकानों पर एक साथ हमला हुआ था। अरविन्द और सत्या ने पूरे ऑपरेशन की कमान सँभाल रखी थी। भागते हुए लड़ाकों को तीन तरफ से घेरकर पटना जिले की सीमा में खदेड़ दिया गया। लड्डन सिंह पार्टी दस्तों के हत्थे चढ़ गया। दस्तों की पिटाई से उसने मौके पर ही दम तोड़ दिया। सूरजपुर में शान्ति का पथ प्रशस्त हो गया। परती पड़े खेतों में फसलों के मुस्कराने की आस जग गई। वेदना-संतप्त स्त्रियों के अविरल बहते आँसुओं के सूखने का क्षण समीप था। मेहनतकशों को इज्जत की जिन्दगी और मेहनत की रोटी मिलने में खड़ी बाधा खत्म हो चली थी।

लड्डन सिंह की मौत से 'किसान सेना' का अस्तित्व खत्म हो गया। लड्डन सिंह का उत्तराखंड भस्मासुरों से मुक्त हो गया था।

## 11

अमिय उस समय कैमूर-गढ़वा बेल्ट में था, जब रेडियो से यह खबर प्रसारित हो रही थी, "प्रधानमंत्री को उनके सिख सुरक्षाकर्मियों ने गोली मार दी। इलाज के लिए उन्हें ऐम्स ले जाया गया है।" थोड़ी देर बाद खबर आई कि उन्हें बचाया नहीं जा सका।

प्रधानमंत्री के मारे जाने की प्रतिक्रिया अत्यन्त तीखी थी। देश भर में सिख-विरोधी दंगे होने लगे थे। दंगों से बिहार भी अछूता न रहा। बोकारो, राँची और डाल्टनगंज शहर दंगों की चपेट में थे। प्रधानमंत्री की हत्या जितनी दुखद थी, निरपराध सिख नागरिकों के विरुद्ध हिंसा उससे कम दुखद नहीं थी। अमिय इस हिंसा से विचलित हो गया। उसने फैसला कर लिया। वह क्षण विचलित होकर बैठ जाने का न था, सिख भाई-बहनों की रक्षा करने का था। अपने तीन-चार साथियों को ले अमिय निकल पड़ा नजदीक के डाल्टनगंज के लिए। कहीं स्कूटर, कहीं साइकिल, कहीं पैदल—वे मतवाले आगे बढ़ते रहे।

कई सिख परिवार देश के बँटवारे के बाद आकर डाल्टनगंज में बस गए थे। मेहनती लोग थे। मेहनत-मजदूरी की। चाय के ठेले लगाए। फल-सब्जी बेचे। फेरी लगा कपड़े

बेचे, मगर स्वाभिमानी सिखों ने किसी के समक्ष हाथ नहीं फैलाए। कहावत है कि उद्योगी पुरुष-सिंहों पर ही लक्ष्मी अपना आशीर्वाद लुटाती है। सिख समुदाय ने अपनी मेहनत से डाल्टनगंज में अच्छा व्यवसाय खड़ा कर लिया। कोई ऐसा न था, जिसका अपना कोई व्यवसाय न हो। ट्रांसपोर्ट, होटल, मेडिसिन, खाद्य, तेल, अनाज जैसे क्षेत्रों में उनका व्यवसाय फैलने से डाल्टनगंज जैसे छोटे शहर की काया पलट गई। रिफ्यूजी कॉलोनी के बारह फुट गुणा दस फुट के कमरे में अपनी दूसरी जिन्दगी की शुरुआत करने वाले सिख परिवारों ने अपनी मेहनत-मशक्कत के बलबूते पर अच्छी-खासी कोठियाँ खड़ी कर लीं।

जब अमिय और उसके साथी शहर पहुँचे, सिख परिवारों की दुकानें और कोठियाँ दंगे की शिकार थीं। लूटमार चल रही थी। आम आदमी पिंडारी बन गया था। सिखों के होटलों, ट्रकों, दुकानों में आग लगा दी गई थी। दुर्भाग्य था कि पुलिस भी दंगाई भीड़ का हिस्सा बन लूटमार में शामिल थी। जिले के एस.पी. प्रधानमंत्री की हत्या के पहले ही किसी जरूरी काम से पटना चले गए थे। पुलिस को कौन नियंत्रित करता? सिख समुदाय सदमे में था। जिनसे सुरक्षा की उम्मीद थी, वही भक्षक बन गए थे। पड़ोसी दुश्मनी निकालने में लगे थे।

अमिय और उसके साथी सिखों को बचाने में लग गए। भले ही डाल्टनगंज में अमिय की जान-पहचान नहीं के बराबर थी, उसका नाम शहर के लिए अपरिचित न था। अखबारों और आकाशवाणी पटना की कृपा से उसकी पहचान पलामू जिले में खूँखार नक्सली नेता के रूप में बन गई थी। पलामू का जिला मुख्यालय डाल्टनगंज उस पहचान से अच्छी तरह वाकिफ था। उपद्रवी भीड़ निम्न-मध्यवर्गीय और गरीब लोगों की थी जो साम्प्रदायिक उन्माद में पागल हो रहे थे। जब उन्हें अमिय और उसके साथियों के सिखों के पक्ष में खड़े होने की जानकारी हुई, उनके पाँव उखड़ने लगे। अमिय और उसके साथी उपद्रवियों के सामने सीना तानकर खड़े हो जाते। उनके पास हथियार नहीं थे, मानवता के पक्ष में खड़े हो जाने का नैतिक साहस था। अमिय उपद्रवियों को समझाता। भाईचारे का पाठ पढ़ाता। साम्प्रदायिक सौहार्द की बातें करता। कई बार ललकारता—

"अगर तुममें से किसी के सिर पर खून सवार हो तो लो, मैं सीना ताने खड़ा हूँ। मैं, डॉक्टर अमिय तुम्हें ललकारता हूँ कि मुझे गोली मार दो। मेरी हत्या कर दो। मेरे साथी भी तुम्हें ललकारते हैं, लेकिन हमारे रहते तुम सिख भाई-बहनों को हाथ नहीं लगा सकते। याद रखो, किसी निरपराध की हत्या और उसे सताने से बड़ा अधर्म दूसरा कोई नहीं हो सकता। तुम अधर्म करना चाहते हो इस शहर में? इस शहर को शहर बनाने में हमारे सिख भाई-बहनों का खून-पसीना बहा है वरना कैसा था यह शहर बँटवारे के समय? यह तो हमारे सिख भाई-बहन हैं, जिनके कारण धूल-धूसरित डाल्टनगंज आज चमक रहा है।"

अब इस ललकार के समक्ष निम्न-मध्यवर्गीय और गरीब दिशा-भ्रष्टों पर छाया उन्माद का नशा कैसे ठहरता? लूटमार करने वाले साहसी नहीं होते। बेहद डरपोक होते हैं। उनकी अन्तरात्मा उनके कुकृत्यों पर उन्हें धिक्कारती है। बावजूद इसके भीड़ का हिस्सा बन जाने से उनकी सही-गलत पहचान की शक्ति जाती रहती है और वे अराजक

हो जाते हैं। अमिय उनकी सोई अन्तरात्मा को जगाने के लिए संस्कृत के श्लोकों का भी अपने भाषण में उपयोग करता—

"तुम वेद-पुराणों पर गर्व करते हो। लेकिन उनसे कुछ सीखते क्यों नहीं? अठारहों पुराणों का निचोड़ तुम्हें दो पंक्तियों के इस श्लोक में मिल जाएगा—

*अष्टादश पुराणेषु व्यासस्य वचनं द्वयं,*
*परोपकार: पुण्याय पापाय परपीडनम।*

अर्थात् अठारह पुराणों में महर्षि वेद व्यास के दो ही वचन हैं—परोपकार करने से पुण्य मिलता है और दूसरे को कष्ट पहुँचाने से पाप लगता है। हिन्दू धर्म ही नहीं, दुनिया के सभी धर्मों में सताने वालों की लानत-मलामत की गई है। अगर तुम्हारी अन्तरात्मा मर नहीं गई हो, तो उसे जगाओ। वह तुम्हें सही राह दिखाएगी।"

अमिय सिख नौजवानों के साथ दंगे में शामिल पुलिस वालों के सामने दीवार की तरह खड़ा हो उन्हें धिक्कारता, "शर्म नहीं आती खाकी वर्दी को कलंकित करते हुए?"

जब एस.पी. पटना से लौटे, अमिय के प्रयासों से दंगे की लपटें काफी हद तक शान्त हो गई थीं। एस.पी. ने पुलिस फोर्स को नियंत्रित कर दंगाइयों की धर-पकड़ शुरू की। सुस्त पड़े फायर ब्रिगेड को आग बुझाने के काम में लगाया, लेकिन पुलिस और सिख नागरिकों के बीच जो गहरी खाई दो-तीन दिनों में ही बन गई थी, उसे पाटना उस नौजवान पुलिस अफसर के वश में नहीं था।

एस.पी. की सक्रियता से अमिय और उसके साथियों को दंगा रोकने के काम से फुरसत मिल गई। अमिय ने अपना ध्यान शान्ति स्थापित करने पर केन्द्रित किया। अधिकांश गैर सिख आबादी के मन में प्रधानमंत्री की हत्या से आम सिखों के विरुद्ध आक्रोश भरा पड़ा था। इस कारण वे पीड़ित सिख पड़ोसियों को बचाने नहीं निकले थे।

अमिय ने प्रभावशाली नागरिकों से लम्बी बातचीत कर उन्हें शान्ति मार्च निकालने के लिए मना लिया। उसने सिख बुजुर्गों को भी शान्ति मार्च में भागीदारी के लिए राजी कर लिया। उसके अथक प्रयास से शहर में नागरिकों का शान्ति मार्च निकला। ऐसा न था कि शान्ति मार्च से आपसी सौहार्द का वातावरण तुरन्त स्थापित हो जाए, किन्तु शान्ति मार्च ने आम नागरिकों तथा प्रशासन को प्रेरित किया कि शहर में अमन-चैन बहाली के लिए सभी को मिलकर प्रयास करना चाहिए।

कलेक्टर-एस.पी. ने शहर में शान्ति सभाएँ बुलानी शुरू कीं। प्रशासन ने आग्रह कर अमिय से कई शान्ति सभाओं में भाषण भी दिलवाए। शान्ति सभाएँ महज औपचारिकता भर न रह जाए, अमिय को इसकी चिन्ता थी। सिखों का दिल अपने हिन्दू-मुसलमान पड़ोसियों से फट गया था। बरसों तक एक-दूसरे के सुख-दुख में साथ रहे लोगों से गाढ़े वक्त पर मदद की आशा की जाती है। उसी आशा पर कुठाराघात हुआ था। दंगे की आग में झुलसते सिख परिवारों से उनके पड़ोसियों ने आँखें फेर ली थीं।

अमिय ने शान्ति सभाओं में हिन्दू-मुसलमानों को प्रेरित किया कि वे सिख समुदाय से अपने किए की माफी माँगें। लोगों ने सामूहिक और व्यक्तिगत रूप से माफी माँगी।

माफी माँगते हुए कई बुजुर्ग ग्लानि और अपराधबोध से फफक पड़े। सिखों के आहत दिलों को इससे बड़ी राहत पहुँची। कई सिख परिवार डाल्टनगंज छोड़कर चले जाने का विचार कर रहे थे, उन्हें अमिय और नागरिकों ने समझा-बुझाकर रुकने के लिए मना लिया।

डाल्टनगंज शहर में अपने मानव प्रेम, नैतिक साहस और सेकुलर मूल्यों की अमिट छाप छोड़ अमिय साथियों सहित कैमूर-गढ़वा के अपने कार्यक्षेत्र में वापस लौट गया।

## 12

नवीन जी के साथ हुई बैठक में डी.एम.के.एस. द्वारा रखी माँग पर पार्टी ने मौन साध लिया था। 'किसान सेना' के खात्मे के बाद से पार्टी का मनोबल बढ़ गया था। जिन क्षेत्रों में डी.एम.के.एस. का व्यापक जनता में प्रभाव था एवं जन आन्दोलन तेज थे, उन क्षेत्रों में पार्टी अपना विस्तार कर रही थी। उन क्षेत्रों में पार्टी के हथियारबन्द दस्तों और नेताओं को स्थानीय लोग आसानी से शेल्टर एवं सुविधाएँ मुहैया कराते थे। शक्ति भर सत्कार भी करते थे, पर कई बार रात होते ही दस्ते गाँव के किसी बदमाश समझे जाने वाले व्यक्ति या दबंग भू-स्वामी की हत्या कर देते और उजाला होने के पहले निकल जाते।

अगले दिन जब हत्या की खबर फैलती, गाँव के ध्यान में आता कि फलाँ के यहाँ कल कुछ बाहरी लोग आए थे। पुलिस जब उस फलाँ के यहाँ छापा डालती, बाहरी लोग गायब मिलते। वे कौन थे, कहाँ से आए थे, किधर और कहाँ गए जैसे सवाल पुलिस स्वाभाविक रूप से पूछती। जवाब कहाँ से आता? मेजबान बेचारा, बाल-बच्चों वाला आदमी अपने मेहमानों के कृत्य का जिम्मेदार ठहरा मुजरिम बना दिया जाता। अब चूँकि मेजबान का डी.एम.के.एस. से जुड़ाव जगजाहिर होता, हत्या की जवाबदेही डी.एम.के.एस. के मत्थे आ जाती। करता कोई, भरता कोई।

किन्तु पार्टी इसे अपनी सफलता मानती। क्रान्ति की दिशा में उठाया गया कदम। बुरे शरीफजादों का सफाया। वर्ग शत्रुओं में दहशत। आम अवाम में खुशी की लहर। इन शीर्षकों से हत्या की खबर पार्टी अपनी भूमिगत पत्रिका में प्रकाशित करती। इन कार्वाइयों से डी.एम.के.एस. के जनान्दोलनों पर पड़ने वाले विपरीत प्रभावों की रत्तीभर भी परवाह पार्टी को नहीं थी। जब डी.एम.के.एस. अपनी आपत्तियाँ प्रकट करता, पार्टी टाल जाती। कई बार पार्टी के निचले काडर धौंस जमाने लगते। फलत: पार्टी एवं डी.एम.के.एस. का आपसी द्वंद्व तीखा होने लगा था। हालाँकि विडम्बना थी कि सरकारी हलकों में डी.एम.के.एस. को पार्टी का फ्रंट माना जाता था और अमिय तथा उसके साथियों को मध्य बिहार की शान्ति-व्यवस्था के लिए खतरा। संचार माध्यमों की कृपा से मध्यवर्गीय जनता का विचार भी कमोबेश यही था।

स्पष्ट था कि हथियार आगे हो गया था, जन आन्दोलन पीछे। अमिय के लिए इस स्थिति में पार्टी से सम्बन्ध-विच्छेद के सिवाय कोई अन्य विकल्प शेष नहीं बचा था। लेकिन कई घटनाएँ ऐसी हो जाती थीं कि सम्बन्ध-विच्छेद का निर्णय टालना पड़ता। ऐसे

में डी.एम.के.एस. के लिए यह जरूरी हो गया था कि वह अपनी कार्यनीति और लक्ष्यों को व्यापक जनता के सामने रखे ताकि सरकारी प्रोपेगैंडे का मुकाबला हो एवं पार्टी तथा उसके बीच की विभाजक रेखा भी स्पष्ट हो सके। साथ ही, जनता को प्रभावित करने वाले अन्य मुद्दों पर भी आन्दोलन करे। रणनीति के तहत डी.एम.के.एस. ने जमीन, मजदूरी और मानवीय गरिमा के साथ-साथ जनता को प्रभावित करने वाले दूसरे मुद्दों पर भी काम करना शुरू किया।

हीरा शर्मा के नेतृत्व में करमचट की दुर्गावती परियोजना के पूर्ण होने में हो रही देरी के मसले पर 'सिंचाई कामगार यूनियन' के बैनर तले करमचट से पटना तक पदयात्रा निकली। भूमिगत होने के बावजूद अमिय रात में पदयात्रियों के बीच पहुँच जाता। वह रात्रि विश्राम के समय गाँवों में किसानों-मजदूरों और आम लोगों को परियोजना के पूरा हो जाने से होने वाले लाभों के बारे में विस्तार से समझाता। परियोजना के पूरा होने से किसानों के खेतों को पानी और मजदूरों को काम के अधिक अवसर मिलने थे। उसके समझाने से रास्ते में पड़ने वाले गाँवों से मजदूर-किसान पदयात्रा में शामिल हो जाते।

पटना पहुँचने तक पदयात्रियों की संख्या बढ़कर हजार तक पहुँच गई थी। पटना की सीमा में अमिय ने नेतृत्व सँभाल लिया। दो सौ किमी. से भी अधिक दूरी पैदल तय कर पटना पहुँचे पदयात्री और उनके नेता पटना के शहरी लोगों के लिए कौतूहल और सम्मान के पात्र बन गए थे। सिंचाई विभाग के मंत्री ने उन्हें वार्ता के लिए आमंत्रित कर उनकी माँगें ध्यानपूर्वक सुनीं और परियोजना को शीघ्र पूरा करवाने का आश्वासन दिया। वार्ता में अमिय भी शामिल हुआ। जब तक पुलिस तक भूमिगत अमिय के पटना में होने की जानकारी पहुँची, वह पदयात्रियों के सुरक्षा कवच में निरापद स्थान पर पहुँच गया था। पटना के अखबारों में इस अद्भुत पदयात्रा और उसका नेतृत्व करने वाले डॉक्टर अमिय के बारे में खूब छपा। शीर्ष प्रशासनिक हलकों में इन खबरों से अच्छी-खासी हलचल मची।

डी.एम.के.एस. ने मध्य बिहार, खासकर जहानाबाद-पटना के सीमा क्षेत्रों में बढ़ रही चोरी-डकैती की घटनाओं पर जन कार्रवाई के माध्यम से अंकुश लगाने का फैसला किया। पुलिस या तो निष्क्रिय थी अथवा स्थिति उससे सँभल नहीं पा रही थी। डी.एम.के.एस. के सदस्यों ने गाँवों में पहरा देना शुरू किया। इससे छोटी-मोटी चोरियाँ बन्द हुईं, किन्तु बड़े गिरोहों पर अंकुश लगाए बिना आम जनता को त्राण मिल पाना मुश्किल था।

डी.एम.के.एस. ने बड़े गिरोहों को जन-कार्रवाई के लिए चुना। ये ऐसे गिरोह थे जिनके तार मंत्रियों और राजनेताओं से जुड़े होने की अफवाहें आम थीं। कहा जाता था कि इन्हें अपने आकाओं से संरक्षण मिलता था। मंत्रियों और राजनेताओं के सरकारी बँगले इनके सुरक्षित आरामगाह थे। डी.एम.के.एस. ने इन गिरोहों के सदस्यों और सरगनों का पता लगाकर उनके गाँवों में जनसभाएँ करनी शुरू कीं। जनसभाओं में बाकायदा उन्हें सुधर जाने और आत्मसमर्पण करने की चेतावनी दी जाती। अब जिन्हें बड़े-बड़े रसूखदारों

का संरक्षण प्राप्त हो, वे गरीब किसान-मजदूरों को पिद्दी से अधिक क्या समझते? उन अपराधियों को जनता की संगठित ताकत का अनुमान नहीं था। ऐसी ही किसी जनसभा से घर लौटते आम लोगों पर पालीगंज में रामानन्द डाकू के गिरोह ने हमला कर दिया। हमले में तीन लोग मारे गए। फिर क्या था, आम जनता का क्रोध दावानल बन गया। भागते हुए हमलावरों को पीट-पीट कर हलाक कर दिया गया। यही नहीं, उनकी पहचान कर उनके पुश्तैनी घरों को जन कार्रवाई में ढहा दिया गया।

यह तो बस शुरुआत थी। लगभग महीनों तक किसी-न-किसी बड़े गिरोह के सरदार के गाँव में जनसभा होती। सरदार को आत्मसमर्पण करने की चेतावनी दी जाती। न मानने पर जनता उस सरदार का घर ढहा देती। डी.एम.के.एस. की इस कार्रवाई को हर वर्ग का समर्थन मिलता। चोर और डाकुओं से सभी त्रस्त थे। जो काम पुलिस नहीं कर पा रही थी, उसे जनता की संगठित ताकत कर रही थी। इन कार्रवाइयों से घबराकर बड़े गिरोहों के कई सदस्यों ने पुलिस के सामने आत्मसमर्पण कर दिया या इलाका छोड़कर भाग गए। पुलिस के आला अफसर भी दबे स्वर से ऐसी कार्रवाइयों का समर्थन करने लगे थे। दिखाने के लिए अज्ञात लोगों पर घर ढहाने का केस थानों में दर्ज हो जाता। मंत्रियों और राजनेताओं के फोन आने पर पुलिस अफसरों का रटा-रटाया जवाब होता, "जी सर, अनुसन्धान चल रहा है। मुजरिम जल्दी ही पकड़े जाएँगे।" चोर-डाकुओं के विरुद्ध संघर्ष से उत्साहित कई कार्यकर्ताओं ने डी.एम.के.एस. की सदस्यता ग्रहण की और संगठन में सक्रिय हो गए। हरि लाल और कुन्ती देवी ऐसे ही कार्यकर्ता थे।

अपनी कार्य नीति और लक्षणों को व्यापक जनता तक पहुँचाने के लिए डी.एम. के.एस. ने बड़ी जनसभाएँ करने का निर्णय लिया। अमिय का मत था कि मध्य बिहार में सक्रिय अन्य समानधर्मा जन-संगठनों के साथ साझा मंच बनाकर जनसभाएँ की जाएँ। ऐसे जन-संगठनों में 'बिहार किसान सभा' तथा 'किसान समिति' अपने-अपने आधार क्षेत्रों में न्यूनतम मजदूरी और भूमि-सुधार के एजेंडे पर जनान्दोलनों की मुनाइंदगी कर रहे थे। साथियों की राय हुई कि इन दो जन-संगठनों के साथ साझा मंच बनाकर जनसभाएँ की जानी चाहिए। ये दोनों जन-संगठन भी अपने एजेंडे को जनसामान्य तक पहुँचाने के अवसर ढूँढ़ रहे थे। अमिय की मुलाकात इन संगठनों के नेताओं से हो गई। लम्बी बातचीत के बाद तय हुआ कि तीनों संगठनों के साझे मंच से मसोढ़ी, हिलसा और जहानाबाद में जनसभाओं से शुरुआत की जाए, परन्तु समस्या थी कि इन जनसभाओं के लिए बड़े मैदान चाहिए थे। बड़े मैदान सरकार के नियंत्रणाधीन थे। बिना अनुमति के उन मैदानों में सभाएँ नहीं की जा सकती थीं। सभा में आने वाली गरीब जनता की सुरक्षा भी जरूरी थी। 'किसान सेना' न थी, किन्तु दूसरी जातीय सेनाओं से खतरा था। इसलिए साझे मंच ने तीनों जगहों पर अलग-अलग तिथियों में सभा के लिए सरकारी मैदान आवंटित करने का अनुरोध वहाँ के प्रशासन से किया। पहली सभा मसौढ़ी में होनी थी। पटना कलेक्टर का माथा ठनका। वकील जगन्नाथ सिंह मसौढ़ी बाजार में मारे गए थे। डी.एम.के.एस. वाले भी सभा में साथ रहेंगे। न बाबा, न। कलेक्टर ने मामला गृह सचिव को रेफर कर दिया—निर्देश दिया जाए।

गृह सचिव भागे-भागे मुख्य सचिव के चेम्बर में गए, "सर, यह देखिए।"

पुलिस चीफ बुलाए गए। वे अपने साथ खुफिया चीफ को भी लेते आए। खुफिया चीफ ने कलेक्टर का रेफरेंस देखा। वे डी.एम.के.एस. ही नहीं, 'बिहार किसान सभा' और 'किसान समिति' के कामों से भी वाकिफ थे।

बोले, "ये दोनों संगठन भी अलग-अलग नक्सली ग्रुपों के मुखौटे हैं। सभा की इजाजत नहीं देनी चाहिए।"

पुलिस चीफ सहमत थे, "लॉ एंड ऑर्डर बिगड़ सकता है।"

मुख्य सचिव ने क्षण-भर सोचा, "मुख्यमंत्री ट्रेड यूनियन के बड़े नेता थे। उन्हें ही फैसला लेने देते हैं।" बोले, "लेट इट बी ए पॉलिटिकल डिसिजन।" सारे अफसर मुख्यमंत्री दफ्तर पहुँचे।

मुख्यमंत्री ने ट्रेड यूनियन का झंडा उठा खूब धरना-प्रदर्शन किया था गिरिडीह-धनबाद कोलियरी क्षेत्रों में। डेमोक्रेट कहते न अघाते थे खुद को। फँस गए। सोचने लगे, "अफसरों ने फँसा दिया। सीधे मुख्यमंत्री से ही 'हाँ-न' कहलवा लेना चाहते हैं।"

मुख्य सचिव को तीखी नजरों से देखा। बोले, "जिला पदाधिकारी ऐसे मामलों में खुद निर्णय क्यों नहीं ले सकते?"

मुख्य सचिव ने सिर खुजाया, "सर, अब मामला रेफर कर दिया है तो हम लोगों को ही निर्णय लेना होगा। जो आप निर्णय करेंगे, वही एक्जीक्यूट होगा।"

मुख्यमंत्री ने विचार किया, "ऐसा कुछ करता हूँ कि साँप भी मर जाए और लाठी भी न टूटे।" बोले, "स्पेशल ब्रांच का कहना सही है। नक्सली उग्रवादी सभा के नाम पर अव्यवस्था फैलाना चाहते हैं। मसौढ़ी में सभा होने से बड़ा गंडोगोल हो जाएगा। सभा की इजाजत नहीं दी जा सकती। उनका रिएक्शन देखते हैं। हाँ, मीडिया को ब्रीफ कर दीजिए।"

अगले ही दिन राजधानी के अखबारों में बड़े-बड़े शीर्षकों से छपा, "राज्य सरकार के फैसले से नक्सलियों-उग्रवादियों के मंसूबे ध्वस्त, मसौढ़ी में सभा की इजाजत नहीं।"

हिलसा में दूसरी जनसभा होनी थी। जिला प्रशासन से इजाजत नहीं मिली। यह खबर भी अखबारों में प्रमुखता से छपी, "नक्सलियों को कानून-व्यवस्था से खेलने की छूट नहीं, हिलसा में जनसभा की इजाजत नहीं।" लेकिन जहानाबाद में सभा को लेकर कलेक्टर और पुलिस अधीक्षक की सोच दूसरे जिलों के अफसरों से अलग थी। उनका मानना था कि जिन संगठनों ने जनसभा की अनुमति माँगी है, वे प्रतिबन्धित नहीं हैं। जनसभा में वे अपनी बात कहेंगे। इससे प्रशासन को उनका नजरिया समझने में सुविधा होगी। आगे परस्पर संवाद की स्थिति भी बन सकती है जो अभी नहीं है। परस्पर संवाद से शान्ति और सद्भाव का वातावरण निर्मित करने की राह निकल सकती है। दोनों अफसर नौजवान थे और नए-नए पद-स्थापित हुए थे।

कलेक्टर ने गृह सचिव को अपनी और पुलिस अधीक्षक की राय से दूरभाष पर अवगत कराकर सरकार की इजाजत माँगी। मुख्यमंत्री के स्तर पर दुबारा बैठक हुई। मसौढ़ी और हिलसा में सभा की इजाजत न देने के निर्णय का कानून-व्यवस्था पर कोई

सकारात्मक प्रभाव नहीं पड़ा था। गाँव-गाँव जमीन और मजदूरी के सवालों पर हड़तालें हो रही थीं। सभा की अनुमति नहीं देने के कारण मुख्यमंत्री की राष्ट्रीय अखबारों में आलोचना होने लगी थी—उन्हें 'ढपोरशंखी डेमोक्रेट' कहा जाने लगा था। अपनी 'इमेज' के क्षरण को रोकने का एक मौका उनके सामने था।

उन्होंने हामी भर दी, "चलो, यह प्रयोग भी करके देख लेते हैं, लेकिन लॉ-ऑर्डर डिस्टर्ब नहीं होना चाहिए। कलेक्टर और पुलिस अधीक्षक अपने स्तर से इसे देखें। बाहर से पुलिस बल नहीं देंगे। गृह सचिव आप खुद मॉनिटरिंग करेंगे।"

पुलिस चीफ और खुफिया चीफ के ऐसा प्रयोग न करने की चेतावनी बेअसर रही। बेचारे कटकर रह गए।

जहानाबाद के गांधी मैदान में जनसभा हुई। सभा जोरदार रही। एक लाख से अधिक गरीब किसान, मजदूर, दलित और आदिवासी रात भर अपने नेताओं को सुनते रहे। जनगीत गाते रहे और नारों से अँधेरों को जीतते रहे। गांधी मैदान में तिल रखने की जगह न बची थी। जनसभा चार बजे शाम शुरू हुई और भोर में जाकर खत्म हुई। जहानाबाद-गया, नालन्दा, पटना, औरंगाबाद, रोहतास, कैमूर और पलामू से स्त्री-पुरुष अपने-अपने संगठनों के बैनरों-झंडों, घरेलू हथियारों और पारम्परिक वाद्य यंत्रों के साथ पैदल, रेलगाड़ियों और बसों से आए थे। वे अपने खाने-पीने का सामान भी साथ लेकर आए थे। सभा में पूरी शान्ति रही। बेहद अनुशासन रहा। जनसभा ने उस मैदान में सन् 1974 की जेपी की ऐतिहासिक सभा की याद दिला दी। बाहर से पुलिस बल न मिलने के बावजूद प्रशासन को स्थिति सँभालने में कोई कठिनाई नहीं हुई।

डॉक्टर अमिय, जंगी सिंह या डी.एम.के.एस. का कोई भूमिगत नेता मंच पर नहीं था। जीवेश, अली मियाँ, हीरा शर्मा, कैलाश अगरिया, हरिलाल और कुन्ती देवी डी.एम. के.एस. का प्रतिनिधित्व कर रहे थे। 'बिहार किसान सभा' और 'किसान समिति' के शीर्ष नेता मंच पर विराजमान थे। वक्ताओं ने आन्दोलनकारियों पर दर्ज झूठे मुकदमे वापस लेने की माँग की, जिसका स्वागत तालियों की गड़गड़ाहट से हुआ। न्यूनतम मजदूरी, गैर-मजरुआ जमीनों का गरीबों में वितरण, भूमि-सुधार, मानवीय गरिमा, जातीय उत्पीड़न, महिलाओं से दुर्व्यवहार एवं यौन शोषण के मुद्दे जोरदार तरीके से उठाए गए। भाषणों के बीच गायन मंडली जनगीत गाकर समां बाँध देती थी।

सभी संगठनों ने भारतीय संविधान में अपनी आस्था जताते हुए शान्तिपूर्ण एवं जनवादी तरीके से व्यवस्था-परिवर्तन तथा दलितों, किसानों, मजदूरों एवं आदिवासियों की शोषण से मुक्ति को अपने संगठन का लक्ष्य बताया। सभा में राज्य और केन्द्र सरकारों को भेजने के लिए एक प्रस्ताव पास हुआ। प्रस्ताव में न्यूनतम मजदूरी एवं भूमि-सुधार कानूनों तथा गरीबों के कल्याणार्थ बने सभी कानूनों एवं नीतियों के कार्यान्वयन की माँग की गई थी। साथ ही, आन्दोलनकारियों और उनके नेताओं पर दर्ज झूठे मुकदमों की वापसी की माँग भी प्रस्ताव में शामिल थी।

जब भोर की ललौंछ पूरब के क्षितिज पर हौले-हौले उतरने लगी थी, गायन मंडली ने अवतार सिंह पाश की कविता का सस्वर पाठ किया—

*हम लड़ेंगे साथी, उदास मौसम के लिए।*
*हम लड़ेंगे साथी, गुलाम इच्छाओं के लिए।*
*हम चुनेंगे साथी, जिन्दगी के टुकड़े।*
*और हम लड़ेंगे साथी कि लड़े बगैर कुछ नहीं मिलता।*
*हम लड़ेंगे कि अब तक लड़े क्यों नहीं।*
*हम लड़ेंगे, अपनी सजा कबूलने के लिए।*
*लड़ते हुए मर जाने वाले की याद जिन्दा रखने के लिए, हम लड़ेंगे।*

लड़ने के संकल्प से अनुप्राणित वे गरीब स्त्री-पुरुष जितने अनुशासित तरीके से सभा में पहुँचे थे, उसी तरीके से अपने-अपने गन्तव्य को वापस लौट गए।

पटना के अखबारों ने सभा को कवर करने के लिए अपने पत्रकारों को भेजा था। वे दो दिनों पहले से आकर जम गए थे और तब तक रुके रहे जब तक सभा खत्म न हुई। अमिय के बुलावे पर किरण 'टाइम्स ऑफ इंडिया' की टीम के साथ दिल्ली से आ गई थी। 'हिन्दुस्तान टाइम्स', 'नवभारत टाइम्स' और 'पंजाब केसरी' जैसे अखबारों ने भी अपने पत्रकारों की टीमें भेजी थीं। पी.यू.सी.एल. की टीम भी मौजूद थी।

# तीसरा खंड

# चक्रव्यूह

जहानाबाद में डी.एम.के.एस., 'बिहार किसान सभा' और 'किसान समिति' के साझे मंच की जनसभा की अनुगूँज मध्य बिहार के गाँवों-मुहल्लों और स्थानीय प्रशासन तक ही सीमित न रही। पटना के अखबारों ने उसका चित्र कुछ यूँ खींचा कि सत्ता के गलियारों में हलचल मच गई—कौन? कैसे? क्यों? अखबारों ने अपने मुख पृष्ठ पर जनसभा की खबर इन शीर्षकों से छापी थीं—'नक्सलियों-उग्रवादियों ने माँद से निकल अपने तेवर दिखलाए,' 'नक्सलियों की गुर्राहट से अमनपसन्द नागरिक दहशत में', 'नक्सलियों का शक्ति प्रदर्शन : जिम्मेदार कौन?' शीर्षकों के नीचे छपी खबरों का तथ्यों से कोई मेल न था। लेकिन खबरें ऐसे परोसी गई थीं कि उसे पढ़ सिहरन होने लगे। सभा में अपना सत्तू-पिसान की मोटरी-गठरी लादे आए अधनंगे, अधभूखे किसान-मजदूर-दलित-आदिवासी लाल फौज के जवान तथा कमांडर बताए गए थे और मंच पर बैठे उनके नेता लेनिन, स्टालिन, माओ, चाऊ एन लाई और हो ची मिन्ह सरीखे पॉलिटिकल कमिसार! मजदूरी, भूमि-सुधार, जातीय उत्पीड़न, महिला शोषण आदि मुद्दों को शान्तिप्रिय अन्नदाता भू-स्वामियों के खिलाफ युद्ध की घोषणा बताया गया था। अखबारों ने लिखा था कि यदि सरकार चुप बैठी रही तो वह दिन दूर नहीं जब पटना और दिल्ली की सत्ता इन आदमखोर भेड़ियों के हाथों में चली जाएगी और अन्नदाता इनके रहमोकरम के पाबन्द हो जाएँगे।

जहानाबाद शहर ने अखबारों में छपी इन खबरों को हँसी-ठट्ठे में उड़ा दिया। हालाँकि आम शहरी सभा में आने वाले स्त्री-पुरुषों के हाथों में घरेलू हथियार देखकर पहले भयभीत जरूर हो गए थे, परन्तु दूर-दूर से आए मेहनतकश स्त्री-पुरुषों के आत्मानुशासन और सदाशयता ने उस भय को उनके प्रति करुणा और सम्मान में रूपान्तरित कर दिया था।

स्त्रियों के बदन पर सस्ती सूती साड़ियाँ थीं, किन्तु उनके चेहरों पर उल्लास की लाली छाई हुई थी। कइयों के पाँव बिना चप्पलों के थे। फटी बिवाई से भरे नंगे पाँव और खुरदरे हाथ उनकी जिन्दगी का सच खुद बयान कर रहे थे। वे हर वय की गरीब स्त्रियाँ थीं जो अन्त:प्रेरणा से जहानाबाद की सड़कों पर मार्च करती गांधी मैदान की दिशा में शान से चली जा रही थीं। नहीं डर किसी का आज, नहीं भय किसी का आज! कइयों की गोद में किलकते शिशु अपनी मुलमुलाती आँखों से अनदेखे नजारों को देख-देख मुदित हुए जा रहे थे।

पुरुषों की फटी चप्पलें या नंगे पैर और सादे लिबास उनके सीधे-सरल मेहनतकश किसान-मजदूर होने की गवाही दे रहे थे। ऐसे लोगों के प्रति करुणा और सम्मान उपज सकता था, उनसे डर नहीं। शहरियों में से अधिकांश लाल फौज और अखबारों में छपे

भारी-भरकम नामों से अपरिचित थे, इसलिए उन्होंने जिन स्त्री-पुरुषों को शान्तिपूर्ण एवं अनुशासनबद्ध तरीके से शहर की सड़कों पर मार्च करते देखा था, उनके लिए अखबारों में प्रयुक्त विशेषणों को पढ़कर हँसी ही आ सकती थी।

जनसभा को लेकर सूबे के गृह सचिव थोड़े घबराए हुए थे—कहीं प्रयोग असफल न हो जाए। वे जानते थे कि अगर हालात बिगड़े, तो बलि का पहला बकरा कलेक्टर बनेगा और दूसरा वे स्वयं। मुख्यमंत्री को इस मामले में घसीटने का दोष उन्हीं पर मढ़ा जाएगा। वे चुप न बैठे थे। लगातार मॉनिटरिंग कर रहे थे। कलेक्टर ने उन्हें फोन से सुबह ही बताया था कि सभा शान्तिपूर्ण रही थी। वे अखबारों की शरारतपूर्ण खबरों को देखकर चिन्तित हो गए। कहीं अखबारों के झूठ को सच न मान लिया जाए, यह सोचते हुए वे मुख्य सचिव के चेम्बर में चले गए। उन्होंने मुख्य सचिव को ब्रीफ किया, "सर, जनसभा पूरी तरह से शान्तिपूर्ण रही। अखबारी खबरें जानबूझकर प्लांट कराई गई हैं।"

मुख्य सचिव के चेहरे पर कई सवाल तैरने लगे थे।

दरअसल, पुलिस के आला अधिकारी मध्य बिहार के किसान-मजदूर आन्दोलन को विशुद्ध रूप से नक्सली उग्रवाद मान सख्ती बरतने का निर्णय ले चुके थे। उस निर्णय में मजदूरी और जमीन का सवाल उठाने वाला हर संगठन नक्सली संगठन था, जिससे कोई मुरव्वत नहीं की जा सकती थी। ऐसे में खुफिया चीफ की असहमति के बावजूद मुख्यमंत्री द्वारा जनसभा की इजाजत दे दिया जाना पुलिस चीफ को नागवार गुजरा था। बैठक में भले ही वे अपना संयम बनाए हुए थे, अन्दर से बेहद झुँझलाए हुए थे। उन्होंने अपनी झुँझलाहट खुफिया चीफ से साझा किया था, "गुप्ता, फील्ड में खाकी नक्सलियों का सामना करे और निर्णय बाबू और नेता लोग लें? इससे तो खाकी की वकत कम हो जाएगी।"

पुलिस चीफ का ओहदा महानिदेशक स्तर का कर दिया गया था, किन्तु गृह सचिव आई.ए.एस. के सुपरटाइम स्केल के अफसर थे। पुलिस चीफ प्रोटोकॉल में मुख्य सचिव के बराबर माने जाते थे। इसलिए उनके और गृह सचिव के बीच शीत युद्ध चलता रहता था।

"सर, हमारे ही महकमे के कुछ नए अफसर खाकी की मिट्टी पलीद करने पर तुले हुए हैं, "खुफिया चीफ गुप्ता ने अपना दर्दे-दिल बयान किया।

"क्या? नए अफसर? कौन?"

"सर, एस.पी. ने मेरे फील्ड अफसरों की सलाह नहीं मानी और कलेक्टर की 'हाँ' में 'हाँ' मिला गया।"

"नौजवान है। तजुर्बे की कमी है। केवल किताबी ज्ञान से कुछ नहीं होता।"

"सर, मुख्यालय में भी हमारे कुछ नए अफसर 'नक्सलवाद सामाजिक-आर्थिक समस्या है' की रट लगाते रहते हैं।" खुफिया चीफ ने टुकड़ा जोड़ा।

पुलिस चीफ भन्ना गए, "उन पर नजर रखो। अच्छा सुनो, जनसभा के सिलसिले में अखबारों को मैनेज करो।" पुलिस चीफ ने दिल के अरमान साझा किए। स्पेशल ब्रांच का सीक्रेट फंड मीडिया मैनेजमेंट के नेक काम में खर्च होता रहता था। अखबारों की

हेड लाइंस और खबरें जनसभा से एक दिन पहले ही फाइनल हो गई थीं। गृह सचिव पुलिस चीफ की ऐसी तिकड़मों से पूर्व परिचित थे। हेड लाइंस पढ़कर खबरों का सच पहचान लेना उनके लिए कोई नई बात न थी।

पटना के अखबारों की खबरों के मुकाबले राष्ट्रीय अखबारों की कवरेज सन्तुलित थी। किरण जनसभा के दो दिनों पहले से ही अपनी टीम के साथ गाँवों में घूमने लगी थी। उसने खेतिहर मजदूर पुरुषों और स्त्रियों के इंटरव्यू लिये थे। दूसरे अखबारों के पत्रकार भी दिल्ली से जहानाबाद पहुँचे थे। पी.यू.सी.एल. की टीम भी जनसभा के दिन गांधी मैदान में मौजूद थी।

'टाइम्स ऑफ इंडिया' में किरण ने जनसभा को जन-सैलाब बताते हुए लिखा था कि खेतिहर मजदूरों और गरीब किसानों में गजब का जोश देखा गया। वे मुंशी प्रेमचन्द की कहानी के होरी-धनिया की तरह शोषण की चक्की में पीसे जाने को अपनी नियति मानने के लिए अब तैयार नहीं हैं। मध्य बिहार के किसान संगठनों ने उनमें ऐसी अजस्त्र ऊर्जा फूँक दी है कि वे नियति की क्रूरता के विरुद्ध संघर्ष का बिगुल लेकर डट गए हैं। उनका जोश और हक हासिल कर लेने का जज्बा देखकर कहा जा सकता है कि मध्य बिहार नई करवट ले रहा है। उनके नेतृत्व की स्पष्ट सोच और लक्ष्य के प्रति समर्पण ने उनमें गहरा विश्वास पैदा किया है कि सदियों से व्याप्त अँधेरों पर विजय अब बहुत दूर नहीं है। जनसभा उनका जोश, जज्बा और विश्वास दृढ़ करने में सफल रही है।

खुफिया चीफ राष्ट्रीय अखबारों को मैनेज नहीं कर सका था। मुख्य सचिव गृह सचिव को साथ लेकर मुख्यमंत्री को ब्रीफ कर आए, "सर, प्रयोग सफल रहा।" मुख्यमंत्री प्रसन्न हो गए।

पटना के अखबारों को मैनेज करने का पुलिस चीफ का दाँव बेअसर हो गया, लेकिन वे कैसे हार मान जाते? उन्होंने स्थानीय इंटेलिजेंस ब्यूरो के ज्वाइंट डायरेक्टर को बुलवाया। खुफिया चीफ ने जन-सभा के कारण नक्सलियों के मंसूबों के बढ़ जाने और खून-खराबे की स्थिति बन जाने की सम्भावनाओं पर एक विस्फोटक रिपोर्ट तैयार कर ली थी। वही रिपोर्ट इंटेलिजेंस ब्यूरो की ओर से गृह मंत्रालय को अखबारों की कतरनों के साथ भिजवा दी गईं। ज्वाइंट डायरेक्टर भी खाकी पर बाबू लोगों के हावी होने से नाराज था।

कलेक्टर और एस.पी. ने जनसभा को प्रशासनिक दृष्टिकोण से सफल प्रयोग माना। उनके अनुसार किसान संगठनों का आक्रोश प्रेशर कुकर की भाप की तरह बाहर निकल गया था। कलेक्टर की नजर में मजदूरी और भूमि-सुधार के अनसुलझे सवाल अशान्ति के मूल कारण थे। अब चूँकि इन मूल कारणों के समाधान पर प्रशासन का खास ध्यान नहीं रहा था, इसलिए कलेक्टर खीज गए।

"सरकार के बनाए कल्याणकारी कानून यदि किताबों की शोभा बने रह गए, समाज में उथल-पुथल होना लाजिमी है। यह प्रशासनिक तंत्र की विफलता है कि गैर-मजरुआ जमीनों पर भूमिहीनों की बजाय भूमिपति तबकों का कब्जा है। न्यूनतम मजदूरी कानून पत्थर बनी अहल्या की तरह किसी राम के अवतरण की राह तक रहा है।" अफसरों

की बैठक में कलेक्टर की खीज बाहर निकल आई। जनसभा के बाद जिला के सभी अफसरों की विशेष बैठक कलेक्टर ने बुला रखी थी।

अफसर बगलें झाँकने लगे। इन कानूनों का कार्यान्वयन सरकारों के लिए कभी प्राथमिकता नहीं रही थी। राजनीति पर भू-स्वामी लॉबी हावी थी। कहने को जमींदारी खत्म हो गई थी, किन्तु बड़े भू-स्वामियों ने निर्धारित सीमा से काफी अधिक जमीनें दबा रखी थीं। सरकारी कागजों में दर्ज गैर-मजरुआ जमीनें भी उन्हीं के कब्जे में थीं। कृषि क्षेत्र में मशीनीकरण धीमा था, इसलिए भू-स्वामियों को खेतिहर मजदूरों की भारी जरूरत पड़ती थी। ऐसे में भू-स्वामी और खेतिहरों के बीच अन्तर्विरोध होना स्वाभाविक था। अन्तर्विरोधों को हल करने की जिम्मेदारी उन अफसरों की थी जिन्हें सरकारी नीतियों और कानूनों को लागू करना था। अफसर दबाव या अन्य कारणों से या तो उदासीन थे या भू-स्वामियों के पक्ष में खड़े थे।

"और सीलिंग कानून को हम लोगों ने मजाक बना दिया है।" कलेक्टर की खीज अभी खत्म न हुई थी।

उन्होंने निश्चय कर लिया कि अब तक जो हुआ सो हुआ। वे अपने कार्यकाल में मजदूरी और भूमि-सुधार के मसलों पर काम करेंगे ताकि जिले में शान्ति स्थापित हो सके। बैठक की कार्रवाई आगे बढ़ी। हर बिन्दु पर सांगोपांग विचार कर निर्णय हुए।

"जिले में न्यूनतम मजदूरी, गैर-मजरुआ जमीनों की पहचान तथा वितरण और सीलिंग कानून को लागू करने के लिए अभियान चलाए जाएँगे। न्यूनतम मजदूरी और गैर-मजरुआ जमीनों से सम्बन्धित अभियान के प्रभारी एस.डी.ओ. गण तथा सीलिंग कानून को लागू कराने के अभियान के प्रभारी ए.डी.एम. रहेंगे। मेरे स्तर से इन अभियानों की मासिक समीक्षा की जाएगी। श्रम विभाग तथा राजस्व से जुड़े सभी कर्मी एवं अधिकारी अभियान प्रभारी के दिशा निर्देश का पालन करेंगे। ध्यान रहे, कोई कोताही नहीं होनी चाहिए।" बैठक के अन्त में सभी अधिकारियों को टास्क दिया गया।

अभियान शुरू हो गया।

## 2

पुलिस मुख्यालय में ही नहीं, बड़े भू-स्वामियों के बीच जनसभा से खासी खलबली मच गई थी। जिन-जिन जिलों में डी.एम.के.एस. का प्रभाव था, उन सभी जिलों के बड़े भू-स्वामियों ने गांधी मैदान के हुंकार का मुकाबला करने की रणनीति पर मिलकर काम करने का फैसला किया। गया-जहानाबाद-औरंगाबाद के बड़े भू-स्वामियों की बैठक ठाकुर बजरंगी सिंह की कोठी पर बुलाई गई। बोधा मठ, देवा मठ और गन्धराइन मठ के महन्त जी भी बैठक में आए थे। साझे हितों पर संकट के काले बादल मँडराने लगे थे।

"भाइयो, जिला छोड़कर भागने का समय निकट आ गया लगता है। गांधी मैदान की हुंकार का इशारा इसी दिशा में था।" ठाकुर बजरंगी सिंह ने बैठक की कार्रवाई शुरू

की। वे हाल में हुए विधान सभा चुनाव हार गए थे, परन्तु उनका रसूख बरकरार था।

"अगर इसी रफ्तार से नक्सल उग्रवादी मजबूत होते जाएँगे और जिले के हाकिम उन्हीं का साथ देंगे, तो वह दिन दूर नहीं जब देवी-देवताओं को भोग लगाने के लिए भी हम महन्तों के पास चवन्नी तक न होगी।" बोधा मठ के महन्त जी थे। 'छात्र संघर्ष समिति' वाले नाकों में दम किए हुए थे ही। नया कलेक्टर पुट्ठे पर हाथ नहीं धरने दे रहा था। इधर यह नई मुसीबत दावानल की तरह जलाने आ गई थी।

"बिलकुल ठीक कह रहे हैं महन्त जी। हमारे बटाईदार सालों से हमें ठेंगा दिखा रहे हैं। फसल अपने पास रख लेते हैं। मन में आया, कुछ अनाज दे दिया। नहीं आया, मौसम का रोना रोने लगे—'क्या करें महन्त जी, मौसम के दगा दे जाने से बच्चों को भात भी नसीब नहीं होता, फसल में कीड़े लग गए।' सब उस संन्यासी के बहकावे का असर है। गांधी मैदान की सभा के बाद तो वे शेर बन गए हैं।" देवा मठ के महन्त जी थे।

दूसरे भू-स्वामियों ने भी अपना दुखड़ा रोना शुरू किया। कोई आर्थिक नाकेबन्दी से परेशान था, कोई गैर-मजरुआ जमीनों के अपने कब्जे से निकल जाने से। सबकी अपनी-अपनी कहानियाँ थीं। परजा-पवनी-कमिया सिर पर चढ़े जाते थे। गांधी मैदान की सभा को लेकर भी टीका-टिप्पणी होने लगी, "हमारे रहमो-करम पर जीने-खाने वाले कल से आग में मूतने लगेंगे। अभी जो कुछ लाज-लिहाज बचा भी था, वह भी खत्म हो जाएगा।"

ठाकुर बजरंगी सिंह प्रत्यक्षत: सबको सुन रहे थे, किन्तु उनका मस्तिष्क इस उधेड़बुन में लगा हुआ था कि ऐसी काट खोजी जाए कि संकट के बादल बस मँडरा कर निकल जाएँ? बड़े भू-स्वामी 'लोहे को लोहा ही काटता है' की तर्ज पर 'आग में मूतने वालों' से निपटने के लिए अपनी सेनाएँ खड़ी करने का खाका पेश करने लगे। सेनाओं के नाम भी सुझाए जाने लगे।

"भाइयो, 'किसान सेना' ने सूरजपुर के हमारे भाइयों को नक्सलियों से कम गहरे जख्म नहीं दिए। उसके लड़ाके भस्मासुर बन गए थे। न-न, कोई दूसरा रास्ता सोचिए।" उत्तराखंड कहे जाने वाले गाँवों के अवधिया समाज के कोई भू-स्वामी थे। उनका भोगा हुआ यथार्थ मुँह बाये खड़ा हो गया था। देखा, बजरंगी सिंह चुपचाप बैठे कुछ सोच रहे हैं। बोले, "ठाकुर साहब, आप अनुभवी राजनेता ठहरे। आप ही कुछ रास्ता सुझाइए।" ठाकुर बजरंगी सिंह मुस्कराए। बोले, "भाइयो, मैं हम सबके ऊपर छाए संकट की काट सोच रहा था। सन् 1974 में इसी गांधी मैदान में मैंने जेपी की सभा कराई थी। दूर-दूर से लोग आए थे। क्या भीड़ थी! क्या उत्साह था! मैं सभा की अध्यक्षता कर रहा था। जंगी सिंह को मैंने संचालन का भार दिया था। तब, देवा मठ के महन्त जी ने जिसका नाम लिया, डॉक्टर अमिय, वह नया-नया जहानाबाद आया था। मंच के नीचे जमीन पर बैठा था।" ठाकुर साहब को सुनहरी यादों में खो जाना अच्छा लग रहा था।

"खैर, अब उसी गांधी मैदान में उसी डॉक्टर अमिय और जंगी सिंह ने इतनी बड़ी सभा परदे के पीछे रहकर कर डाली? भीड़ के सभी रिकॉर्ड टूट गए। इस भीड़ से जिस खतरे की आहट आ रही है, उसका हल मेरे विचार से राजनैतिक है। मामला भूमि-सुधार

और मजदूरी के सवाल तक ही सीमित न रहेगा। नक्सली उग्रवादियों की नजर राज सत्ता पर है। मुझे लगता है कि मध्य बिहार में कांग्रेस की लुटिया डूबने वाली है। दलित और पिछड़े नक्सलियों के साथ आ गए हैं। सभा में इन्हीं की तादाद सबसे अधिक थी। कांग्रेस का यह मजबूत आधार खिसक चुका है। यही बात हमें अपने विधायकों और सांसदों के दिमाग में डालनी चाहिए। वे इसका तोड़ निकाल लेंगे।" ठाकुर साहब ने रास्ता सुझाया।

सभी उपस्थित महानुभाव उनके तजुर्बे से वाकिफ थे। सुझाव ने दिल खुश कर दिया। सुझाव ऐसा था कि 'न हर्रे लगे न फिटकरी रंग चोखा'। महन्त गण सहमत तो थे, किन्तु उन्हें मठ की जमीनें बचाने की चिन्ता खाए जा रही थी। वर्तमान कलेक्टर के रहते वह सम्भव नहीं दीख रहा था। बोधा मठ के महन्त जी धीरे-से बोले, "ठाकुर साहब, इस कलेक्टर को भी हटवाइए। यह नक्सलियों का लीडर बन गया है। जो बात नक्सली गांधी मैदान के मंच से कह रहे थे, वही बात उसके मुँह और कामों से निकल रही है।"

"ठीक कहा महन्त जी ने।" समर्थन में कई स्वर गूँजे।

"पक्का नक्सली है यह कलेक्टर। दाढ़ी रखता है। चप्पल पहनता है। पाँव पैदल गाँवों में घूमता है। उग्रवादियों की झोंपड़ियों में उनके साथ चटाई पर बैठता है। सुना है कि कम्यूनिस्टों के गढ़ जे.एन.यू. का छात्र रहा है।" प्रोफेसर दीनबन्धु शर्मा थे। एस.एस. कॉलेज जहानाबाद में समाजशास्त्र पढ़ाते थे। पुराने जमींदार परिवार से ताल्लुक रखते थे। गाँव में काफी जमीनें थीं। खेती की देखभाल के लिए बराहिल रखते थे। कलेक्टर किसी दिन दल-बल सहित उनके गाँव में आ गया था। सीधे मोची टोले में पहुँच घंटे भर दलितों से आँय-बाँय-शाँय न जाने क्या-क्या पूछता-समझता रहा था। शर्मा जी को उनके गोतिया लोगों ने पूरी रिपोर्ट दी थी।

ठाकुर बजरंगी सिंह के ताल्लुकात कलेक्टर से अच्छे थे। जब कभी कोई उचित पैरवी लेकर वे मिलते, काम तुरत-फुरत हो जाता। उन्होंने गौर किया था कि फटेहाल लोग कार्यालय या आवास पर उससे बिना रोक-टोक आसानी से मिल लिया करते थे। उनकी समस्या हल होने में अनावश्यक देर नहीं लगती थी। विकास के अनेकों रुके काम तेजी से होने लगे थे। प्रशासन की सुस्ती और कामचोरी गायब थी, किन्तु जब से कलेक्टर के मजदूरी तथा भूमि-सुधार अभियान की खबर उनके कानों में पड़ी थी, बजरंगी सिंह उससे अन्दर-ही-अन्दर रुष्ट थे।

"ठीक बात है। यह काँटा भी निकलवा दिया जाएगा।" ठाकुर बजरंगी सिंह ने सबको आश्वस्त किया।

बैठक में ठाकुर बजरंगी सिंह की अगुआई में पाँच सदस्यीय शिष्टमंडल गठित हो गया। शिष्टमंडल के अन्य सदस्य महन्त गंधराइन मठ, महन्त बोधा मठ, महन्त देवा मठ और प्रोफेसर दीनबन्धु शर्मा थे।

प्रोफेसर शर्मा दुनियादार आदमी थे। सिर खुजाते हुए बोले, "इस काम में इधर-उधर की यात्राएँ बहुत होंगी। खर्चे-पानी के सम्बन्ध में भी विचार हो जाना चाहिए।"

"सब हो जाएगा, प्रोफेसर साहब। आपस में चन्दा कर लेंगे।" ठाकुर बजरंगी सिंह ने आश्वस्त किया। चन्दे की कोई समस्या नहीं थी। सभी राजी थे।

अगले पन्द्रह-बीस दिनों शिष्टमंडल को थोड़ी मेहनत करनी पड़ी। गया जिले में कांग्रेस के दो सांसद थे, लोकसभा और राज्य सभा में एक-एक। जहानाबाद सीट कम्यूनिस्ट पार्टी के खाते में चली गई थी। राज्य सभा के सांसद अपने उपनाम 'किंग' से ज्यादा जाने जाते थे। सूबे का ऐसा कोई बड़ा नेता नहीं था जिसे किंग ने उपकृत न किया हो।

ऐसा न था कि किंग किसी इस्टेट या राज घराने से हों। वे साधारण किसान परिवार के सपूत थे। इंटर पास कर नौकरी की तलाश में बम्बई निकल गए। सुयोग से स्वजातीय उद्योगपति के दवा कारखाने में छोटी-मोटी नौकरी मिल गई। सफल दवा व्यवसायी बनने गुर सीख लिए। उद्योगपति भले आदमी थे। किंग को उन्होंने अपनी दवाओं की एजेंसी दी। बिहार और उत्तर प्रदेश के दवा मार्केट में किंग की धाक जम गई। प्राइवेट और रकारी अस्पतालों में उन्हीं की एजेंसी से दवाएँ ली जातीं। पहले से जमे दवा व्यवसायी न पर व्यापार में अनैतिकता से लाभ कमाने के आरोप लगाते।

जब कुछ जमा-पूँजी इकट्ठा हो गई, किंग ने बम्बई में दवा कारखाना डाल लिया। कारखाना क्या डाला, लक्ष्मी की किरपा बरसने लगी। दो पैसे में बना कैप्सूल अठन्नी में बिकता। जानकार काना-फूसी करते: किंग के कैप्सूलों में मीठा सत्तू भरा रहता है। अगर रोगी को फायदा नहीं, तो नुकसान भी नहीं। ड्रग कंट्रोलर से लेकर डॉक्टर-अस्पतालों पर किंग की किरपा खनकती। कैप्सूल धुआँधार प्रेसक्राइब किए जाते। साधारण किसान परिवार के सपूत किंग कहलाने लगे।

'सबका साथ, सबका विकास, सबका विश्वास' किंग ने इन तीन गूढ़ मंत्रों को जीवन में उतार लिया। दिल्ली से पटना तक राजनीति के दिग्गजों के चहेते बन गए किंग। जब किंग ने राजनीति में पदार्पण किया, सूबे के प्रमुख दलों में इन्हें राज्य सभा का टिकट देने की होड़ मच गई। 'हमारे कोटे से। हमारे कोटे से।' किंग ने कांग्रेस को चुना। सत्ताधारी दल को छोड़ विपक्ष में क्यों बैठते? वैसे किसी ने राज्य सभा में उन्हें लोक महत्त्व का कोई प्रश्न पूछते या भाषण देते कभी नहीं देखा या सुना, परन्तु लुटियन सर्किल में किंग की महिमा गाई जाती। किंग अपना अधिकांश समय अपना बिजनेस देखने बम्बई में बिताते।

लोकसभा के कांग्रेसी सांसद श्री प्रकाश राम गरीब परिवार से आते थे। संयोग से सांसद बन गए। जब सांसद बन गए, जिन्दगी बदल गई। 'परकसवा' से माननीय सांसद श्री प्रकाश राम कहलाने लगे। गया शहर में बड़ी कोठी बन गई। गाँव में जमीन-जत्था भी हो गया। वे स्वभाव के बहुत अच्छे थे। ना काहू से दोस्ती, ना काहू से बैर। जिधर चला दो, चल दिए। कांग्रेस में टूट के समय बाबू जगजीवन राम के साथ थे। जब जनता पार्टी टूटने लगी, उनकी घर वापसी हो गई। गलतियों पर पश्चात्ताप किया। माफी माँगी। टिकट मिला। 1979 का चुनाव जीत गए। इन्दिरा गांधी की हत्या से उपजी सहानुभूति लहर में पिछला चुनाव भी जीत गए।

शिष्टमंडल ने प्रकाश राम जी से मिलकर समझाया, "अगर यही हाल रहा, अगला चुनाव आपके लिए मुश्किल होगा। दलित-पिछड़े छिटक ही गए हैं। आपके सवर्ण वोटर

बूथों पर जाएँगे ही नहीं। वे भयाक्रान्त हैं। नक्सलियों का उम्मीदवार जीत जाएगा। गया संसदीय सीट पर लाल झंडा लहराएगा।" सांसद प्रकाश राम सिहर गए। यह तो सोचा ही नहीं था। क्या किया जाए?

किया क्या जाए, सरकार उग्रवादियों पर ढिलाई बरतना छोड़े। वारंट के बावजूद डॉक्टर अमिय, जंगी सिंह और इनके दूसरे साथी खुलेआम मीटिंगें करते हैं। मजदूरों से हड़तालें करवाते हैं। आर्थिक-सामाजिक प्रतिबन्ध लगाते हैं। इतनी ढिलाई? इन्हें पकड़ा जाए। ये किसान-मजदूर दलित का नाम लेकर सरकार की आँखों में धूल झोंक रहे हैं। ये लोग पक्के नक्सली हैं। मूड़ी कटवा। अपनी सभा-मीटिंगों में ये तय करते हैं—किसको छह इंच छोटा किया जाए? इनके डर से जमीन मालिक गाँवों में रहना नहीं चाहते। तीन बजे शाम के बाद सन्नाटा छा जाता है। इनके हथियारबन्द दस्ते घूमते रहते हैं। जन अदालतें लगाते हैं। सजा सुनाते हैं। जमीनें जब्त कर लेते हैं। और कलेक्टर? वह तो पूरा नक्सली है। इन्हीं लोगों की मदद करता है। भू-स्वामी और महन्त उसके लिए अन्नदाता नहीं, शोषक सामन्त हैं। शिष्टमंडल ने प्रकाश राम के कान भरने में कोई कंजूसी नहीं की।

प्रकाश राम जी को शिष्टमंडल की बातें अतिरंजित लग रही थीं। स्वयं दलित परिवार से थे। भले ही खुद शहरी बन गए हों, बूढ़े पिता और भाइयों का परिवार अब भी गाँव के पुराने कच्चे मकान में रहता था। मेहनत-मजदूरी करता था। उन्होंने बचपन से अपने गाँव के भू-स्वामियों का चाल-चरित्र चेहरा खूब देखा था। झेला था, भोगा था। परन्तु राजनीति सीख गए थे। शिष्टमंडल से ज्यादा कुछ कह न पाए। मात्र इतना ही कहा, "मैं माननीय मुख्यमंत्री जी से मिलकर कार्रवाई का आग्रह करता हूँ। कलेक्टर पर भी कार्रवाई होगी। संसद में भी इस मामले को उठाऊँगा। आप लोग बेफिक्र होकर जाइए।"

शिष्टमंडल को किंग से मिलने बम्बई की यात्रा करनी पड़ी। बम्बई पहुँचने तक जो भी परेशानी रही हो, वहाँ पहुँचने के बाद सभी परेशानियाँ खत्म हो गईं। रेलवे स्टेशन पर किंग का कारिन्दा अगवानी के लिए खड़ा था। दो-दो महँगी कारें उनको गेस्ट हाउस तक ले गईं। गेस्ट हाउस क्या था, बढ़िया होटल था। गद्‌देदार बिस्तर। बड़े कमरे। कुर्सियाँ, सोफा। साफ-सुथरे महकते-गमकते बाथरूम। गरम और ठंडे पानी के अलग-अलग नल। सजा-धजा ड्राइंग रूम। डाइनिंग हॉल। शाकाहारी, मांसाहारी—दोनों तरह के भोजन का प्रबन्ध। जब इच्छा हो, चाय-नाश्ता हाजिर। यात्रा की सारी थकान छू-मन्तर हो गई। गया-जहानाबाद को छोड़ दें, मौर्या होटल छोड़कर उस गेस्ट हाउस जैसी सुविधा पटना में भी कहीं नहीं थी।

तरोताजा होकर सुस्वाद भोजन और विश्राम के बाद कारिन्दा उन्हें किंग से मिलवाने उनके ऑफिस ले गया। किंग का ऑफिस क्या था, चमकता-दमकता हॉल था। आँखें फटी की फटी रह गईं। बड़ी-सी चमचमाती मेज के पीछे रिवॉल्विंग चेयर पर बैठे थे किंग। मेज के सामने करीने से कतार में लगी गद्‌देदार कुर्सियाँ। दीवार से दीवार तक बिछी ईरानी कालीन। महँगी पेंटिंग्स से सजी दीवारें। एक तरफ बड़े-बड़े सोफे। सेंट्रल टेबल। कोनों में ताजा महकते फूलों के गमले। बिहार के मुख्यमंत्री का चेम्बर इसके

पासंग के बराबर भी न था—बजरंगी सिंह तुलना करने लगे थे। रूम फ्रेशनर की खुशबुएँ पारलौकिक आनन्द-रस में डुबा रही थीं।

किंग ने अपनी चेयर पीछे खिसकाई और खड़े होकर आगन्तुकों का स्वागत किया। सब लोग सोफे पर बिठाए गए।

"गेस्ट हाउस में कोई तकलीफ तो न हुई?" किंग ने ठेठ मगही में कुशल-क्षेम पूछा।

सभी भाव-विभोर थे। इतना बड़ा आदमी, किन्तु इतना विनम्र। सबने कृतज्ञता से हाथ जोड़ लिए। ठाकुर बजरंगी सिंह ने शिष्टमंडल का परिचय कराते हुए बम्बई आने का प्रयोजन बताया।

"नक्सलियों की इतनी बड़ी सभा उस क्षेत्र में पहले कभी नहीं हुई थी। उनका उत्पात पहले क्या कम था? सभा के बाद तो अति होने लगी है। किसान तबाह हैं। जिस पर जी चाहा, गलत-सलत आरोप मढ़ दिया। जन अदालत लगाकर खुद ही जज बन गए। न वकील, न दलील, न अपील। सजा सुना दी और सजा भी खुद ही दे। हमारे एक विधायक के मामा, वही आपके बगल के गाँव वाले, आपके बहुत बड़े सपोर्टर थे। उनको इलाके का सबसे बड़ा आततायी घोषित कर उनकी हत्या कर दी।

"नक्सलियों के कई गिरोह हो गए हैं मध्य बिहार में। बड़े भू-स्वामी पिस रहे हैं। इनका नेता डॉक्टर अमिय छुट्टा घूम रहा है। कब किसकी शामत आ जाए, कहा नहीं जा सकता। यही हाल रहा तो मध्य बिहार में कांग्रेस का कोई विधायक-सांसद अगले चुनाव में नहीं जीत पाएगा।" ठाकुर बजरंगी सिंह ने नमक-मिर्च-मसाला लगाकर अपनी बात पेश की।

प्रोफेसर दीनबन्धु शर्मा कैसे पीछे रहते? किंग उनके स्वजातीय थे। बोले, "बड़ी जातियों, खासकर हम ब्रह्मर्षि समाज के भू-स्वामी नक्सलियों के खास निशाने पर हैं। मेरे गाँव मनियावाँ, काको ब्लॉक में पड़ता है, में डेढ़ सौ बीघा गैर-मजरुआ जमीन बरसों से ब्रह्मर्षि समाज के कब्जे में थी। उग्रवादी दुसाध-चमारों ने उस पर लाल झंडा गाड़ दिया। लहलहाती फसल काट ली। यही नहीं, उग्रवादियों ने मजदूरी बढ़ाने के नाम पर आर्थिक नाकेबन्दी कर दी। न खुद खेतों में मजदूरी करेंगे, न बाहर से मजदूर लाने देंगे। यह भी कोई बात हुई? अभी जो कलेक्टर है, गांधी मैदान में मंच से जो कुछ नक्सल नेता अपने भाषण में कह रहे थे, वह भी वही सब करा रहा है। नक्सली-उग्रवादी बेलगाम हो गए हैं, लेकिन सरकार उनको मीटिंग करने की इजाजत दे रही है।"

प्रोफेसर साहब कलेक्टर पर अपना गुस्सा उतारना न भूले। महन्त गण भला कैसे चूकते? फट पड़े, "हिन्दू धर्म घोर संकट में है। देवमूर्तियों के राग-भोग पर आफत है। आप अति सक्षम राजनेता हैं, श्रीमान। भगवान श्रीकृष्ण ने 'गीता' में वचन दिया है—

*यदा यदा हि धर्मस्य ग्लानिर्भवति भारत।*
*अभ्युत्थानमअधर्मस्य, तदात्मानं सृजाम्यहम्॥*
*परित्राणाय साधुनाम् विनाशाय च दुष्कृताम्।*
*धर्मसंस्थापनार्थाय संभवामि युगे युगे॥*

कलियुग में भगवान के इस वचन का पालन आप जैसे शासक ही कर सकते हैं।

शायद बोधा मठ, देवा मठ और गन्धराइन मठों के महन्तों ने जो कुछ कहा उसकी रिहर्सल करके आए थे। वे तीनों यह कहते-कहते इतने भाव विभोर हो गए, गोया उनके समक्ष साक्षात् कृष्ण उपस्थित हों। किंग का ठाट-बाट द्वारिकाधीश के दरबार से कम थोड़े था?

शिष्टमंडल ने एक स्वर से नक्सली-उग्रवादियों पर लगाम कसने और कलेक्टर को बदलने का आग्रह किंग से किया।

किंग को इलाके की खबरें मिलती रही थीं। भले ही उनका ज्यादा समय बम्बई में बीतता था, जहानाबाद में वे अपने साम्राज्य के विस्तार में लगे थे। वहाँ जमीनें सस्ती थीं। व्यवसाय ने उन्हें भविष्यद्रष्टा बना दिया था। समय की नब्ज पहचानते थे। उन्होंने जमीन में पैसा लगाने का निर्णय लिया था। जानते थे कि एक दिन जमीनें टकसाल बन जाएँगी। हजारों बीघे जमीनें घोसी-काको-जहानाबाद में खरीद चुके थे, बेनामी। रियल इस्टेट पर नजर थी।

फिलहाल उन जमीनों पर ज्यादा मुनाफा देने वाली फसलों की खेती हो रही थी— हॉर्टिकल्चर, फ्लोरीकल्चर, सब्जियाँ। बड़े व्यापारियों से करार था। सीधे खेतों से ही फसलें उठा लेते थे व्यापारी। डेयरी और मछली पालन के लिए भी जरूरी सरंजाम जुटाए जा रहे थे। इलाके में अपना दबदबा बनाए रखने के लिए सरकारी मदद से विकास का काम भी करवाते रहते थे—बिजली, पानी, सड़क। इन कामों का ठेका अपने आदमियों को दिलवाते। उनका छोटा भाई पटना से उनके बढ़ते साम्राज्य की देखरेख करता था।

नक्सलियों की बढ़ती गतिविधियों से उनका साम्राज्य भी प्रभावित होने लगा था। डी.एम.के.एस. की आर्थिक नाकेबन्दियों ने श्रम महँगा बना दिया था। मुनाफे में कमी आने लगी थी। सोच ही रहे थे कि अपने साम्राज्य की बहबूदी के लिए कैसे इस संगठन पर लगाम लगाई जाए? शिष्टमंडल ने उन्हें राह दिखा दिया था। समस्या उनकी अकेले की नहीं थी, समस्या भू-स्वामी वर्ग की थी, ब्रह्मर्षि समाज की थी। मठों की थी और सबसे बढ़कर कांग्रेस के भविष्य की थी।

वे मुस्कराए। अब तक सबको सुन रहे थे। टोका-टोकी न की थी। बोले, "जब आप महानुभाव इतनी दूर से बम्बई आए हैं, तो स्पष्ट है कि समस्या बड़ी होगी। मैं भारत सरकार के आन्तरिक सुरक्षा मंत्री से कोई-न-कोई हल निकालने की प्रार्थना जरूर करूँगा। मुझे भरोसा है कि वे मेरी सुनेंगे। हाँ, आप लोग अपने माननीय विधायकों से भेंट कर सारी बातें उन्हें भी बताएँ। वे लोग माननीय मुख्यमंत्री पर दबाव डालें। केन्द्र और राज्य सरकारें मिलकर इस समस्या का चुटकी में समाधान कर लेंगी, ऐसा मेरा विश्वास है।"

शिष्टमंडल सन्तुष्ट होकर वापस लौट आया।

जिले में वैसे तो कांग्रेस के कई विधायक थे, किन्तु पाँच ऐसे विधायक थे जिन्हें मुख्यमंत्री का खासमखास माना जाता था। इन विधायकों को फाइव स्टार्स कहा जाता था। इनमें एक विधायक अपने मामा को नक्सलियों के हाथों गँवा चुके थे। ब्रह्मर्षि समाज

के लाड़ले थे। हालाँकि मामा के कारनामों से सम्पूर्ण गाँव त्रस्त रहता था। उनका अपना समाज इसमें अपवाद न था। पटवन के अभाव में दूसरों की फसलें सूख जाएँ तो सूख जाएँ, आहर-पईन का पानी पहले मामा के खेतों में ही जाना था। उनकी लाठी-बन्दूक के सामने किसी को विरोध का साहस न था। उनकी लोलुप दृष्टि से कमजोरों की जोरू और जमीनों का बचना असम्भव था। जब जी चाहा, भोग लिया। जब मन हुआ, जोत लिया। थाना-पुलिस उनकी जेब में। ऐसे में उनके मारे जाने से गाँव भर ने घी के दीए जलाए। शिष्टमंडल ने फाइव स्टार्स को पकड़ा।

"आपके अपने आधार वाले वोटर कौन हैं? सवर्ण और भू-स्वामी। यह तबका खुद अपनी जान की खैर मना रहा है। गाँव छोड़ भाग रहा है। क्यों जाएगा आपके लिए बूथ पर? नक्सली आप लोगों को, माफ कीजिएगा, जनता का दुश्मन,सत्ता के दलाल, भ्रष्टाचारी और न जाने क्या-क्या उलटा-सीधा कह नफरत फैला रहे हैं। दलित-पिछड़े भारी तादाद में उनकी सभाओं में जाते हैं। उनके आन्दोलन की रीढ़ बन गए हैं। जन अदालतों में नक्सली जज की कुर्सी सँभालते हैं। खुद फैसला करते हैं। खुद ही सजा देते हैं। आर्थिक नाकेबन्दी में सबसे आगे रहते हैं। गांधी मैदान की जनसभा के बाद उग्रवादी शेर बन गए हैं। खुद सोचिए, क्षेत्र में एक गिलास पानी पेश करने वाला जब न बचेगा, किसके बूते करेंगे राजनीति?" शिष्टमंडल ने फाइव स्टार्स को खरी-खरी सुना दी।

शिष्टमंडल की मेहनत रंग लाई। फाइव स्टार्स ने सूबे के ट्रेड यूनियनिस्ट मुख्यमंत्री का दरवाजा खटखटाया। क्षेत्र का जो चित्र पेश किया, वह मुख्यमंत्री के अनुमान से भी भयानक था। नक्सलियों की सक्रियता का पैमाना स्पेशल ब्रांच नक्सली हिंसा को मानता था। इधर हिंसा की घटनाओं में कमी बताई जा रही थी, किन्तु फाइव स्टार्स के अनुसार गया-जहानाबाद ही नहीं, पूरे मध्य बिहार में नक्सलियों की समानान्तर सरकार चल रही थी। डी.एम.के.एस. केवल नाम का खुला जन-संगठन था। दरअसल उसके नेता, जिन पर वारंट था, समानान्तर सरकार के कर्ता-धर्ता थे। गांधी मैदान में उनकी सभा में दलितों-पिछड़ों के जुटान का अर्थ था, कांग्रेस के इस मुख्य आधार का खिसक जाना। सवर्ण वोटर डरकर अपना गाँव छोड़ रहे थे।

"मुख्यमंत्री जी, यही हाल रहा तो अपनी पार्टी का नामोनिशान मध्य बिहार से मिट जाएगा। आपने जहानाबाद में उनकी मीटिंग की अनुमति देकर उनके मुँह में खून लगा दिया।" फाइव स्टार्स ने दो टूक कहा।

फाइव स्टार्स ने कलेक्टर पर भी बड़े गम्भीर आरोप लगाए।

"आपका कलेक्टर कानून की आड़ में वही कर रहा है जो डी.एम.के.एस. वाले चाहते हैं। किसानों की पुश्तैनी जमीनें, जिनका कागज बना हुआ है, गैर-मजरुआ बताकर भूमिहीनों में बाँट वह नक्सलियों के हाथ मजबूत कर रहा है। जिन गाँवों में मजदूर-किसान रिश्ते मधुर हैं, वहाँ भी मजदूरी की दर बढ़वाकर वैमनस्य पैदा करा रहे हैं आपके कलेक्टर।" फाइव स्टार्स ने एक स्वर में शिकायत की।

मुख्यमंत्री चिन्ता में पड़ गए। दलित-पिछड़ा आधार खिसकने और सवर्ण वोटरों के अपने गाँवों को छोड़ अन्यत्र चले जाने के मायने थे अगले चुनाव में पार्टी के सामने

बड़ी कठिनाई दरपेश होना। आला कमान तक बात पहुँच गई तो उनका भविष्य भी खतरे में पड़ सकता था। बोले, "राय दें, सरकार को क्या करना चाहिए?"

फाइव स्टार्स के पास ब्लूप्रिंट तैयार था। शिष्टमंडल ने पूरा खाका उनके दिमाग में डाल दिया।

"कड़ाई कीजिए। डी.एम.के.एस., बिहार किसान सभा, किसान समिति और अन्य नक्सली संगठनों की बैठकें प्रतिबन्धित कीजिए। डॉक्टर अमिय और उनके अन्य नेताओं को जेल में डालिए। भू-स्वामियों को बन्दूक-राइफलों के लाइसेंस दीजिए। कलेक्टर को फौरन हटाइए। उसकी जगह किसी पुराने समझदार अफसर को भेजिए जो हम लोगों से राय-बात करके काम करे।"

"और कुछ?" मुख्यमंत्री उन्हें सन्तुष्ट देखना चाहते थे। राजनीति में बेहतर भविष्य के लिए विधायकों का समर्थन जरूरी होता है।

"पहले इतना हो जाए, मुख्यमंत्री जी। आप महीने-दो महीने पर अगर समीक्षा करते रहेंगे, हालात काबू में आ जाएँगे। आप जैसे कुशल प्रशासक को हम लोग इससे ज्यादा क्या बता सकते हैं?" फाइव स्टार्स ने हल्का-सा मक्खन मल दिया।

मुख्यमंत्री को अपने लिए कुशल प्रशासक विशेषण सुन थोड़ी राहत महसूस हुई। फाइव स्टार्स ने अब तक जैसा समां बाँधा था, उसका प्रकारान्तर से यही अर्थ निकलता था कि आप बिलकुल फेल मुख्यमंत्री हैं। मुख्यमंत्री मुस्कराए।

"ठीक है, मैं देखता हूँ। क्षेत्र में अपने आधार वोटरों से जाकर कह दीजिए, जब तक मैं हूँ, चिन्ता न करें लोग।" मुख्यमंत्री ने आश्वस्त किया।

सूबे की राजधानी में हो रहे इस घटनाक्रम को किंग ने निर्णायक मोड़ तक पहुँचाने में कोई कोर-कसर बाकी न रखी। किंग ने दिल्ली पहुँचकर आन्तरिक सुरक्षा मंत्री से नक्सलियों के बढ़ते आतंक से शान्तिप्रिय आमजनों को निजात दिलवाने का पुरजोर आग्रह किया।

"अगर यही हाल रहा तो अपनी पार्टी मध्य बिहार से शायद ही कोई विधायक-सांसद जिता पाए।" किंग साथ में यह जोड़ना न भूले।

आन्तरिक सुरक्षा मंत्री इसके पूर्व निजी क्षेत्र की किसी बड़ी कम्पनी में बड़ा पद सँभालते थे। प्रधानमंत्री के नजदीकी रिश्तेदार होने के कारण उन्हें सरकार में लाया गया था। यही नहीं, गृहमंत्री के कार्यभार का बड़ा हिस्सा काटकर उनके लिए नया मंत्रालय बनाया गया था। अपने भारी-भरकम शरीर की भाँति ही वे धाकड़ मंत्री भी माने जाते थे जबकि उनका ओहदा राज्यमंत्री का था। बेचारे गृहमंत्री नाम के गृहमंत्री थे, असली ताकत आन्तरिक सुरक्षा मंत्री के पास थी। निजी क्षेत्र के अनुभव के कारण नफे-नुकसान का गणित वे खूब समझते थे। किंग को सुनने के बाद वे बिफर उठे। इंटेलिजेंस ब्यूरो ने गांधी मैदान में हुई जनसभा की जो रिपोर्ट गृह मंत्रालय को भेजी थी उसे वे देख चुके थे। गृह सचिव ने राज्य सरकार को एक एडवाइजरी भेजी थी।

"तुम्हारा मुख्यमंत्री लगता है, बिलकुल डफर है। उसे अपनी छोड़ पार्टी की कोई चिन्ता नहीं है।" उन्होंने किंग से अपना आक्रोश शेयर किया।

किंग से उनके निजी सम्बन्ध थे। सत्ता के गलियारों में ऐसी कानाफूसी चलती थी कि किंग उनका फाइनेंसर है। वैसे किंग न उनके अकेले फाइनेंसर थे, न ही केवल उन्हीं के फाइनेंसर थे। किंग से उनकी गहरी छनती थी। दोनों हमनिवाला हमप्याला थे। किंग ने अपने निजी नुकसान का भी हवाला दिया, "भाई, मैं अपने क्षेत्र में हरित क्रान्ति लाने का काम कर रहा हूँ। इन नक्सलियों ने मेरी नाक में भी दम कर रखा है। तुम जल्दी ही कुछ करो।"

आन्तरिक सुरक्षा मंत्री सरकार में त्वरित निर्णय और समस्याओं के तुरत-फुरत समाधान के लिए मशहूर थे। अगले ही हफ्ते वे पटना धमक गए। किंग को भी उन्होंने वहीं बुलवा लिया।

राजभवन में उन्होंने पुलिस मुख्यालय के बड़े अधिकारियों की मीटिंग बुलाई। प्रोटोकॉल की परवाह न कर मुख्यमंत्री भी मीटिंग में पहुँच गए। अपने साथ वे मुख्य सचिव और गृह सचिव को भी लेते चले गए।

मुख्यमंत्रियों से अपने को अधिक शक्तिशाली दिखाने का आन्तरिक सुरक्षा मंत्री का यह आजमाया हुआ नुस्खा था। भारतीय पुलिस सेवा के काडर नियंत्री मंत्रालय के मंत्री होने के दम्भ में वे स्थापित मर्यादाओं को धता बताते हुए बिना मुख्यमंत्रियों को बताए सीधे उस सेवा के वरीय अधिकारियों की बैठकें लेने लगते थे। बैठकों में निर्देश जारी करते थे और उनका अनुपालन प्रतिवेदन अपने पास मँगाते थे। उनका यह नुस्खा कांग्रेस शासित राज्यों में खूब चलता था। विरोधी दल शासित राज्यों में वे ऐसी मनमानी नहीं कर पाते थे।

बैठक में उन्होंने पुलिस चीफ की क्लास ले ली।

"मध्य बिहार में नक्सली बेलगाम होकर आतंक फैला रहे हैं। उनसे निपटने के लिए पुलिस क्या कार्रवाई कर रही है?" उन्होंने गुर्राते हुए पूछा।

पुलिस चीफ हड़बड़ा गए। अपने सामने फैले कागजों में सिर गड़ा वे आँकड़े पढ़ने लगे। मंत्री आँकड़ों से सन्तुष्ट नहीं थे। बैठक में शामिल किंग की ओर इशारा कर बोले, "आपको पटना में रहते हुए भी जमीनी हकीकत की आधी-अधूरी जानकारी है। हमारे माननीय सांसद को बम्बई में नक्सलियों के एक-एक कारनामे की सूचना मिल जाती है। अब तक डॉक्टर अमिय और उसके साथी नक्सली जेल के बाहर कैसे घूम रहे हैं? नक्सली बड़ी-बड़ी सभाएँ कैसे कर पा रहे हैं?"

पुलिस चीफ के मुँह से बकार तक नहीं फूटा। वे कातर दृष्टि से मुख्य सचिव और मुख्यमंत्री को देखने लगे। कोई तो कुछ कहो? मुख्यमंत्री का चेहरा निर्विकार था। मुख्य सचिव सिर झुकाकर फर्श पर बैठी एक मक्खी पर बहुत देर से आँखें गड़ाए हुए थे। गृह सचिव मन-ही-मन खुश हो रहे थे—भुगतो।

जैसे गज को ग्राह से बचाने साक्षात् भगवान विष्णु गंडक तट पर प्रकट हो गए थे, वैसा कुछ तो न हुआ, किन्तु आई.जी. ऑपरेशन श्री सुमन्त विजय सिंह ने मोर्चा सँभाल लिया। वे नक्सल ऑपरेशन के चीफ थे। पूरे आत्मविश्वास से बोले, "सर, लगातार छापेमारी हो रही है। डॉक्टर अमिय और उसके साथी पुलिस के भय से इधर-उधर भागते

फिर रहे हैं। हमें एक माह का अवसर दिया जाए। हम नक्सलियों की कमर तोड़कर रख देंगे। एक भी नक्सली नजर नहीं आएगा।"

सुमन्त विजय सिंह किंग के स्वजातीय थे। ब्रह्मर्षि समाज में उनकी अच्छी प्रतिष्ठा थी। रसूख था। चर्चा थी कि रिटायरमेंट के बाद राजनीति में उतरेंगे। सेवा में रहते हुए वे अपना भावी चुनाव क्षेत्र तैयार कर चुके थे।

"मंत्री जी, सुमन्त जी सूबे के तेज-तर्रार अफसर हैं। इन्हें थोड़ा समय मिलना चाहिए।" किंग ने उनकी हौसला अफजाई करते हुए कहा।

मंत्री उन दोनों के बीच के सम्बन्धों के रहस्य से परिचित न थे। बोले, "मुझे रूटीनी जवाब नहीं, ठोस रिजल्ट चाहिए। भारत सरकार से जो भी मदद हो, मिल जाएगी। मुख्यमंत्री जी, नक्सल समस्या काबू में कीजिए।"

मुख्यमंत्री ने निर्विकार भाव से कहा, "नक्सली समस्या के समाधान का पूरा ब्लू-प्रिंट तैयार है। आप अगली मीटिंग की तारीख तय कर दीजिए। ठोस परिणाम आपके सामने होगा। हमें सी.आर.पी.एफ. की कुछ और कम्पनियाँ चाहिए। चिट्ठी बन गई है। हम भेज रहे हैं।"

आन्तरिक सुरक्षा मंत्री उसी शाम दिल्ली वापस लौट गए। किंग भी उनके साथ थे।

अगले दो-तीन दिनों में राज्य सरकार ने कुछ बड़े फैसले किए। 01 अप्रैल, 1986 के प्रभाव से जहानाबाद को पुलिस जिला अधिसूचित कर दिया गया। कलेक्टर का ट्रांसफर कर उन्हें सचिवालय में शंट करने का फैसला हो गया। पूरे मध्य बिहार में डी.एम.के.एस., बिहार किसान सभा तथा किसान समिति की सभाओं पर रोक लगा दी गई।

पुलिस चीफ ने एक सर्कुलर जारी किया। सर्कुलर में साफ-साफ कहा गया कि पुलिस विभाग और प्रशासन में कुछ ऐसे अफसर हैं जो नक्सलियों से सहानुभूति रखते हैं। इन अफसरों का मानना है कि नक्सली समस्या सामाजिक एवं आर्थिक विसंगतियों का परिणाम है और उसका समाधान इन विसंगतियों को हल करके किया जाना चाहिए। सरकार मानती है कि नक्सली समस्या विशुद्ध रूप से कानून-व्यवस्था की समस्या है और पुलिस की सख्ती से इसे खत्म किया जाएगा।

इस सर्कुलर को मुख्यालय से लेकर थाना स्तर के सभी पुलिस पदाधिकारियों को भेजा गया। मध्य बिहार के सभी जिलों के एस.पी. को आदेश था, "नक्सली उग्रवाद के खिलाफ गाँव-गाँव, शहर-शहर अभियान चलाया जाए। नो मीटिंग्स। नो डिमांस्ट्रेशंस।"

नवसृजित पुलिस जिले के लिए काबिल एस.पी. की पहचान के लिए पुलिस चीफ ने खुफिया चीफ तथा आई.जी. ऑपरेशन सुमन्त विजय सिंह के साथ बैठक की। आन्तरिक सुरक्षा मंत्री के साथ हुई मीटिंग के बाद पुलिस मुख्यालय में सुमन्त विजय सिंह का कद काफी बढ़ गया था। सुमन्त विजय सिंह के सुझाव पर दो-तीन अफसरों का पैनल बना। पैनल में से बेहतर अफसर की पहचान की जिम्मेदारी सुमन्त विजय सिंह ने सँभाली। उन्होंने पैनल के अफसरों को बातचीत के लिए मुख्यालय बुलाया। प्रमोशन पाकर ताजा-ताजा आई.पी.एस. बना विनय कासलीवाल उन्हें अपनी अपेक्षा के अनुरूप लगा। सुमन्त विजय ने कासलीवाल को सारा काम समझा दिया।

"चीफ का सर्कुलर पढ़ लो। उग्रवादियों को सबक सिखाना है। ऐसा कुछ करना कि साले अपने बिल से बाहर निकलने की हिम्मत न करें। उनमें कानून का डर बिठाना है। नो मीटिंग्स। नो डिमांस्ट्रेशंस। बहुत हुआ।" सुमन्त विजय सिंह ने कासलीवाल को हिदायत दी।

"सर, निश्चिन्त रहा जाए। सालों को छठी का दूध याद दिला दूँगा, लेकिन कुछ ऊँच-नीच हो जाए तो सँभाल लीजिएगा।" कासलीवाल अक्खड़ जरूर था, मूर्ख नहीं।

सुमन्त विजय सिंह मुस्कराए। लड़का स्मार्ट है। आश्वस्त किया, "मैं हूँ ना! बेफिक्र रहो।"

पुलिस मुख्यालय से विनय कासलीवाल को पुलिस जिले का एस.पी. अधिसूचित करने का प्रस्ताव गृह विभाग को भेज दिया गया। वर्तमान कलेक्टर के ट्रांसफर के बाद फाइव स्टार्स की सहमति से एक ऐसे अफसर को कलेक्टर बना दिया गया जो अगले साल रिटायर होने वाला था।

## 3

अलावलपुर बाजार के उत्तरी किनारे पर सत्ताईस डिसमिल गैर-मजरुआ जमीन में नौ गरीब परिवार अपना कच्चा-पक्का घर बनाकर बरसों से रहते थे। वे सभी भूमिहीन थे एवं पिछड़े समाज से आते थे। राजस्व विभागीय नियमों के अनुसार उस जमीन की बन्दोबस्ती उनके नाम से हो सकती थी। उन्होंने स्थानीय अंचल कार्यालय में बन्दोबस्ती की दरख्वास्त दी।

काफी दौड़-धूप के बाद भी जब बन्दोबस्ती की फाइल आगे न बढ़ी, निराश-हताश उन्होंने स्थानीय नेताओं को अपना दुखड़ा सुनाया। पैरवी कराई। पैसा खर्च किया। पर फाइल में कोई हरकत न हुई। सालों गुजर गए। कई अधिकारी आए-गए, पर बन्दोबस्ती का उनका मामला वहीं का वहीं रहा। डी.एम.के.एस. के आन्दोलन ने जब अलावलपुर में तेजी पकड़ी, उन गरीबों ने अली मियाँ से गुहार लगाई। अली मियाँ अंचल अधिकारी से मिले। जोर डाला, "हक है उन गरीबों का उस जमीन पर। बरसों से बसे हुए हैं। सालों से दौड़ रहे हैं। कहाँ अटक गई है, उनकी फाइल? जो काम चन्द दिनों में हो जाना चाहिए था, उसमें महीनों क्या सालों लग गए हैं। क्यों?"

अंचल अधिकारी की हाल ही में पोस्टिंग हुई थी। उत्साही अफसर था। उसे भी ताज्जुब हुआ। उसने फौरन दफ्तर में पता किया। बड़े बाबू से पूछताछ की। बन्दोबस्ती के मामले के प्रभारी बाबू को तलब किया। बाबू सिर खुजलाते हाजिर हुआ। आँख पर मोटा चश्मा लगा था। चश्मे को आँखों से उतार हाथ में लेकर बोला, "कोई पुराना कागज-पत्तर हो तो फाइल ढूँढ़ने में सुविधा होगी। खाता? खेसरा चौहद्दी? रकबा? तौजी नम्बर? थाना नम्बर?"

अली मियाँ अपने साथ अंचल में दाखिल किए गए सारे दरख्वास्तों की कॉपी लेकर आए थे। पूरा पुलिन्दा था उनके पास। सभी आवेदक साथ न आ पाए थे, परन्तु उनमें

से एक श्रीमती ललिता साह उनके साथ आई थीं। अधेड़ महिला थीं। पति चाय-पकौड़ी का ठेला लगाते थे। बेटे कॉलेज में थे। सबकी ओर से वही सालों से दौड़ती आई थीं अंचल में। तुनककर बोलीं, "बासदेव बाबू। आपसे जितनी बार मैं मिलती हूँ, आप कागज माँगने लगते हैं। अंचल अधिकारी नए हैं। पिछले पाँच सालों से आप तो यहीं है?"

बाबू झेंप गया। चश्मा आँखों पर चढ़ा ललिता को गौर से देखा। वह ललिता साह को खूब अच्छी तरह पहचानता था। जब भी अंचल ऑफिस आती, दो बात सुनाकर जाती। क्या करती बिचारी? अफसर-कारिन्दों की सुस्ती से आजिज थी। उसे आता देख पिछले अंचल अधिकारी को कोई अर्जेंट काम याद आने लगता। क्षेत्रीय कर्मचारी और अंचल निरीक्षक भी उसे टाल दिया करते, "मैडम, बासदेव बाबू से मिल लीजिए।" बासदेव बाबू फँस जाते। 'हाँ-हूँ' कहकर किसी तरह अपना पिंड छुड़ा लेते थे।

किन्तु आज ललिता साह को टाल पाना सम्भव न था। अली मियाँ उसकी ढाल बनकर साथ खड़े थे। जब से जहानाबाद की जनसभा में वे मंच से दहाड़े थे, अलावलपुर में जो अब तक उन्हें भलीभाँति न जानते थे, वे भी उन्हें पहचानने लगे थे। कहीं किसी गरीब मजदूर-किसान पर जुल्म हुआ नहीं कि थाना-अंचल पर घेराव प्रदर्शन करने पहुँच जाते। न्याय चाहिए।

"अरे-अरे, देवी जी का मामला है?" बासदेव बाबू को जैसे सब याद आ गया हो।

उन्होंने अन्दर से फाइल लाकर अंचल अधिकारी के सामने रख दी। अंचल अधिकारी ने फाइल के कागजों को उलटा-पुलटा। माजरा समझते देर न लगी। उस जमीन की बन्दोबस्ती हो चुकी थी।

"क्या यही फाइल है?" अंचल अधिकारी ने आश्वस्त होने के लिए बासदेव बाबू से पूछा। बासदेस बाबू ने ऊपर-नीचे गरदन हिलाई, "जी।"

"परन्तु फाइल में पूरी जमीन किसी श्याम नाथ रजक के नाम से बन्दोबस्त है?" अंचल अधिकारी पसोपेश में पड़ गया।

बासदेव बाबू मिनमिनाए, "सर, आपके पहले वाले सी.ओ. साहब ने कर्मचारी और अंचल निरीक्षक के साथ खुद स्थल निरीक्षण कर बन्दोबस्ती का प्रस्ताव तैयार कराया था। प्रस्ताव एस.डी.ओ. साहब को भेजा गया था। उनकी स्वीकृति प्राप्त होने के बाद रजक साहब के नाम जमाबन्दी खोलने और रसीद काटने की कार्रवाइयाँ की गईं।"

ललिता साह को उन दोनों की बातचीत का मर्म समझते देर न लगी। मर्म समझते ही केले के कटे तने-सी धम्म से फर्श पर गिर गईं। हताश। निराश। क्रोधित। जिस जमीन पर नौ गरीब परिवार बरसों से बसे हुए थे, उस जमीन की बन्दोबस्ती श्याम नाथ रजक के नाम से कर दी गई थी। यह काम चुपके-चुपके से हो रहा था और उस बिचारी से सच छुपाकर सालों से दौड़ाया जा रहा था। अली मियाँ को भी पूरा माजरा समझ में आ गया। आपा खो बैठे, "यह तो बिलकुल अंधेरगर्दी है। जुल्म है। अन्याय है। कौन हैं ये श्याम नाथ रजक?"

ललिता साह की आँखों से चिनगारियाँ निकलने लगी थीं। वह फट पड़ी, "सिंचाई विभाग का बड़ा इंजीनियर है। बाजार में घूस के पैसे से आलीशान कोठी खड़ी कर

रखी है। उसकी नजर हम लोगों की जमीन पर पहले से थी। कहता था, उस पर मार्केट बनवाएँगे। मोटा चढ़ावा दिया होगा उस घूसखोर ने इन सभी को। देखते हैं, कौन हमें उजाड़ता है? जान दे देंगे और जान ले लेंगे। हँसी-ठट्ठा समझ रखा है क्या?"

अंचल अधिकारी ने ललिता साह को बड़ी मुश्किल से चुप कराया। पानी मँगवाकर पिलाया। बैठने के लिए कुर्सी ऑफर की। समझाने के अन्दाज में कहा, "आपकी निराशा और गुस्से से मुझे पूरी सहानुभूति है। आपकी जगह कोई भी ऐसा ही करेगा, परन्तु अभी सब कुछ नहीं बिगड़ा है। आपको फाइल की नकल मिल जाएगी। आवेदन के साथ एस.डी.ओ. साहब से मिलिए। उनको सारी बात बताइए। नये-नये आए हैं। गरीबों की सुनते हैं। जरूर कोई-न-कोई रास्ता निकालेंगे। मैं स्थल जाँच कर रजक की जमाबन्दी रद्द करने का प्रस्ताव भी भेजूँगा।"

सहानुभूति के इन शब्दों ने ललिता साह के घाव पर मरहम जैसा असर किया। डूबते को तिनके का सहारा मिला। अली मियाँ इसके बाद अब क्या कहते? उन्होंने अंचल अधिकारी का शुक्रिया अदा किया और ललिता साह को ढाढ़स बँधाया, "ललिता जी, आप घबराएँ नहीं। डी.एम.के.एस. आप सभी के साथ चट्टान की तरह खड़ा रहेगा। उस घूसखोर इंजीनियर की दाल गलने नहीं पाएगी। जैसा अंचल अधिकारी महोदय कह रहे हैं, आप वैसा कीजिए। हमें आगे का डेवलपमेंट बताते रहिएगा।"

ललिता साह और उन आठों परिवारों ने अंचल अधिकारी से मिले तिनके के सहारे आगे की यात्रा जारी रखी। ललिता साह आवेदन और फाइल की नकल लेकर जहानाबाद में एस.डी.ओ. से मिलीं। उसने ध्यानपूर्वक पूरी बात सुनी। कागजों को देखा। बोला, "रजक ने, कागजातों से ही पता चलता है, नीचे से ऊपर तक सबको मैनेज किया है। कायदे से आप लोगों के आवेदन भी रिकॉर्ड में लगे होने चाहिए थे जो नहीं लगे हैं। अंचल अधिकारी ने जमीन पर उसका कब्जा दिखाकर मेरे पहले के एस.डी.ओ. साहब से स्वीकृति लेकर जमाबन्दी कायम कर दी है। उस स्वीकृति को वापस लेने का अधिकार कानूनन मुझे नहीं है क्योंकि एक एस.डी.ओ. के ऑर्डर को दूसरा एस.डी.ओ. पलट नहीं सकता है। उसे केवल तकनीकी गलतियों को ही सुधारने का हक है, ऑर्डर पलटने का नहीं। अब चूँकि रजक के नाम से जमाबन्दी कायम की जा चुकी है, कानूनी रूप से अपर समाहर्ता को ही बाकायदा सुनवाई कर जमाबन्दी रद्द करने एवं नई जमाबन्दी कायम करने का अधिकार है। मैं आपके आवेदन पर ही यह सब कुछ लिख देता हूँ ताकि आपको अपर समाहर्ता के न्यायालय से न्याय मिलने में आसानी हो। मैं उन्हें पूरी बात बता भी दूँगा। निश्चिन्त रहिए, न्याय मिलेगा।"

एस.डी.ओ. ने आवेदन पत्र पर अपर समाहर्ता के नाम अपनी तजवीज अंकित करते हुए उनसे इस मामले में त्वरित कार्रवाई का भी अनुरोध कर दिया। ललिता साह सन्तुष्ट होकर वापस लौटी। मामला अपर समाहर्ता कोर्ट पहुँच गया। कोर्ट-कचहरी का मतलब वकील-मुख्तार-मुंशी की फीस, पेशकार की पेशी और दूसरे अनेकों खर्चे होते हैं। अपने हक को हासिल करने के ऐसे कँटीले रास्ते पर चलना उन गरीबों की मजबूरी थी। कानूनी प्रावधानों के चलते वे लहूलुहान हो रहे थे।

बासदेव बाबू को अंचल अधिकारी के लच्छन कुछ ठीक न लगे थे। बताइए, कहते हैं कि जमाबन्दी रद्द करने का प्रस्ताव भेजूँगा। पहले वाले साहब कितने भले थे? रजक साहब को साफ-साफ कह दिया था, "आप अंचल ऑफिस का ध्यान रखिए, मैं आपका ध्यान रखूँगा।" बाजार की महँगी जमीन इन भुक्खड़ों को कैसे सेटल करते? खुद का ठिकाना नहीं, हम लोगों का क्या देखते ये भुक्खड़? रजक साहब राजा आदमी हैं। दिल खोलकर खर्चते हैं। माँगने की जरूरत ही नहीं पड़ी। परिवार का हालचाल पूछकर ही आदमी की जरूरत समझने में माहिर ठहरे। सबको खुश कर दिया। साहब भी गद्गद थे। छुट्टी के दिन दफ्तर खुलवाकर फाइल तैयार कराई। खुद रजक साहब को लेकर पुराने एस.डी.ओ. साहब से मिलने गए।

अब वहाँ क्या खुसुरफुसुर हुई, हम छोटे लोगों को क्या मालूम? लेकिन इतना जरूर है कि वहाँ से लौटने के बाद साहब बहुत खुश थे। रजक साहब उसके बाद एक दिन अंचल ऑफिस आए थे। उनके साथ एस.डी.ओ. ऑफिस का चपरासी डाक लेकर पहुँचा था। डाक में रजक साहब वाली फाइल थी। सारा काम हो गया था। हम लोग लोहा मान गए थे, रजक साहब का। अमूमन, जमीन सेटल करने के प्रस्तावों पर कोई-न-कोई आपत्ति एस.डी.ओ. ऑफिस से लगाकर फाइल लौटा दी जाती थी, किन्तु रजक साहब की फाइल की बात ही कुछ और थी।

रजक साहब उस दिन मिठाई के कई पैकेट साथ लेकर आए थे। ऑफिस में जो भी मौजूद था, सबको एक-एक पैकेट। न-न कहते रहने पर भी सभी की जेब में कुछ-न-कुछ डाल ही दिया रजक साहब ने। बोले, खाली मिठाई देना अच्छा नहीं लगता। बाल-बच्चों की टॉफियों के लिए है। अब ऐसे इनसान को चौराहे पर लाकर छोड़ देना कहाँ का न्याय था?

बासदेव बाबू ने बड़ा बाबू से राय बात की। वे भी इसी पक्ष में थे। ऑफिस बन्द होते ही बासदेव बाबू ने अपनी साइकिल उठाई और पहुँच गए सीधे रजक साहब की कोठी पर। वैसे तो साहब की पोस्टिंग थी डेहरी में, लेकिन वे अकसरहाँ अलावलपुर में ही रहते थे। सुपरिंटेंडिंग इंजीनियर थे। कहते, "सब काम यहीं से निपट जाता है। डेहरी है ही कितनी दूर? मीटिंग करना होता है तो जाना पड़ता है।"

रजक साहब बरामदे में कुर्सी डाल बैठे हुए थे। ठेकेदार लोग कागज-पत्तर पर साइन कराने पहुँचे थे। साहब ने बासदेव बाबू को देखा तो उठकर खड़े हो गए। गद्गद हो गए बासदेव बाबू। पास पहुँच कान में आने का प्रयोजन बताया, "कुछ गोपनीय बात बताना है।"

साहब सबके सामने गोपनीय बात कैसे सुनते? प्रेम से बासदेव बाबू का हाथ पकड़ ड्राइंग रूम में लेते चले गए। ड्राइंग रूम देख बासदेव बाबू की आँखें चौंधिया गईं। लक्ष्मी जी की किरपा ही किरपा थी। बासदेव बाबू ने पूरा वाकया कह सुनाया। सलाह दी, "जितनी जल्दी हो सके, उस जमीन पर कब्जा कर लीजिए। अली मियाँ भी बीच में आ गए हैं। मामला पेचीदा हो सकता है।" बासदेव बाबू अपना कर्तव्य पूरा कर चले गए, लेकिन रजक साहब को चिन्ता में डाल गए।

रजक साहब की अली मियाँ से कभी मुलाकात नहीं हुई थी। लेकिन वह डॉक्टर अमिय को अच्छी तरह से जानते-पहचानते थे। डेहरी में सिंचाई कामगार यूनियन को डॉक्टर अमिय ने उग्रवादी बना दिया था। छोटी-सी-छोटी बात पर यूनियन वाले घेराव-प्रदर्शन शुरू कर देते थे। अफवाहें थीं कि पकड़े जाने के भय से डॉक्टर अमिय सामने नहीं आता था, परन्तु यूनियन के सभी घेराव-प्रदर्शन के पीछे दिमाग उसी का रहता था। रजक साहब को कम परेशान किया था यूनियन ने?

कहिए कि रजक साहब दलित होने के नाते बचे हुए थे वरना अब तक जलील कर दिए गए होते। बिल पास करते समय यूनियन वाले जासूस की तरह ताक में लगे रहते थे कि कमीशन का लेन-देन न हो। अरे, तुम अपने काम से काम रखो। इंजीनियरों के काम में अड़ंगा क्यों डालते हो? आजिज आकर रजक साहब डेहरी के अपने दफ्तर की बजाय अलावलपुर की अपनी कोठी से ही काम-काज निबटाने लगे थे।

अली मियाँ डॉक्टर अमिय की पार्टी डी.एम.के.एस. का ही नेता है न? वह क्या अमिय से एक सूत भी कम उग्रवादी होगा? रजक साहब की चिन्ता का यही कारण था।

रजक साहब को चिन्ता ने देर तक नहीं सताया। बरामदे में ठेकेदार अपना-अपना काम करवाने के लिए खड़े थे। ठेकेदार क्या थे, साक्षात् लक्ष्मी जी ठेकेदारों का रूप धर उनके दरवाजे पर खड़ी थीं। चिन्ता को परे झटक रजक साहब काम में मशगूल हो गए।

जमीन के बारे में सोचने के लिए उनके पास बहुत वक्त था। इतनी जल्दी आसमान थोड़े टूटकर गिर जाएगा? क्या वे जानते नहीं थे कि सरकारी दफ्तरों में फाइलें किस रफ्तार से सरकती हैं? ललिता साह के समर्थन में अली मियाँ के आ जाने से फाइलें रफ्तार थोड़े न पकड़ लेंगी? नक्सलाइट की बात प्रशासन के आला हाकिम सुनेंगे या उनकी? अंचल अधिकारी की कितनी बिसात है, वे नहीं जानते क्या?

कागज साइन करते-करते वे मुस्कराने लगे। जिस ठेकेदार का कागज था, वह घबराया—कहीं साहब ने कोई गलती तो नहीं पकड़ ली? कागज पर उन्होंने चिड़िया बिठाकर जब उसके हाथ में दे दिया, तब जाकर उसकी साँस में साँस आई।

हफ्ते भर बाद रजक साहब एस.डी.पी.ओ. अरवल के ऑफिस में थे। उन्होंने एस.डी.पी.ओ. से शिकायत की कि उनकी जमीन पर कुछ लोगों ने नाजायज कब्जा कर रखा है। वे सरकारी अफसर हैं। डेहरी में पोस्टेड हैं। खबर मिली तो भागे-भागे आए हैं।

"आप तो खुद सरकारी अफसर हैं। आपसे अधिक हम जैसों की परेशानी भला दूसरा कौन समझ सकता है? अब हम नौकरी करें कि जमीन बचाने के लिए फौजदारी करें? उन लोगों ने रातोरात मेरी जमीन पर अपना कच्चा-पक्का मकान खड़ा कर लिया। कागज-पत्तर मेरे पास है, परन्तु वे मानते ही नहीं? मैं गरीब हरिजन अपनी मेहनत और ईमानदारी से कमाए पैसों से उस जमीन पर मार्केट बनवाना चाहता हूँ ताकि रिटायरमेंट के बाद बच्चों को सेटल होने में मदद हो सके। आपसे छिपा है कि कितनी कम तनख्वाह सरकार हम अफसरों को देती है?" वे कातर भाव से बोले।

एस.डी.पी.ओ. पुराना अफसर था। दारोगा के पद से वहाँ तक पहुँचा था। वह भी रिटायरमेंट की दहलीज पर पहुँच गया था। उसने पूरी सहानुभूति दिखाई। कहा,

"दिखवाता हूँ रजक साहब। बाजार की जमीन पर सभी आँख गड़ाए रहते हैं। दारोगा को भेजूँगा। कोई हँसी-ठट्ठा है कि कागज-पत्तर आपके पास और कब्जा कोई और कर लेगा।"

रजक साहब आश्वस्त हो गए। खुश भी हुए। बिना लेन-देन की बात किए एस.डी.पी.ओ. उनकी मदद के लिए तैयार हो गया था। सोचा, मौका अच्छा है। अली मियाँ की बात भी बता ही देता हूँ। फुसफुसाकर बोले, "सुना है कि कब्जा करने वाले अली मियाँ के आदमी हैं। इसीलिए उनका मन बढ़ गया है।"

अली मियाँ का नाम सुनना था कि एस.डी.पी.ओ. गम्भीर हो गया। उसे लगा था कि यह निजी व्यक्तियों का आपसी मामला है, परन्तु इसमें तो डी.एम.के.एस. वाले घुस गए हैं। लेकिन वे हरिजन के खिलाफ क्यों जाएँगे? मामला सीधा-सरल नहीं दीखता। पूछा, "क्या वे लोग भी हरिजन हैं?"

"जी, ना। वे साह, तेली, कलवार जातियों के हैं। दबंग हैं।" रजक साहब ने स्पष्ट किया।

"ठीक है। दिखवाता हूँ। आप थाने के बड़ा बाबू से भी मिल लीजिएगा।" एस.डी.पी.ओ. ने उन्हें विदा करते हुए कहा।

रजक साहब ने देर न की। अगले दिन थाने पहुँच गए। थाने का बड़ा बाबू, घाघ पुलिस अफसर था। वह रजक साहब की रग-रग से वाकिफ था। मुस्कराया—खुद खाकर डकार नहीं लेते, हमसे सेंत-मेंत काम कराना चाहते हैं महाशय जी।

"एस.डी.पी.ओ. साहब के यहाँ से जाँच का ऑर्डर आने दीजिए।" वह टाल गया। रजक साहब बैरंग वापस लौट गए। हफ्ते-भर की प्रतीक्षा के बाद वे पुनः थाने पहुँच गए।

एस.डी.पी.ओ. साहब का कोई ऑर्डर तब तक नहीं पहुँच पाया था। रजक साहब कोई कच्चे खिलाड़ी तो थे नहीं। भाँप गए पुलिस की मंशा। अपने सबसे विश्वस्त ठेकेदार को थानेदार के पीछे लगा दिया। भाई, छोटे से काम में देर हो रही है। थोड़ा देखो। ठेकेदार समझ गया। थाना-पुलिस वाले भाव नहीं दे रहे। भाव दिलवाने की जवाबदेही निभाना वह खूब जानता था। नफा-नुकसान की परवाह न की। साहब बस खुश रहें। आज नुकसान, कल नफा। उसने थाना-पुलिस को साध लिया। थोड़ी चिरौरी, बाकी सब लक्ष्मी की माया। बड़े-बड़े सध जाते हैं उस माया से।

थानेदार ने एक दारोगा को चार सिपाहियों के संग भेज दिया जाँच करने। ठेकेदार आधा-अधूरा काम कैसे छोड़ता? वह भी साथ में था। दारोगा जी को पान-पत्ता पेश करने के लिए साथ रहना जरूरी था। रिपोर्ट भी लिखवानी थी।

दारोगा का सामना ललिता साह से हो गया। ललिता साह बिफर पड़ी, "पैसे की ताकत से कागज बनवा लिया रजक ने। सोचता है कि दुनिया में नियाव नहीं है। हम लोग एस.डी.ओ.—एसी साहब के यहाँ अपील किए हैं। नोटिस हो गया है। बताए कि कब उसका कब्जा था?" दारोगा ने आसपास पूछताछ की। सबने ललिता साह के कहे की तसदीक की, "झूठ न कहेंगे। बरसों से ये गरीब लोग इस जमीन पर बसे हुए हैं।"

दारोगा बाल-बच्चेदार आदमी था। जानबूझकर जिन्दा मछली कैसे निगलता? झूठी

जाँच रिपोर्ट देने का मतलब था, उन गरीबों की हाय लेना। उसने ठेकेदार की बात नहीं मान थानेदार को सच-सच रिपोर्ट दे दी। थानेदार मुस्कराया। उसने उड़ती-सी खबर सुन रखी कि रजक साहब ने अंचल को मेल में लाकर लाखों की जमीन कौड़ियों में ले लिया था। रिपोर्ट ने उस खबर पर मुहर लगा दी।

रिपोर्ट थानेदार के लिए तुरुप का पत्ता थी। रिपोर्ट लेकर एस.डी.पी.ओ. से मिला। दोनों में कुछ गुपचुप गुफ्तगू हुई। रजक साहब की मदद की शर्तें तय कर ली गईं।

"डी.एम.के.एस. ने गाँवों में उत्पात मचा रखा है। होली तक पुलिस फोर्स और थाना उसी में व्यस्त रहेगा। ऐसा कीजिए, रजक साहब को एस.डी.पी.ओ. साहब से होली बाद मिल लेने को कहिए।" थानेदार ने चाशनी डूबे स्वर में ठेकेदार से कहा। ठेकेदार थाने में बैठा हुआ था।

अलावलपुर में घटित हो रहे इस एब्सर्ड नाटक के पीछे एक दूसरा बड़ा नाटक चल रहा था। जहानाबाद को पुलिस जिला बनाने और पुलिस अधीक्षक की पोस्टिंग की खबर फैल गई थी। नए पुलिस अधीक्षक के स्वागत की तैयारियाँ होने लगी थीं। अलावलपुर थाना अछूता कैसे रहता? वहाँ भी तैयारियाँ होने लगीं। इसी बीच पुलिस चीफ का सर्कुलर भी आ गया था। एस.डी.पी.ओ. अलावलपुर ने अपने मातहत थानों की बैठक में सर्कुलर पर शब्दश: अमल करने के निर्देश दिए, "डी.एम.के.एस., बिहार किसान सभा और किसान समिति पर नजर रखिए। इनके नेताओं और समर्थकों पर सख्ती बरतिए। नो मीटिंग्स। नो डिमांस्ट्रेशंस। सी.आर.पी.एफ. की एक कम्पनी हमें मिलने वाली है। तीनों थानों को उसमें से तीन-तीन सेक्शन फोर्स मिलेगा। एक सेक्शन फोर्स मेरे पास रहेगी।" पुलिस महकमा नए पुलिस जिले के गठन से उत्साहित था। इसी दौरान अखबारों में कलेक्टर के तबादले की खबर छपी। दो-तीन दिनों बाद एस.डी.ओ. जहानाबाद का भी तबादला हो गया।

ललिता साह और अन्य आठ परिवारों पर एस.डी.ओ. के तबादले से जैसे गाज गिर गई। जिससे मदद की आस थी, वह जा रहा था। बिचारी ने जहानाबाद की बस पकड़ी। एस.डी.ओ. अपने आवास पर सामान समेटवा रहा था। रुआँसी होकर धम्म से उसके पाँवों पर गिर पड़ी, "हम गरीबों की मदद अब कौन करेगा, हुजूर?"

एस.डी.ओ. ने उसे हाथ से उठाया। बैठने के लिए कुर्सी दी। ढाढ़स बँधाया, "घबराइए नहीं। अपर समाहर्ता का तबादला नहीं हुआ है। पूरा न्याय मिलेगा।"

ललिता साह आश्वस्त नहीं थी। आँसू पोंछती वापस लौट आई। चारा ही क्या बचा था?

परन्तु एस.डी.ओ. के तबादले की खबर सुन रजक साहब की बाँछें खिल गई थीं। नालायक अपने को बड़ा गरीबपरस्त समझता था। सरकार ने बिलकुल सही फैसला लिया। कलेक्टर से वे कभी नहीं मिले थे। ठेकेदार लोग बताते थे कि उनका झुकाव नक्सलियों के पक्ष में था। गैर-मजरुआ जमीन भूमिहीनों में बाँटने और मजदूरी बढ़ाने का अभियान चलाकर भू-स्वामियों को परेशान करने लगे थे। "अच्छा है, वह भी जा रहा है।" रजक साहब को कलेक्टर से भी कोई सहानुभूति न थी।

इन दोनों अफसरों के तबादले से प्रशासनिक हलका सकते में था। उनका टर्म पूरा न हुआ था। तबादला असमय और राजनीतिक दबाव में किया गया था—प्रशासनिक अधिकारी एक-दूसरे से कहते।

## 4

अलावलपुर में हो रहे एब्सर्ड नाटक का क्लाइमेक्स करीब पहुँच गया था। होली की खुमारियाँ बीतने के बाद रजक साहब एस.डी.पी.ओ. से मिलने पहुँचे। थानेदार को वहीं बुला लिया गया। रजक साहब को पुलिस मदद की सभी शर्तें मंजूर थीं। अपने पास से क्या जाना था? उसी ठेकेदार से मामला सेटल करा दिया। बेचारा काँखता-कूँखता रह गया।

मामला सेटल हो जाने के हफ्ते-भर के अन्दर भारी पुलिस फोर्स के पहरे में उस सत्ताईस डिसमिल जमीन को चहारदीवारी से घेरने का काम शुरू हो गया। ट्रैक्टरों-ट्रकों से ईंटें, चिप्स, बालू, सीमेंट, छड़ें गिराई जाने लगीं। पचासों मजदूर और मिस्त्री काम पर लगा दिए गए। काम कराने की जिम्मेदारी को किसी दूसरे ठेकेदार ने सँभाल लिया था। नींव की खुदाई होने लगी। पुलिस फोर्स के इंचार्ज अफसर ने उस जमीन पर बसे परिवारों को ताकीद किया, "आप लोग अपना-अपना सामान समेटना शुरू कीजिए। जमीन की जमाबन्दी रजक साहब के नाम से है। उनकी जमीन पर आप लोगों ने नाजायज कब्जा कर रखा है।"

ललिता साह ने इंचार्ज को अपने आवेदन पर अंकित एस.डी.ओ. का आदेश और अपर समाहर्ता कोर्ट में दायर मुकदमे के कागज दिखाए, परन्तु उस पर कोई असर न पड़ा।

ललिता साह भागती हुई थाने पहुँची। थानेदार ने उसकी बातें ध्यानपूर्वक सुनीं। पूछा, "जमीन की रसीद किसके नाम से कटती है?" ललिता साह निरुत्तर हो गई। थानेदार मुस्कराया, "कल कहोगी कि थाना तुम्हारे मकान में चल रहा है। कौन मानेगा? मैडम, केस जीतकर आओ। रजक साहब की चहारदीवारी ही क्या, जो भी निर्माण हुआ होगा, सब तुड़वा देंगे।"

बिचारी भागकर अंचल अधिकारी के यहाँ गई। अंचल अधिकारी भौचक था। मामला कोर्ट में लम्बित है। पुलिस को हस्तक्षेप की कानूनन शक्ति नहीं थी। उसने थानेदार से बात की। थानेदार ने एस.डी.पी.ओ. के आदेश का हवाला देकर अपनी जान छुड़ा ली। एस.डी.पी.ओ. ने साफ-साफ कह दिया, "सी.ओ. साहब, बेहतर हो आप इस मामले में न पड़िये। ये लोग डी.एम.के.एस. के सपोर्टर हैं। पुलिस चीफ का सर्कुलर आया है कि डी.एम.के.एस. के साथ सख्ती बरती जाए।"

अंचल अधिकारी ने ललिता साह को अपनी असमर्थता बता दी। राय दी, "अगर अपर समाहर्ता के न्यायालय से स्टे ऑर्डर मिल जाए तो निर्माण कार्य रुक जाएगा।"

बिचारी ललिता साह कहाँ-कहाँ दौड़ती? स्टे ऑर्डर मिलना इतना आसान था क्या? मुकदमे में रजक की पैरवी कोई नामी वकील कर रहा था। ललिता साह रुआँसी हो गई।

बन्दोबस्ती का मामला न्यायिक मकड़जाल में उलझ गया था। तथ्य और कानून अपनी अर्थवत्ता खो रहे थे। तिकड़म और भ्रष्टाचार का दानव सत्य को निगल गया था। बकरी पर बाघ ने झपट्टा मार दिया था।

आत्मरक्षा सभी जीवों का स्वभाव है। बघनखों का मुकाबला बकरियाँ भी अपने नुकीले सींगों से करने की कोशिश करती हैं। ललिता साह अंचल ऑफिस से बदहवास दौड़ती अपने घर पहुँची। उसने सभी परिवारों को इकट्ठा किया। बच्चे-बुतरू, जवान-बूढ़े, औरत-मर्द—सबको। कोई उस दिन अपने काम पर न जा सका था। सभी मिलाकर पचास से अधिक लोग हो गए थे।

"भाइयो-बहनो, हमें अपने हक के लिए खुद लड़ना होगा। सारे हाकिम-हुक्काम सड़ गए हैं। बिक गए हैं घूसखोर इंजीनियर रजक के हाथों। हम जान दे देंगे, लेकिन अपना हक नहीं छोड़ेंगे। यह मट्टी हमारी है। हम इसे लेकर रहेंगे।" ललिता साह की जीभ पर जैसे सरस्वती का वास हो! संकट ने संघर्ष की ऊर्जा भर दी थी।

पचासों औरत-मर्द-बच्चे-बुतरू मजदूरों के सामने लेट गए।

"हमारी लाश पर ही नींव खुदेगी। चहारदीवारी उठेगी।" सभी एक स्वर में प्रतिरोध कर रहे थे।

नींव खोद रहे मजदूरों के हाथ रुक गए। आत्मा ने गवारा नहीं किया कि फावड़ा उठाएँ। ठेकेदार का मेठ स्तम्भित रह गया। राइफलधारी पुलिस के जवान अचरज में पड़ गए। उनके डाँटने-डपटने का कोई असर न हुआ। काम बन्द हो गया।

ललिता साह और अन्य परिवारों ने चैन की साँस ली। उन्हें लगा, जैसे बला टल गई, परन्तु रजक साहब और पुलिस बिल्ली की तरह दबे पाँव नई रणनीति पर काम कर रहे थे। पुलिस जिले का उद्घाटन हो गया था। किन्तु नए एस.पी. ने ज्वाइन नहीं किया था। वे शुभ दिन और मुहूर्त के इन्तजार में थे। अप्रैल की 17वीं तारीख का मुहूर्त निकला था।

एस.डी.पी.ओ. नए साहब के ज्वाइन करने के पहले इस प्रकरण को क्लोज करने के पक्ष में था। इसलिए एक रात जब सभी सो रहे थे, आधी रात के बाद भारी पुलिस बल की सुरक्षा में चहारदीवारी निर्माण का काम युद्ध गति से पुनरारम्भ हो गया। सुबह जब मुहल्ला जगा, चहारदीवारी का काम काफी हो चुका था और शेष धुआँधार जारी था। मुहल्लावासी अचरज में पड़ गए। ऐसी घटना कभी देखी-सुनी नहीं गई थी। भारी पुलिस बल देख वे डर गए।

ललिता साह और उसका पूरा परिवार सन्न था। शेष आठ परिवारों का भी वही हाल था। पुलिस बल के जवान चहारदीवारी निर्माण कार्य में कोई बाधा न आने देने के लिए कृत संकल्प थे। राइफल पार्टी के साथ लाठी पार्टी भी थी। राइफल-लाठी चमकाते-पटकते जवानों ने पूरी जमीन अपने सुरक्षा घेरे में ले ली थी। कोई भी निर्माण कार्य के आसपास फटक नहीं सकता था।

कहावत है, हारे को हरिनाम। निराशा के निविड़ तिमिराच्छन्न आकाश में जब आशा की कोई किरण नजर नहीं आती, हम ईश्वरीय सत्ता को पुकारने लगते हैं। ललिता साह

और अन्य परिवार भी अब भगवान भरोसे थे। उन्होंने रजक और पुलिस को भगवान का नाम लेकर कोसना शुरू कर दिया, "घूसखोर रजक, तुम्हारे पापों का घड़ा भर गया है। भगवान तुम्हारा सर्वनाश करेंगे।"

"जैसे तुम लोग हमें उजाड़ने आए हो, भगवान तुम्हें उजाड़ेंगे। यह खाकी वर्दी काम न आएगी।"

"तुम्हारे बेटे मरेंगे। बेटी विधवा हो जाएगी रे रजकवा।"

"तुम लोगों को भगवान माफ न करेंगे। कीड़े पड़ेंगे तुम्हारे शरीर में। कोढ़ फूटेगा।"

वे गरीब असहाय कब तक कोसते रहते? जब शब्द शेष न बचे, आँखों से आँसुओं की अविरल धारा बहने लगी। कानून के रखवालों की हृदयहीनता और अन्याय के विरुद्ध आँसू की बूँदें ही उनका आखिरी अवलम्ब थीं। कलियुग में शायद भगवान को उनकी रक्षा में आना मंजूर न था। क्या गज-ग्राह की कथा धर्मग्रंथों में इसलिए लिखी गई थी कि अन्याय से पीड़ित जन प्रतिरोध न कर सब कुछ भगवान भरोसे छोड़ दें अथवा 'होइहैं सोइ जो राम रचि राखा' का जाप करते रहें? अथवा राजा और राजपुरुषों का विरोध न करें? भाग्यवादी बने रहें?

न जाने ललिता साह और अन्य परिवार जन अपने भाग्य पर कब तक आँसू बहाते रहते कि एक अप्रत्याशित घटना घट गई।

मुहल्ले के किसी नौजवान ने अली मियाँ तक उस एब्सर्ड नाटक का आँखों देखा हाल पहुँचा दिया था। अली मियाँ चुप न बैठे। उनसे चुप बैठा ही नहीं रहा गया। कानून के राज और शासन-प्रशासन के खोखलेपन से वे पूर्ण परिचित थे। उन्होंने आसपास से डी.एम.के.एस. समर्थकों को इकट्ठा किया। थोड़ी देर बाद सैकड़ों स्त्री-पुरुषों का जुलूस घरेलू हथियारों के साथ निर्माण स्थल की ओर बढ़ चला। जुलूस पुलिस और प्रशासन के खिलाफ नारे लगाता चल रहा था। उस क्षण जब उन अभागे परिवारों को आशा की कोई किरण नजर नहीं आ रही थी, डी.एम.के.एस. का वह जुलूस निर्माण-स्थल पर देवदूत सरीखा धमक गया। मुहल्लेवासियों में भी हिम्मत आ गई। जुलूस ने उनके अन्दर के डर को झाड़-पोंछ कर साफ कर दिया था।

पुलिस बल के सामने जो दृश्य था, वह उनकी कल्पना से परे था। किसी मजिस्ट्रेट की प्रतिनियुक्ति उनके साथ नहीं हुई थी। कुछ ऊँच-नीच हो गया तो? बिना मजिस्ट्रेट वे किसके आदेश से बल प्रयोग करते? इंचार्ज अफसर पसोपेश में पड़ गया।

ललिता साह और प्रभावित परिवारों के रोते-बिलखते चेहरों पर चमक आ गई। उन्हें निराशा के तिमिराच्छन्न आकाश में आशा की किरणें नजर आने लगीं। आँसू बहाती आँखों से चिनगारियाँ निकलने लगीं।

"देखिए अली भाई! यही जमीन का टुकड़ा है जिस पर सालों से हम गरीबों की गुजर-बसर हो रही है। इसी जमीन को बेईमान अफसरों ने घूसखोर इंजीनियर रजक को सेटल कर दिया। आपको तो सब पता है। हमारा मुकदमा अपर समाहर्ता गया के इजलास में चल रहा है, लेकिन थाने को मेल में लाकर रजक ने रातोरात चोरों की तरह दीवार खड़ी कर दी है। पहले वाले एस.डी.ओ. साहब ने हमारे आवेदन पत्र पर ही

लिखकर दे दिया कि सेटलमेंट गलत है। फिर भी थाना हमारी बात नहीं सुन रहा। अंचल अधिकारी लाचार हैं।"—ललिता साह बिफर पड़ी।

अली मियाँ ने ललिता साह को ढाढ़स बँधाया। अन्य पीड़ित परिवार भी उनके सामने हाथ जोड़े खड़े हो गए। अली मियाँ जुलूस से मुखातिब हुए, "साथियो, सुना आपने? यह है हमारे मुल्क की जम्हूरियत और कानून के राज की हकीकत। ये गरीब लोग सालों से इस गैर-मजरुआ जमीन पर काबिज हैं। पाँच बरसों तक अंचल ऑफिस में इस आशा से दौड़ते रहे कि कानून के मुताबिक जमीन का यह टुकड़ा इनके नाम से सेटल कर दिया जाएगा। ये अत्यन्त पिछड़ी जमात के लोग हैं जो रोज कुआँ खोदकर पानी पीते हैं, लेकिन घूसखोर इंजीनियर रजक ने अफसरों को खिला-पिलाकर चोर दरवाजे यह जमीन अपने नाम करा ली। सब कुछ इतने पोशीदा तरीके से हुआ कि किसी को भनक तक न लगी। जब मैं बहन ललिता के साथ अंचल ऑफिस गया तो भांडा फूटा।"

जुलूस में शामिल स्त्री-पुरुष अली मियाँ को शान्त होकर सुन रहे थे।

"नए अंचल अधिकारी सज्जन आदमी निकले। उन्होंने रास्ता सुझाया। इन गरीबों ने अपर समाहर्ता के इजलास में अपील किया है, लेकिन भ्रष्टाचार में लिप्त अरवल थाने को कानून और गरीबों से मतलब? थाना पुलिस जमीन के इस टुकड़े पर रजक का नाजायज कब्जा करा रही है। सब कुछ रात के परदे में चोरी-छिपे कराया गया है। क्या हम यह जुल्म होने देंगे?" अली मियाँ गरजे।

"नहीं। बिलकुल नहीं।" जुलूस से समवेत स्वर तूफान की तरह उठा।

"पुलिस प्रशासन मुर्दाबाद।" किसी ने नारा लगाया।

"मुर्दाबाद, मुर्दाबाद।" जुलूस ने हुंकार भरी।

पुलिस के जवानों ने वहाँ से खिसक जाना ही बेहतर समझा। ठेकेदार का मेठ हालात भाँप पहले ही सरक गया था। मजदूर भी काम बन्द कर जाने लगे। जुलूस में पुलिस प्रशासन की मिलीभगत से हो रहे अन्याय के प्रति गुस्से की लहर-सी दौड़ती जा रही थी। फिर क्या था? देखते-देखते अर्ध-निर्मित चहारदीवारी ढहा दी गई। मुहल्लेवासी निर्माण सामग्री पर टूट पड़े। जिसको जो हाथ लगा, उसे अपने-अपने घरों में रख आया। थोड़ी देर में ही निर्माण स्थल पर कोई सामग्री न बची। बेईमानी का माल आम जनता ने जब्त कर लिया।

इसके बाद जुलूस थाने तक गया। पुलिस के खिलाफ जबरदस्त नारेबाजी होती रही। थानेदार थाने से बाहर नहीं निकला। उसमें इतना नैतिक साहस ही न बचा था। रजक से रिश्वत की भारी रकम वसूलकर रात के अँधेरों में जैसा कृत्य उसने किया था, उसके बाद किस मुँह से वह डी.एम.के.एस. के उस जुलूस का सामना करता? अली मियाँ ने घोषणा की, "पुलिस और प्रशासन द्वारा कानून तोड़कर गरीबों के कब्जे वाली जमीन को भ्रष्ट इंजीनियर के हवाले करने की इस साजिश के खिलाफ 19 अप्रैल को दिन में 11 बजे लाइब्रेरी के अहाते में डी.एम.के.एस. की एक जनसभा होगी। उस जनसभा में अधिक से अधिक संख्या में आप सभी भाग लें।"

इस घोषणा के बाद जुलूस में शामिल लोग अपने घरों को वापस लौटने लगे। लेकिन नो मीटिंग्स, नो डिमांस्ट्रेशंस का दम्भ भरने वाला एस.डी.पी.ओ. अपने दफ्तर से बाहर निकल थाने तक आने का साहस न जुटा सका।

## 5

19 अप्रैल को जनसभा में भाग लेने के लिए लोग लाइब्रेरी परिसर में 11 बजे के पहले से ही जुटने लगे। इनमें आसपास के गाँवों के गरीब स्त्री-पुरुषों की तादाद सबसे अधिक थी। उनके हाथों में घरेलू हथियार थे। युवा स्त्रियों ने अपनी गोद में बच्चे भी ले रखे थे। लाइब्रेरी परिसर कोई बहुत बड़ा न था, इसलिए जिन्हें जहाँ जगह मिली, बैठते चले गए। आसपास की दुकानों-गुमटियों के बाहर लगी बेंचों पर भी लोग बैठते चले गए। उनमें बाजार के भी लोग थे जो उत्सुकतावश खिंचे चले आए थे। 11 बजते-बजते हजार से ऊपर लोग पहुँच गए थे। डी.एम.के.एस. के लाल झंडों एवं बैनरों से सभास्थल पट गया था। लाइब्रेरी के बरामदे में एक अस्थायी मंच तैयार कर लिया गया था।

लाइब्रेरी की वह छोटी-सी बिल्डिंग बाजार के उत्तरी छोर पर गांधी शताब्दी वर्ष 1969 में किसी सरकारी योजना के तहत तामीर की गई थी। लाइब्रेरी परिसर अहाते से घिरा था, जिसमें प्रवेश और निकास का एक ही गेट था। लाइब्रेरी के ठीक सामने से पटना-औरंगाबाद स्टेट हाईवे गुजरता था। हाईवे की दूसरी साइड में लाइब्रेरी से दो सौ गज दूर दक्षिण थाना था। थाने के आगे पूरब दिशा में जहानाबाद के लिए सड़क जाती थी जिसे 'अलावलपुर-जहानाबाद रोड' कहा जाता।

अली मियाँ द्वारा जनसभा की घोषणा के बाद पुलिस प्रशासन हरकत में आ गया था। बाजार में धारा 144 लगा दी गई थी। इस आशय की नोटिस भी लाइब्रेरी की दीवारों पर चस्पां थी। बाजार में भारी पुलिस बल तैनात था। पुलिस पेट्रोलिंग चल रही थी, लेकिन लाइब्रेरी परिसर में हो रहे जन-जुटान पर धारा 144 बेअसर थी। सम्भवतया स्थानीय पुलिस ने धारा 144 आदेश करा तो लिया था, उस पर अमल कराने का नैतिक बल वह खो चुकी थी।

पुलिस अफसर और मजिस्ट्रेट थाना परिसर में बैठे हुए उस जन-जुटान पर नजर बनाए हुए थे। स्थानीय पत्रकार भी अफसरों के साथ वहीं जमे हुए थे।

साढ़े ग्यारह बजते-बजते लाइब्रेरी के बरामदे में बने मंच से लोक गायकों ने क्रान्तिकारी गीत गाने शुरू कर दिए। अली मियाँ अपने साथियों सहित मंच पर बैठे थे। बगल में एक ओर प्लास्टिक की कुर्सियों पर ललिता साह और पीड़ित परिवारों के सदस्य थे। पीड़ित परिवारों के लिए यह स्वप्नातीत था कि उनके समर्थन में इतने लोग, जिनमें उनके परिचित उँगलियों पर गिने जा सकते थे, उतर आए थे। अलावलपुर बाजार के बाशिन्दे भी अचरज में थे—भइया,अलबत्त आदमी है अली मियाँ!

गायकों ने अपना गायन समाप्त किया। सभा की कार्रवाई विधिवत् प्रारम्भ हो गई।

अली मियाँ ने माइक सँभाला। उन्होंने सभा बुलाने के कारणों पर प्रकाश डाला। प्रशासन और पुलिस विरोधी नारों के बीच उन्होंने पीड़ित परिवारों को आपबीती सुनाने के लिए आमंत्रित किया। ललिता साह ने अंचल ऑफिस और थाने द्वारा किए गए अन्याय की मार्मिक कहानी सुनानी शुरू की। उस स्त्री ने अमानुषिक यथार्थ का जो दंश अब तक झेला था, वह आँसुओं की शक्ल में बह निकला। सभा शान्त होकर उस स्त्री की आँसुओं में डूबी दुख-भरी दास्तान सुनने लगी।

"मै किन शब्दों में आप सभी का शुक्रिया अदा करूँ कि आप हम निरीह गरीबों की मदद में पाँव-पैदल दूर-देहात तक से चले आए हैं। अली भाई, आपने जो दया हम पर दिखलाया है, वह मरते दम तक भूल नहीं पाएँगे हम लोग।" इतना कहते-कहते ललिता साह की आवाज हिचकियों में डूब गई।

पति भरत साह पत्नी को सँभालने आगे बढ़े। वे बेचारे बाजार में चाय-पकौड़ी का ठेला लगा गृहस्थी की गाड़ी किसी तरह खींचते चले आ रहे थे। सारी दौड़-धूप बिचारी ललिता के जिम्मे थी। वह पति को हमेशा आशा बँधाती, "फाइल आगे बढ़ रही है। घबराना नहीं है। सब ठीक होगा।" घर भी सँभालती थी और बाहर का भी देख रही थी। भ्रष्ट व्यवस्था से मिली घनीभूत पीड़ा पिघलकर निर्बाध बह चली थी।

"गरीब ही गरीब का दर्द समझता है, दीदी।" भीड़ में से किसी नौजवान की आवाज आई।

"जाके पाँव न फटे बिवाई, सो क्या जाने पीर पराई?" किसी दूसरे ने साथ दिया।

पत्नी की जगह भरत साह ने माइक सँभाला। ललिता साह के आँसू थे कि थमने का नाम नहीं ले रहे थे। भरत साह अपना और अन्य पीड़ित परिवारों का दुखड़ा सुनाने लगे।

इसी बीच नए पुलिस जिले के नव नियुक्त एस.पी. विनय कासलीवाल की नई-नवेली कार थाने के बगल से गुजरती हुई लाइब्रेरी बिल्डिंग के ठीक सामने हाईवे पर रुक गई। पीछे राइफलधारी सिपाहियों से भरी पुलिस वैन थी। एस.पी. साहब कार से उतरे। उनके साथ नए एस.डी.ओ. भी उतरे। राइफलधारी सिपाहियों का दस्ता साथ हो लिया। साहब लाइब्रेरी परिसर के गेट पर पहुँचकर दहाड़े, "इतनी हिम्मत किसकी रे कि धारा 144 तोड़कर मीटिंग कर रहा है। और वह भी दरांती-फरसों के साथ?"

साहब का आना जितना अचानक था, उनकी दहाड़ उससे अधिक अप्रत्याशित थी। गेट के पास बैठे लोग साहब की कार देख नहीं सके थे। कैसे देखते? उनकी पीठ हाईवे की दिशा में थी और वे अपनी पीड़ा बयान करते भरत साह को सुनने में तल्लीन थे। साहब की दहाड़ सुनकर उनमें से कई चौंककर पलटे। कई हड़बड़ाकर खड़े हो गए।

उन्हीं में दरांती लिये बीसेक साल का एक नौजवान भी था जो साहब के ठीक सामने खड़ा हो गया था। वह कन्धे के फ्लैप पर सजे सितारों और खाकी वर्दी को अपने इतना करीब देख डरा नहीं, साहब की आँखों में आँख डाले तनकर खड़ा रहा। साहब को महसूस हुआ गोया कोई कीड़ा-मकोड़ा उनकी सत्ता को चुनौती दे रहा हो। उन्हें आई.जी. ऑपरेशन सुमन्त विजय सिंह की हिदायत याद आ गई—

"उग्रवादियों को सबक सिखाना है। ऐसा कुछ करना कि साले अपनी बिल से बाहर निकलने की हिम्मत न करें। उनमें कानून का डर बिठाना है। नो मीटिंग्स। नो डिमांस्ट्रेशंस! बहुत हुआ।"

वैसे साहब थोड़ा डर भी गए—कहीं ससुरा मुझ पर दरांती न चला दे? चीखे, "दरांती दिखाता है बदमाश?" साहब की चीख ने हंगामा बरपा दिया। साहब के बॉडी गार्ड के स्टेनगन की गोली ने दरांती लिये उस नौजवान का काम तमाम कर दिया। राइफलों को उस गोली से क्लू मिल गया। वे गरज उठीं। मंच पर चली गोली भरत साह और अली मियाँ के सीनों को पार कर गई। भीड़ में अफरा-तफरी मच गई। किसी के पाँव में गोली लगी, किसी की बाँह में, किसी की पीठ में, किसी के सिर में, किसी के सीने में। गोलियों ने बच्चों, बूढ़ों और स्त्रियों में कोई फर्क न किया। हाईवे और गुमटियों-दुकानों के आसपास खड़े-बैठे लोग अपना जूता-चप्पल छोड़ प्राण बचाकर जिधर जगह मिली, उधर निकल भागे।

गोलियों की आवाजें थाने में बैठे पुलिस अफसरों, मजिस्ट्रेट और पत्रकारों तक भी पहुँचीं। वे एस.पी. साहब की कार का गुजरना नहीं देख पाए थे। वे सभास्थल की दिशा में दौड़े। गोलियाँ चल रही थीं। नया एस.डी.ओ. बदहवास-सा कार के पास खड़ा बड़बड़ा रहा था, "मैंने तो फायरिंग का ऑर्डर ही नहीं दिया। लगता है, कासलीवाल साहब अपने साथ मुझे भी ले डूबेंगे।"

एस.डी.पी.ओ. ने वहाँ पहुँचकर मोर्चा सँभाल लिया। अफसर भले ही भ्रष्ट हो, पर था सूझ-बूझ वाला। उसने स्थिति की गम्भीरता भाँप ली। अंग्रेजों का राज नहीं था कि अन्धाधुन्ध गोली चला दो। राज बदल गया था। गोली चलाने की वजह वाजिब न हो तो आदेश देने वाला नप सकता था। उसने चिल्लाकर सिपाहियों को फायरिंग बन्द करने का आदेश दिया, उसे थोड़ी मशक्कत करनी पड़ी। किसी को गाली दिया। किसी को डाँटा। किसी के राइफल की नली पीछे से पकड़कर आसमान की तरफ ऊँची कर दी।

थानेदार ने एस.पी. साहब को सलाह दी, "साहब, आप थाने में चलकर बैठें। हम लोग सब सँभाल लेंगे।"

साहब ने कांड करा तो दिया था, किन्तु उसका परिणाम देख अन्दर से काँपने लगे थे। नया-नया आई.पी.एस. मिला था। घबरा गए। कहीं नौकरी न चली जाए। सामने बिखरी लाशों और खून से लथपथ घायलों को देखकर घबराहट भय में रूपान्तरित होने लगी थी, "कहीं मुझ पर कत्ल का मुकदमा न चल जाए। कहीं मुझे जेल न हो जाए। सुमन्त विजय सिंह के चक्कर में मैं फँस गया।" वे थानेदार के साथ थाने आ गए। एस.डी.ओ. भी उनके पीछे-पीछे थाने में चला आया। उसके साथ हो लिये। पत्रकार नए एस.पी. से परिचय का इतना अच्छा मौका कैसे चूकते? वे भी वापस थाने में लौट आए।

मौके पर ग्यारह लाशें बिखरी पड़ी थीं और बीसियों लोग गम्भीर रूप से घायल हो गिरे हुए थे।

अलावलपुर बाजार फटाफट बन्द हो गया। सड़कें वीरान पड़ गईं। और आतंक के राहु ने जनजीवन को ग्रस लिया।

सभी स्थानीय अफसर यह भलीभाँति जानते थे कि जो कुछ हुआ था, वह बीभत्स और अमानवीय था। ऐसा नहीं होना चाहिए था। सभा शान्तिपूर्वक चल रही थी। पीड़ित परिवार अपनी राम कहानी सुना रहे थे। सभा शान्ति से सुन रही थी। एस.पी. को जाकर दहाड़ने की क्या जरूरत थी? कायदे से वहाँ जाने के पहले थाने पर रुककर स्थिति की जानकारी ले लेनी चाहिए थी।

पुलिस मैनुअल क्या कहता है? भीड़ के साथ दुश्मन जैसा व्यवहार नहीं किया जाना चाहिए क्योंकि भीड़ में शामिल लोग हमारे अपने नागरिक होते हैं। पुलिस कार्रवाई भीड़ को तितर-बितर करने के लिए की जाती है। पहले चेतावनी। बात न बने, तब हल्का लाठी चार्ज। यदि भीड़ उग्र हो जाए तो अश्रुगैस। गोली चलाना अन्तिम कार्रवाई है।

मैनुअल साफ-साफ कहता है, "शूट टू इनकैपिसिटेट, नॉट टू किल।" और फायरिंग का आदेश सीमित राउंड में दिया जाना है, लेकिन एस.पी. विनय कासलीवाल ने न आव देखा, न ताव। लोगों को तितर-बितर होने का मौका तक न दिया। बच्चे-बूढ़ों,औरतों तक को न बख्शा। सबको भुनवा दिया गोलियों से। यदि कोई मरने या घायल होने से बचा रह गया, उस पर ईश्वरीय कृपा रही होगी, लेकिन कौन अफसर अपने मन की बात साझा करता? एस.पी. का मामला था। थानेदार को इस बीभत्स कांड में नए एस.पी. की नाक का बाल बनने का सुनहरा अवसर दिख गया था। वह झूठी कहानी रचने में जुट गया। एस.डी.ओ. थाने में बैठा अभी भी बड़बड़ा रहा था, "मैंने तो फायरिंग का ऑर्डर ही नहीं दिया।"

एस.पी. साहब को भी अपनी बेवकूफी समझ में आ गई थी। शून्य में टकटकी लगाए बैठे थे। उनके बचाव में कागज तैयार करने में जुटे थानेदार ने पत्रकारों को अपने मधुर सम्बन्धों का वास्ता देकर मना लिया था। अखबार और रेडियो में हमारा वर्शन जाना चाहिए। पत्रकार आदतन यही किया करते थे। उनके लिए यह कोई नई बात नहीं थी। उन्होंने एस.पी. को मक्खन लगाया, "सर, यहाँ आप जैसे जांबाज एस.पी. की सख्त जरूरत थी। आते ही आपने उग्रवादियों की कमर तोड़ दी।"

एस.पी. मुस्कराया। लेकिन मुस्कराहट फीकी थी।

थानेदार ने घटना की कुछ यूँ कहानी बनाई—

"आज दिनांक 19 अप्रैल, 1986 को अहले सुबह डी.एम.के.एस. उग्रवादियों की एक उपद्रवी भीड़ दलित समुदाय के श्री श्याम नाथ रजक के जमीन पर नाजायज कब्जा करने पहुँची थी। उग्रवादी दरांती, भाला, फरसा जैसे खतरनाक हथियारों से लैस थे। उनमें से कुछ के पास कट्टा, राइफल जैसे आग्नेयास्त्र भी थे। उन्होंने मुहल्ले के कुछ शोख, सरकश, सीनाजोर बदमाशों के मेल से रजक जी की जमीन पर बनी चहारदीवारी को ढहा दिया तथा मौजूद निर्माण सामग्री लूट लिया। उग्रवादियों ने रजक जी के आदमियों को गम्भीर रूप से घायल कर उस जमीन से भगा दिया था। सूचना मिलते ही मैं तारकेश्वर ओझा, थानेदार अलावलपुर, थाने से दस सिपाहियों और दारोगा मटकुन रविदास को साथ लेकर मौका-ए-वारदात पर पहुँचा। उग्रवादी वहाँ अपनी गैर-कानूनी कार्रवाई में

संलग्न थे। पुलिस को आया देख वे पथराव करने लगे। हम लोगों ने अपनी जान की परवाह न कर आठ उग्रवादियों को दौड़ाकर गिरफ्तार कर लिया। शेष उग्रवादी पुलिस कार्रवाई से घबराकर भाग गए।

"गिरफ्तार उग्रवादियों को थाने पर लाकर पूछताछ की कार्रवाई चल ही रही थी कि एक बड़ी भीड़ ने थाने को घेर लिया। भीड़ अपने गिरफ्तार साथियों की रिहाई की माँगकर रही थी। भीड़ का नेतृत्व भरत साह और नक्सली नेता अली मियाँ तथा डॉक्टर अमिय कर रहे थे। दारोगा मटकुन रविदास जब भीड़ को समझाने थाने से बाहर निकले, उपरोक्त नेताओं के उकसावे पर उग्रवादियों ने उन पर जानलेवा हमला कर घायल कर दिया। तत्पश्चात् उन्हीं के उकसावे पर भीड़ ने थाने पर ईंट-पत्थरों, फरसा, दरांती और आग्नेयास्त्रों से हमला कर दिया। भीड़ का मकसद पुलिसकर्मियों की हत्या और हथियार लूटना था। उग्रवादी लगातार फायरिंग कर रहे थे। हम सभी पुलिसकर्मी अपने प्राणों की रक्षा के लिए थाने में बन्द हो गए। लगभग पन्द्रह मिनट तक उग्रवादी गोलियाँ चलाते रहे। इस हमले में थाने के बीस से अधिक पुलिस जवान तथा अफसर गम्भीर रूप से घायल हो गए। मुझे भी पत्थर से सीने पर गहरी चोट लगी है। मजबूरन पुलिस को आत्मरक्षा, सरकारी सम्पत्ति की सुरक्षा तथा हथियारों को लूट से बचाने के लिए गोलियाँ चलानी पड़ीं। पुलिस की कार्रवाई से घबराकर उग्रवादी भाग गए। उनके भाग जाने के बाद जब मैं पुलिस बल के साथ थाने से बाहर आया, सड़क पर कुछ नक्सली उग्रवादी मृत और घायल अवस्था में पड़े हुए थे। मृत उग्रवादियों की पहचान की जा रही है। घायलों को इलाज के लिए अस्पताल भेजा जा रहा है। प्रथम दृष्ट्या ऐसा प्रतीत होता है कि अधिकांश को उन नाजायज आग्नेयास्त्रों की गोलियाँ लगी हैं जिनसे उग्रवादी फायरिंग कर रहे थे। घटना की खबर उच्च अधिकारियों को दी गई है। फिलहाल स्थिति तनावपूर्ण किन्तु नियंत्रण में है।"

एस.पी. विनय कासलीवाल ने इस शानदार कहानी के लिए थानेदार तारकेश्वर ओझा की पीठ थपथपाई। उसे इस कहानी से बहुत राहत मिली।

लेकिन कहानी में वर्णित घटना का फोटो चाहिए था। थानेदार ने कच्ची गोलियाँ नहीं खेली थीं। सिपाहियों ने थाना परिसर और छत पर जगह-जगह ईंट-पत्थर फैला दिए। मालखाने में जब्त कर रखी राइफलों और कट्टों से थाने की दीवारों पर गोलियों के निशान गढ़ना कौन-सा मुश्किल काम था? प्राथमिक स्वास्थ्य केन्द्र से डॉक्टर और कम्पाउंडर बुला पुलिस के जवानों और अफसरों के सिर, हाथ और चेहरों पर पट्टियाँ चढ़वा दी गईं। डॉक्टर ने इंजुरी रिपोर्ट दे दी। थानेदार के सीने पर पट्टी बाँधकर डॉक्टर ने गहरे जख्म की रिपोर्ट बना दी।

एस.पी. के पीठ थपथपाने से गद्गद थानेदार अपनी गढ़ी कहानी के अनुसार प्राथमिकी दर्ज करने में व्यस्त हो गया। एस.डी.ओ. के सिर से भी बोझ हटा। उसकी उपस्थिति की कहानी में कोई चर्चा तक न थी। उसने चैन की साँस ली। पत्रकार उस कहानी के आधार पर अपनी खबरें लिखने में व्यस्त हो गए। पुलिस से अपना दस सही-गलत काम निकलवाने का सुनहरा मौका हाथ से कैसे जाने देते?

इधर थानेदार कहानी रचने और सबूत गढ़ने में व्यस्त था, उधर एस.डी.पी.ओ. लाइब्रेरी परिसर में बिखरे शवों को उठवाकर गाड़ियों में लदवा रहा था। घायलों को पटना मेडिकल कॉलेज अस्पताल में इलाज हेतु भिजवाने के लिए एम्बुलेंस मँगवा ली गई थी। कई घायलों की हालत बेहद खराब थी। ऐसे घायलों को एम्बुलेंस और अन्य को जीपों में भरकर पटना के लिए डिस्पैच कर दिया गया। अगला काम था, लाइब्रेरी परिसर को धो-पोंछ कर खून-धब्बों के निशान मिटाना। पुलिस के जवान इस पुनीत काम में लगा दिए गए।

इन कामों को खत्म कर एस.डी.पी.ओ. थाने लौट आया। एस.पी. के साथ उसकी कुछ खुसुरफुसुर हुई। दारोगा मटकुन रविदास को शवों के साथ जहानाबाद सदर अस्पताल भेजा गया। शवों का पोस्टमार्टम वहीं होना था। मटकुन रविदास को अस्पताल के अधीक्षक तक एस.पी. का निर्देश पहुँचाना था मृतकों को लगी गोलियाँ पुलिस के राइफलों की नहीं थीं।

प्राथमिकी में भरत साह, अली मियाँ और डॉक्टर अमिय सहित सैकड़ों अज्ञात उग्रवादियों को अभियुक्त बनाया गया। इनमें दो अभियुक्त शव बन गए थे। शेष की गिरफ्तारी के लिए एस.पी. ने टीमें बना दीं। टीमें बाजार तथा आसपास के गाँवों में छापेमारी के लिए रवाना कर दी गईं। घटना की झूठी कहानी से राहत पाए एस.पी. ने टीमों को निदेश दिया, "सालों को सबक सिखाना है। पहले लाठी से बात करना।"

बाजार में पुलिस की गश्त बढ़ा दी गई।

पुलिस के नजरिये से जब सब कुछ सामान्य हो गया, एस.पी. ने आई.जी. ऑपरेशन सुमन्त विजय सिंह को फोन से सारी बातें बता दीं। लम्बी बातचीत के बाद सुमन्त विजय ने उसे शाबासी देते हुए राय दी, "नए कलेक्टर को अलावलपुर आने को कहो। तुम दोनों का संयुक्त प्रतिवेदन वायरलेस से आज ही गृह विभाग और पुलिस मुख्यालय पहुँच जाना चाहिए। ध्यान रहे, प्रतिवेदन में वही सब हो जो प्राथमिकी में दर्ज है।" कलेक्टर को तुरन्त अलावलपुर पहुँचने का वायरलेस भेज दिया गया। कलेक्टर के आने के पहले ही एस.पी. संयुक्त जाँच प्रतिवेदन का प्रारूप तैयार करने लगा।

कलेक्टर शाम होते-होते अलावलपुर पहुँच गए। फाइव स्टार्स भी इस बीच आ गए थे। कलेक्टर ने उनसे राय बताकर एस.पी. द्वारा तैयार प्रारूप पर हस्ताक्षर कर दिए। "घबराइए नहीं कलेक्टर साहब, हम लोग मुख्यमंत्री जी से मिल सब सँभाल लेंगे।" फाइव स्टार्स ने उन्हें आश्वस्त किया। बेचारे हस्ताक्षर करने में झिझक रहे थे, लेकिन जिनकी कृपा से रिटायरमेंट के एक साल पहले उन्हें कलेक्टरी मिली थी, उनकी बात टालने की उनमें हिम्मत नहीं थी।

इस बीच मृतकों की तादाद ग्यारह से बढ़कर तेईस पहुँच गई थी। जिन गम्भीर घायलों को इलाज के लिए पटना भेजा गया था, उनमें से आठ ने रास्ते में ही दम तोड़ दिया था। तीन घायल अधिक खून बह जाने के कारण अस्पताल पहुँचने के तीन-चार घंटों में ही मर गए। एक घायल बालिका तीन दिनों बाद टिटनेस हो जाने के कारण मर गई। सरकारी आँकड़ों से इतर मृतकों एवं घायलों की संख्या का अनुमान लोग

अपने-अपने तरीकों से भी करने लगे थे। कोई प्रत्यक्षदर्शी मृतकों की संख्या पचास, तो कोई सौ बताता था।

सरकार और प्रशासन के तमाम दावों-कहानियों और सरकारपक्षी अखबारों तथा रेडियो की लीपापोती के बावजूद अलावलपुर कांड का सच हफ्ते भर में ही राष्ट्रीय प्रेस की नजरों में आ गया। दिल्ली, कलकत्ता, बम्बई, मद्रास और हैदराबाद से 'टाइम्स ऑफ इंडिया', 'नवभारत टाइम्स', 'जनसत्ता', 'इंडियन एक्सप्रेस', 'हिन्दुस्तान टाइम्स', 'स्टेट्स मैन' और 'हिन्दू' जैसे अखबारों ने अपने संवाददाताओं को अलावलपुर भेज दिया। बी.बी.सी. और वायस ऑफ अमेरिका के दिल्ली स्थित संवाददाता भी पीछे न रहे। किरण 'टाइम्स ऑफ इंडिया' की टीम के साथ आई। अवधेश ने हाल में ही 'नव भारत टाइम्स' ज्वाइन किया था, वह भी आ पहुँचा। यास्मीन और हामिद को अमिय की चिन्ता थी, वे दोनों भी पहुँच गए। पी.यू.सी.एल. की टीम तथा विरोधी दलों के नेता भी अलावलपुर पहुँचने लगे।

## 6

आन्तरिक सुरक्षा मंत्री की बैठक के बाद से ही अमिय, जंगी सिंह और डी.एम.के.एस. के अन्य नेताओं एवं कार्यकर्ताओं की धर-पकड़ की कार्रवाई तेज कर दी गई थी, विशेषकर, अमिय को पकड़ने के लिए खुफिया चीफ ने पटना से पलामू तक जाल फैला दिया था। किन्तु जन-समुद्र में मछली-सा तैरते अमिय का सुराग पाना खुफिया चीफ के बूते का नहीं था। अमिय डी.एम.के.एस. के आधार क्षेत्रों में न केवल मीटिंगों में भाग लेता था, बाकायदा भाषण भी देता था।

एक बार खुफिया चीफ को भनक मिली कि अमिय पटना के खगौल बाजार में किसी मंथरा के घर ठहरा हुआ है। उसने मंथरा की खोज में अपने मँजे हुए जासूस लगा दिए, जिनके बारे में वह गर्व से कहा करता था, "मेरे ये खास जासूस बालू से भी तेल निकाल सकते हैं।" वे खास जासूस श्रीमती मंथरा को ढूँढ़ते रह गए, परन्तु अमिय का सुराग नहीं पा सके। बेचारे सुराग कैसे पाते? मंथरा कोई महिला नहीं, जेसुइट फादर मंथरा थे और अमिय का ठिकाना खगौल का चर्च था। रामायणी जासूसों की बुद्धि मंथरा नाम से चकरा गई थी। अलावलपुर कांड के दिन भी अमिय खगौल चर्च में था।

आकाशवाणी पटना से प्रसारित समाचार बुलेटिन से अमिय को उस लोमहर्षक कांड की खबर मिली। आकाशवाणी से पुलिस की कहानी प्रसारित हुई थी। शाम होते-होते अमिय को अपने स्रोतों से पूरी तस्वीर पता चल गई। अली मियाँ की शहादत ने उसे अन्दर तक हिला दिया। पहले कृष्णा सिंह, अब अली मियाँ? अमिय पर जैसे बिजली गिरी।

उसे यह भी जानकारी मिल गई कि लाइब्रेरी परिसर की सभा में भाग लेने वालों की तलाश में अलावलपुर बाजार और आसपास के गाँवों में पुलिस का नंगा नाच चल रहा था। सैकड़ों गरीब स्त्री-पुरुषों की पुलिस ने निर्दयतापूर्वक पिटाई की थी और थाने

में बन्द कर दिया था। गोली कांड के घायलों को निजी क्लीनिकों में ढूँढ़ा जा रहा था। एस.पी. विनय कासलीवाल ने अमिय की गिरफ्तारी के लिए विशेष टीम लगा दी थी क्योंकि उसे ही उस कांड का मुख्य अभियुक्त बनाया गया था।

फादर मंथरा को अमिय की बहुत चिन्ता हो गई। उन्होंने उसे बगल के कॉन्वेंट में सिस्टर एलिसा और सिस्टर वलसम्मा की देखरेख में छिपा दिया। उनकी नजर में उस इलाके में वही सबसे निरापद जगह थी, परन्तु अमिय पुलिस के भय से छिपकर बैठ जाने वालों में से न था। उसके समक्ष चुनौती थी : बौराई सत्ता की बर्बरता, दमन और आतंक का प्रतिकार कैसे हो? शोक को शक्ति में कैसे बदला जाए?

घटना के तीसरे दिन उसने अपना झोला उठाया और दोनों सिस्टर्स का शुक्रिया अदा कर कॉन्वेंट से निकल गया। फादर मंथरा उसे समझाते रह गए, "माहौल गरम है, अभी बाहर जाना ठीक न रहेगा।" किन्तु वह कैसे रुकता? उसे मीलों चलना था—Miles to go before I sleep! उसने अपना प्रिय साथी खोया था। न्याय की तलाश में भटक रहे निरपराधों के लहू से लाल धरती उसे पुकार रही थी। आतंक के अँधेरों को छिन्न-भिन्न कर उस धरती पर उसे प्रतिरोध का सूरज उतारना था।

वह न रुका। गन्तव्य पर उसके साथी बेसब्री से उसकी प्रतीक्षा कर रहे थे। जंगी सिंह, अरविन्द, सत्या, हीरा शर्मा, हरिलाल, कुन्ती देवी, जीवेश शर्मा और अन्य साथी। शोक और संताप से काले पड़ गए वीरान चेहरे। अली मियाँ की शहादत से बेचैन और गमजदा। नवीन जी भी वहाँ मौजूद थे।

अमिय ने पुलिसिया बर्बरता, दमन और आतंक के प्रतिकार के तरीके पर अपनी समझ साथियों से साझा किया, "हमें तत्काल इस अमानवीय घटना का विरोध करना चाहिए। आतंक से निपटने का तरीका यह है कि उसे लोगों के दिलो-दिमाग में बैठने मत दो। अगर एक बार आतंक दिलो-दिमाग में बैठ गया, वह जड़ जमा लेता है। फिर उसे निकालना कठिन होता है। यह शोक मनाने का समय नहीं है। हमें शोक को शक्ति में बदल देना है।"

शोक और संताप में डूबे चेहरों पर अरुणिम आभा खिल गई। परन्तु नवीन जी तत्काल विरोध के कार्यक्रम से सहमत न थे। उन्होंने हस्तक्षेप किया, "कॉमरेड, पार्टी की सोच है कि अभी माहौल एकदम गरम है। सी.आर.पी.एफ. की कई कम्पनियाँ इलाके में पहुँचने वाली हैं। हमारे सूत्र बता रहे हैं कि पुलिस को डी.एम.के.एस. नेतृत्व का सफाया करने के आदेश मिले हैं। ऐसे में अभी कुछ करना एकदम घातक होगा। बुद्धिमानी इसी में है कि कुछ समय तक चुप रहा जाए। जब माहौल ठंडा हो जाए, हम इस बर्बरता का माकूल जवाब देंगे। अली मियाँ की शहादत बेकार न जाने दी जाएगी।"

पार्टी की योजना थी कि मामला ठंडा पड़ जाने के बाद दस्तों द्वारा औचक हमला कर अलावलपुर थाना जला दिया जाए, शस्त्रागार लूट लिया जाए और थानेदार सहित थाने के सभी पुलिस कर्मियों का सफाया कर दिया जाए। इसके बाद एस.डी.पी.ओ. और एस.पी. को मौत के घाट उतारने की योजना बनेगी।

"सत्ता के बर्बर आतंक का मुकाबला लाल आतंक से ही सम्भव है। सत्ता को अभी अपनी सफलता के मुगालते में रहने दीजिए। जब हम निर्णायक प्रहार करेंगे, लोगों के दिलो-दिमाग में बैठा आतंक और सत्ता का झूठा घमंड कपूर की तरह उड़ जाएगा।" नवीन जी ने पार्टी की योजना का खुलासा करते हुए कहा।

अमिय ने ऐसी दुस्साहसिक कार्रवाई को सिरे से खारिज कर दिया, "हम खुला जन-संगठन चलाते हैं। हम जनता की संगठित ताकत से सत्ता के आतंक और मदान्धता का प्रतिरोध करेंगे, लेकिन इस अन्याय और अत्याचार के विरुद्ध आवाज उठाना तत्काल जरूरी है।"

नवीन जी झल्लाकर बाहर निकल गए, "डॉक्टर साहब, आप पार्टी से बड़े हो गए हैं? फिर भुगतिए।"

और सप्ताह भर के अन्दर अलावलपुर बाजार में धारा 144 लगी रहने के बावजूद गोली कांड के विरुद्ध मौन नागरिक मार्च निकला। खुफिया चीफ जिस अमिय और जंगी सिंह को ढूँढ़ने में पागल हो रहा था, वही उस मार्च में आगे-आगे चल रहे थे। अरविन्द, जीवेश और सत्या उनके बगलगीर थे। हीरा शर्मा, कैलाश अगरिया, हरिलाल और कुन्ती देवी दूसरी कतार में थे। पालीगंज-करपी से 20-25 की संख्या में दूसरे साथी आ गए थे। कोई नारा नहीं। हाथों में पुलिस जुल्म के खिलाफ तख्तियाँ। मुँह पर काली पट्टियाँ।

नागरिक मार्च की खबर लगते ही इलाके में समाचार संकलन में व्यस्त किरण और अवधेश दौड़े चले आए। अमिय की तलाश में इधर-उधर भटक रहे यास्मीन और हामिद भी आ मिले। मार्च आगे बढ़ा तो बाजार के आम निवासी शामिल होने लगे। भय, दुख और पुलिस की पिटाई से निढाल पड़ी ललिता साह अन्य पीड़ित परिवारों के साथ भागती हुई आई। वे सभी मार्च में जुड़ गए। कारवाँ बढ़ने लगा। बाजार के ऐसे लोग भी जुड़ने लगे जो डी.एम.के.एस. के तौर-तरीकों के कठोर आलोचक थे। वे आते और कहते, "इस बार पुलिस ने हद कर दी।"

देखते-देखते नागरिक मार्च दहाई से सैकड़ा और सैकड़े से हजार पार कर अच्छे-खासे जुलूस में परिणत हो गया। बाजार की गलियों से गुजरता हुआ जुलूस जब थाने के सामने पहुँचा, संख्या ढाई-तीन हजार हो चुकी थी। लाइब्रेरी परिसर में पहुँच जुलूस में शामिल सभी नागरिकों ने मृतकों को श्रद्धांजलि अर्पित की। ललिता साह मृत पति का स्मरण कर छटपटाती हिरणी की तरह भरभराकर गिर पड़ी। उसकी आँखों से गंगा-जमुना की धार बहने लगी थी। उसका करुण विलाप सुन किसकी आँखें नम न होतीं? अमिय ने उसे सहारा देकर उठाया, "बहन, शोक का समय बीत गया, अब तुम्हें अपने में शक्ति भरनी है।"

थानेदार और एस.डी.पी.ओ. ने जुलूस के आगे-आगे चल रहे डॉक्टर अमिय और जंगी सिंह को पहचान लिया था, किन्तु गिरफ्तार करने की हिम्मत न पड़ी। जानकर भी अनजान बने रहे।

शाम तक बाजार की फिजाँ बदल गई थी और पुलिस का आतंक लोगों के दिलो-दिमाग से उड़ चुका था। अमिय का तरीका कामयाब हो गया था।

## 7

राष्ट्रीय और अन्तरराष्ट्रीय मीडिया ने अलावलपुर कांड का जो सच इकट्ठा किया, उसने गोदी मीडिया और पुलिसिया कहानी की पोल खोलकर रख दी थी। एकमत से सभी ने इसे जलियांवाला बाग जैसा बीभत्स जन-संहार माना। नागरिक मार्च के पहले तक पुलिसिया आतंक के कारण मीडिया से बात करने में डरने वाले आम लोग खुलकर सच बताने लगे थे। एस.पी. विनय कासलीवाल गरीब किसान-मजदूरों और निष्पक्ष नागरिकों के लिए कुख्यात जनरल डायर सरीखा बन गया था। बी.बी.सी. और 'वायस ऑफ अमेरिका' में मध्य बिहार को 'डार्क कॉर्नर ऑफ मिजरीज' कहा जाने लगा था। विरोधी दलों के नेता इस कांड के लिए सीधे मुख्यमंत्री को दोषी ठहरा रहे थे। पी.यू.सी.एल. की टीम ने जो तथ्य संग्रह किए थे, उसे नजरअन्दाज करना सरकारपक्षी अखबारों के लिए भी सम्भव न रह गया था। न्यायिक जाँच की माँग उठने लगी थी।

ट्रेड यूनियनिस्ट मुख्यमंत्री को विश्वस्त अफसरों ने सलाह दी, "सर, मेम्बर बोर्ड ऑफ रेवेन्यू से पूरे घटनाक्रम की प्रशासनिक जाँच कराने की घोषणा कर दी जाए। माहौल ठंडा पड़ जाएगा।" मुख्यमंत्री को सलाह जँच गई। रोज की चिक-चिक और चिल्ल-पों से वे भी परेशान हो गए थे। प्रशासनिक जाँच की घोषणा हो गई। विरोधी दल चिल्लाते रहे कि न्यायिक जाँच हो। किन्तु मुख्यमंत्री टस-से-मस न हुए।

इधर डी.एम.के.एस. नागरिक मार्च के बाद चुप नहीं बैठा रहा। अमिय की समझ साफ थी, "यदि व्यापक जन-प्रतिरोध न किया गया, ऐसे जन-संहार होते रहेंगे। हमें डेमोक्रेटिक स्पेस का अधिकतम इस्तेमाल कर जनता को सत्ता की बर्बरता का प्रतिरोध करने के लिए तैयार करना चाहिए।" प्रश्न था, आगे क्या हो? हामिद और यास्मीन ने सुझाव दिया, "आप लोगों को विधान सभा के घेराव की योजना बनानी चाहिए।" किरण और अवधेश भी सुझाव के समर्थन में थे।

वे चारों दोस्त खतरा उठाकर भी अमिय के साथ नागरिक मार्च के बाद से बने रहे थे। अमिय सुरक्षित था, उनके लिए यही बेहद सुकून की बात थी। उसके साथ कुछ पल गुजारने की प्रबल इच्छा उस खतरे पर भारी थी। विधान सभा का घेराव बड़ा काम था। अकेले दम डी.एम.के.एस. ने पहले कभी पटना में इतना बड़ा कार्यक्रम न किया था। काम चुनौतीपूर्ण था।

"हमें यह चुनौती स्वीकार कर लेनी चाहिए। हम यदि बड़ा प्रतिरोध नहीं करेंगे, तो हर एस.पी. सत्ता के इशारे पर विनय कासलीवाल की तरह जनरल डायर बन जाएगा।" जंगी सिंह ने तल्ख टिप्पणी की।

जंगी सिंह की तल्ख टिप्पणी के बाद अरविन्द ने बैठक का माहौल बेहद गर्म कर दिया, "साथियो, मेरी राय में हमें शहीद ऊधम सिंह से सीखना चाहिए और इस जघन्य हत्याकांड के गुनहगार एस.पी. विनय कासलीवाल का वध कर देना चाहिए। पार्टी दस्तों के साथ मैं इस काम को अंजाम देने को तैयार हूँ। जो मेरे साथ आना चाहें, वे हाथ उठाएँ।"

सभी सन्नाटे में आ गए। अरविन्द ने धमाका-सा कर दिया था। अमिय ने माहौल को सामान्य बनाने की नीयत से हँसकर कहा, "अरविन्द, मजाक का वक्त नहीं है भाई।"

"मैं गम्भीर हूँ। मजाक नहीं कर रहा।"

"यदि यह मजाक नहीं है, तो ऐसा करना आत्मघाती होगा। यह आतंकी कार्रवाई है। इससे हमारा जन-संगठन और आन्दोलन कमजोर होगा। पंजाब में जो कुछ हो रहा है, उससे हमें सबक लेना चाहिए। डी.एम.के.एस. खुला जन-संगठन है। ऐसी घटना से सत्ता के हाथों में हम अपने दमन का औजार थमा देंगे। मेरे भाई, तुम, मैं, जंगी सिंह, सत्या और हमारे कितने ही साथी बिना अपराध झूठे मुकदमों में फँसकर बंजारों-सी जिन्दगी जी रहे हैं। भूमिगत होकर भागे-भागे फिर रहे हैं। इससे हमें आन्दोलन चलाने में कितनी कठिनाई हो रही है, इससे तुम वाकिफ हो। हमारे बारे में बाहर कितना कुप्रचार हुआ है? कैसी छवि बना दी गई है? हम लोगों ने चींटी तक नहीं मारी, किन्तु न जाने हत्या के कितने मुकदमे हम पर लाद दिए गए हैं।"

अरविन्द ने बात आगे नहीं बढ़ाई, परन्तु साफ था कि वह सहमत न था। सत्या फुसफुसाया, "लगता है, अरविन्द भैया पर नवीन जी का गाढ़ा रंग चढ़ गया है।"

अरविन्द ने घूरकर सत्या की ओर देखा। सत्या सकपका गया।

"साथियो, मेरी राय होगी कि विधान सभा घेराव के लिए हमें जहानाबाद गांधी मैदान की जनसभा की तरह का जन-जुटाव करना चाहिए, लेकिन अकेले नहीं। हमें बिहार किसान सभा और किसान समिति से भी बातचीत करनी चाहिए। सभी यदि मिलकर घेराव में भाग लेंगे, यह चुनौती छोटी पड़ जाएगी।" जीवेश ने अरविन्द द्वारा छेड़े प्रसंग को परे हटाते हुए सुझाव दिया।

जीवेश का सुझाव सबने पसन्द किया। अरविन्द अन्यमनस्क हो गया था। हीरा शर्मा, कैलाश अगरिया, हरिलाल और कुन्ती देवी चहकने लगे थे। उन्होंने जन-जुटाव में अगले दिन से ही लग जाने का संकल्प व्यक्त किया। बिरादर संगठनों से बातचीत कर तिथि और तरीका तय करने की जवाबदेही डॉक्टर अमिय ने सँभाली।

सभी संगठनों ने मिलकर विधान सभा घेराव की तारीख 21 अगस्त तय की। विधान सभा के मानसून सत्र का वही समय था। प्रचार टोलियाँ जहानाबाद, गया, औरंगाबाद, दक्षिणी पटना, रोहतास-कैमूर और पलामू के देहातों-कस्बों में घेराव की तैयारी हेतु सक्रिय हो गईं।

किरण, अवधेश, यास्मीन-हामिद दिल्ली लौट गए। वादा किया कि 21 अगस्त के पहले आ जाएँगे। इस बीच अलावलपुर कांड का सच दुनिया भर में पहुँचाते रहेंगे।

सच छिपाने की सत्ता की कोशिशें नाकामयाब होने के बावजूद मुख्यमंत्री पुलिस की कहानी को सच बताकर परोसने की हास्यास्पद कोशिशें करते रहे। दबंग आन्तरिक सुरक्षा मंत्री की छत्रच्छाया ने उनके दम्भ को बढ़ा दिया था। 'फाइव स्टार्स' और किंग उनके साथ चट्टान की तरह खड़े थे। खुफिया चीफ, आई.जी. सुमन्त विजय सिंह और पुलिस चीफ रोज सुबह-शाम झूठी खबरों से उनके दम्भ को हवा देते रहते थे, "सर,

मध्य बिहार में आपकी जय-जयकार हो रही है। पुलिस के डर से नक्सली उग्रवादी मैदान छोड़कर भागने लगे हैं।"

राष्ट्रीय और अन्तरराष्ट्रीय मीडिया में अपनी पिटती भद्द के बावजूद सत्ता का अहंकार बढ़ता जा रहा था। प्रशासनिक जाँच के लिए नियुक्त मेम्बर बोर्ड ऑफ रेवेन्यू को सुमन्त विजय सिंह और गृह सचिव ने ब्रीफ किया, "सर,मुख्यमंत्री जी को अपने विश्वस्त सूत्रों से पक्की खबर मिली है कि नक्सलियों की थाने पर हमला कर हथियार लूटने की साजिश एस.पी. जहानाबाद ने मौके पर पहुँचकर नाकाम कर दी थी। ऐसे बहादुर अफसर का मनोबल आपकी जाँच से नहीं गिरे, इसका ध्यान रखिएगा।"

जाँच अधिकारी समझ गए। जिलों में कलेक्टर रहते हुए वे भी कई बार फायरिंग करवा चुके थे। अफसर लॉ एंड ऑर्डर की जमीनी हकीकत का मूल्यांकन इंच-टेप से कैसे कर पाएगा? हर परिस्थिति अलग होती है। ऊँच-नीच हो जाना स्वाभाविक है। उन्होंने कुछ कहा नहीं। बस, मुस्करा दिए।

सुमन्त विजय सिंह ने फोन से एस.पी. विनय कासलीवाल को आश्वस्त कर दिया, "घबराना नहीं। जाँच केवल औपचारिकता है। अपनी कहानी पर अड़े रहना। हम सब देख लेंगे।"

पर कितना खोखला था सत्ता का अहंकार? खुफिया चीफ के डेस्क पर जमा होतीं फील्ड रिपोर्टें अलग कहानी बयाँ कर रही थीं। मध्य बिहार के गाँवों में 'खदबदाहट' बढ़ती जा रही थी। 21 अगस्त को विधान सभा घेराव के लिए अधनंगे, भूखे गरीब किसानों की तूफानी फौज तैयार हो रही थी। डॉक्टर अमिय, उसके साथी और दूसरे संगठनों के नेता-कार्यकर्ता 'जनसंहार विरोधी संघर्ष मोर्चा' के बैनर तले गाँव-गाँव अलख जगा रहे थे। उनके खिलाफ की जा रही पुलिस की छापेमारियाँ निरर्थक साबित हो रही थीं।

क्या वे गरीब किसान-मजदूर नक्सली उग्रवादी बन गए थे? अगर यह सच था तो वोट से चुनी गई सरकार के लिए शर्मिन्दगी की बात थी, आत्म-श्लाघा की नहीं। खुफिया चीफ के माथे पर इस विचार-मात्र से बल पड़ गए। पर क्या यह सच था? खुफिया चीफ सच जानता था—न अलावलपुर की सभा में आए बच्चे, बूढ़े, औरतें, युवा, अधेड़, नक्सली उग्रवादी थे, न ही विधान सभा घेराव के लिए अपने सत्तू-पिसान की गठरी बाँध पटना आने को उतावली अधनंगे, भूखे गरीब किसानों-मजदूरों की वह फौज।

वह न्याय, समता और मानवीय गरिमा के संवैधानिक मूल्यों की स्थापना के लिए संघर्षशील आमजन थे। उन्हें उस सरकार पर विश्वास और भरोसा न रहा था जिसे वे खुद चुनते थे। वे क्यों वोट देते थे? क्योंकि उन्हें आशा थी कि कभी तो वोट की ताकत से गरीबों की अपनी सरकार बनेगी। डॉक्टर अमिय उनका मसीहा था। क्यों? क्योंकि वह सारे खतरे उठाकर उनके हकों के लिए लड़ रहा था। खुफिया चीफ के माथे पर पसीना चुहचुहा आया।

वह अपने डेस्क पर जमा फील्ड रिपोर्टों की फाइलें लेकर पुलिस चीफ के कक्ष में पहुँच गया। आई.जी. सुमन्त विजय सिंह तलब किए गए। गहरा मंथन होने लगा। विधान सभा घेराव के लिए हजारों के पटना पहुँचने का मतलब था, नक्सली आतंक की

कहानी के झोल का उजागर हो जाना। सूबे के मुखिया के मध्य बिहार में हो रहे कथित 'जय-जयकार' की पोल खुल जाना। अफसर भला यह कैसे होने देते? मुख्य सचिव के कक्ष में अति गोपनीय बैठक हुई। पुलिस अफसरों ने गृह सचिव को आगे कर दिया। उन्होंने मुख्य सचिव को ब्रीफ किया, "सर, स्पेशल ब्रांच को प्रामाणिक सूचना मिली है कि विधान सभा घेराव के लिए आने वालों के बीच नक्सलियों के हथियारबन्द दस्ते भी होंगे। उनकी कोशिश होगी कि शहर में बड़े पैमाने पर हिंसा हो। हिंसा के जवाब में पुलिस फायरिंग करनी पड़ेगी। उस समय विधान सभा का सेशन चल रहा होगा। फायरिंग से सरकार साँसत में पड़ जाएगी।"

गम्भीर मंत्रणा होने लगी और आला अफसरों ने रास्ता निकाल लिया।

विधान सभा घेराव की तारीख के सप्ताह भर पहले सरकार ने डी.एम.के.एस. को प्रतिबन्धित कर दिया। न्यायविद् सिर खुजाने लगे। जिस कानून के तहत प्रतिबन्ध लगाया गया था, वह वर्ष 1953 में ही सुप्रीम कोर्ट द्वारा असंवैधानिक करार किया जा चुका था। सूबे की सरकार न्याय एवं कानून के शासन के पचड़ों में न पड़ी। प्रतिबन्ध को गैर-कानूनी मानने वाले जाएँ सुप्रीम कोर्ट! सरकार अपना फैसला पलटने वाली न थी। प्रतिबन्ध लगाने के बाद सरकार ने अमिय के ऊपर एक लाख रुपया इनाम की घोषणा कर दी। जंगी सिंह, अरविन्द और सत्या पर भी इनामों की घोषणा हुई।

सरकार की सोच थी कि प्रतिबन्धित कर देने से घेराव टाँय-टाँय फिस्स हो जाएगा। किन्तु प्रतिबन्ध ने किसान-मजदूरों को आक्रोशित कर दिया। वे सिर पर कफन बाँध घेराव में आने की तैयारी करने लगे।

उच्च स्तरीय बैठक दुबारा हुई। आदेश जारी हुआ, "पटना में 21 अगस्त को परिन्दा भी पर नहीं मार सके, इसे सभी स्तरों से सुनिश्चित किया जाए।"

राजधानी पुलिस छावनी में तब्दील कर दी गई। जिलों में पुलिस गश्त बढ़ा दी गई और धर-पकड़ तेज हो गई। आन्तरिक सुरक्षा मंत्री ने घेराव को विफल बनाने के लिए सी.आर.पी.एफ. की अतिरिक्त कम्पनियाँ भेज दी थीं। वे अपने पूर्व आदेश पर कायम थे—'ठोस रिजल्ट चाहिए'।

सरकार की तमाम कोशिशों के बावजूद 21 अगस्त को सत्तर हजार से भी अधिक गरीब किसान-मजदूरों ने पटना की सीमाओं पर दस्तक दे दी। पूरब, पश्चिम, उत्तर, दक्षिण, हर दिशा से सरकार विरोधी नारे लगाती लाल झंडों-बैनरों और घरेलू हथियारों से सजी जनता की वह फौज शहर की सड़कों पर काबिज थी। न डर किसी का आज, न ही भय किसी का आज! उस फौज के स्वागत में हजारों शहरी अपने घरों, दुकानों और ऑफिसों से बाहर निकल आए। वह अराजक फौज न थी। अपने नेताओं के संकेत पर वे भूखे, अधनंगे सिपाही नंगे पैर या सस्ती, घिसी चप्पलों में बेहद अनुशासित दो-दो की पंक्तियों में विधान सभा की ओर बढ़ रहे थे। वही विधान सभा जहाँ उनके वोट की ताकत प्रतिध्वनित होती थी।

पुलिस अफसर सकते में थे। राइफल पकड़े पुलिस जवानों के हाथ शिथिल पड़ गए। जनता की शक्ति के समक्ष सत्ता ने घुटने टेक दिए थे। घेराव में शामिल आम जनों

ने शान्ति, अनुशासन और धैर्य का साथ नहीं छोड़ा। उनके घरेलू हथियार हमले के लिए नहीं, अपनी एकजुटता के प्रकटीकरण के लिए थे। नारे उत्तेजना फैलाने के लिए नहीं, अलावलपुर जनसंहार के असल मुजरिमों को सजा दिलाने की माँग अन्धी-बहरी सरकार को सुनाने के लिए थे। प्रेस फोटोग्राफर्स के कैमरे चमकने लगे थे। गोदी मीडिया के पत्रकार बगलें झाँकने लगे। राष्ट्रीय और अन्तरराष्ट्रीय मीडिया के लिए वह अलौकिक क्षण था। उनके कैमरों के फ्लैश चमकते रहे। उनकी कलमें अनवरत चलती रहीं। किरण और अवधेश घूम-घूम कर पूरा परिदृश्य अपने अखबारों के लिए कवर करते रहे।

जिलाधिकारी और एस.एस.पी. को गृह सचिव का आदेश आया, "पाँच नेताओं का प्रतिनिधिमंडल अपने माँग-पत्र के साथ मिलने आना चाहे तो स्वागत है।" ट्रेड यूनियनिस्ट मुख्यमंत्री पसीना-पसीना हो गए थे—बाप रे, इतने लोग? विधान सभा में अलावलपुर जनसंहार पर गरमागरम बहसें हो रही थीं। विरोधी दल सरकार पर हमलावर थे।

डी.एम.के.एस., बिहार किसान सभा और किसान समिति का संयुक्त प्रतिनिधिमंडल गृह सचिव से वार्ता के लिए तैयार हो गया। गृह सचिव को जनसंहार का वह सारा सच सुनना पड़ा जिससे सरकार कन्नी काट रही थी। खुफिया चीफ और सुमन्त विजय सिंह भी वार्ता में मौजूद थे। उनके मुँह से बकार नहीं फूटा। प्रतिनिधिमंडल में अमिय और जंगी सिंह नहीं थे। अरविन्द और सत्या भी नहीं थे। वे जनता की फौज के बीचोबीच थे। वे सत्ता के सम्भावित षड्यंत्र से बच-बचाकर उस फौज का नेतृत्व कर रहे थे। हामिद-यास्मीन अमिय के कन्धे से कन्धा मिलाकर उसका साथ दे रहे थे।

अगले दिन के स्थानीय और राष्ट्रीय अखबारों के पन्ने घेराव की खबरों और फोटुओं से भरे पड़े थे। बी.बी.सी. और 'वॉयस ऑफ अमेरिका' के समाचार बुलेटिनों में घेराव की खबर प्रमुखता से प्रसारित हुई। सरकार के बड़बोले अफसरों और फाइव स्टार्स की बोलती इन खबरों ने बन्द कर दी। सबसे बुरी हालत मुख्यमंत्री की थी। बेचारे विधान सभा के अलावा सिविल सोसायटी में भी विलेन बन गए थे।

घटना की प्रशासनिक जाँच करने वाले रेवेन्यू बोर्ड के मेम्बर की अन्तरात्मा उन्हें कचोटने लगी थी। उन्होंने विनय कासलीवाल को क्लीन चिट दे दिया था।

## नया पथ, नया आसमान

विधान सभा घेराव के फैसले ने अमिय के निश्चय और जीवट की कड़ी परीक्षा ली थी। अली मियाँ के मारे जाने की टीस के बीच पार्टी के साथ गहराते मतभेदों के कारण मानसिक तनाव अपने चरम पर था। उधर पुलिस के छापों से कहीं एक जगह टिककर काम कर पाना दुश्वार हो गया था। लगातार भागमभाग। न खाने का ठिकाना न सोने का, किन्तु वह तो अलग धातु का बना जीव था। मानसिक और शारीरिक कष्ट की उसे

कब परवाह रही थी? गोमुख के 40 दिनी उपवास ने उसे मानसिक और शारीरिक कष्ट सहने की असीम शक्ति प्रदान कर दी थी।

अमिय जैसा शारीरिक कष्ट सहने की सामर्थ्य पुलिस कर्मियों में कहाँ थी? ड्यूटी के बाद आराम करना उनके लिए जरूरी था। खुफिया चीफ के जासूसों का हाल बेहाल था। कहाँ-कहाँ की खाक नहीं छान रहे थे बेचारे?

पुलिस वालों की यही कमजोरी अमिय की ताकत थी। रात में इस गाँव से उस गाँव तक बैठकें, अध्ययन और थोड़ी-सी नींद। सूरज निकलने के पहले सुरक्षित ठिकाने में। वहाँ भी छोटे समूहों में बैठकें, अध्ययन, थोड़ी नींद। छापामारी की सूचना मिलते ही निकल जाना। मानसिक तनाव को कम करने में अध्ययन बहुत सहायक था। चे गेवारा की बोलिविया डायरी उसे नई ऊर्जा से भर देती थी। बोलिविया के जंगलों में जूझते चे और उनके मुट्ठी भर साथियों के जीवट की कहानियाँ निराशा को फटकने नहीं देती थीं। वह आस्त्रोवस्की की 'अग्निदीक्षा' भी साथ में रखता था। उसे महसूस होता, जैसे चे और आस्त्रोवस्की उसे प्रेरित कर रहे हों, "सपनों को मरने मत देना। तुम्हें मीलों चलते जाना है।" आशा की किरणों से उसका तन-मन उद्भाषित हो उठता था।

अलावलपुर कांड की खबर कवर करने आए राष्ट्रीय-अन्तरराष्ट्रीय मीडिया के पत्रकारों के लिए उन दिनों अमिय से मिल पाना मुश्किल भरा था। कहाँ खोजें, किससे पूछें? खुफिया पुलिस चप्पे-चप्पे पर तैनात थी, परन्तु अमिय उनसे किसी-न-किसी तरह मिल लेता था। पत्रकारों के तीखे सवालों के जवाब भी उसके पास रहते।

"आप नक्सली उग्रवाद में विश्वास करते हैं? आपका संगठन हिंसक गतिविधियों में लिप्त है?" पत्रकार सवाल दागते।

"यह सरासर झूठ है। बिना सबूत हम पर फौजदारी मुकदमे थोप दिए गए हैं। सबूत के नाम पर शासन-प्रशासन जो कुछ प्रेस को बता रहा है, वह अदालत में टिकने वाला नहीं है। हमारे साथी अली मियाँ सहित तेईस गरीबों की नृशंस हत्या की झूठी कहानी गढ़ी जा रही है। सरकार की हमारे संगठन से नाराजगी की वजह है, हमारे द्वारा गरीबों-किसानों-मजदूरों को अपने हकों के लिए संघर्ष करने को तैयार करना, उन्हें संगठित करना।"

"आप लोग एक दलित के कानूनी तौर पर बन्दोबस्त जमीन पर जबरिया कब्जा करने क्यों गए?"

"सरकार के भूमि-सुधार कानूनों के अनुसार वह जमीन रजक को नहीं मिलनी चाहिए थी। वह राज्य सरकार का उच्च पदस्थ भ्रष्ट इंजीनियर है। बाजार में उसकी बड़ी कोठी जाकर देख लें। आँखें खुली की खुली रह जाएँगी, पर खुद सरकार के अफसरों ने कानून तोड़कर उसके नाम वह जमीन बन्दोबस्त कर दी। क्या ऐसे में जनता की जिम्मेदारी नहीं बनती थी कि उन भूमिहीन परिवारों को वह जमीन दिलवाए जिन पर वे सालों से बसे हुए थे और जो कानूनन उनकी थी? डी.एम.के.एस. ने इसी की कोशिश की थी।"

"क्या आप लोग सरकार हैं? डी.एम.के.एस. समानान्तर सरकार चलाती है?"

"समानान्तर सरकार बड़े भूमिपति और माफिया गिरोह चला रहे हैं। दूसरी ओर जब किसान-मजदूर हक माँग रहे हैं, सरकार उन्हें नक्सली बताकर उन पर गोली चला रही है। आदिकाल से पंचायतें झगड़ा सुलझाने का काम करती आई हैं। हम लोग भी पंचायत कर झगड़े सुलझाते हैं।"

"जनता द्वारा चुनी ग्राम पंचायतें जब मौजूद हैं, आप लोगों को झगड़ा सुलझाने की क्या जरूरत है?"

"पंचायतों के मुखिया-सरपंच आमतौर से भ्रष्ट हो चुके हैं। वे अफसरों के दलाल से ज्यादा कुछ भी नहीं है। जब कोई व्यवस्था टूटती है, जनता खुद हल ढूँढ़ लेती है।"

...सवाल दागने वाला पत्रकार चुप हो जाता। अमिय का सौम्य स्वभाव और शान्त-संयत व्यवहार अफसरों और पुलिस द्वारा गढ़ी गई उसकी छवि के बिलकुल विपरीत लगता उसे। वह भले ही आशंकाओं के साथ उससे मिलने आया रहा हो, अमिय के व्यक्तित्व से प्रभावित होकर ही वापस जाता।

उन्हीं दिनों एक रात अमिय पटना में पाटलिपुत्र होटल पहुँच गया। आधी रात के बाद का वक्त था। तीन या साढ़े तीन बजे थे। सीढ़ियों से धड़धड़ाता वह एक कमरे के सामने खड़ा हुआ। दरवाजा अन्दर से बन्द था। कमरे की रौशनी दरवाजे के नीचे के छेद से छन-छनकर आ रही थी। उसने धीरे से दस्तक दी। दरवाजा खुला। सामने सफेद धोती-बंडी में लम्बे कद के एक अधेड़ सज्जन खड़े थे। अमिय ने बड़ी शालीनता से हाथ बढ़ाते हुए अपना परिचय दिया, "मैं डॉक्टर अमिय। मुझे साथियों ने खबर दी थी कि आप बहुत सवेरे सोकर उठ जाते हैं। इसीलिए मैं भोर होने से पहले ही आ गया। अफसोस है कि पहले सन्देश नहीं दे पाया।"

सामने खड़े सज्जन डॉक्टर ब्रह्मानन्द शर्मा थे। उन्हें खुद को 'डॉक्टर शर्मा' कहा जाना ज्यादा पसन्द था। कहते—जब कम शब्दों में काम चल जाए अधिक शब्द क्यों खर्चना?

डॉक्टर शर्मा उच्च पदस्थ सरकारी अफसर रहे थे। वर्तमान में वे दलित-आदिवासियों के कल्याण के लिए गठित एक संवैधानिक संस्था के मुखिया थे। मोटे खद्दर का कुर्ता-धोती। जाड़े में ऊपर से गरम चादर लपेट लेते। पाँवों में साधारण-सी चप्पल। आँखों पर चश्मा। यही उनका शाश्वत परिधान हुआ करता। बस्तर कलेक्टर के रूप में किए असाधारण कामों से वे खासे मशहूर थे। बेलाडीला में लोहा अयस्क खनन में लगी एक सरकारी कम्पनी के बदचलन अधिकारियों और अहलकारों को उन्होंने राह पर ला दिया था।

कहते हैं, कई अधिकारी और कर्मचारी ऐसे थे जो भोली-भाली आदिवासी किशोरियों को शादी का झाँसा दे बिनब्याही पत्नी बना अपने क्वार्टर में रख लेते थे। ट्रांसफर हो जाने पर कहाँ का पति और कौन-सी पत्नी? उनमें जो माँ बन जाती थीं, उनकी गोद में दुधमुँहे बच्चे छोड़ चुपके-से अफसर-कर्मचारी निकल जाते थे। बिचारी बिनब्याही माँएँ रोती-कलपती नन्हे शिशुओं के साथ समाज से बहिष्कृत लांछित जिन्दगी जीने को अभिशप्त वहीं रह जाती थीं। बिनब्याही पत्नी बन गईं किशोरियों की सामाजिक दशा भी

कुछ खास अच्छी नहीं रह जाती थी। यह कुत्सित चलन तबसे चला आ रहा था, जबसे खनन परियोजना शुरू हुई थी।

बस्तर में डॉ. शर्मा के पहले के कलेक्टर इस चलन को सामान्य सामाजिक कुरीति मानकर मौन रह जाते थे। डॉक्टर शर्मा के लिए मौन रह जाना सम्भव न था। वे इसे विशुद्ध रूप से बाहरी सामर्थ्यवान श्रीमन्त वर्ग द्वारा आदिवासी युवतियों का शारीरिक शोषण मानते थे। उन्होंने इस शोषण को बन्द करने का बीड़ा उठा लिया। बेलाडीला परियोजना का विस्तार बस्तर के एक-दो गाँवों तक नहीं, सैकड़ों गाँव तक था। उसी अनुपात में बिनब्याही माँओं और किशोरियों की संख्या भी सैकड़ों में थी।

डॉक्टर शर्मा ने बिनब्याही माँओं और किशोरियों का सर्वेक्षण करवाया। सर्वेक्षण में उन्होंने सरकारी कर्मचारियों-अधिकारियों के साथ सामाजिक कार्यकर्ताओं की टीमें लगा दीं। कहते, "सरकारी कर्मियों पर मैं पूरा भरोसा नहीं कर सकता। उनका मूल्यबोध प्राय: कम्पनी के कारकूनों की तरह का ही होगा। मुझे सामाजिक कार्यकर्ताओं पर ज्यादा भरोसा है।" परन्तु ऐसा भी नहीं था कि वे जिला मुख्यालय जगदलपुर में उस दौरान कुर्सी तोड़ रहे हों और सर्वेक्षण टीमें जंगल-जंगल धूल छान रही हों। वे स्वयं पाँव-पैदल इस गाँव से उस गाँव तक पीड़िताओं से मिलते, उनकी व्यथा-कथा सुनते और उन्हें न्याय का भरोसा दिलाते।

न्याय दिलाने का एक तरीका यह हो सकता था कि दोषी अफसरों पर बलात्कार का केस दर्ज कर उन्हें जेल के सीखचों के अन्दर भेज दिया जाए और उन्हें नौकरी से बर्खास्त करा दिया जाए। कलेक्टर के रूप में यह तरीका ज्यादा आसान था, परन्तु डॉक्टर शर्मा अलग मिट्टी के बने थे। वे अच्छी तरह समझते थे कि ऐसा होने से धोखा खाई आदिवासी युवतियों-किशोरियों की अपनी जिन्दगी में खुशियाँ वापस नहीं आने वालीं, भले ही दोषी को उसके कर्मों की सजा मिल जाए।

दोषियों में कई बेलाडीला में पोस्टिंग के पहले से शादीशुदा थे। कइयों की तबादले के बाद शादियाँ हो गई थीं। इन बेहूदों के जेल चले जाने से उनकी पत्नियों-बच्चों के भी सड़क पर आ जाने का खतरा था। उन बिचारियों का क्या दोष? उन्हें क्यों साँसत में डाला जाए? डॉक्टर शर्मा की सोच आम अफसरों से अलग थी।

उन्होंने पूर्व और वर्तमान में पद-स्थापित कम्पनी के ऐसे सभी अफसरों-कर्मचारियों की फेहरिस्त तैयार करा ली। योजना थी कि दोषियों को जेल भेजने का भय दिखाकर उन्हें विधिवत् पीड़िताओं से शादी करने को मजबूर कर देना। शादी केवल विधि-विधान से ही नहीं होनी थी, बाकायदा मैरेज रजिस्ट्रार की सील-मुहर के साथ होनी थी कानूनन शादी। यदि कानूनन शादी के बाद भी कोई पत्नी को छोड़ दे तो अदालत में भरण-पोषण का दावा किया जा सकता था। कानूनन शादी के लिए पीड़िताओं का राजी होना जरूरी था।

डॉक्टर शर्मा ने छोटे-छोटे समूहों में पीड़ित युवतियों-किशोरियों की बैठकों का क्रम चलाया। घंटों उनके साथ बैठकर योजना समझाते। उनके परिवार को विश्वास में लेते। सबके मन में अविश्वास था, शंकाएँ थीं। तब वे पिता बनकर समझाते। सुरक्षा का वचन

देते। वचन निभाने का वादा करते, ऐसे ही जैसे वे अपनी खुद की बेटी-भतीजी से वादा कर रहे हों। कहते हैं, कोशिश करने वालों की हार नहीं होती। उन्हें सफलता मिल गई। इस काम में सामाजिक कार्यकर्ताओं ने बेमिसाल भूमिका अदा की।

अब शुरू हुआ ऑफिशियल ऑपरेशन। कम्पनी के आला अफसरों को बुलाया गया जगदलपुर। दोषी अफसरों को नोटिस दी गई। कलेक्टर कोर्ट में सबकी पेशी हुई। वह 1960 का दशक था। कलेक्टर को न्यायिक शक्ति हासिल थी। सब भागे-भागे आए। जो खुद को चतुर-सुजान समझते थे, उन्हें पुलिस कस्टडी में पेश होना पड़ा। वकीलों की भारी-भरकम फौज भी दोषियों के काम न आ सकी। उन्हें चयन करना था : जेल तथा नौकरी से बर्खास्तगी या पीड़िताओं से कानूनन शादी?

डॉक्टर शर्मा पर प्रदेश की राजधानी से मंत्रियों ने दवाब डाला, "हें-हें, क्या कर रहे हैं यह सब? जबरदस्ती शादी?" सीनियर अफसरों ने दबाव डाला, "समाज सुधार का काम छोड़ो, प्रशासनिक काम में मन लगाओ।" उनके पूर्व के कलेक्टरों ने सुना तो जल-भुन गए, "बस्तर में बस यही काम बच गया है? विकास रुक जाएगा। कौन लगाएगा वहाँ पूँजी? अफसर क्या नौकरानियों से शादी करेंगे?"

डॉक्टर शर्मा को कोई भी दबाव और उपालम्भ अपने इरादे से डिगा नहीं पाया। मुख्यमंत्री अपने कलेक्टर के सीने में सुलगती आग से परिचित थे। ईमानदार, जनपेक्षी, समर्पित, न्यायप्रिय। वह जो कर रहा होगा, ठीक कर रहा होगा।

कम्पनी के सी.एम.डी. ने दिल्ली में अपने मंत्रालय में गुहार लगाई, "अब इस परिस्थिति में कैसे होगा परियोजना का काम? मेरे अधिकारी-कर्मचारी डर गए हैं। आदिवासी युवतियाँ झूठा आरोप लगाकर शादी का दबाव बनाने लगेंगी।" मंत्रालय के सचिव ने सूबे के मुख्य सचिव से शिकायत की। इस्पात मंत्री ने मुख्यमंत्री को चिट्ठी लिखी, किन्तु डॉक्टर शर्मा ने जो ठान लिया था, वही हुआ।

बाकायदा सैकड़ों दम्पती बूढ़ो देव की छत्रच्छाया में बस्तर के घने जंगलों में मांदर की थाप और नाचते-गाते आदिवासी स्त्री-पुरुषों के बीच कम्पनी के सी.एम.डी., आला अफसरों और जिला प्रशासन के अफसरों की मौजूदगी में विवाह-सूत्र में बँध गए। डॉक्टर शर्मा ने खुशी-खुशी कन्यादान की रस्म अदा की। मैरेज रजिस्ट्रार ने सील-मुहर के साथ शादी का प्रमाण-पत्र जारी किया।

वही डॉक्टर शर्मा अलावलपुर कांड की जाँच के लिए बिना किसी सरकारी तामझाम के ग्रामीण क्षेत्रों में चार-पाँच दिन बिताकर पिछली शाम ही पाटलिपुत्र होटल पहुँचे थे। अमिय से मिलने को वे भी व्यग्र थे, किन्तु इतने नाटकीय ढंग से उससे मुलाकात हो जाएगी, ऐसी कल्पना उनकी न थी।

"आइए, बैठिए, आपका स्वागत है।" डॉक्टर शर्मा उसे कमरे के अन्दर ले गए। जिस शख्स को सूबे की सरकार ने नक्सली उग्रवादी घोषित किया था, वह उनके सामने मन्द-मन्द मुस्कराता हुआ बैठा था बिलकुल आराम से, जैसे न जाने वह कब से उनको जानता रहा हो। डॉक्टर शर्मा का भी वही हाल था। जैसे वह उनका कितना आत्मीय रहा हो।

"मैंने चार-पाँच दिन आपके कर्मक्षेत्र में बिताए हैं। एक रात मैं सूरजपुर में भी

रुका। इन्द्रदेव सिंह ने रहने का इन्तजाम अपने घर पर कर दिया था।" डॉक्टर शर्मा ने बातचीत का सिलसिला आगे बढ़ाया।

"जी, जानकारी मिली।"

"अलावलपुर की घटना बड़ी दुखद है। वैसे मैं जहाँ-जहाँ गया, सभी ओर एक ही नाम—डॉक्टर अमिय—और एक ही संगठन—डी.एम.के.एस. की अधिकारमय उपस्थिति व्याप्त थी।"

अमिय मुस्कराया।

"जी, गरीब किसान-मजदूरों-दलितों के बीच हम लोग कई सालों से काम करते आ रहे हैं।"

उनके बीच लम्बी बातचीत होने लगी, परन्तु अमिय का सबेरे के झुटपुटे के पहले विदा होना जरूरी था।

"मैंने पाया कि आप लोगों के काम की बदौलत मध्य बिहार के गरीब किसान-मजदूरों-दलितों में अपने हक-हकूकों के लिए काफी चेतना आई है। इस गोली कांड से उनको डर जाना चाहिए था, किन्तु वे डरे नहीं हैं। उलटे, उनमें से पुलिस और प्रशासन का खौफ निकल गया है। बड़े भू-स्वामी भी अब चेत रहे हैं कि खेतिहर मजदूरों को दबा-धमका कर काम लेने का समय अब नहीं रहा।"

डॉक्टर शर्मा क्षण भर के लिए रुके। आगे बोले, "परन्तु भूमिगत नक्सल संगठनों और जातीय सेनाओं के बीच तनाव बढ़ता जा रहा है। यह तनाव कब हिंसक टकराव का रूप ले ले, कहा नहीं जा सकता। हिंसक टकराव से दोनों पक्षों का नुकसान होगा।" गोया वे भविष्य की पदचाप सुन रहे हों।

"हिंसक टकरावों से, आप बिलकुल सही कह रहे हैं, किसी का भला नहीं होने वाला। इस बिन्दु पर पार्टी से हमारे गहरे मतभेद हैं। हमारा रास्ता जन-प्रतिरोध और जन आन्दोलन का है।" अमिय ने खुलकर सारी बातें उनके सामने रख दीं।

डॉक्टर शर्मा चुपचाप सुनते रहे। उनके शान्त मुखमंडल पर चिन्तन की रेखाएँ उभरीं। बोले, "देखिए, भारत में आम जनता के ऊपर संकटों के गहरे बादल घिरते दीख रहे हैं। उन संकटों के विरुद्ध जगह-जगह छोटे-बड़े जन आन्दोलन हो रहे हैं। कहीं संगठन बनाकर, कहीं स्थानीय स्तर पर। आदिवासियों, वनाश्रित मजदूरों एवं किसानों को जल-जंगल-जमीन से बेदखल करने की साजिशें बहुराष्ट्रीय निगमों और देशी पूँजीपतियों द्वारा रची जा रही हैं। इस पृष्ठभूमि में आप लोगों को अन्य जन आन्दोलनों के साथ मिलकर जनता के व्यापक मुद्दों पर काम करने के बारे में विचार करना चाहिए। साम्प्रदायिकता और सॉफ्ट-हार्ड हिन्दुत्व की पैरोकारी से देश को भारी नुकसान होने का खतरा है। इसे रोकने के लिए व्यापक जनता की गोलबन्दी जरूरी है।"

खिड़की से सबेरे का झुटपुटा झाँकने लगा था। अमिय के निकल जाने का समय आ गया था।

"दिल्ली में मिलिएगा। मेरा आवास आपके लिए सबसे अधिक सुरक्षित स्थान होगा। और भी बातें हो सकेंगी।" बिछुड़ते समय डॉक्टर शर्मा ने प्रस्ताव रखा।

वह बिछुड़ना नहीं था। सुदीर्घ सहचिन्तन और सहकार की आधारशिला थी। अमिय ने प्रणाम कर उनसे विदा ली। कुछ पलों बाद वह पटना के जन अरण्य में अदृश्य हो गया।

## 2

डी.एम.के.एस. के प्रतिबन्धित हो जाने के बाद उस पर नेताओं-कार्यकर्ताओं की धर-पकड़ की कार्रवाई पुलिस द्वारा तेज कर दी जाने के परिप्रेक्ष्य में पार्टी की सोच थी कि संगठन अपना नाम बदलकर काम करे। नवीन जी पार्टी के इस सन्देश के साथ किसी गोपनीय ठिकाने पर अमिय से मिलने आए। वहाँ जंगी सिंह के अलावा कार्यकारिणी के सदस्य जीवेश, अरविन्द, सत्या, हीरा शर्मा और कैलाश अगरिया भी मौजूद थे।

"कॉमरेड, पार्टी का सुझाव है कि बदली खतरनाक परिस्थिति में डी.एम.के.एस. को संगठन का नाम बदलकर अपना काम जारी रखना चाहिए। इससे साँप भी मर जाएगा और लाठी भी न टूटेगी।" नवीन जी ने पार्टी का सन्देश कह सुनाया।

सुझाव से अरविन्द सहमत था। जंगी सिंह और शेष साथियों ने निर्णय अमिय पर छोड़ दिया। अमिय इस सुझाव से सहमत न था। उसने अपना अभिमत स्पष्ट किया, "संगठन का नाम बदलने से हमारे आधार क्षेत्र के लोगों में गलत सन्देश जाएगा। वैसे भी, यह गोपनीय संगठनों के काम-काज का तरीका है। उनके नाम गुप्त होते हैं। वे किसी भी नाम से अपना काम जारी रख सकते हैं। हम खुला जन-संगठन हैं। हमने कोई गैर-कानूनी काम नहीं किया है। हम क्यों नाम बदलेंगे? हम सरकार के इस फैसले का सार्वजनिक मंचों से विरोध कर आमजन को अपना पक्ष बताएँगे। हम गरीब किसानों-मजदूरों-बुद्धिजीवियों-छात्रों को बताएँगे कि यह हमारे लोकतांत्रिक अधिकारों का हनन है। इसके लिए जरूरी होगा तो हम सरकार के इस नादिरशाही फरमान का उल्लंघन करेंगे और उसकी सजा भी भुगत लेंगे।"

नवीन जी अपने तर्क देते रहे, अमिय अपना।

"नवीन जी, नाम बदलकर काम करने का मतलब होगा कि हम सरकार के प्रतिबन्ध के निर्णय से सहमत हैं। इस फैसले के बाद से सरकार दबाव में है। देश भर में उसकी थुक्का-फजीहत हो रही है। हमें लोकतांत्रिक तरीके से अपना काम करते रहना चाहिए। हम न नाम बदलेंगे, न झंडा।" अमिय ने साफ-साफ ऐलान कर दिया।

नवीन जी चरम आशावादी थे। बोले, "कॉमरेड, परिस्थितियों के अनुसार कभी एक कदम आगे दो कदम पीछे लेना पड़ता है। प्रतिबन्ध और इनामों की घोषणा का अर्थ है कि सत्ता 'घेरा डालो और विनाश करो' की मुहिम चला रही है। चीनी क्रान्ति से सबक लेकर हमें दुश्मन की घेरेबन्दी तोड़ बाहर निकलने की राह ढूँढ़नी चाहिए। वह राह है, नाम बदलकर दुश्मन को भटका देने की। ऐसा न होने पर जनता तबाह होगी और नेतृत्व का सफाया हो जाएगा। पहले कृष्णा सिंह और अब अली मियाँ के बाद तीसरा बलिदान जनता के मनोबल को तोड़कर रख देगा।"

अमिय इस तर्क से टस-से-मस नहीं हुआ। बोला, "नवीन जी, आप जो कह रहे हैं,

उसमें दम है। मैं इससे इनकार नहीं करता। लेकिन डी.एम.के.एस. ने किसान-मजदूरों-दलितों-आदिवासियों की लड़ाई कानून और संविधान के दायरे में रहकर लड़ी है। हम लोग मार्क्स और गांधी दोनों को मानते हैं। हमारी रणनीति इन दोनों विचारधाराओं के समन्वय पर आधारित है। इसलिए हम लोग लोकतांत्रिक तरीके से काम करते हुए जनता तक अपनी बात पहुँचाते रहेंगे। दमन के समक्ष सिर नहीं झुकाएँगे।"

नवीन जी का आशावाद धूमिल पड़ने लगा था।

"आप मुगालते में हैं। पार्टी को वस्तुगत स्थितियों की व्यावहारिक समझ है। पार्टी दीर्घकालीन लोकयुद्ध के रास्ते भारत में शोषण आधारित नव सामन्ती उपनिवेशवादी दलाल पूँजीवादी शासन को उखाड़कर समतामूलक समाज की स्थापना के लिए कृत संकल्प है। प्रदर्शन-धरना-हड़तालें जनता को गोलबन्द करने के साधनों में से मात्र एक साधन हो सकती हैं, एकमात्र साधन नहीं। हथियारी क्रान्ति ही असल रास्ता है। हमें जनता की सशस्त्र गुरिल्ला वाहिनी का निर्माण करना है। सशस्त्र गुरिल्ला वाहिनी ही क्रान्ति के रास्ते शोषित-पीड़ित जनता को मुक्ति का मार्ग दिखलाएगी।"

अरविन्द ने नवीन जी की स्थापना से सहमति दिखलाई। बोला, "पार्टी काडर एवं नेतृत्व के साथ रहते और काम करते हुए मेरी समझ बहुत साफ हुई है। सशस्त्र क्रान्ति के रास्ते ही व्यवस्था-परिवर्तन सम्भव है। जेपी आन्दोलन को हम लोग भारत की आजादी का दूसरा आन्दोलन मानने की भूल कर चुके हैं। क्या हुआ अन्ततः? सत्ता बदल गई। बदली सत्ता अपने अन्तर्विरोधों के चलते भरभराकर गिर गई। पुरानी सत्ता पुनः वापस आ गई। व्यवस्था जैसी पहले थी, वैसी ही रही। कोई परिवर्तन नहीं हुआ। इससे हमें क्या सीख मिली? जनान्दोलनों के रास्ते कुछ सुविधाएँ मिल सकती हैं, व्यवस्था में बदलाव नहीं हो सकता। इसके उलट हम दुनिया में हुई क्रान्तियों को देखें तो पाएँगे कि जनता ने सशस्त्र क्रान्तियों से न केवल तानाशाहों और जन-शत्रुओं के तख्ते पलट दिए, व्यवस्था भी बदल दी। बंगाल में 1960 के दशक में जो गलतियाँ हुईं, पार्टी ने उसे सुधार लिया है। मैं सहमत हूँ कि डी.एम.के.एस. को नाम बदलकर पार्टी के दिशा-निर्देशों के अनुसार काम करना चाहिए।"

स्पष्टतः डी.एम.के.एस. की कार्यकारिणी सिद्धान्त और कार्यनीति के सवाल पर बँटी हुई थी। वह घड़ी अब दूर न रह गई थी कि डी.एम.के.एस. और पार्टी के बीच अलगाव हो जाए। अमिय को डॉक्टर शर्मा द्वारा विदा के वक्त दिए गए सुझाव बेहद पसन्द आए थे। राष्ट्रीय स्तर पर बदल रही परिस्थिति के मद्देनजर डी.एम.के.एस. को नए सिरे से अपनी भूमिका परिभाषित करने की जरूरत थी।

बैठक वहीं खत्म कर दी गई। अरविन्द को छोड़कर कार्यकारिणी के बाकी सदस्यों ने डी.एम.के.एस. के नाम से पूर्व घोषणा के साथ सभाएँ और कार्यक्रम करने का तय कर लिया।

डी.एम.के.एस. की सभाओं और कार्यक्रमों को तितर-बितर करने या उनमें अड़ंगा डालने की पुलिस की हर कोशिश आम जनता नाकाम करती रही। पुलिस टापती रह जाती और अमिय तथा अन्य इनामी नेता सभाओं में पहुँच जाते और काम खत्म कर

बिजली की फुर्ती से निकल आते। उनके और पुलिस के बीच चूहे-बिल्ली का खेल चलता रहा।

डी.एम.के.एस. गैर-मजरुआ जमीनों के भूमिहीनों में वितरण और वाजिब मजदूरी दिलवाने के अपने कार्यक्रम के साथ बहुराष्ट्रीय कम्पनियों की जल-जंगल-जमीन हड़पने तथा हार्ड-सॉफ्ट हिन्दुत्व की साजिशों के खिलाफ भी आम जनता को गोलबन्द करने लगा। प्रतिबन्ध का कोई खास असर संगठन की सक्रियता पर नहीं पड़ा क्योंकि जनता का भरपूर समर्थन उसके साथ था।

आई.जी. सुमन्त विजय सिंह और पुलिस चीफ मुख्यमंत्री को सफाई देते-देते परेशान हो गए कि अमिय अपनी गतिविधियाँ बेरोक-टोक चला कैसे पा रहा है? फाइव स्टार्स निराश होने लगे थे, "आपने भले ही तेईस नक्सली मार दिए मुख्यमंत्री जी, परन्तु अगले चुनाव में पार्टी उम्मीदवारों की जमानत बच जाए, तो गनीमत समझिए। हरिजन और पिछड़े हमसे छिटककर नक्सलियों के पाले में चले ही गए थे। ब्रह्मर्षि समाज और दूसरी सवर्ण जातियों को भी हमसे कोई आशा नहीं रह गई है। उनकी जमीनें गैर-मजरुआ कह नक्सली छीन ले रहे हैं। उनके खेत परती पड़ते जा रहे हैं। वे क्यों देंगे हमें वोट?"

पुलिस अफसरों की मजबूरी थी कि डी.एम.के.एस. को नक्सली संगठन बता प्रतिबन्धित करा चुकने के बाद वे यह सच कैसे स्वीकारते कि उसकी कोशिश सरकार के बनाए कानूनों एवं नीतियों को लागू करवाने की रही थी। फाइव स्टार्स को भी हकीकत मालूम थी। उन्हें पार्टी या अन्य नक्सली संगठनों की गतिविधियों से परेशानी कम थी। कहते, "उनके समर्थकों से निजी सेनाएँ निपट लेंगी और हथियारी दस्तों से पुलिस।" नक्सली करार देकर डी.एम.के.एस. को मिटा डालने के उनके मंसूबों पर पानी फिर रहा था।

और अलावलपुर जनसंहार की बरसी आते-आते डी.एम.के.एस. में दो फाड़ हो गए। पार्टी की मंशा के अनुरूप अरविन्द ने 'दलित मजदूर किसान परिषद्' यानी डी.एम.के.पी. के नाम से अलग संगठन बना लिया। डी.एम.के.एस. ने अखबारों में बयान जारी कर पार्टी से अपना बिरादराना रिश्ता खत्म करने और जन आन्दोलनों के माध्यम से दलितों, आदिवासियों, गरीब किसानों एवं मजदूरों के बुनियादी सवालों पर संघर्षरत रहने की घोषणा कर दी। घोषणा में बहुराष्ट्रीय निगमों द्वारा जल-जंगल-जमीन पर कब्जों की साजिशों और देश में बढ़ती साम्प्रदायिकता के खतरों के विरुद्ध आमजन को गोलबन्द कर संघर्ष करने की प्रतिबद्धता भी शामिल थी।

जैसे बँटवारे से घर कमजोर हो जाते हैं, डी.एम.के.एस. भी कमजोर हो गया। गरीब किसान-मजदूर ऊहापोह में पड़ गए थे। अमिय के प्रति उनका आदर और आस्था बरकरार थी, किन्तु यह सन्देह भी अंकुरित होने लगा था कि भूस्वामियों और निजी सेनाओं के हमले से उन्हें बचाने में कौन सा संगठन सक्षम था? पार्टी दस्ते डी.एम.के.पी. के साथ थे। डी.एम.के.पी. भी उन्हीं इलाकों में सक्रिय थी जो डी.एम.के.एस. का आधार क्षेत्र था। अरविन्द दस्तों की सुरक्षा में गरीबों को अपने पाले में लाने के लिए गाँवों में

लगातार बैठकें कर रहा था। बैठकों में वह अपने कन्धे पर राइफल लटकाए आता।

पार्टी डी.एम.के.एस. नेतृत्व से बेहद नाराज थी। 'जो पार्टी के साथ नहीं, वह पार्टी का दुश्मन' की बेहद खतरनाक रणनीति के तहत पार्टी के दस्तों ने सत्या की हत्या कर दी। यही नहीं, कई दूसरे सक्रिय काडर भी मार दिए। सब पर एक ही आरोप था—पार्टी से गद्दारी। अमिय और जंगी सिंह पर भी हमले हुए। उन्हें बदनाम करने की कोशिशें भी हुईं। अमिय को 'सुविधापरस्त', 'डरपोक', 'ढुलमुल' और अन्य अशोभनीय विशेषणों से विभूषित कर बदनाम करने का अभियान चलाया गया। उसे दुश्चरित्र तक कहा गया। बड़े भू-स्वामियों की शत्रुतापूर्ण कार्रवाइयाँ लगातार जारी थीं। अमिय उनका साझा दुश्मन था। बड़े भूस्वामियों के लिए अमिय के दोस्त उनके दुश्मन थे। इन दोतरफा शत्रुतापूर्ण कार्रवाइयों से संगठन बिखरने लगा।

जंगी सिंह की पारिवारिक समस्याएँ भी विकराल हो गई थीं। उनके भूमिगत रहने के कारण खेती सालों से चौपट थी। बेटों की पढ़ाई छूट गई थी। माँ बीमार रहने लगी थीं। पत्नी किसी तरह अकेले घर सँभाल रही थीं। ऊपर से पुलिस के ताबड़तोड़ छापे। पारिवारिक दबाव, आर्थिक कठिनाइयों और दोतरफा शत्रुतापूर्ण कार्रवाइयों से आन्दोलन से जुड़े रहना उनके लिए सम्भव नहीं रह गया था। धीरे-धीरे वह निष्क्रिय हो गए। जीवेश भी मोहभंग की स्थिति में था। उसने डी.एम.के.एस. की गतिविधियों में अपनी सक्रियता काफी कम कर दी।

डी.एम.के.एस. के खिलाफ जातीय सेनाओं की भी मोर्चाबन्दी तेज हो गई थी। उनके हमले अधिकांशतः डी.एम.के.एस. के आधार क्षेत्रों में होते थे। इन हमलों के शिकार मुख्यतः पिछड़े और दलित वर्गों के निरपराध गरीब होते थे। उन हमलों ने पार्टी और दूसरे नक्सली संगठनों को अपना पैर मजबूती से जमाने में परोक्षतः मदद की, जिससे डी.एम.के.एस. का आधार छिटकने लगा।

पीड़ित-शोषित पिछड़े-दलित अपनी पीड़ा का समाधान डी.एम.के.पी. तथा हथियारी दस्तों में देखने लगे थे। दस्ते उनके लिए मुक्तिदाता बनते जा रहे थे। अमिय के समक्ष नई चुनौतियाँ पेश होने लगी थीं।

## 3

नई चुनौतियों से अमिय निष्क्रिय या निराश नहीं हुआ। हरि लाल, हीरा शर्मा और कुन्ती देवी जैसे साथी संगठन में नई ऊर्जा भरने के काम में लगे हुए थे। जहानाबाद से पलामू तक के अनेकों उत्साही नौजवान नेतृत्वकर्ता बनकर उभरे। अमिय उनका सिद्धान्तकार और पथ प्रदर्शक था। वे घंटों अमिय से बहस करते। अपनी कहते, उसकी सुनते। उनकी जो और जैसी भी समझ थी, वह उसके समक्ष बेझिझक रखते। अमिय उनके विचारों का स्वागत करता। भारत में सशस्त्र क्रान्ति के प्रश्नों को वह टालता नहीं, साफगोई के साथ उनकी मीमांसा करता, "आज राजसत्ता की ताकत इतनी अधिक है कि हथियारबन्द इनकलाब सम्भव नहीं है। सशस्त्र क्रान्ति की तीन बुनियादी शर्तें हैं—देशव्यापी प्रभाव

वाली क्रान्तिकारी पार्टी, क्रान्ति के पक्ष में व्यापक जन समर्थन और राजसत्ता की हथियारी ताकत का मुकाबला करने में सक्षम क्रान्तिकारी फौज। वर्तमान भारत में इनमें से एक भी शर्त पूरी नहीं होती। क्रान्तिकारी शक्तियाँ दिग्भ्रमित और बिखरी हुई हैं। बहुसंख्यक जनता जाति-धर्म-क्षेत्र के आधार पर बँटी हुई है और शासक वर्गों के राजनैतिक प्रभाव में है। ऐसी स्थिति में सबसे पहला बड़ा और महत्त्वपूर्ण कार्य है, जनता की चेतना को ऊँचा उठाना। यह दीर्घकालीन कठोर मेहनत का काम है। यह कैसे होगा? यह जन-संगठन और जन आन्दोलन के माध्यम से होगा। जनवादी तरीके से जनता के विभिन्न तबकों के सवालों पर जन आन्दोलन गठित करना होगा बिना थके, बिना हारे। मेरी पुख्ता समझ है कि भारत में क्रान्ति यानी बुनियादी परिवर्तन की सही रणनीति जन-संगठन और जन आन्दोलन ही है।"

"जनान्दोलन के दौरान जन-संगठनों और जनता पर सामन्ती और पूँजीवादी शक्तियों के हमले होते रहते हैं। इसे हम लोग स्वयं झेल रहे हैं। क्या अपनी सुरक्षा के लिए जन-संगठनों को सशस्त्र दस्ते नहीं रखने चाहिए?" नौजवान सवाल करते। नए होने के कारण वे डी.एम.के.एस. के इतिहास और डिफेंस मैकेनिज्म के अनुभवों से पूरी तरह परिचित नहीं थे। अमिय धैर्यपूर्वक उनकी जिज्ञासा का उत्तर देता—

"मैं हिंसा को सैद्धान्तिक नहीं, रणनीतिक सवाल मानता आया हूँ। जनता और संगठन के ऊपर होने वाले हमलों क. प्रतिरोध करना मैं सही समझता हूँ, लेकिन प्रतिरोध के लिए जनता को तैयार करना होगा। रही बात सशस्त्र दस्ते रखने की, पिछले कई सालों के अनुभव से हमें सीख मिली है कि हथियारी दस्तों की कार्रवाई राजसत्ता को जनता के दमन का अवसर दे देती है। यही नहीं, जन आन्दोलन की पहलकदमी जनता के हाथों से छिनकर सशस्त्र दस्तों के हाथों में चली जाती है। इससे जन-संगठन और जन आन्दोलन के अन्दर का जनवाद समाप्त होने लगता है और अन्तर्विरोधों को हथियारों के प्रयोग से सुलझाने या उलझाने की मानसिकता उत्पन्न होने लगती है। सत्या और हमारे कितने साथी सशस्त्र दस्तों की इसी मानसिकता के शिकार हुए हैं। मुझ पर भी हमले हुए हैं और आगे भी हो सकते हैं।"

ऐसे मौकों पर उसके मन में वेदना की घटाएँ घहराने लगती थीं। अपने प्रिय साथियों की हिंसक मृत्यु को याद कर उसका हृदय विदीर्ण हो जाता था। वेदना के उन क्षणों में बस एक वाक्य कह वह बहस को विराम दे देता था, "हथियारबन्द दस्तों की राजनीति को मैं गम्भीर भटकाव मानता हूँ।"

अमिय की दृष्टि भविष्य पर टिकी थी। डॉक्टर शर्मा ने देश के आमजन पर गहराते जिन संकटों की ओर इशारा किया था, अमिय उनके सापेक्ष कार्यक्रम एवं रणनीतियाँ बना आगे काम करने की सोच रहा था।

डॉक्टर शर्मा का निमंत्रण दिल्ली आकर उनसे मिलने का था ही। किरण, अवधेश, यास्मीन-हामिद भी वहीं थे। अमिय ने दिल्ली की ट्रेन पकड़ ली। भविष्य के कार्यक्रम और रणनीतियाँ तय करने के पहले उनकी राय उसके लिए महत्त्वपूर्ण थी।

"जैसा कि मैंने पटना में आपसे कहा था, आपने मध्य बिहार में किसान-मजदूरों

के बीच बहुत काम कर लिया है। आपको अब अपनी गतिविधियों का दायरा बढ़ाना चाहिए। बहुराष्ट्रीय निगमों, देशी पूँजीपतियों और धार्मिक उन्मादियों की साजिशों से देश में नए-नए खतरे उभर रहे हैं। इन खतरों के विरुद्ध देश भर में छोटे-बड़े जन आन्दोलन हो रहे हैं। जल-जंगल-जमीन को बचाने की जद्दोजहद जारी है। किसान को अपनी मेहनत का सही मोल नहीं मिल रहा है। हमारे खनिजों पर बहुराष्ट्रीय कम्पनियाँ गिद्ध दृष्टि गड़ाए बैठी हैं। आदिवासी, वनाश्रित मजदूर और असंगठित क्षेत्र के मजदूर गहरे संकटों से गुजर रहे हैं। ऐसे में आप लोगों को जनता के सवालों पर काम करने वाले अन्य जन-संगठनों के साथ साझा मोर्चा बनाकर काम करना चाहिए।" डॉ. शर्मा ने दिल्ली की मुलाकात में दोस्ताना सलाह दी।

"हम लोगों ने 'कैमूर न्याय मोर्चा' बनाया था जिसका विस्तार कैमूर से मिर्जापुर-सोनभद्र तक करने की कोशिशें जारी थीं। मोर्चे ने आदिवासी क्षेत्रों के स्थानीय मुद्दों पर भी आन्दोलन किया था। संथाल परगना में दिकुओं के शोषण के विरुद्ध हमारा काम आगे बढ़ा था। ट्रेड यूनियन फ्रंट पर भी कुछ काम हुआ है, परन्तु ये काम अपनी प्रारम्भिक अवस्था से आगे नहीं बढ़ पाए हैं। इसके दो कारण रहे हैं। पहला, जेपी आन्दोलन के दिनों से हमारा ज्यादा जोर भूमिहीन किसानों और खेतिहर मजदूरों को संगठित करने पर रहा है। दूसरे, पार्टी के साथ हमारे बिरादराना सम्बन्धों के कारण हमें अनगिन केस-मुकदमों में उलझना पड़ा। इससे हमें उन कामों को आगे बढ़ाने में व्यावहारिक कठिनाइयों से जूझना पड़ रहा है। आपकी सलाह हमारे लिए बहुमूल्य है। वैसे मेरी एक छोटी-सी शंका है। उसका समाधान चाहूँगा।" अमिय ने अपने अब तक के कामों की संक्षिप्त चर्चा करते हुए कहा।

डॉ. शर्मा का मानना था कि उनकी सलाह उनके प्रति आदर की भावना के कारण नहीं अपितु यदि वह उचित हो, तभी मानी जाए। वे असहमति का स्वागत करते थे।

"बेहिचक अपनी शंका बताइए।" उन्होंने 'बेहिचक' शब्द पर जोर देते हुए कहा।

"मेरा अनुभव रहा है कि प्राय: स्थानीय आन्दोलनों का व्यवस्था-परिवर्तन के व्यापक प्रयासों से कोई सम्बन्ध नहीं जुड़ पाता। परिणामस्वरूप, ऐसे आन्दोलनों में कुछ समय बाद ठहराव आ जाता है और कार्यकर्ताओं में निराशा पैदा हो जाती है। यह भी देखा गया है कि छोटे जन-संगठनों को आर्थिक और प्रशासनिक कठिनाइयाँ झेलनी पड़ती हैं जिससे उनकी सक्रियता बाधित हो जाती है। ऐसे में हमारे जन-संगठन को, जिसका लक्ष्य व्यवस्था-परिवर्तन है, अन्य के साथ साझा मोर्चा बनाने में व्यावहारिक एवं रणनीतिक कठिनाइयाँ आ सकती हैं।" अमिय ने गम्भीर सवाल उठा दिया।

डॉ. शर्मा ने तुरन्त उत्तर न दिया। प्रश्न को अगले दिन पर टाल दिया। अमिय ने जो शंका जाहिर की थी, उसका समाधान तुरन्त कर पाना उनके लिए आसान न था। शंका का सामाधान वायवीय तर्कों के आधार पर ढूँढ़ना जोखिम भरा था। शाब्दिक जुगाली से कुछ हासिल नहीं होता। हमें कठिन स्थितियों को हल करने के तरीके 'ट्रायल एंड एरर' की बजाय ऐतिहासिक अनुभवों और सबूतों की खराद पर तराश कर निकालने चाहिए। उस रात डॉ. शर्मा ने बस्तर से अब तक के अपने अनुभवों और जनान्दोलनों

के इतिहास पर गहन चिन्तन किया। उनका अनुभव था कि छोटे-छोटे कदमों से एवरेस्ट लाँघा जा सकता है बशर्ते कि दिशा और दृष्टि साफ हो।

"मैं सहमत हूँ कि सीमित मुद्दों के लिए संघर्षरत जन-संगठनों एवं जनान्दोलनों की अपनी सीमाएँ होती हैं। उनके साथ मोर्चा बनाने में अपनी ऊर्जा नष्ट नहीं करनी चाहिए। पर मेरा दृढ़ मत है कि बुनियादी मुद्दों पर समान विचार वाले जन-संगठन, कार्यकर्ता, यहाँ तक कि गैर-सरकारी संगठन भी एक सूत्र में बँधें और भारतीय समाज की विकृति तथा उसके विकल्प यानी भारत की ठोस परिस्थितियों को देखते हुए परिवर्तन के सिद्धान्त, रणनीति एवं कार्यनीति पर विचार करें। विचार करते समय जनवादी रवैया महत्त्वपूर्ण होगा। ऐसा नहीं कि 'माई वे या हाई वे' वाली स्थिति पैदा हो जाए। सिद्धान्त, रणनीति एवं कार्यनीति के निर्धारण के उपरान्त तदनुरूप कार्यक्रम लें और जनता के सहयोग तथा सहभागिता के साथ उसे लागू करें।" अगले दिन की बातचीत में डॉक्टर शर्मा ने उस रात गहरे चिन्तन से उभरे मसौदे को अमिय के साथ साझा किया।

अमिय को डॉक्टर शर्मा का मसौदा दमदार लगा। कहावत है, अकेला चना भाड़ नहीं फोड़ सकता। भारत जैसे विशाल देश के लिए यह कहावत ज्यादा मौजूँ है। अलग-थलग होकर काम करने के मुकाबले बुनियादी मुद्दों पर समान विचार वाले जन-संगठनों और एक्टिविस्टों का साझा मंच ज्यादा प्रभावी हो सकता है, वैसे ही जैसे टिमटिमाते हुए एक दीये के साथ कई कंदीलें जुड़ जाएँ।

किन्तु गैर-सरकारी संगठन यानी एन.जी.ओ. के साथ साझा मंच? अमिय ने अपनी शंका प्रकट की, "शर्मा जी, हमारा मानना है कि वर्गीय समाज में तीखे वर्ग-संघर्ष के बगैर किसी तरह का बुनियादी परिवर्तन सम्भव नहीं है और वर्ग-संघर्ष को तेज करने में जनान्दोलनों की बड़ी भूमिका होती है। इसके उलट, गैर-सरकारी संगठन या एन.जी.ओ. की अवधारणा ही 'अनुमति पर आधारित संगठन' की है यानी वे राजसत्ता की अनुमति से उसकी इच्छा की परिधि में काम करते हैं। इसलिए वे ऐसा कोई मुद्दा नहीं उठा सकते जो राजसत्ता के विरोध में हो। इसके अलावा, वे फंडिंग एजेंसियों के पैसों, यहाँ तक कि विदेशी चन्दों, तथा सत्ता-शिखरों तक अपनी पहुँच के सहारे सीमित रूप में गाँवों-मुहल्लों के विकास का प्रयोग करते रहते हैं। ऐसे में वर्ग-संघर्ष और जनान्दोलनों के प्रति समर्पित हमारे जैसे संगठन एन.जी.ओ. के साथ साझा मंच कैसे बना पाएँगे?"

डॉक्टर शर्मा मुस्कराए। जैसे वे ऐसे सवाल की आशा अमिय से कर रहे हों। बोले, "देखिए, इस देश में क्रान्तिधर्मी शक्तियाँ यत्र-तत्र बिखरी हुई हैं। वे अलग-अलग रूपों में हैं। वे कहीं व्यक्ति, कहीं छोटे-छोटे समूहों और कहीं स्थानीय जन-संगठनों के रूप में हैं। आज की जरूरत, मेरे विचार से, यह है कि इन्हें पहचान कर एक सूत्र में पिरोया जाए। हम यह विचार आँख बन्द कर खारिज नहीं कर सकते कि कहीं वे एन.जी.ओ. अथवा एन.जी.ओ. से जुड़े किसी व्यक्ति के रूप में हैं। खारिज करने का मतलब होगा, किसी सम्भावना की बिना परखे भ्रूण-हत्या कर देना। हमें एक चलनी लेकर बैठना होगा और सबको उस चलनी से गुजारकर परखना होगा। चलनी में जो बच गया, वह काम

का, जो नीचे गिर गया वह बेकार। चलनी की हमारी कसौटी साफ है—बुनियादी मुद्दों पर साझी समझ। समान विचार।"

अमिय डॉक्टर शर्मा को ध्यान से सुन रहा था। अमिय को स्वीकार करना पड़ा कि उसके मुकाबले उनकी दृष्टि व्यापक फलक तक पहुँची थी। सत्ता, जन-संघर्ष, सामाजिक एक्टिविज्म, एन.जी.ओ.—सभी कुछ उस फलक में थे।

डॉक्टर शर्मा आगे बोले, "आप चलनी की कसौटी में विदेशी चन्दा न लेने की शर्त भी जोड़ दें। आप पाएँगे कि फर्जीवाड़ा करने वाले अधिकांश एन.जी.ओ. इसी आधार पर छँट जाएँगे। किन्तु स्थानीय संसाधनों के बल पर स्थानीय मुद्दों के लिए संघर्ष करते जन-संगठनों को अपने साथ लीजिए। अगर वे आपके विश्लेषण या सोच में क्रान्तिधर्मी नहीं हैं कोई हर्ज नहीं कि वे संघर्ष की आँच में तपकर इस्पात बन जाएँगे। और अगर नहीं बने, उनसे पीछा छुड़ा लीजिए। कुछ लोग दस कदम चलेंगे, कुछ सौ कदम। आप जैसे मीलों चलने वाले इसी प्रक्रिया से उभरेंगे।"

अमिय की धुँधली दृष्टि साफ होने लगी थी। असल है, व्यापक जनता में संकटों से लड़ने के लिए प्रतिरोध की संस्कृति का निर्माण। अँधेरों के विरुद्ध जगह-जगह प्रतिरोध की कंदीलें जलाना। यह काम अकेले नहीं, समानधर्मा क्रान्तिकारी शक्तियों की एकजुटता से ही होगा। संघर्ष के द्वीप विकसित करने होंगे।

डॉक्टर शर्मा ने अपनी बात पूरी की, "देश के गाँवों में एक गम्भीर खतरा मँडरा रहा है। कृषि प्रधान भारत में अगर खेती पर बहुराष्ट्रीय कम्पनियों और देशी पूँजीपतियों का कब्जा हो गया, तो उसका मतलब केवल बड़े या छोटे-मझोले किसानों की बर्बादी नहीं, बल्कि खेतिहर मजदूरों, बटाईदारों, छोटे दुकानदारों—सबकी बर्बादी होगी। पूरी सभ्यता का खात्मा समझिए। इसलिए इस बड़ी चुनौती को समझिए। यह बड़ी चुनौती है, नव उपनिवेशवाद की। नव उदारवाद की। धार्मिक उन्माद की। और इस चुनौती का मुकाबला कोई एक वर्ग अकेला नहीं कर सकता। साझा मोर्चा बनाकर पूरे राष्ट्र की संकल्प-शक्ति को जगाना होगा। लम्बी लड़ाई के लिए आमजन को तैयार करना होगा। शायद हम लोग अपने जीवन काल में इस लड़ाई की सफलता न देख सकें, लेकिन यदि यह लड़ाई हमारे जीवन काल में शुरू हो जाए, यह भी कम नहीं है।"

डॉक्टर शर्मा उत्साह से भरे थे।

अमिय समानधर्मा जन-संगठनों और व्यक्तियों के साथ साझा मोर्चा बनाकर देश पर उमड़ रहे संकटों के विरुद्ध दीर्घकालीन संघर्ष की आवश्यकता समझ गया था। डॉ. शर्मा की सारगर्भित सलाह पर दोस्तों से भी विमर्श करना जरूरी था। विमर्श के लिए यास्मीन-हामिद के घर पर किरण और अवधेश भी आ गए थे।

यास्मीन-हामिद भी एन.जी.ओ. चलाते थे। अमिय ने एन.जी.ओ. के सम्बन्ध में डॉक्टर शर्मा से हुए विमर्श को उनके सामने रखा।

"अमां यार, तुम हमें साझा मोर्चा में शामिल करो न करो, हम तुम्हारा साथ न छोड़ने वाले। कौन जानता है हमसे दुबारा बिछुड़कर हिमालय की किसी गुफा में वापस चले जाओ?" हामिद ने उसकी पीठ पर धौल जमाते हुए कहा।

यास्मीन मुस्कराई।

"मैंने तुम्हारे पाँवों में बेड़ियाँ डालनी चाही थीं, लेकिन बच्चू, तुम चालाकी से निकल गए। लेकिन दोस्ती से बचकर नहीं निकलने देंगे।"

किरण शरमा गई। अवधेश ठठाकर हँसा।

अमिय ने विमर्श की दिशा मोड़ा, "तुम लोगों की क्या राय है? हमें साझा मोर्चा बनाकर देश में बृहत्तर संकटों से लड़ने की तैयारी करनी चाहिए या कि हम लोग गरीब किसानों और खेतिहर मजदूरों की लड़ाई को ही आगे बढ़ाते रहें।"

अमिय ने बातचीत में डी.एम.के.एस. के पार्टी से बिरादराना सम्बन्ध तोड़ लेने, संगठन में दो फाड़ होने, कई साथियों के मारे जाने तथा निष्क्रिय हो जाने की परिस्थितियों को बिना किसी दुराव-छिपाव के साझा किया।

सत्या के मारे जाने की खबर से किरण स्तब्ध रह गई। जब वह पहली बार मध्य बिहार के गाँवों को कवर करने गई थी, सत्या ने उसका पूरा ध्यान रखा था—छोटे भाई की तरह।

"ओह! यह कौन-सी क्रान्ति है जिसमें आप से असहमत साथी आपका दुश्मन हो जाता है। लेनिन ने सही कहा था, वामपंथी दुस्साहसवाद बचकाने मर्ज से अधिक कुछ नहीं होता।" किरण ने अपना दुख और आक्रोश व्यक्त किया।

हामिद, यास्मीन और अवधेश को भी इस घटना ने हिला दिया। जंगी सिंह और जीवेश के निष्क्रिय हो जाने को लेकर भी सभी अचम्भित थे। कृष्णा सिंह और अली मियाँ की शहादत क्या कम दुखदायी थी?

"यह सही है कि तपे-तपाए साथियों के खोने से हमारे संगठन को भारी नुकसान हुआ है, किन्तु हमारे साथ नए साथी जुड़े हैं, जुड़ रहे हैं। समाज-परिवर्तन के सपने मुरझा सकते हैं, मर नहीं सकते। मैं कुछ-कुछ ऐसा ही देख रहा हूँ। मध्य बिहार में वर्तमान का दौर क्रान्ति के सपनों का दौर है। समाज की वर्चस्ववादी शक्तियाँ रक्षात्मक मुद्रा में हैं। वे अपने वजूद को बनाए रखने के लिए जातीय सेनाओं के माध्यम से हारा हुआ युद्ध लड़ रही हैं। वह युद्ध बुझते दीये की टिमटिमाहट जैसा है क्योंकि उन्हें सत्ता का पूरा समर्थन है, इसलिए हथियारी कार्रवाई बनाम जन आन्दोलन का सवाल पूरे तीखेपन के साथ मौजूद है। हमारे साथ जुड़ रहे कई नौजवानों को भी हथियारी कार्रवाई का रोमांस खींचता रहता है, परन्तु हम लोग खुली बहस चलाकर उन्हें जन आन्दोलन के ऐतिहासिक रूप से सही रास्ते पर ला रहे हैं। संगठन के कमजोर हो जाने के बावजूद मैं निराश नहीं हूँ। जनता पर मेरा विश्वास घटा नहीं है, अपितु गाढ़ा हुआ है।" अमिय ने आशावाद का दामन नहीं छोड़ा था।

अमिय भूतकाल से लिपटकर रह जाने वालों में नहीं था। उसकी दृष्टि अग्रगामी थी। लक्ष्य स्पष्ट था। वह साथ छोड़ चले जाने वालों के लिए विलाप क्यों करे? हाँ, जो शहीद हो गए, उनके लिए गहरी पीड़ा थी। उनकी शहादत को व्यर्थ न जाने देने का कर्तव्यबोध था। साझे सपनों को जमीन पर उतारने के लिए बिना थके आगे बढ़ते चले जाने का हौसला मिला था उस कर्तव्यबोध से उसे।

हामिद, यास्मीन, किरण और अवधेश से अधिक अमिय के जीवट एवं समर्पण को भला दूसरा कौन जानता था? अवधेश ने विमर्श को आगे बढ़ाया, "साथी, तुमने कम्यूनिस्टों के साथ मिलकर जमीन और मजदूरी के आन्दोलन को आगे बढ़ाने के बारे में कभी विचार किया है? वैसे तुम देश पर घहराते जिन बृहत्तर संकटों की चर्चा कर रहे हो, कम्यूनिस्ट भी अपने तरीकों से उनका मुकाबला कर रहे हैं।" अमिय के चेहरे पर मुस्कान उभर आई।

"भइया, हमें कम्यूनिस्टों से भला क्या परहेज? लेकिन उन्हें हम लोगों से परहेज है। उनकी नजर में हम गांधीवादी लोग हैं।" सभी की आँखें विस्फारित हो गईं।

"गांधीवादी, भला क्यों?" किरण ने हस्तक्षेप किया।

"हमारी शैली क्लासिकल मार्क्सवादियों से अलग है। उपवास को मुख्यत: गांधीवादी उपकरण माना जाता है, लेकिन मैं संघर्ष में इसका उपयोग करता हूँ। इसके अलावा भी हमारे बीच कुछ मतभेद हैं, मसलन तकनीक और विकेन्द्रीकरण जैसे सवालों पर। हम जनवाद में विश्वास करते हैं, जनवादी केन्द्रीयता में नहीं। इसलिए कम्यूनिस्ट हमें स्वीकार नहीं करते।"

"उपवास कारगर हथियार है?" किरण ने प्रश्न किया।

"हाँ, उपवास अपने लोगों से लड़ने के लिए कारगर हथियार है, लेकिन सिर्फ अपने लोगों से।"

"तो सर्वोदयी गांधीवादी तुम लोगों को अपना मानते होंगे।" अवधेश था।

अमिय की मुस्कान चौड़ी हो गई।

"कहाँ भाई? वे हमें नक्सली, कम्यूनिस्ट आदि विशेषणों से नवाजते हुए खुद से दूर रखते हैं।"

डॉक्टर शर्मा ने क्रान्तिधर्मी शक्तियों के बिखराव की जो बात कही थी, वह मात्र भौगोलिक नहीं था। सबके अपने-अपने खाने थे। जो उन खानों में फिट हो गया, वह दोस्त। न फिट हुआ तो लक्ष्य एक होने के बावजूद राहें जुदा-जुदा थीं।

"देश में व्यवस्था-परिवर्तन की राह में कई मुश्किलें क्रान्तिकारी शक्तियों के सेक्टेरियन हो जाने के कारण भी पैदा हुई हैं। अपने-अपने घोंसलों में रहकर सभी क्रान्ति का गीत गाते रहेंगे। परन्तु साथ में मिलकर काम करने के सवाल पर नाक-भौं सिकोड़ लेंगे।" हामिद ने तल्ख टिप्पणी की।

उनके बीच हो रही चर्चा में अवधारणा एवं व्यावहारिकता, दोनों ही स्तरों पर लम्बी बातचीत हुई। सबकी राय थी कि अमिय को एक ब्रांडबेस्ड संगठन खड़ा कर जनता को गहरे संकट में धकेलने वाले स्थानीय और राष्ट्रीय, सभी मुद्दों पर साझा मोर्चा बनाकर काम करना चाहिए। खेतिहर मजदूरों और गरीब किसानों में जिस तरह की चेतना मध्य बिहार में जाग्रत हो गई थी, उसे फैलाने की जरूरत थी। उस चेतना के कारण मध्य बिहार में, कम-से-कम, जमीन और मजदूरी के सवालों को हल होने से रोक पाना किसी के वश में न था। इसलिए उस चेतना को फैलाने के साथ-साथ जल-जंगल-जमीन पर बहुराष्ट्रीय कम्पनियों और देशी पूँजीपतियों के हमलों, दलित-आदिवासी सवालों,

वनाश्रित-असंगठित क्षेत्र के मजदूरों और समाज के सम्प्रदायीकरण जैसे मुद्दों को केन्द्र में रखकर काम करने की महती आवश्यकता सबने महसूस की।

अमिय दिल्ली से जब अपने कार्यक्षेत्र के लिए वापस लौटने लगा, उसके समक्ष नए गवाक्ष खुल रहे थे। नए आसमान की लालिमा उसे नेह-निमंत्रण दे रही थी। नए आसमान तक पहुँचने की नई राहें फूट रही थीं। दोस्तों ने इन नई राहों पर उसके कदम से कदम मिलाकर चलने का संकल्प दुहराया था। डॉक्टर शर्मा ध्रुवतारे की तरह उसका पथ प्रदर्शन करने के लिए तत्पर थे।

अब उसे संगठन के साथियों से विमर्श कर अन्तिम निर्णय लेना था, किन्तु नियति ने उसके लिए एक व्यवधान गढ़ रखा था जो उसकी प्रतीक्षा कर रहा था।

## 4

उसने दिल्ली से गया की ट्रेन पकड़ी थी। ट्रेन रात के 2 बजे गया पहुँची। जहानाबाद के लिए अगली ट्रेन 5 बजे सुबह थी। अमिय के लिए स्टेशन पर दो-तीन घंटे का समय गुजारने के अलावा कोई दूसरा विकल्प न था। इतनी रात को शहर के अपने ठिकाने में जाकर मेजबान की नींद क्यों खराब की जाए, यह सोच उसने झोले में से एक किताब निकाली और प्लेटफॉर्म नं 1 की बेंच पर बैठकर पढ़ने में तल्लीन हो गया। स्टेशन खामोशी में डूबा था। अगर दिल्ली की तरफ जाने या उधर से आने वाली कोई ट्रेन आती, स्टेशन पर गुड़ी-मुड़ी सोए मुसाफिरों में हलचल होने लगती और वे अपना सामान समेट डिब्बों की तरफ भागते। ट्रेन के प्लेटफॉर्म छोड़ने के बाद फिर वही खामोशी वापस लौट् आती।

जहानाबाद जाने वाली ट्रेन के प्लेटफॉर्म पर लगने की घोषणा से अमिय का ध्यान भंग हुआ। उसने टिकट खिड़की पर जाकर टिकट खरीदा। ट्रेन प्लेटफॉर्म नं. 5 पर खड़ी थी। वहाँ ओवर ब्रिज होकर जाया जाता था। जब वह ओवर ब्रिज की सीढ़ियों पर चढ़ा, उसे लगा जैसे कई जोड़ी आँखें उस पर लगी हैं। उसने खास ध्यान न दिया। ओवर ब्रिज से प्लेटफॉर्म पर उतर वह ट्रेन के पास पहुँचा और एक खाली डिब्बे में बैठ गया। ट्रेन के खुलने में देर थी। यात्री आते जा रहे थे। उसने झोले में से वही किताब निकाल ली और आगे के पन्ने खोलकर पढ़ने में तल्लीन हो गया।

लगभग दस मिनट गुजरे होंगे कि पुलिस का एक सब इंस्पेक्टर दसेक राइफलधारी सिपाहियों के साथ डिब्बे में आकर यात्रियों का सामान चेक करने लगा। अमिय ने कनखियों से देखा, सबके कन्धे पर बिहार पुलिस का बिल्ला लगा था। अमिय चौंका, रेलवे प्रोटेक्शन फोर्स की बजाय बिहार पुलिस किस कानून से रेल यात्रियों का सामान चेक करने लगी? शायद जी.आर.पी. का दारोगा हो, उसने अपनी नजरें किताब में गड़ा दीं। अचानक उसे आभास हुआ जैसे प्लेटफॉर्म पर खड़ा कोई शख्स उसकी ओर उँगलियों से इशारा कर रहा हो। जब तक अमिय कुछ समझता, वह सब इंस्पेक्टर रिवॉल्वर ताने उसके ठीक सामने खड़ा था। सिपाहियों ने भी हाथों में राइफलें तान रखी थीं। राइफलों की नालें उसकी ओर थीं। अमिय गिरफ्तार हो चुका था।

गिरफ्तारी के बाद जब वह दुबारा उसी ओवर ब्रिज से पहले नम्बर के प्लेटफॉर्म पर लाया गया, समूचा प्लेटफॉर्म राइफलधारी पुलिस जवानों से भर गया था। पुलिस का कोई आला अफसर सामने खड़ा था। अफसर ने फटाफट अमिय की तलाशी ले डाली। पहनने के कपड़ों, किताबों, टूथपेस्ट, टूथ ब्रश, साबुन की टिकिया और जेब में पड़े थोड़े-से रुपयों के अलावा उसके पास कुछ नहीं मिला। अफसर अचम्भित था—इतने खूँखार नक्सली के पास एक चाकू तक नहीं?

पुलिस के भारी पहरे में स्टेशन से गया कोतवाली लाकर अमिय को हाजत में बन्द कर दिया गया। कोतवाली की बिल्डिंग अंग्रेजी राज्य में तामीर ईंटों की एक लाल इमारत थी। वह शहर के भीड़-भाड़ वाले हिस्से में शहर के बीचोबीच खड़ी थी। उसके कमरे काफी बड़े-बड़े थे और छतें ऊँची थीं। दिन में भी कमरों में अँधेरा छाया रहता। गिरफ्तारी के बाद उसे जहानाबाद न भेजकर कोतवाली में लाने का कारण न अमिय ने पूछा, न उसे बताया गया।

जिस आला अफसर ने उसकी तलाशी ली थी, वह शहर का डिप्टी सुपरिंटेंडेंट था। एक लाख के इनामी नक्सली को पकड़ने का दर्प उसके चेहरे से टपका पड़ता था, लेकिन था वह कोमल हृदय का। उसने अमिय को चाय पिलवाने का हुक्म थानेदार को दिया। उसका अचम्भा कम न हुआ था। उसने अमिय के बारे में इतना कुछ सुन रखा था कि उसकी कल्पना का अमिय शरीर से लहीम-शहीम था और भरी हुई विदेशी पिस्टल हमेशा साथ रखता था, परन्तु उसके सामने जो अमिय था, वह सामान्य कद-काठी का सुकुमार-सा दीखने वाला प्राणी था, जिसके पास चाकू तक न था। इसी बात को लेकर वह अचम्भित था। अमिय ने अपनी गिरफ्तारी का कोई प्रतिरोध नहीं किया था। शान्त बना रहा। कोई डर-भय नहीं। कोई उत्तेजना नहीं। डिप्टी सुपरिंटेंडेंट का अचम्भा इस कारण भी था।

दोपहर के आसपास कोतवाली में पटना से स्पेशल ब्रांच और आई.बी. के बड़े अफसरों के आने के बाद अमिय से पूछताछ शुरू हुई। पुलिस ने कोतवाली आने-जाने के सारे रास्ते बैरिकेड कर दिए थे। गाड़ियों को दूसरे रास्तों की ओर मोड़ा जा रहा था। एस.पी. गया कोई चांस लेना नहीं चाहता था। कौन जाने, नक्सली हमला कर डॉक्टर अमिय को छुड़ाने आ जाएँ? पूछताछ के समय अमिय बिलकुल शान्त और संयत बना रहा। हर सवाल का बिना रुके, बिना हिचके, उत्तर देता रहा।

"डॉक्टर साहब, आप कहाँ के रहने वाले हैं?

"मूलत: आगरा, उत्तर प्रदेश का हूँ, परन्तु कह सकते हैं कि इतने सालों से बिहार में काम करने के कारण खाँटी बिहारी हो गया हूँ।"

"आपने डॉक्टरी कहाँ से पढ़ी?"

"इलाहाबाद से। वैसे मैंने कोर्स पूरा नहीं किया। पढ़ाई बीच में छोड़कर हिमालय चला गया। वहाँ जाकर संन्यासी हो गया।"

"आप बिहार कैसे पहुँचे?"

"सन् 1974 में मैं जयप्रकाश जी से दिल्ली में मिला था। उन्होंने बिहार के छात्र

आन्दोलन के बारे में बताया और कहा कि वहाँ मुझे आप जैसे नौजवानों की जरूरत है।"

"जयप्रकाश जी आपको जानते थे?"

"नहीं, जानते नहीं थे। वह मेरी उनसे पहली मुलाकात थी। लेकिन जब उन्होंने बिहार आन्दोलन का नेतृत्व स्वीकार किया तो मुझे लगा कि समाज-परिवर्तन की दिशा में यह नई पहलकदमी है। समाज में एक तरह का मंथन शुरू हुआ है, जिसमें मुझे शामिल होना चाहिए।"

"आप ट्रेड यूनियन में भी सक्रिय रहे हैं?"

"जी हाँ, 1977 में हमने डिहरी ऑन सोन और दुर्गावती परियोजना में सिंचाई कामगारों का यूनियन बनाया।"

"सुना है, आपकी यूनियन का इंजीनियरों में बड़ा खौफ था?"

"जी नहीं, हमारी यूनियन ने संविधान प्रदत्त अधिकारों के तहत भ्रष्ट इंजीनियरों के खिलाफ कई आन्दोलन चलाए और कामगारों को उनका कानूनी हक दिलवाया।"

"आप नक्सली कैसे बने?"

"यह बिलकुल निराधार आरोप है। मैं न तो नक्सल विचारधारा से सहमत हूँ, न ही हमारा जन-संगठन नक्सली है। हम लोग किसानों और खेतिहर मजदूरों के लिए सरकार द्वारा बनाए मजदूरी और भूमि-सुधार के कानूनों को लागू कराने के लिए संविधान प्रदत्त अधिकारों के तहत जन आन्दोलन के पक्षधर हैं। हम निश्चित तौर से शोषण और असमानता पर आधारित सामाजिक-आर्थिक व्यवस्था को बदलने के लिए काम करते हैं।"

"आप पर आरोप है कि आपके नेतृत्व में हथियारबन्द दस्तों ने कई भू-स्वामियों को मार डाला।"

"मुझ पर लगाए गए ये सारे आरोप गलत हैं। हम लोग भू-स्वामियों और उनकी गुंडावाहिनी के हमलों के खुद शिकार हुए हैं।"

"क्या यह गलत है कि डी.एम.के.एस. पार्टी यूनिटी का फ्रंट है?"

"हाँ, यह गलत है। हमारा संगठन कभी पार्टी यूनिटी का फ्रंट नहीं रहा। हाँ, हमारा उनसे बिरादराना सम्बन्ध जरूर था, परन्तु उनके किसी भी एक्शन से हमारा या हमारे संगठन का कोई सम्बन्ध नहीं रहा है। हम लोगों के बीच कार्यनीतिक और रणनीतिक स्तर पर गहरे मतभेद रहे हैं, जिस कारण हमने उनसे बिरादराना सम्बन्ध तोड़ लिया। सम्बन्ध तोड़ने के बाद हमारे कई साथी पार्टी के हथियार दस्तों के हाथों मारे गए हैं। मुझ पर भी हमले की कोशिश हुई।"

"आप और डी.एम.के.एस. की हथियारबन्द भीड़ ने अलावलपुर थाने पर हमला कर पुलिस कर्मियों की हत्या और हथियार लूटने की कोशिश की। पुलिस को आत्मरक्षा में गोली तक चलानी पड़ गई।"

अमिय ठठाकर हँसा।

"क्या खूब कहानी बनाई है आप लोगों ने उस जनसंहार की? जलियाँवाला बाग का लोमहर्षक कांड आजाद देश की पुलिस के इस कारनामे के सामने छोटा पड़ गया है। बाहर से जितनी भी स्वतंत्र टीमें आईं, देशी-विदेशी पत्रकार आए, सबने पुलिस की

झूठी कहानी की पोल खोलकर रख दी। अपने झूठ के खोल से बाहर निकलिए। कौन नहीं जानता कि आपके अफसर विनय कासलीवाल ने हक माँग रहे निरपराध गरीबों को गोलियों से भुनवा डाला। रिश्वतखोर अफसरों ने सरकारी जमीन की बन्दोबस्ती उस पर बसे गरीब परिवारों के बीच न कर भ्रष्ट इंजीनियर के नाम से कर दी और अपने पाप छिपाने के लिए पुलिस ने झूठी कहानी गढ़ दी।" अमिय उत्तेजित हो गया था। उसे अली मियाँ की शहादत याद आ गई थी।

पूछताछ करने वाले अफसर भी सच्चाई जानते थे। वे बगलें झाँकने लगे। झूठ और मक्कारी अपने को कितना भी सशक्त समझे, सच की आँच उसे झुलसाकर रख देती है। अफसरों ने पूछताछ की दिशा मोड़ दी।

दिन भर पूछताछ चलती रही। अफसर अमिय और डी.एम.के.एस. पर दायर केसों की फेहरिस्त लेकर बैठे थे। वे उस फेहरिस्त में से एक-एक केस उठाकर पूछताछ करते, अमिय अपना उत्तर देता जाता। उसे मालूम था कि केस झूठे थे। गवाह झूठे थे। जिसके मन में मृत्यु का भय न रह गया हो, उसे झूठे मुकदमों की क्यों चिन्ता होती?

अगले दिन पूछताछ दोबारा शुरू हुई। कुछ पुराने, कुछ नए सवाल। पूछताछ करने वाले कुछ पुराने कुछ नए अफसर।

एक अफसर ने कड़ककर पूछा, "अपने नक्सली साथियों के नाम-पते बताओ?"

अमिय ने उसके चेहरे पर तीखी नजर डाली।

"मेरी जानकारी में किसी नक्सली संगठन पर सरकार ने अब तक कोई प्रतिबन्ध नहीं लगाया है। क्यों नहीं पहले अपनी सरकार से प्रतिबन्ध लगवा देते? सारा झूठा मुकदमा डी.एम.के.एस. के सदस्यों पर है। उन्हें किस केस में धरोगे?"

बात सही थी। अलावलपुर कांड में अपनी भूमिका से ध्यान भटकाने के लिए डी.एम.के.एस. को सरकार ने सुप्रीम कोर्ट द्वारा असंवैधानिक करार दिए गए कानून के तहत आनन-फानन में प्रतिबन्धित कर दिया था। उस समय तक कोई नक्सली संगठन प्रतिबन्धित घोषित न हुआ था।

"पार्टी दस्तों की हथियारी कार्रवाइयों का आरोप आपकी सरकार ने मुझ पर और मेरे दूसरे साथियों पर मढ़ दिया है। झूठे गवाह खड़े कर दिए हैं। आप लोगों ने खुद अपने तोते अपने ही हाथों से उड़ा दिए हैं।" अमिय ने व्यंग्य किया।

अफसर की कड़की गायब हो गई। उसे पसीना आ गया, पर वह चालाकियों से बाज न आया। मधुर आवाज में बोला, "डॉक्टर साहब, आदमी आप भले हो। गलत संगत में फँस गए हो। अगर हमें नक्सलियों के नाम-पते बता दो, तो तुम्हें हम सरकारी गवाह बनाकर तुम्हारे ऊपर से मुकदमे हटवाने की सरकार से सिफारिश करेंगे।"

अमिय उसकी चाल और उसका जाल, दोनों समझ गया। उसने भी चतुराई दिखलाई, "उनके कुछ काडर रात गए कभी-कभी मिलने आया करते थे, लेकिन भोर होने के पहले निकल जाते थे। वे कहाँ से आते थे, किधर जाते थे, किसी को नहीं मालूम। और महाशय जी, अगर मुझे मालूम भी होता तो आपको बताने का पाप मैं कभी न करता।"

अफसर ने प्रलोभन के चूक जाने के बाद दूसरा अस्त्र आजमाया, "डॉक्टर साहब हमें थर्ड डिग्री मेथड इस्तेमाल करने पर मजबूर न करो।"

अमिय ने उस अफसर की आँखों में आँखें डालकर दृढ़ता से कहा, "आजमा सकते हो। अलावलपुर के निर्दोषों के हत्यारों से कोई दूसरी उम्मीद भी नहीं की जा सकती। किन्तु याद रखो, यह मुल्क कानून से चलेगा। किसी तानाशाह की मनमर्जी से नहीं। सरकार से तमगा हासिल करने के लिए तुम कानून की धज्जियाँ उड़ा सकते हो। किन्तु तुम जिन्दगी भर खुद से अपनी नजरें चुराते फिरोगे।"

पुलिस ने कोतवाली पहुँचने के सारे रास्ते बेशक बन्द कर दिए थे, परन्तु अमिय से हो रही पूछताछ की खबर गोपनीय न रह गई थी। पूरे शहर में सनसनी फैली हुई थी। सड़कों पर छात्रों-नौजवानों और मजदूरों की भीड़ इकट्ठी होनी शुरू हो गई थी। नियमानुसार गिरफ्तारी के 24 घंटे के भीतर किसी भी मुजरिम को मजिस्ट्रेट के समक्ष पेश किया जाना चाहिए, परन्तु 72 घंटे होने को थे और अमिय पुलिस की कस्टडी में था। कई वकीलों ने हाईकोर्ट और सुप्रीम कोर्ट के चीफ जस्टिस को तार भेजकर पुलिस के इस गैर-कानूनी कार्रवाई के खिलाफ हस्तक्षेप की माँगकर दी थी।

यदि पुलिस अमिय पर थर्ड डिग्री का इस्तेमाल करती, माहौल गरम हो सकता था। इमरजेंसी को खत्म हुए अरसा गुजर चुका था। इसलिए पूछताछ करने वाले अफसर डरा-धमका कर जो चाहते थे, उससे उगलवा लेना चाह रहे थे। वे कोई स्कॉटलैंड यार्ड से प्रशिक्षित अनुसंधाता थोड़े न थे। वे सूबे के वैसे 'खोजी' अफसर थे जिन्हें येन-केन-प्रकारेण मुजरिम से अपनी इच्छानुसार 'सच' उगलवाने में महारत हासिल थी। झूठी गवाही दिलवाकर निर्दोष को सजा दिलवाने और केस कमजोर कर दोषी को बेदाग बरी करवाने की कला में वे प्रवीण थे। उन्होंने मौके की नजाकत समझ ली। न्यायालय में अपनी हेठी से बचने के लिए कोतवाली के रोजनामचे में अमिय की गिरफ्तारी 48 घंटे बाद की दिखलाई गई।

अगले दिन उसकी पेशी जहानाबाद कोर्ट में हुई। सूबे के अखबार उसकी गिरफ्तारी की खबरों से भरे पड़े थे। पर किसी ने नहीं लिखा कि उसे कोर्ट में अवांछित देरी से पेश किया गया था। उसकी पेशी के समय कोर्ट परिसर खचाखच भरा था। उसे देखने के लिए भारी भीड़ उमड़ी थी। पुलिस ने रिमांड की माँग कोर्ट से न की। रिमांड में लेकर पूछताछ करने से कुछ खास हासिल होने की उम्मीद पुलिस ने छोड़ दी थी।

"इतने मुकदमे इस पर लद गए हैं कि सालों तक इसे जमानत न मिलेगी।" एस.पी. विनय कासलीवाल खुश था।

"वैसे भी सर, आपने डी.एम.के.एस. की कमर तोड़ दी है और वह वेंटिलेटर पर अपनी अन्तिम साँसें गिन रहा है। खेला खत्म।" अलावलपुर का थानेदार तारकेश्वर ओझा था। वह कासलीवाल की नाक का बाल बना हुआ था। मक्खन लगाने का अवसर वह क्यों चूकता?

कोर्ट ने अमिय को न्यायिक हिरासत में केन्द्रीय कारा, गया भेजने का आदेश सुनाया। आदेश सुनकर भी अमिय निर्विकार बना रहा।

अमिय को जेल भेज दिया गया, पर उसके साथी चुप न बैठे थे। वे डी.एम.के.एस. का काम आगे बढ़ाते रहे। इधर अपनी निष्क्रियता के बावजूद जंगी सिंह लगातार कोशिश कर रहे थे कि उन पर, अमिय पर और दूसरे साथियों पर दायर झूठे मुकदमों के गवाहों को सच कहने के लिए समझाया जाए। इन्द्रदेव सिंह भी इस काम में लगे हुए थे। जीवेश और त्यागी ने भी कमान सँभाल ली। त्यागी आन्दोलन से भले ही अलग हो गया था, अमिय के प्रति उसका आदर और आत्मीयता कम न हुई थी। कहता, "वैचारिक मतभेद अपनी जगह। परन्तु इसमें कोई शक नहीं कि डॉक्टर अमिय जैसा सच्चा और गरीबों के प्रति समर्पित इनसान मिलना दुर्लभ है।"

डी.एम.के.एस. पर प्रतिबन्ध के खिलाफ सुप्रीम कोर्ट में एक मुकदमा यास्मीन-हामिद ने दायर कर दिया। दरअसल प्रतिबन्धित संगठन के सदस्य होने का आधार बनाकर भी अमिय और उसके साथियों पर कई मुकदमे थोप दिए गए थे। सुप्रीम कोर्ट में यास्मीन-हामिद की दलील थी कि असंवैधानिक करार किए गए कानून के तहत किसी संगठन को प्रतिबन्धित किया जाना स्वत: रद्द माना जाना चाहिए।

अमिय जेल में शान्त नहीं बैठा था। पिछली जेल यात्रा के अनुभवों की रौशनी में बन्दी अधिकारों पर अपना ध्यान केन्द्रित किया। कई गरीब बन्दी अपनी सजा पूरी करने के बावजूद भी जेल में पड़े हुए थे। उसने हाईकोर्ट और सुप्रीम कोर्ट में पिटीशन भेजकर ऐसे मजबूर बन्दियों को रिहा करवाया। कई बन्दियों को जेल प्रशासन छोटे-मोटे मामलों में भी हथकड़ी-बेड़ी पहना सेल में अकेले बन्द कर दिया करता था। अमिय ने न केवल इस परिपाटी का विरोध किया, इसके विरुद्ध अन्य बन्दियों के साथ उपवास पर भी बैठा। जेल प्रशासन के प्रति इसके मन में कोई बैर-भाव न था।

किरण, उससे बिला नागा, हर महीने मिलने आ जाती। अपने साथ वह किताबें और मैगजीनें लाती। अमिय को उसकी मेहरबानी से नई-नई किताबें पढ़ने का खूब अवसर मिलता। किरण देश में नए उभरते संकटों के बारे में भी उससे चर्चा करती।

"एक नए किस्म का संकट उभर रहा है। वह है, सांस्कृतिक राष्ट्रवाद के नाम से इतिहास की घटनाओं को तोड़-मरोड़ कर पेश करना और आम जनता में धार्मिक उन्माद पैदा करने की कोशिश करना?"

उन दिनों देश में रामजन्म भूमि आन्दोलन के नाम पर साम्प्रदायिक ध्रुवीकरण तेज हो गया था। इसे 'सांस्कृतिक राष्ट्रवाद' का नाम दिया जा रहा था। भारत की बहुसंख्यक हिन्दू जनता की आस्था के केन्द्र में रहते आए मर्यादा पुरुषोत्तम राम ऐतिहासिक व्यक्ति थे अथवा पौराणिक, बहस इससे छिटककर इस बिन्दु पर केन्द्रित हो गई थी कि बाबरी मस्जिद कहे जाने वाले ढाँचे की भूमि भगवान श्रीराम की जन्मस्थली रही थी। नारे लगते—'सौगंध राम की खाते हैं, मन्दिर वहीं बनाएँगे।' बाबरी मस्जिद को अपना धार्मिक स्थल मानने वाले नकारते थे कि वहाँ कभी मन्दिर रहा था। उस जमीन की मिल्कियत का मुकदमा फरीकों के बीच अदालत में चल रहा था। जेरे-बहस यह मुद्दा सिरे से गायब था कि ईश्वर और अल्ला, दोनों ही भगवान के नाम थे। रामजन्म भूमि-बाबरी मस्जिद का झगड़ा दरअसल सत्ता पर कब्जे के लिए खड़ा किया गया था, पर उत्तर

भारत की धर्म प्राण जनता इसे लेकर हिन्दू-मुसलमान में बँटने लगी थी। धार्मिक उन्माद फैलने लगा था।

"जनता में धार्मिक उन्माद फैलाने के लिए शिला पूजन जैसे कार्यक्रम किए जा रहे हैं। कहा जा रहा है कि मन्दिर निर्माण के लिए गाँव-गाँव से ईंटें इकट्ठी की जाएँगी। दोनों सम्प्रदायों की कट्टरपंथी ताकतें ही नहीं, मीडिया का एक बड़ा तबका भी उन्माद फैलाने में लगा हुआ है।" किरण पत्रकार ही नहीं, संवेदनशील एक्टिविस्ट के नजरिये से भी तथ्यों को अमिय के सामने रखती थी।

अमिय ऐसे में कसमसाकर रह जाता था। जेल की मोटी और ऊँची दीवारें उसकी कर्मशीलता में बाधा बनकर खड़ी थीं। तात्कालिक जरूरत धार्मिक उन्माद के खिलाफ मेहनतकश जनता को गोलबन्द करने की थी। पर जेल में रहते यह सम्भव न था।

"पर ऐसा भी नहीं कि पुनरुत्थानवादी और कट्टरपंथी ताकतों का विरोध नहीं हो रहा है। प्रबुद्ध लोग यह समझ रहे हैं कि यदि इन ताकतों को फलने-फूलने दिया गया, देश का सेकुलर ताना-बाना बिखर जाएगा। इसलिए ऐसे अनावश्यक विवाद उठाकर सत्ता पर काबिज होने का सपना देखने वालों का विरोध भी हो रहा है।" किरण अमिय की कसमसाहट और असमर्थता बोध को कम करने का प्रयत्न करती।

अमिय पिंजरे में बन्द शेर की तरह था। शरीर से नहीं, मन से अत्यन्त बलशाली, किन्तु लाचार। परन्तु जब साथी मिलने आते, उन्हें साम्प्रदायिक शक्तियों से लड़ने के गुर बताता, "हमें आम हिन्दू-मुसलमान के बीच साम्प्रदायिक उन्माद को फैलने से रोकना होगा। देश के समक्ष महँगाई, बेरोजगारी, भ्रष्टाचार, अशिक्षा-कुशिक्षा, आतंकवाद, राजनीति का अपराधीकरण, विदेशी कर्ज और बहुराष्ट्रीय निगमों का हमला जैसे दानव मुँह बाए खड़े हैं। इनसे निपटने के लिए हिन्दू-मुसलमान-सिख-ईसाई सबको एक जुट होने की जरूरत है। यदि सभी एक साथ न खड़े होंगे, ये दानव बलशाली होते चले जाएँगे। देश बिखर जाएगा। धार्मिक उन्माद फैलाने वाली ताकतें इन दानवों का सामना करने की बजाय, देश की गंगा-जमुनी संस्कृति को मिटाने में लगी हैं। देश तोड़ने में लगी हैं।"

साथी उत्साह से भर जाते। साथियों का उत्साह अमिय की लाचारी को, कुछ देर के लिए ही सही, कम कर देता। साथी अपने आधार क्षेत्रों में छोटी-छोटी जन-सभाएँ कर हिन्दू-मुसलमान एकता की भावना लोगों में जगाने का यत्न करते।

बड़े भाई माँ के साथ कई बार मिलने आते रहे। माँ जब भी आतीं, उनकी आँखों से गंगा-जमुना बहती रहती। भाई ने कम्यूनिस्ट पार्टी की सदस्यता ले ली थी। वे अपनी पार्टी का साहित्य अमिय के पढ़ने के लिए लेकर आते। अमिय उनसे राष्ट्रीय और अन्तरराष्ट्रीय मुद्दों पर चर्चा करता। अमिय माँ को भी समझाता, "रोओ मत माँ, जेल से छूटने के बाद मैं आगरा आऊँगा तथा कुछ दिनों तक रुककर तुम्हारी सेवा करूँगा।"

जैसे शेर को बहुत दिनों तक पिंजरे में बन्द कर नहीं रखा जा सकता, प्रशासन के लिए भी अमिय को लम्बे समय तक जेल में बन्द रखना आसान न रहा। एस.पी. विनय कासलीवाल और पटना में बैठे उसके हस्बखाह अफसरों तथा फाइव स्टार्स की झूठ की रेत पर खड़ी की गई व्यूह रचना को आखिर ढहना ही था।

सुप्रीम कोर्ट ने डी.एम.के.एस. पर लगे प्रतिबन्ध को गैर-कानूनी घोषित करते हुए राज्य सरकार को कड़ी फटकार लगाई। इधर गवाहों ने अमिय के खिलाफ दायर मुकदमों में शपथ-पत्र दे दिया कि पुलिस ने डरा-धमका कर उन्हें गवाह बनने को मजबूर किया था। वे मौका-ए-वारदात पर कभी थे ही नहीं।

बस, बात बन गई। एक के बाद एक सभी मुकदमों में अमिय को जमानत मिलने लगी और लगभग दो साल तक जेल में रहने के बाद अमिय अपने कर्म क्षेत्र में दुगुने उत्साह के साथ वापस लौट आया।

जेल से छूटने के बाद उसने माँ को दिया अपना वचन निभाया और समय निकालकर कुछ दिनों के लिए आगरा भी हो आया। आगरे में माँ उसे रोकती रह गई, पर वह वहाँ कैसे रुक जाता?

## 5

जेल ने अमिय को चिन्तन, मनन और अध्ययन का भरपूर अवसर दिया था। किरण की लाई किताबें और पत्रिकाएँ उसके बहुत काम आई थीं। बीच-बीच में यास्मीन-हामिद और अवधेश भी मिलने आ जाया करते थे। डॉ. शर्मा भी आए। इनके आने पर गम्भीर चर्चाएँ छिड़ जाया करतीं जो अमिय के चिन्तन में सहायक बनीं। डॉ. शर्मा ने सरकारी पद छोड़ खुद को पूर्णकालिक समाजसेवा में लगा दिया था। आदिवासी मामलों पर उनकी जानकारी का अमिय को बहुत लाभ हुआ।

इसलिए जेल से छूटने के पहले ही अमिय के सामने आगे के कामों का पूरा खाका तैयार था। जेल से बाहर आकर उसने नवादा गाँव में अपना डेरा जमाया। नवादा हरिलाल का गाँव था। जंगी सिंह के आन्दोलन से अलग हो जाने के बाद उसका मन सूरजपुर जाने का न हुआ। वैसे भी उस यायावर के लिए क्या सूरजपुर, क्या नवादा? अरविन्द के पार्टी के साथ चले जाने, सत्या के मारे जाने और जंगी सिंह तथा इन्द्रदेव सिंह के निष्क्रिय हो जाने के बाद सूरजपुर उसके बनाए खाँचे में फिट नहीं बैठता था। नवादा में साथियों की बैठक में उसने वह खाका पेश किया, "देश पर गहराते संकटों को देखते हुए हमें अपने आन्दोलन को विस्तार देना होगा। हमारा लक्ष्य समाजवाद, जनवाद और पंथ निरपेक्षता के सिद्धान्तों पर आधारित ऐसे शोषण मुक्त समाज की स्थापना के लिए संघर्ष करना चाहिए जिसमें सामाजिक-आर्थिक न्याय हो और जाति, धर्म, लिंग, रंग, भाषा, क्षेत्र अथवा अन्य किसी आधार पर भेदभाव न हो। भगत सिंह के शब्दों में, ऐसा समाज जहाँ सभी को मेहनत की रोटी और इज्जत की जिन्दगी नसीब हो।"

साथियों ने पूरी सहमति व्यक्त की।

"हमें अपने लक्ष्य की प्राप्ति के लिए आन्दोलनात्मक तथा रचनात्मक दोनों तरह के कार्यक्रम लेने होंगे और समानधर्मा जन-संगठनों के साथ साझा मोर्चा बनाकर काम करना होगा। हम देश को खंडित करने वाली शक्तियों तथा साम्प्रदायिक एवं फासीवादी प्रवृत्तियों का भरपूर विरोध करेंगे और इस काम में लगे अन्य जन-संगठनों को भरपूर

सहयोग देंगे। दूसरे शब्दों में, हम मार्क्स तथा गांधी, दोनों के बताए रास्तों से अपना काम आगे बढ़ाएँगे।" अमिय ने लक्ष्य के बाद बुनियादी कार्यक्रमों का ढाँचा पेश किया।

सभी साथी नए उत्साह से भर गए।

और जब बोफोर्स घोटाले की आँधी के बाद मंडल-कमंडल का द्वंद्व तीखा होने लगा था, अमिय और उसके साथी पटना में अपने लक्ष्य और बुनियादी कार्यक्रमों में रंग-रूप भरने जुटे थे। मध्य बिहार के विभिन्न जिलों से आए दलितों-आदिवासियों, गरीब किसानों, खेतिहर मजदूरों, छात्र-नौजवानों, असंगठित क्षेत्र के मजदूरों और बुद्धिजीवियों के सम्मेलन में एक नए संगठन की बुनियाद रख रहे थे। डॉ. शर्मा, जेसुइट फादर मंथरा, 'सिंचाई कामगार यूनियन' एवं 'कैमूर न्याय मोर्चा' के पदाधिकारी विशेष रूप से आमंत्रित थे। किरण, यास्मीन, हामिद और अवधेश मंच पर अमिय के बगलगीर बने बैठे थे। समान-धर्मा कई जन-संगठनों के प्रतिनिधि भी मौजूद थे। उस नए संगठन का नाम रखा गया—लोक मुक्ति आन्दोलन। नवादा उसका मुख्यालय बना। सम्मेलन में 'लोक मुक्ति आन्दोलन' यानी लो.मु.आ. का संविधान विचार-विमर्श के बाद सर्वसम्मति से पारित हुआ। अमिय लो.मु.आ. के अध्यक्ष और हरिलाल महासचिव बनाए गए।

सम्मेलन शुरुआत भर था। अमिय को विश्राम न था। वह अगले दिन से ही काम में जुट गया। फादर मंथरा ने मुख्यालय नवादा में एक आश्रम के निर्माण और रचनात्मक कार्यक्रमों में मदद की इच्छा व्यक्त की।

"सिस्टर एलिसा और सिस्टर वलसम्मा, जिनसे आप पूर्व परिचित हैं, रचनात्मक कामों में लो.मु.आ. की मदद करेंगी व महिलाओं को स्वावलम्बी बनने का प्रशिक्षण देंगी। उन्हें साक्षर भी बनाएँगी ताकि ज्ञान की रौशनी में महिलाएँ अपना भला-बुरा खुद सोच सकें। दोनों सिस्टर्स महिला और बाल स्वास्थ्य विषय की बहुत अच्छी जानकार हैं। इसलिए वे स्वावलम्बन के प्रशिक्षण के साथ किशोरियों तथा महिलाओं को स्वास्थ्य के एवं स्वच्छता के सम्बन्ध में भी जागरूक करेंगी। शोषण मुक्त समाज के निर्माण के लिए महिलाओं का सशक्तीकरण बहुत जरूरी है।" फादर मंथरा का प्रस्ताव इतना आकर्षक था कि अमिय को 'न' कहते न बना। नवादा रचना के इस नए प्रयोग की पाठशाला बन सकता था जहाँ से पूरे मध्य बिहार में यह प्रयोग दुहराना आसान था।

फादर मंथरा के सहयोग से नवादा में दो कमरों का खपड़पोश आश्रम तामीर होने लगा। लो.मु.आ. के साथियों ने हरिलाल के नेतृत्व में श्रमदान कर आश्रम के निर्माण में अपना योगदान दिया। अमिय भी श्रमदान करने में पीछे न रहा। उसे फावड़े से मिट्टी खोद गिलावा बनाते देख युवा साथी उत्साह से भर जाते। नवादा गाँव भी आश्रम निर्माण में सहयोग देने से पीछे न रहा। ईंट भट्ठों से ईंटें, कुम्हारों से खपरैलें तथा किसानों से बाँस-बल्लियाँ दान में मिल गईं।

आश्रम निर्माण के इस गांधीवादी प्रयोग की खबर जिला प्रशासन तक भी पहुँची। इस बीच जहानाबाद पुलिस जिले से आगे बढ़कर पूर्णकालिक जिला बन गया था। विनय कासलीवाल का स्थानान्तरण अन्यत्र हो गया था। नए एस.पी. और कलेक्टर को जिले की कमान थमा दी गई थी। नौजवान कलेक्टर इस नए प्रयोग को देखने अपनी

टीम के साथ नवादा पहुँच गया। उसकी दृष्टि में अमिय नक्सली था। एक नक्सली को रचनात्मक काम में जुटा देख वह चकित रह गया। वह उत्साही अफसर था। उसकी सोच थी कि विकासात्मक एवं सुधारात्मक कामों से गाँवों में व्याप्त तीखे अन्तर्विरोध हल हो सकते हैं। उसने आश्रम में ट्राइसेम सेंटर खोलने की पेशकश की। अमिय ने इस पेशकश का भरपूर स्वागत किया।

किन्तु एक छोटी समस्या थी—जमीन की। आश्रम निजी जमीन पर बन रहा था और वहाँ ट्राइसेम सेंटर के लिए पर्याप्त जगह न थी। आश्रम और उससे सटी जमीनें हरिलाल के परिवार की थी।

"हुजूर, हम अपनी जमीन ट्राइसेम सेंटर खोलने के लिए सरकार को दान में दे देंगे। कोई दिक्कत न होगी।" हरिलाल के पिता रामलाल कलेक्टर के सामने हाथ जोड़े खड़े हो गए।

जमीन की समस्या हल हो गई। दो-तीन महीने में ट्राइसेम सेंटर भी खड़ा हो गया। सेंटर में प्रशिक्षण के लिए दस सिलाई मशीनें भी कलेक्टर ने भिजवा दीं। आश्रम तामीर होते ही कई रचनात्मक कार्यक्रम शुरू हो गए। लो.मु.आ. से जुड़े कई वॉलंटियर्स प्रशिक्षक की भूमिका निभाने लगे थे।

सिस्टर एलिसा और सिस्टर वलसम्मा महिलाओं को सिलाई-कताई एवं पापड़-अचार-बड़ी बनाने का प्रशिक्षण दे रही थीं। झुंड की झुंड किसान-मजदूर स्त्रियाँ आतीं। काम सीखतीं और एक-दूसरे से अपना दुख-सुख भी बाँटतीं। सिस्टर्स उन्हें स्वास्थ्य एवं स्वच्छता के तरीके भी समझातीं। किशोरियों के लिए आश्रम समागम स्थल बनता चला गया। वे रस्सी कूदना और पिट्टो जैसे वैयक्तिक एवं सामूहिक खेल भी खेलतीं।

अमिय ने कलेक्टर से अनुरोध कर महीने में एक बार हेल्थ कैम्प की भी व्यवस्था आश्रम में करा दी। आसपास के कई गण्यमान्य नागरिक और सामाजिक कार्यकर्ता भी धीरे-धीरे आश्रम के कामों में जुड़ने लगे। आश्रम में संसाधनों की कमी इनके प्रयासों से पूरी की जाने लगी। ट्राइसेम सेंटर में रस्सी बनाने, पत्तल निर्माण एवं अम्बर चर्खा का प्रशिक्षण भी होने लगा।

रचना के इस प्रयोग में अमिय ने नया तत्त्व जोड़ा—महिला एवं युवा सशक्तीकरण का। वह सामाजिक समस्याओं एवं राष्ट्रीय संकटों पर महिलाओं और युवाओं का प्रशिक्षण जरूरी मानता था। उसने लो.मु.आ. से जुड़े युवाओं में से प्रशिक्षक तैयार किए। ट्राइसेम सेंटर के एक हिस्से को लाइब्रेरी की शक्ल दे दी गई। लाइब्रेरी में जन-सहयोग से किताबें, अखबार और पत्रिकाएँ भी उपलब्ध हो गईं। दिल्ली, पटना तथा आसपास के मित्रों-शुभचिन्तकों का इसमें भरपूर सहयोग मिला। किरण ने लाइब्रेरी को कार्यशील बनाने में व्यक्तिगत तौर पर काफी दिलचस्पी ली। बड़े भाई ने भी बहुत-सी किताबों का सहयोग किया।

नवादा आश्रम स्वावलम्बन और चेतना के विकास का रचना केन्द्र बन उभरने लगा। किसानों को भी खेती के वैज्ञानिक तरीकों की जानकारी दी जाने लगी। कृषि विश्वविद्यालय और आसपास के रिटायर्ड शिक्षक-अफसर स्वेच्छा से इस काम में जुड़ गए।

आश्रम के कामों को सिस्टर एलिसा और वलसम्मा को सौंप अमिय ने लो.मु.आ. के अन्य लक्ष्यों और बुनियादी कार्यक्रमों पर ध्यान केन्द्रित किया। जमीन और मजदूरी के सवाल कई जिलों एवं गाँवों में हल करने थे।

किरण अकसरहाँ दिल्ली से नवादा आ जाती। पत्रकारिता के अपने कर्तव्य के अलावा आश्रम के रचनात्मक प्रयोगों में भी उसका खूब मन लगता। सिस्टर एलिसा से उसका बहनापा-सा हो गया था। 'टाइम्स ऑफ इंडिया' में आश्रम के प्रयोगों की समय-समय पर रपटें भी किरण के कारण छपती रहतीं।

इधर देश में राष्ट्रीय स्तर पर संकट तेजी से गहरा रहा था। जल-जंगल-जमीन बहुराष्ट्रीय कम्पनियों की गिद्ध दृष्टि के निशाने पर थे ही, साम्प्रदायिक और जातीय गोलबन्दी से देश के ताने-बाने के बिखरते जाने का खतरा बढ़ने लगा था। डॉ. शर्मा की समझ थी कि इन खतरों से निबटने के लिए साझे मोर्चे के गठन को अब टाला नहीं जा सकता। उन्होंने अमिय से आग्रह किया कि वह लो.मु.आ. के कामों की जवाबदेही कुछ दिनों के लिए अन्य साथियों को सौंप साझे मोर्चे के गठन के लिए उनके साथ सहयोग करे।

अमिय लो.मु.आ. के कामों को हरिलाल और दूसरे साथियों को सौंप डॉ. शर्मा के पास दिल्ली आ गया। साझे मोर्चे के विचार को अमली जामा पहनाने के लिए देश भर में आन्दोलनरत सामाजिक कार्यकर्ताओं और संगठनों से सम्पर्क साधने की चुनौती थी। अमिय और डॉ. शर्मा ने इसके लिए लम्बी-लम्बी यात्राएँ कीं। कई देश भर में घूमकर कई संगठनों और सामाजिक कार्यकर्ताओं से मिले। कुछ अपनी कही, कुछ उनकी सुनी। आदिवासियों, विस्थापितों, असंगठित क्षेत्र के मजदूरों और किसान संगठनों द्वारा संचालित छोटे-बड़े आन्दोलनों में भाग लिया। सभी को साझे मोर्चे की जरूरत और ताकत समझाई। कुछ छँटे, कुछ हटे, परन्तु सालभर की कड़ी मशक्कत के बाद दिल्ली में 'हिन्दुस्तान जन आन्दोलन' यानी हि.ज.आ. नाम से एक साझा मोर्चा अस्तित्व में आ गया। डॉ. शर्मा उसके अध्यक्ष बनाए गए और लोक मुक्ति आन्दोलन तथा अन्य समानधर्मा संगठन उससे जुड़ गए।

वह 1992 का साल था। अयोध्या विवाद चरम पर था। साम्प्रदायिक शक्तियाँ आग में घी डालने का काम कर रही थीं। उत्तरी भारत, खासकर हिन्दी प्रदेशों में, इस विवाद ने समाज को हिन्दू-मुसलमान के परस्पर विरोधी पाँतों में बाँट दिया था। अमिय ने भाँप लिया कि भूचाल आने वाला है। उसने हि.ज.आ. के समक्ष प्रस्ताव रखा, "हमें अयोध्या तक पदयात्रा कर हिन्दी प्रदेशों के आम जनों को इस भूचाल के खतरे से आगाह करना चाहिए।" डॉ. शर्मा सहमत थे। हि.ज.आ. से जुड़े कई संगठनों ने प्रस्ताव को हल्के-फुल्के ढंग से लिया, परन्तु कई साथ भी आए।

पदयात्रा के लिए स्वयंसेवक चाहिए थे। अमिय लो.मु.आ. साथियों के साथ गाँवों में अलख जगाता घूमने लगा। डॉ. शर्मा ने बस्तर के जंगलों की खाक छाननी शुरू कर दी। अमिय आमजन को समझाता, "भारत की आम जनता धर्म-प्राण है, साम्प्रदायिक नहीं। वह अपने धार्मिक विश्वासों-आस्थाओं और पूजा-पाठ की पद्धतियों का आदर

जरूर करती है, किन्तु दूसरों के विश्वासों-आस्थाओं-पूजा पद्धतियों का अनादर नहीं। महावीरी झंडा हो या ताजिया, मन्दिर हो या किसी पीर की मजार, धर्म-प्राण जन कोई फर्क नहीं करते। सहनशीलता, उदारता, सर्व धर्म समभाव और अनेकता में एकता हमारी विशिष्ट पहचान है। यही पहचान हमें विश्व गुरु बनाती है। पश्चिमी देशों की मशीनी सभ्यता से ऊबे लोग शान्त की तलाश में हमारी इसी पहचान के कारण हमारी ओर खिंचे चले आते हैं, परन्तु साम्प्रदायिकता के जहर के फैलते जाने से हमारी इस विशिष्ट पहचान और जीवन पद्धति पर खतरा मँडराने लगा है। यह समय घरों में बैठे रहने एवं चुपचाप तमाशा देखते रहने का नहीं है। अगर हम तमाशा देखते रह गए, देश में धार्मिक घृणा और नफरत की विष-बेलि पनपने में समय न लगेगा। देश बरबाद हो जाएगा। इसलिए मैं कहता हूँ, साथियो कि साम्प्रदायिकता के मिशनरियों-प्रचारकों के बरखिलाफ धर्मनिरपेक्षता के मिशनरियों को उठ खड़ा होना होगा। यदि एक प्रतिशत भाई-बहन भी सर्व धर्म समभाव की मशाल लेकर निकल पड़ेंगे, निश्चय ही जहरीला वातावरण बदल जाएगा।"

सुनने वाले मंत्रमुग्ध हो जाते, "कितनी अच्छी बात कह रहे हैं संन्यासी जी। कितना तेज दमक रहा है इनके चेहरे से?" लोग पदयात्रा के स्वयंसेवक बनने को आसानी से राजी हो जाते।

यात्रा लम्बी थी। अयोध्या दूर थी। कम-से-कम 15 दिन में पटना से पैदल चलकर वहाँ पहुँचा जा सकता था। पाँवों में छाले पड़ सकते थे। लोग बीमार हो सकते थे। इसलिए अपेक्षाकृत स्वस्थ एवं युवा व्यक्तियों को ही स्वयंसेवक के रूप में चुनने की मजबूरी थी। सोच-विचार कर 'लोक मुक्ति आन्दोलन' ने मध्य बिहार के विभिन्न जिलों से एक सौ स्वयंसेवक तैयार कर लिया। पदयात्रियों में सभी जातियों एवं धर्मों के लोग थे। इतनों के लिए भोजन-सामग्री, बर्तन और रोजमर्रा के दूसरे सरंजाम भी जरूरी थे। सबने अपने कन्धों पर सामान लादा और धर्मनिरपेक्षता के मिशनरी बन निकल पड़े।

पहली मार्च की सुबह पटना के गांधी मैदान में गांधी मूर्ति स्थल पर पदयात्री इकट्ठा हुए। 'आजाद हिन्द फौज' के वयोवृद्ध सेनानी कर्नल महबूब खान ने झंडी दिखाकर उन्हें विदाई दी। पदयात्री साम्प्रदायिक सद्भावना का बैनर लिये अपने गन्तव्य की ओर चल पड़े। उनके साथ गायकों की टोली थी जो जगह-जगह रुककर धर्मनिरपेक्षता, एकता, भाईचारे और सामन्तवाद विरोधी गीत गाकर आमजन को यात्रा का उद्देश्य समझाती थी। पटना शहर की सीमा पार कर गाँवों की पगडंडियाँ पकड़ वे मतवाले राही मनेर पहुँचे। मनेर शरीफ में सूफी संत हजरत मखदूम याहिया मनेरी की दरगाह पर नुक्कड़ सभा में सर्व धर्म समभाव एवं भाईचारे का सन्देश देकर पदयात्रियों ने कोइलवर में सोन नदी पार की। शाम को वे आरा पहुँच गए। वहाँ बिहार आन्दोलन के समय अमिय से जुड़े साथियों ने ठहरने-खाने की व्यवस्था कर रखी थी। आरा से बक्सर के रास्ते गंगा नदी पार कर पदयात्री उत्तर प्रदेश की सीमा में कोटवा नारायणपुर पहुँच गए। गाँव वालों ने इन अनजान यात्रियों का गर्मजोशी से स्वागत किया। यथासाध्य राशन और जलावन की भी व्यवस्था कर दी।

पदयात्री रास्ते में पड़ने वाले हर शहर-कस्बे-गाँव में नुक्कड़ सभाएँ करते और भाईचारे का सन्देश देते बढ़ते जा रहे थे। आरा, डुमराव और बक्सर में नुक्कड़ सभाओं में काफी भीड़ जुटी थी। अमिय के भाषणों से लोग सहमत होकर कहने लगते थे कि अयोध्या विवाद सत्ता के लिए खड़ा किए गए बखेड़े के सिवाय कुछ न था। अमिय समझाता, "राष्ट्र में व्याप्त संकटों का मुकाबला किसी एक जाति, धर्म, भाषा या क्षेत्र के लोग नहीं कर सकते। इसके लिए हम सभी भारतीयों को—हिन्दू, मुसलमान, सिख, ईसाई, बौद्ध, जैन सभी को—एकजुट होना होगा। यदि हम एकजुट न हुए, देश बिखर जाएगा। हम मिट जाएँगे। साझी संस्कृति हमारी विरासत है। हमारी यह यात्रा भारत को बचाने की यात्रा है। यात्रा से हमारे पैरों में पड़े छाले उस साझी संस्कृति और भाईचारे को सहेजने की दिशा में हमारा विनम्र प्रयास है।"

अमिय यह भी जोड़ना न भूलता, "हिन्दू धर्म सिखलाता है—हममें तुममें खड्ग खंभ में, घट-घट व्यापे राम। कबीर कहते हैं—जल में कुम्भ, कुम्भ में जल है, बाहर-भीतर पानी, टूटा कुम्भ जल जलहि समाना कथ कह्यो ज्ञानी। 'गीता' का भी यही सन्देश है—जड़ और चेतन, सभी में ईश्वर की व्याप्ति है। अगर राम घर-घर में वास करते हैं, तो क्या मस्जिद में राम नहीं हैं? ऐसे में मस्जिद तोड़कर मन्दिर बनाना धार्मिक कृत्य कैसे हो सकता है? हाँ, साम्प्रदायिकता के प्रचारक-मिशनरी अपने आर्थिक और राजनैतिक हित साधने के लिए इस अधर्म को भी धर्म बताकर भारत की धर्मभीरु जनता को बरगलाने में जुटे हुए हैं। हम भारत के लोग मिलकर ही उनका मुकाबला कर सकते हैं!"

लोग आपस में बतियाते, "बड्ड ज्ञानी मनई हैं भाई। अलबत्त बात बोल रहे हैं।"

गायक मंडली गाती, "पैदल चलल जाए क्रान्तिकारी नौजवनवा, बदल जाई जमानवाँ हो ना।"

और समां बँध जाता। अनेक स्थानों पर आमजन मनुहार कर पदयात्रियों को गन्ने का रस या चाय पिलाकर ही आगे बढ़ने देते। गाजीपुर के मोहम्मदाबाद कस्बे में वहाँ के स्थानीय वृद्ध कम्यूनिस्ट कार्यकर्ता जग्गा एवं उनके साथियों ने बिन कहे-सुने उनके रात्रि-विश्राम का इन्तजाम कर दिया।

मऊ में जब पदयात्री दोपहर का विश्राम कर आगे बढ़े, हाईस्कूल के लगभग 200 छात्र-छात्राएँ शहर के बाहर तक नारे लगाते हुए उनके साथ आए। आजमगढ़, टांडा और इल्फातगंज में नगरपालिका अध्यक्षों ने काफी रुचि लेकर पदयात्रियों के ठहरने-खाने की व्यवस्था की।

पदयात्री 14 मार्च को अयोध्या के निकट के कस्बे दर्शन नगर पहुँच गए। वहीं पर बस्तर से पचास आदिवासी नौजवान-महिलाओं के जत्थे समय के साथ डॉक्टर शर्मा जुड़ गए। हरियाणा, पश्चिमी उत्तर प्रदेश तथा बुंदेलखंड से भी कई जत्थे वहाँ पहुँच अमिय और उसके साथ आ रहे पदयात्रियों की प्रतीक्षा कर रहे थे। कुछ साथी राजस्थान से भी आ गए थे। किरण, अवधेश और हामिद-यास्मीन भी मौजूद थे। स्थानीय लोगों ने काफी उत्साहपूर्वक पदयात्रियों एवं जत्थों के ठहरने-खाने की व्यवस्था की। अयोध्या में प्रशासन ने धारा 144 लगा रखी थी। डॉ. शर्मा और अमिय ने प्रशासन को समझाया,

"हम भाईचारे और प्रेम-अखलाक का सन्देश देने आए हैं। हम बाबरी मस्जिद के सामने उसी सन्देश को लेकर मानव-जंजीर बनाएँगे और अपनी बात अयोध्या के नागरिकों को सुनाकर वापस लौट जाएँगे। हम शान्ति और भाईचारा बनाने आए हैं, अशान्ति और नफरत फैलाने नहीं।"

प्रशासन की कोशिश थी कि पदयात्री दर्शन नगर से ही वापस लौट जाएँ। काफी समझाने-बुझाने के बाद प्रशासन में सद्‌बुद्धि आई और पदयात्रियों का आग्रह मानना पड़ा। प्रशासन ने धारा 144 में ढील दे दी। अन्ततः 15 मार्च को 10 बजे सुबह पदयात्रियों ने बाबरी मस्जिद के ठीक सामने जनता की एकता, भाईचारे, धर्मनिरपेक्षता और मस्जिद की सुरक्षा के प्रतीक के रूप में मानव-जंजीर बनाई और सभा की। सभा में अयोध्यावासी भारी संख्या में जुटे।

गायक मंडली ने देशभक्ति और राष्ट्रीय एकता के गीत गाए। भाईचारे, धर्मनिरपेक्षता के समर्थन और साम्प्रदायिकता के खिलाफ जोरदार नारे लगे। डॉ. शर्मा, अमिय, किरण, अवधेश, यास्मीन, हामिद तथा हिन्दुस्तान जन आन्दोलन के अन्य घटकों के साथियों ने तकरीरें कीं। अयोध्यावासियों ने न केवल गीतों, नारों और भाषणों को पूरी गम्भीरता से सुना, सराहा भी। साम्प्रदायिकता का जहर फैलाने वालों या उनके समर्थकों द्वारा विरोध का कोई स्वर कहीं नहीं गूँजा।

उसी दिन शाम को सभी भाईचारे का सन्देश गुनगुनाते पैदल चलकर फैजाबाद स्टेशन पहुँचे और रात की रेलगाड़ी से वापस अपने-अपने गन्तव्यों को लौट चले। कइयों के पाँवों में छाले थे, शरीर थकान से चूर था, लेकिन आत्मा भारत की अन्दरूनी ताकत के प्रकाश से उद्‌भाषित हो रही थी।

पदयात्रा से वापस लौटे लो.मु.आ. से जुड़ी स्त्रियों एवं नौजवानों के पाँवों के छाले और सूजन धीरे-धीरे ठीक हो रही थी। खुद अमिय के दोनों पैरों की छोटी उँगलियों की खाल नाखून समेत उतर चुकी थी, लेकिन सामूहिक कर्तव्य-बोध, मानवीय स्नेह और संवेदना की खुशबुओं से उनके मन-प्राण मह-मह कर रहे थे। इन खुशबुओं की तासीर ऐसी कि जैसे उनमें नई ऊर्जा का संचरण हो रहा हो। अनजान लोगों द्वारा पदयात्रियों का जिस उत्साह और सद्‌भावना से स्वागत हुआ था, उससे अमिय का दिल भर आया था।

लगभग बीस वर्षों के उसके सार्वजनिक जीवन में इस पदयात्रा का अनुभव सबसे सुखद और सार्थक था। इस पदयात्रा ने उसे जनता की अन्दरूनी ताकत से परिचित कराया। वह ताकत थी, फिरकापरस्ती-जातिवाद-क्षेत्रवाद-भाषावाद-स्वार्थ और हृदयहीनता की कठोर पथरीली सतह के नीचे बहती मानवीय संवेदना-भाईचारा-उदारता-स्नेह और एक-दूसरे के प्रति आदर की स्वच्छ जलधारा। इस ताकत ने उसे सिखलाया कि आपसी प्रेम-अखलाक और सद्‌भाव के लिए कहीं से कुछ लाना नहीं पड़ता न ही किसी को उठाने या गिराने की जरूरत होती है। जरूरत होती है सिर्फ खुले दिलो-दिमाग से आदर और स्नेह का हाथ आगे बढ़ाकर एक-दूसरे का हाथ थाम लेने की।

## 6

इधर पार्टी ने लो.मु.आ. और डॉक्टर अमिय को सुधारवादी और ग्रास रूटर घोषित कर कठोर आलोचना का अभियान छेड़ रखा था। जातीय सेनाओं और विभिन्न नक्सली संगठनों की हिंसा-प्रतिहिंसा से मध्य बिहार लहूलुहान हुआ जा रहा था। निरपराध निरीह लोग मारे जा रहे थे। जनता के जमीनी सवालों की लड़ाई का स्थान खूनी संघर्ष ने ले रखा था। दहशत का अजीब वातावरण निर्मित हो गया था।

दो साल पहले हुए विधान सभा चुनावों में राज्य में सरकार बदल गई थी। 'मंडल कमीशन' और सामाजिक न्याय के नारे पर सवार जो दल सरकार में आया था, उसके लिए भी साम्प्रदायिकता पहली चुनौती बनकर उभरी थी। दूसरी चुनौती थी, मध्य बिहार में मची हिंसा-प्रतिहिंसा की घटनाओं पर लगाम लगाना, परन्तु सामाजिक न्याय के नारों के बावजूद जमीन और मजदूरी के सवाल नई सरकार की प्राथमिकता सूची में नहीं थे। गनीमत थी कि इन सवालों के लिए जन आन्दोलन करने वाले को प्रताड़ित करने का कोई दबाव उसके ऊपर न था।

पुरानी सरकार के साथ ही फाइव स्टार्स और किंग का प्रभामंडल हाशिए पर चला गया था। ठाकुर बजरंगी सिंह, ठाकुर रमापति सिंह और महन्तगण नए निजाम के साथ तारतम्य नहीं बिठा पा रहे थे। जहानाबाद-औरंगाबाद-रोहतास-कैमूर-पलामू बेल्ट में चुनावी राजनीति के पुराने वृक्ष धराशायी हो गए थे और नई पौध अंकुरित हो गई थी।

लो.मु.आ. पार्टी की आलोचना से अविचलित अपने आधार क्षेत्रों में भूमि-सुधार एवं न्यूनतम मजदूरी के आन्दोलन में दुगुने उत्साह से जुट गया, लेकिन आन्दोलन का स्वरूप बदल रहा था। सामाजिक-आर्थिक प्रतिबन्धों का स्थान धरना, घेराव, प्रदर्शन और अनशन ने ले लिया था। आन्दोलनकारी प्रशासन को गैर-मजरुआ जमीनों का परचा भूमिहीनों में बाँटने को मजबूर कर देते। वर्षों से अंचल कार्यालयों में पसरी सुस्ती और बेईमानी जन आन्दोलन के तूफान में सूखे पत्तों की तरह काँपने लगी थी।

इसी बीच साम्प्रदायिकता की आँच लहक उठी। दिसम्बर 1992 में साम्प्रदायिक शक्तियों ने देश भर से धर्मान्ध भीड़ जुटाकर बाबरी मस्जिद तोड़ डाला। उत्तरी भारत का बड़ा हिस्सा दंगों की चपेट में आ गया, परन्तु लो.मु.आ. के कार्यकर्ता अपने आधार क्षेत्र में दंगों के झंझावात के सामने चट्टान की तरह खड़े हो गए। राज्य सरकार ने भी कड़ाई की। सूबा दंगों की आग से बच गया। अयोध्या शान्त रहा लेकिन यूपी के कई जिलों में दंगों की आग फैल गई।

हिन्दू-मुस्लिम एकता और भाईचारे का सन्देश लेकर अयोध्या में मानव-जंजीर बनाने वाले पदयात्री और जत्थे आखिर इतिहास की दिशा और गति कैसे मोड़ सकते थे, और वह भी तब जब यू.पी. सरकार हार्ड हिन्दुत्व की पैरोकारी में देश की सर्वोच्च न्यायालय में दिए गए शपथ से मुकर गई हो और केन्द्र सरकार साफ्ट हिन्दुत्व के रास्ते पर चल रही हो। उदास साथियों को अमिय ने ढाढ़स बँधाया, "हमें निराश नहीं होना है। साम्प्रदायिकता के खिलाफ हमें लम्बी लड़ाई लड़नी होगी। लो.मु.आ. के सिपाहियों

को भी साम्प्रदायिक शक्तियाँ हिन्दू-मुसलमान के नाम पर बाँटने से बाज न आएँगी। हमें सावधान रहना होगा। चट्टान की तरह मजबूत बने रहना होगा।"

अमिय का कार्य क्षेत्र मध्य बिहार तक भी सीमित न रहा। उसकी माँग दूसरी जगहों पर भी होने लगी थी। साझा मंच देश भर में सक्रिय था। डॉ. शर्मा के बुलावे पर अमिय बस्तर कूच कर गया। डॉ. शर्मा वहाँ अबूझमाड़ के इलाके में 'मावा नाटे मावा राज' यानी हमारे गाँव में हमारा राज का संकल्प-सिद्ध करने में लगे थे। हालाँकि हि.ज.आ. के कई घटक-संगठन उनके साथ थे, किन्तु उन्हें अमिय की कमी खल रही थी।

अमिय बस्तर पहुँच साथियों संग आदिवासी समाज के बीच ग्राम स्वराज के उस प्रयोग में जुट गया। संविधान की पाँचवीं अनुसूची में आदिवासी इलाकों में जल-जंगल-जमीन पर ग्राम सभा के अधिकार सुरक्षित रखे गए हैं। डॉ. शर्मा केन्द्र सरकार से माँग करते आ रहे थे कि पाँचवीं अनुसूची के क्षेत्रों में ग्राम सभाओं के अधिकारों को कानून बनाकर संरक्षित कर दिया जाए। सवाल था कि दस राज्यों में फैले ऐसे आदिवासी क्षेत्रों की आवाज कौन उठाए? आवाज उठाने के लिए आदिवासी समाज की एकजुटता जरूरी थी। एकजुट समाज की ताकत से ही हिन्दुस्तान जन आन्दोलन के नाम से गठित वह साझा मोर्चा आदिवासियों की आवाज बन सकता था। यह काम आसान न था, पर डॉ. शर्मा भी कहाँ मानने वाले थे? अमिय के बस्तर आ जाने से उन्हें बल मिल गया।

अबूझमाड़ के संगम गाँव में कोटरी नदी के किनारे विशाल आदिवासी सम्मेलन कर ग्राम स्वराज के इस निनाद—'मावा नाटे मावा राज'—की पुख्ता आधारशिला रख दी गई।

अमिय समानधर्मा संगठनों के साथियों और डॉ. शर्मा के साथ आदिवासी समाज को संगठित करने के काम में जुट गया। कभी कैमूर, कभी राँची, कभी सिंहभूम, कभी मेदिनीपुर में आदिवासी सम्मेलन होने लगे। डॉ. शर्मा उन सम्मेलनों में मुख्य वक्ता रहते, अमिय संगठनकर्ता। आदिवासी युवकों को प्रशिक्षित करना अमिय के जिम्मे रहता। प्रशिक्षित युवक स्थानीय स्तर पर छोटे-छोटे संगठन बनाकर अपने समाज को संगठित करने के काम में लग गए। जहाँ-जहाँ संगठन बनते जाते, वहाँ-वहाँ से ग्राम सभाओं के संविधान प्रदत्त अधिकारों को कानून बनाकर संरक्षित करने की आवाज उठने लगी।

राँची और सिंहभूम से आवाज उठी—जल-जंगल और जमीन : हमारे हैं हमारे हैं। आन्ध्र प्रदेश, उड़ीसा, गुजरात और महाराष्ट्र के आदिवासी क्षेत्रों में भी स्थानीय स्तर पर संगठन बनने लगे। डॉ. शर्मा कहते, "आदिवासी समाज हुंकार भरने लगा है। बिरसा मुंडा की सन्तानें अपना हक लेकर रहेंगी। जरूरत चिनगारी दिखाने की थी। चिराग जल उठे हैं।"

इधर देश के क्षितिज पर एक नया संकट दस्तक देने लगा था। अन्तरराष्ट्रीय व्यापार बढ़ाने के बहाने से भारत सहित अन्य विकासशील देशों को बहुराष्ट्रीय कम्पनियों का आर्थिक गुलाम बनाने की कोशिश हो रही थी। व्यापार एवं सीमा शुल्क सम्बन्धी अन्तरराष्ट्रीय संस्था, गाट, डंकल प्रस्ताव के नाम से बहुपक्षी समझौते का एक मसौदा लेकर आया था, जिसे स्वीकार करने का देश पर दबाव बनाया जा रहा था। सरकार मसौदे के पक्ष में थी, तो प्रस्तावों के विरोध का स्वर भी कम तीखा नहीं था।

कई जन-संगठनों की स्पष्ट राय थी कि ये प्रस्ताव कृषि क्षेत्र के दरवाजे विदेशी

कम्पनियों के लिए खोलकर भारतीय कृषि व्यवस्था को बर्बादी की कगार पर पहुँचा देंगे। यह भी भय था कि परम्परागत बीजों को खत्म कर विदेशी कम्पनियाँ अपने पेटेंट बीजों के माध्यम से भारत की खेती पर कब्जा कर लेंगी। प्रस्तावों में शामिल वस्तुओं के निर्बाध व्यापार के समानान्तर मानव संसाधनों के विश्व बाजार में निर्द्वंद्व प्रवेश की माँग भी प्रमुखता से उठने लगी थीं, लेकिन डंकल प्रस्ताव किस मुद्‌दे पर मौन था? वर्ष 1994 के मार्च-अप्रैल में डंकल प्रस्तावों के खिलाफ देश के विभिन्न भागों में विभिन्न जन-संगठनों ने जबरदस्त विरोध प्रदर्शनों की योजना बना रखी थी क्योंकि अप्रैल में भारत सरकार को प्रस्तावों पर अपनी सहमति देनी थी। विरोधी दल भी ताल ठोंक रहे थे—भारत को दुबारा ईस्ट इंडिया कम्पनी की गुलामी मंजूर नहीं।

डॉ. शर्मा बहुराष्ट्रीय कम्पनियों से जिस खतरे की आहट अमिय से साझा करते आए थे, वह खतरा दरवाजे पर खड़ा था। देश को आर्थिक गुलामी की ओर धकेला जाता देखना न डॉ. शर्मा को मंजूर था, न अमिय और न हिन्दुस्तान जन आन्दोलन को।

"हमें आम जनता को डंकल प्रस्तावों के खतरों से आगाह करना चाहिए।" अमिय ने हिन्दुस्तान जन आन्दोलन की कार्यकारिणी में प्रस्ताव रखा। कौन असहमति व्यक्त करता?

निर्णय हुआ कि इलाहाबाद से दिल्ली तक डंकल प्रस्तावों के विरोध में पदयात्रा निकाली जाए। राह में पड़ने वाले कस्बों-गाँवों में इन प्रस्तावों के खिलाफ जन-जागरण अभियान चलेगा। लोक मुक्ति आन्दोलन के कार्यकर्ता झटपट तैयार हो गए। आदिवासी समाज में ताजा विकसित नेतृत्व कैसे पीछे रहता? कई अन्य जन-संगठन भी पदयात्रा में साथ देने को राजी हो गए।

नियत तिथि को इन निराले देशभक्तों का काफिला निकल पड़ा दिल्ली दरबार की ओर। इलाहाबाद-खागा-फतेहपुर-कानपुर-इटावा-आगरा-मथुरा जिले के शहरों, कस्बों और गाँवों की सड़कों पर पगडंडियाँ चलते आमजन को आर्थिक गुलामी के खतरों से आगाह करते और समझाते उस काफिले ने दिल्ली पहुँचकर ही दम लिया। कहीं भी किसी ने पदयात्रा की व्यर्थता पर प्रश्नचिह्न नहीं उठाए। शंका नहीं की। सबने ध्यान से उन्हें सुना। प्रश्न किया। उत्तरों से सन्तुष्ट हो जाने पर कई साथ हो लिये।

यास्मीन-हामिद, किरण और अवधेश भी पदयात्रा में साथ थे। कठिन मार्ग था। चुनौतियों भरी डगर थी, परन्तु न अमिय, न उसके साथी, डिगे, न थके। डिगते और थकते कैसे? अयोध्या मार्च की तरह ही भारत की आम जनता और मजदूर-किसानों की आन्तरिक शक्ति पदयात्रियों को अभिभूत कर देती थी।

कई जन-संगठन राह में जुड़ते चले गए। कोई मध्य प्रदेश, कोई बुंदेलखंड, कोई रुहेलखंड से आया। दिल्ली में पंजाब, राजस्थान, हरियाणा और हिमाचल के साथी ऐसी ही पदयात्राएँ करते वे आ गए थे। डॉ. शर्मा भी बस्तर के आदिवासी साथियों के साथ मौजूद थे। पदयात्रियों ने राष्ट्रपति को ज्ञापन सौंपा—भारत की कृषि को चौपट होने से रोकिए, आर्थिक गुलामी के सम्भावित खतरे से देश को बचा लीजिए। ज्ञापन सौंपने के बाद रामलीला मैदान में सभा हुई। डॉ. शर्मा और अमिय के अलावा सभी भागीदार जन-

संगठनों के नुमाइंदों ने डंकल प्रस्तावों के हरेक पहलू पर विस्तार से अपनी बातें रखीं।

सुखद रहा कि भारत सरकार ने डंकल प्रस्तावों में कृषि सम्बन्धी अधिकांश शर्तों से असहमति जताते हुए उन्हें बदलने की माँग रख दी। निश्चय ही ऐसा देशव्यापी विरोध के कारण सम्भव हो सका। पदयात्रियों ने इस असहमति का स्वागत किया। अमिय ने इसे जन आन्दोलन के रास्ते की जीत मान साथियों की हौसला अफजाई की।

## 7

अबूझमाड़ में कोटरी नदी किनारे से उठी आवाजों की अनुगूँज अन्ततः देश की सबसे बड़ी पंचायत में पहुँच ही गई। पाँचवीं अनुसूची वाले क्षेत्रों में ग्राम सभाओं को सीमित ही सही, स्वायत्तशासन का अधिकार देनेवाला कानून 'पेसा' साल 1996 में संसद ने पारित कर दिया। हिन्दुस्तान जन आन्दोलन, डॉ. शर्मा, अमिय, आदिवासी समाज और असंख्य कार्यकर्ताओं का 'मावा नाटे मावा राज' और 'जल-जंगल-जमीन : हमारे हैं, हमारे हैं' का सपना धरती पर उतर आया। यह मौका जश्न का था, परन्तु डॉ. शर्मा अपने लम्बे प्रशासनिक अनुभवों से जन्नत की हकीकत पहचानते थे।

"अभी कानून बना है। कानून को लागू करने के लिए नियमावली बनेगी। घाघ अफसर-नेता नियमावली में पेच फँसाकर कानून की आत्मा को खत्म करने का अवसर खोजेंगे। मुझे उन्हें रोकना होगा। यह काम आसान न होगा, किन्तु मैं अपने सम्पर्कों से जितना सम्भव होगा, उतना जरूर रुकवा दूँगा। यदि नियमावली में कोई खुराफात हुई, तो फिर आन्दोलन की राह है ही।" उन्होंने हिन्दुस्तान जन आन्दोलन के घटकों की बैठक में ऐलान किया।

"डॉक्टर साहब, जरूरी हुआ तो हम लोग दिल्ली में उपवास करेंगे।" अमिय ने सहयोग का वचन दिया।

डॉ. शर्मा मुस्कराए। अमिय के सुदीर्घ उपवास की क्षमता से वे परिचित थे, किन्तु अपने दूसरे साथियों की क्षमता भी उनसे छिपी न थी। बोले, "उसका भी समय आएगा। कभी-न-कभी जरूर आएगा। आदिवासियों के जल-जंगल-जमीन पर देशी और विदेशी पूँजीपतियों की गिद्ध दृष्टि लम्बे समय से गड़ी हुई है। वे 'पेसा' कानून को धता बताकर अपना मनोरथ सिद्ध करने का सभी यत्न करेंगे। हमें सरकार और पूँजीपतियों की दुरभिसन्धि के विरुद्ध आज नहीं तो कल, उपवास पर भी बैठना पड़ेगा। डंकल प्रस्तावों की कृषि सम्बन्धी सारी शर्तें सरकार ने भले ही न मानी हों, अबाध विदेशी निवेश के दरवाजे तो खोल ही दिए गए हैं। निवेश के लिए खनिज चाहिए। खनिज का बड़ा भंडार कहाँ है? वह है पंचम अनुसूची वाले गाँवों में। ऐसे में 'पेसा' कानून के बावजूद आदिवासी समाज के जल-जंगल-जमीन पर खतरा बढ़ गया है।"

डॉ. शर्मा भविष्य की आहट सुन रहे थे। खनिजों के दोहन का कुफल बस्तर की युवतियों को दैहिक शोषण के रूप में भुगतना पड़ा था। कितना भोगा था अबोध भोली-भाली आदिवासी बालाओं ने! डॉ. शर्मा से अधिक उनका दर्द कौन समझ सका

था? खनिजों के बड़े पैमाने पर दोहन से आदिवासियों के अपनी जड़ों से उजड़ने का खतरा डॉ. शर्मा की पारखी नजरों से कैसे छिपा रह सकता था? जड़ों से उजड़ने का अर्थ महज आजीविका से उजड़ना ही नहीं था, संस्कृति और परम्पराओं का नष्ट होते जाना भी था। विकास के नाम पर होने वाले विस्थापन की गाज सबसे अधिक गरीबों, दलितों और आदिवासियों पर ही गिरती रही है, इस कड़वी सच्चाई से भी डॉ. शर्मा परिचित थे।

"हम लड़ेंगे। जल-जंगल-जमीन को देशी-विदेशी पूँजीपतियों की लिप्सा से बचाने के लिए दम भर लड़ेंगे। आदिवासी समाज की संस्कृति, परम्परा और सम्मान के लिए लड़ेंगे।" हिन्दुस्तान जन आन्दोलन के घटक दलों ने संकल्प लिया।

जल-जंगल-जमीन पर मँडराने वाला वह खतरा केवल आदिवासी समाज तक सीमित न था। 'कैमूर न्याय मोर्चा' के गठन के समय से ही अमिय इस तथ्य से भलीभाँति परिचित था कि वन क्षेत्र में निवास करने वाला व्यापक मानव समाज अपनी आजीविका के लिए वनों पर आश्रित रहता है। उसमें दलित और दूसरी जातियों-मजहबों के गरीब किसान-मजदूरों की भारी तादाद भी शामिल है।

"साथियो, 'पेसा' कानून से पाँचवीं अनुसूची के क्षेत्रों में हमारे आदिवासी भाई-बहनों को थोड़े से अधिकार जरूर मिल जाएँगे, परन्तु अनुसूची के बाहर के क्षेत्रों के आदिवासी और समूचे वनाश्रित समाज के ऊपर भी जल-जंगल-जमीन का संकट गहराता जा रहा है। हम राष्ट्रीय स्तर पर वनाश्रित श्रमजीवियों के बीच काम करने वाले जन-संगठनों का साझा मंच गठित कर इस संकट का मुकाबला करने में सक्षम हो सकते हैं। मैं इस काम को हाथ में लेने का इच्छुक हूँ।" अमिय ने बैठक को एक नया रास्ता सुझाया।

डॉ. शर्मा सहमत थे। दूसरे घटकों के साथी भी सहमत थे। डॉ. शर्मा ने जोड़ा, "वनाश्रित समुदाय को भूमि अधिकार आन्दोलन से भी जोड़ना होगा। पारम्परिक रूप से उनके कब्जे की जमीनों पर उनका कानूनी अधिकार होना ही चाहिए। हमारा अगला लक्ष्य होना चाहिए, वनाश्रितों का भूमि अधिकार कानून।"

अमिय राष्ट्रीय स्तर पर वन श्रमजीवी मंच गठन की मुहिम में जुट गया। जरूरी था कि वनाश्रित समाज के बीच काम करने वाले जन-संगठनों में परस्पर विश्वास और सहकार का सेतु बने। इसके लिए एक के बाद एक बैठकें होने लगीं। कभी देहरादून, कभी कैमूर, कभी बाँदा, कभी राँची। इन बैठकों से परस्पर विश्वास बढ़ा और चर्चाओं के दौरान राष्ट्रीय स्तर पर एक माँगपत्र बनाने की प्रक्रिया भी प्रारम्भ हो गई।

माँगपत्र के साथ वनाधिकार कानून का मसौदा भी तैयार किया जाने लगा जो वनाश्रित समुदाय को उनकी पारम्परिक कब्जे की भूमि पर कानूनी अधिकार दिलवाने को लेकर था। साल 1998 में मंच का विधिवत् गठन राँची के सम्मेलन में हो गया। तय हुआ कि मंच जनवाद के सिद्धान्तों के अनुसार काम करेगा और सभी घटकों के दृष्टिकोण और विचारों का समादर होगा। यह भी ध्यान रखा गया कि सांगठनिक प्रक्रिया में सामाजिक न्याय का प्रमुखता से पालन हो तथा महिलाएँ प्रभावी भूमिका में रहें।

मंच के गठन के बाद स्थानीय स्तर से लेकर राष्ट्रीय स्तर तक जन-जागरण एवं जन आन्दोलन के कार्यक्रम होने लगे। वनाधिकार कानून की माँग जोर पकड़ने लगी। कैमूर में आदिवासी और वनाश्रित समुदाय ने लो.मु.आ. की अगुआई में हजारों एकड़ वन भूमि पर कब्जा कर लिया, परन्तु इस कब्जे में हिंसा कहीं न थी वरन् सत्याग्रह था। शान्तिपूर्ण अहिंसात्मक आन्दोलन था। उसके पीछे 'जल-जंगल-जमीन : हमारे हैं, हमारे हैं' की प्रेरक शक्ति थी। और उस प्रेरक शक्ति के पीछे जो व्यक्ति जन-जागरण की मशाल लिये खड़ा था, वह था अमिय।

इधर जमीन, मजदूरी और वनाधिकार कानून का संघर्ष तीखा होता जा रहा था, उधर अमिय के शरीर पर बीमारियों का आक्रमण भी जारी था। जेलयात्रा, भूमिगत जीवन की दुश्वारियाँ और अनियमित खानपान ने उसके शरीर को कमजोर कर दिया था। डॉक्टरों ने कहा, "इनकी हड्डियाँ घिसकर अस्सी साल के वृद्ध व्यक्ति जैसी हो गई हैं। आराम की सख्त जरूरत है।"

लो.मु.आ. के साथियों ने आग्रह किया, "नवादा आश्रम में कुछ दिन विश्राम किया जाए। काम हम लोग सँभाल लेंगे।"

सिस्टर एलिसा और सिस्टर वलसम्मा ने समझाया, "सेवा-शुश्रूषा कर हम लोग आपको स्वस्थ रखेंगे।"

फादर मंथरा ने समझाया। अवधेश ने दोस्ताना हक जताया, "दिल्ली आ जाओ। एम्स में चेकअप करा देंगे। हमारे साथ कुछ दिन चैन से गुजारो।" किरण, यास्मीन और हामिद की भी यही राय थी।

लेकिन 'Miles to go before I sleep' की धुन जिसकी आत्मा में बजती रही हो, वह भला शारीरिक कष्ट की परवाह कैसे करता? अमिय अपने नए पथ पर अनवरत बढ़ता रहा। नए आसमान की असीम ऊँचाइयों में रमा रहा। संघर्ष, संघर्ष, संघर्ष। यही राग उसकी नसों में ध्वनित होता रहा। वह किसानों-मजदूरों-आदिवासियों-दलितों की आवाजें मुखर करता रहा। गाँवों, वनों और मजदूर बस्तियों में जन-जागरण के कार्यक्रमों में साथियों के संग बना रहा। नवादा आश्रम में जब भी रहना होता, उसकी चिन्ता अपने स्वास्थ्य की बजाय रचना के कार्यक्रमों के इर्द-गिर्द घूमती रहती।

किन्तु शरीर आखिर शरीर ठहरा। हड्डियाँ ही कमजोर न हुई थीं, अनियमित खानपान और जीवनशैली ने शरीर के कोमल अंगों पर भी असर डाला था। खटिया पकड़नी पड़ गई। साथियों ने चन्दे से इलाज के लिए पैसा जुटाया। गरीबों, किसानों, मजदूरों ने भरपूर मदद की। था भी तो वह सबका बेटा, भाई, चाचा। कैसे न इन्तजाम करते? दिल्ली के एम्स में इलाज शुरू हुआ। अवधेश, किरण, यास्मीन, हामिद ने रात-दिन एक कर दिया। सुना, तो बड़े भाई दौड़े आए। इलाज में सहायता का हाथ बढ़ाया। अमिय ने साफ इनकार कर दिया, "भाई साहब, जिनके लिए मैंने अपनी जिन्दगी खपाई, मेरे इलाज की व्यवस्था वही करेंगे। परिवार के लिए मैंने कुछ नहीं किया। इसलिए परिवार से मदद लेना मुझे घोर अनैतिक लगेगा।"

भाई से यही बात उसने फुलवारी शरीफ जेल में भी कही थी। भाई को उसका

तब यह कहना युवा जोश लगा था, लेकिन पिछले 20-25 सालों में उसने परिवार से कोई मदद न ली थी। गाहे-बगाहे आगरे जाकर माँ और परिवार से मिल जरूर आता था। भाइयों के साथ भी उसके दोस्ताने में कोई कमी न थी, परन्तु मदद कभी नहीं ली।

भाई उसके इलाज तक दिल्ली में ही बने रहे। उसके दूसरे भाई-बहन भी आकर हालचाल पूछते रहते। उसकी स्पाइनल सर्जरी हुई।

अस्पताल से डिस्चार्ज होते समय डॉक्टर ने साफ-साफ कह दिया, "जनाब, आपको कुछ दिनों तक न केवल आराम करना होगा, आगे भी ज्यादा दौड़-भाग के काम से बचना होगा वरना आपकी हड्डियाँ कब जवाब दे देंगी, कुछ नहीं कहा जा सकता।"

अमिय ने हल्की मुस्कराहट के साथ कहा, "आप शेर को पिंजड़े में कैद कर देना चाहते हैं?"

डॉक्टर ने इस वाक्य का मर्म भले न समझा हो, दोस्तों ने फीकी मुस्कराहट से उसका हौसला बढ़ाया, "थोड़े दिन आराम कर लो। फिर जमकर दहाड़ना।"

अमिय दिल्ली में कुछ दिनों तक आराम करने के बाद अपनी कर्मभूमि में वापस लौट आया।

## अन्ततः

स्पाइनल सर्जरी ने शरीर की सीमाएँ बता दी थीं। रही-सही कसर दिल की बीमारी ने पूरी कर दी। पटना के इन्दिरा गांधी हृदय रोग संस्थान के डॉक्टर चटर्जी ने हिदायत के साथ दवा की पर्ची थमाई, "आपने खुद भी डॉक्टरी पढ़ी है। दवाइयाँ नियम से लेते रहेंगे तो ठीक रहेंगे। जीवनशैली में बदलाव लाना पड़ेगा। शारीरिक श्रम पहले जैसा न करिएगा।"

सिस्टर एलिसा चेकअप के समय साथ थीं। डॉक्टर चटर्जी ने उन्हें बरतने वाले एहतियातों के बारे में विस्तार से जानकारी दे दी थी।

सिस्टर एलिसा का अब तक का पूरा जीवन मानव-सेवा में बीता था। वे मन और शरीर, दोनों की सीमाओं से परिचित थीं। खगौल चर्च के आसपास के मुसहर परिवारों की व्यथा-कथा ने उन्हें सिखाया था, शरीर स्वस्थ तो मन भी स्वस्थ। वे शरीर और मन, दोनों को स्वस्थ रखने की कला जानती थीं। अपना तन-मन जैसा भी रहे, दूसरों का वे सदा-सर्वदा ध्यान रखती आई थीं ममतामयी माँ और बहन की तरह।

उन्होंने किरण से सम्पर्क साधा। जानती थीं कि अमिय किरण का कहा नहीं टाल पाएगा। स्त्रियाँ पुरुषों के मन की गुत्थियाँ भाँपने में माहिर होती हैं। लाख छिपाना चाहो, उनसे नहीं छिप सकता। किरण ने अमिय को एक लम्बा खत लिखा, "स्वस्थ रहोगे,

तभी आन्दोलन को धार मिलेगी। कुछ दिनों तक भाग-दौड़ कम कर आराम करो। तुम्हारा पढ़ना-लिखना छूट गया है। मैं हाल में छपी तुम्हारी अभिरुचि की किताबें भिजवा रही हूँ। पढ़ने और लेखन कार्य में खुद को व्यस्त रख सकते हो।"

दिल्ली में भी इलाज के समय किरण का जोर इसी बात पर रहता था कि अमिय को डॉक्टरों की सलाह शब्दशः माननी चाहिए।

शेर को नवादा आश्रम के पिंजड़े में कैद होना ही पड़ गया। सिस्टर एलिसा उसकी सेवा-शुश्रूषा में कोई कमी न होने देती थीं। सिस्टर वलसम्मा ने प्रशिक्षण का जिम्मा सँभाल लिया था। आन्दोलन के साथी और अन्य दूसरे मित्र-सहयोगी उससे मिलने और मार्गदर्शन प्राप्त करने वहीं पहुँचने लगे। शरीर कमजोर था, किन्तु आत्मा वैसी ही प्रकाशवान थी। कहता, "बीमारी मुझसे हारकर खुद-ब-खुद भाग जाएगी।"

उसे माँ की एक चिट्ठी मिली। भाई ने दिल्ली से लौटकर स्पाइनल सर्जरी का पूरा वृत्तान्त उन्हें सुना दिया था। माँ का कोमल हृदय काँप गया। उनके दूसरे बेटे-बेटियों के पास जोरू-जत्था सब था। अपना भरा-पूरा परिवार था, लेकिन अमिय के पास कौन था अपना कहने को? बीमारी में कौन रखता होगा उसका ध्यान? लिख भेजा, "माँ से मिलने को भी तेरा मन नहीं करता रे लल्ला? इसी चिन्ता में मैं मरी जाऊँ कि उस धुर-देहात में कौन तेरी देखभाल कर रहा होगा? दवा-पथ्य का इन्तजाम कैसे होता होगा? बहुत कर ली तूने अपने मन की। बहुत हो गई समाजसेवा। अब तो लौट आ।" और भी बहुत-सारी बातें थीं उस चिट्ठी में। माँ को उसके दिल की बीमारी की जानकारी तब तक न हुई थी।

अमिय ने जो राह चुनी थी, भले ही उसमें 'अपने' परिवार की अवधारणा गौण थी, किन्तु वह माँ से आत्मिक रूप से गहरे जुड़ा था। बचपन में पिता से उसके सम्बन्ध थोड़े असहज-से थे, परन्तु माँ से वह अपनी गोपन बातें तक बेहिचक साझा कर लेता था। माँ कोई साधारण स्त्री न थीं। वे विदुषी महिला थीं। उनके माँ-बाबूजी स्वतंत्रता सेनानी रहे। अमिय के नाना सरकारी अस्पताल में डॉक्टर थे, परन्तु आजादी की लड़ाई में कई बार जेल गए तथा लम्बे समय तक आगरा जिले के कांग्रेस कैंप-कमांडर भी रहे। नानी एवं माँ ने भी तब राजनीति में सक्रिय भूमिका निभाईं। नानी तो कई बार लखनऊ और आगरा की जेल में बन्द हुईं। एक बार उन्हें अपने 4 माह के शिशु के साथ जेल की लम्बी सजा काटनी पड़ी थी। माँ ने छोटी उम्र के बावजूद तब घर सँभाला था तथा पिता और दूसरे भाई-बहनों का पूरा खयाल रखा था।

अमिय माँ की चिट्ठी एक साँस में पढ़ गया। चिट्ठी एक माह पहले की थी। भटकते हुए उस तक आखिर में पहुँच पाई थी। इतने दिनों तक माँ से दूर रहने के बावजूद भी माँ का हृदय अपने बेटे के लिए आकुल-व्याकुल था, इसे भाँपना कठिन न था, पर चिट्ठी का उत्तर लिखना बहुत कठिन था। क्या लिखे-कितना लिखे? क्या छोड़े? इसी ऊहापोह में दसेक दिन बीत गए, परन्तु चिट्ठी का जवाब न पाकर माँ की व्याकुलता बढ़ सकती थी। यह सोचकर अमिय ने जवाब लिखना शुरू किया—

लो.मु.आ. कार्यालय
ग्रा. नवादा
जहानाबाद
22.1.2001

पूज्यनीया माताजी,

सादर चरण स्पर्श।

आपका पत्र मिला। समाचार विदित हुए। लगता है, आपका पत्र डाक विभाग की कृपा से एक माह तक इधर-उधर भटकने के बाद मुझ तक पहुँचने में आखिरकार कामयाब हो गया। मेरा स्वास्थ्य अब काफी हद तक ठीक है, हालाँकि अभी भी झुकने और वजन उठाने की मनाही है। अगले दो माहों में सब कुछ सामान्य हो जाने की आशा है। मेरी तकलीफ ने पूरे एक वर्ष का समय ले लिया। साथियों की राय है कि मुझे दौड़-धूप कम करके पढ़ने-लिखने पर ज्यादा ध्यान देना चाहिए। मैं भी अब लेखन कार्य पर अधिक जोर देने की सोच रहा हूँ। बहुत कुछ अन्दर जमा हो गया है। लेखन मार्ग से उसे लोगों तक पहुँचाना मुझे जरूरी लगने लगा है। वैसे भी कहीं व्याख्यान देने या बैठकों में भाग लेने के लिए बुलाए जाने पर मैंने वातानुकूलित श्रेणी के टिकट की शर्त लगा दी है ताकि यात्रा कष्टप्रद न हो। अगले जनवरी या फरवरी में आपके साथ कम-से-कम 15-20 दिन आगरा में रहने का मेरा विचार है।

माँ, आपका स्वास्थ्य कैसा है? अब अकेले रहने की आपकी आयु और स्वास्थ्य, दोनों ही नहीं है। यदि आप चाहें तो हमारे साथ रह सकती हैं। आप जैसा पसन्द करेंगी, नवादा आश्रम में या फिर पटना में, व्यवस्था हो जाएगी। वैसे तो मैंने ईमानदारी से समाजसेवा करते हुए सार्थक जीवन जीने का प्रयास किया है, किन्तु माँ-बाप की सेवा न कर सकने की कमी अब मुझे हमेशा महसूस होती है। आखिरकार माँ-बाप के कारण ही हमारा अस्तित्व है। उनकी सेवा हमारा बुनियादी कर्तव्य है। आज से कुछ वर्ष पूर्व मैं निश्चयात्मक ढंग से कह सकता था कि मैंने माँ-बाप की सेवा के छोटे कर्तव्य को छोड़कर समाजसेवा का बड़ा कर्तव्य पूरा किया, किन्तु आज मैं निश्चयपूर्वक ऐसा नहीं कह सकता। शायद मेरी सोच और समाज के मूल्यबोध, दोनों में ही बदलाव आया है। अब समाजसेवा संस्था खोलकर बैठे पेशेवर लोगों का काम रह गया है जो सरकारी व विदेशी पैसे लेकर सेवा की नौकरी करते हैं। संघर्ष द्वारा समाज में बुनियादी परिवर्तन की बात अब पुरानी हो चुकी है और इसके साथ ही अब मेरे जैसे संघर्षशील लोग भी धीरे-धीरे अपनी प्रासंगिकता कम होते देख रहे हैं।"

इतना लिख चुकने के बाद अमिय को थकान ने घेर लिया। या आगे लिखा नहीं गया। कौन जाने, चिट्ठी अधूरी रह गई। उसे सिरहाने, तकिए के नीचे रखकर वह सोने का उपक्रम करने लगा। उसकी आँखों से आँसू की एक बूँद ढुलककर बिस्तर में समा गई।

वह बचपन के सपनों में खो गया मानो माँ की गोद में उसने सिर रख दिया हो और माँ उसके बालों में अपनी ममता गई उँगलियाँ फिरा रही हों।

जब सिस्टर एलिसा किसी काम से कमरे में आईं, वह गहरी नींद में सो रहा था।

## 2

डॉ. शर्मा ने 'हिन्दुस्तान जन आन्दोलन' का दफ्तर मुस्तकिल रूप से दिल्ली में खोल लिया था। दफ्तर हजरत निजामुद्दीन स्टेशन से सटी एक गली में था। नीचे-ऊपर के तल मिलाकर कुल चार कमरों के पुराने मकान को उन्होंने अपने रिटायरमेंट के बाद मिले पैसों से खरीदकर उसे दफ्तर की शक्ल दे दी थी। नीचे के कमरों में कई एक्टिविस्ट रहते थे जो अवैतनिक रूप से दफ्तर का काम सँभालते थे। ऊपर के एक कमरे में शर्मा जी खुद रहते थे और दूसरा कमरा किताबों और संगठन के कागजात आदि के लिए सुरक्षित रखा गया था। ऊपर-नीचे के तलों पर एक-एक गुसलखाने तामीर थे। पानी के लिए चाँपाकल था। सभी के बिस्तर जमीन पर ही बिछते थे। डॉ. शर्मा की समझ बड़ी साफ थी इस मायने में। कहते, "चारपाइयाँ ज्यादा जगह घेरेंगी। संगठन के साथी अगर रात को रुकना चाहेंगे तो उनके लिए जगह ही नहीं बचेगी। जमीन पर बिस्तर बिछाने का फायदा है कि एक कमरे में कम-से-कम 5-6 साथी सो सकते हैं।" बात सही थी। दिल्ली के कार्यक्रमों में भाग लेने वाले कई साथियों को रात में रुकना पड़ जाता था। सबका इन्तजाम दफ्तर के कमरों में हो जाता था।

अमिय की बीमारी के कारण डॉ. शर्मा खुद को अकेला महसूस करने लगे थे। 'पेसा' कानून के लागू हो जाने के बाद भी पंचम अनुसूची के क्षेत्रों में अफसरशाही ज्यों की त्यों चल रही थी। हालाँकि नियमावली को डॉ. शर्मा ने हल्का होने से बचा लिया था, किन्तु सरकारी संरचनाओं के लिए जब भूमि अधिग्रहण की कार्रवाई होती, अफसर जन-सुनवाई की खाना-पूर्ति कर देते। राज्य सरकारें ग्राम सभाओं को उनकी शक्ति देना ही नहीं चाह रही थीं।

डॉ. शर्मा चाहते थे कि जन्तर-मन्तर पर अनिश्चितकालीन अनशन कर केन्द्र सरकार पर 'पेसा' कानून को सही मायनों में लागू करने का दबाव बनाया जाए। वह यह भी चाहते थे कि सभी आदिवासी क्षेत्रों और समाज के सांगोपांग विकास का रोडमैप तैयार करने के लिए सरकार किसी सम्मानित आदिवासी जन नेता की सदारत में उच्चाधिकार प्राप्त समिति गठित करे।

अमिय इन मुद्दों पर लो.मु.आ. के अपने साथियों के साथ जन्तर-मन्तर पर उपवास पर बैठने के लिए तैयार था। उसका आग्रह था कि उपवास का समय और तिथि 'हिन्दुस्तान जन आन्दोलन' के सभी घटकों की सहमति से तय कर उसे सूचित कर दिया जाए।

उपवास के लिए तय तिथि पर अमिय दिल्ली पहुँच गया। उसके साथ लो.मु.आ. से तीन साथी—हीरा शर्मा, संत जी और कैलाश अगरिया उपवास पर बैठने आए थे। डॉ. शर्मा थोड़े अचकचा गए। तारीख घोषित हो गई थी, किन्तु तैयारियाँ पूरी न हो पाई थीं न ही दूसरे घटकों से कोई आ पाया था, परन्तु अमिय अपने तीनों साथियों के साथ जन्तर-मन्तर पहुँच उपवास पर बैठ गया। उसका कहना था, "संघर्ष किसी की प्रतीक्षा

नहीं करता। जब कारवाँ बढ़ेगा, लोग अपने आप जुड़ते चले जाएँगे।"

ठीक वही हुआ। दो दिनों बाद विभिन्न घटकों से तीस साथी उपवास में शामिल होने आ गए। अमिय का उपवास 12 दिनों और दूसरे साथियों का उपवास 5 दिनों तक चला। अमिय का उपवास तभी टूटा जब सरकार ने प्रतिनिधि भेजकर 'पेसा' कानून को सही मायनों में लागू करवाने तथा एक उच्चाधिकार प्राप्त समिति के गठन का लिखित आश्वासन दिया। उपवास में उसका उत्साह बढ़ाने किरण, अवधेश और यास्मीन-हामिद लगभग रोज आ जाते।

उपवास खत्म होने के बाद ही अमिय माँ से अपने पत्र में किया गया वादा निभाने आगरा चला गया। हीरा शर्मा, संत जी और कैलाश अगरिया कुछ दिनों तक डॉ. शर्मा के दफ्तर में रुककर वापस लौट गए।

इधर 'राष्ट्रीय वन श्रमजीवी मंच' की गतिविधियाँ बढ़ रही थीं। अमिय की बीमारी के कारण साथियों ने उसे कष्ट देना मुनासिब न समझा था। लेकिन जैसे उसकी बीमारी से डॉ. शर्मा खुद को अकेला महसूस करने लगे थे, राष्ट्रीय मंच की दशा भी वैसी ही थी। अमिय की उपस्थिति सभी में जोश भर देती थी। दिल्ली में उसके उपवास की खबर से मंच के साथियों में नवजीवन का संचार-सा हुआ। अमिय भी कहाँ चुप बैठने वाला था? भले ही उसने दौड़-धूप कम करने का सोचा हो, संघर्ष की आवाज से निरपेक्ष बना रहना उसके लिए कठिन था। माँ मनुहार करती रहीं, किन्तु वह आगरे में 15 दिनों से ज्यादा न रुका। वह राष्ट्रीय मंच की जरूरी बैठक में भाग लेने राँची निकल गया।

बैठक में वनाधिकार कानून छाया रहा। मंच ने अभियान चलाकर हजारों हस्ताक्षर इकट्ठा कर लिए थे। अमिय की सलाह पर तय हुआ कि इस कानून को पारित करवाने के लिए केन्द्र सरकार पर दबाव बढ़ाने के प्रथम चरण के रूप में विभिन्न राज्यों के राज्यपालों के समक्ष प्रदर्शन किया जाए। दूसरे चरण में दिल्ली में प्रदर्शन हो। काम बड़ा था और काफी मेहनत की माँग करता था। अमिय ने वादा किया कि दोनों प्रदर्शनों के लिए वनाश्रित मजदूरों को मोबिलाइज करने में साथी उसकी जब-जहाँ-जैसी जरूरत महसूस करेंगे, वह पहुँच जाएगा। बिहार के राज्यपाल के समक्ष प्रदर्शन की जिम्मेदारी भी उसने ले ली।

और फिर से शुरू हो गई उसकी दौड़-धूप। खुद से किया गया वादा वह भूल गया। कभी कैमूर पठारों में इस गाँव से उस गाँव तक, तो कभी पलामू-गढ़वा-राँची-सिंहभूम के जंगलों में इस बस्ती से उस बस्ती तक या कभी बंगाल के जंगल महाल, तो कभी पूर्वी हिमालय के दार्जिलिंग-कलिंगपोंग की पहाड़ियों पर। उसकी माँग सुदूर दक्षिणी भारत में भी होती। भारत के दक्षिणी छोर पर कार्डमॉम पर्वतमाला में स्थित इडुकी तथा नीलगिरि पर्वत के उत्तरी ढलान पर वायनॉड का इलाका हो या उसी पर्वत शिखर के उदगमंडलम तथा सत्यमंडलम के इलाके हों, वहाँ पर बसे पिछड़े, आदिवासी, दलित समुदायों को मोबिलाइज करने के लिए उसने खूब यात्राएँ कीं। उड़ीसा, मध्य प्रदेश और महाराष्ट्र के आदिवासी इलाके भी उससे अछूते न रहे।

कहते हैं, मेहनत का फल मीठा होता है। पटना, कलकत्ता, राँची, भुवनेश्वर, भोपाल, बम्बई, मद्रास, त्रिवेन्द्रम, बंगलोर, हैदराबाद और अहमदाबाद में राज्यपालों के समक्ष वनाधिकार कानून तथा जल-जंगल-जमीन पर आदिवासियों-वन श्रमजीवियों के परम्परागत अधिकारों की सुरक्षा की माँग के लिए एक ही दिन जबरदस्त प्रदर्शन हुए। राज्यपालगण भले ही उस समय अपने राजभवनों में कड़ी सुरक्षा घेरे के बीच आराम फरमा रहे हों, प्रदर्शनकारियों की हुंकार राजमार्गों पर गूँजती रही। बिवाई भरे पैरों और फटे कपड़ों में सजे-धजे वनराज अपना अधिकार माँगने जो निकले थे। समाचार-पत्रों को न चाहते हुए भी प्रदर्शन की खबरें और तस्वीरें छापने को मजबूर होना पड़ा।

पटना के प्रदर्शन का नेतृत्व खुद अमिय ने किया। भोपाल में डॉ. शर्मा पहुँच गए थे। जो घटक जहाँ सक्रिय था, उसने वहाँ की कमान सँभाल ली थी। अपना-अपना माँग-पत्र राज्यपालों को सौंपकर प्रदर्शनकारी यह सन्देश देते अपने घरों को लौट गए कि 'पेसा' कानून के बाद अगली बारी वनाधिकार कानून की है और वे इसे लेकर रहेंगे। उन्होंने यह भी साफ कर दिया कि उनकी अगली हुंकार लाल किले पर गूँजेगी।

प्रदर्शन सफल हो गया था, किन्तु महीनों की दौड़-धूप का कुफल अमिय को अन्ततः भुगतना ही पड़ गया। 'हिन्दुस्तान जन आन्दोलन' की एक जरूरी बैठक में भाग लेने दिल्ली जाते समय रेलगाड़ी जब टूंडला स्टेशन से गुजर रही थी, उसे दिल का दौरा पड़ा। सौभाग्यवश, डिब्बे में किसी सज्जन के पास ऑक्सीजन का छोटा सिलेंडर उपलब्ध था। उसने अपने साथ चल रहे हरिलाल और संत जी को दिल्ली के पंत हॉस्पिटल में कॉल करने को कहा। मेडिकल कॉलेज की पढ़ाई काम आ गई और वह बर्थ पर सीधा लेट गया। यात्रियों ने उसके लेटने के लिए पूरी जगह छोड़ दी और ऑक्सीजन सिलेंडर नाक पर लगा दिया। नई दिल्ली स्टेशन पर पंत हॉस्पिटल से एम्बुलेंस आ गई थी। डॉक्टरों ने बिना देर किए उसका इलाज शुरू कर दिया।

हरिलाल ने प्रत्युत्पन्नमति का परिचय देते हुए अस्पताल पहुँचते ही डॉ. शर्मा, अवधेश, किरण, यास्मीन-हामिद और उसके बड़े भाई को फोन कर स्थिति की सूचना दे दी। इलाज में काफी पैसे लगने थे, कैसे प्रबन्ध होता? जहानाबाद में भी तुरन्त प्रबन्ध होना मुश्किल था, वह तो दिल्ली थी। बड़े भाई को छोड़कर सभी दिल्ली में ही थे। पहुँच गए। राशि की व्यवस्था हो गई। जब भाई पहुँचे, ऑपरेशन के बाद अमिय आई.सी.यू. में शिफ्ट हो गया था। भाई के साथ माँ भी थीं। अन्य भाई-बहन आगे-पीछे पहुँच गए थे।

इस बार, माँ के कारण भाइयों ने उसकी एक न सुनी। हरिलाल से उन्हें ज्ञात हो गया था—जहानाबाद में चन्दे से इलाज का खर्च जुटा पाना आसान न था। गरीब किसान-मजदूर भले ही अमिय पर जान छिड़कते हों, बिचारों की अपनी सीमाएँ थीं। जो नकद न दे पाते थे, वे अनाज दे दिया करते थे। ऐसा भी न था कि सभी के कोठार अनाजों से भरे हों।

लेकिन अमिय के लिए वे आगा-पीछा नहीं सोचते थे। हरिलाल सभी की सीमाओं से परिचित था। परन्तु अमिय से इस तथ्य को साझा करने से हिचकता था। अमिय की बस एक ही रट होती थी, "जिस जनता के लिए हम काम करते हैं, यदि वह हमारे इलाज

का इन्तजाम न कर सके तो मैं अपना इलाज नहीं कराऊँगा। देश के करोड़ों लोग बिना इलाज और दवा के जैसी जिन्दगी गुजारते हैं, हम भी वैसी ही जिन्दगी गुजार लेंगे।"

अमिय की यह रट सुनकर हरिलाल और दूसरे साथी रुआँसे हो जाते। कैसे छोड़ सकते थे वे अपने नेता को बेइलाज? सिस्टर एलिसा उन्हें सांत्वना देतीं, "निराश नहीं होते। ईश्वर अच्छे और सच्चे लोगों पर रहम करता है। वह अमिय पर भी जरूर रहम करेगा।"

अस्पताल से छुट्टी मिलने के बाद माँ, भाई-बहनों और दोस्तों के दबाव में उसे आगरे जाना पड़ा। डॉ. शर्मा ने बैठक स्थगित कर दी थी। उसके हार्ट अटैक के बाद बैठक का सवाल ही नहीं उठता था।

### 3

साल 2004 की जनवरी में मुम्बई में चौथे विश्व सामाजिक मंच का आयोजन होना था। विश्व आर्थिक मंच की पूँजीपरस्त नीतियों-कार्यक्रमों के समान्तर 'दूसरा विश्व सम्भव है' के नारों के साथ दुनिया भर के वाम-उदारपंथी जन-संगठनों और सामाजिक कार्यकर्ताओं ने इस मंच की आधारशिला रखी थी। जहाँ विश्व आर्थिक मंच पूँजी के निर्बाध विस्तार के लिए सरकारों को प्रेरित करने के एजेंडे पर काम करता है, वहीं विश्व सामाजिक मंच नव उदारवाद के खिलाफ जनता की आवाज बुलंद कर वैकल्पिक नीतियों और कार्यक्रमों की वकालत करता है।

भारत पर बहुराष्ट्रीय निगमों के बढ़ते खतरों के बीच होने वाले इस आयोजन में 'लोक मुक्ति मोर्चा', 'हिन्दुस्तान जन आन्दोलन' और 'राष्ट्रीय वन श्रमजीवी मंच' भाग लेने से कैसे पीछे रहते? अमिय अपने साथ बिहार से बड़े जत्थे के साथ मुम्बई पहुँच गया। डॉ. शर्मा भी बस्तर से आदिवासियों के जत्थे के साथ पहुँचे। अन्य घटक भी अपने-अपने इलाकों के जत्थों के साथ पहुँच गए। सबके ठहरने की व्यवस्था टेंटों में की गई थी। आयोजन स्थल मुम्बई का गोरेगाँव था। आयोजकों ने वहाँ छोटा-मोटा नगर ही बसा दिया था—अस्थायी आशियाने वाला नगर। टेंट सिटी।

भूमंडलीकरण और निर्बंध पूँजीवाद के खतरों के विरुद्ध आवाज उठाने वाली दुनिया भर की जानी-मानी हस्तियाँ—यहाँ तक कि नोबल पुरस्कारों से सम्मानित कई बुद्धिजीवी भी तथा ग्रासरूट पर संघर्षरत एक्टिविस्ट आयोजन में पहुँचे थे। कार्यक्रम सभी के लिए खुला था और जो चाहे, अपने विचार व्यक्त कर सकता था। अमिय अपने जत्थे के साथ टेंट में ही ठहरा। वह भूल गया कि डॉक्टरों ने उसे आराम की सलाह दी थी। साथियों ने इसरार किया—अलग से ठीक-ठाक इन्तजाम हो जाएगा। अमिय हँसकर टाल गया, "मुझे इतना भी कमजोर न कर दो, भाई।" डॉ. शर्मा भी उसी के टेंट में ठहरे।

विश्व सामाजिक मंच की टेंट सिटी से लगभग आधे किलोमीटर की दूरी पर मुम्बई प्रतिरोध, के नाम से उसी तरह का अलग से आयोजन हो रहा था। वहाँ भी दुनिया भर के एक्टिविस्ट जुटे थे। कौतूहलवश अमिय और डॉक्टर शर्मा उधर चले गए। मुख्य

मंच पर मुम्बई प्रतिरोध के बैनर और लाल झंडे लगाए जा रहे थे। नवीन जी और श्याम जी उस काम में लगे हुए थे। अरविन्द भी वहीं था। नवीन जी दोनों से तपाक से मिले। वे बस्तर के अपने साथियों के माध्यम से डॉ. शर्मा को भी जानते थे। श्याम जी और अरविन्द ने अपनी नजरें फेर लीं जैसे कि अमिय उनके लिए अपरिचित हो। अमिय मुस्कराने लगा।

"कॉमरेड अमिय, आप उस डिबेटिंग क्लब में भाग लेने आए हैं क्या? नवीन जी ने टेंट सिटी की ओर इशारा करते हुए कहा। उनके स्वर में उपहास का भाव था।

डॉ. शर्मा ने स्थिति सँभालते हुए हँसकर कहा, "हम किसी क्लब के मेम्बर नहीं हैं भाई। वैसे 'मुम्बई प्रतिरोध' का एजेंडा क्या है? कौन लोग इसमें भाग लेने आए हुए हैं।"

'मुम्बई प्रतिरोध' के आयोजकों में दुनिया के विभिन्न देशों में सक्रिय अल्ट्रा वामपंथी संगठन और बुद्धिजीवी शामिल थे। वे साम्राज्यवादी शक्तियों और उनकी समर्थक सरकारों के विरुद्ध मिलिटेंट संघर्ष के हामी थे। भारत में सक्रिय बहुतेरी वामपंथी पार्टियों, जन-संगठनों और ग्रुपों के लोग आए हुए थे। समलैंगिक एवं ट्रांसजेंडर ग्रुपों के कार्यकर्ताओं की भी भारी उपस्थिति थी।

"'मुम्बई प्रतिरोध' दुनिया भर में पूँजीवाद, भूमंडलीकरण, रूढ़िवाद, संकीर्णतावाद, साम्राज्यवाद और उसके पिट्ठुओं से लड़ने वाली मुक्तिकामी जनता का साझा मंच है। हम एक-दूसरे से अपना अनुभव साझा करेंगे, एक-दूसरे से सीखेंगे और हर देश की विशिष्ट परिस्थिति को ध्यान में रखकर प्रतिरोध की रणनीतियों पर चर्चा करेंगे?" नवीन जी के स्वर में दम्भ घुला हुआ था।

लौटते हुए डॉ. शर्मा ने अपने मन में उमड़ रहे विचारों को साझा किया, "भूमंडलीकरण, विश्व पूँजीवाद और साम्राज्यवाद से संघर्ष करने की अलग-अलग रणनीतियाँ तो ठीक हैं, परन्तु ऐसी खेमेबन्दी से संघर्ष कमजोर पड़ जाता है। हम लोग दोनों आयोजनों में भाग लें तो कैसा रहे? कोई रोक-टोक तो है नहीं। खुला कार्यक्रम है।"

अमिय पार्टी की शत्रुतापूर्ण कार्रवाइयों का दंश बहुत पहले ही भूल चुका था। नवीन जी के स्वर के उपहास भाव को अमिय ने हँसी में उड़ा दिया। वह डॉ. शर्मा के विचार से सहमत था। साझा मोर्चा न सही, विचारों का आदान-प्रदान एक-दूसरे के साथ करते रहना चाहिए। वापस लौटकर संगठन के दूसरे साथियों से भी इस मुद्दे पर चर्चा हुई।

दोनों आयोजनों में मुख्य मंच के अलावा छोटे-बड़े कई मंच बनाए गए थे जहाँ विभिन्न संगठन और एक्टिविस्ट अपनी बात कह सकते थे। फिल्मों, नुक्कड़ नाटकों और गीतों के माध्यम से भी अपने विचार प्रकट किए जा सकते थे। पोस्टरों और जुलूस भी विचारों को अभिव्यक्त करने के माध्यम थे। हालाँकि अलग-अलग मंचों पर विभिन्न जन-संगठनों एवं एक्टिविस्टों के लिए समय आरक्षित थे, अन्य कार्यक्रमों के लिए न समय आरक्षित था, न ही समय की सीमा बाँधी गई थी। जहाँ जब भी जगह मिल जाए, कार्यक्रम किए जा सकते थे। 'विश्व सामाजिक मंच' में भागीदारों की संख्या 70-80 हजार तथा 'मुम्बई प्रतिरोध' में 15-20 हजार से अधिक थी। महाराष्ट्र-गुजरात के सूदूर

इलाकों से भी मजदूर, किसान, छात्र, प्रोफेसर, मध्यवर्ग और दलित समाज का बड़ा हिस्सा दर्शक-श्रोता के रूप में भाग ले रहा था।

कार्यक्रमों में भाषा की कोई बाध्यता न थी। जिस देश का संगठन या एक्टिविस्ट, उस देश की भाषा, परन्तु खासियत थी कि दुभाषिए स्वेच्छा से उपलब्ध थे। अमिय और डॉ. शर्मा अंग्रेजी के भाषणों को हिन्दी और हिन्दी में दिए भाषणों को अंग्रेजी में अनुवाद के लिए सहज रूप से तैयार गए थे। वैसे अभिव्यक्ति का माध्यम कोई भी भाषा हो, भावनाएँ आसानी से समझी जा सकती हैं।

'हिन्दुस्तान जन आन्दोलन', 'लोक मुक्ति आन्दोलन' और 'राष्ट्रीय वन श्रमजीवी मंच' को मुख्य मंच पर समय मिला था। जमीन पर हजारों लोग इन्हें सुनने को बैठे थे। उनमें भारत सहित कई देशों के लेखक, अकादमीशियन, एक्टिविस्ट, जन-संगठन, छात्र, नौजवान शामिल थे। अमिय माइक पर था। डॉ. शर्मा दुभाषिया बने थे। अमिय कह रहा था—

"नई आर्थिक-औद्योगिक नीति ने भारत का दरवाजा सैकड़ों ईस्ट इंडिया कम्पनियों के लिए खोल दिया है। हमारे हुक्मरान या तो भूल गए हैं अथवा जानबूझकर याद नहीं करना चाहते कि महज एक ईस्ट इंडिया कम्पनी ने भारत को 300 सालों तक गुलाम बना लिया था। हम पर करोड़ों रुपए का विदेशी कर्ज थोप दिया गया है। उस कर्ज की भारी सालाना किश्त देश को अदा करनी पड़ रही है। गिरवी रख दिया गया है इस देश को। यह हमारे लिए भारी चिन्ता का विषय है।"

लोग ध्यानपूर्वक उसे सुन रहे थे। उसकी भाषण-कला अद्भुत थी। हल्की खुसुरफुसुर भी चल रही थी। सभी उसके बारे में जानने को उत्सुक थे। जो उसे पहले से जानते थे, वे उसका परिचय दे रहे थे।

वह कह रहा था—

"हमारी नीतियाँ अन्तरराष्ट्रीय मुद्रा कोष और विश्वबैंक के निर्देश पर तय की जा रही हैं। विश्व व्यापार संगठन ने हमें ट्रिप्स और ट्रिम्स जैसे प्रावधानों के जाल में फँसा रखा है। विशाल भारतीय बाजार और हमारे जल-जंगल-जमीन पर बहुराष्ट्रीय कम्पनियों की निगाह लगी है। उपभोक्तावादी विकास की जिस अवधारणा ने अमेरिका-यूरोप को पहली दुनिया और भारत जैसे देशों को तीसरी दुनिया बना दिया, विकास के उसी मॉडल को अपनाकर हम इसी देश में चौथी, पाँचवीं और छठी दुनिया का निर्माण करेंगे क्या? क्या होगा हमारी खेती और किसानों का? दस्तकारों का? सब कुछ मशीनों की भेंट चढ़ जाएगा। कृषि के मशीनीकरण के बाद भारत के करोड़ों खेत मजदूरों की आजीविका का क्या होगा? बीजों के पेटेंट से क्या हमारी खेती बहुराष्ट्रीय बीज निगमों के नियंत्रण से बचेगी? बहुराष्ट्रीय कम्पनियों की गुलामी का काला साया देश पर मँडरा रहा है। हमारी सम्प्रभुता, हमारी आजादी खतरे में है।"

छात्र-नौजवानों को उसके भाषण ने जोश से भर दिया। वे उत्साह में आकर नारे लगाने लगे—"साम्राज्यवाद का नाश हो। नव उदारवाद मुर्दाबाद।"

अमिय के बाद डॉ. शर्मा ने माइक सँभाला और बोलने लगे, "साथियो, इस खतरे

का मुकाबला कौन करेगा? अन्तरराष्ट्रीय औद्योगिक-आर्थिक साम्राज्यवाद की दलाल सरकारें या जात-पाँत धर्म-मजहब के नाम पर सत्ता-सुख भोगने वाले हमारे राजनेता? राष्ट्रीय संकट की इस घड़ी में आशा की एकमात्र किरण इस देश की जनता है। इस देश के करोड़ों मजदूर, किसान, छात्र, नौजवान, छोटे व्यापारी और देशी उद्योगपति, हमारे कारीगर, सच्चे अर्थों में राष्ट्रभक्त बुद्धिजीवी और मेहनतकशों के सच्चे संगठनकर्ता—इन्हीं में निहित है भारत की आशा। इस अभूतपूर्व राष्ट्रीय संकट का मुकाबला करने के लिए इन सबको एकजुट होना होगा। देश के 6 लाख से अधिक गाँवों में देशप्रेम का ज्वार जगाना होगा। हाँ, हमारे गाँव ही सँभालेंगे यह मोर्चा क्योंकि शहर तो उपभोक्तावाद के जाल में फँस चुके हैं।"

डॉ. शर्मा के भाषण ने छात्र-नौजवानों के जोश को ज्वार में बदल दिया। उनका साथ वहाँ बैठे किसान-मजदूरों ने देना शुरू किया। देश पर छाए राष्ट्रीय संकट को नीति-निर्धारक भले ही कम करके आँकते रहे हों, सबाल्टर्न कहा जाने वाला समुदाय तो उसे दिन-रात भोगता आ रहा था।

'मुम्बई प्रतिरोध' के मंच से अमिय ने इसी संवाद को आगे बढ़ाया, "राष्ट्रीय संकट का मुकाबला हमारे गाँव ही कर सकते हैं, लेकिन हमारे गाँव टूट रहे हैं। बँट रहे हैं जाति और मजहब के नाम पर। दस बीघे के किसान और खेत मजदूरों के बीच कई जगह गोलियाँ चल रही हैं। मंडल के विरोध में लोग मन्दिर-मस्जिद खेल रहे हैं। बिल्लियों के बीच के इन झगड़ों को निपटाने बहुराष्ट्रीय कम्पनियों के कुत्ते तैयार बैठे हैं। साथियो, हमें मिलकर बिल्लियों को सावधान करना होगा। गाँवों को एक करना होगा, लेकिन याद रखें, सच्ची एकता और शान्ति केवल न्याय और समता के आधार पर स्थापित हो सकती है। हमें पुरानी जर्जर अन्यायी व्यवस्था को समाप्त करना होगा, ताकि समता-स्वावलम्बन-शान्ति और सद्भावना पर आधारित एक नए भारत का निर्माण किया जा सके।"

सभी ने अमिय और डॉ. शर्मा को धैर्यपूर्वक सुना। नवीन जी, श्याम जी और अरविन्द भी खामोशी से सुनते रहे।

अमिय मुम्बई से जब वापस लौटा, वह उत्साह से लबरेज था। काफी जन-संगठनों और एक्टिविस्टों से परिचय और विचार-विनिमय का अवसर मिला था। नियामागरि पहाड़ियों पर अपनी संस्कृति और अस्मिता को बचाने की जद्दोजहद में लगे आदिवासियों से लेकर सुदूर दक्षिण में नाभिकीय संयंत्र से विकिरण के खतरों के विरुद्ध एक्टिविस्टों के संघर्षों को उसने जाना। नर्मदा बाँधों के कारण विस्थापित जन-समुदाय की पीड़ा और संघर्ष की अनकथ कहानियाँ भी उसने सुनीं।

देश और दुनिया भर में प्रतिरोध की संस्कृति के निर्माण की गाथाओं ने जैसे उसमें नवीन ऊर्जा का संचार कर दिया हो। वह अपनी शारीरिक सीमा और बीमारियों के परे जाकर प्रतिरोध के योद्धाओं के साथ देश के विभिन्न हिस्सों में चल रहे संघर्षों का सहयात्री बनता चला गया। वह नवादा आश्रम तभी लौटता, जब शरीर जवाब देने लगता और लौटता क्या? मध्य बिहार के गाँवों में गैर-बराबरी उन्मूलन, किसानों की

मेहनत का सही मोल, स्त्री-पुरुष समानता तथा जमीन और मजदूरी के सवालों पर जन-जागरण के लोक मुक्ति आन्दोलन के साथियों द्वारा आयोजित कार्यक्रमों में जिद कर शामिल हो जाता।

साल 2005 में दिल्ली की नई सरकार ने योजना आयोग को देश के कृषि संकट एवं किसानों की आत्महत्याओं के कारणों की पड़ताल एवं समाधान सुझाने का काम सौंपा था। योजना आयोग ने अपने एक ऐसे सदस्य को यह काम सौंपा था जो अपने प्रगतिशील विचारों के लिए जाने जाते थे। कई उप समितियाँ गठित कीं जिसमें से एक में अमिय को भी सदस्य नामित किया गया।

अमिय को उस उपसमिति की बैठक में भाग लेने के लिए वे आग्रहपूर्वक बुलाते। अमिय उनका आग्रह टाल न पाता। इधर उस उप समिति की लगातार बैठकें हो रही थीं जिनमें भाग लेने का निमंत्रण स्वास्थ्य ठीक न रहने के बावजूद भी अमिय स्वीकार कर लेता। साथियों और सिस्टर एलिसा के रोकने-टोकने पर उसकी एक ही टेक होती, "बहुत काम सामने पड़ा है, कैसे रुक जाऊँ।"

## 4

बीमारियाँ भी कहाँ रुकने वाली थीं? कमजोर शरीर पर उनके हमले तेज होते चले गए। रीढ़ और दिल की बीमारी से जर्जर शरीर अन्ततः दिल्ली में हुए टाइफाइड और मलेरिया का संयुक्त हमला नहीं झेल पाया। और उस पर दिल्ली से लौटते ही काम में जुट जाना! निढाल शरीर इन्दिरा गांधी हृदय रोग संस्थान में लाया गया जरूर, परन्तु तब तक बहुत देर हो चुकी थी।

डॉ. चटर्जी ने पूरी कोशिश की। परन्तु मध्य बिहार के किसान आन्दोलन के उस अनथके योद्धा को बचा नहीं सके।

सिस्टर एलिसा का जैसे समूचा रक्त निचुड़ गया हो! वे धम्म-से अस्पताल के फर्श पर गिर पड़ीं। डॉ. चटर्जी ने उन्हें किसी तरह सँभाला। सिस्टर ने हिम्मत बटोरकर जहानाबाद, पटना और दिल्ली के नम्बरों पर फोन कर यह मनहूस खबर अमिय के साथियों को देनी शुरू की। फोन करते समय उनकी आँखों से गंगा-जमुना बह रही थीं और स्वर अवरुद्ध हो जाता था।

अमिय की अचानक मौत से मध्य बिहार के गरीब किसान-मजदूर सन्न रह गए। कल ही तो वे हमारे गाँव में मीटिंग करने आए थे! मेरे गाँव में दो दिन पहले आए थे! हफ्ता भी न बीता होगा जब हमारे गाँव में थे। सन्न लोग तरह-तरह से अपना दुख व्यक्त करते। हजारों घरों में चूल्हा नहीं जला, जैसे उनका अपना सगा भाई, चाचा, बेटा, पिता अचानक दुनिया से चला गया हो। निर्मम मृत्यु का सन्नाटा नवादा आश्रम में छा गया था। 'लोक मुक्ति आन्दोलन' के काडर शोक में डूबे थे। वे अनाथ हो गए थे।

अगले दिन उसके पार्थिव शरीर के दर्शनों के लिए नवादा आश्रम में लोगों का

ताँता लग गया। पैदल, स्कूटर, साइकिल, मोटर, ट्रेन—जिसे जो साधन मिला—उसी से भागा चला आया। राँची, पटना, कैमूर, रोहतास, पलामू, गढ़वा, औरंगाबाद, गया और न जाने कहाँ-कहाँ से एक्टिविस्ट, छात्र, नौजवान, किसान, खेतिहर मजदूर, बुद्धिजीवी स्त्री-पुरुषों के जत्थे दिनभर चले आ रहे थे। जीवेश, त्यागी, जमुना मोची, जंगी सिंह एवं इन्द्रदेव सिंह जैसे पुराने साथी दौड़े चले आए। राहें जुदा हो गई थीं, परन्तु दिल में आदर था। सूरजपुर के किसान और खेतिहर मजदूर भी अपना काम-धाम छोड़कर भागे-भागे अन्तिम दर्शन के लिए चले आए थे। अलावलपुर से ललिता साह भी अपने पड़ोसियों के साथ पहुँच गई थी।

सभी राजनैतिक दलों के स्थानीय नेताओं ने नवादा पहुँच श्रद्धांजलि सुमन अर्पित किया। रात की ट्रेन से उसके बड़े भाई आए। भोर होते-होते दूसरे भाई-बहन भी पहुँच गए। माँ खबर सुनते ही बेहोश हो गई थीं। बड़े भाई ने उन्हें किसी तरह सँभाला था और चचेरे भाइयों पर उनकी देखभाल की जवाबदेही सौंपकर ट्रेन पकड़ ली थी।

दोपहर होते-होते दिल्ली से डॉ. शर्मा, किरण, अवधेश, यास्मीन और हामिद आ गए। किरण सिस्टर एलिसा को देखते ही दौड़कर उनके गले लग गई। वर्षों का धैर्य जवाब दे गया। जैसे बाँध टूट गया हो, उसकी आँखें आँसुओं की बाढ़ में डूबती चली गईं। अलग कमरे में एक-दूसरे के गले लग वे दोनों खूब रोईं। आन्तरिक उद्गारों की अभिव्यक्ति का इससे पवित्र दूसरा माध्यम भला क्या हो सकता था, यास्मीन और सिस्टर वलसम्मा मूक बनी दोनों के साथ उस कमरे में बनी रहीं। हृदय तो उनका भी विदीर्ण हो रहा था, पर दोनों किसी तरह खुद को सँभाले हुई थीं।

आश्रम के प्रांगण में ही पार्थिव शरीर को दफनाने की तैयारी की गई थी। "संन्यासियों के पार्थिव शरीर को जलाया नहीं जाता, दफनाकर उनकी समाधि बना दी जाती है।" हरिलाल बड़े भाई को बता रहा था। अस्पताल जाते समय अमिय के यही आखिरी शब्द थे।

"शायद उन्हें अपनी मौत का पूर्वाभास हो गया था।" फादर मंथरा थे। कल से ही वे नवादा आश्रम में डटे थे। बड़े भाई गहरे शोक में थे। सुना, तो फफक पड़े। फादर मंथरा ने उन्हें ढाढ़स बँधाया।

पार्थिव शरीर आश्रम के बड़े हॉल में रखा गया था। उसे 'लोक मुक्ति आन्दोलन' के लाल झंडे से ढक दिया गया था। चारों ओर अगरबत्तियाँ जला दी गई थीं। अन्तिम दर्शनों के लिए लोग आते, पुष्पांजलि अर्पित कर बाहर चले जाते। हॉल में डॉ. शर्मा, अवधेश, हामिद और अमिय के दूसरे भाई-बहन पार्थिव शरीर के पास निःशब्द शोक में डूबे हुए बैठे थे।

"जिस साथी की इस समय देश, खासतौर से बिहार-झारखंड को सख्त जरूरत थी उसे नियति ने अपने क्रूर पंजों से असमय उठा लिया।" डॉ. शर्मा कह रहे थे। उनकी आँखें आँसुओं से भींग गईं और कंठ अवरुद्ध हो गया।

अवधेश के मस्तिष्क में सप्ताह भर पहले अमिय को दिल्ली से विदा करते समय का क्षण चलचित्र की तरह घूम रहा था।

"अमिय से रात का खाना खाया नहीं जा रहा था। सुबह भी नाश्ता नहीं किया। दो केले झोले में डाल एयरपोर्ट के लिए निकल गया। योजना आयोग ने आने-जाने का एयर टिकट दे रखा था। मैंने ताकीद किया था, "भइए, पटना में पहले पूरा चेकअप कराने के बाद ही जहानाबाद लौटना। हाँ, कहकर वहाँ से निकला। लेकिन पटना आते ही अपना वादा भूल गया।" कहते-कहते अवधेश फफकने लगा। हामिद ने बड़ी मुश्किल से उसे सँभाला।

इलाहाबाद विश्वविद्यालय के दिनों के अपने प्रिय साथी को असमय खोने का दुख अवधेश को गहरे साल रहा था।

"सबकी अपनी-अपनी यादें हैं। अपने हिस्से का दुख है, परन्तु धीरज के अलावा क्या चारा है?" हामिद अवधेश को समझा रहा था या खुद को? वह शायद खुद को ही समझा रहा था। पचीस-तीस सालों का संग-साथ छूटना कितना दारुण होता है!

किरण और यास्मीन हॉल में आ गईं। रोने से किरण की आँखें सूज गई थीं। चेहरा शोक के कारण सफेद पड़ गया था। यास्मीन उसे सहारा देकर लाई थी। दोनों ने अमिय के पार्थिव शरीर पर पुष्पांजलि चढ़ाई। डॉ. शर्मा ने उन्हें अपने पास बैठा लिया। किरण एकटक शून्य में ताकती रही। डॉ. शर्मा ने पिता जैसे स्नेह से उसके सिर पर हाथ फिराया जैसेकि उसका दुख उतार रहे हों।

शवयात्रा का समय आ गया था। 'डॉक्टर अमिय अमर रहें' के नारे के साथ शव को समाधि स्थल तक ले जाया गया। बड़े भाई के साथ दूसरे भाइयों के कन्धों से गुजरती अमिय की अर्थी डॉ. शर्मा, अवधेश, किरण, यास्मीन और हामिद के कन्धे पर आई। 'लोक मुक्ति आन्दोलन' के साथियों ने भी कन्धा दिया। जीवेश, त्यागी, जंगी सिंह और इन्द्रदेव सिंह शवयात्रा के समय दुबारा आ गए थे। उन्होंने भी अपने पुराने साथी को कन्धा दिया।

शव को दफन करते समय नारों की त्वरा और आवृत्ति तेज होती चली गई। क्या स्त्री, क्या पुरुष, नारों के बीच सबकी आँखों में आँसू थे। सिस्टर एलिसा और किरण फूट-फूट कर रो रही थीं। सिस्टर वलसम्मा और यास्मीन उन्हें सहारा देकर अलग कमरे में ले गईं।

हरिलाल ने राजमिस्त्री और मजदूर बुला रखे थे। दफनाने के बाद समाधि निर्माण का काम भी शुरू कर दिया गया।

आश्रम के प्रांगण में शोकसभा का कार्यक्रम रखा गया था। डॉ. शर्मा को शोकसभा की अध्यक्षता का आग्रह किया गया। अवधेश ने संचालन की जिम्मेदारी सँभाली। एक-एक कर वक्ता आते गए और अपनी श्रद्धांजलि अर्पित करते रहे। पूरा वातावरण शोक में डूबा हुआ था। बोलते समय कई वक्ताओं का कंठ अवरुद्ध हो जाता था।

इसी बीच अचानक अपने आँसू पोंछती हुई किरण शोकसभा में पहुँच गई। उसने डॉ. शर्मा से कुछ कहने की इजाजत माँगी।

"हाँ, हाँ, क्यों नहीं? बोलो बेटी। तुम बोलो।" डॉ. शर्मा ने उसे उत्साहित-सा किया।

"साथियो, मुझे बस एक बात कहनी है।" उसने सधी आवाज में कहना शुरू

किया, "डॉक्टर अमिय की मृत्यु के शोक में हम सब डूबे हैं। अपने प्रिय कॉमरेड के खोने पर शोक मनाना स्वाभाविक मानवीय प्रतिक्रिया है, परन्तु डॉक्टर अमिय होते तो वे शोक न मनाते। वे शोक को शक्ति में बदलने के लिए हम सबको प्रेरित करते। हमें उनके चले जाने के शोक को शक्ति में बदल देना चाहिए। मेरा प्रस्ताव है कि हम इस सभा को शोकसभा न कहें—हमारे लिए यह संकल्प सभा है। हमें संकल्प लेना चाहिए कि हम अपने प्रिय कॉमरेड डॉक्टर अमिय के सपनों को अमली जामा पहनाने की लगातार कोशिश करते रहेंगे। जैसा कि वे कहा करते थे, हमें मीलों चलना है, रुकना नहीं है। साथियो, आइए हम संकल्प लें कि हम रुकेंगे नहीं, झुकेंगे नहीं, उनके सपनों को पूरा करेंगे।"

किरण की आवाज में जादू जैसा असर था। कौन 'न' कहता? शोकसभा संकल्प सभा में बदल गई। तय हुआ कि हर वर्ष, 18 अगस्त को, इस नवादा आश्रम में, उनकी बरसी पर, संकल्प सभा का आयोजन होगा और 'लोक मुक्ति आन्दोलन' के कार्यकर्ताओं एवं सहयोगियों सहित उनके दोस्त-मित्र तथा परिवारजन जुटेंगे—उन्हें श्रद्धांजलि भेंट करने को, उनसे प्रेरणा लेने को और पुनर्संकल्पित होने को।

डॉ. शर्मा भी रोमांचित थे। बोले, "किरण ने ठीक बात कही है। जीवन नश्वर है। हमारा शरीर नष्ट हो जाता है, किन्तु हमारे कर्म रह जाते हैं। प्रकृति का यही नियम है। डॉक्टर अमिय शरीर से हमारे बीच नहीं रहे, किन्तु समाज-परिवर्तन के जिन लक्ष्यों को लेकर वे चलते रहे हैं, वे लक्ष्य हमें पूरे करने हैं। वे लक्ष्य कहीं नहीं गए क्योंकि समाज परिवर्तन लम्बे संघर्ष से ही सम्भव हो पाता है। हमें संघर्ष करते रहना है। हमें थक-हार कर नहीं बैठना है। चरैवेति, चरैवेति। चलते रहना है। इस पीढ़ी में नहीं, दूसरी पीढ़ी में। दूसरी में नहीं, तो तीसरी पीढ़ी में। समाज जरूर बदलेगा। समता, न्याय और मानवीय गरिमा पर आधारित समाज की स्थापना होने से कोई नहीं रोक सकता। हम यही संकल्प आज लेते हैं। डॉक्टर अमिय को यही सच्ची श्रद्धांजलि होगी।"

सबने वह संकल्प दुहराया। अमिय के बड़े भाई और परिवारजनों ने भी संकल्प लिया। उनका अमिय कोई साधारण मानव न था। वे आज खुद को गौरवान्वित महसूस कर रहे थे कि अमिय से उनका रक्त-सम्बन्ध था।

शाम का अँधेरा धीरे-धीरे उतर रहा था। किरण, अवधेश, यास्मीन और हामिद को रात में पटना से दिल्ली की ट्रेन पकड़नी थी। डॉ. शर्मा को आन्दोलन के साथियों संग भविष्य के कार्यक्रमों पर विमर्श करना था। वे वहीं रुक गए। बाकी लोग धीरे-धीरे निकलने लगे।

इसी बीच एक कबीरपंथी गृहस्थ-साधु अमिय की ताजी समाधि के पास खँजड़ी लिये बैठ गया था। जब तक सभा चलती रही, उसकी दृष्टि एकटक आकाश में टँकी रही। जब लोग निकलने लगे, मानो किसी अन्त:प्रेरणा वश वह खँजड़ी बजा-बजा मगन हो गाने लगा :

*झीनी-झीनी बीनी चदरिया, बीनी चदरिया रे*
*काहे के ताना काहे के भरनी,*

*कौन तार से बीनी चदरिया,*
*आहो, कौन तार से बीनी चदरिया, कौन तार से बीनी।*
*इड़ा पिंगला ताना भरनी,*
*सुखमन तार से बीनी चदरिया,*
*आहो, कौन तार से बीनी चदरिया, कौन तार से बीनी।*
*आठ कँवल दल चरखा डोले,*
*पाँच तत्त्व गुन तीनी चदरिया,*
*आहो, कौन तार से बीनी चदरिया, कौन तार से बीनी।*
*साँ को सियत मास दस लागे,*
*ठोंक-ठोंक के बीनी चदरिया,*
*आहो, कौन तार से बीनी चदरिया, कौन तार से बीनी।*
*सो चादर सुर नर मुनि ओढ़ी,*
*ओढ़ि कै मैली कीनी चदरिया,*
*आहो, कौन तार से बीनी चदरिया, कौन तार से बीनी।*
*दास कबीर जतन करि ओढ़ी,*
*ज्यों की त्यों धर दीनी चदरिया,*
*आहो, कौन तार से बीनी चदरिया, कौन तार से बीनी।*

किरण के जाते हुए पाँव साधु की खँजड़ी और गाने की आवाज से थम गए। अवधेश, यास्मीन और हामिद भी रुक गए। उसकी आवाज ने डॉ. शर्मा का भी ध्यान खींचा। वहाँ उपस्थित सभी उसे सुनने लगे।

'आहो, कौन तार से बीनी चदरिया, कौन तार से बीनी' की स्वर लहरी देर तक हवा में तिरती रही। स्वर लहरी आश्रम की दीवारों, पौधों और वृक्षों के पत्तों-फूलों में गूँजती रही। धीरे-धीरे सभी लोग वहाँ से निकल गए, परन्तु वह स्वर लहरी मानो दिग्दिगंत में बजती जा रही थी—आहो, कौन तार से बीनी चदरिया।

उदास शाम रात के अंक में समाती जा रही थी, किन्तु अमिय की समाधि पर छिटक रही चाँदनी के साथ साधु की खँजड़ी बजती रही। उसका गान चलता रहा। वह सिर हिला-हिला कर गाता रहा। गाता रहा...आहो, कौन तार से बीनी चदरिया, कौन तार से बीनी।

✪✪✪